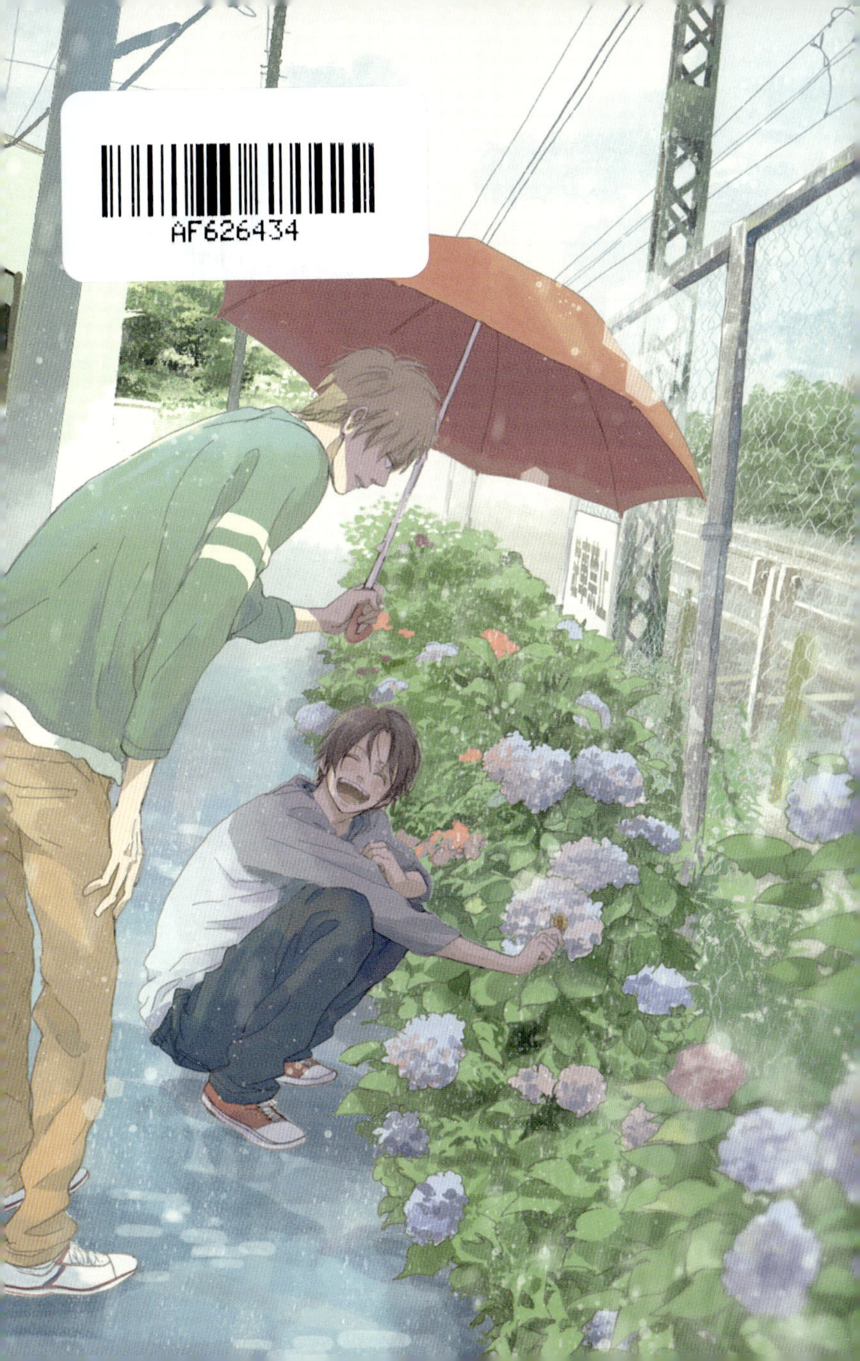

i hear the sunspot - limit

Inhalt:

Yuki Fumino

geb. am 8. September

Ich hab mich entschlossen, umzuziehen. Vielleicht macht eine andere Umgebung mich zufriedener.

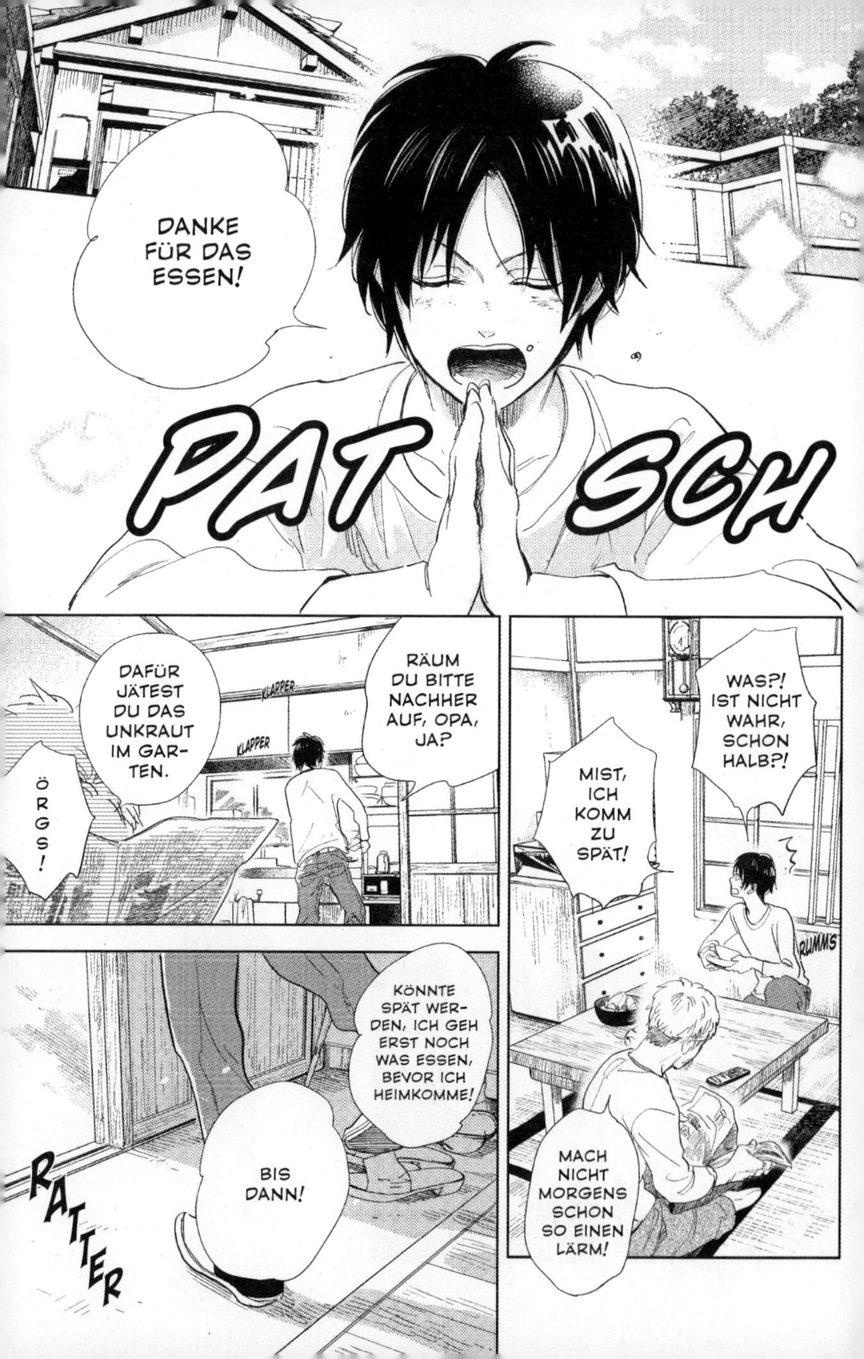
DANKE FÜR DAS ESSEN!
PATSCH
WAS?! IST NICHT WAHR, SCHON HALB?!
MIST, ICH KOMM ZU SPÄT!
RUMMS
MACH NICHT MORGENS SCHON SO EINEN LÄRM!
RÄUM DU BITTE NACHHER AUF, OPA, JA?
KLAPPER
KLAPPER
DAFÜR JÄTEST DU DAS UNKRAUT IM GARTEN.
ÖRGS!
KÖNNTE SPÄT WERDEN, ICH GEH ERST NOCH WAS ESSEN, BEVOR ICH HEIMKOMME!
BIS DANN!
RATTER

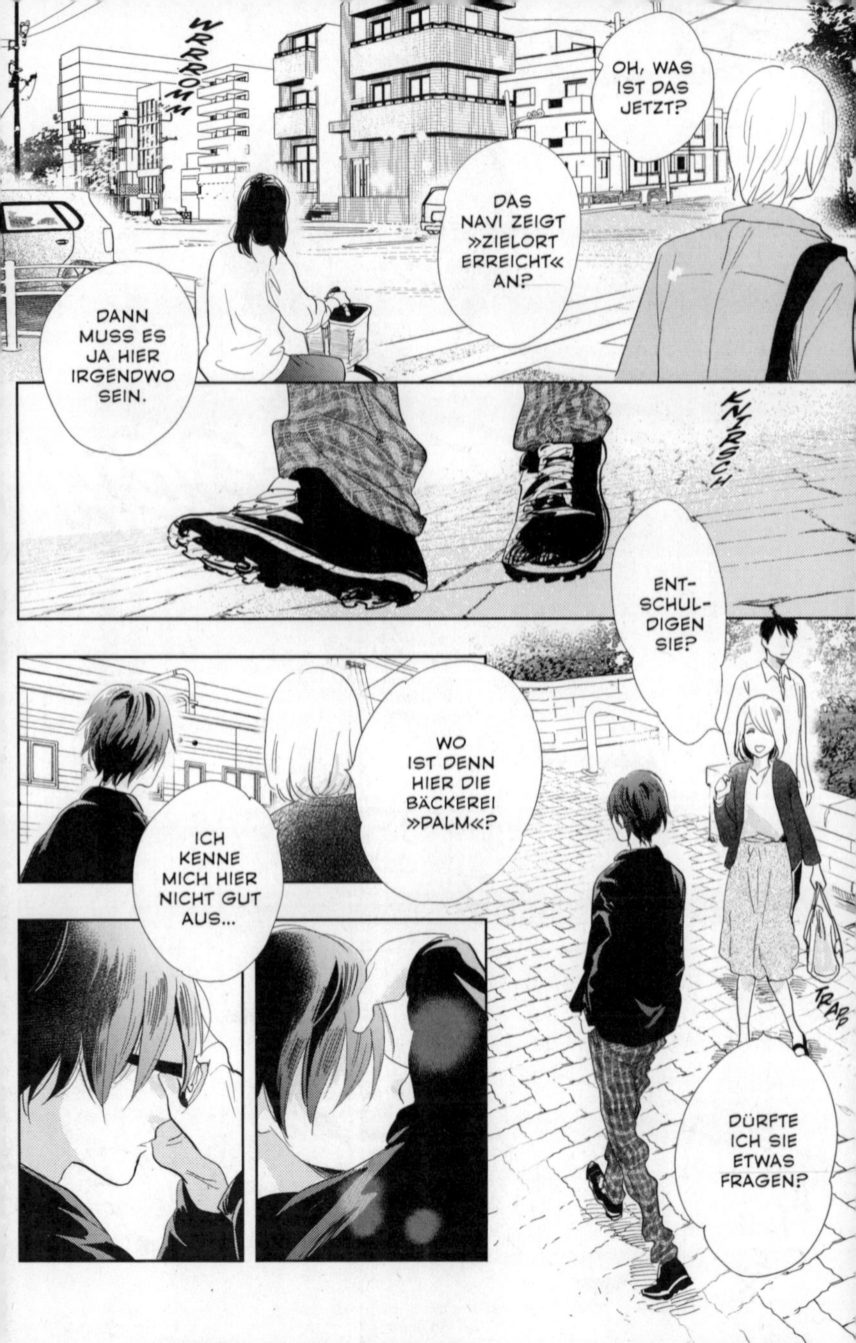
WRRROMM
OH, WAS IST DAS JETZT?
DAS NAVI ZEIGT »ZIELORT ERREICHT« AN?
DANN MUSS ES JA HIER IRGENDWO SEIN.
KNIRSCH
ENT-SCHUL-DIGEN SIE?
TRAPP
DÜRFTE ICH SIE ETWAS FRAGEN?
WO IST DENN HIER DIE BÄCKEREI »PALM«?
ICH KENNE MICH HIER NICHT GUT AUS...

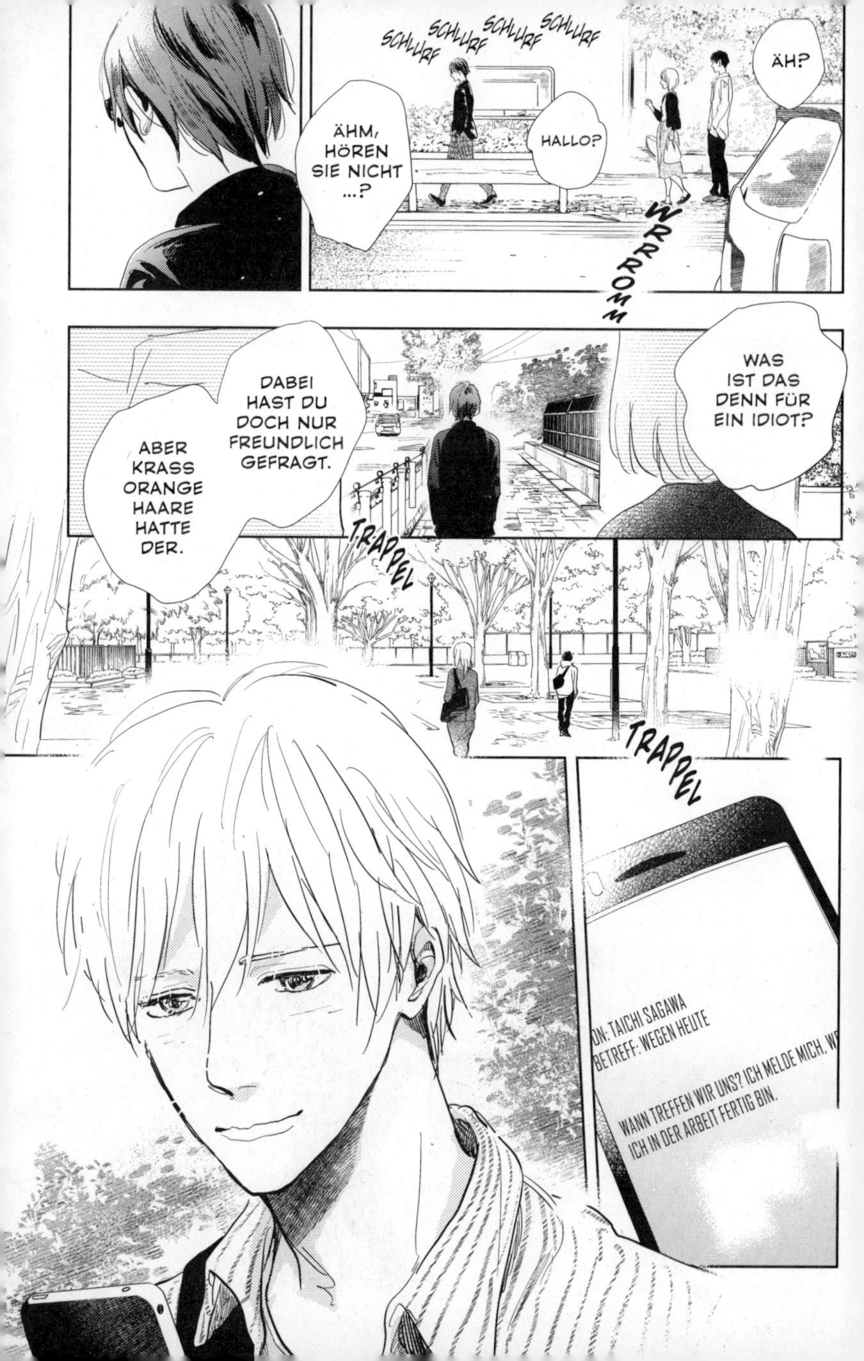
ÄH?
HALLO?
ÄHM, HÖREN SIE NICHT ...?
SCHLURF SCHLURF SCHLURF SCHLURF
WRRROMM
WAS IST DAS DENN FÜR EIN IDIOT?
DABEI HAST DU DOCH NUR FREUNDLICH GEFRAGT.
ABER KRASS ORANGE HAARE HATTE DER.
TRAPPEL
TRAPPEL
ON: TAICHI SAGAWA
BETREFF: WEGEN HEUTE
WANN TREFFEN WIR UNS? ICH MELDE MICH, W
ICH IN DER ARBEIT FERTIG BIN.

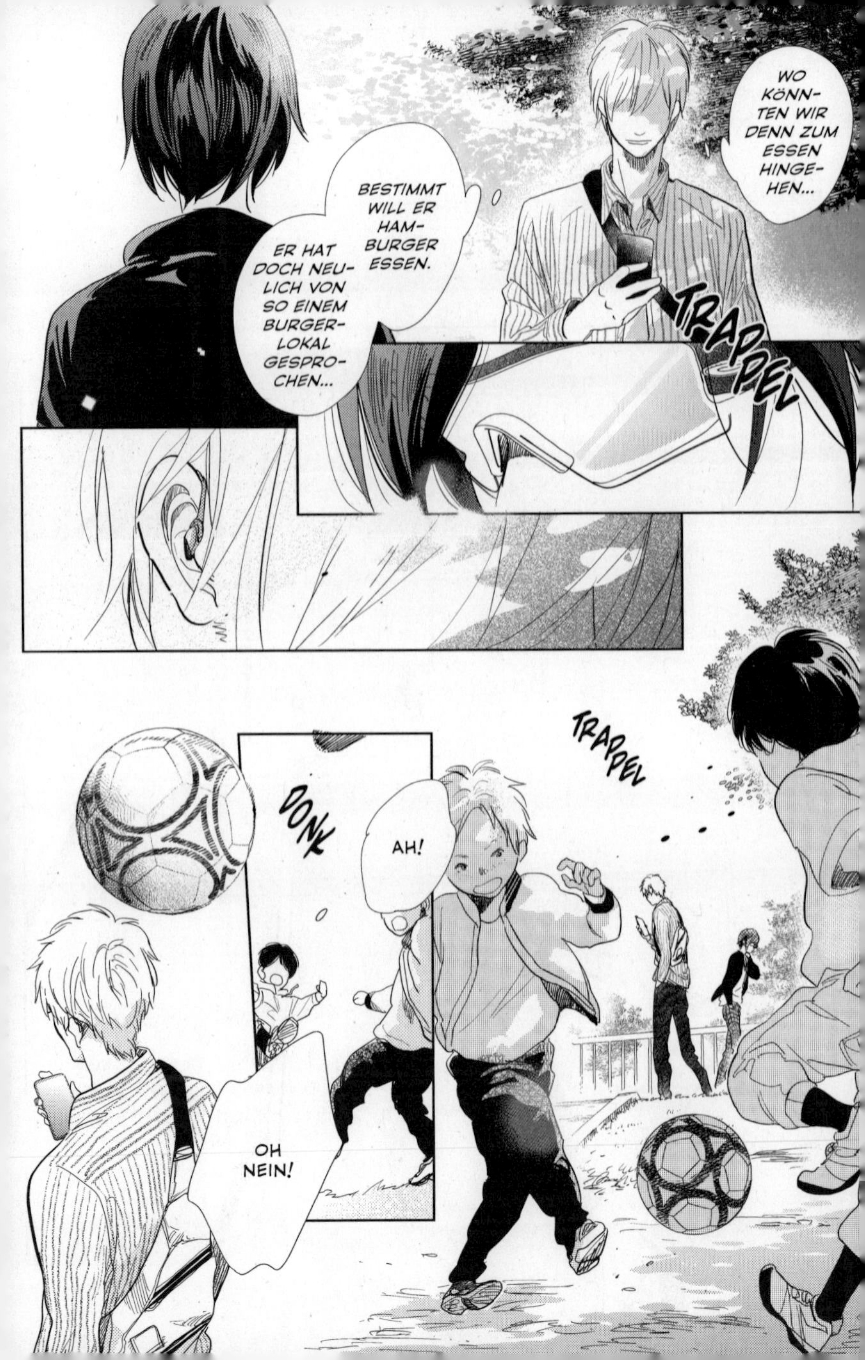
WO KÖNNTEN WIR DENN ZUM ESSEN HINGEHEN...
BESTIMMT WILL ER HAMBURGER ESSEN.
ER HAT DOCH NEULICH VON SO EINEM BURGERLOKAL GESPROCHEN...
TRAPPEL
TRAPPEL
AH!
DONK
OH NEIN!

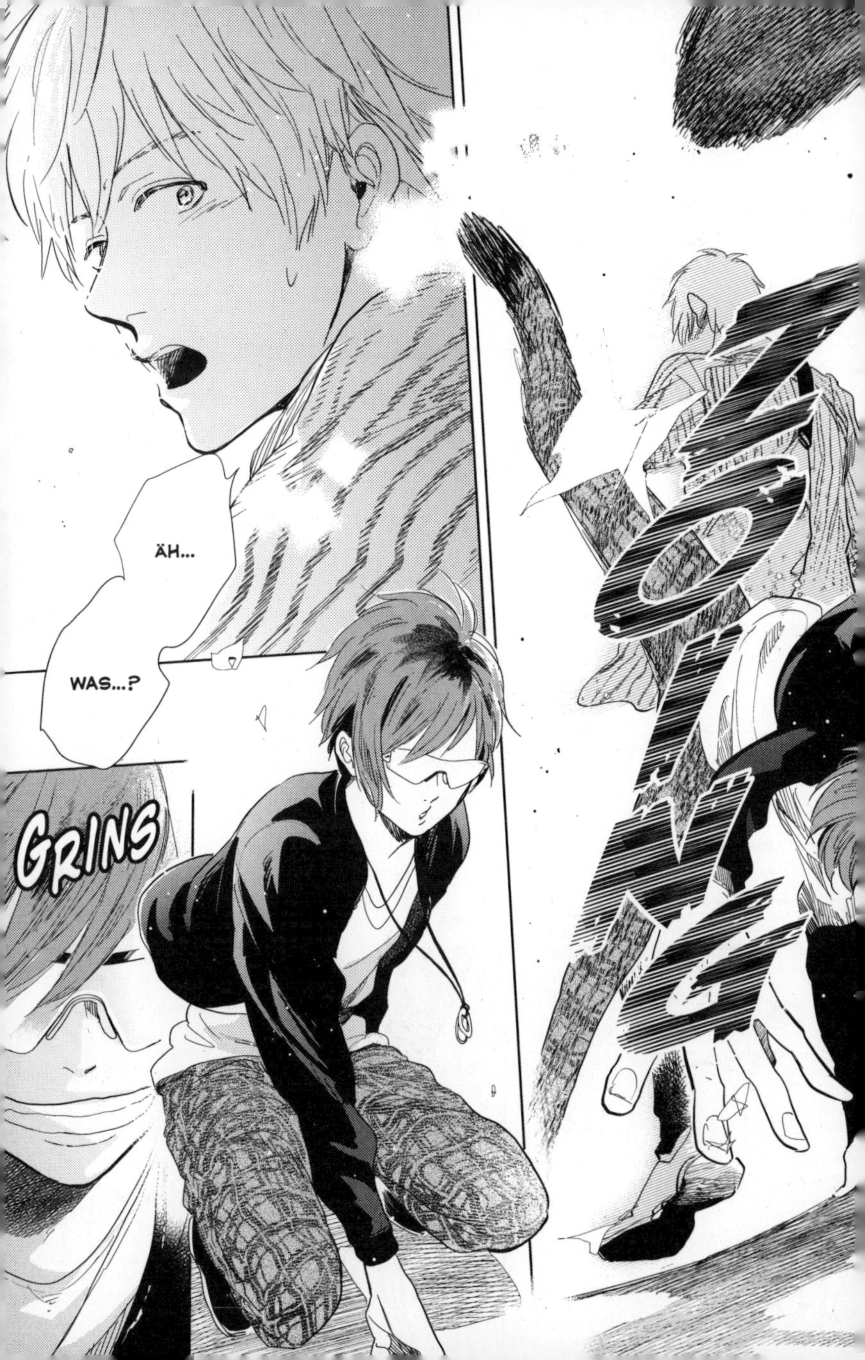
ÄH...
WAS...?
GRINS

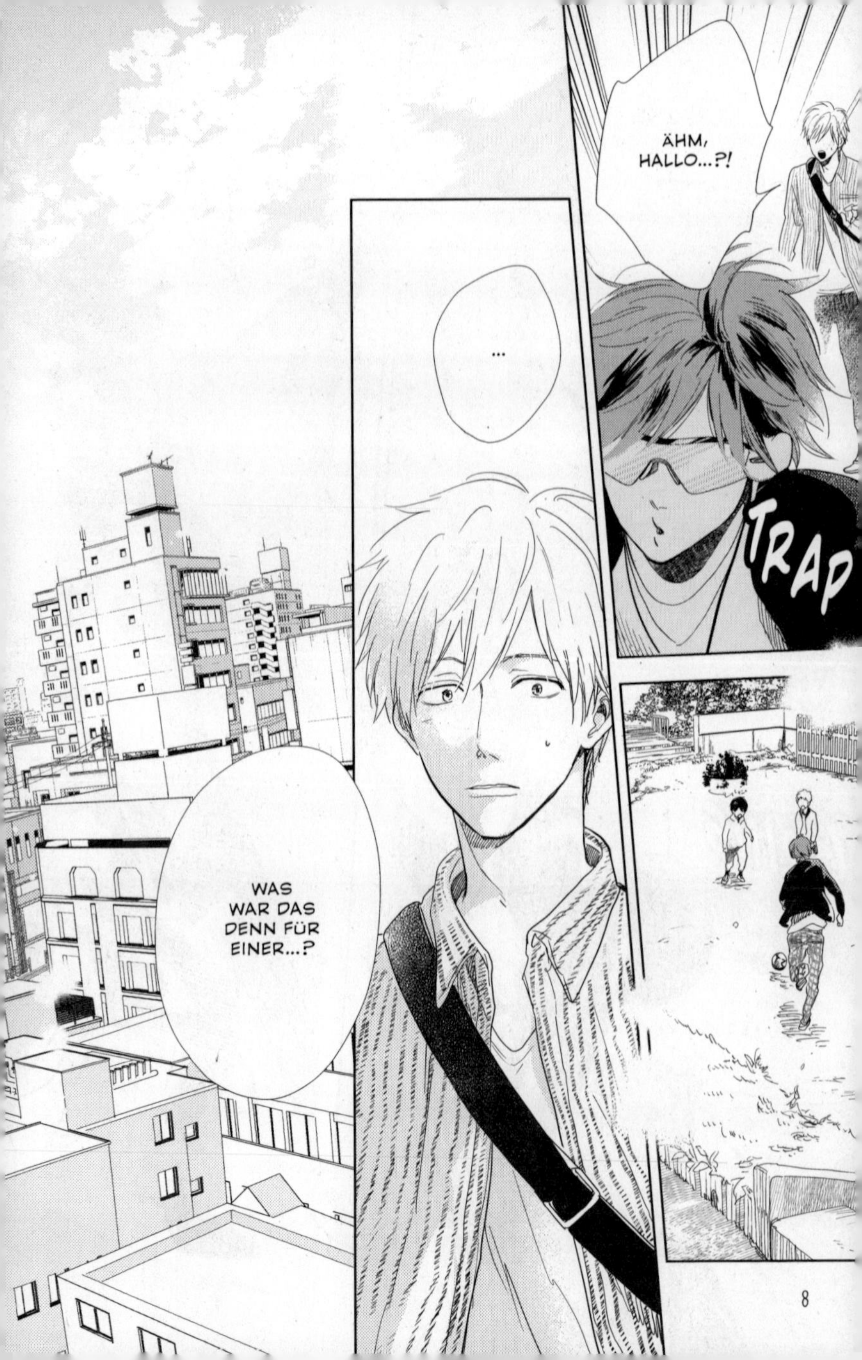
ÄHM,
HALLO...?!
TRAP
...
WAS WAR DAS DENN FÜR EINER...?

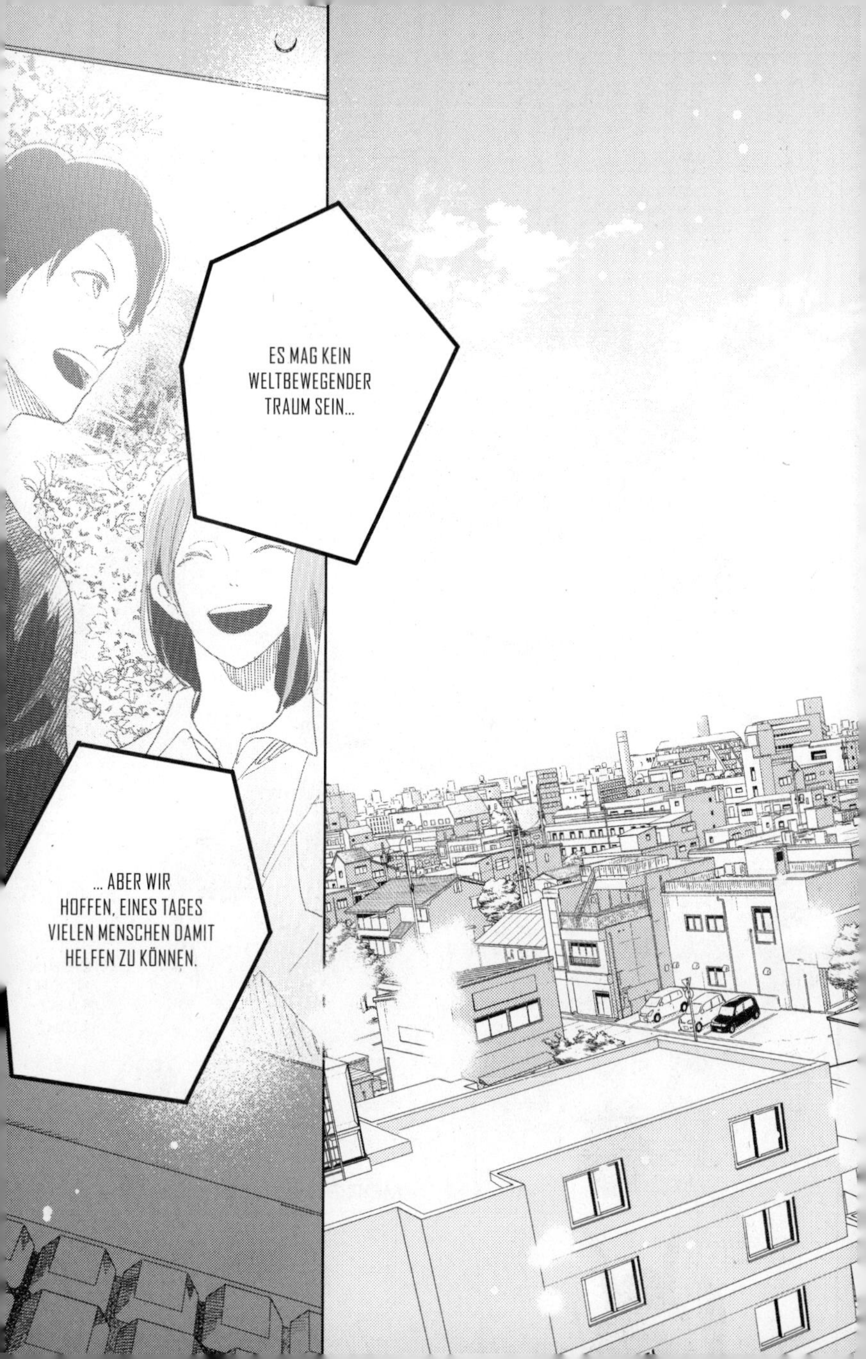
ES MAG KEIN WELTBEWEGENDER TRAUM SEIN...
... ABER WIR HOFFEN, EINES TAGES VIELEN MENSCHEN DAMIT HELFEN ZU KÖNNEN.

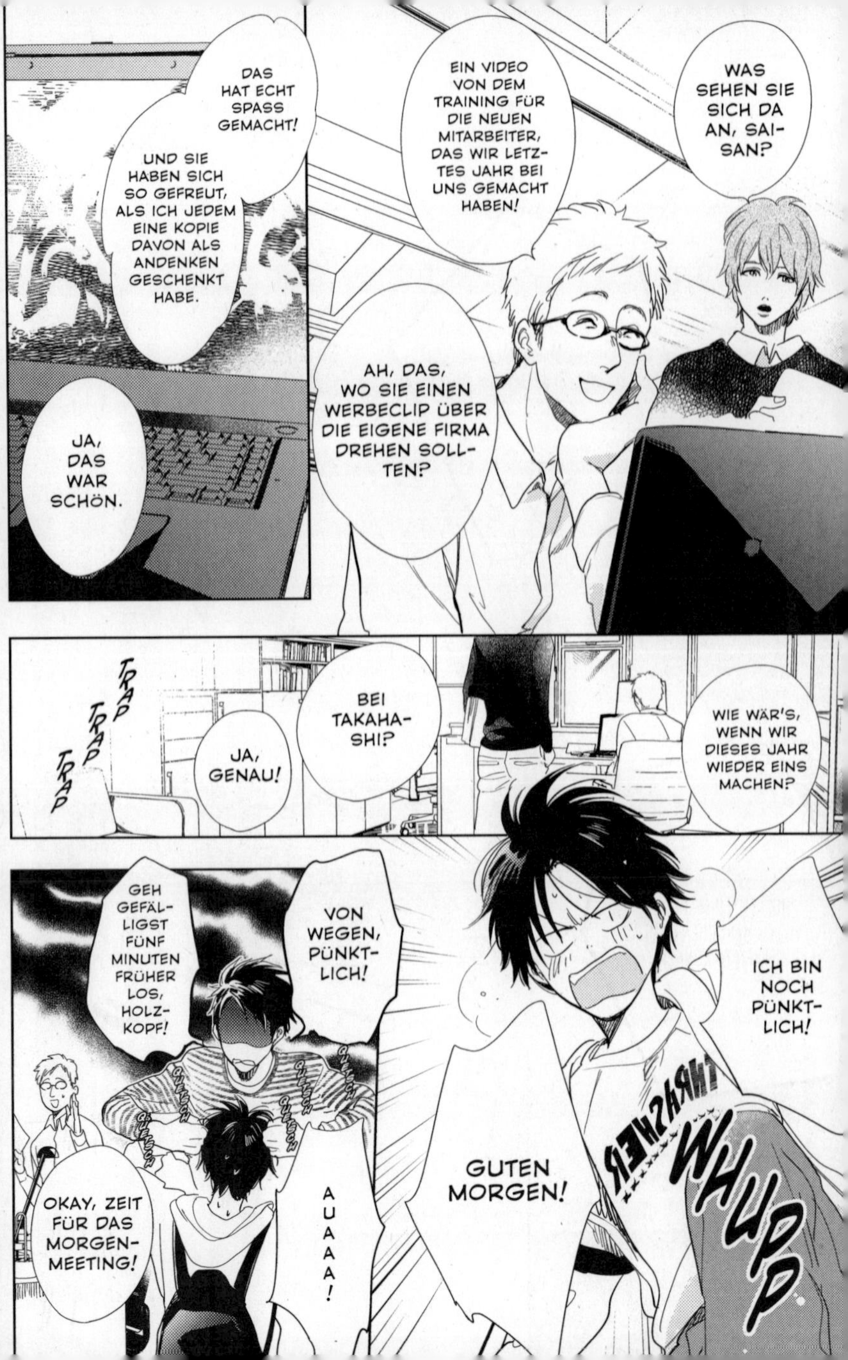
WAS SEHEN SIE SICH DA AN, SAI-SAN?
EIN VIDEO VON DEM TRAINING FÜR DIE NEUEN MITARBEITER, DAS WIR LETZTES JAHR BEI UNS GEMACHT HABEN!
AH, DAS, WO SIE EINEN WERBECLIP ÜBER DIE EIGENE FIRMA DREHEN SOLLTEN?
DAS HAT ECHT SPASS GEMACHT!
UND SIE HABEN SICH SO GEFREUT, ALS ICH JEDEM EINE KOPIE DAVON ALS ANDENKEN GESCHENKT HABE.
JA, DAS WAR SCHÖN.
WIE WÄR'S, WENN WIR DIESES JAHR WIEDER EINS MACHEN?
BEI TAKAHASHI?
JA, GENAU!
TRAP TRAP TRAP
WHUP
ICH BIN NOCH PÜNKTLICH!
GUTEN MORGEN!
VON WEGEN, PÜNKTLICH!
GEH GEFÄLLIGST FÜNF MINUTEN FRÜHER LOS, HOLZKOPF!
AUAAAA!
OKAY, ZEIT FÜR DAS MORGENMEETING!

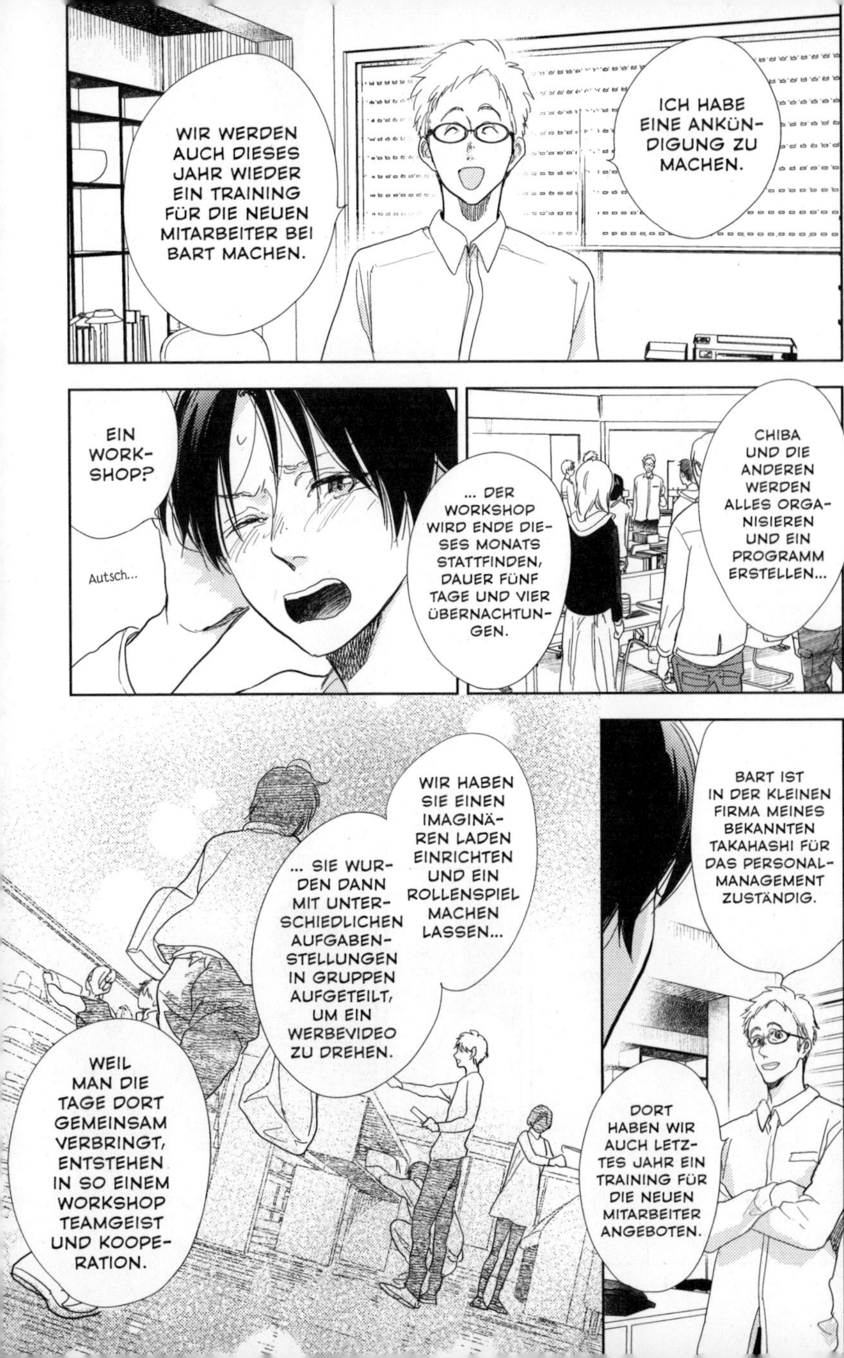
ICH HABE EINE ANKÜNDIGUNG ZU MACHEN.
WIR WERDEN AUCH DIESES JAHR WIEDER EIN TRAINING FÜR DIE NEUEN MITARBEITER BEI BART MACHEN.
CHIBA UND DIE ANDEREN WERDEN ALLES ORGANISIEREN UND EIN PROGRAMM ERSTELLEN...
... DER WORKSHOP WIRD ENDE DIESES MONATS STATTFINDEN, DAUER FÜNF TAGE UND VIER ÜBERNACHTUNGEN.
EIN WORKSHOP?
Autsch...
BART IST IN DER KLEINEN FIRMA MEINES BEKANNTEN TAKAHASHI FÜR DAS PERSONALMANAGEMENT ZUSTÄNDIG.
DORT HABEN WIR AUCH LETZTES JAHR EIN TRAINING FÜR DIE NEUEN MITARBEITER ANGEBOTEN.
WIR HABEN SIE EINEN IMAGINÄREN LADEN EINRICHTEN UND EIN ROLLENSPIEL MACHEN LASSEN...
... SIE WURDEN DANN MIT UNTERSCHIEDLICHEN AUFGABENSTELLUNGEN IN GRUPPEN AUFGETEILT, UM EIN WERBEVIDEO ZU DREHEN.
WEIL MAN DIE TAGE DORT GEMEINSAM VERBRINGT, ENTSTEHEN IN SO EINEM WORKSHOP TEAMGEIST UND KOOPERATION.

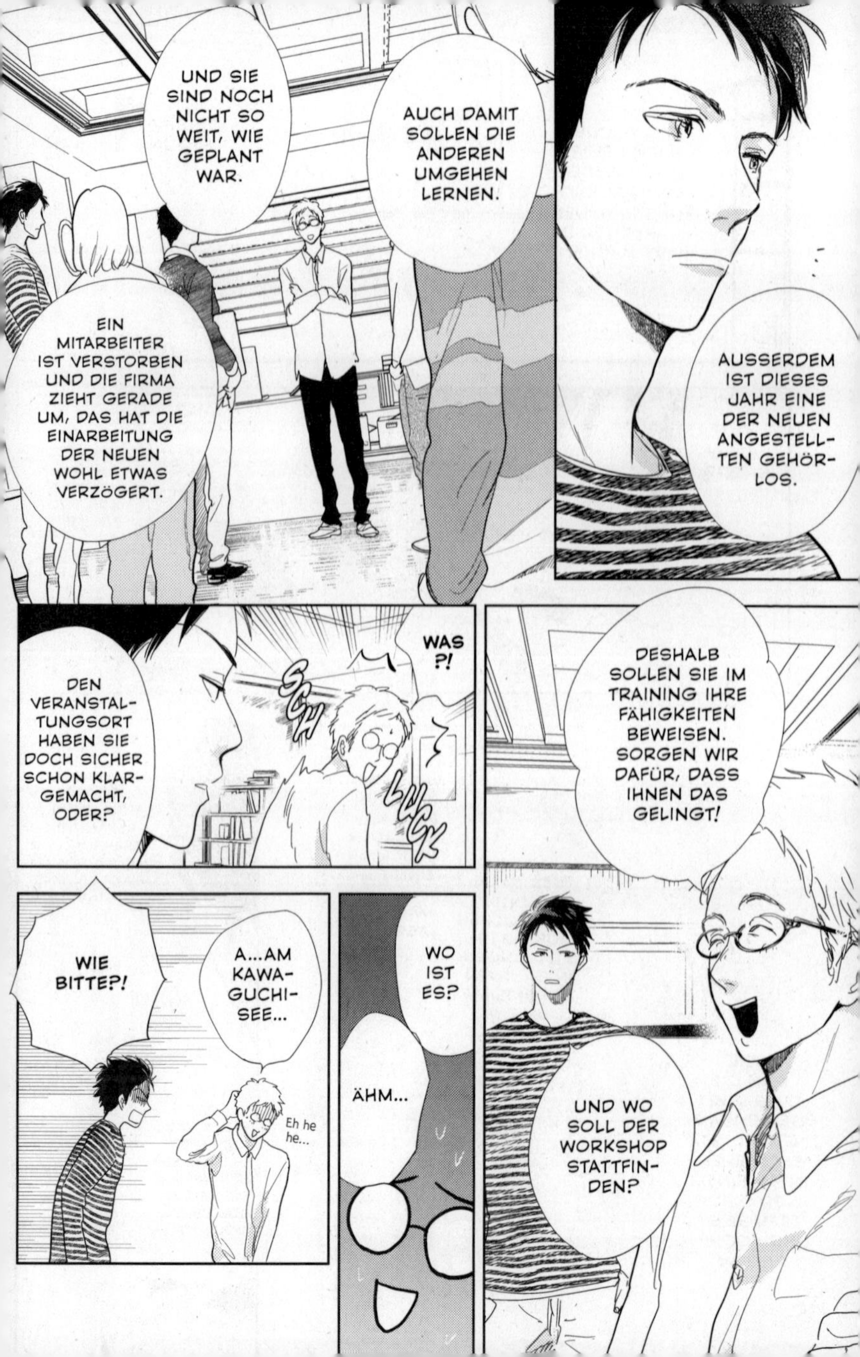
AUSSERDEM IST DIESES JAHR EINE DER NEUEN ANGESTELL-TEN GEHÖR-LOS.
AUCH DAMIT SOLLEN DIE ANDEREN UMGEHEN LERNEN.
UND SIE SIND NOCH NICHT SO WEIT, WIE GEPLANT WAR.
EIN MITARBEITER IST VERSTORBEN UND DIE FIRMA ZIEHT GERADE UM, DAS HAT DIE EINARBEITUNG DER NEUEN WOHL ETWAS VERZÖGERT.
DESHALB SOLLEN SIE IM TRAINING IHRE FÄHIGKEITEN BEWEISEN. SORGEN WIR DAFÜR, DASS IHNEN DAS GELINGT!
UND WO SOLL DER WORKSHOP STATTFIN-DEN?
WAS?!
SCHLUCK
DEN VERANSTAL-TUNGSORT HABEN SIE DOCH SICHER SCHON KLAR-GEMACHT, ODER?
WO IST ES?
ÄHM...
A...AM KAWA-GUCHI-SEE...
Eh he he...
WIE BITTE?!

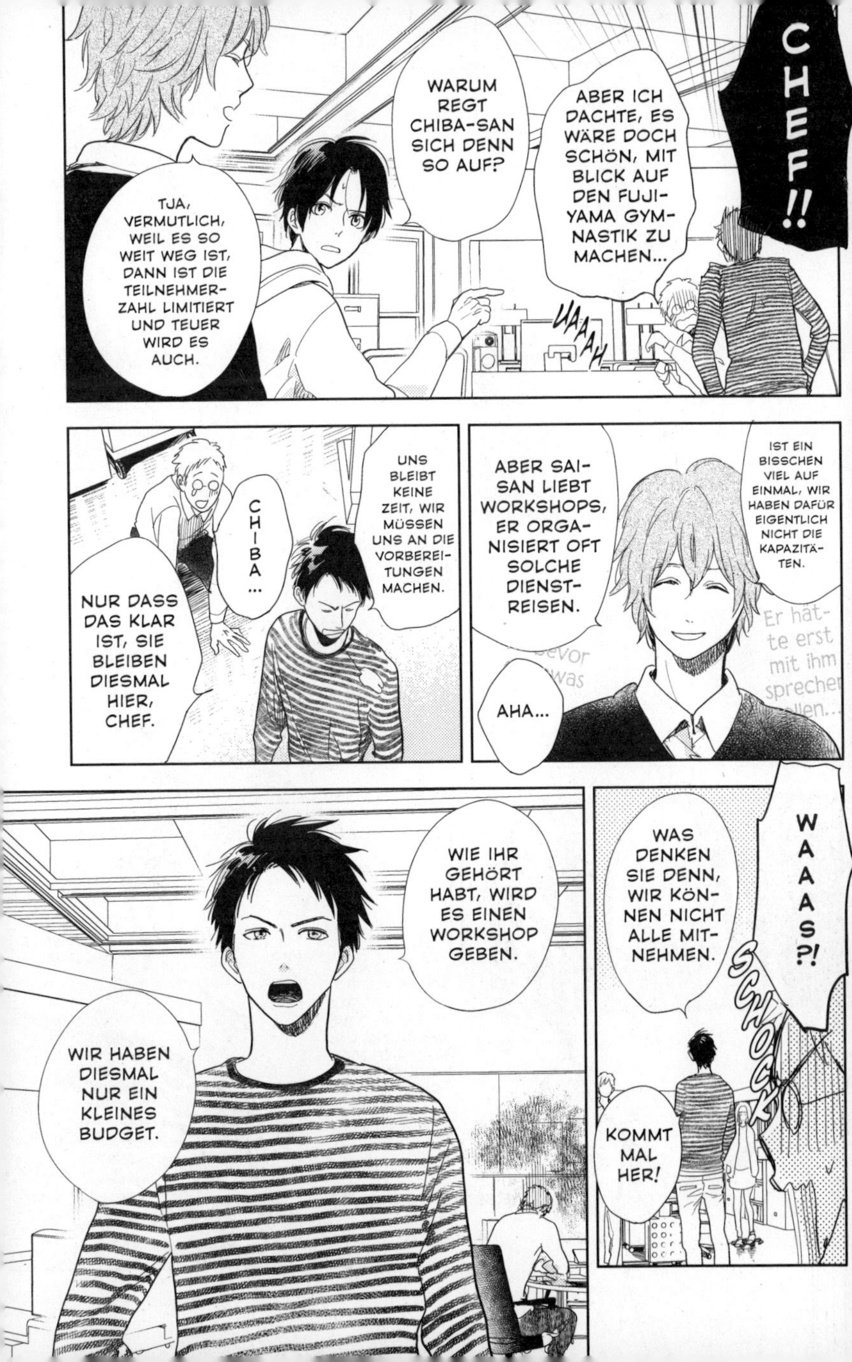
CHEF!!
ABER ICH DACHTE, ES WÄRE DOCH SCHÖN, MIT BLICK AUF DEN FUJIYAMA GYMNASTIK ZU MACHEN...
WARUM REGT CHIBA-SAN SICH DENN SO AUF?
TJA, VERMUTLICH, WEIL ES SO WEIT WEG IST, DANN IST DIE TEILNEHMERZAHL LIMITIERT UND TEUER WIRD ES AUCH.
UAAAH
IST EIN BISSCHEN VIEL AUF EINMAL, WIR HABEN DAFÜR EIGENTLICH NICHT DIE KAPAZITÄTEN.
ABER SAI-SAN LIEBT WORKSHOPS, ER ORGANISIERT OFT SOLCHE DIENSTREISEN.
AHA...
UNS BLEIBT KEINE ZEIT, WIR MÜSSEN UNS AN DIE VORBEREITUNGEN MACHEN.
CHIBA...
NUR DASS DAS KLAR IST, SIE BLEIBEN DIESMAL HIER, CHEF.
WAAAS?!
WAS DENKEN SIE DENN, WIR KÖNNEN NICHT ALLE MITNEHMEN.
SCHOCK
KOMMT MAL HER!
WIE IHR GEHÖRT HABT, WIRD ES EINEN WORKSHOP GEBEN.
WIR HABEN DIESMAL NUR EIN KLEINES BUDGET.

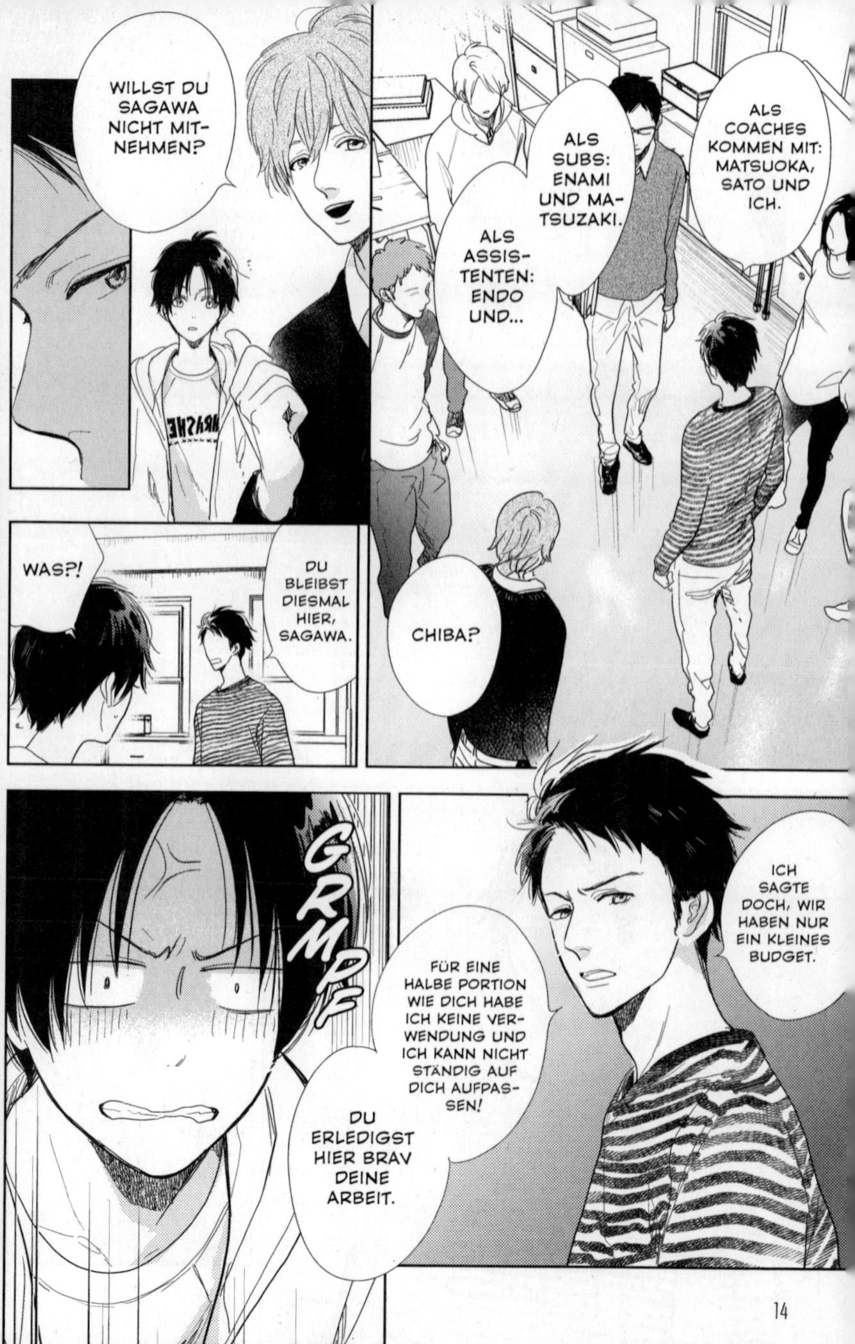
ALS COACHES KOMMEN MIT: MATSUOKA, SATO UND ICH.
ALS SUBS: ENAMI UND MATSUZAKI.
ALS ASSISTENTEN: ENDO UND...
CHIBA?
WILLST DU SAGAWA NICHT MITNEHMEN?
DU BLEIBST DIESMAL HIER, SAGAWA.
WAS?!
ICH SAGTE DOCH, WIR HABEN NUR EIN KLEINES BUDGET.
FÜR EINE HALBE PORTION WIE DICH HABE ICH KEINE VERWENDUNG UND ICH KANN NICHT STÄNDIG AUF DICH AUFPASSEN!
DU ERLEDIGST HIER BRAV DEINE ARBEIT.
GRMPF

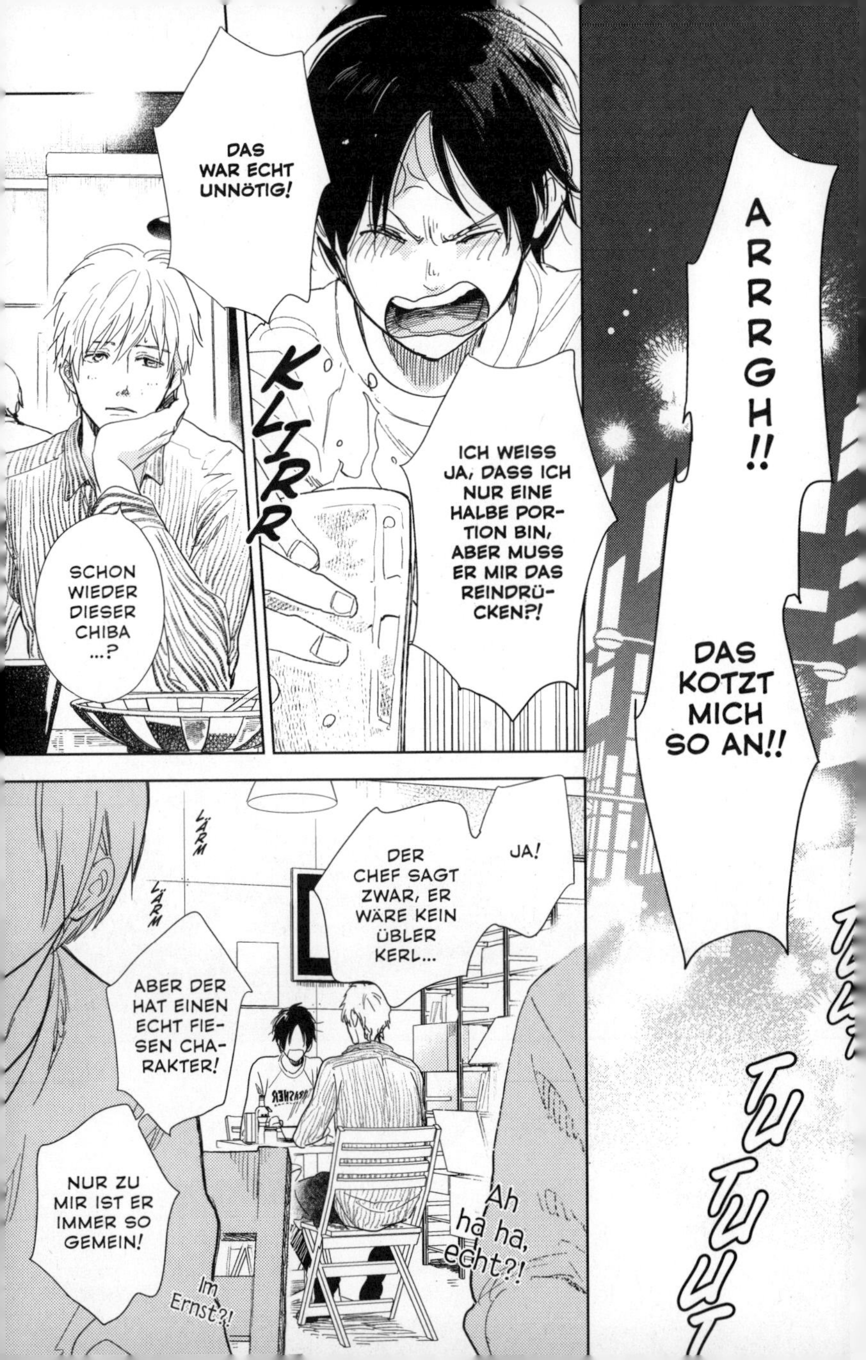
ARRRGH!!
DAS KOTZT MICH SO AN!!
DAS WAR ECHT UNNÖTIG!
KLIRR
ICH WEISS JA, DASS ICH NUR EINE HALBE PORTION BIN, ABER MUSS ER MIR DAS REINDRÜCKEN?!
SCHON WIEDER DIESER CHIBA ...?
TUTUTUT
JA!
DER CHEF SAGT ZWAR, ER WÄRE KEIN ÜBLER KERL...
LÄRM
LÄRM
ABER DER HAT EINEN ECHT FIESEN CHARAKTER!
Ah ha ha, echt?!
NUR ZU MIR IST ER IMMER SO GEMEIN!
Im Ernst?!

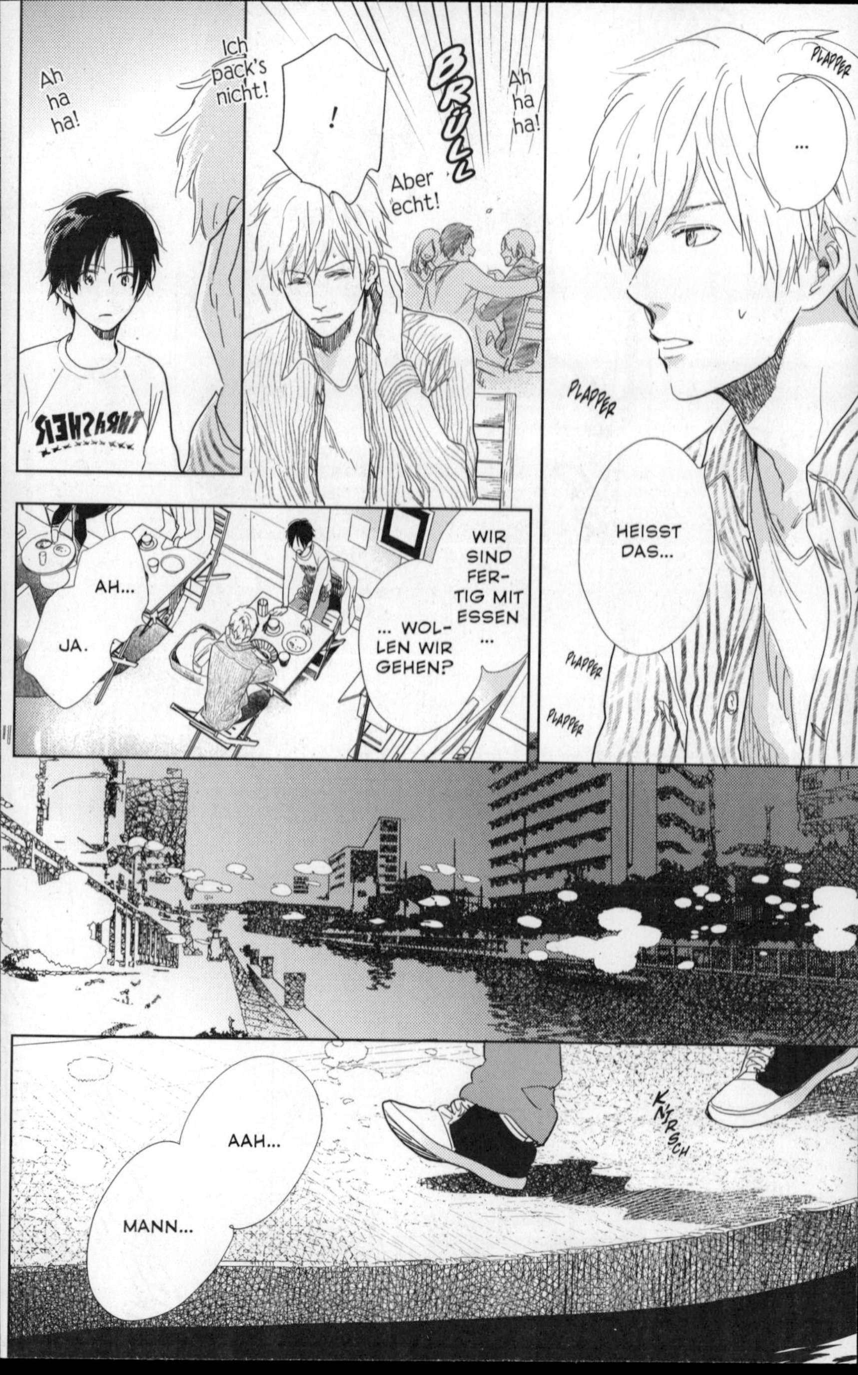
PLAPPER
...
PLAPPER
HEISST DAS...
PLAPPER
PLAPPER
Ah ha ha!
BRÜLL
Aber echt!
!
Ich pack's nicht!
Ah ha ha!
THRASHER
WIR SIND FERTIG MIT ESSEN ...
... WOLLEN WIR GEHEN?
AH... JA.
KNIRSCH
AAH... MANN...

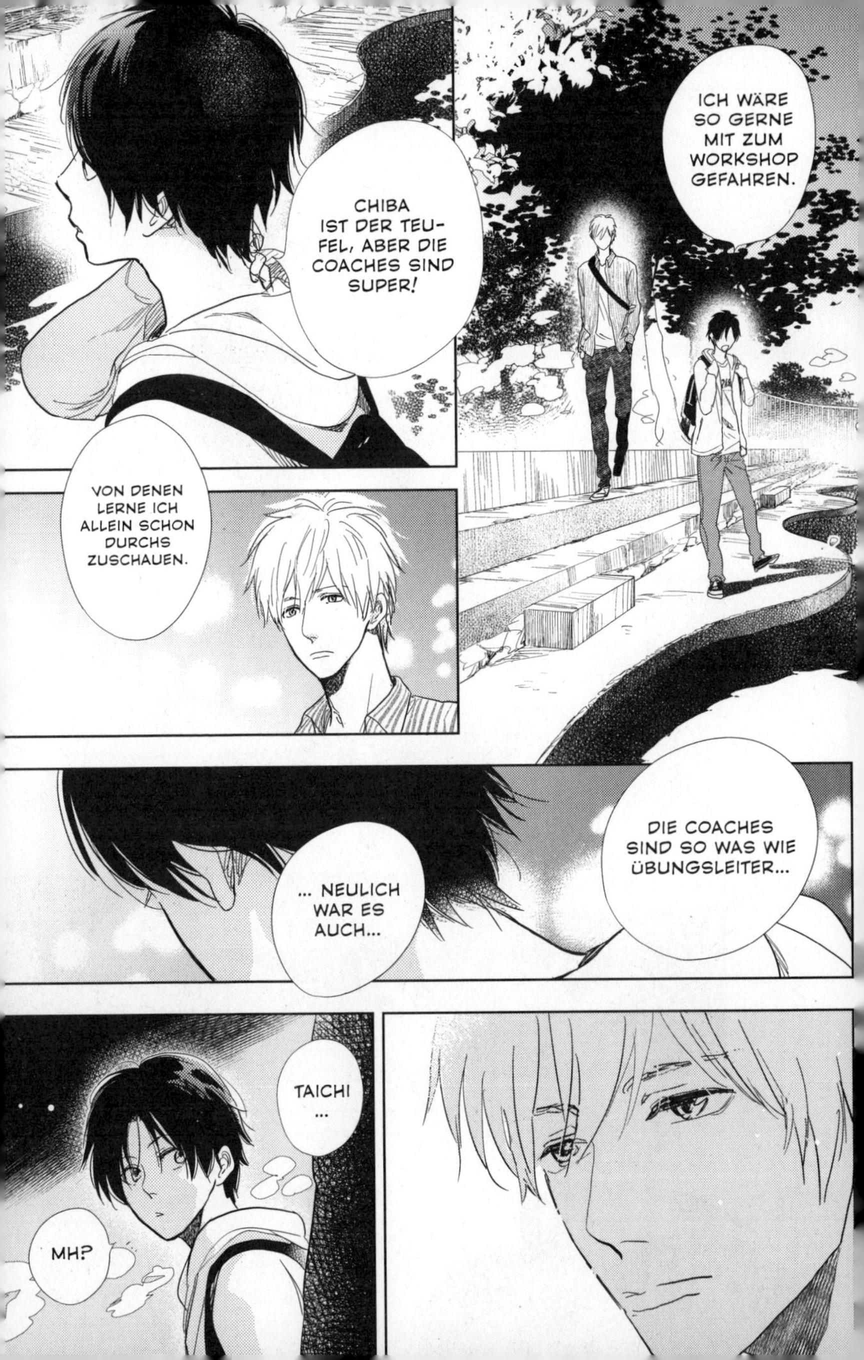
ICH WÄRE SO GERNE MIT ZUM WORKSHOP GEFAHREN.
CHIBA IST DER TEU-FEL, ABER DIE COACHES SIND SUPER!
VON DENEN LERNE ICH ALLEIN SCHON DURCHS ZUSCHAUEN.
DIE COACHES SIND SO WAS WIE ÜBUNGSLEITER...
... NEULICH WAR ES AUCH...
TAICHI ...
MH?

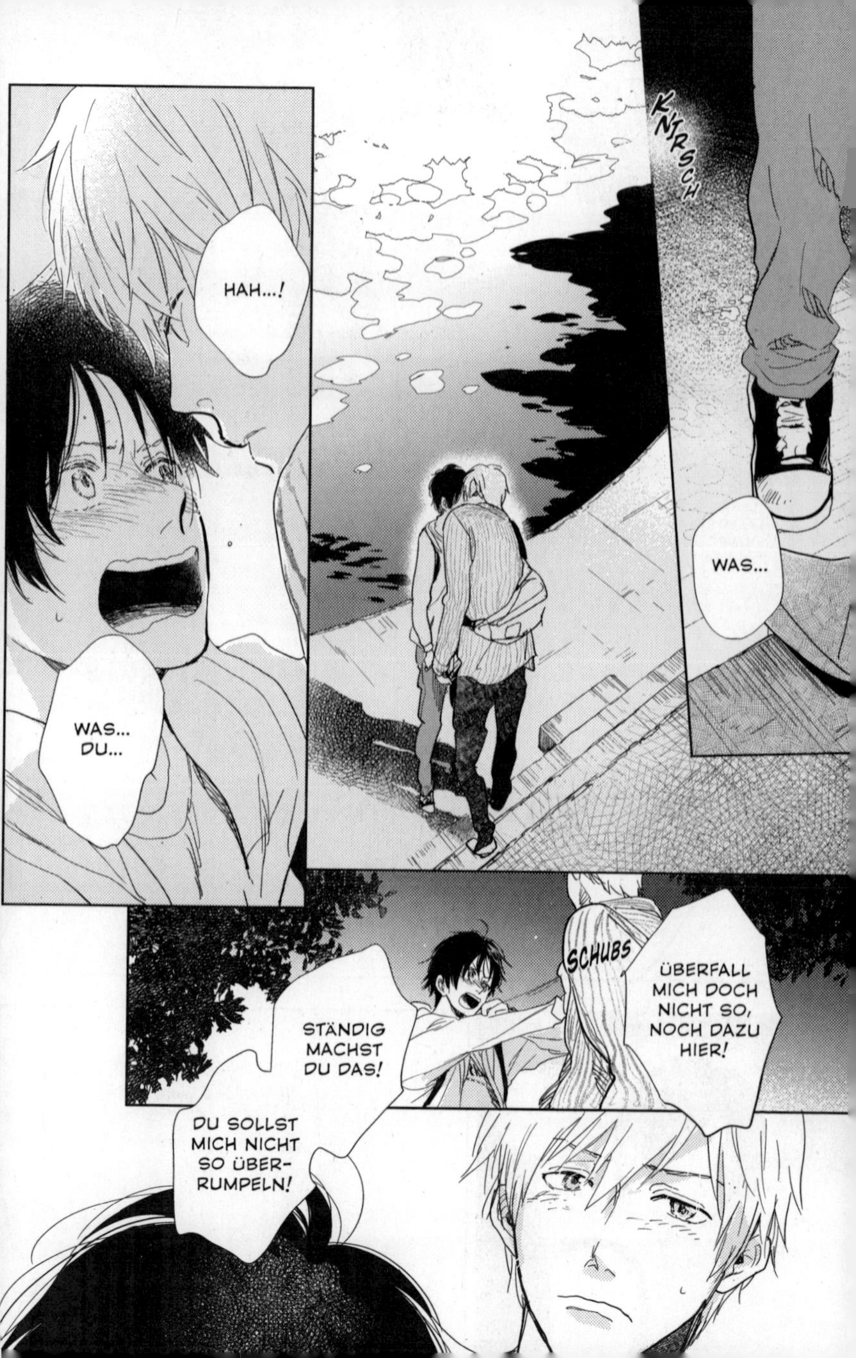
KNIRSCH
WAS...
HAH...!
WAS... DU...
SCHUBS
ÜBERFALL MICH DOCH NICHT SO, NOCH DAZU HIER!
STÄNDIG MACHST DU DAS!
DU SOLLST MICH NICHT SO ÜBER-RUMPELN!

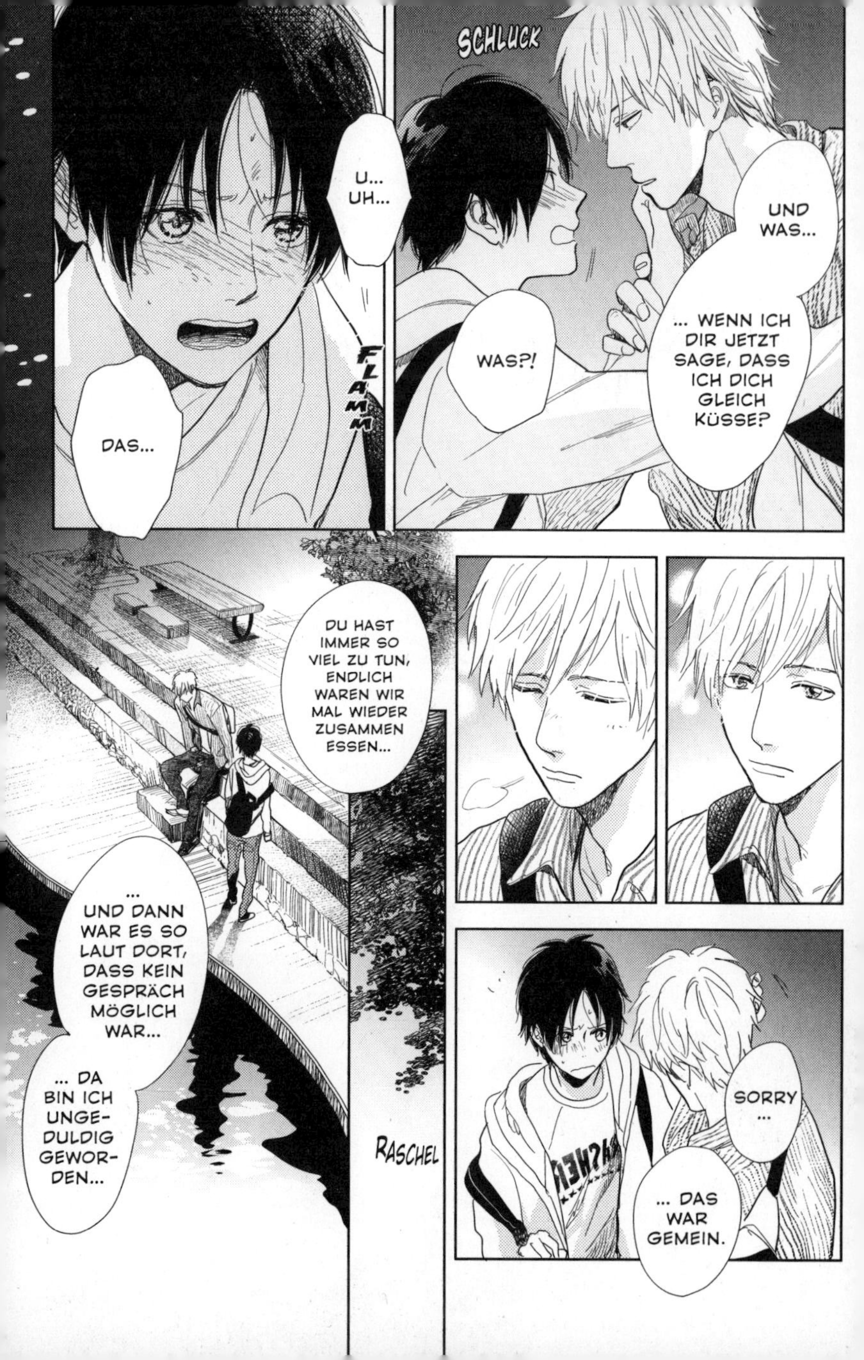
SCHLUCK
UND WAS...
... WENN ICH DIR JETZT SAGE, DASS ICH DICH GLEICH KÜSSE?
WAS?!
U... UH...
FLAMM
DAS...
DU HAST IMMER SO VIEL ZU TUN, ENDLICH WAREN WIR MAL WIEDER ZUSAMMEN ESSEN...
... UND DANN WAR ES SO LAUT DORT, DASS KEIN GESPRÄCH MÖGLICH WAR...
... DA BIN ICH UNGE-DULDIG GEWOR-DEN...
RASCHEL
SORRY ...
... DAS WAR GEMEIN.

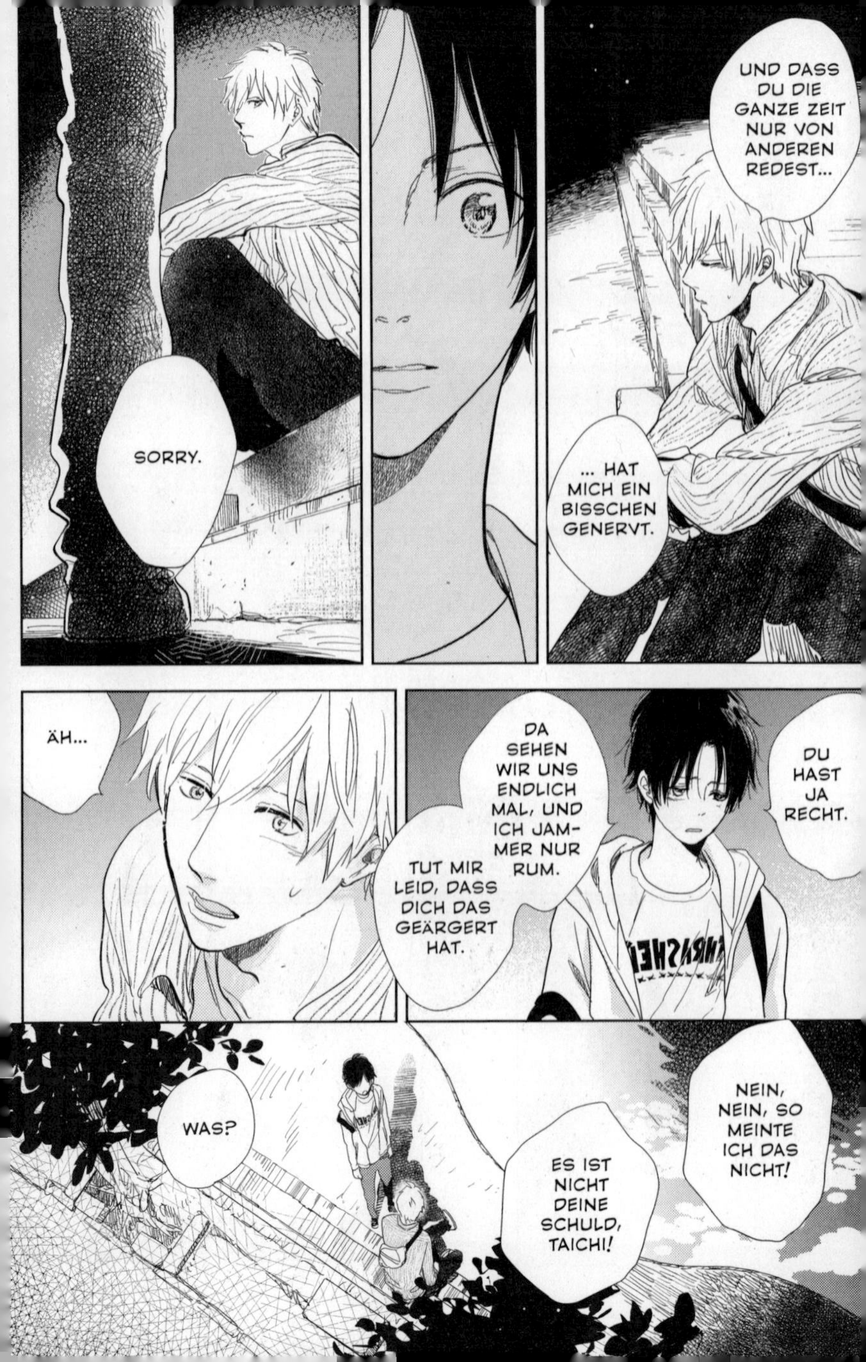
UND DASS DU DIE GANZE ZEIT NUR VON ANDEREN REDEST...
... HAT MICH EIN BISSCHEN GENERVT.
SORRY.
DU HAST JA RECHT.
DA SEHEN WIR UNS ENDLICH MAL, UND ICH JAMMER NUR RUM.
TUT MIR LEID, DASS DICH DAS GEÄRGERT HAT.
ÄH...
NEIN, NEIN, SO MEINTE ICH DAS NICHT!
ES IST NICHT DEINE SCHULD, TAICHI!
WAS?

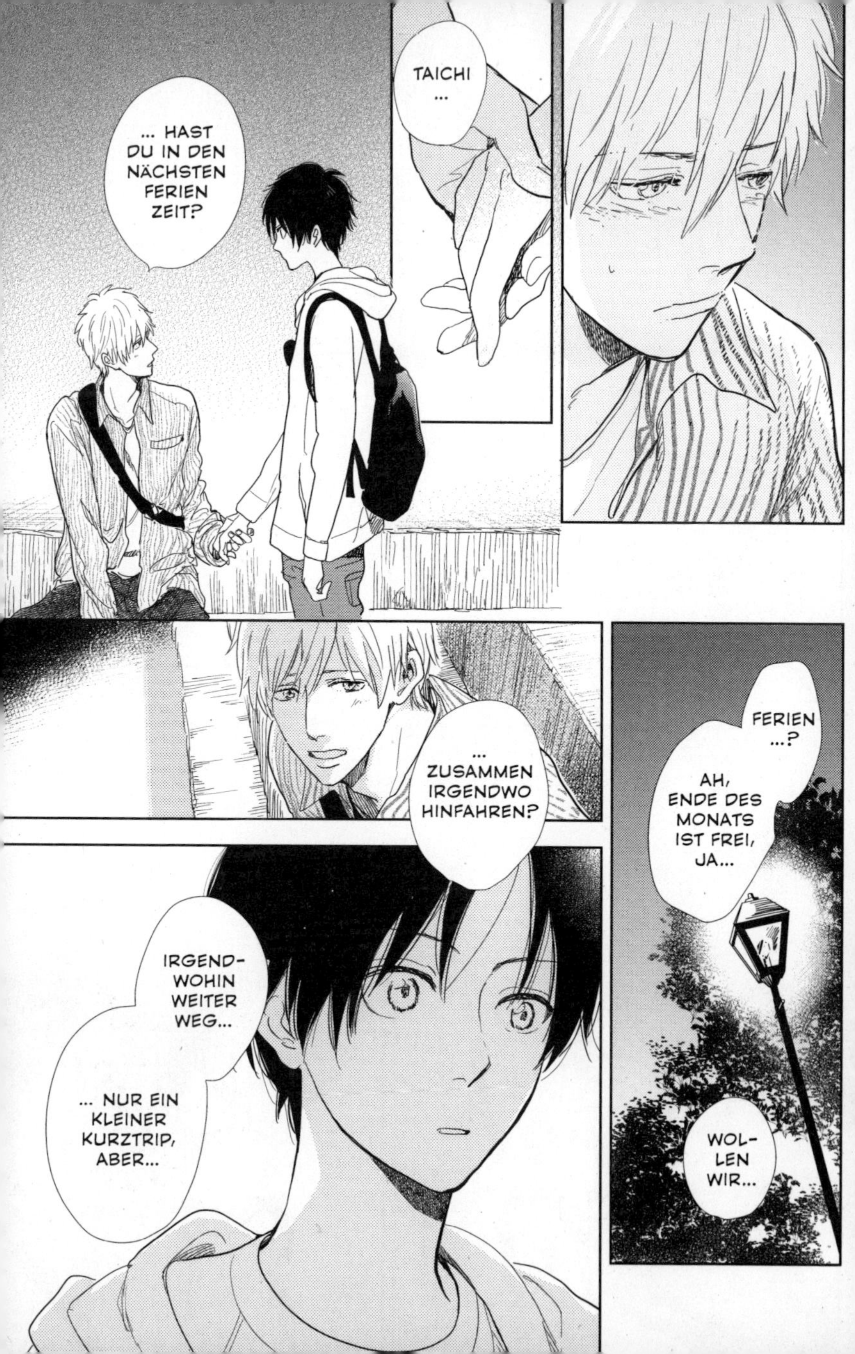
TAICHI ...
... HAST DU IN DEN NÄCHSTEN FERIEN ZEIT?
FERIEN ...?
AH, ENDE DES MONATS IST FREI, JA...
WOL-LEN WIR...
... ZUSAMMEN IRGENDWO HINFAHREN?
IRGEND-WOHIN WEITER WEG...
... NUR EIN KLEINER KURZTRIP, ABER...

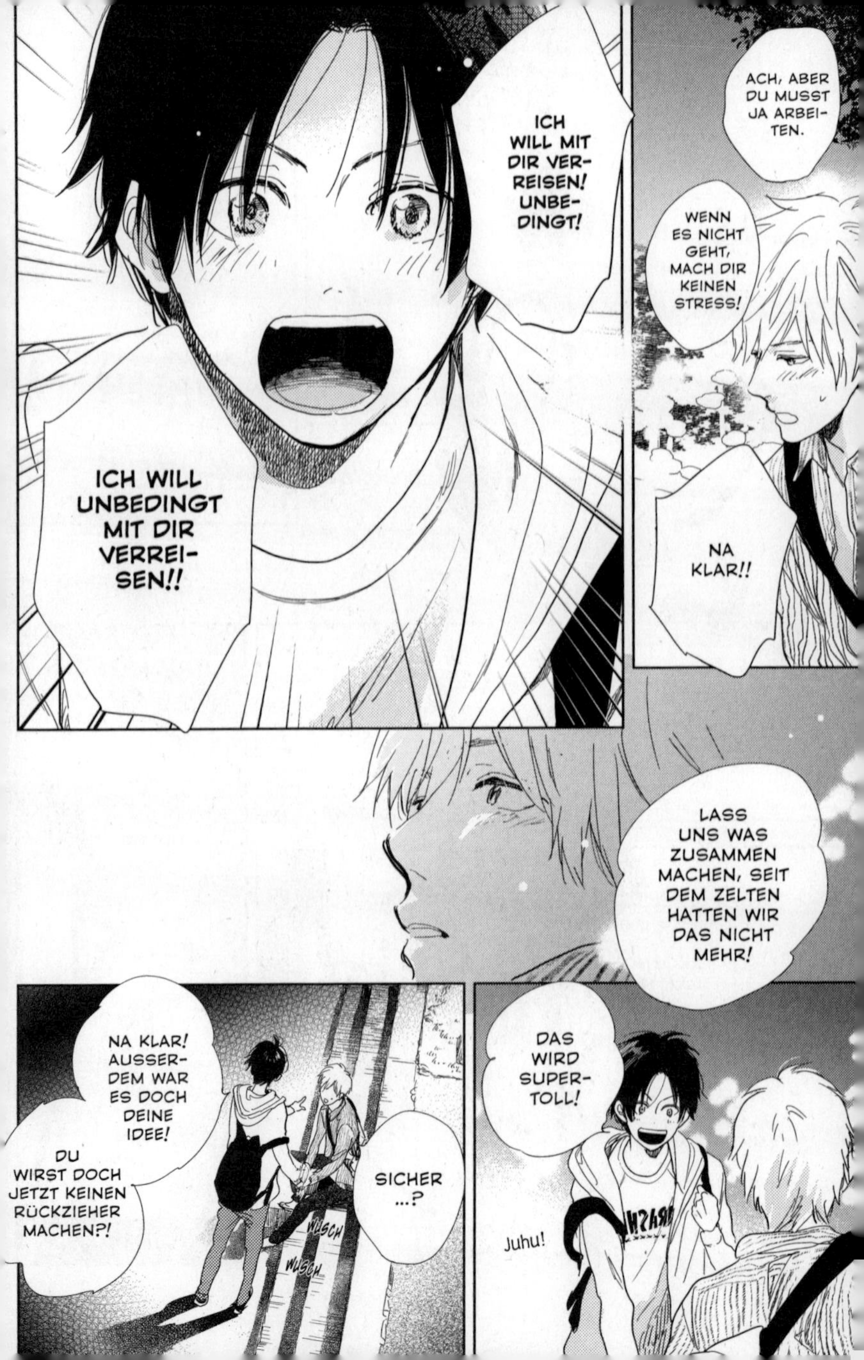
ACH, ABER DU MUSST JA ARBEITEN.
WENN ES NICHT GEHT, MACH DIR KEINEN STRESS!
NA KLAR!!
ICH WILL MIT DIR VERREISEN! UNBEDINGT!
ICH WILL UNBEDINGT MIT DIR VERREISEN!!
LASS UNS WAS ZUSAMMEN MACHEN, SEIT DEM ZELTEN HATTEN WIR DAS NICHT MEHR!
DAS WIRD SUPERTOLL!
Juhu!
SICHER …?
NA KLAR! AUSSERDEM WAR ES DOCH DEINE IDEE!
DU WIRST DOCH JETZT KEINEN RÜCKZIEHER MACHEN?!
WUSCH
WUSCH

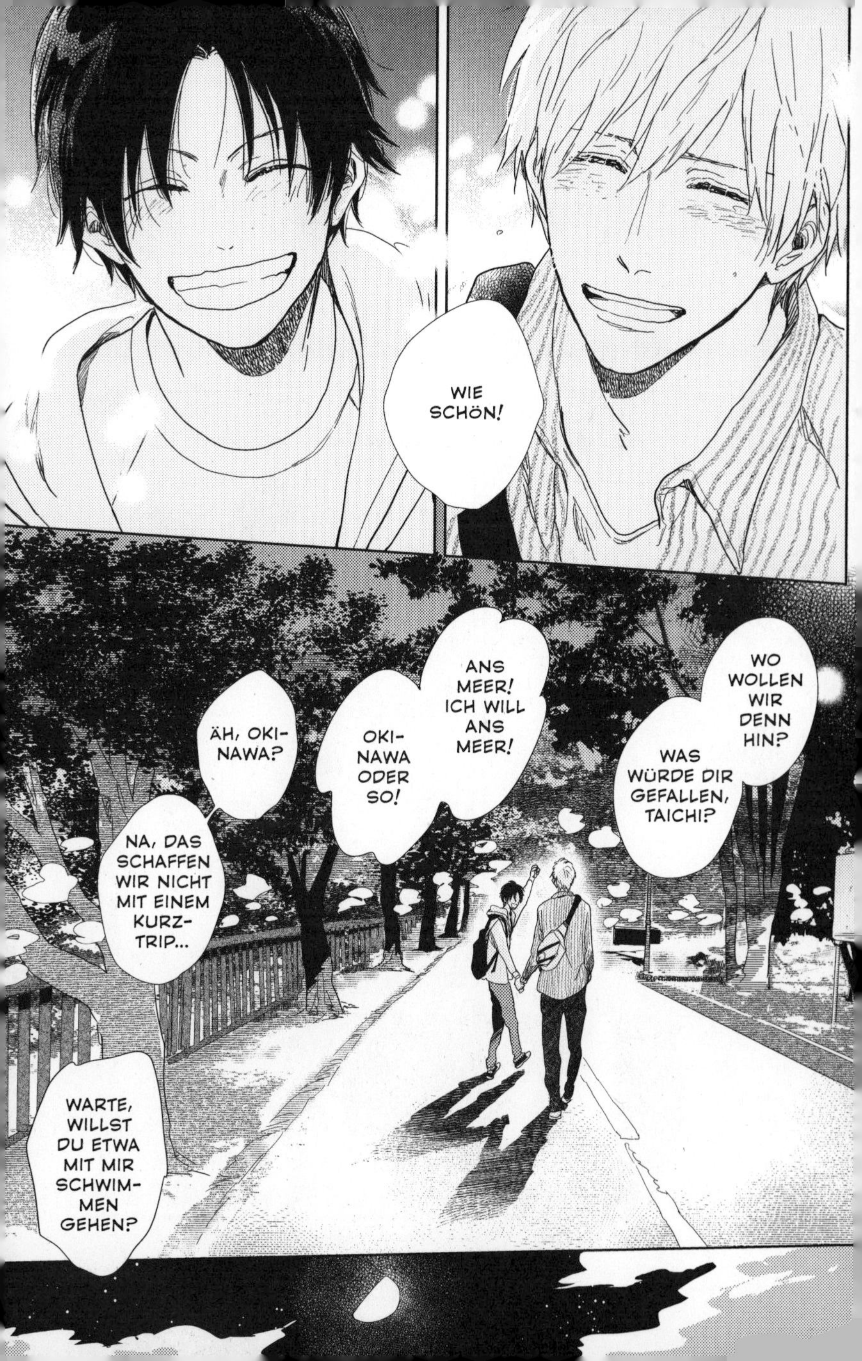
WIE SCHÖN!
WO WOLLEN WIR DENN HIN?
WAS WÜRDE DIR GEFALLEN, TAICHI?
ANS MEER! ICH WILL ANS MEER!
OKI-NAWA ODER SO!
ÄH, OKI-NAWA?
NA, DAS SCHAFFEN WIR NICHT MIT EINEM KURZ-TRIP...
WARTE, WILLST DU ETWA MIT MIR SCHWIM-MEN GEHEN?

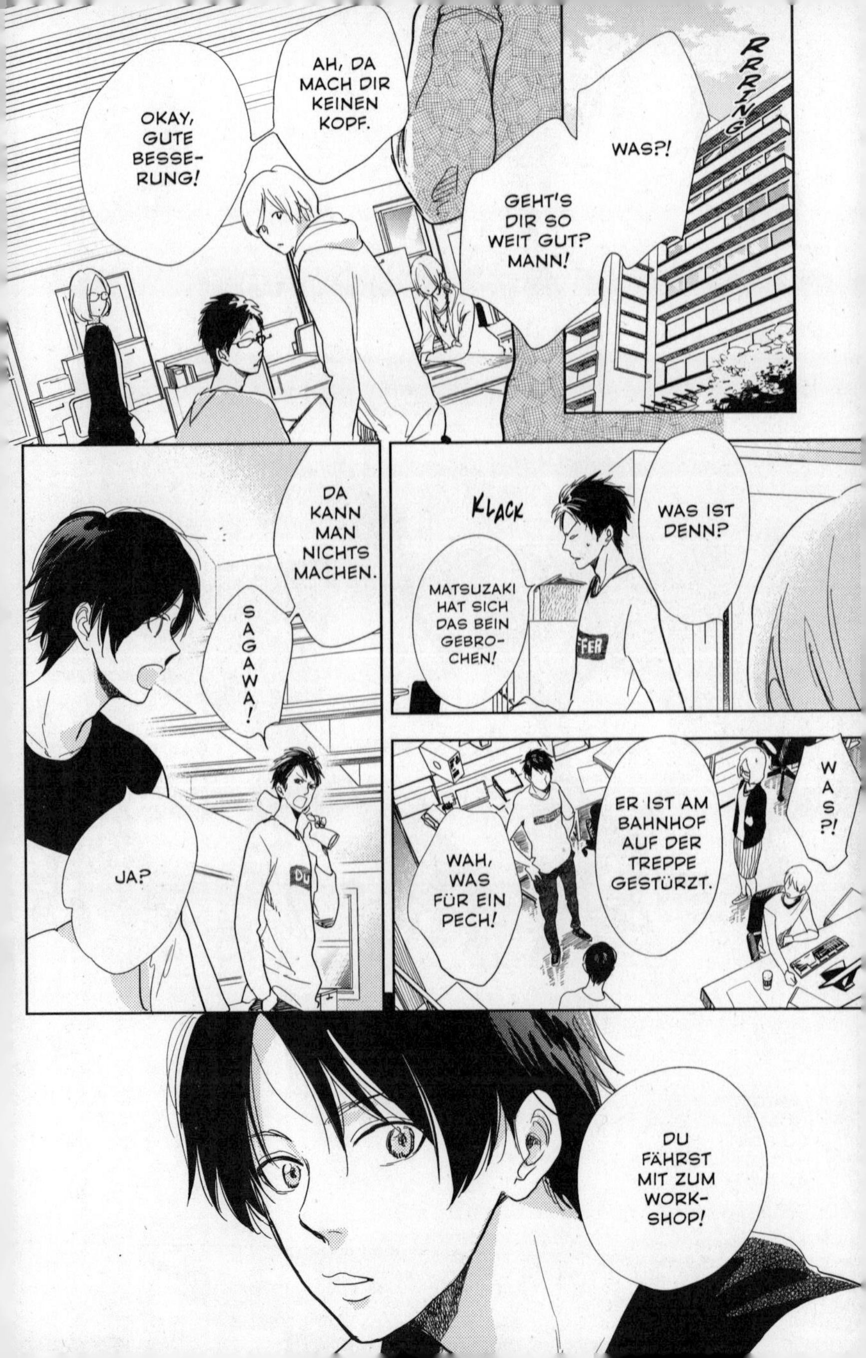
RRRING
WAS?!
GEHT'S DIR SO WEIT GUT? MANN!
AH, DA MACH DIR KEINEN KOPF.
OKAY, GUTE BESSE-RUNG!
WAS IST DENN?
KLACK
MATSUZAKI HAT SICH DAS BEIN GEBRO-CHEN!
DA KANN MAN NICHTS MACHEN.
SAGAWA!
JA?
WAS?!
ER IST AM BAHNHOF AUF DER TREPPE GESTÜRZT.
WAH, WAS FÜR EIN PECH!
DU FÄHRST MIT ZUM WORK-SHOP!

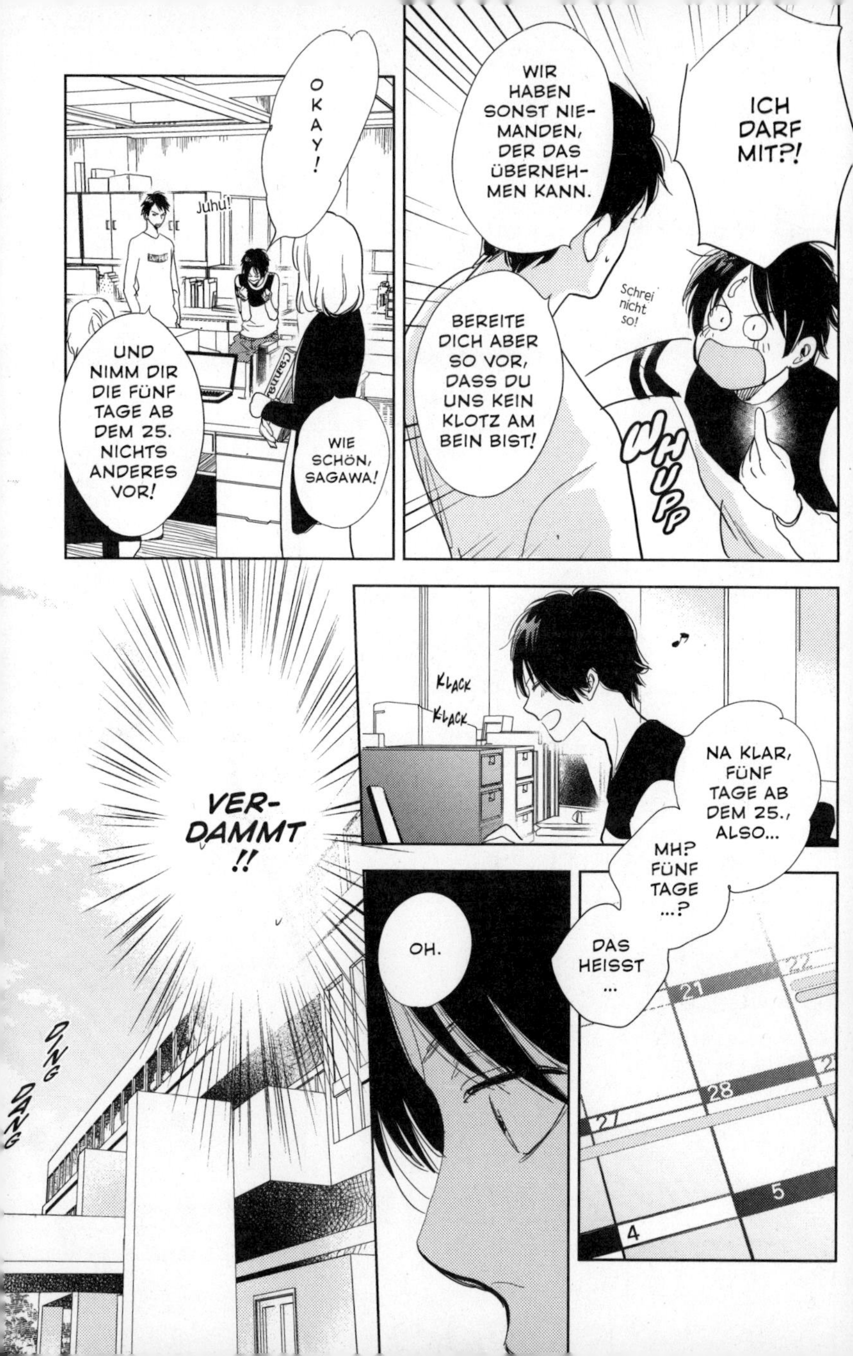
ICH DARF MIT?!
WIR HABEN SONST NIE-MANDEN, DER DAS ÜBERNEH-MEN KANN.
Schrei nicht so!
BEREITE DICH ABER SO VOR, DASS DU UNS KEIN KLOTZ AM BEIN BIST!
WHUPP
OKAY!
Juhu!
WIE SCHÖN, SAGAWA!
UND NIMM DIR DIE FÜNF TAGE AB DEM 25. NICHTS ANDERES VOR!
KLACK
KLACK
NA KLAR, FÜNF TAGE AB DEM 25., ALSO...
MH? FÜNF TAGE ...?
DAS HEISST ...
OH.
VER-DAMMT!!
DING DANG

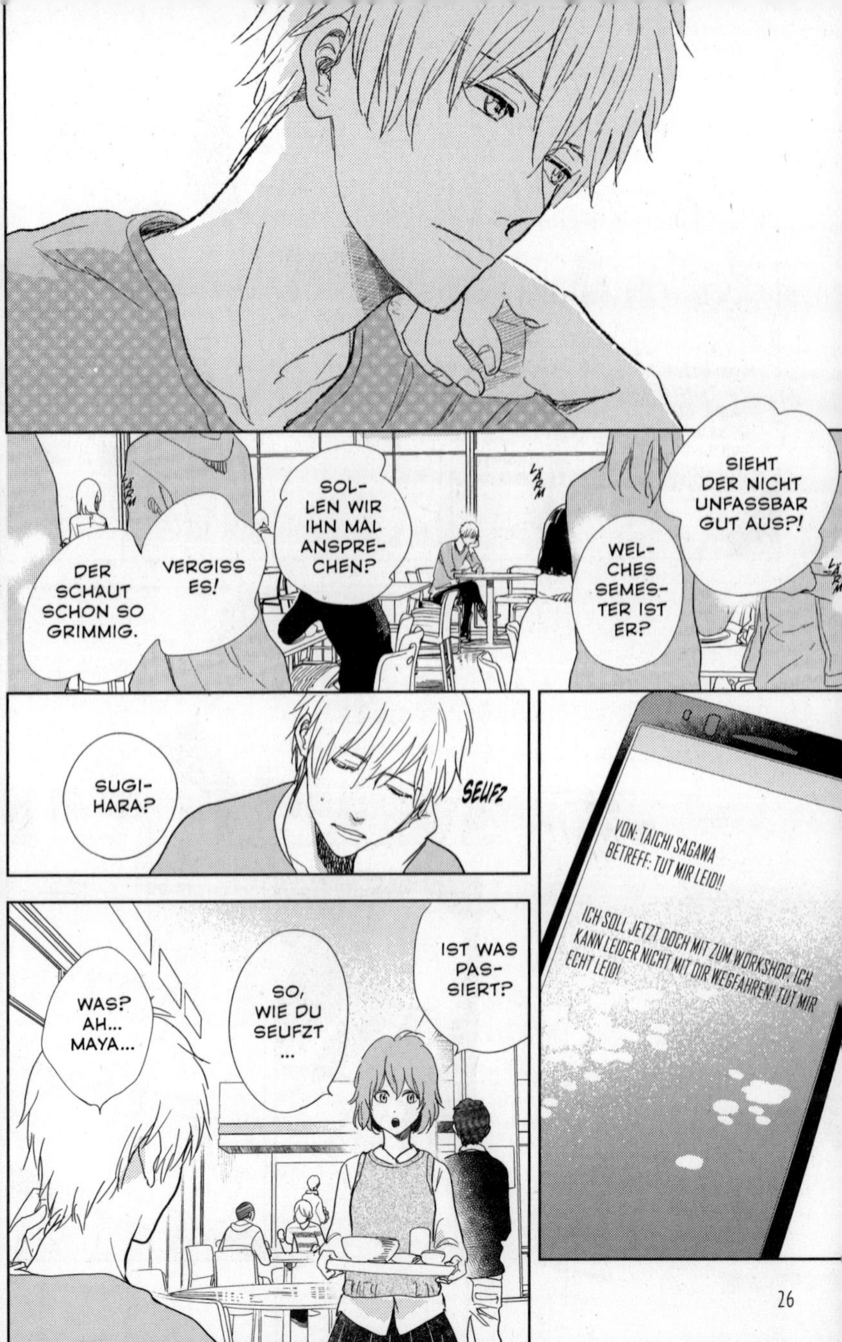

SIEHT DER NICHT UNFASSBAR GUT AUS?!
WELCHES SEMESTER IST ER?
LÄRM
SOLLEN WIR IHN MAL ANSPRECHEN?
LÄRM
VERGISS ES!
DER SCHAUT SCHON SO GRIMMIG.
VON: TAICHI SAGAWA
BETREFF: TUT MIR LEID!!
ICH SOLL JETZT DOCH MIT ZUM WORKSHOP. ICH KANN LEIDER NICHT MIT DIR WEGFAHREN! TUT MIR ECHT LEID!
SEUFZ
SUGIHARA?
IST WAS PASSIERT?
SO, WIE DU SEUFZT ...
WAS? AH... MAYA...

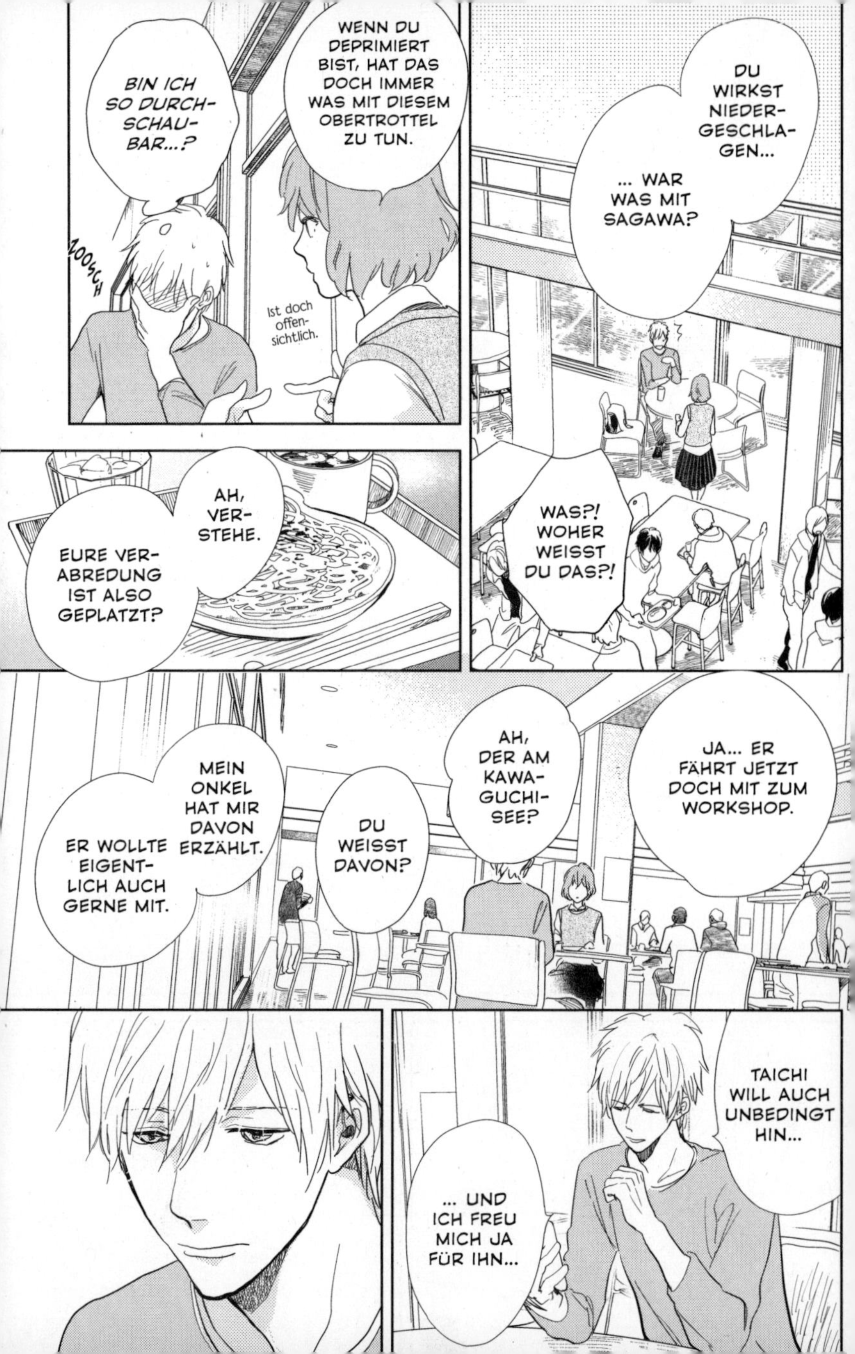
WENN DU DEPRIMIERT BIST, HAT DAS DOCH IMMER WAS MIT DIESEM OBERTROTTEL ZU TUN.
BIN ICH SO DURCHSCHAUBAR...?
ZOOSCH
Ist doch offensichtlich.
DU WIRKST NIEDERGESCHLAGEN...
... WAR WAS MIT SAGAWA?
WAS?! WOHER WEISST DU DAS?!
AH, VERSTEHE.
EURE VERABREDUNG IST ALSO GEPLATZT?
JA... ER FÄHRT JETZT DOCH MIT ZUM WORKSHOP.
AH, DER AM KAWAGUCHISEE?
DU WEISST DAVON?
MEIN ONKEL HAT MIR DAVON ERZÄHLT.
ER WOLLTE EIGENTLICH AUCH GERNE MIT.
TAICHI WILL AUCH UNBEDINGT HIN...
... UND ICH FREU MICH JA FÜR IHN...

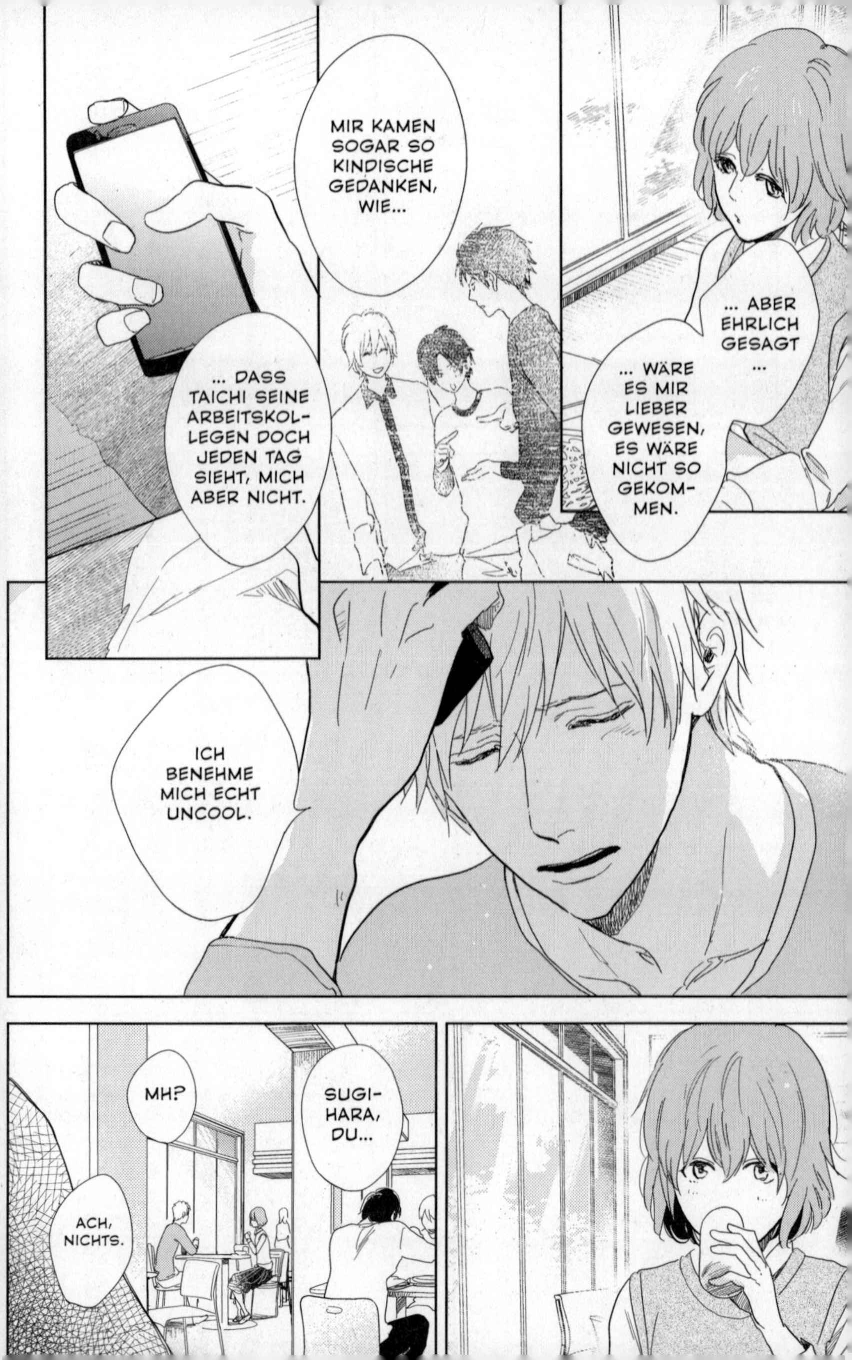
... ABER EHRLICH GESAGT ...
... WÄRE ES MIR LIEBER GEWESEN, ES WÄRE NICHT SO GEKOMMEN.
MIR KAMEN SOGAR SO KINDISCHE GEDANKEN, WIE...
... DASS TAICHI SEINE ARBEITSKOLLEGEN DOCH JEDEN TAG SIEHT, MICH ABER NICHT.
ICH BENEHME MICH ECHT UNCOOL.
SUGIHARA, DU...
MH?
ACH, NICHTS.

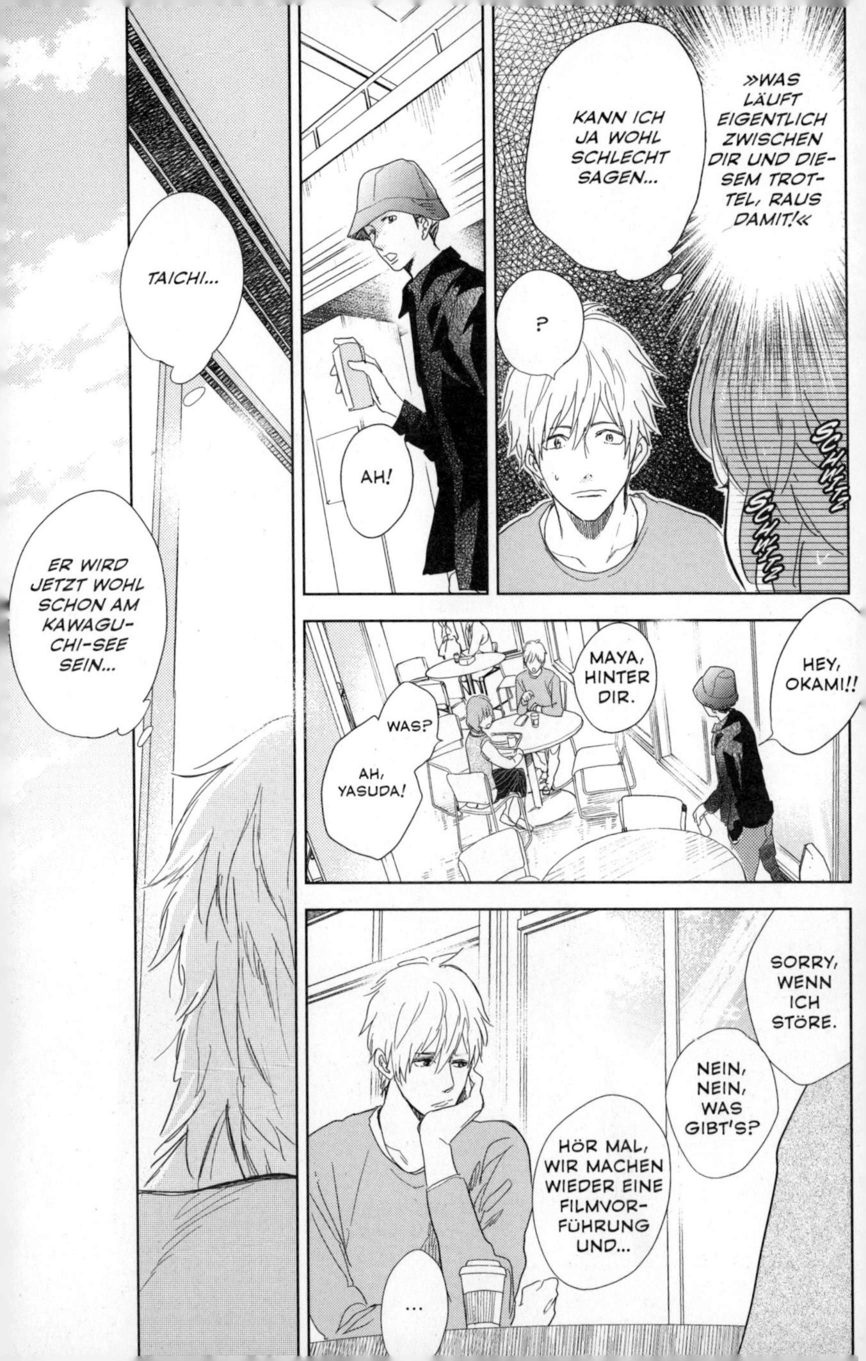
»WAS LÄUFT EIGENTLICH ZWISCHEN DIR UND DIESEM TROTTEL, RAUS DAMIT!«
KANN ICH JA WOHL SCHLECHT SAGEN...
SCHWIII
SCHWIII
?
AH!
TAICHI...
ER WIRD JETZT WOHL SCHON AM KAWAGUCHI-SEE SEIN...
HEY, OKAMI!!
MAYA, HINTER DIR.
WAS?
AH, YASUDA!
SORRY, WENN ICH STÖRE.
NEIN, NEIN, WAS GIBT'S?
HÖR MAL, WIR MACHEN WIEDER EINE FILMVORFÜHRUNG UND...
...

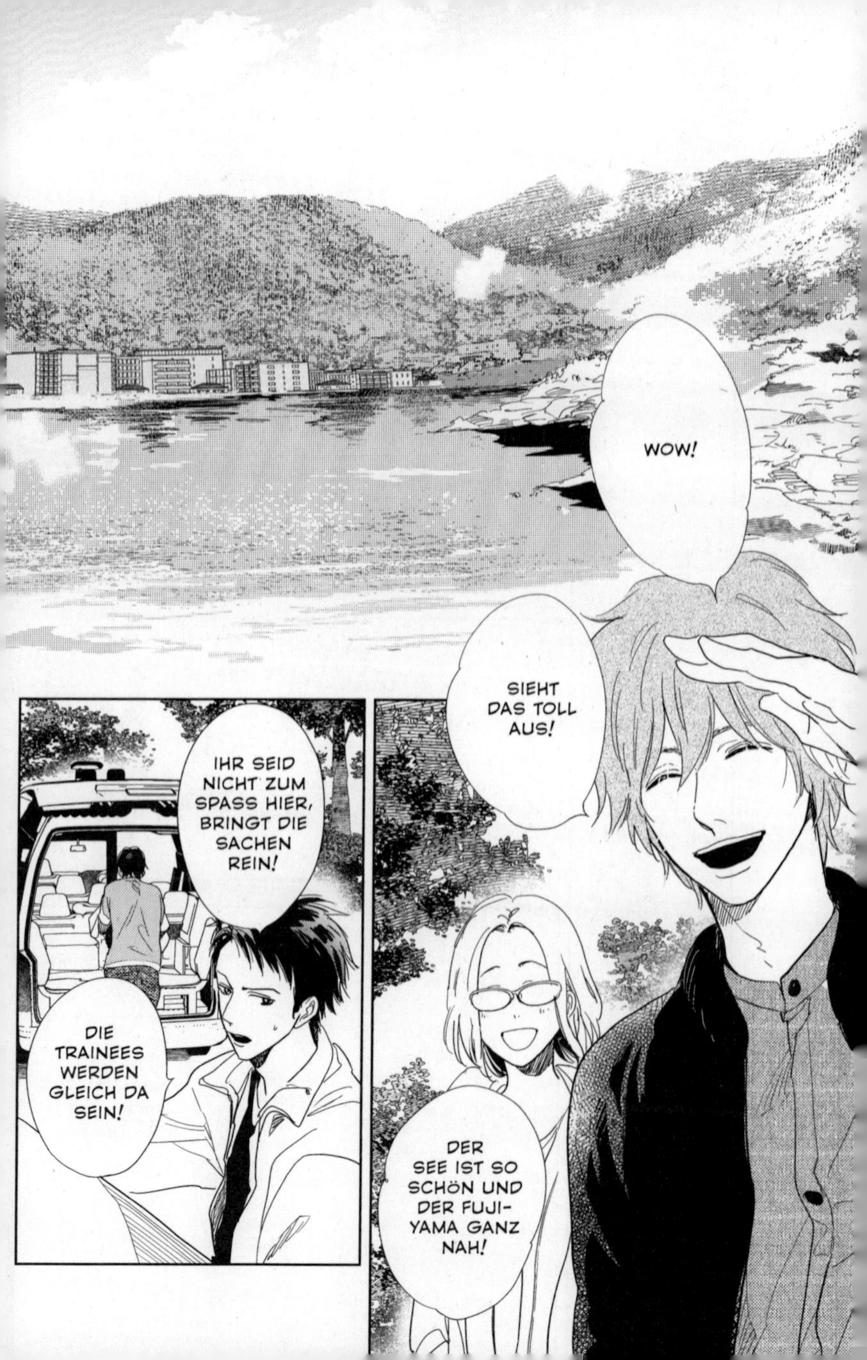
WOW!
SIEHT DAS TOLL AUS!
DER SEE IST SO SCHÖN UND DER FUJI-YAMA GANZ NAH!
IHR SEID NICHT ZUM SPASS HIER, BRINGT DIE SACHEN REIN!
DIE TRAINEES WERDEN GLEICH DA SEIN!

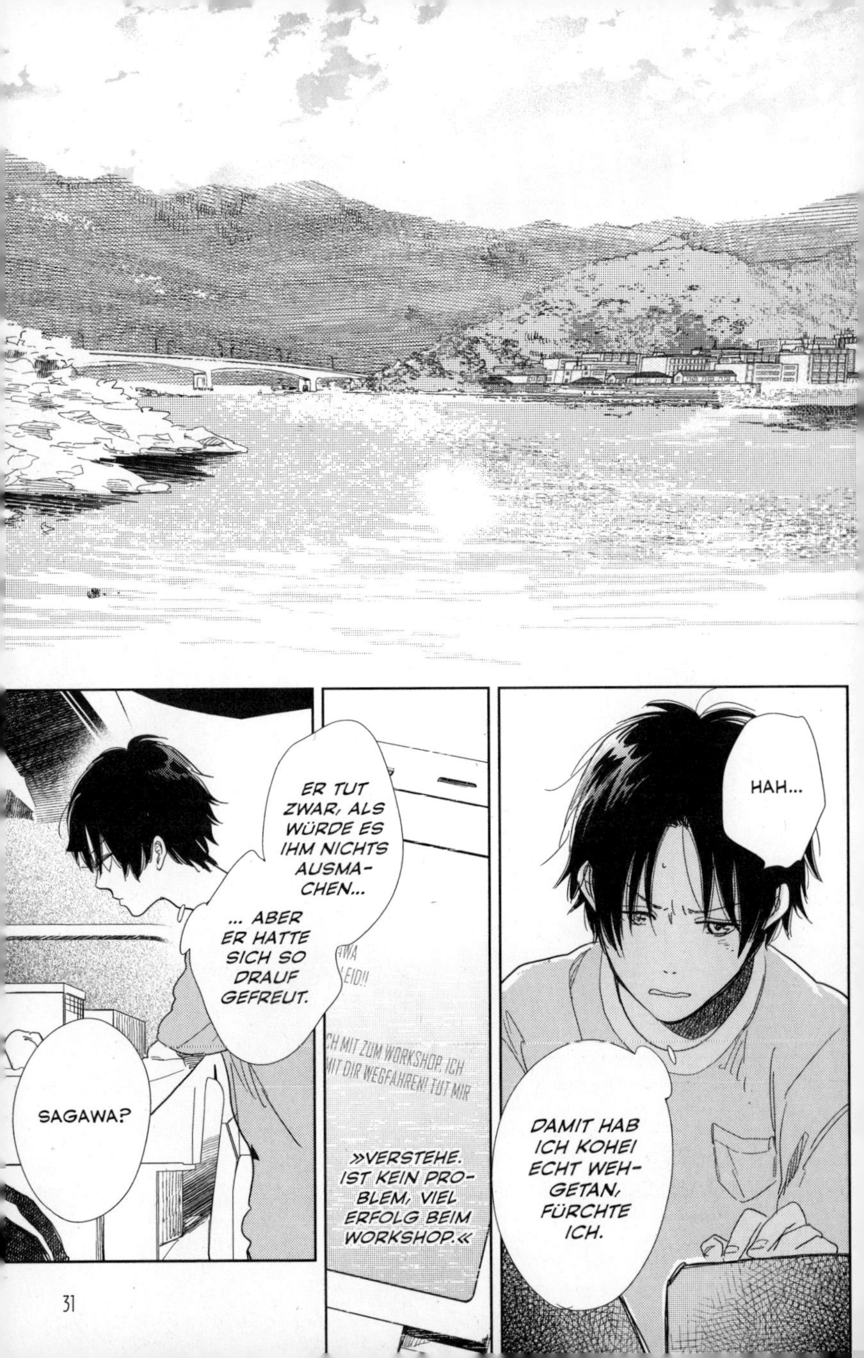
HAH...
DAMIT HAB ICH KOHEI ECHT WEH-GETAN, FÜRCHTE ICH.
CH MIT ZUM WORKSHOP, ICH
MIT DIR WEGFAHREN! TUT MIR
LEID!!
»VERSTEHE. IST KEIN PRO-BLEM, VIEL ERFOLG BEIM WORKSHOP.«
ER TUT ZWAR, ALS WÜRDE ES IHM NICHTS AUSMA-CHEN...
... ABER ER HATTE SICH SO DRAUF GEFREUT.
SAGAWA?

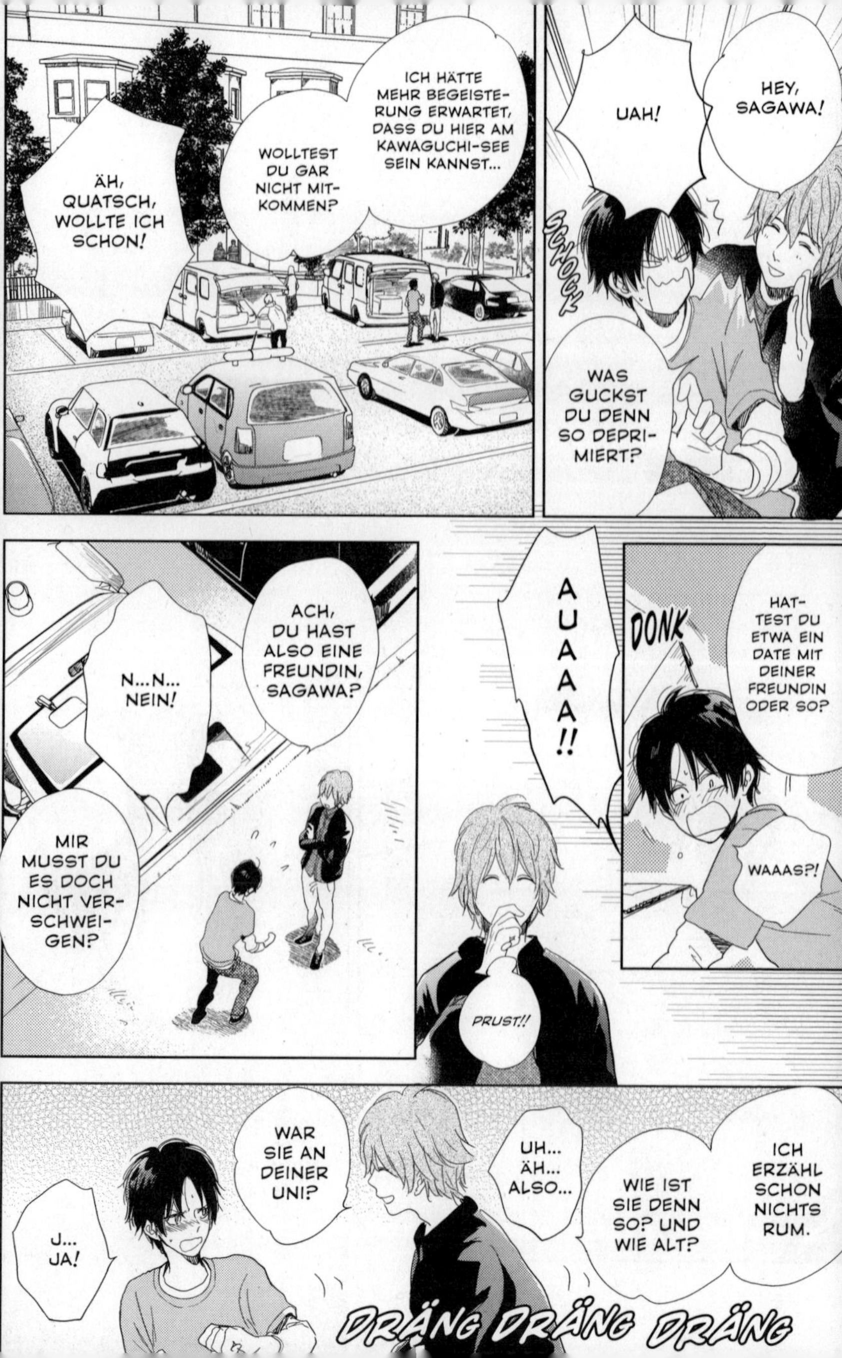
HEY, SAGAWA!
UAH!
SCHOCK
WAS GUCKST DU DENN SO DEPRIMIERT?
ICH HÄTTE MEHR BEGEISTERUNG ERWARTET, DASS DU HIER AM KAWAGUCHI-SEE SEIN KANNST...
WOLLTEST DU GAR NICHT MITKOMMEN?
ÄH, QUATSCH, WOLLTE ICH SCHON!
HATTEST DU ETWA EIN DATE MIT DEINER FREUNDIN ODER SO?
DONK
WAAAS?!
AUAAAA!!
PRUST!!
ACH, DU HAST ALSO EINE FREUNDIN, SAGAWA?
N...N... NEIN!
MIR MUSST DU ES DOCH NICHT VERSCHWEIGEN?
ICH ERZÄHL SCHON NICHTS RUM.
WIE IST SIE DENN SO? UND WIE ALT?
UH... ÄH... ALSO...
WAR SIE AN DEINER UNI?
J... JA!
DRÄNG DRÄNG DRÄNG

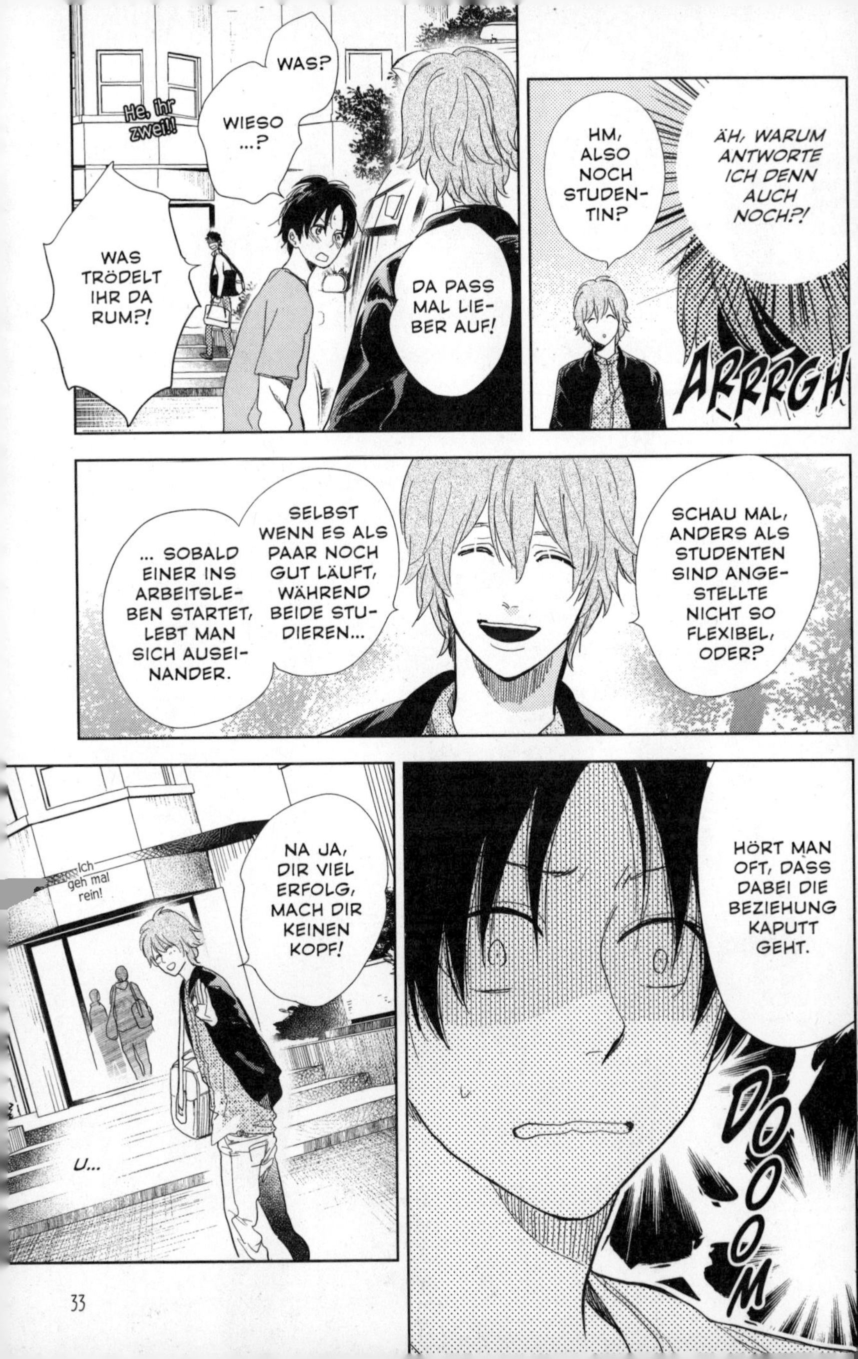
ÄH, WARUM ANTWORTE ICH DENN AUCH NOCH?!
HM, ALSO NOCH STUDENTIN?
ARRRGH
WAS?
WIESO ...?
DA PASS MAL LIEBER AUF!
He, ihr zwei!!
WAS TRÖDELT IHR DA RUM?!
SCHAU MAL, ANDERS ALS STUDENTEN SIND ANGESTELLTE NICHT SO FLEXIBEL, ODER?
SELBST WENN ES ALS PAAR NOCH GUT LÄUFT, WÄHREND BEIDE STUDIEREN...
... SOBALD EINER INS ARBEITSLEBEN STARTET, LEBT MAN SICH AUSEINANDER.
HÖRT MAN OFT, DASS DABEI DIE BEZIEHUNG KAPUTT GEHT.
DOOOOOM
NA JA, DIR VIEL ERFOLG, MACH DIR KEINEN KOPF!
Ich geh mal rein!
U...

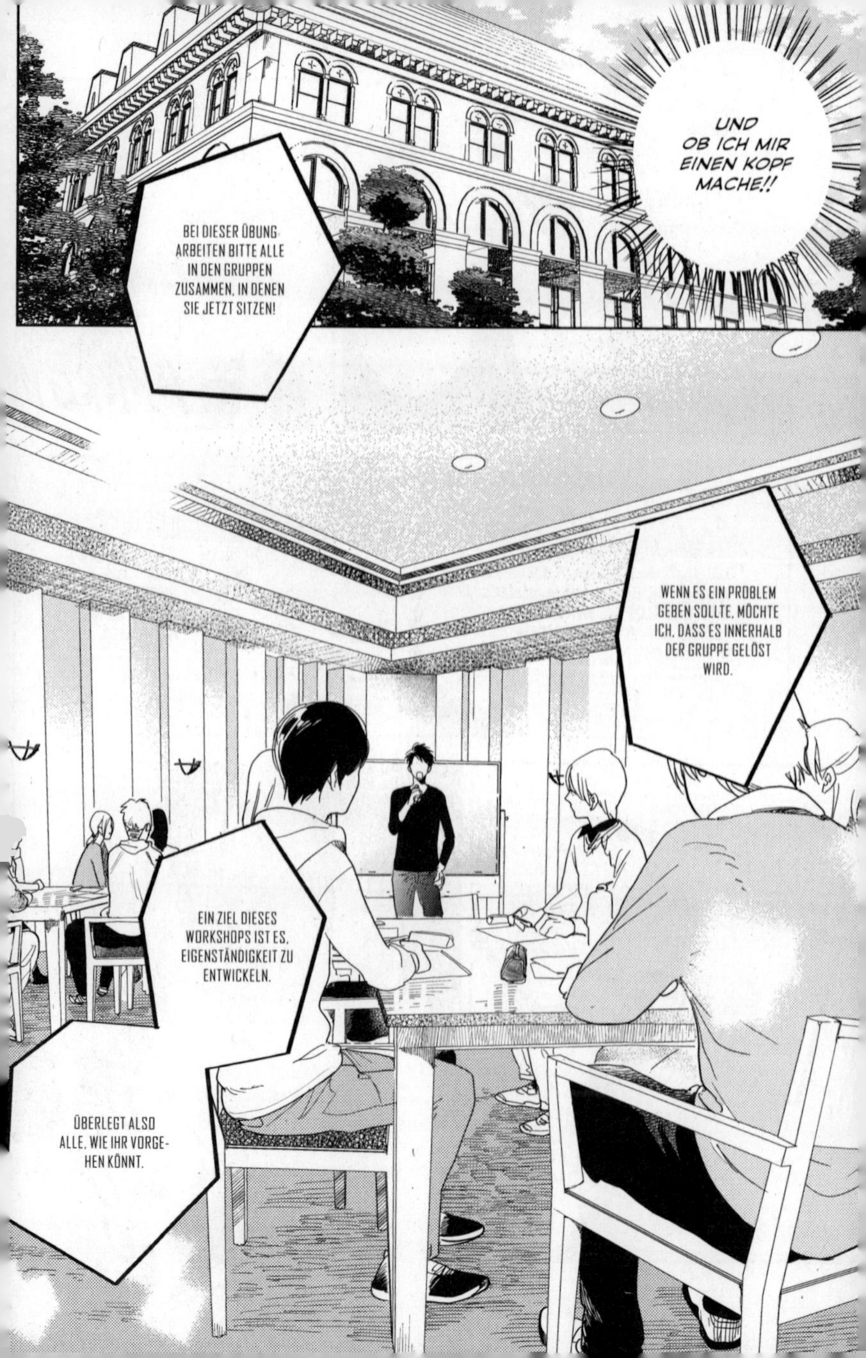
UND OB ICH MIR EINEN KOPF MACHE!!
BEI DIESER ÜBUNG ARBEITEN BITTE ALLE IN DEN GRUPPEN ZUSAMMEN, IN DENEN SIE JETZT SITZEN!
WENN ES EIN PROBLEM GEBEN SOLLTE, MÖCHTE ICH, DASS ES INNERHALB DER GRUPPE GELÖST WIRD.
EIN ZIEL DIESES WORKSHOPS IST ES, EIGENSTÄNDIGKEIT ZU ENTWICKELN.
ÜBERLEGT ALSO ALLE, WIE IHR VORGE- HEN KÖNNT.

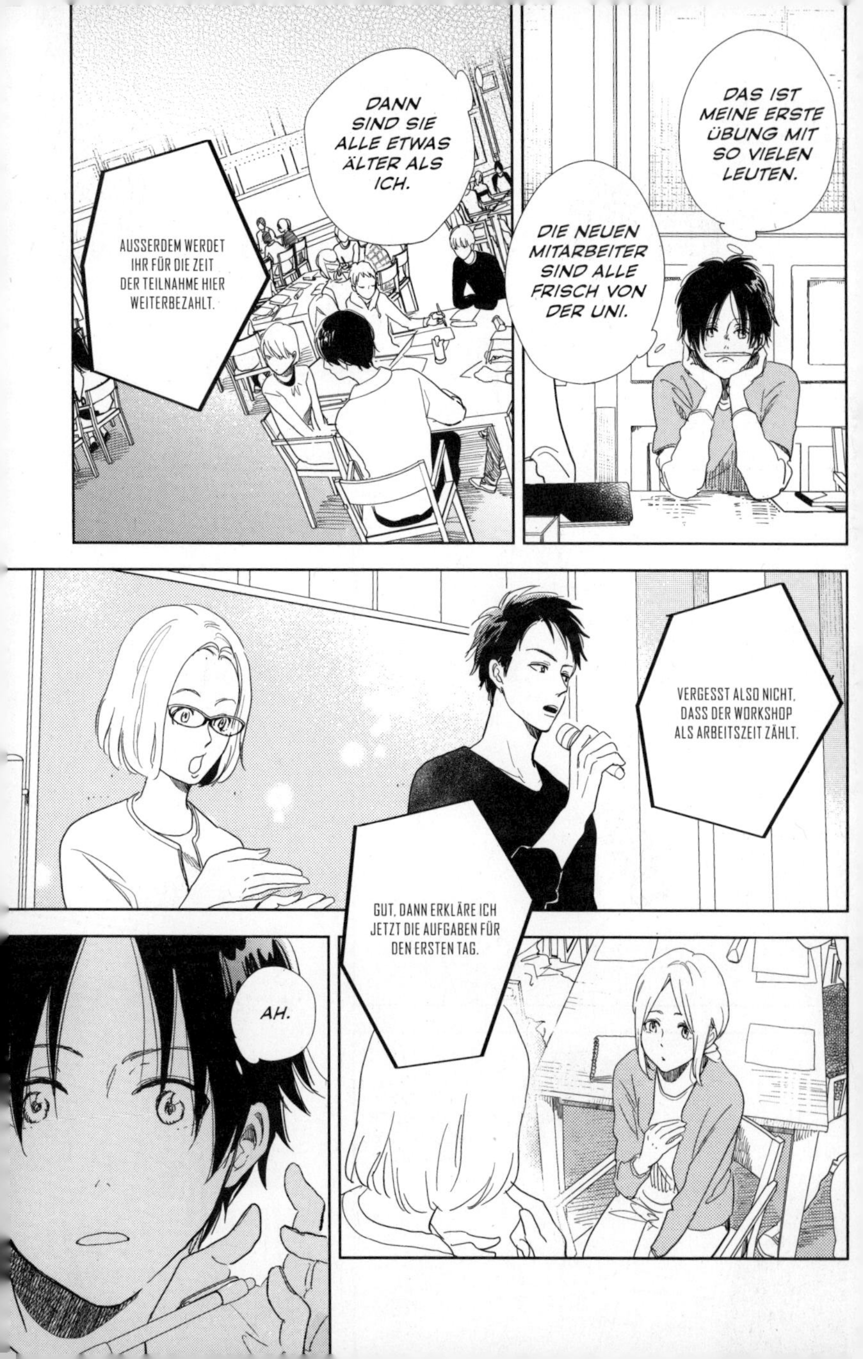
DAS IST MEINE ERSTE ÜBUNG MIT SO VIELEN LEUTEN.
DIE NEUEN MITARBEITER SIND ALLE FRISCH VON DER UNI.
DANN SIND SIE ALLE ETWAS ÄLTER ALS ICH.
AUSSERDEM WERDET IHR FÜR DIE ZEIT DER TEILNAHME HIER WEITERBEZAHLT.
VERGESST ALSO NICHT, DASS DER WORKSHOP ALS ARBEITSZEIT ZÄHLT.
GUT, DANN ERKLÄRE ICH JETZT DIE AUFGABEN FÜR DEN ERSTEN TAG.
AH.

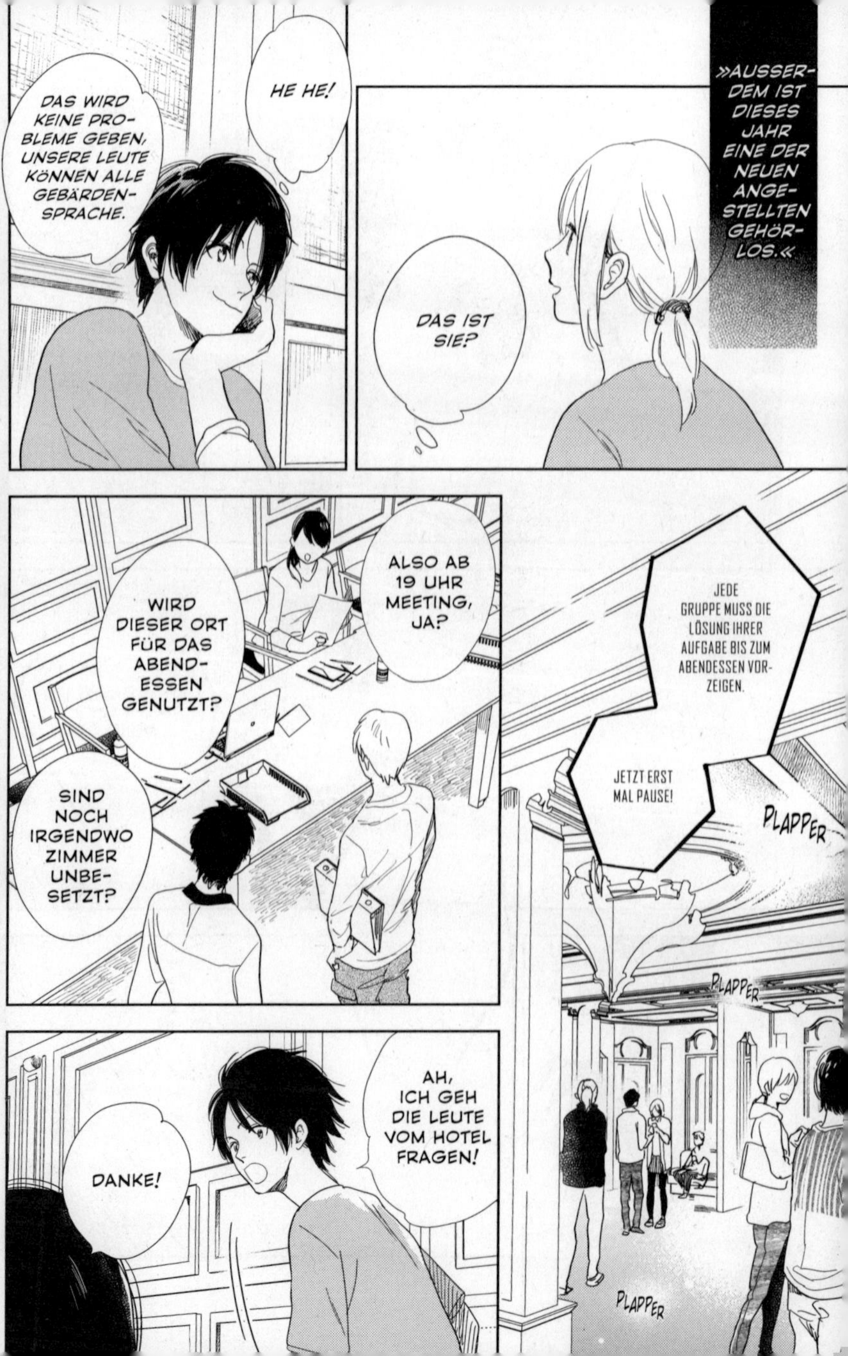
»AUSSERDEM IST DIESES JAHR EINE DER NEUEN ANGESTELLTEN GEHÖRLOS.«
DAS IST SIE?
HE HE!
DAS WIRD KEINE PROBLEME GEBEN, UNSERE LEUTE KÖNNEN ALLE GEBÄRDENSPRACHE.
JEDE GRUPPE MUSS DIE LÖSUNG IHRER AUFGABE BIS ZUM ABENDESSEN VORZEIGEN.
JETZT ERST MAL PAUSE!
PLAPPER
PLAPPER
PLAPPER
ALSO AB 19 UHR MEETING, JA?
WIRD DIESER ORT FÜR DAS ABENDESSEN GENUTZT?
SIND NOCH IRGENDWO ZIMMER UNBESETZT?
AH, ICH GEH DIE LEUTE VOM HOTEL FRAGEN!
DANKE!

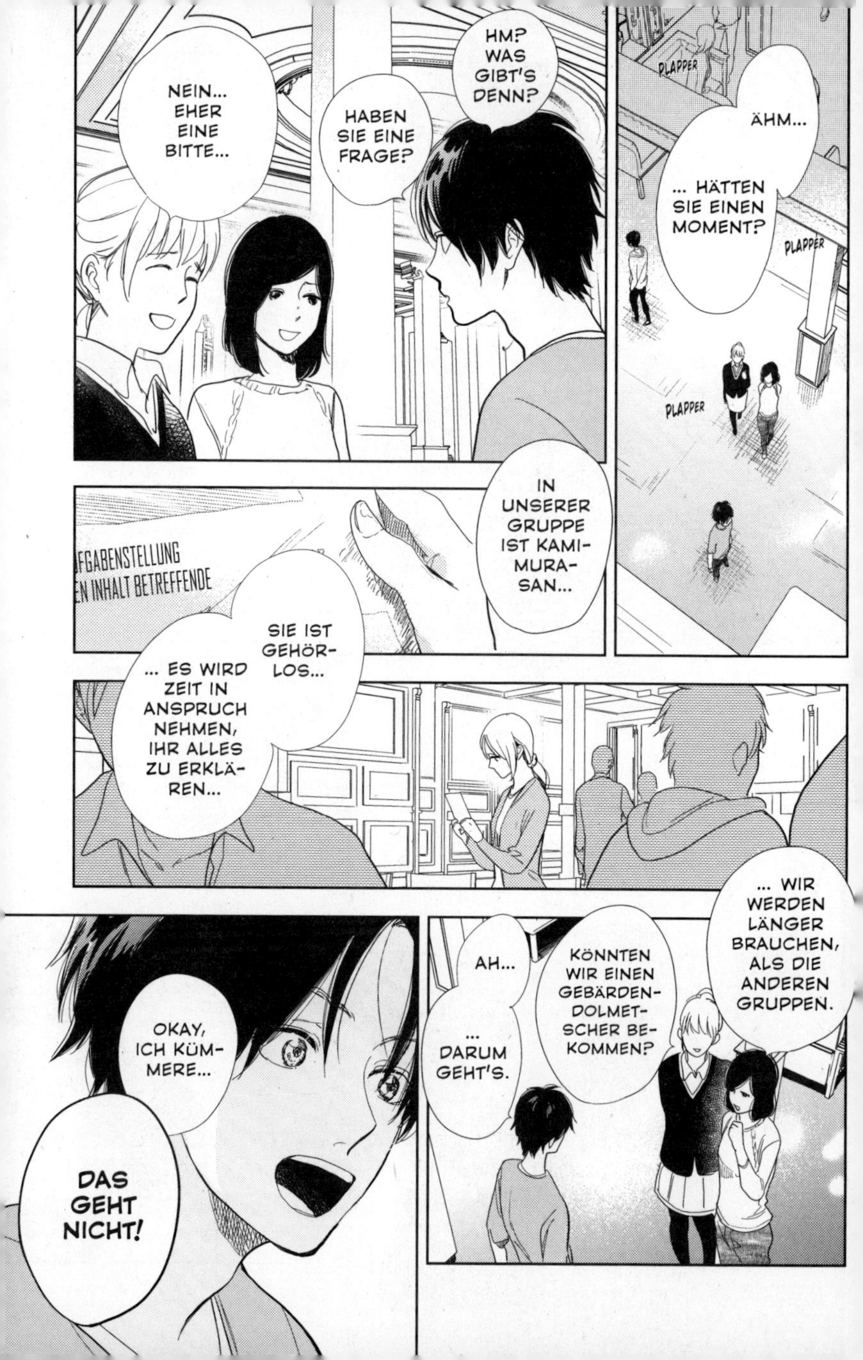
PLAPPER
ÄHM...
... HÄTTEN SIE EINEN MOMENT?
PLAPPER
PLAPPER
HM? WAS GIBT'S DENN?
HABEN SIE EINE FRAGE?
NEIN... EHER EINE BITTE...
IN UNSERER GRUPPE IST KAMIMURA-SAN...
FGABENSTELLUNG
EN INHALT BETREFFENDE
SIE IST GEHÖRLOS...
... ES WIRD ZEIT IN ANSPRUCH NEHMEN, IHR ALLES ZU ERKLÄREN...
... WIR WERDEN LÄNGER BRAUCHEN, ALS DIE ANDEREN GRUPPEN.
KÖNNTEN WIR EINEN GEBÄRDENDOLMETSCHER BEKOMMEN?
AH...
... DARUM GEHT'S.
OKAY, ICH KÜMMERE...
DAS GEHT NICHT!

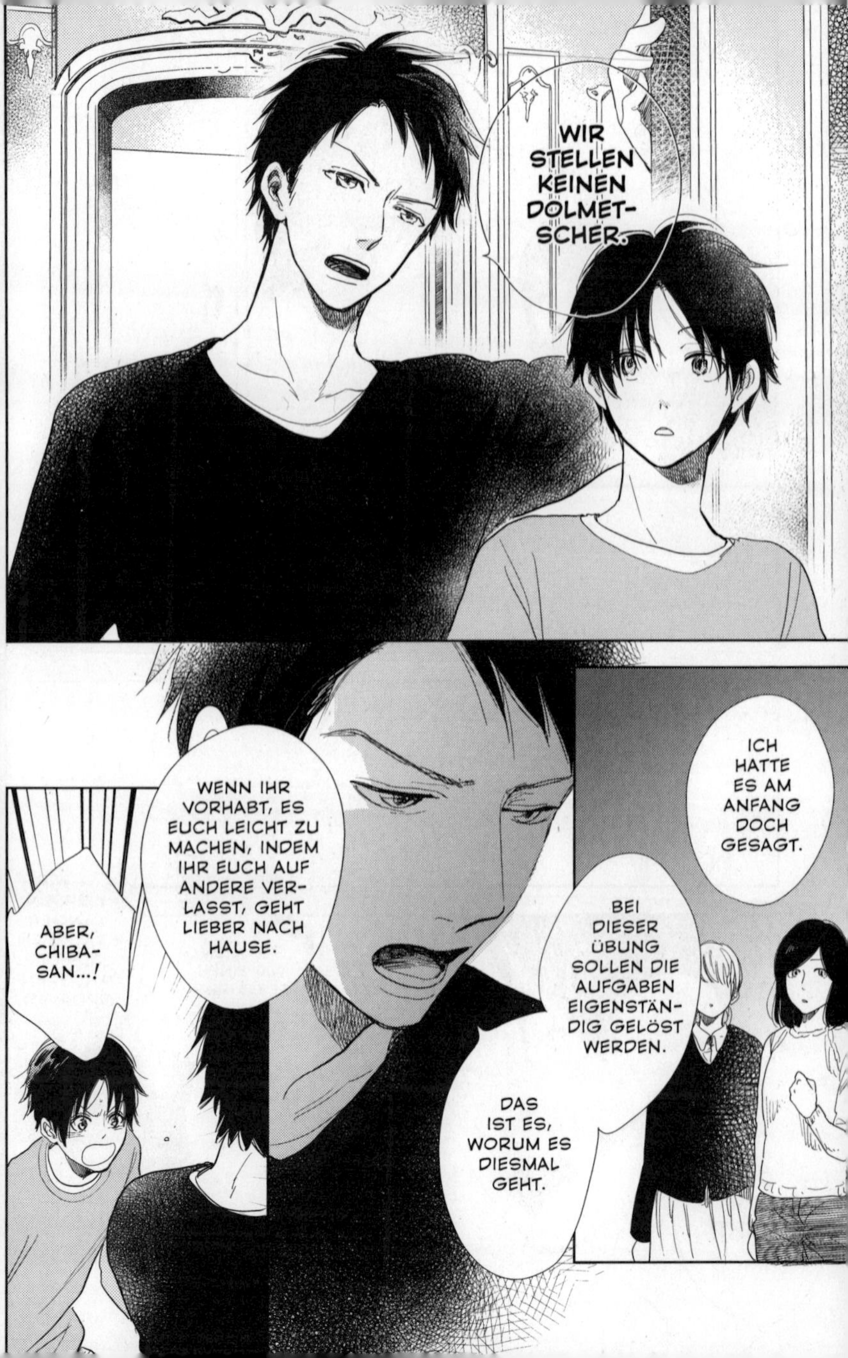
WIR STELLEN KEINEN DOLMET-SCHER.
ICH HATTE ES AM ANFANG DOCH GESAGT.
BEI DIESER ÜBUNG SOLLEN DIE AUFGABEN EIGENSTÄN-DIG GELÖST WERDEN.
DAS IST ES, WORUM ES DIESMAL GEHT.
WENN IHR VORHABT, ES EUCH LEICHT ZU MACHEN, INDEM IHR EUCH AUF ANDERE VER-LASST, GEHT LIEBER NACH HAUSE.
ABER, CHIBA-SAN...!

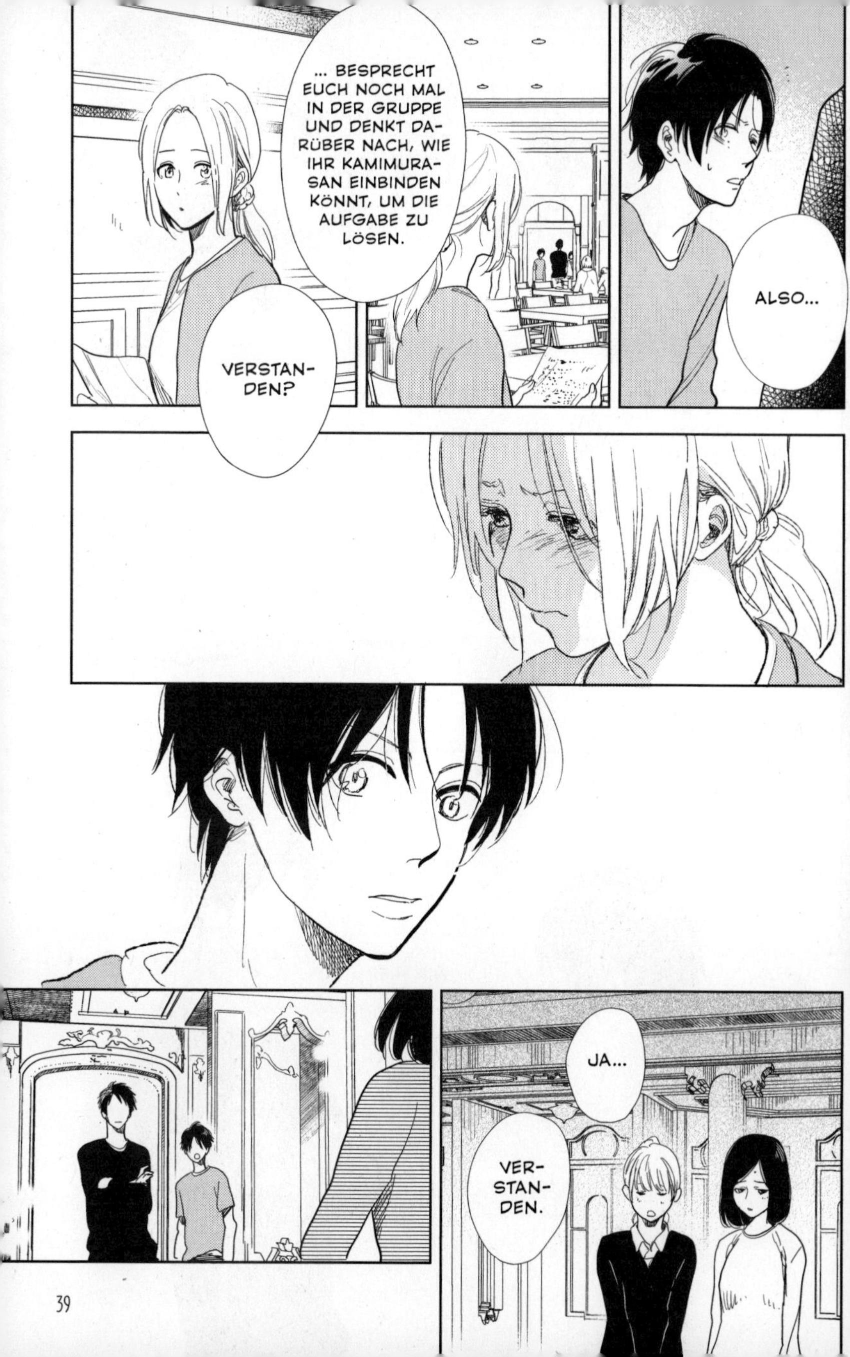
... BESPRECHT EUCH NOCH MAL IN DER GRUPPE UND DENKT DARÜBER NACH, WIE IHR KAMIMURA-SAN EINBINDEN KÖNNT, UM DIE AUFGABE ZU LÖSEN.
ALSO...
VERSTANDEN?
JA...
VERSTANDEN.

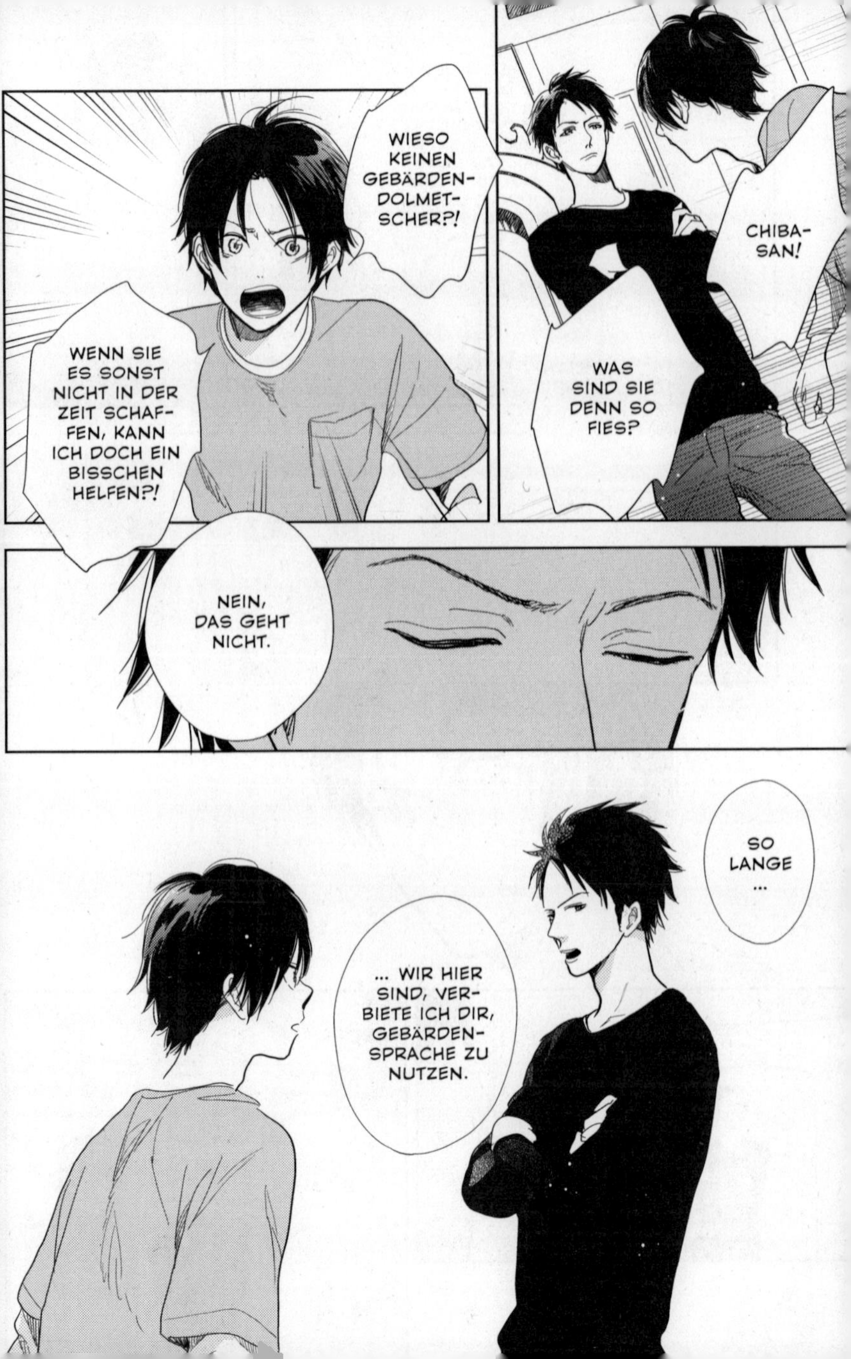
CHIBA-SAN!
WAS SIND SIE DENN SO FIES?
WIESO KEINEN GEBÄRDEN-DOLMETSCHER?!
WENN SIE ES SONST NICHT IN DER ZEIT SCHAFFEN, KANN ICH DOCH EIN BISSCHEN HELFEN?!
NEIN, DAS GEHT NICHT.
SO LANGE ...
... WIR HIER SIND, VERBIETE ICH DIR, GEBÄRDENSPRACHE ZU NUTZEN.

i hear
the
sunspot
limit

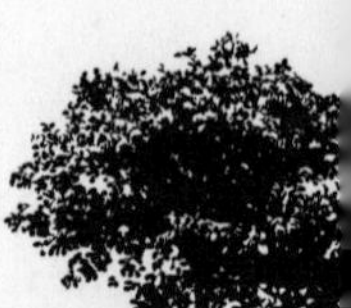

i hear the sunspot
limit

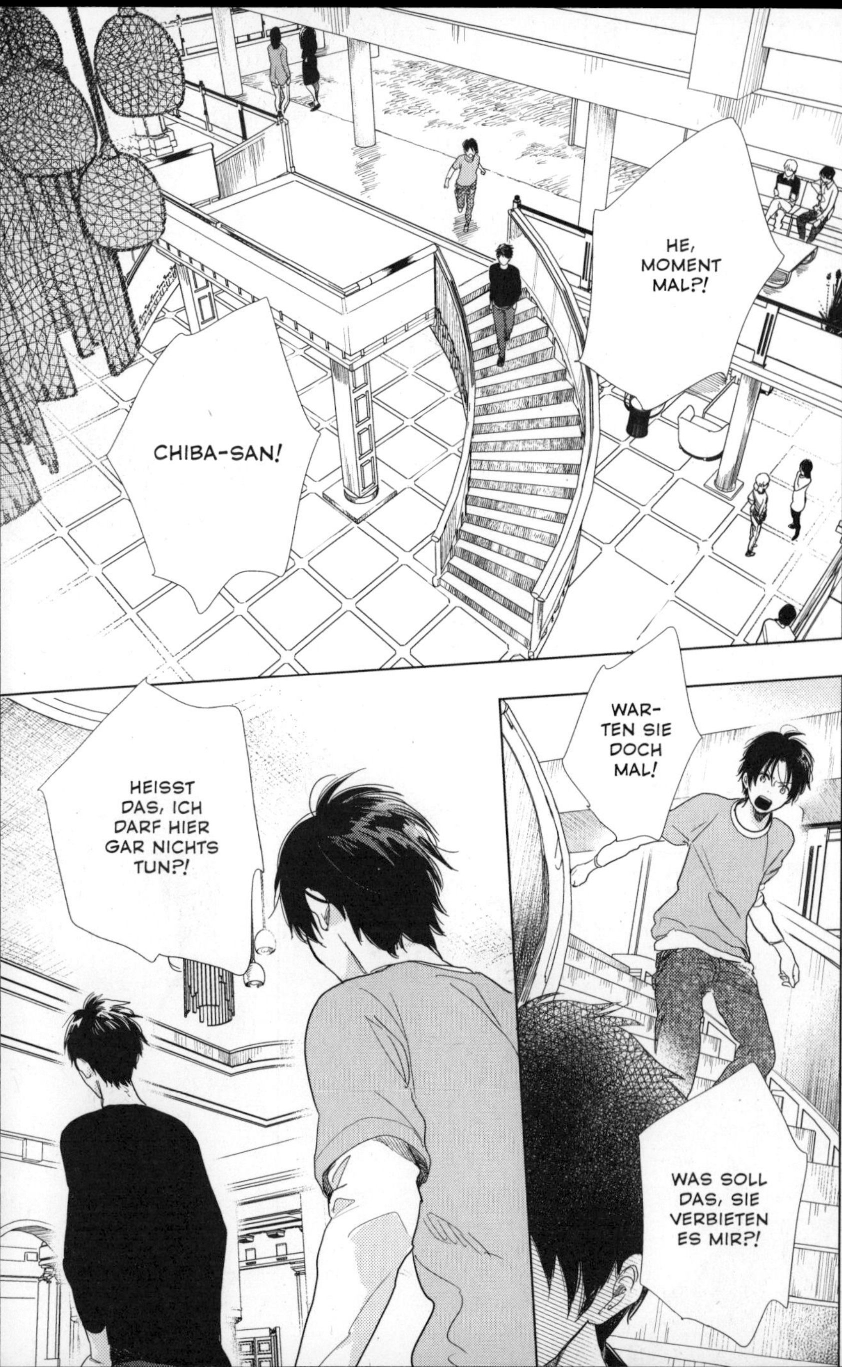
HE, MOMENT MAL?!
CHIBA-SAN!
WAR-TEN SIE DOCH MAL!
WAS SOLL DAS, SIE VERBIETEN ES MIR?!
HEISST DAS, ICH DARF HIER GAR NICHTS TUN?!

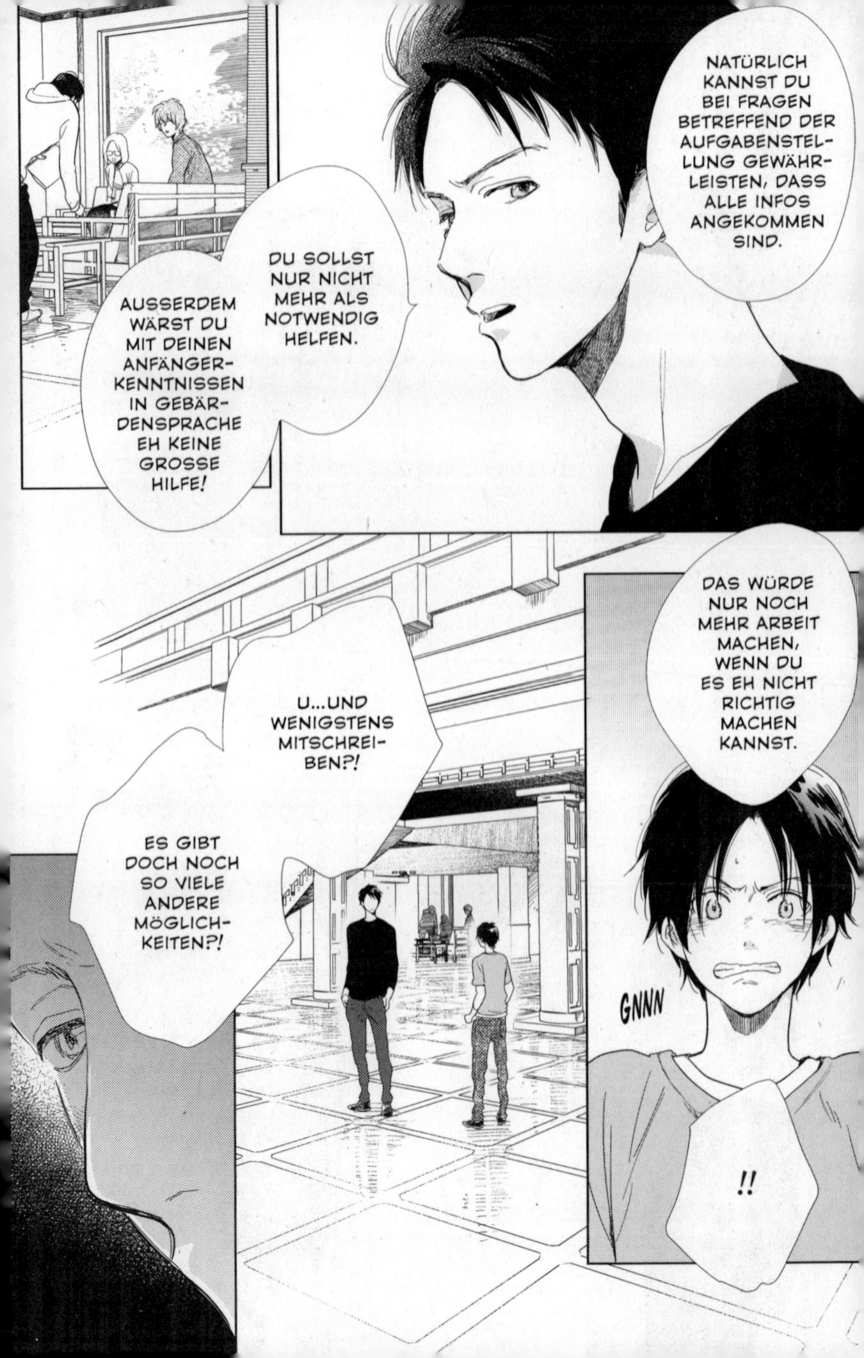
NATÜRLICH KANNST DU BEI FRAGEN BETREFFEND DER AUFGABENSTEL-LUNG GEWÄHR-LEISTEN, DASS ALLE INFOS ANGEKOMMEN SIND.
DU SOLLST NUR NICHT MEHR ALS NOTWENDIG HELFEN.
AUSSERDEM WÄRST DU MIT DEINEN ANFÄNGER-KENNTNISSEN IN GEBÄR-DENSPRACHE EH KEINE GROSSE HILFE!
DAS WÜRDE NUR NOCH MEHR ARBEIT MACHEN, WENN DU ES EH NICHT RICHTIG MACHEN KANNST.
U...UND WENIGSTENS MITSCHREI-BEN?!
ES GIBT DOCH NOCH SO VIELE ANDERE MÖGLICH-KEITEN?!
GNNN
!!

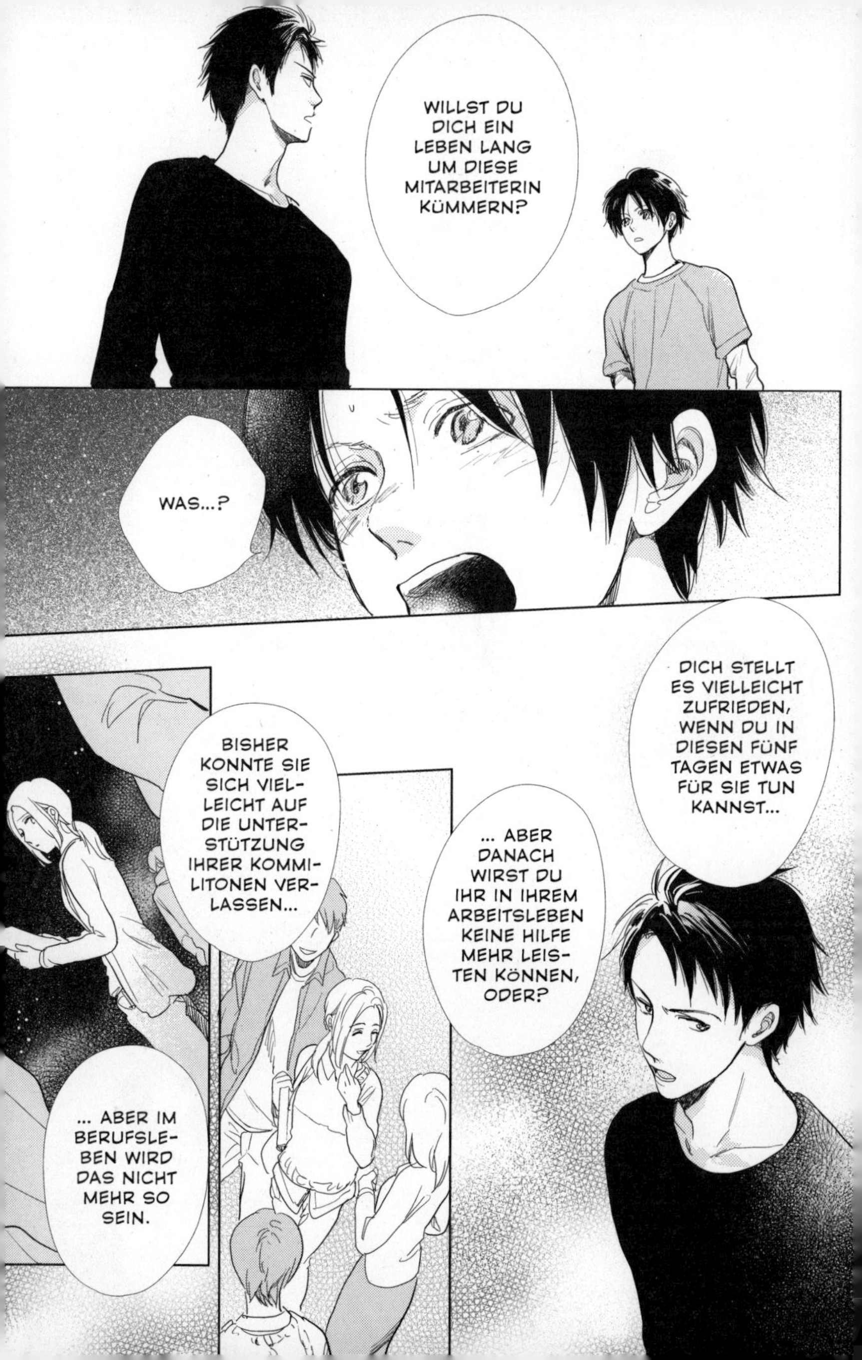
WILLST DU DICH EIN LEBEN LANG UM DIESE MITARBEITERIN KÜMMERN?
WAS...?
DICH STELLT ES VIELLEICHT ZUFRIEDEN, WENN DU IN DIESEN FÜNF TAGEN ETWAS FÜR SIE TUN KANNST...
... ABER DANACH WIRST DU IHR IN IHREM ARBEITSLEBEN KEINE HILFE MEHR LEIS-TEN KÖNNEN, ODER?
BISHER KONNTE SIE SICH VIEL-LEICHT AUF DIE UNTER-STÜTZUNG IHRER KOMMI-LITONEN VER-LASSEN...
... ABER IM BERUFSLE-BEN WIRD DAS NICHT MEHR SO SEIN.

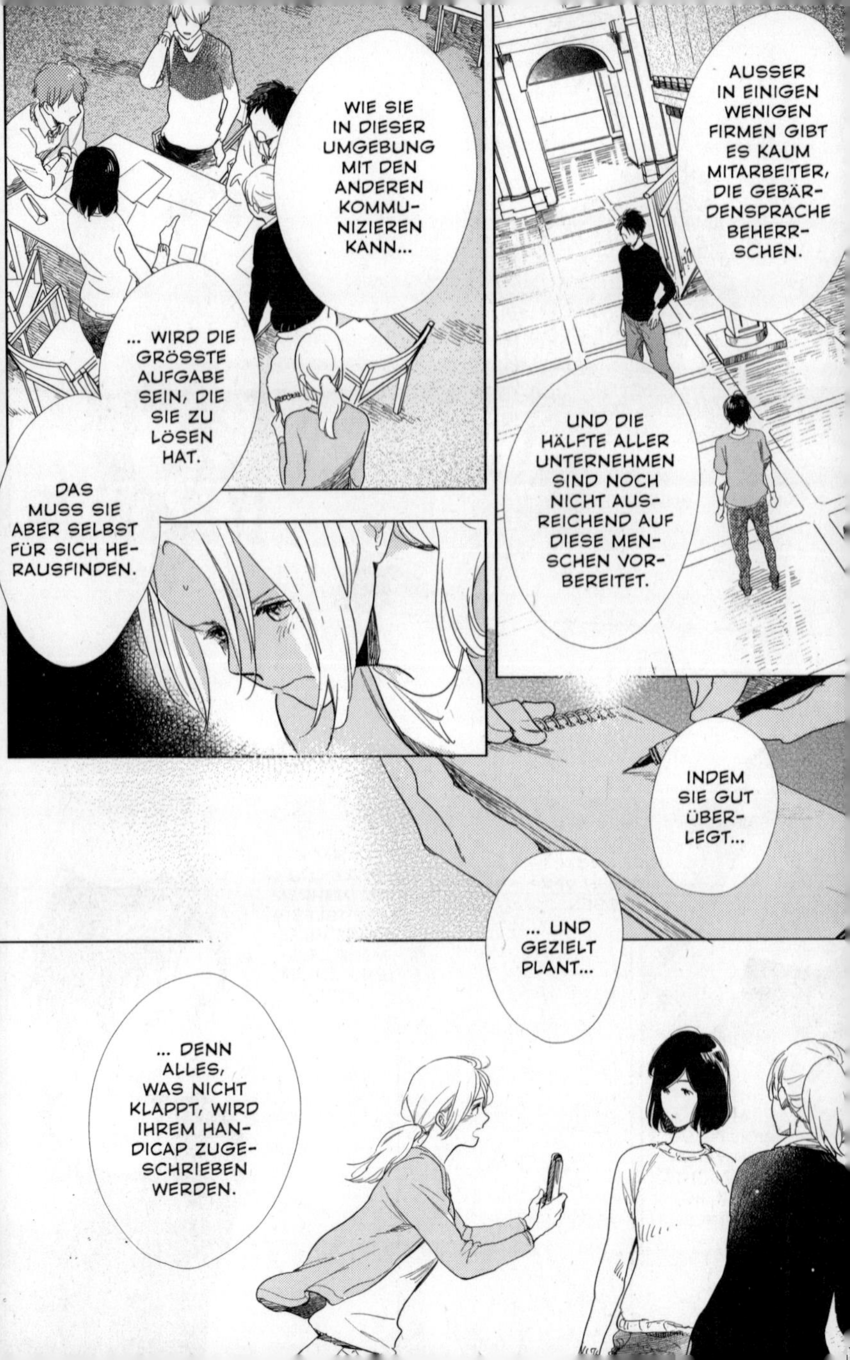
AUSSER IN EINIGEN WENIGEN FIRMEN GIBT ES KAUM MITARBEITER, DIE GEBÄRDENSPRACHE BEHERRSCHEN.
UND DIE HÄLFTE ALLER UNTERNEHMEN SIND NOCH NICHT AUSREICHEND AUF DIESE MENSCHEN VORBEREITET.
WIE SIE IN DIESER UMGEBUNG MIT DEN ANDEREN KOMMUNIZIEREN KANN...
... WIRD DIE GRÖSSTE AUFGABE SEIN, DIE SIE ZU LÖSEN HAT.
DAS MUSS SIE ABER SELBST FÜR SICH HERAUSFINDEN.
INDEM SIE GUT ÜBERLEGT...
... UND GEZIELT PLANT...
... DENN ALLES, WAS NICHT KLAPPT, WIRD IHREM HANDICAP ZUGESCHRIEBEN WERDEN.

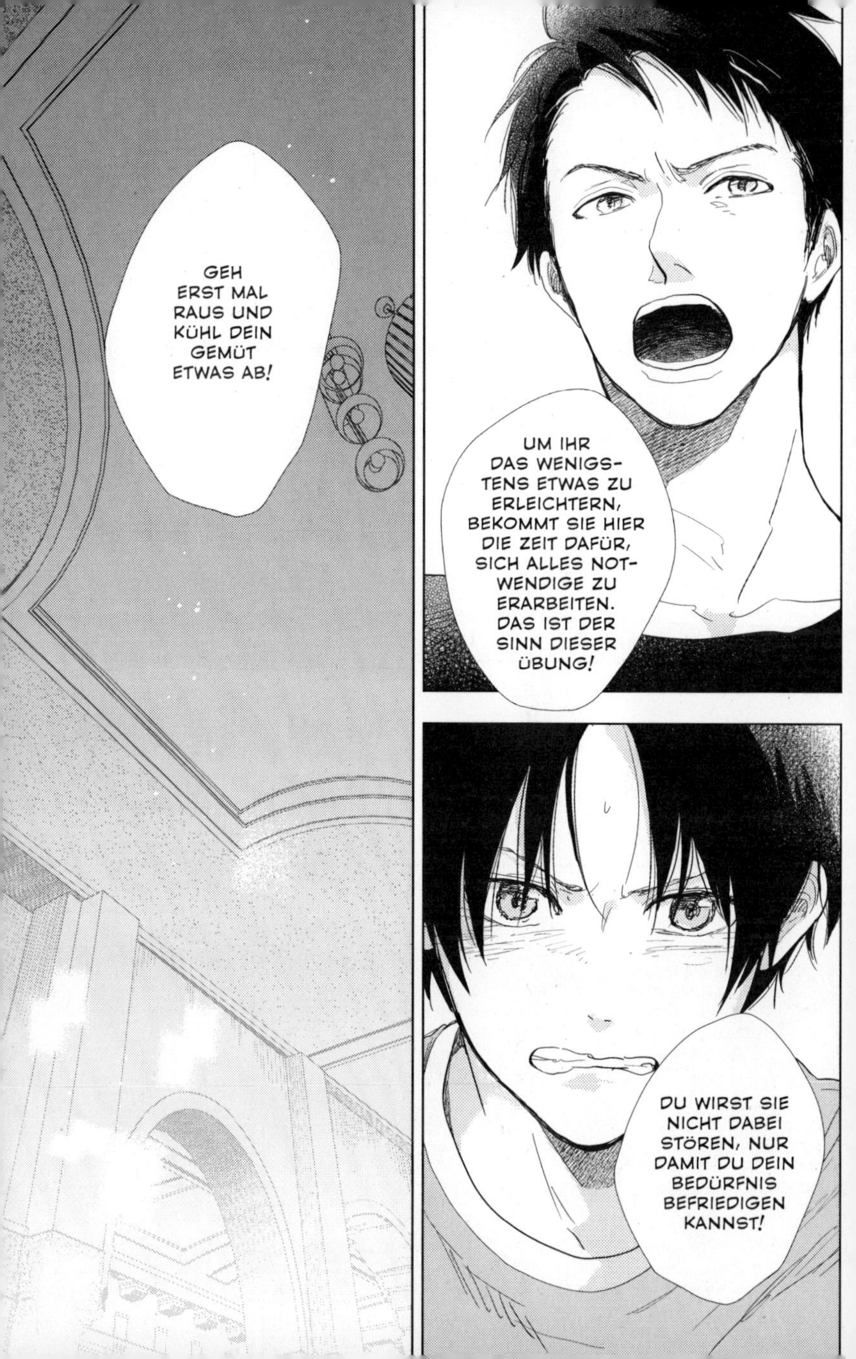
UM IHR DAS WENIGS-TENS ETWAS ZU ERLEICHTERN, BEKOMMT SIE HIER DIE ZEIT DAFÜR, SICH ALLES NOT-WENDIGE ZU ERARBEITEN. DAS IST DER SINN DIESER ÜBUNG!
DU WIRST SIE NICHT DABEI STÖREN, NUR DAMIT DU DEIN BEDÜRFNIS BEFRIEDIGEN KANNST!
GEH ERST MAL RAUS UND KÜHL DEIN GEMÜT ETWAS AB!

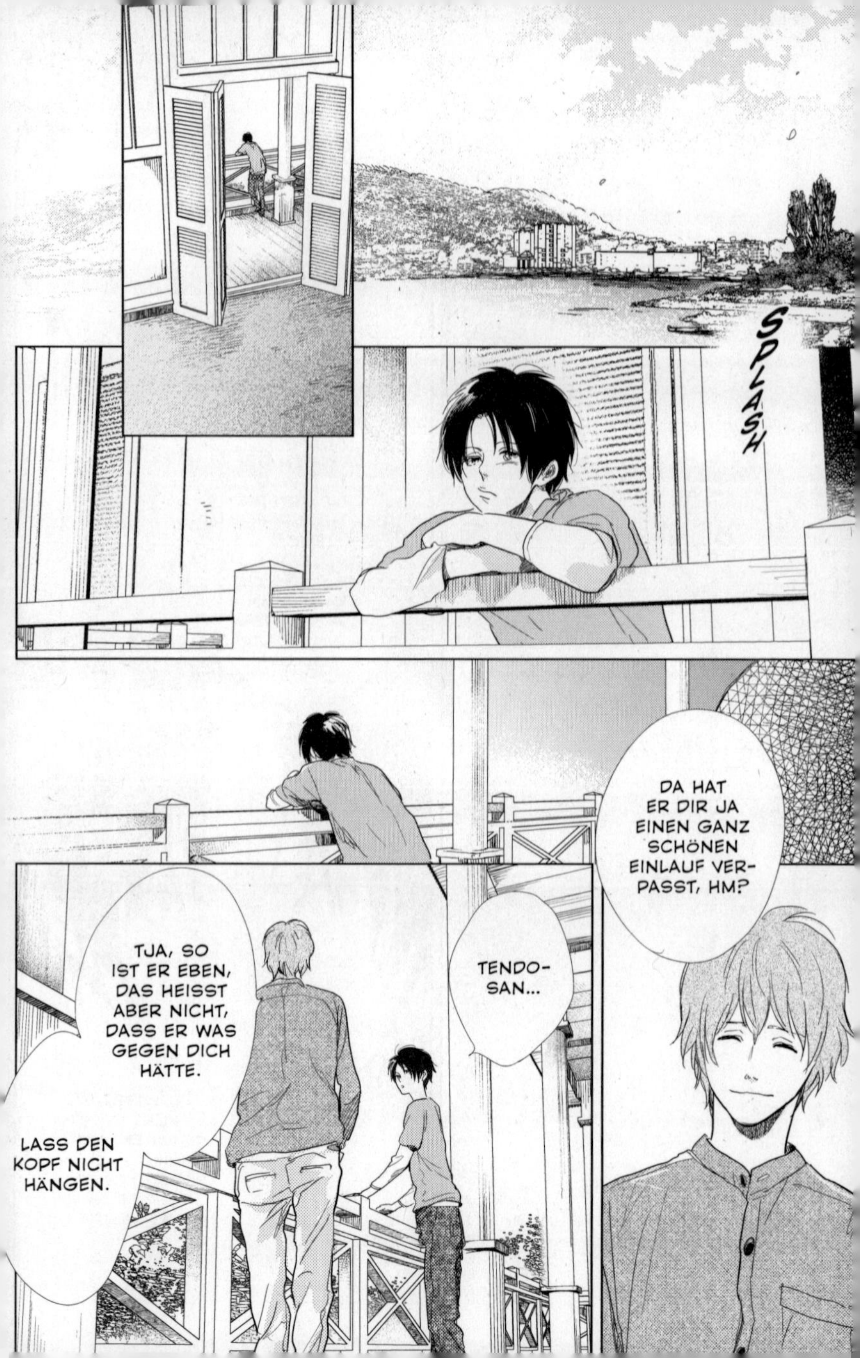
SPLASH
DA HAT ER DIR JA EINEN GANZ SCHÖNEN EINLAUF VER-PASST, HM?
TENDO-SAN...
TJA, SO IST ER EBEN, DAS HEISST ABER NICHT, DASS ER WAS GEGEN DICH HÄTTE.
LASS DEN KOPF NICHT HÄNGEN.

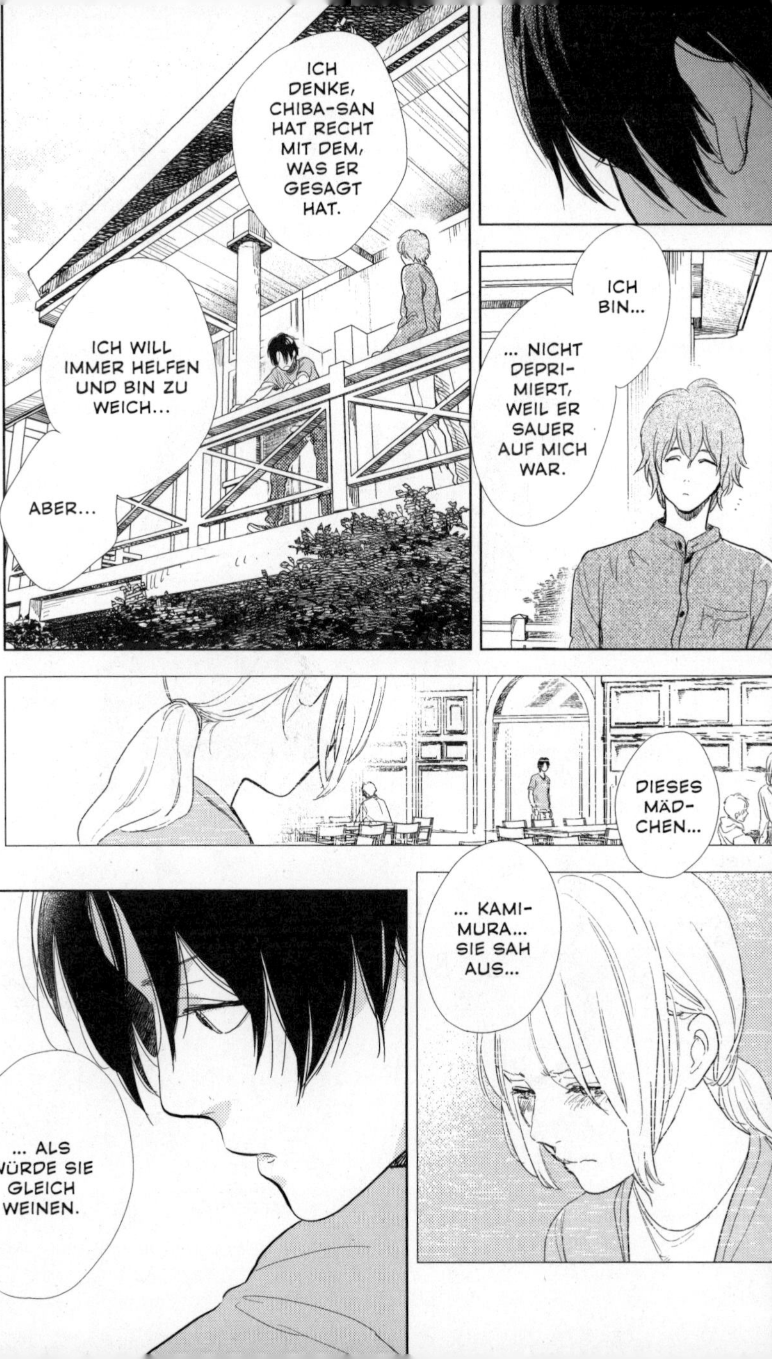
ICH BIN...
... NICHT DEPRIMIERT, WEIL ER SAUER AUF MICH WAR.
ICH DENKE, CHIBA-SAN HAT RECHT MIT DEM, WAS ER GESAGT HAT.
ICH WILL IMMER HELFEN UND BIN ZU WEICH...
ABER...
DIESES MÄDCHEN...
... KAMIMURA... SIE SAH AUS...
... ALS WÜRDE SIE GLEICH WEINEN.

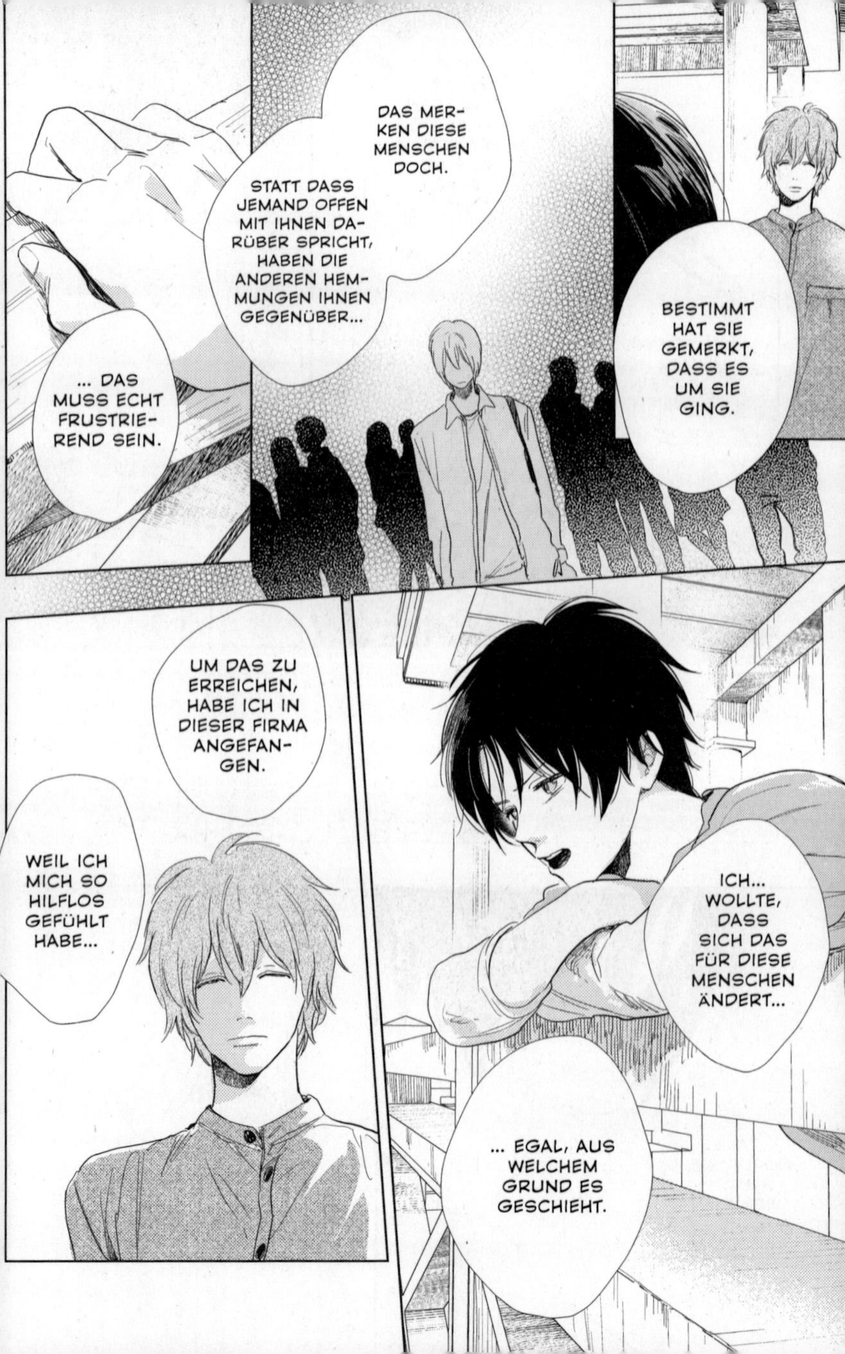
BESTIMMT HAT SIE GEMERKT, DASS ES UM SIE GING.
DAS MERKEN DIESE MENSCHEN DOCH.
STATT DASS JEMAND OFFEN MIT IHNEN DARÜBER SPRICHT, HABEN DIE ANDEREN HEMMUNGEN IHNEN GEGENÜBER...
... DAS MUSS ECHT FRUSTRIEREND SEIN.
ICH... WOLLTE, DASS SICH DAS FÜR DIESE MENSCHEN ÄNDERT...
... EGAL, AUS WELCHEM GRUND ES GESCHIEHT.
UM DAS ZU ERREICHEN, HABE ICH IN DIESER FIRMA ANGEFANGEN.
WEIL ICH MICH SO HILFLOS GEFÜHLT HABE...

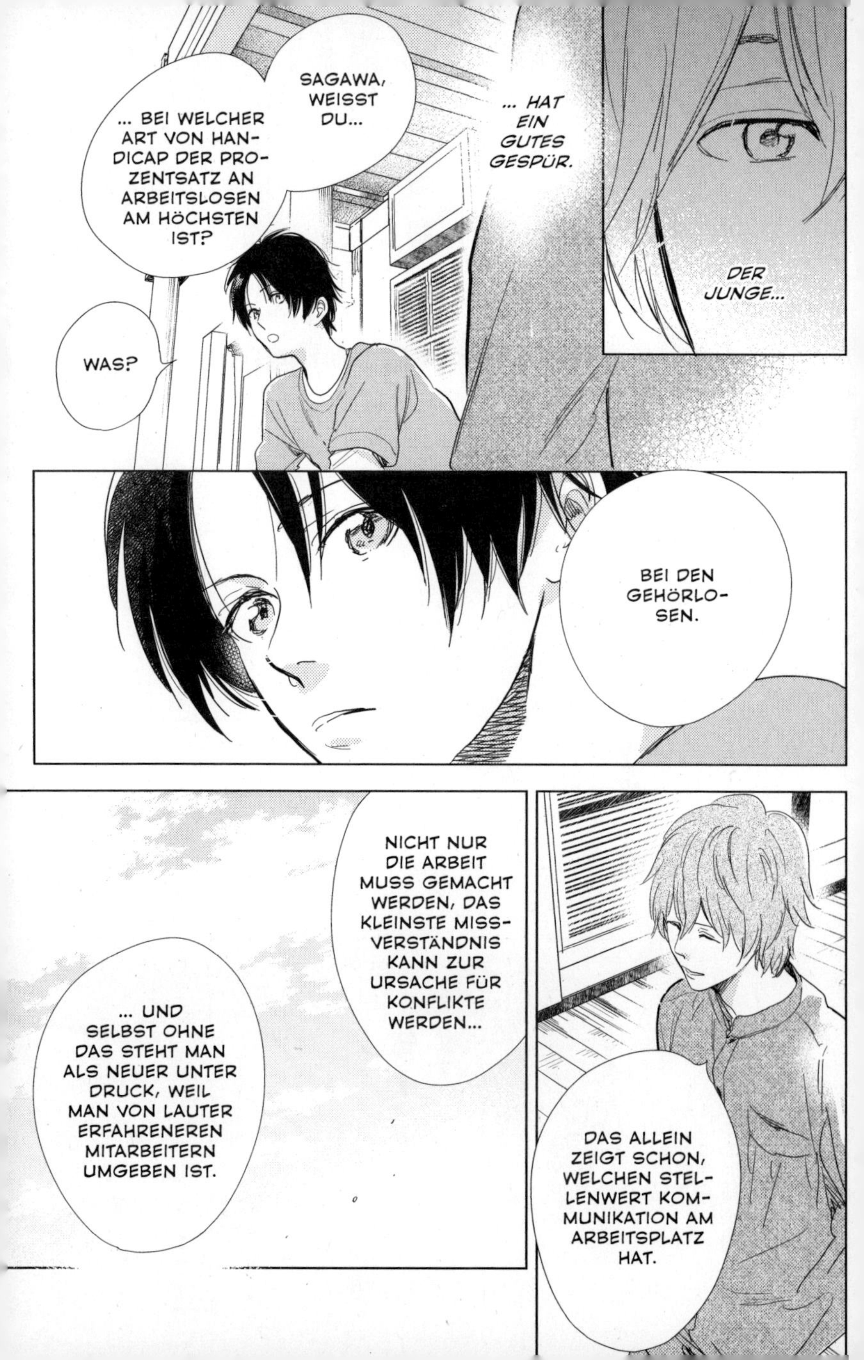

DER JUNGE...
... HAT EIN GUTES GESPÜR.
SAGAWA, WEISST DU...
... BEI WELCHER ART VON HANDICAP DER PROZENTSATZ AN ARBEITSLOSEN AM HÖCHSTEN IST?
WAS?
BEI DEN GEHÖRLOSEN.
DAS ALLEIN ZEIGT SCHON, WELCHEN STELLENWERT KOMMUNIKATION AM ARBEITSPLATZ HAT.
NICHT NUR DIE ARBEIT MUSS GEMACHT WERDEN, DAS KLEINSTE MISSVERSTÄNDNIS KANN ZUR URSACHE FÜR KONFLIKTE WERDEN...
... UND SELBST OHNE DAS STEHT MAN ALS NEUER UNTER DRUCK, WEIL MAN VON LAUTER ERFAHRENEREN MITARBEITERN UMGEBEN IST.

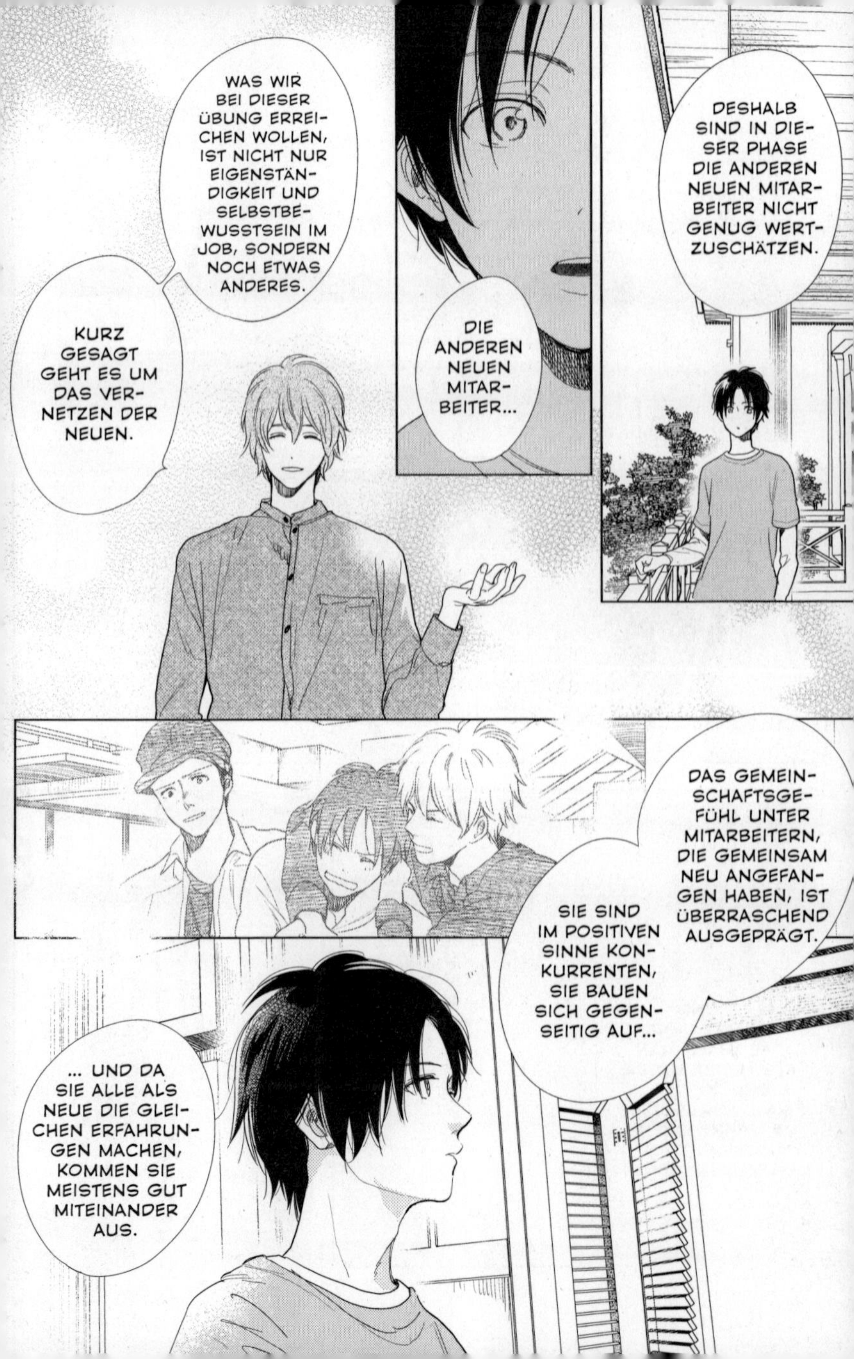

DESHALB SIND IN DIESER PHASE DIE ANDEREN NEUEN MITARBEITER NICHT GENUG WERTZUSCHÄTZEN.
DIE ANDEREN NEUEN MITARBEITER...
WAS WIR BEI DIESER ÜBUNG ERREICHEN WOLLEN, IST NICHT NUR EIGENSTÄNDIGKEIT UND SELBSTBEWUSSTSEIN IM JOB, SONDERN NOCH ETWAS ANDERES.
KURZ GESAGT GEHT ES UM DAS VERNETZEN DER NEUEN.
DAS GEMEINSCHAFTSGEFÜHL UNTER MITARBEITERN, DIE GEMEINSAM NEU ANGEFANGEN HABEN, IST ÜBERRASCHEND AUSGEPRÄGT.
SIE SIND IM POSITIVEN SINNE KONKURRENTEN, SIE BAUEN SICH GEGENSEITIG AUF...
... UND DA SIE ALLE ALS NEUE DIE GLEICHEN ERFAHRUNGEN MACHEN, KOMMEN SIE MEISTENS GUT MITEINANDER AUS.

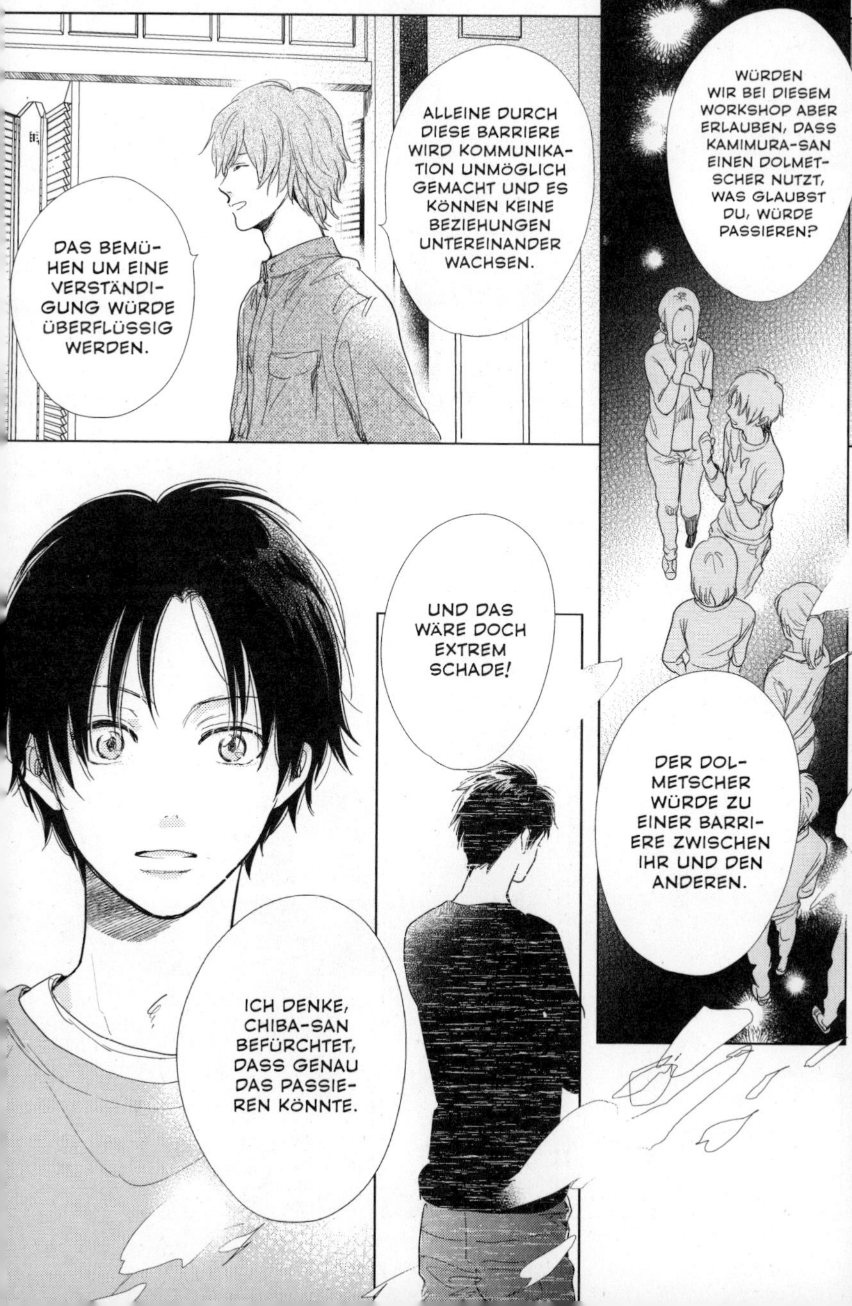
WÜRDEN WIR BEI DIESEM WORKSHOP ABER ERLAUBEN, DASS KAMIMURA-SAN EINEN DOLMETSCHER NUTZT, WAS GLAUBST DU, WÜRDE PASSIEREN?
DER DOLMETSCHER WÜRDE ZU EINER BARRIERE ZWISCHEN IHR UND DEN ANDEREN.
ALLEINE DURCH DIESE BARRIERE WIRD KOMMUNIKATION UNMÖGLICH GEMACHT UND ES KÖNNEN KEINE BEZIEHUNGEN UNTEREINANDER WACHSEN.
DAS BEMÜHEN UM EINE VERSTÄNDIGUNG WÜRDE ÜBERFLÜSSIG WERDEN.
UND DAS WÄRE DOCH EXTREM SCHADE!
ICH DENKE, CHIBA-SAN BEFÜRCHTET, DASS GENAU DAS PASSIEREN KÖNNTE.

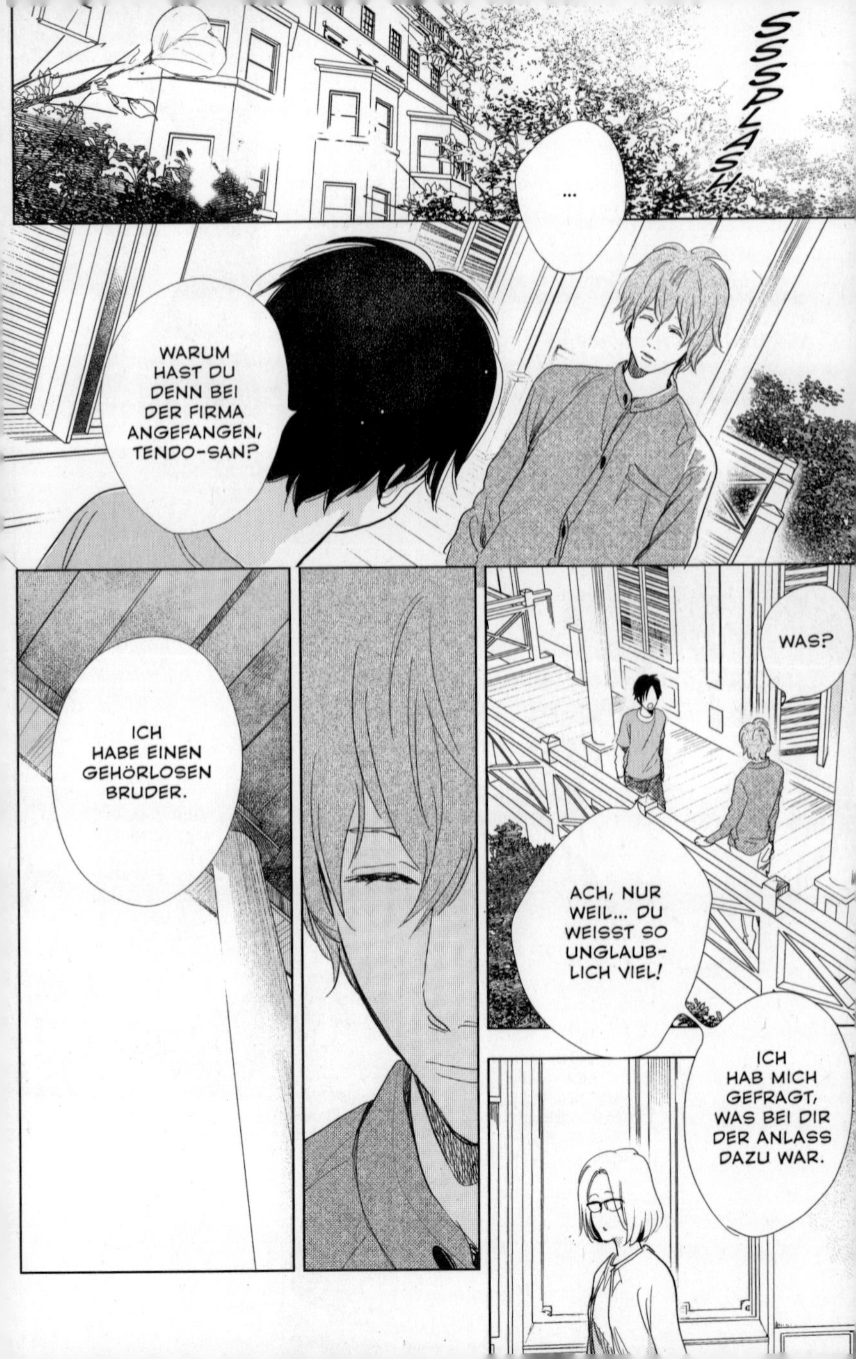
SSSPLASH
...
WARUM HAST DU DENN BEI DER FIRMA ANGEFANGEN, TENDO-SAN?
WAS?
ACH, NUR WEIL... DU WEISST SO UNGLAUB-LICH VIEL!
ICH HAB MICH GEFRAGT, WAS BEI DIR DER ANLASS DAZU WAR.
ICH HABE EINEN GEHÖRLOSEN BRUDER.

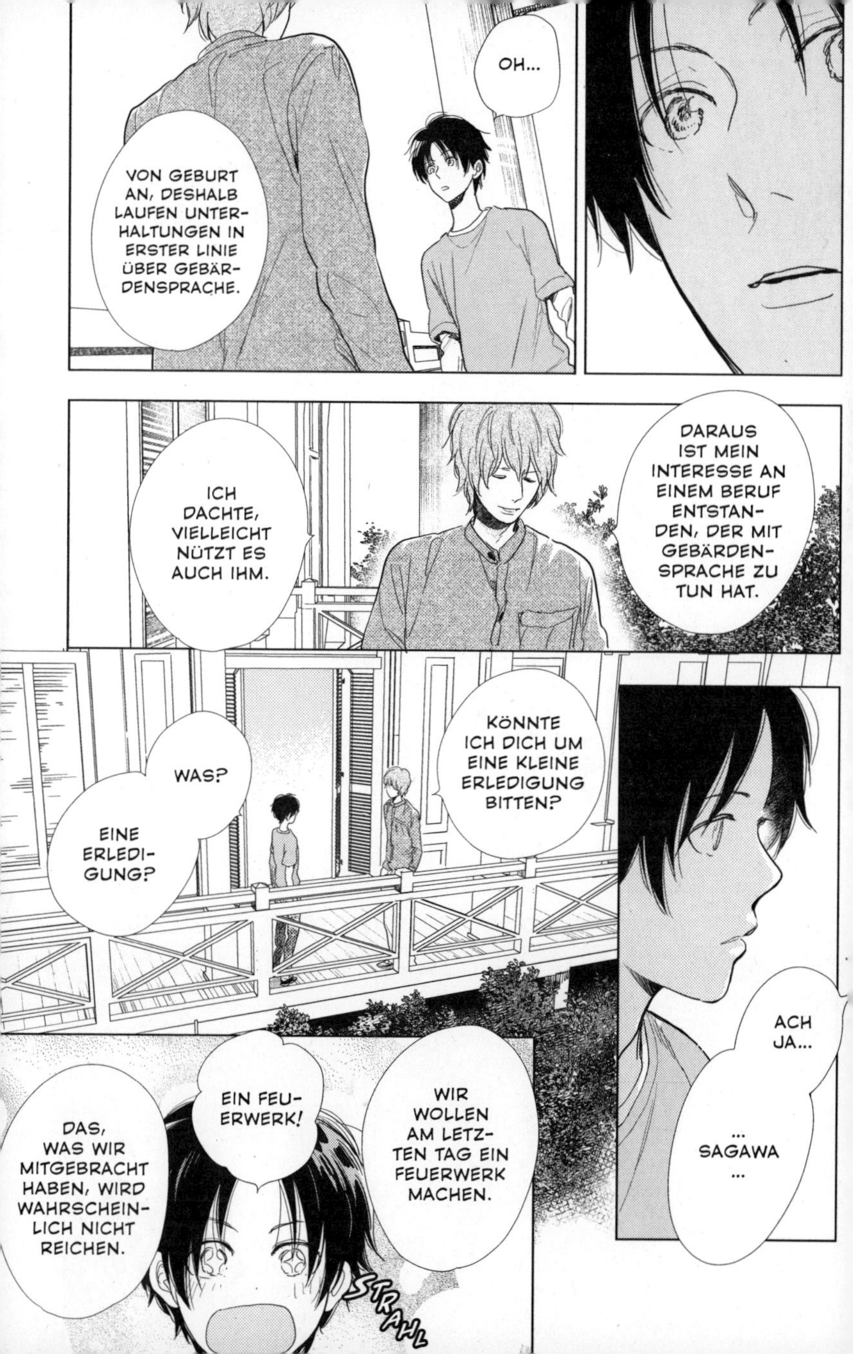
VON GEBURT AN, DESHALB LAUFEN UNTERHALTUNGEN IN ERSTER LINIE ÜBER GEBÄRDENSPRACHE.
OH...
DARAUS IST MEIN INTERESSE AN EINEM BERUF ENTSTANDEN, DER MIT GEBÄRDENSPRACHE ZU TUN HAT.
ICH DACHTE, VIELLEICHT NÜTZT ES AUCH IHM.
ACH JA...
... SAGAWA ...
KÖNNTE ICH DICH UM EINE KLEINE ERLEDIGUNG BITTEN?
WAS?
EINE ERLEDIGUNG?
WIR WOLLEN AM LETZTEN TAG EIN FEUERWERK MACHEN.
EIN FEUERWERK!
DAS, WAS WIR MITGEBRACHT HABEN, WIRD WAHRSCHEINLICH NICHT REICHEN.
STRAHL

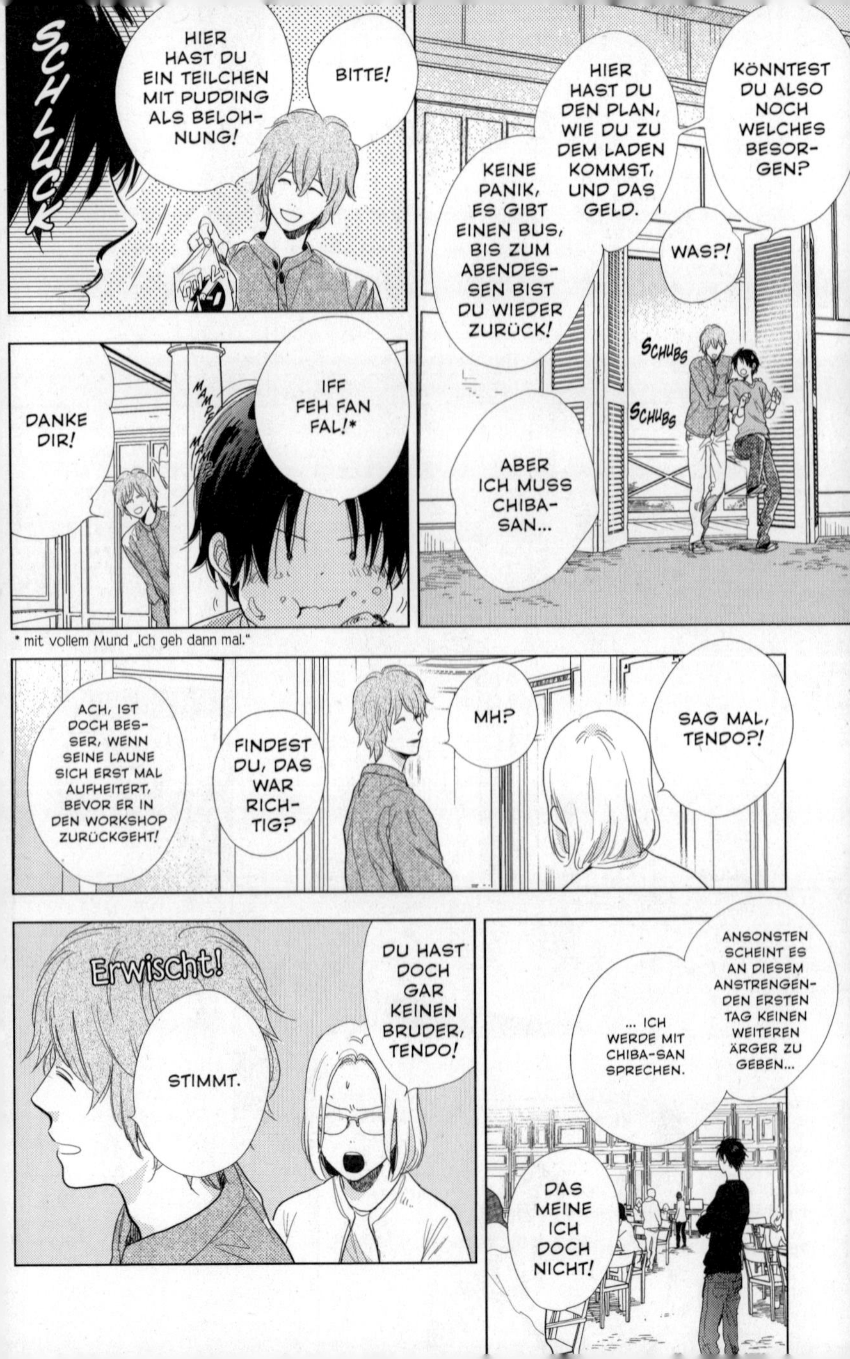

* mit vollem Mund „Ich geh dann mal."

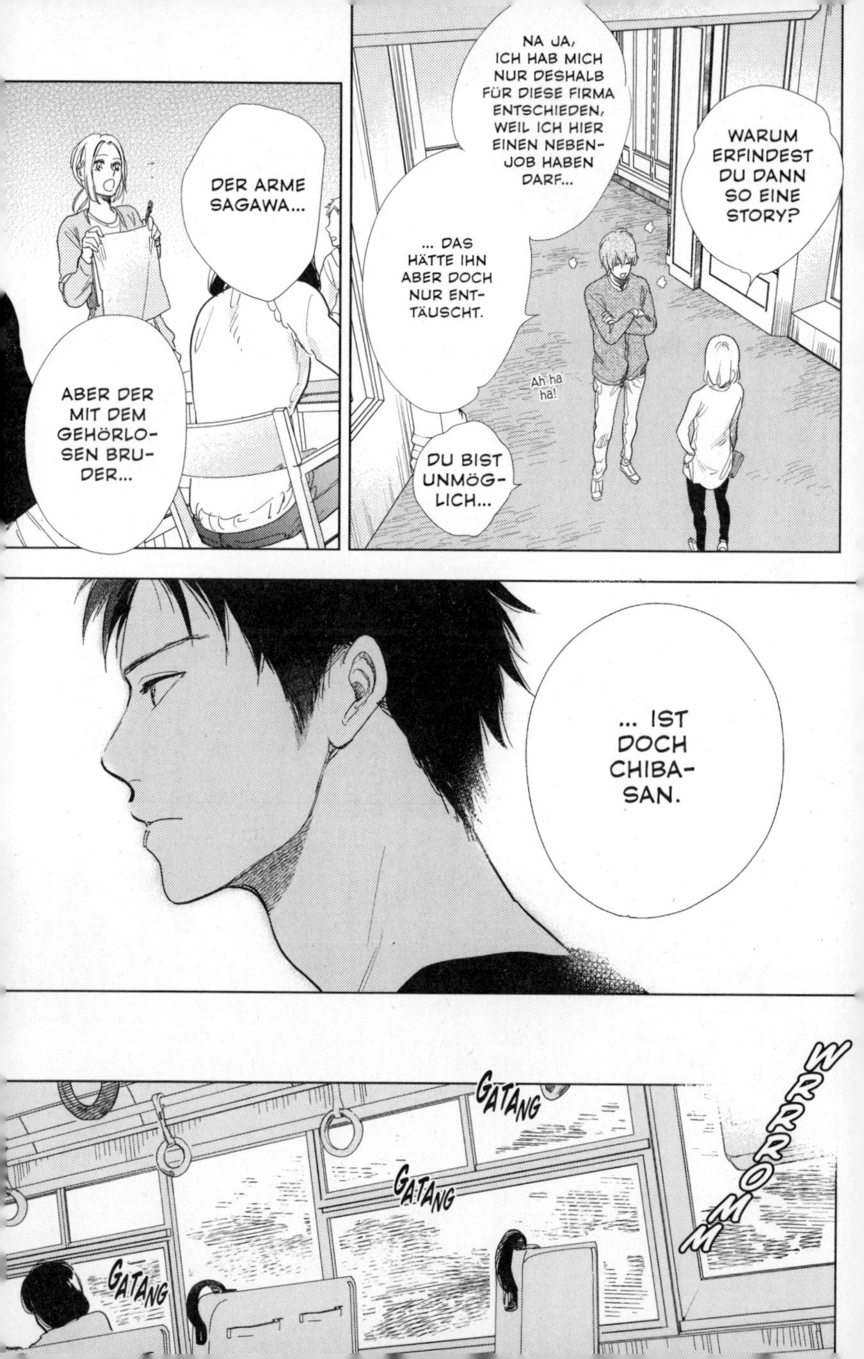
WARUM ERFINDEST DU DANN SO EINE STORY?
NA JA, ICH HAB MICH NUR DESHALB FÜR DIESE FIRMA ENTSCHIEDEN, WEIL ICH HIER EINEN NEBEN-JOB HABEN DARF...
... DAS HÄTTE IHN ABER DOCH NUR ENT-TÄUSCHT.
Ah ha ha!
DU BIST UNMÖG-LICH...
DER ARME SAGAWA...
ABER DER MIT DEM GEHÖRLO-SEN BRU-DER...
... IST DOCH CHIBA-SAN.
WRRROMM
GATANG
GATANG
GATANG

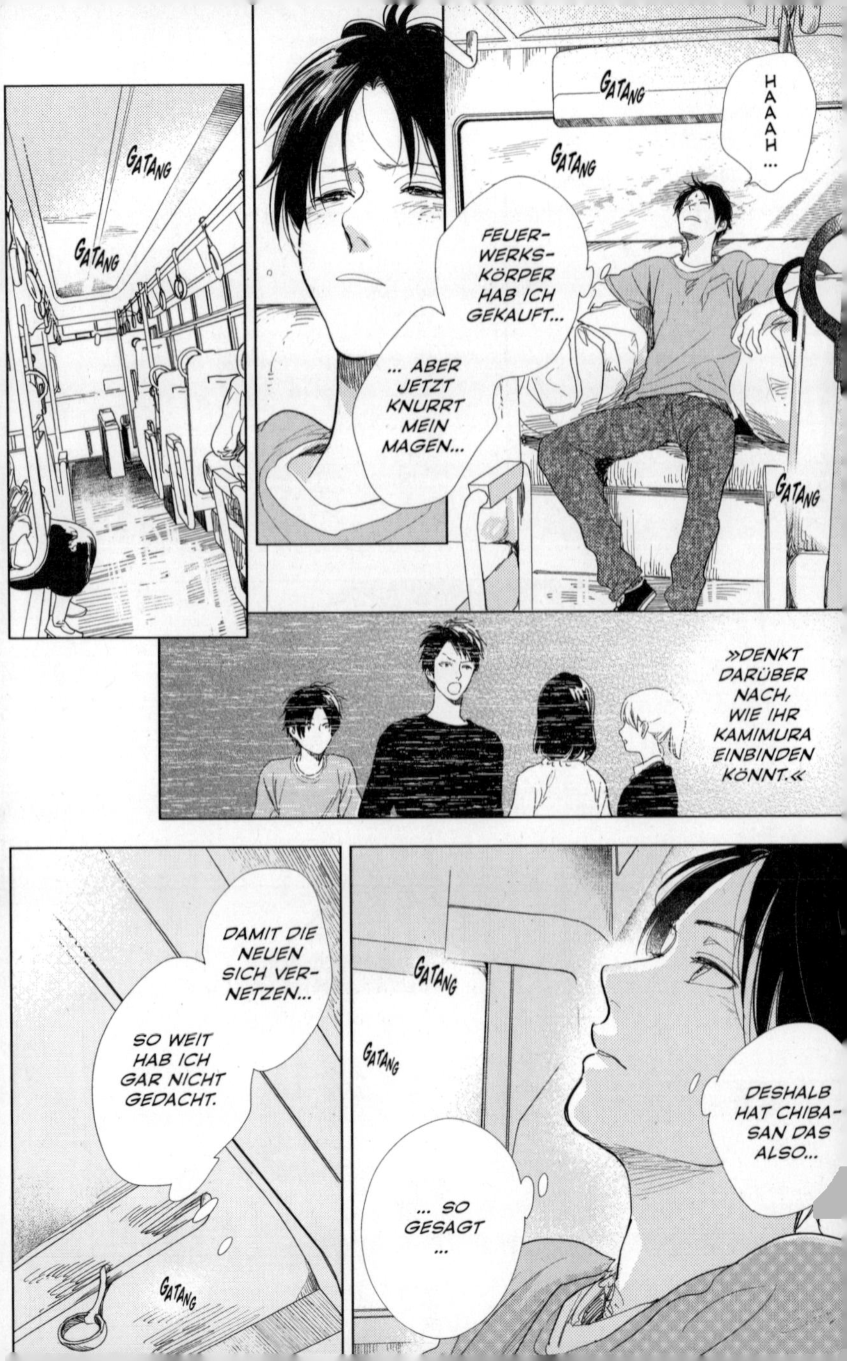
HAAAH…
GATANG
GATANG
GATANG
FEUERWERKSKÖRPER HAB ICH GEKAUFT…
… ABER JETZT KNURRT MEIN MAGEN…
GATANG
GATANG
»DENKT DARÜBER NACH, WIE IHR KAMIMURA EINBINDEN KÖNNT.«
DESHALB HAT CHIBA-SAN DAS ALSO…
… SO GESAGT …
GATANG
GATANG
DAMIT DIE NEUEN SICH VERNETZEN…
SO WEIT HAB ICH GAR NICHT GEDACHT.
GATANG

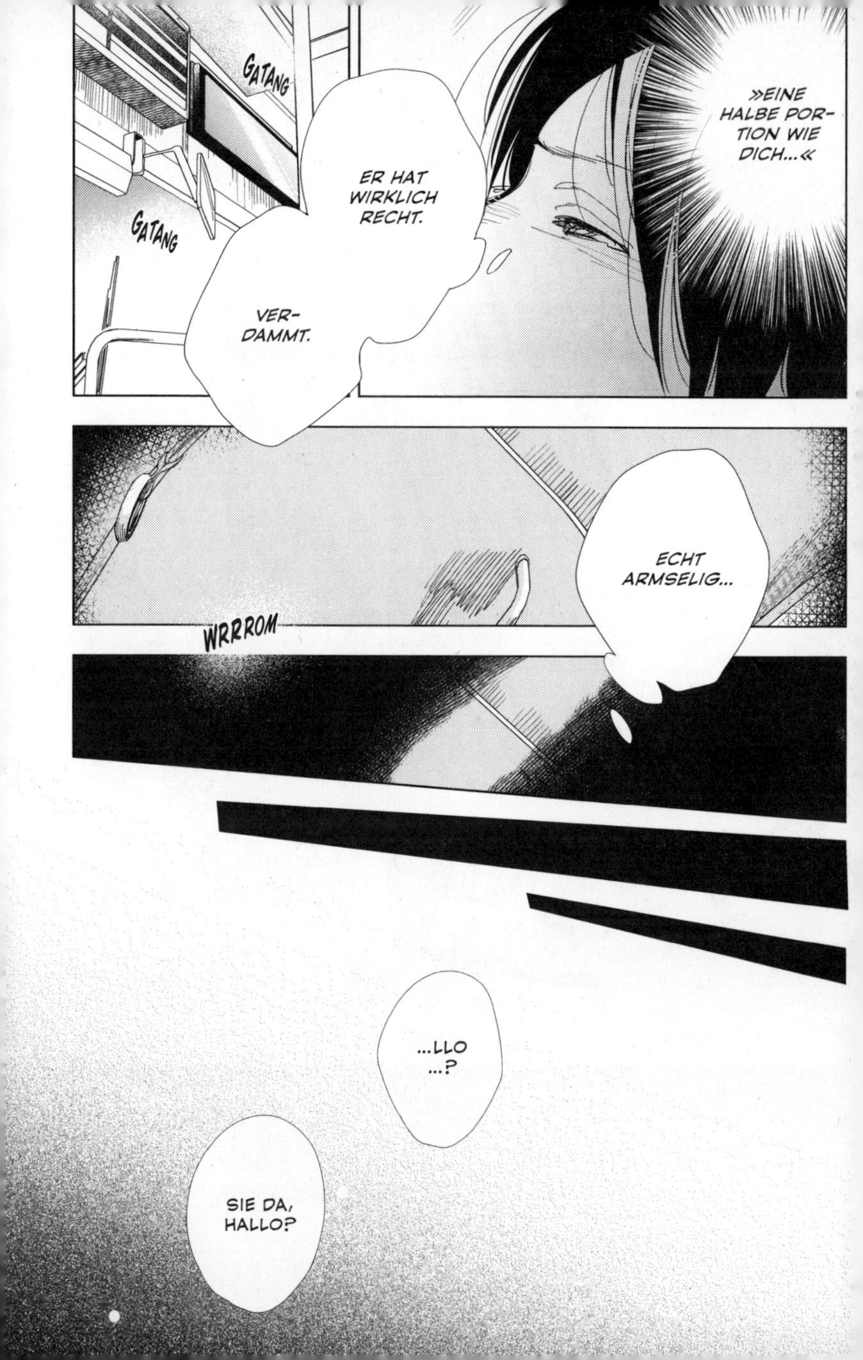
»EINE HALBE PORTION WIE DICH…«
ER HAT WIRKLICH RECHT.
GATANG
GATANG
VER-DAMMT.
ECHT ARMSELIG…
WRRROM
…LLO …?
SIE DA, HALLO?

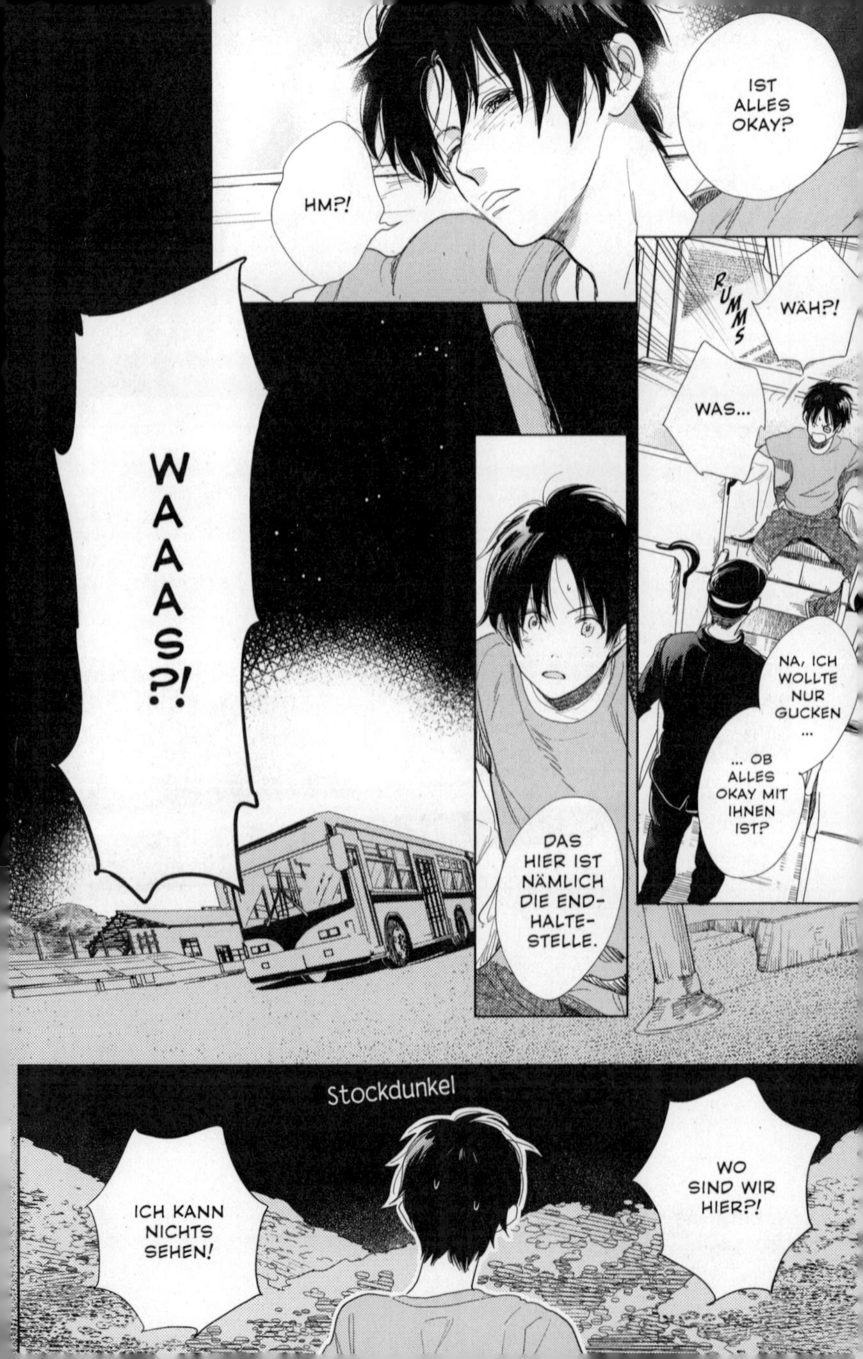
IST ALLES OKAY?
HM?!
RUMMS
WÄH?!
WAS...
NA, ICH WOLLTE NUR GUCKEN ...
... OB ALLES OKAY MIT IHNEN IST?
DAS HIER IST NÄMLICH DIE END-HALTE-STELLE.
WAAAS?!
Stockdunkel
WO SIND WIR HIER?!
ICH KANN NICHTS SEHEN!

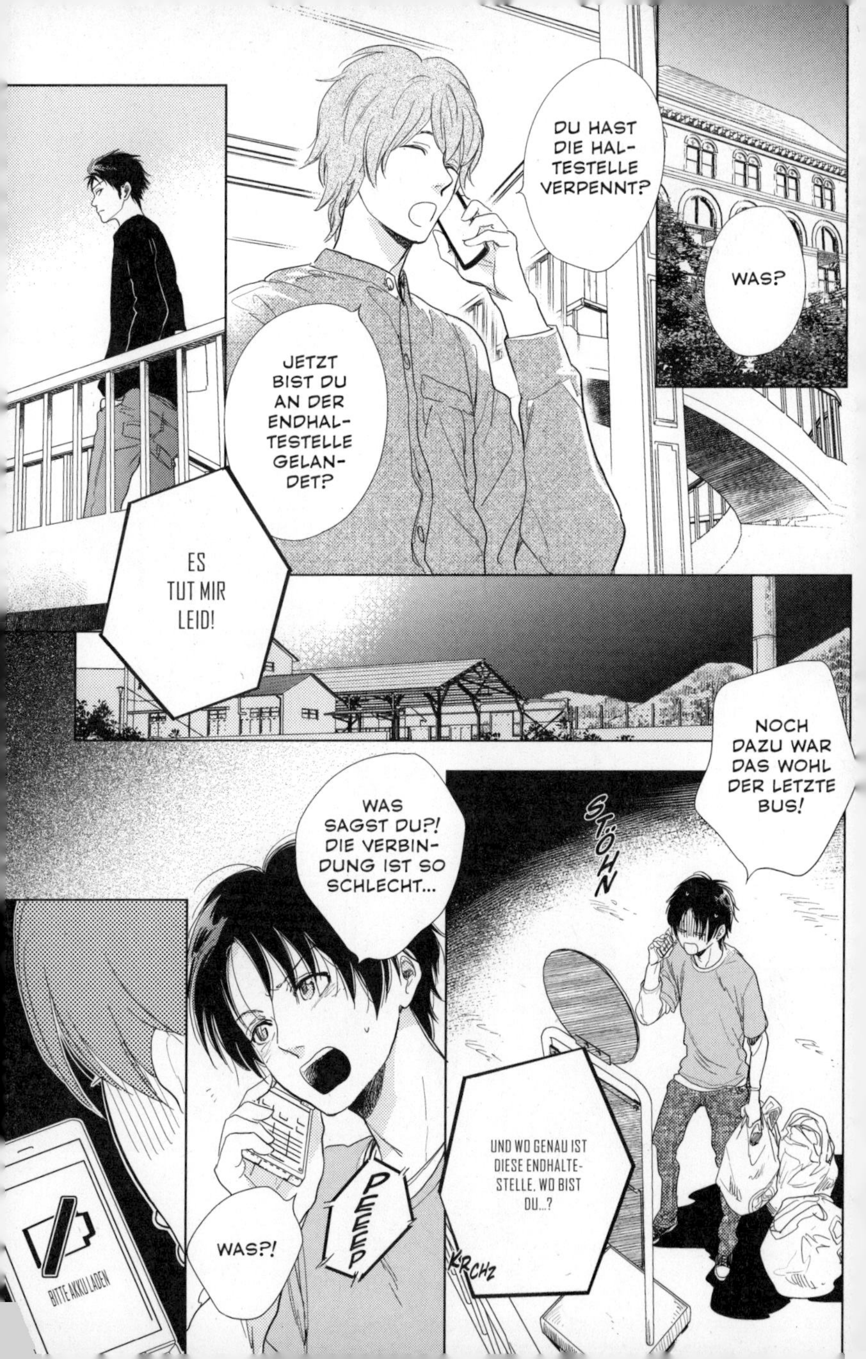
DU HAST DIE HAL- TESTELLE VERPENNT?
WAS?
JETZT BIST DU AN DER ENDHAL- TESTELLE GELAN- DET?
ES TUT MIR LEID!
NOCH DAZU WAR DAS WOHL DER LETZTE BUS!
STÖHN
WAS SAGST DU?! DIE VERBIN- DUNG IST SO SCHLECHT...
UND WO GENAU IST DIESE ENDHALTE- STELLE, WO BIST DU...?
KRCHZ
PEEEP
WAS?!
BITTE AKKU LADEN

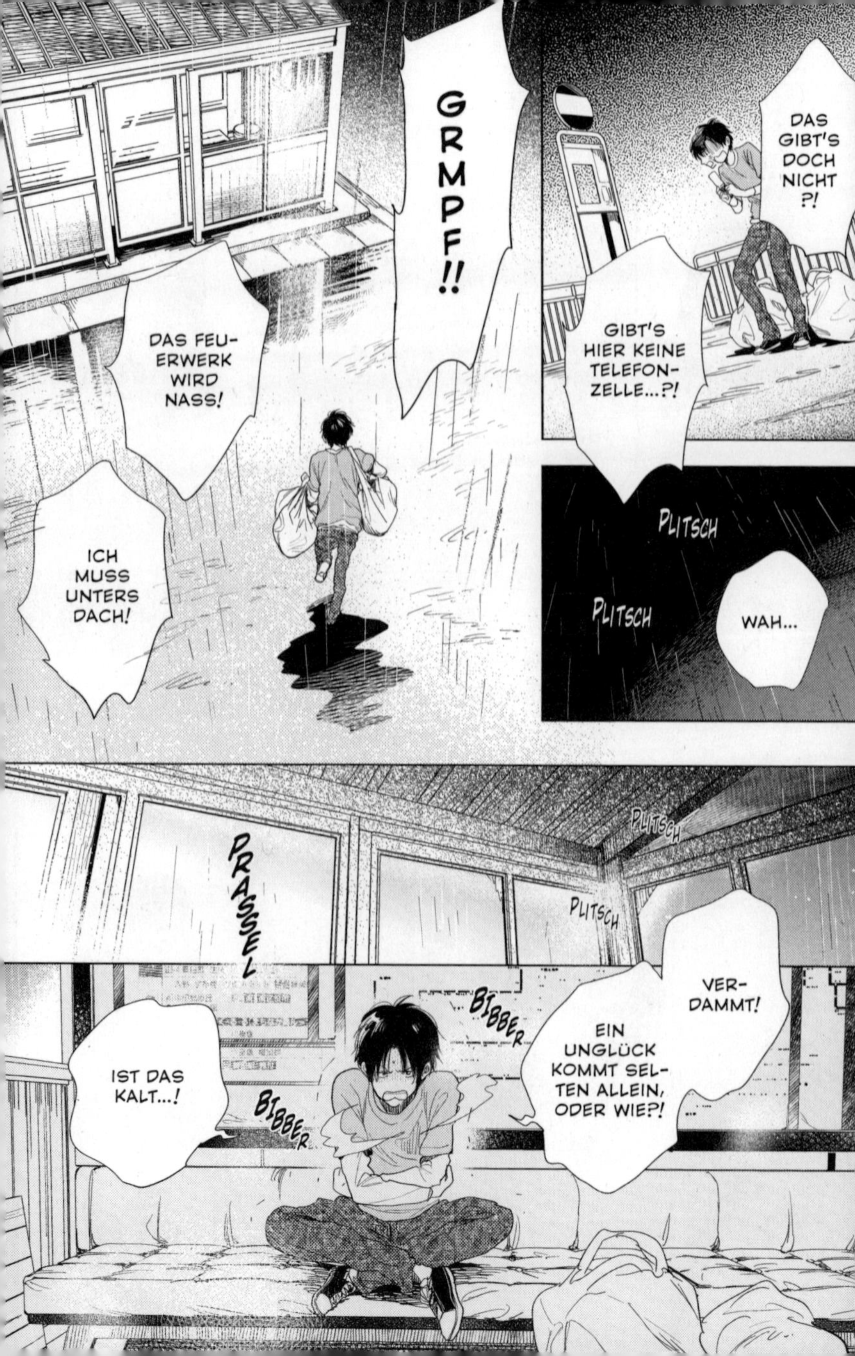

DAS GIBT'S DOCH NICHT?!
GIBT'S HIER KEINE TELEFON-ZELLE...?!
GRMPF!!
DAS FEU-ERWERK WIRD NASS!
ICH MUSS UNTERS DACH!
PLITSCH
PLITSCH
WAH...
PLITSCH
PLITSCH
PRASSEL
VER-DAMMT!
EIN UNGLÜCK KOMMT SEL-TEN ALLEIN, ODER WIE?!
BIBBER
BIBBER
IST DAS KALT...!

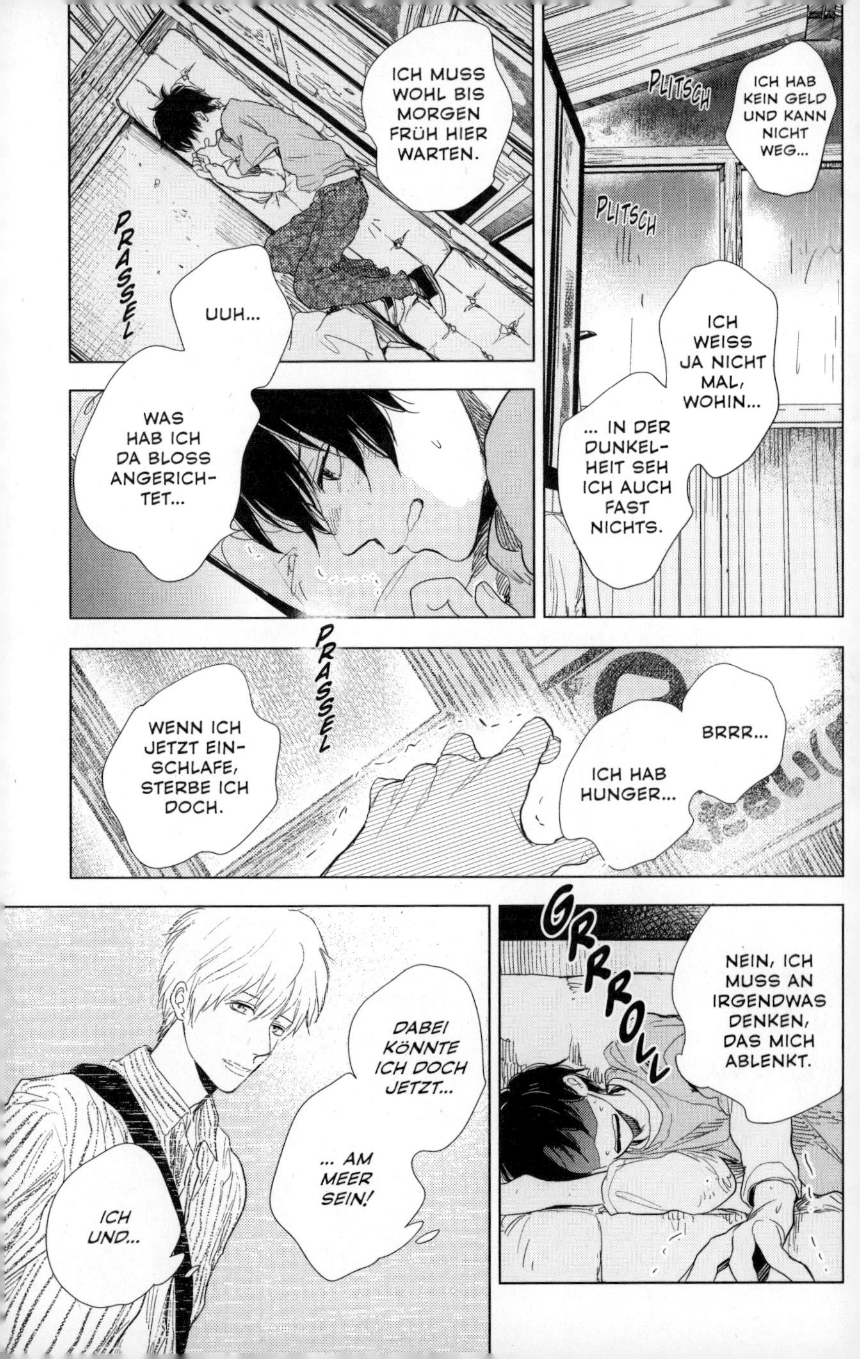
ICH HAB KEIN GELD UND KANN NICHT WEG...
PLITSCH
PLITSCH
ICH MUSS WOHL BIS MORGEN FRÜH HIER WARTEN.
PRASSEL
UUH...
ICH WEISS JA NICHT MAL, WOHIN...
... IN DER DUNKELHEIT SEH ICH AUCH FAST NICHTS.
WAS HAB ICH DA BLOSS ANGERICHTET...
BRRR...
ICH HAB HUNGER...
PRASSEL
WENN ICH JETZT EINSCHLAFE, STERBE ICH DOCH.
GRRROW
NEIN, ICH MUSS AN IRGENDWAS DENKEN, DAS MICH ABLENKT.
DABEI KÖNNTE ICH DOCH JETZT...
... AM MEER SEIN!
ICH UND...

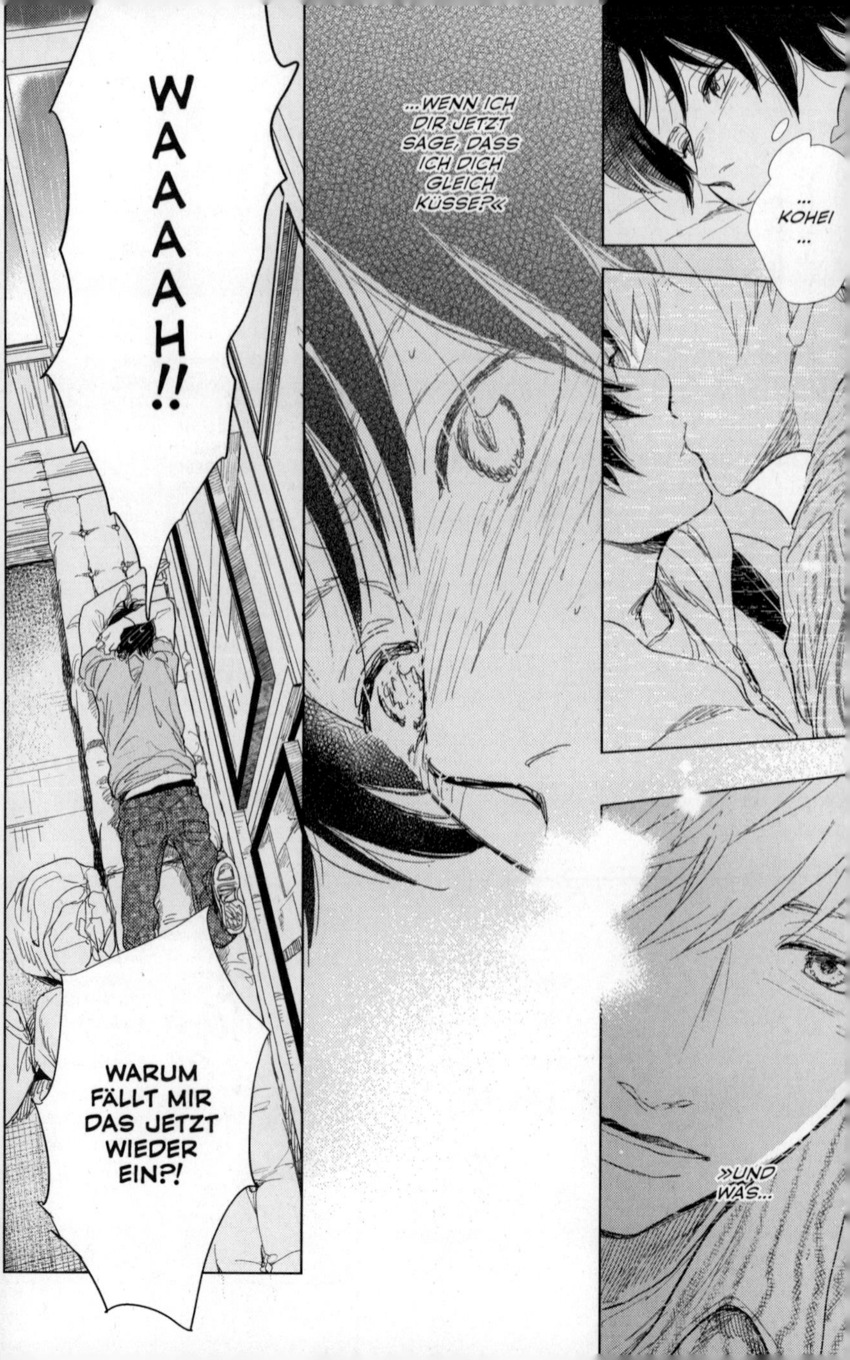
... KOHEI ...
...WENN ICH DIR JETZT SAGE, DASS ICH DICH GLEICH KÜSSE?«
»UND WAS...
WAAAAAH!!
WARUM FÄLLT MIR DAS JETZT WIEDER EIN?!

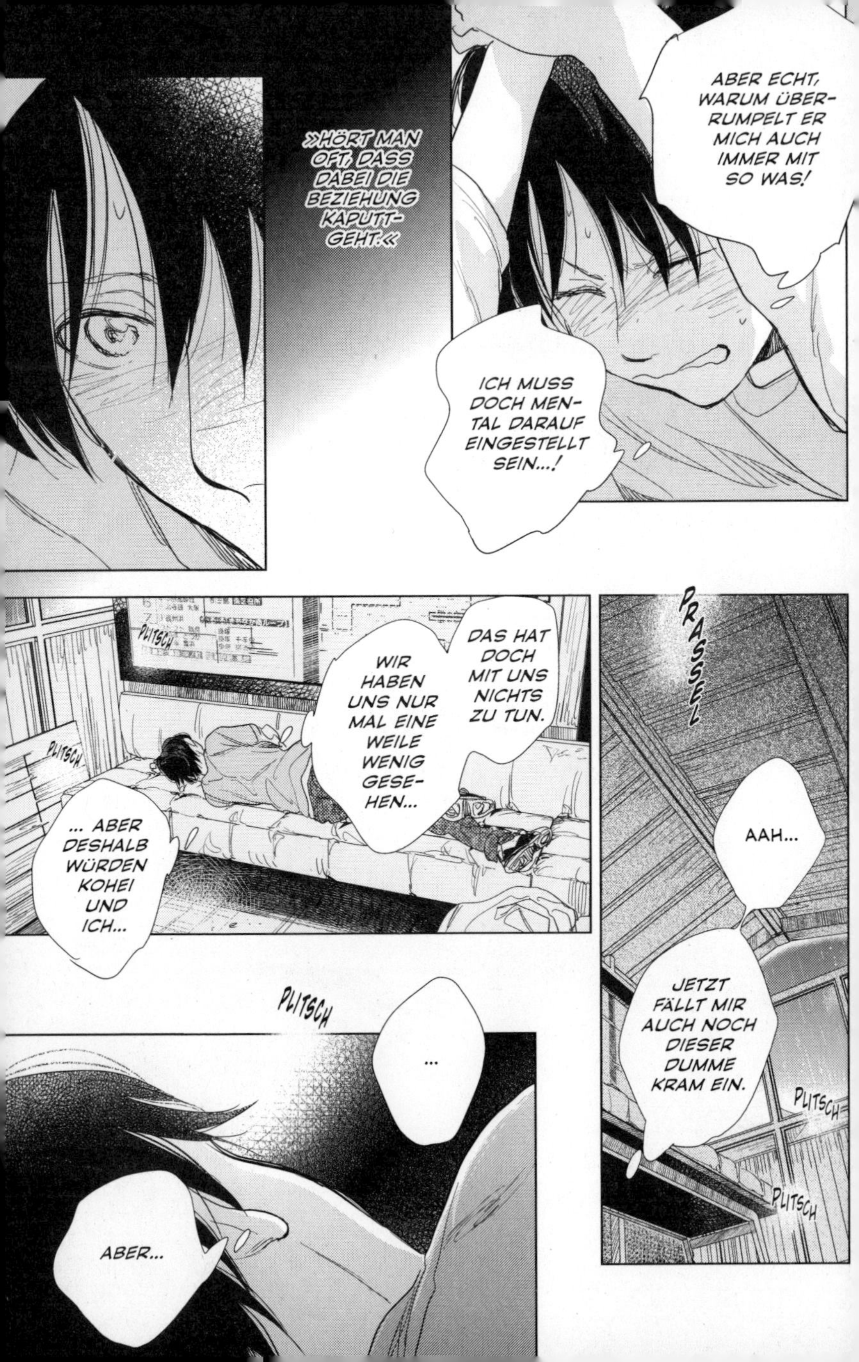

ABER ECHT, WARUM ÜBER-RUMPELT ER MICH AUCH IMMER MIT SO WAS!
ICH MUSS DOCH MEN-TAL DARAUF EINGESTELLT SEIN…!
»HÖRT MAN OFT, DASS DABEI DIE BEZIEHUNG KAPUTT-GEHT.«
PRASSEL
AAH…
JETZT FÄLLT MIR AUCH NOCH DIESER DUMME KRAM EIN.
PLITSCH
PLITSCH
DAS HAT DOCH MIT UNS NICHTS ZU TUN.
WIR HABEN UNS NUR MAL EINE WEILE WENIG GESE-HEN…
PLITSCH
PLITSCH
… ABER DESHALB WÜRDEN KOHEI UND ICH…
PLITSCH
…
ABER…

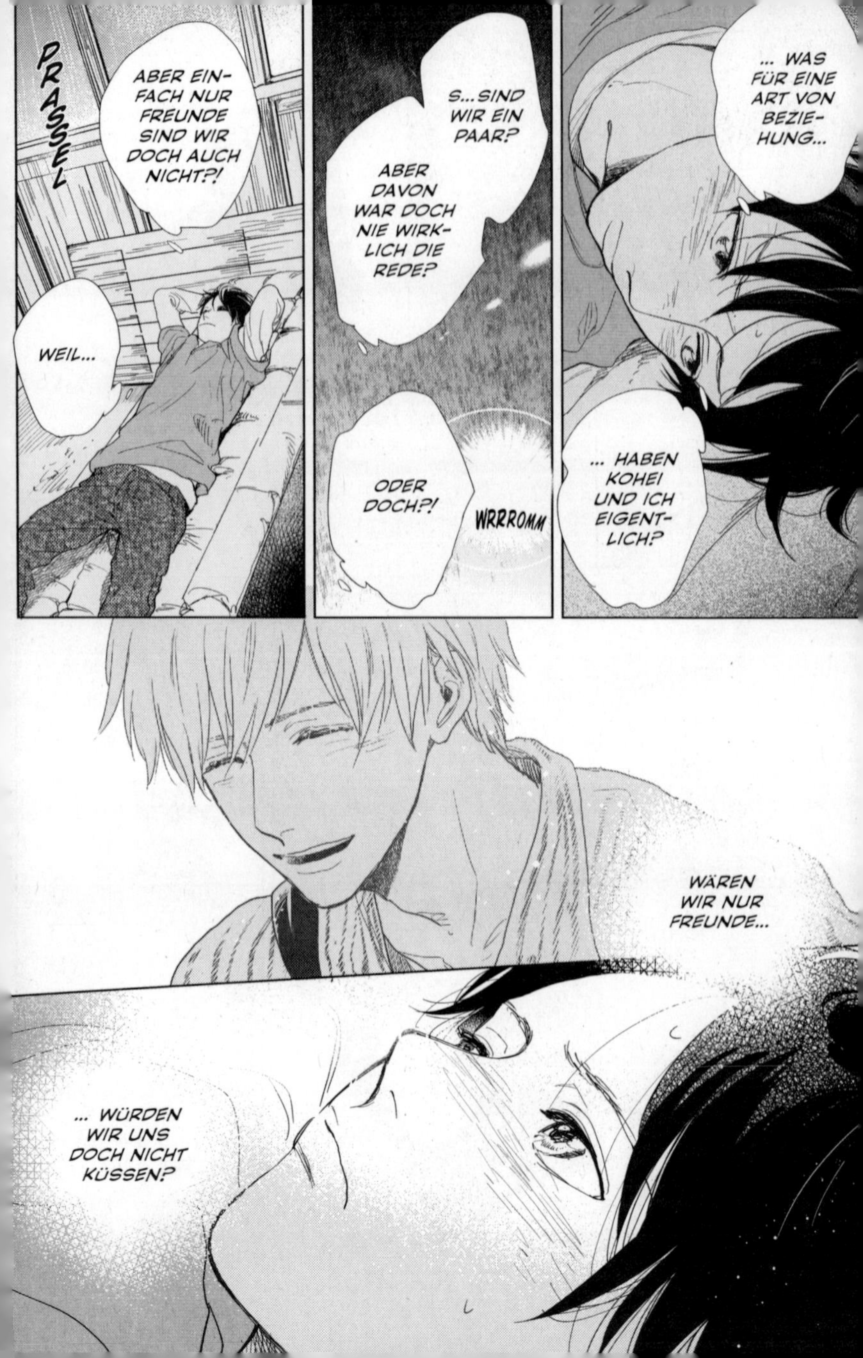
... WAS FÜR EINE ART VON BEZIEHUNG...
... HABEN KOHEI UND ICH EIGENTLICH?
S...SIND WIR EIN PAAR?
ABER DAVON WAR DOCH NIE WIRKLICH DIE REDE?
ODER DOCH?!
WRRROMM
ABER EINFACH NUR FREUNDE SIND WIR DOCH AUCH NICHT?!
WEIL...
PRASSEL
WÄREN WIR NUR FREUNDE...
... WÜRDEN WIR UNS DOCH NICHT KÜSSEN?

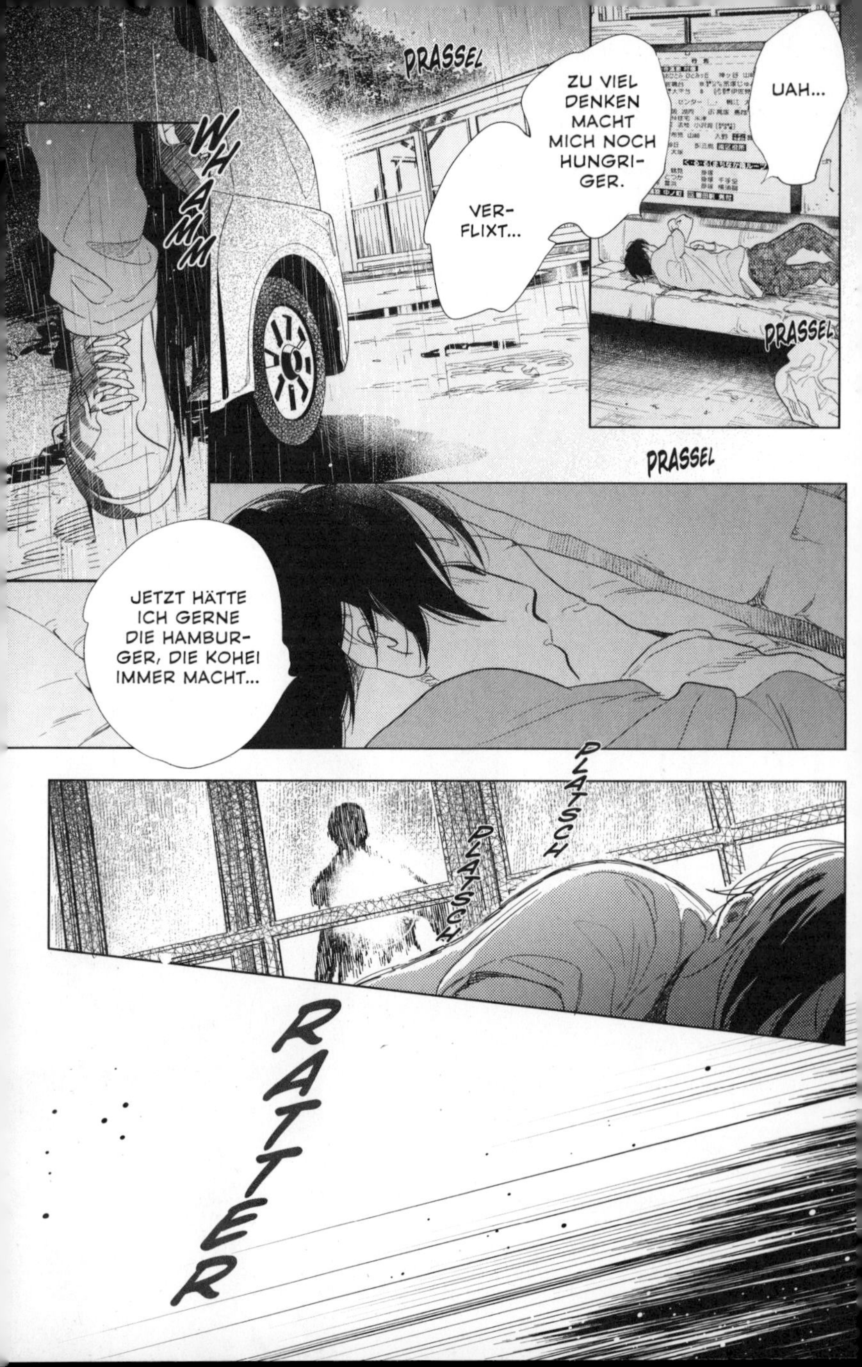
PRASSEL
WHAMM
UAH…
ZU VIEL DENKEN MACHT MICH NOCH HUNGRIGER.
VERFLIXT…
PRASSEL
PRASSEL
JETZT HÄTTE ICH GERNE DIE HAMBURGER, DIE KOHEI IMMER MACHT…
PLATSCH
PLATSCH
RATTER

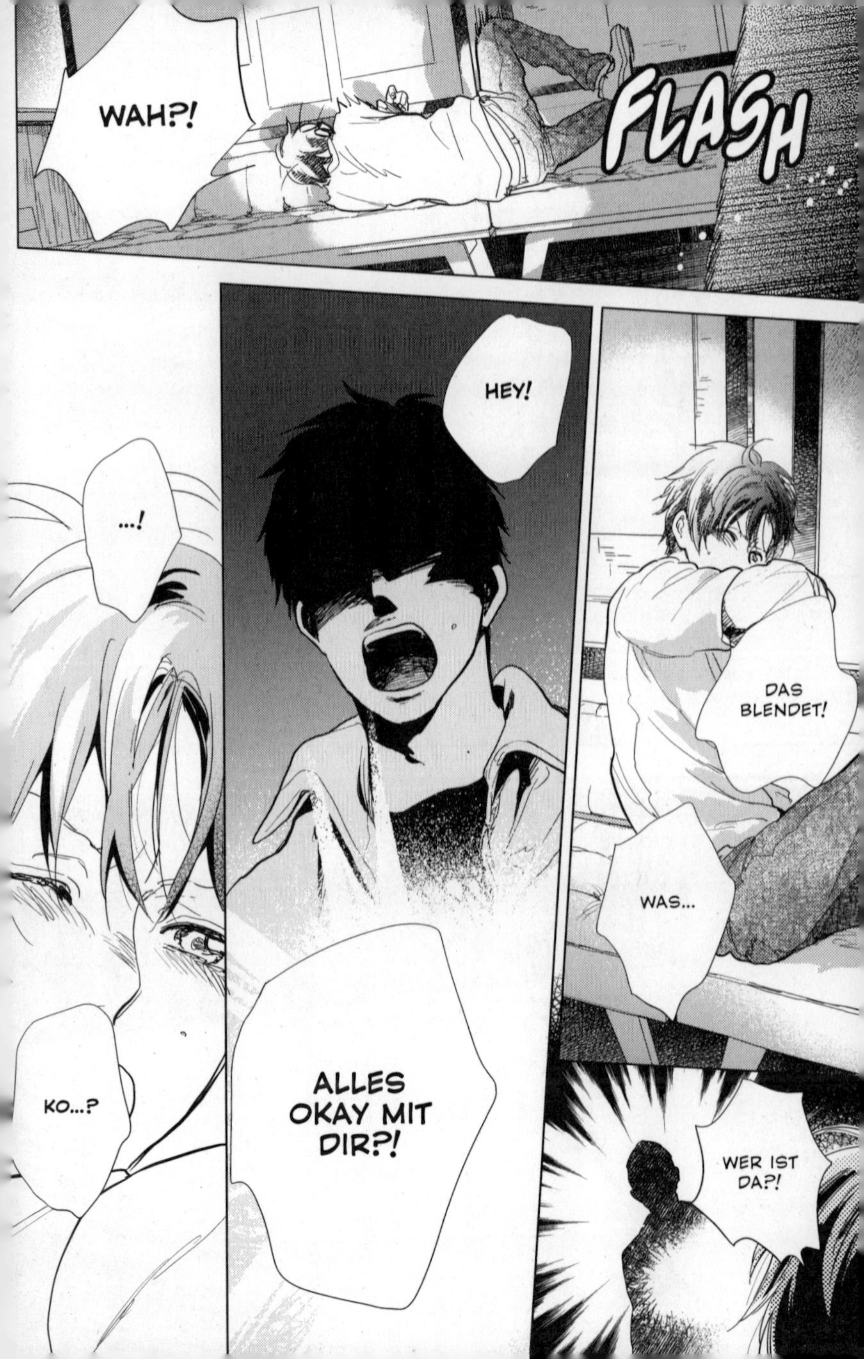
FLASH
WAH?!
DAS BLENDET!
WAS...
HEY!
...!
WER IST DA?!
ALLES OKAY MIT DIR?!
KO...?

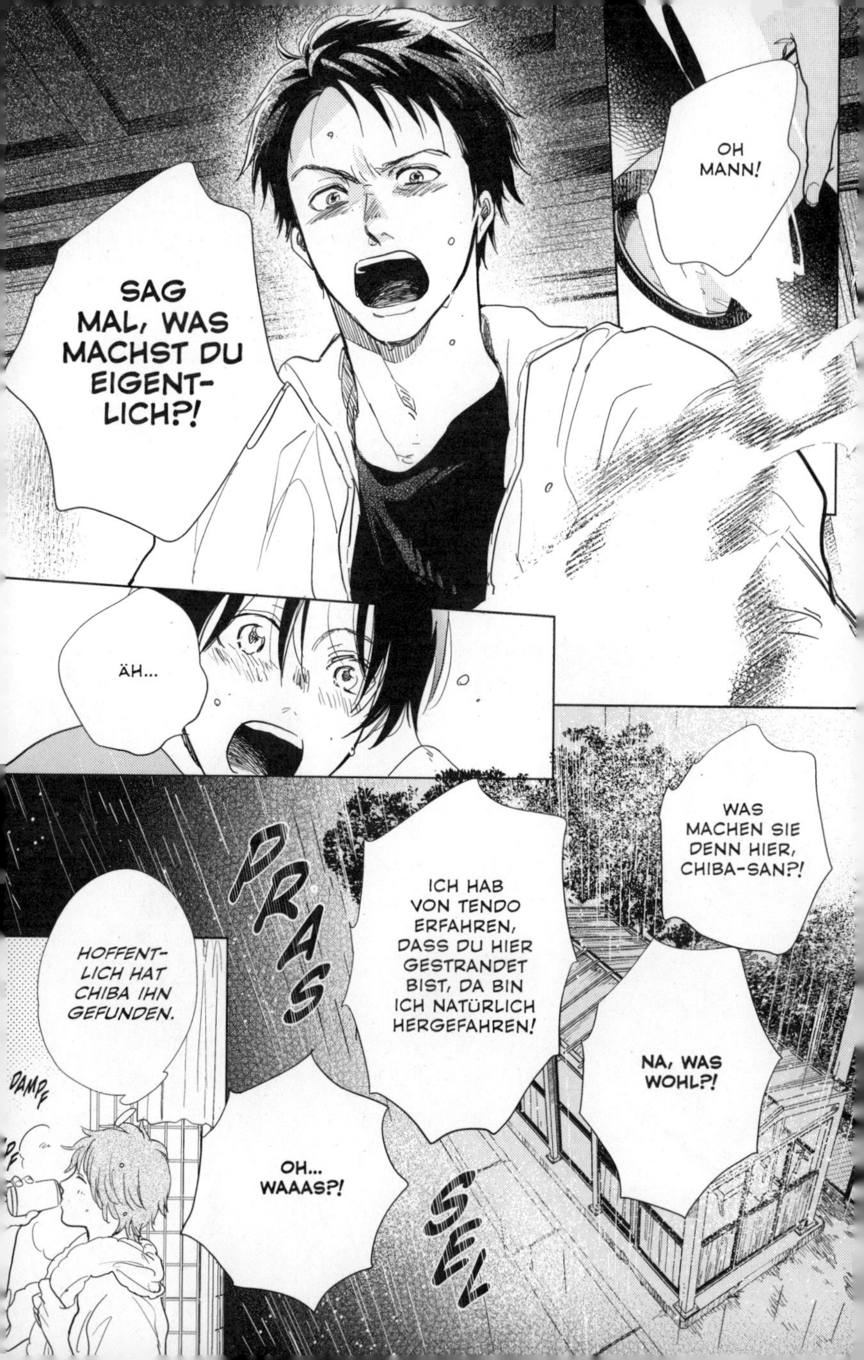
OH MANN!
SAG MAL, WAS MACHST DU EIGENTLICH?!
ÄH...
WAS MACHEN SIE DENN HIER, CHIBA-SAN?!
NA, WAS WOHL?!
ICH HAB VON TENDO ERFAHREN, DASS DU HIER GESTRANDET BIST, DA BIN ICH NATÜRLICH HERGEFAHREN!
PRAS
OH... WAAAS?!
HOFFENTLICH HAT CHIBA IHN GEFUNDEN.

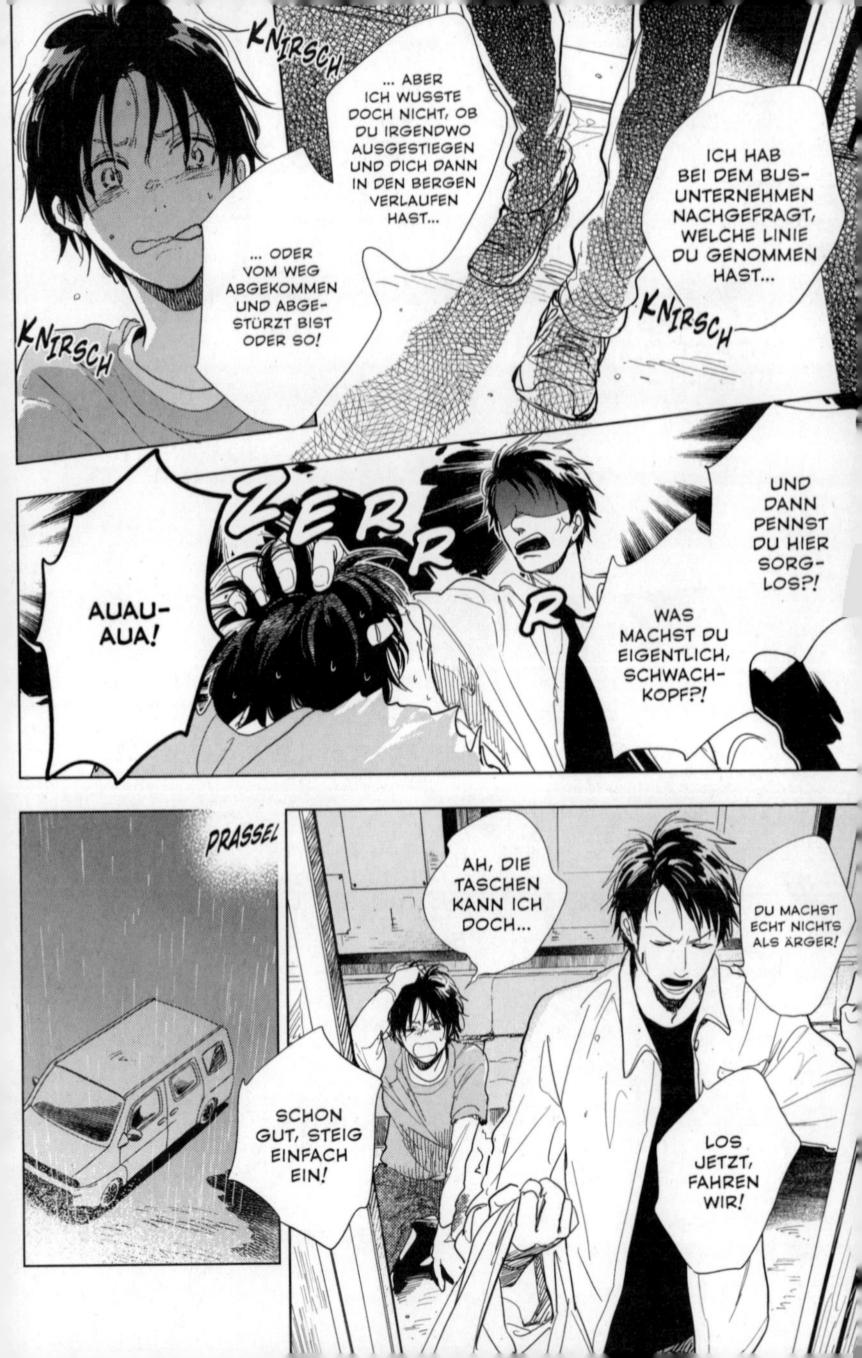
ICH HAB BEI DEM BUS-UNTERNEHMEN NACHGEFRAGT, WELCHE LINIE DU GENOMMEN HAST...
KNIRSCH
... ABER ICH WUSSTE DOCH NICHT, OB DU IRGENDWO AUSGESTIEGEN UND DICH DANN IN DEN BERGEN VERLAUFEN HAST...
KNIRSCH
... ODER VOM WEG ABGEKOMMEN UND ABGE-STÜRZT BIST ODER SO!
KNIRSCH
UND DANN PENNST DU HIER SORG-LOS?!
WAS MACHST DU EIGENTLICH, SCHWACH-KOPF?!
ZERRR
AUAU-AUA!
DU MACHST ECHT NICHTS ALS ÄRGER!
AH, DIE TASCHEN KANN ICH DOCH...
PRASSEL
LOS JETZT, FAHREN WIR!
SCHON GUT, STEIG EINFACH EIN!

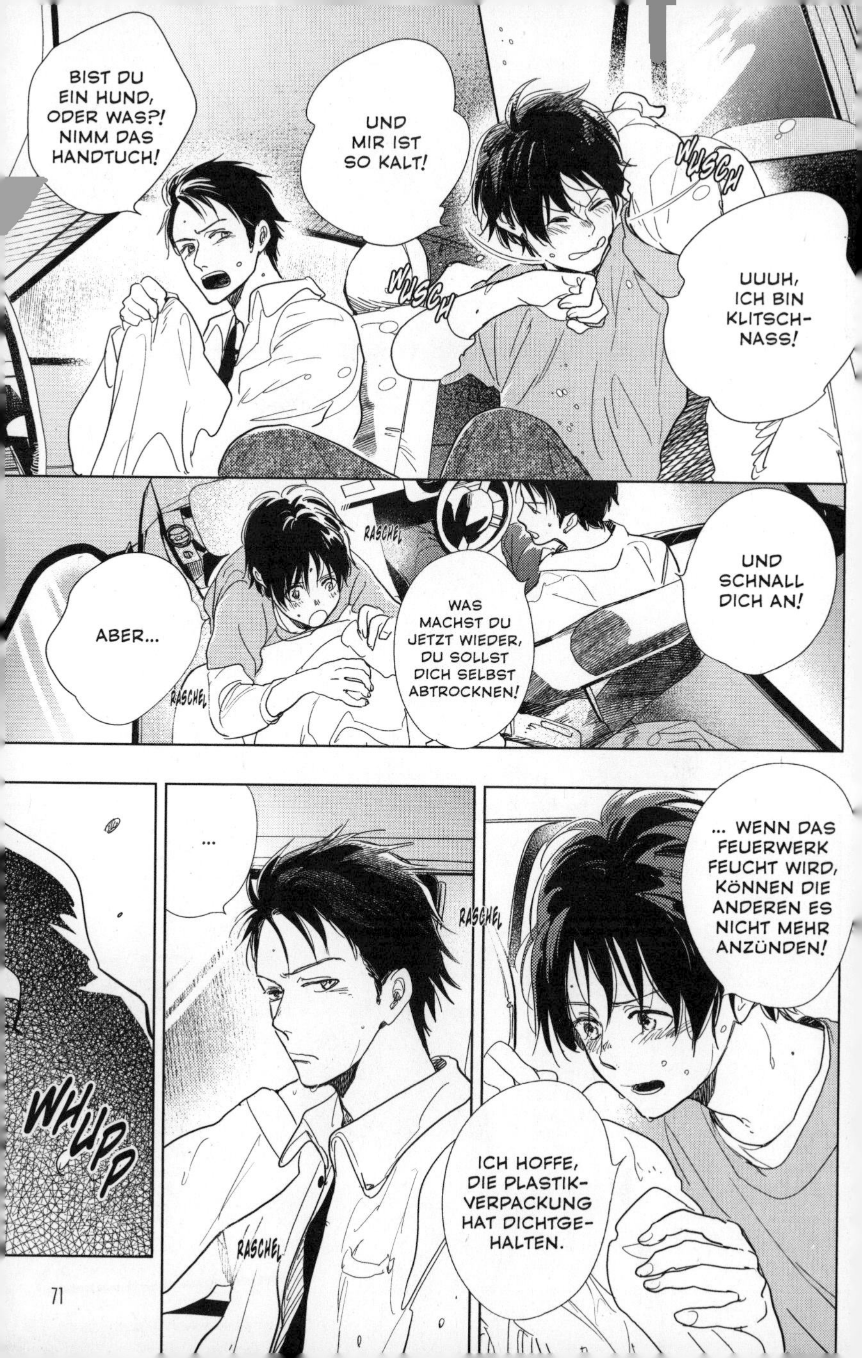

WUSCH
UUUH, ICH BIN KLITSCH-NASS!
UND MIR IST SO KALT!
WUSCH
BIST DU EIN HUND, ODER WAS?! NIMM DAS HANDTUCH!
UND SCHNALL DICH AN!
RASCHEL
WAS MACHST DU JETZT WIEDER, DU SOLLST DICH SELBST ABTROCKNEN!
ABER...
RASCHEL
... WENN DAS FEUERWERK FEUCHT WIRD, KÖNNEN DIE ANDEREN ES NICHT MEHR ANZÜNDEN!
ICH HOFFE, DIE PLASTIK-VERPACKUNG HAT DICHTGE-HALTEN.
RASCHEL
...
RASCHEL
WHUPP

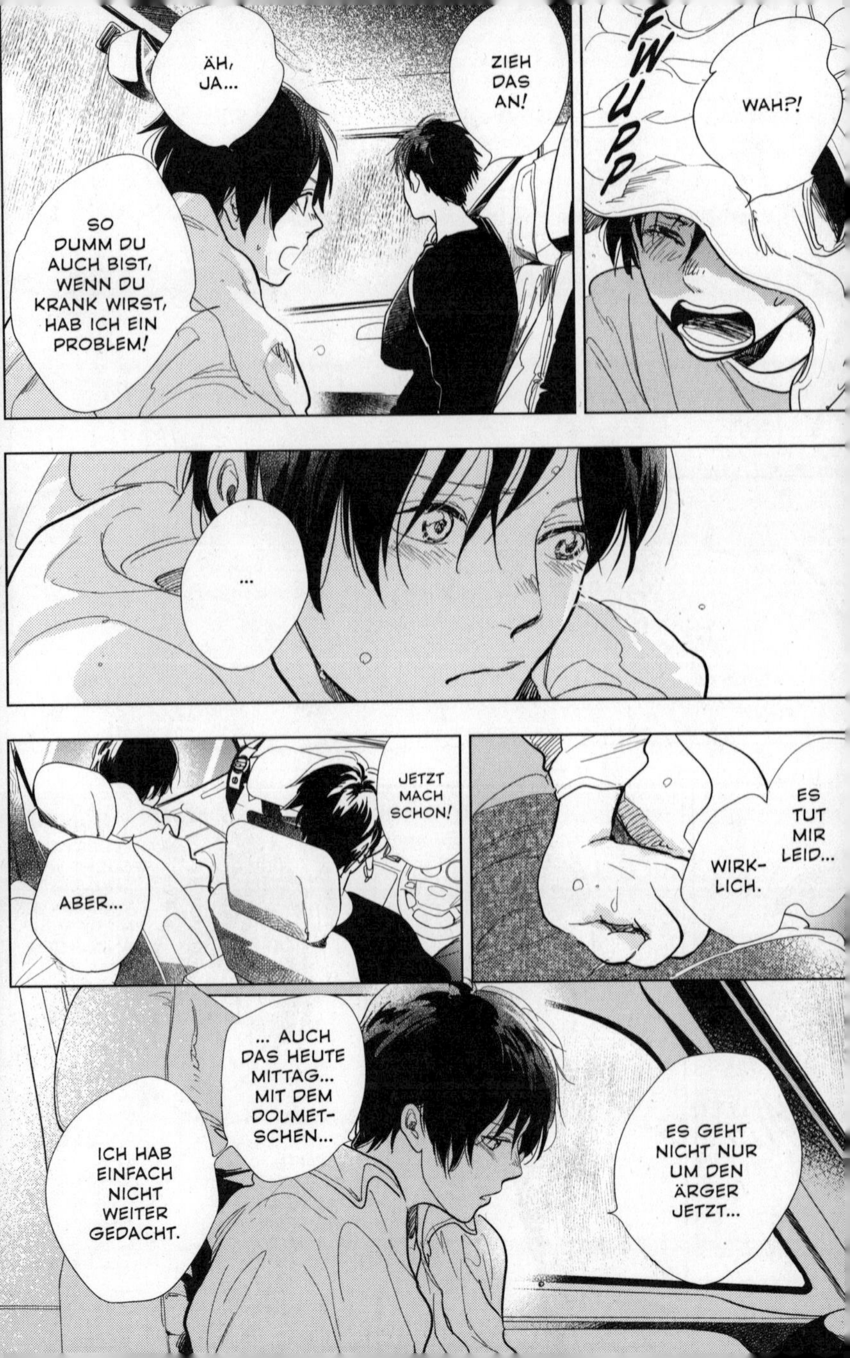
FWUPP
WAH?!
ZIEH DAS AN!
ÄH, JA...
SO DUMM DU AUCH BIST, WENN DU KRANK WIRST, HAB ICH EIN PROBLEM!
...
ES TUT MIR LEID...
WIRK-LICH.
JETZT MACH SCHON!
ABER...
ES GEHT NICHT NUR UM DEN ÄRGER JETZT...
... AUCH DAS HEUTE MITTAG... MIT DEM DOLMET-SCHEN...
ICH HAB EINFACH NICHT WEITER GEDACHT.

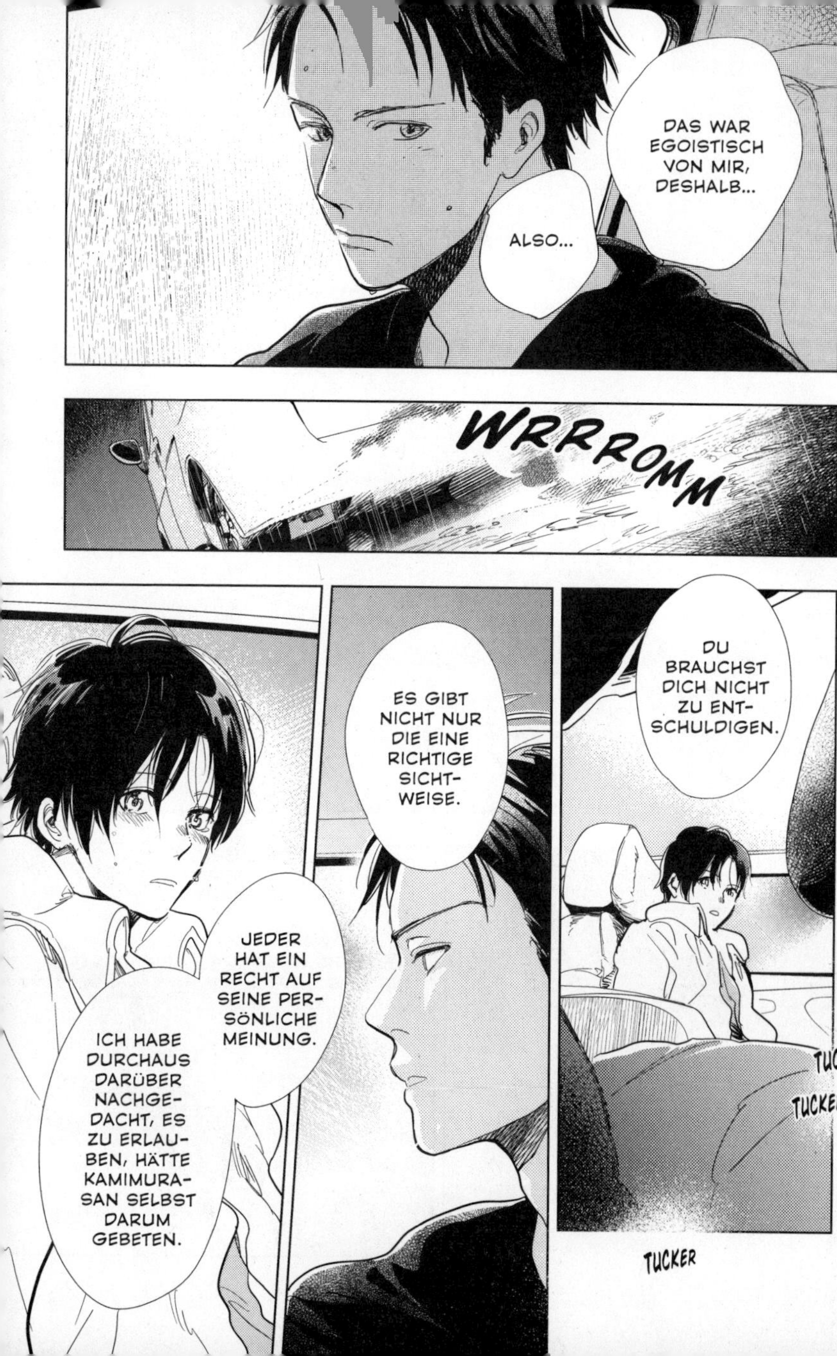

DAS WAR EGOISTISCH VON MIR, DESHALB...
ALSO...
WRRROMM
DU BRAUCHST DICH NICHT ZU ENTSCHULDIGEN.
TUCK
TUCKER
TUCKER
ES GIBT NICHT NUR DIE EINE RICHTIGE SICHTWEISE.
JEDER HAT EIN RECHT AUF SEINE PERSÖNLICHE MEINUNG.
ICH HABE DURCHAUS DARÜBER NACHGEDACHT, ES ZU ERLAUBEN, HÄTTE KAMIMURA-SAN SELBST DARUM GEBETEN.

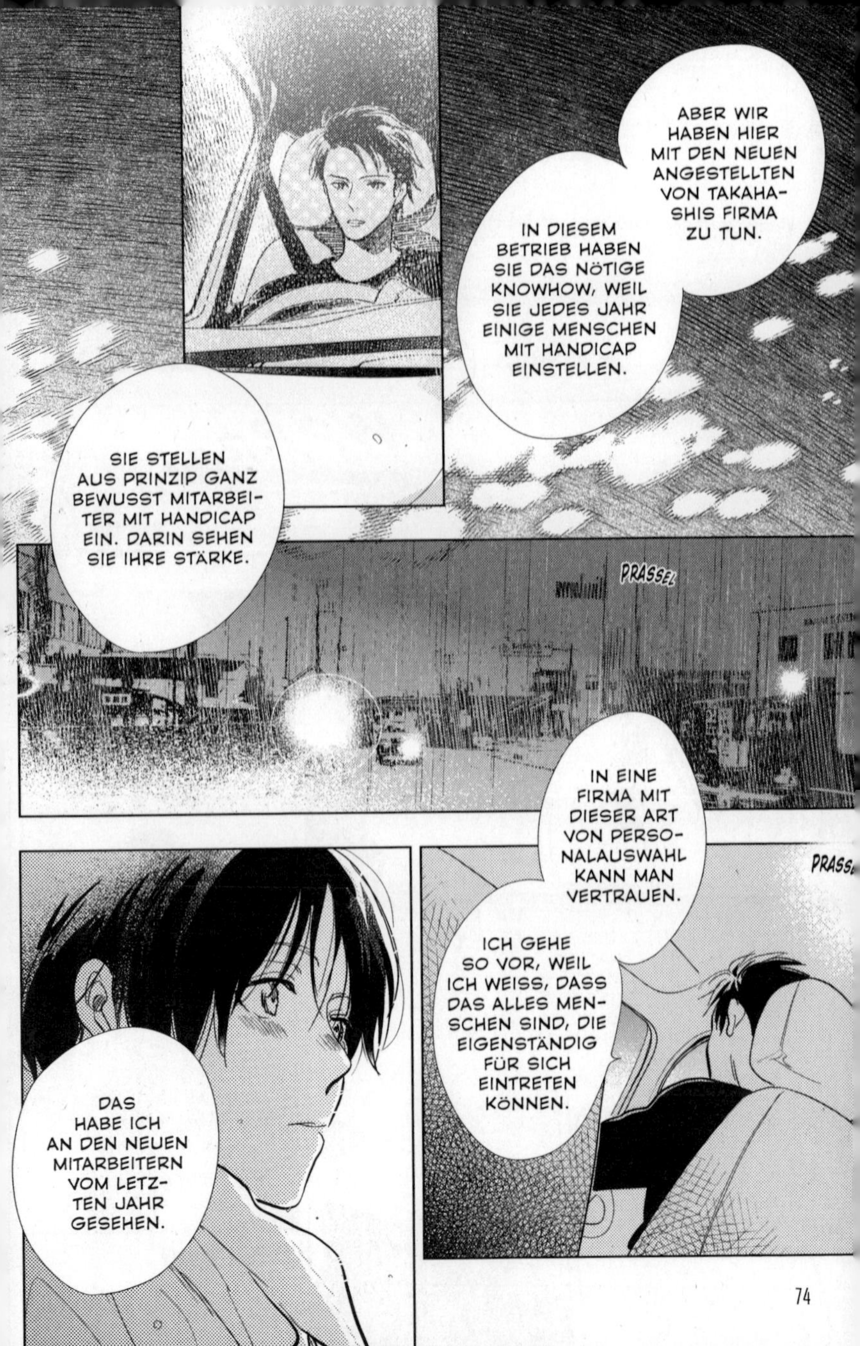
ABER WIR HABEN HIER MIT DEN NEUEN ANGESTELLTEN VON TAKAHASHIS FIRMA ZU TUN.
IN DIESEM BETRIEB HABEN SIE DAS NÖTIGE KNOWHOW, WEIL SIE JEDES JAHR EINIGE MENSCHEN MIT HANDICAP EINSTELLEN.
SIE STELLEN AUS PRINZIP GANZ BEWUSST MITARBEITER MIT HANDICAP EIN. DARIN SEHEN SIE IHRE STÄRKE.
PRASSEL
IN EINE FIRMA MIT DIESER ART VON PERSONALAUSWAHL KANN MAN VERTRAUEN.
ICH GEHE SO VOR, WEIL ICH WEISS, DASS DAS ALLES MENSCHEN SIND, DIE EIGENSTÄNDIG FÜR SICH EINTRETEN KÖNNEN.
DAS HABE ICH AN DEN NEUEN MITARBEITERN VOM LETZTEN JAHR GESEHEN.

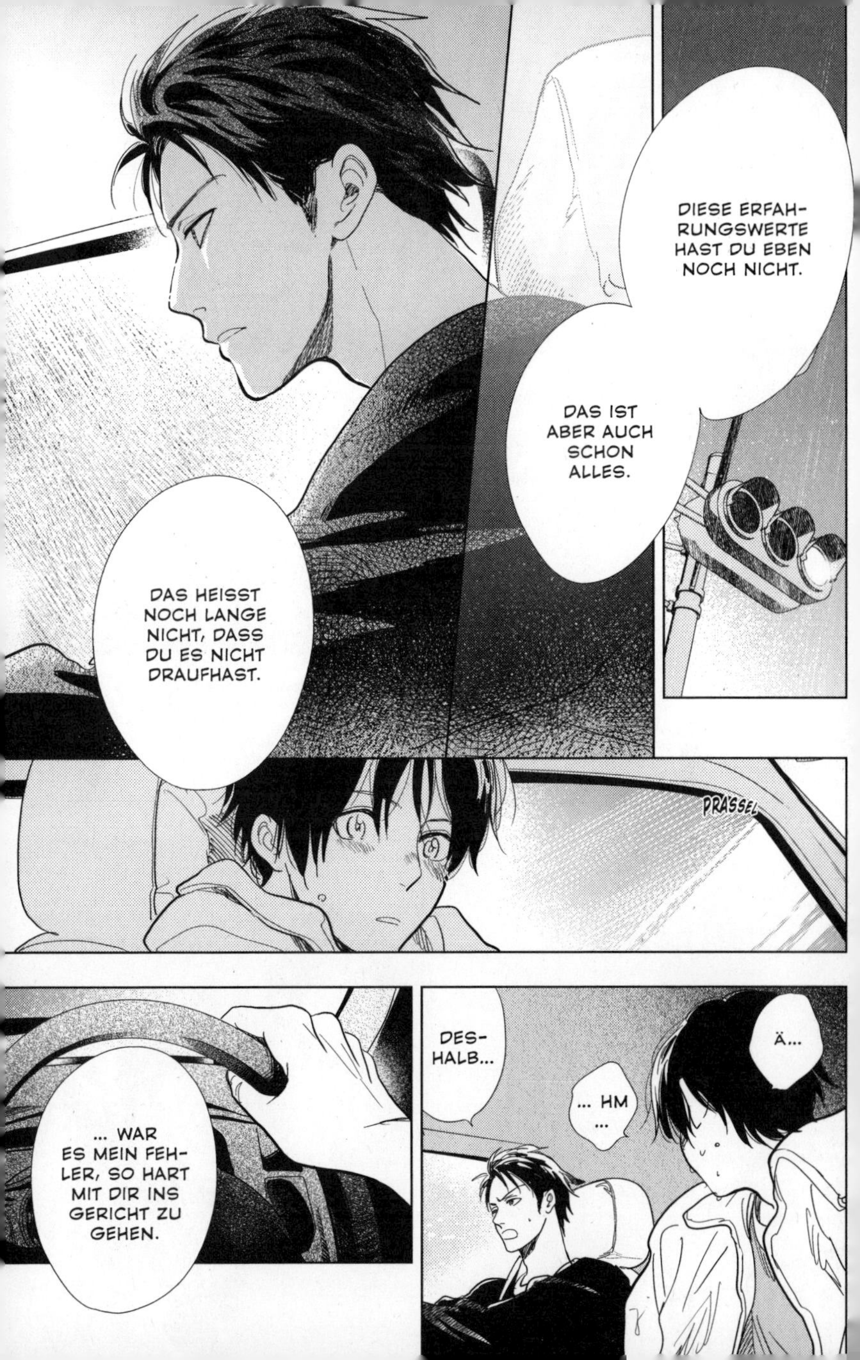
DIESE ERFAH-RUNGSWERTE HAST DU EBEN NOCH NICHT.
DAS IST ABER AUCH SCHON ALLES.
DAS HEISST NOCH LANGE NICHT, DASS DU ES NICHT DRAUFHAST.
PRASSEL
Ä...
... HM ...
DES-HALB...
... WAR ES MEIN FEH-LER, SO HART MIT DIR INS GERICHT ZU GEHEN.

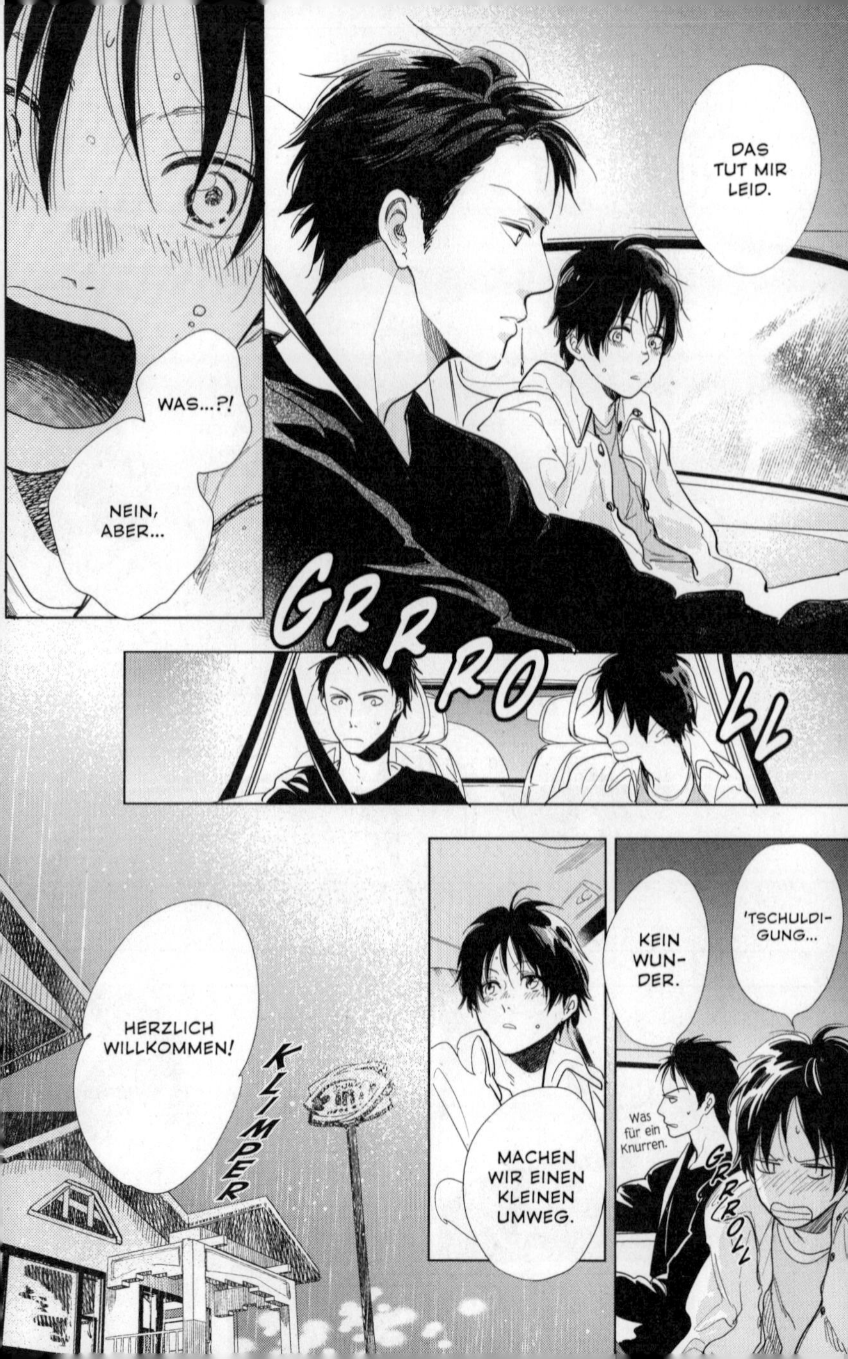
DAS TUT MIR LEID.
WAS...?!
NEIN, ABER...
GRRROLL
'TSCHULDI-GUNG...
KEIN WUN-DER.
Was für ein Knurren.
GRRROLL
MACHEN WIR EINEN KLEINEN UMWEG.
HERZLICH WILLKOMMEN!
KLIMPER

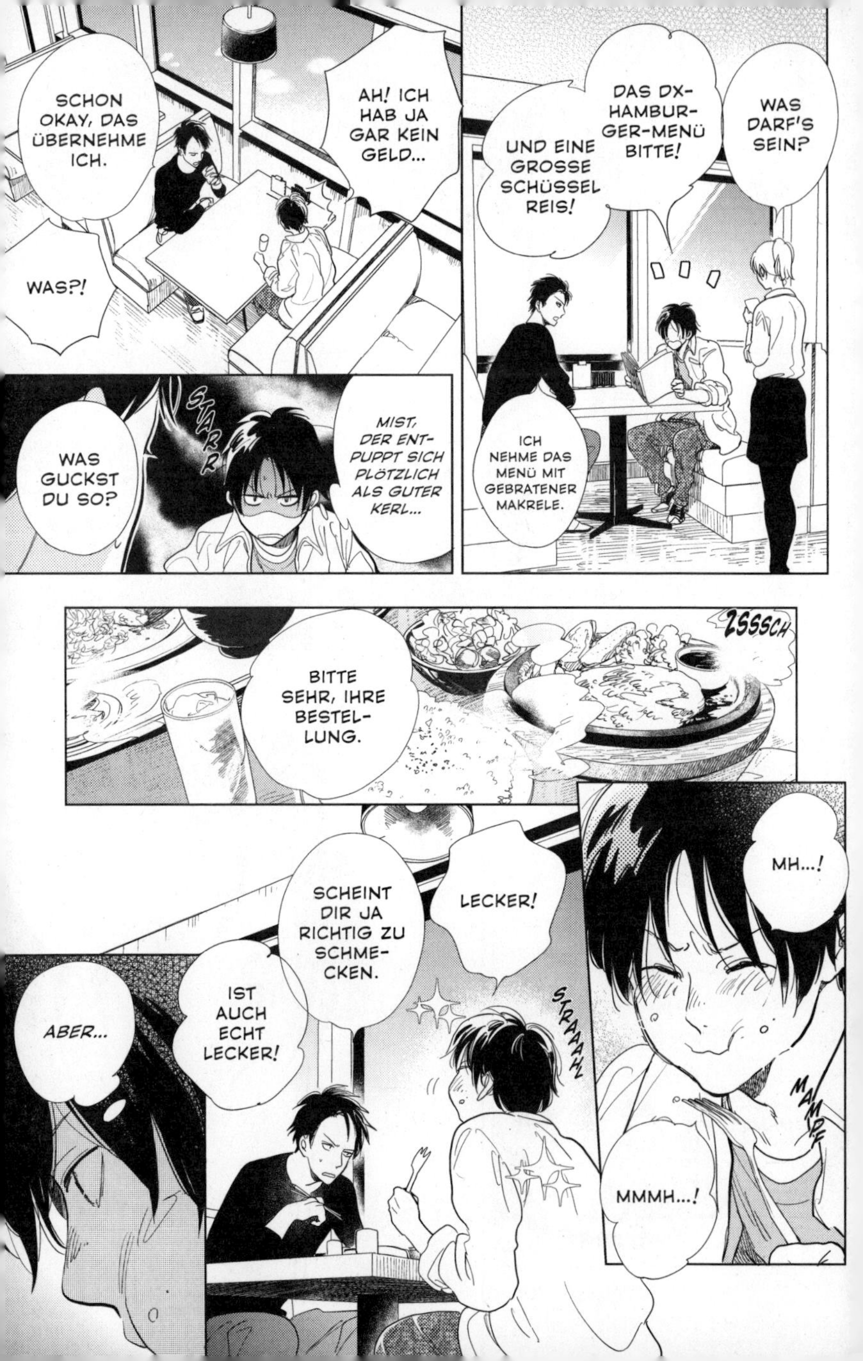
WAS DARF'S SEIN?
DAS DX-HAMBURGER-MENÜ BITTE!
UND EINE GROSSE SCHÜSSEL REIS!
ICH NEHME DAS MENÜ MIT GEBRATENER MAKRELE.
AH! ICH HAB JA GAR KEIN GELD...
SCHON OKAY, DAS ÜBERNEHME ICH.
WAS?!
MIST, DER ENTPUPPT SICH PLÖTZLICH ALS GUTER KERL...
STARR
WAS GUCKST DU SO?
ZSSSCH
BITTE SEHR, IHRE BESTELLUNG.
MH...!
MAMPF
MMMH...!
LECKER!
SCHEINT DIR JA RICHTIG ZU SCHMECKEN.
STRAAAHL
IST AUCH ECHT LECKER!
ABER...

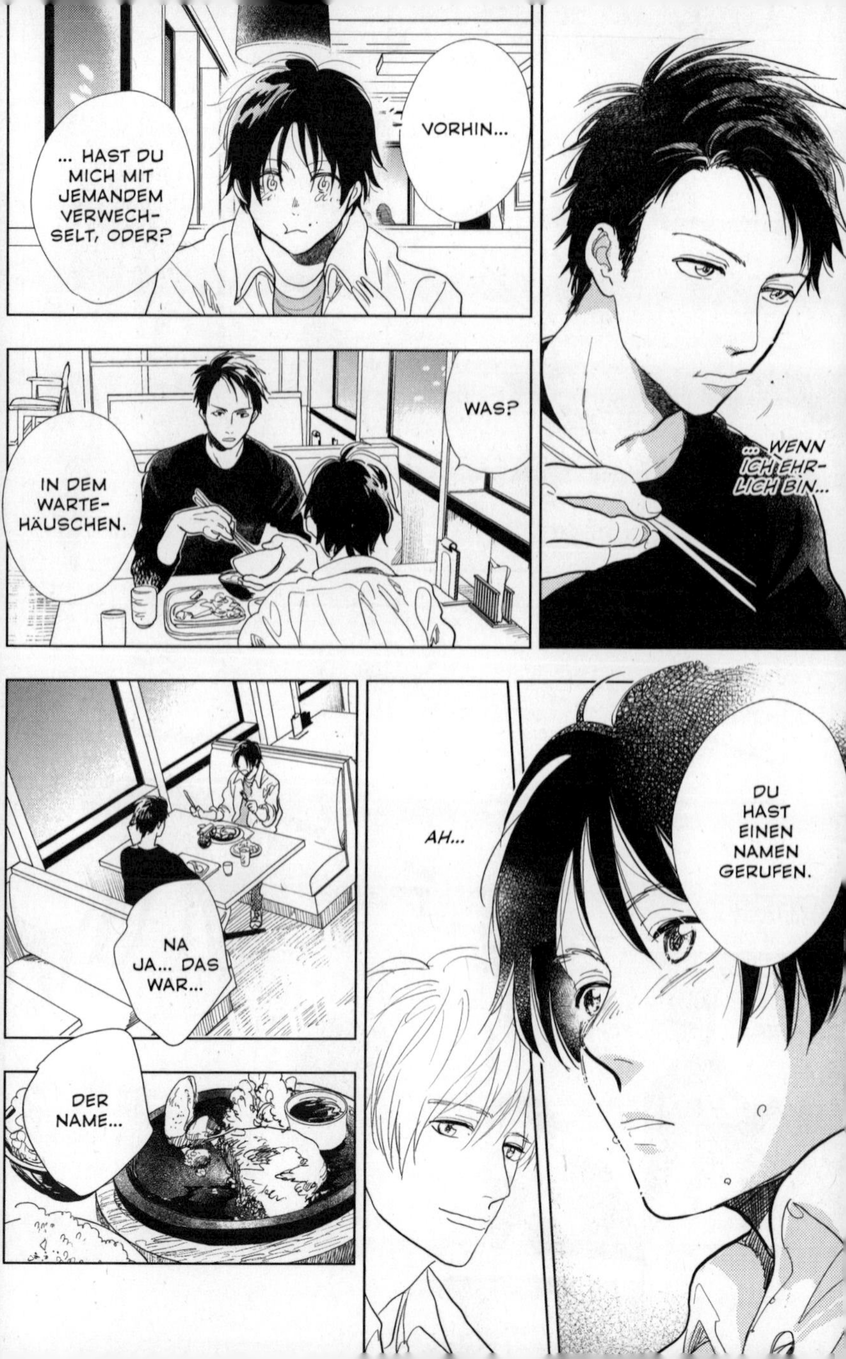
VORHIN...
... HAST DU MICH MIT JEMANDEM VERWECHSELT, ODER?
WAS?
IN DEM WARTEHÄUSCHEN.
... WENN ICH EHRLICH BIN...
DU HAST EINEN NAMEN GERUFEN.
AH...
NA JA... DAS WAR...
DER NAME...

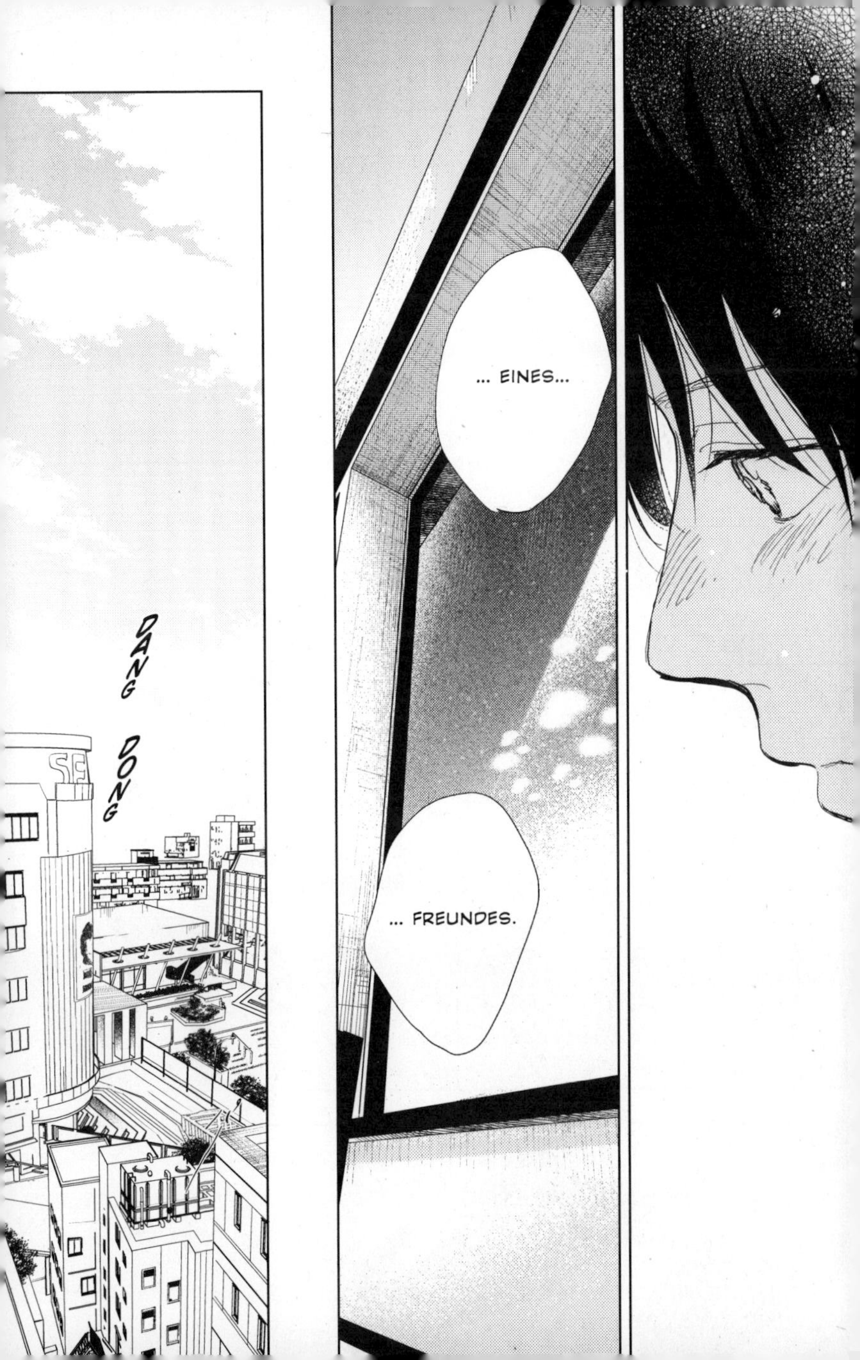
... EINES...
... FREUNDES.
DANG DONG

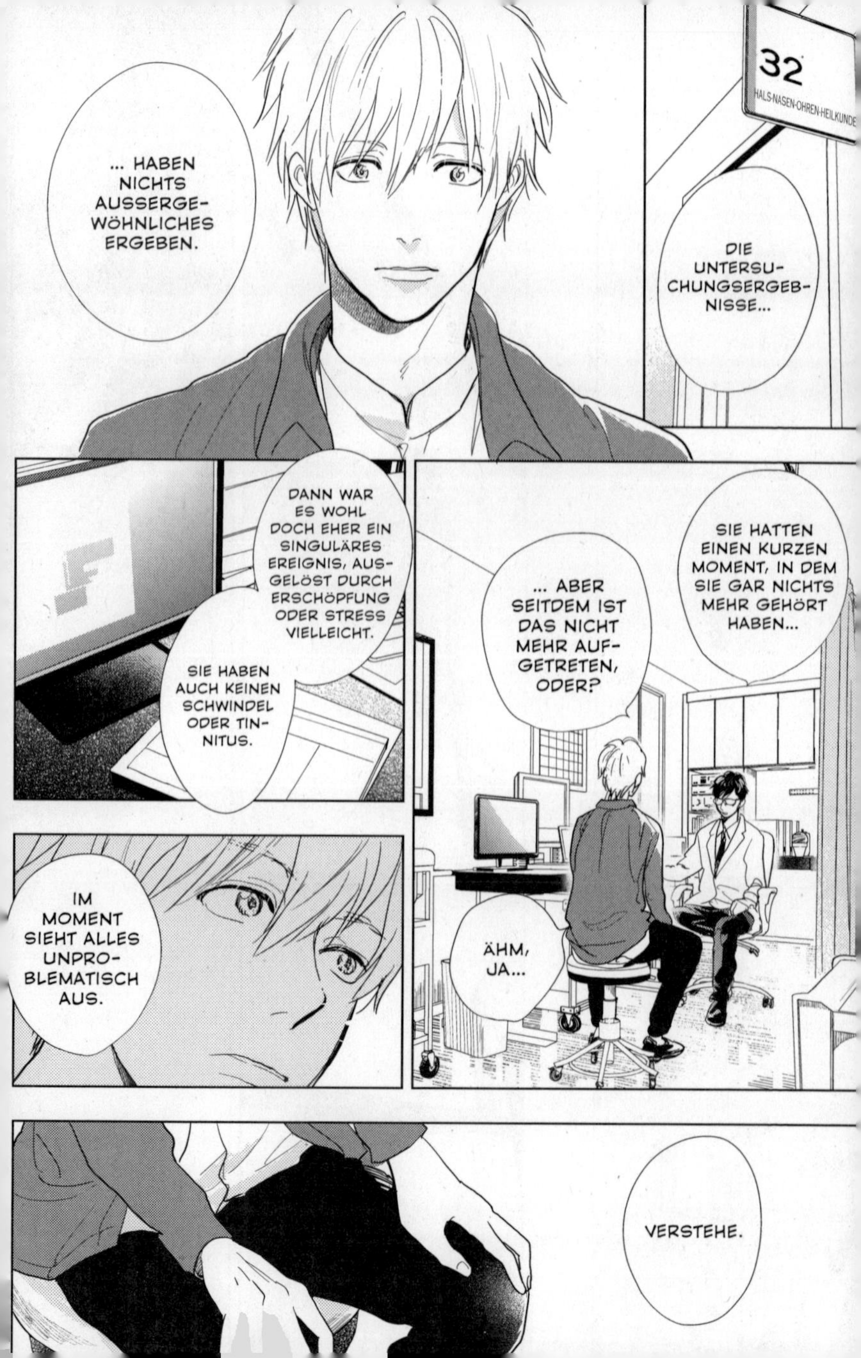
32
HALS-NASEN-OHREN-HEILKUNDE
DIE UNTERSUCHUNGSERGEBNISSE...
... HABEN NICHTS AUSSERGEWÖHNLICHES ERGEBEN.
SIE HATTEN EINEN KURZEN MOMENT, IN DEM SIE GAR NICHTS MEHR GEHÖRT HABEN...
... ABER SEITDEM IST DAS NICHT MEHR AUFGETRETEN, ODER?
ÄHM, JA...
DANN WAR ES WOHL DOCH EHER EIN SINGULÄRES EREIGNIS, AUSGELÖST DURCH ERSCHÖPFUNG ODER STRESS VIELLEICHT.
SIE HABEN AUCH KEINEN SCHWINDEL ODER TINNITUS.
IM MOMENT SIEHT ALLES UNPROBLEMATISCH AUS.
VERSTEHE.

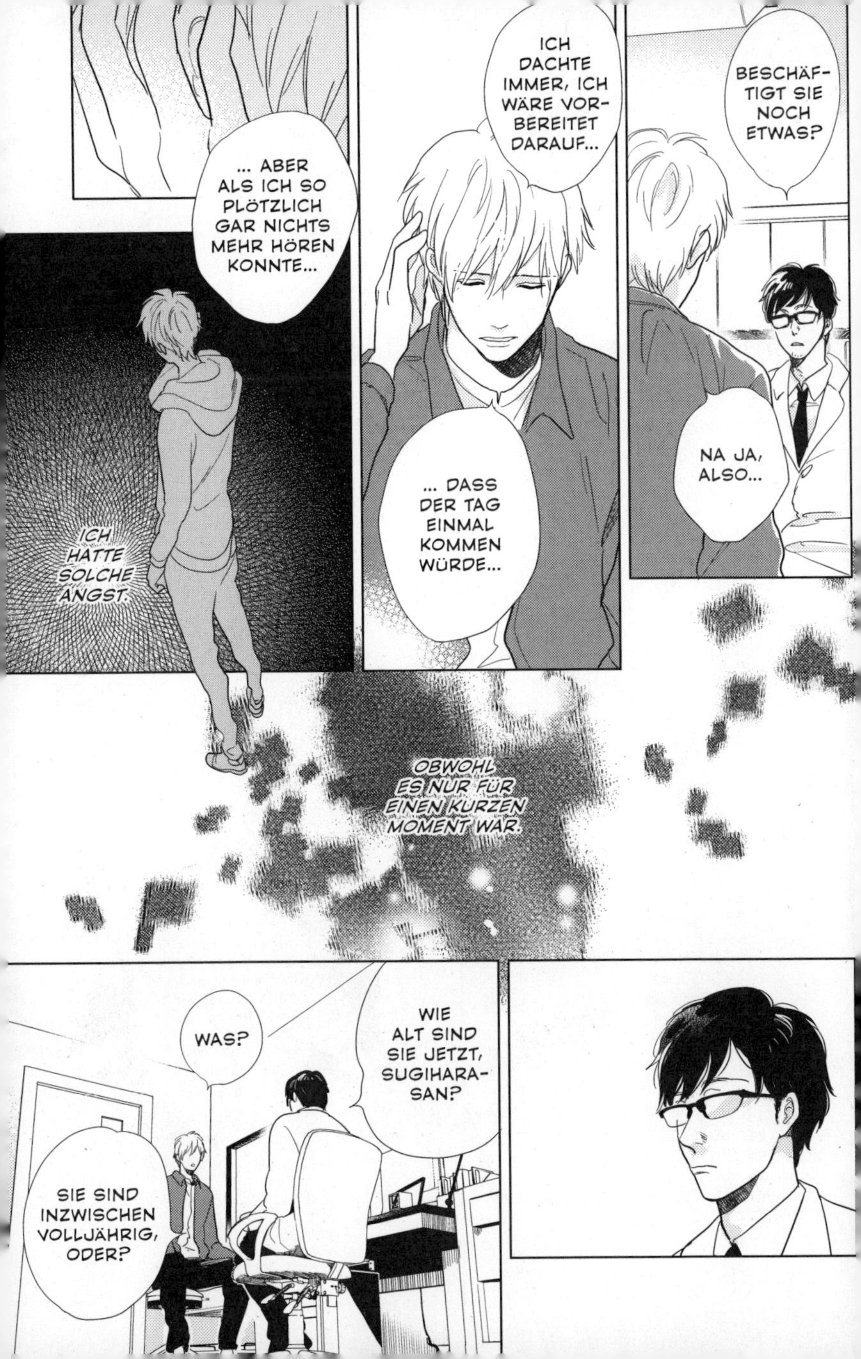
BESCHÄFTIGT SIE NOCH ETWAS?
NA JA, ALSO...
ICH DACHTE IMMER, ICH WÄRE VORBEREITET DARAUF...
... DASS DER TAG EINMAL KOMMEN WÜRDE...
... ABER ALS ICH SO PLÖTZLICH GAR NICHTS MEHR HÖREN KONNTE...
ICH HATTE SOLCHE ANGST.
OBWOHL ES NUR FÜR EINEN KURZEN MOMENT WAR.
WIE ALT SIND SIE JETZT, SUGIHARA-SAN?
WAS?
SIE SIND INZWISCHEN VOLLJÄHRIG, ODER?

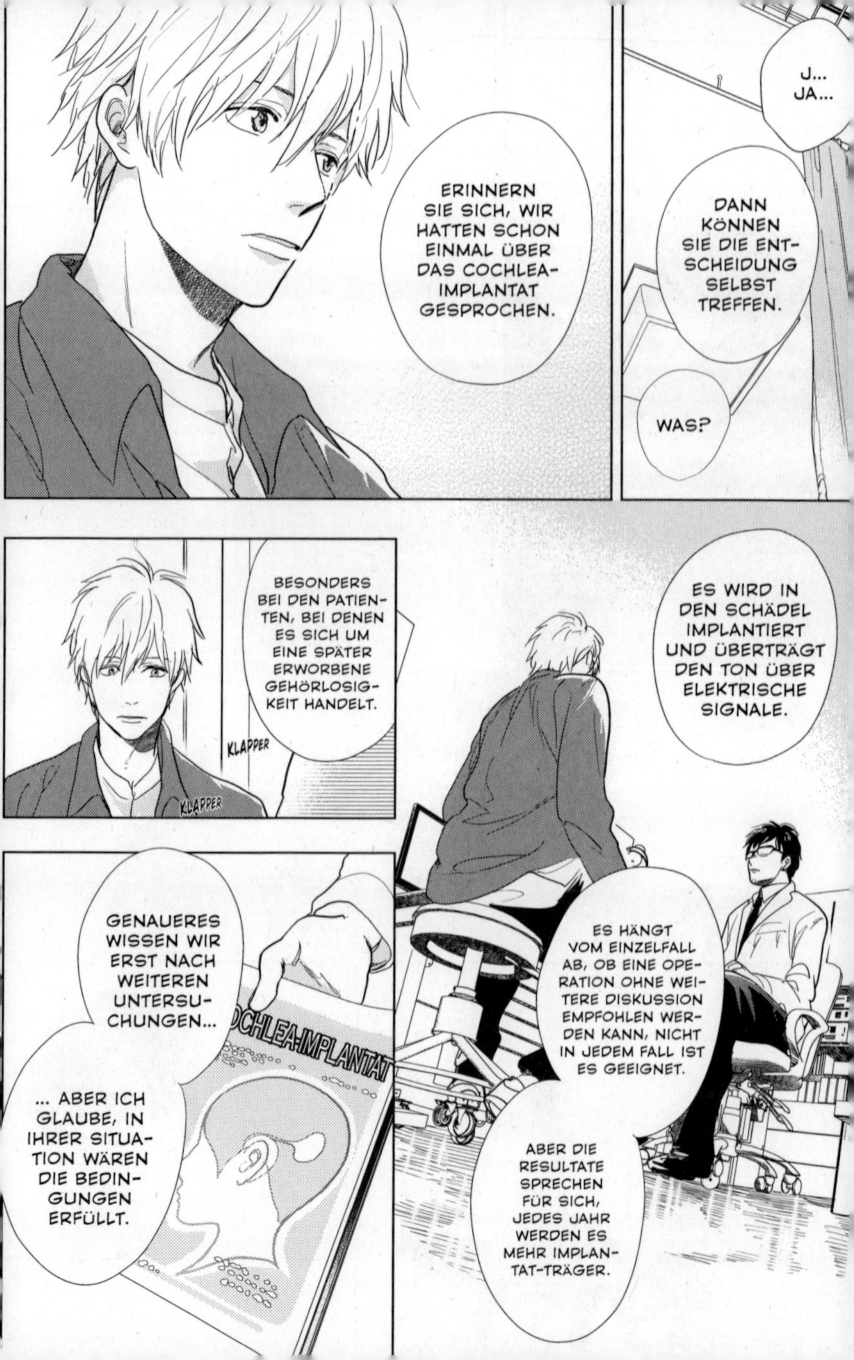
ERINNERN SIE SICH, WIR HATTEN SCHON EINMAL ÜBER DAS COCHLEA-IMPLANTAT GESPROCHEN.
J... JA...
DANN KÖNNEN SIE DIE ENT-SCHEIDUNG SELBST TREFFEN.
WAS?
ES WIRD IN DEN SCHÄDEL IMPLANTIERT UND ÜBERTRÄGT DEN TON ÜBER ELEKTRISCHE SIGNALE.
ES HÄNGT VOM EINZELFALL AB, OB EINE OPE-RATION OHNE WEI-TERE DISKUSSION EMPFOHLEN WER-DEN KANN, NICHT IN JEDEM FALL IST ES GEEIGNET.
ABER DIE RESULTATE SPRECHEN FÜR SICH, JEDES JAHR WERDEN ES MEHR IMPLAN-TAT-TRÄGER.
BESONDERS BEI DEN PATIEN-TEN, BEI DENEN ES SICH UM EINE SPÄTER ERWORBENE GEHÖRLOSIG-KEIT HANDELT.
KLAPPER
KLAPPER
GENAUERES WISSEN WIR ERST NACH WEITEREN UNTERSU-CHUNGEN...
... ABER ICH GLAUBE, IN IHRER SITUA-TION WÄREN DIE BEDIN-GUNGEN ERFÜLLT.
COCHLEA-IMPLANTAT

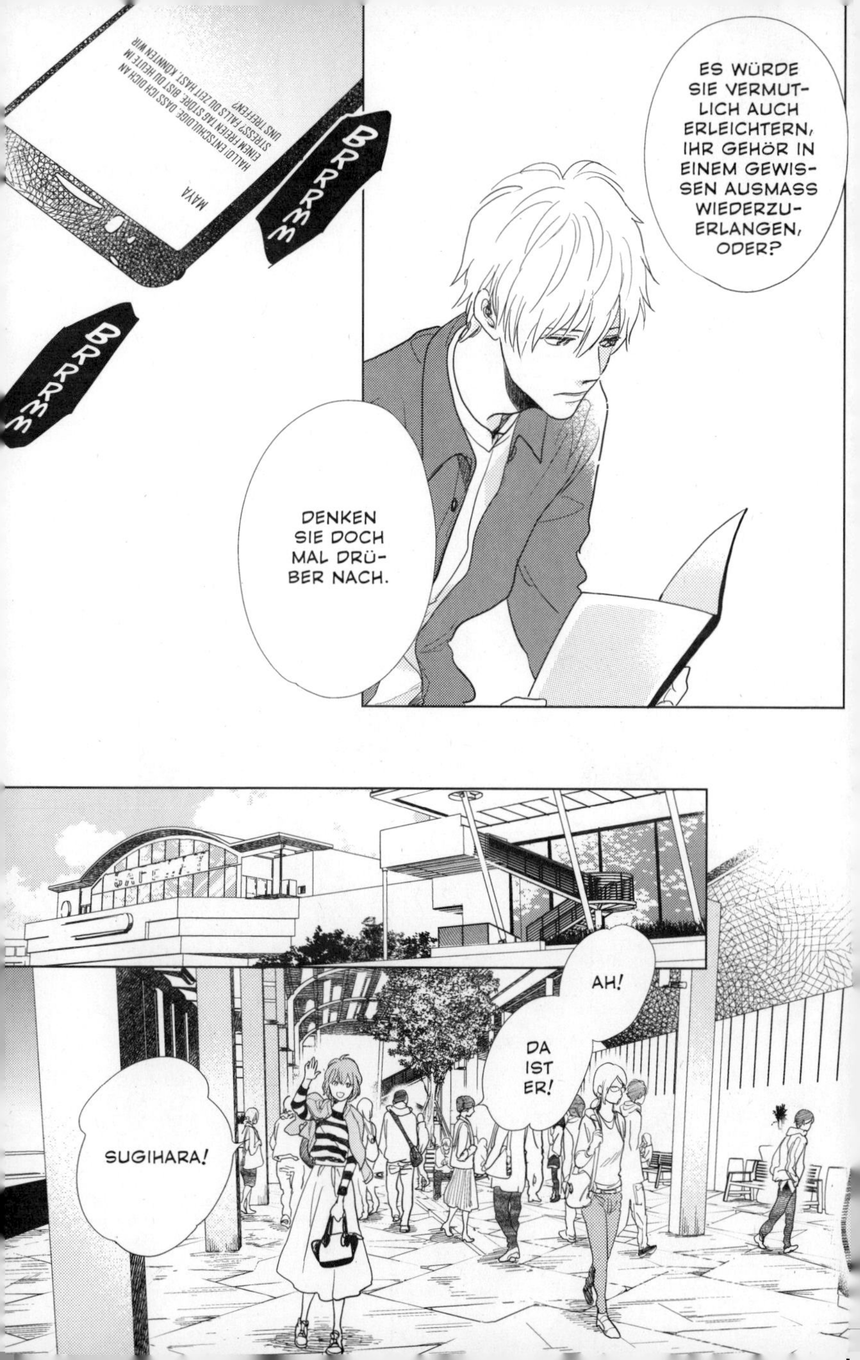
ES WÜRDE SIE VERMUTLICH AUCH ERLEICHTERN, IHR GEHÖR IN EINEM GEWISSEN AUSMASS WIEDERZUERLANGEN, ODER?
DENKEN SIE DOCH MAL DRÜBER NACH.
BRRRMM
BRRRMM
MAYA
HALLO! ENTSCHULDIGE, DASS ICH DICH AN EINEM FREIEN TAG STÖRE. BIST DU HEUTE IM STRESS? FALLS DU ZEIT HAST, KÖNNTEN WIR UNS TREFFEN?
AH!
DA IST ER!
SUGIHARA!

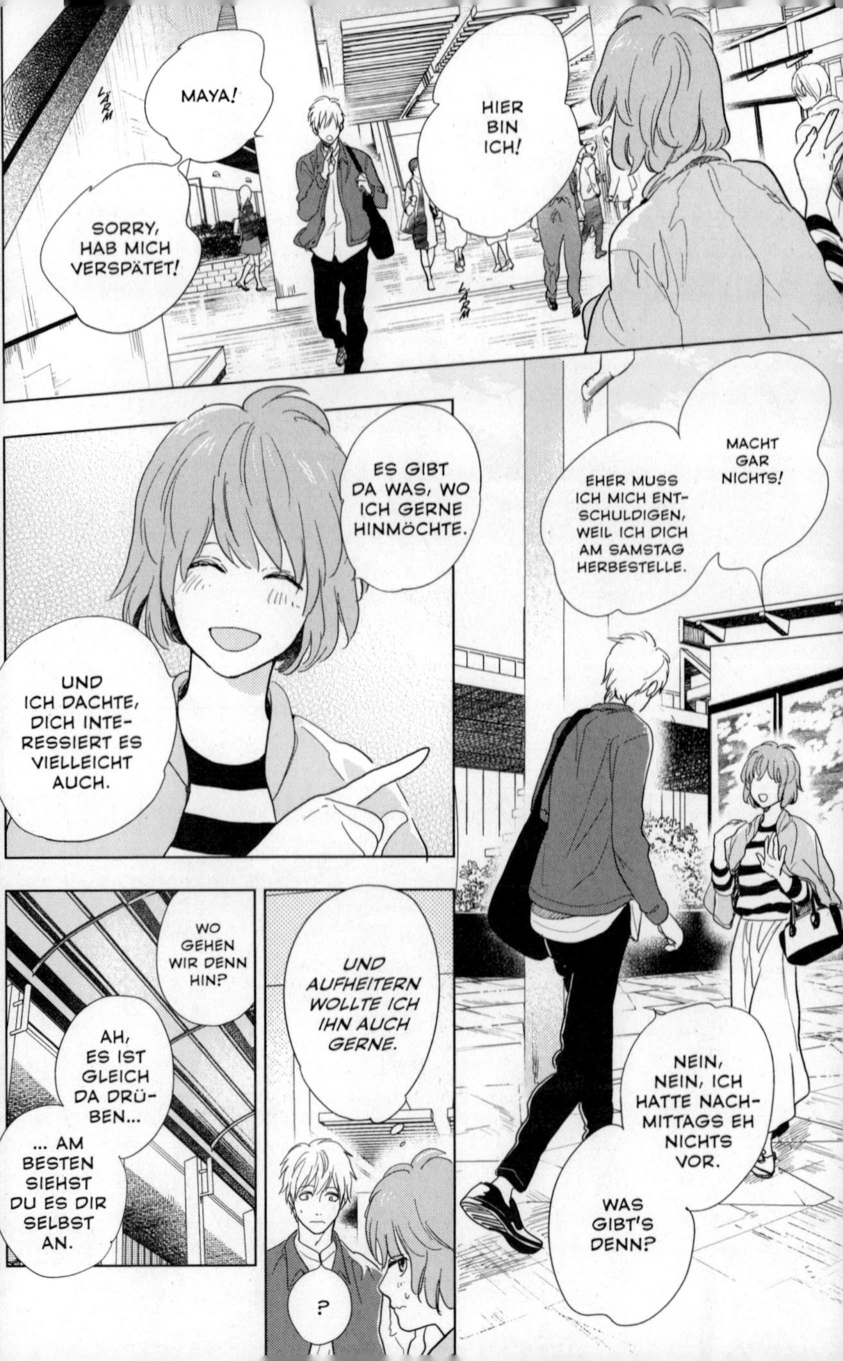

HIER BIN ICH!
LÄRM
MAYA!
LÄRM
SORRY, HAB MICH VERSPÄTET!
MACHT GAR NICHTS!
EHER MUSS ICH MICH ENT-SCHULDIGEN, WEIL ICH DICH AM SAMSTAG HERBESTELLE.
NEIN, NEIN, ICH HATTE NACH-MITTAGS EH NICHTS VOR.
WAS GIBT'S DENN?
ES GIBT DA WAS, WO ICH GERNE HINMÖCHTE.
UND ICH DACHTE, DICH INTE-RESSIERT ES VIELLEICHT AUCH.
UND AUFHEITERN WOLLTE ICH IHN AUCH GERNE.
?
WO GEHEN WIR DENN HIN?
AH, ES IST GLEICH DA DRÜ-BEN...
... AM BESTEN SIEHST DU ES DIR SELBST AN.

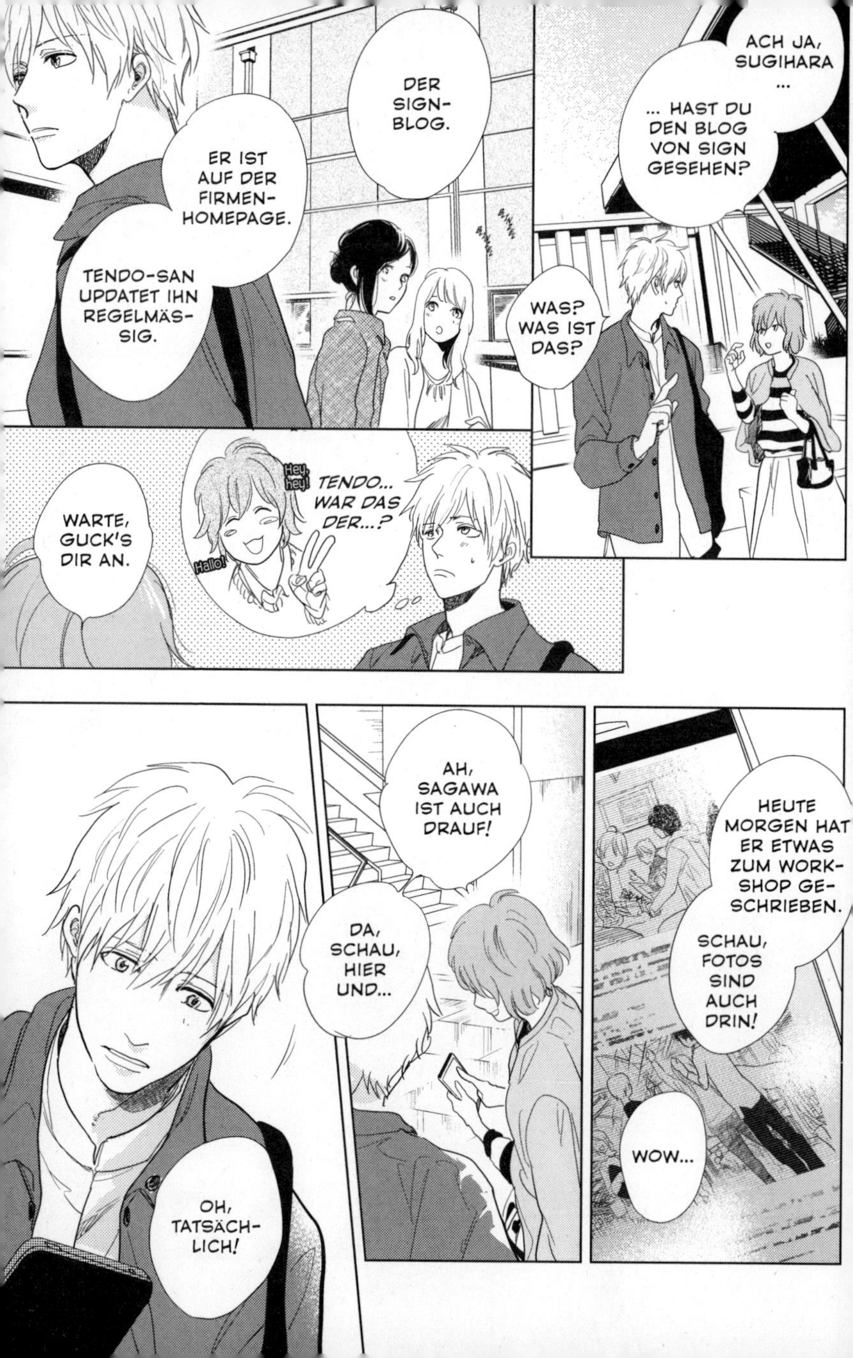
ACH JA, SUGIHARA ...
... HAST DU DEN BLOG VON SIGN GESEHEN?
WAS? WAS IST DAS?
DER SIGN-BLOG.
ER IST AUF DER FIRMEN-HOMEPAGE.
TENDO-SAN UPDATET IHN REGELMÄS-SIG.
TENDO... WAR DAS DER...?
Hey, hey!
Hallo!
WARTE, GUCK'S DIR AN.
HEUTE MORGEN HAT ER ETWAS ZUM WORK-SHOP GE-SCHRIEBEN.
SCHAU, FOTOS SIND AUCH DRIN!
WOW...
AH, SAGAWA IST AUCH DRAUF!
DA, SCHAU, HIER UND...
OH, TATSÄCHLICH!

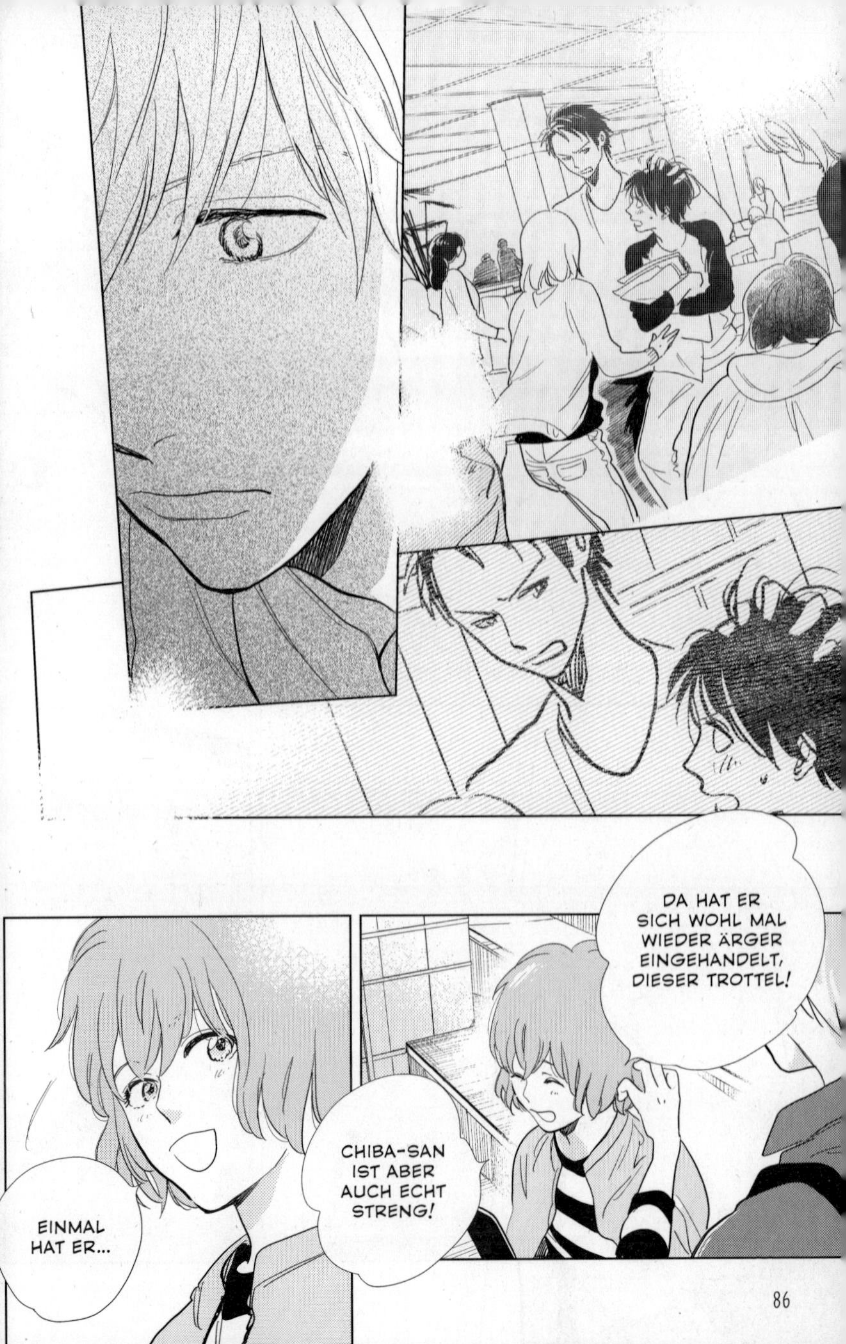
DA HAT ER SICH WOHL MAL WIEDER ÄRGER EINGEHANDELT, DIESER TROTTEL!
CHIBA-SAN IST ABER AUCH ECHT STRENG!
EINMAL HAT ER...

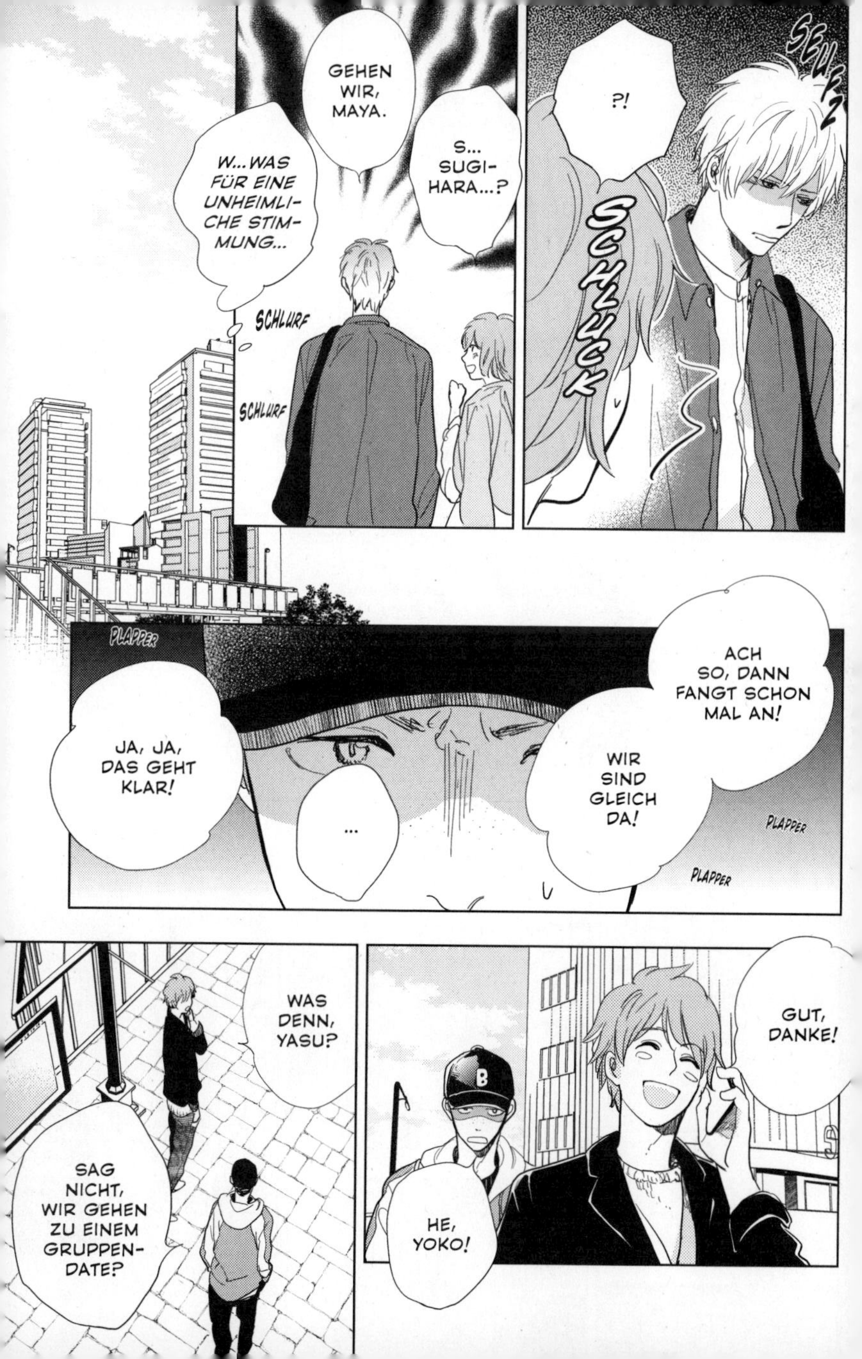
SEUFZ
?!
SCHLUCK
GEHEN WIR, MAYA.
S... SUGI-HARA...?
W...WAS FÜR EINE UNHEIMLICHE STIMMUNG...
SCHLURF
SCHLURF
ACH SO, DANN FANGT SCHON MAL AN!
WIR SIND GLEICH DA!
PLAPPER
PLAPPER
...
JA, JA, DAS GEHT KLAR!
PLAPPER
GUT, DANKE!
HE, YOKO!
WAS DENN, YASU?
SAG NICHT, WIR GEHEN ZU EINEM GRUPPEN-DATE?

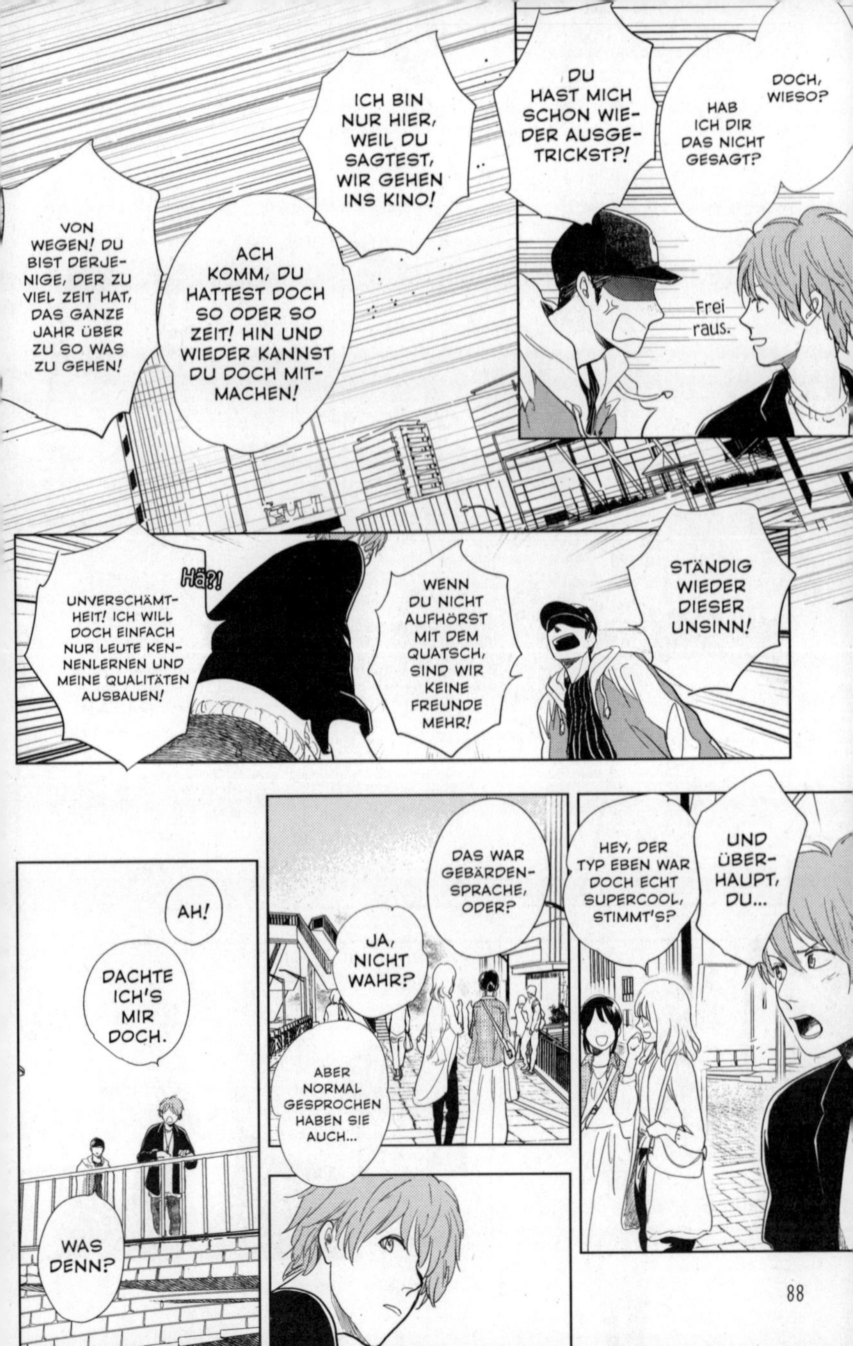
DOCH, WIESO?
HAB ICH DIR DAS NICHT GESAGT?
DU HAST MICH SCHON WIEDER AUSGETRICKST?!
Frei raus.
ICH BIN NUR HIER, WEIL DU SAGTEST, WIR GEHEN INS KINO!
ACH KOMM, DU HATTEST DOCH SO ODER SO ZEIT! HIN UND WIEDER KANNST DU DOCH MITMACHEN!
VON WEGEN! DU BIST DERJENIGE, DER ZU VIEL ZEIT HAT, DAS GANZE JAHR ÜBER ZU SO WAS ZU GEHEN!
STÄNDIG WIEDER DIESER UNSINN!
WENN DU NICHT AUFHÖRST MIT DEM QUATSCH, SIND WIR KEINE FREUNDE MEHR!
Hä?!
UNVERSCHÄMTHEIT! ICH WILL DOCH EINFACH NUR LEUTE KENNENLERNEN UND MEINE QUALITÄTEN AUSBAUEN!
UND ÜBERHAUPT, DU...
HEY, DER TYP EBEN WAR DOCH ECHT SUPERCOOL, STIMMT'S?
DAS WAR GEBÄRDENSPRACHE, ODER?
JA, NICHT WAHR?
ABER NORMAL GESPROCHEN HABEN SIE AUCH...
AH!
DACHTE ICH'S MIR DOCH.
WAS DENN?

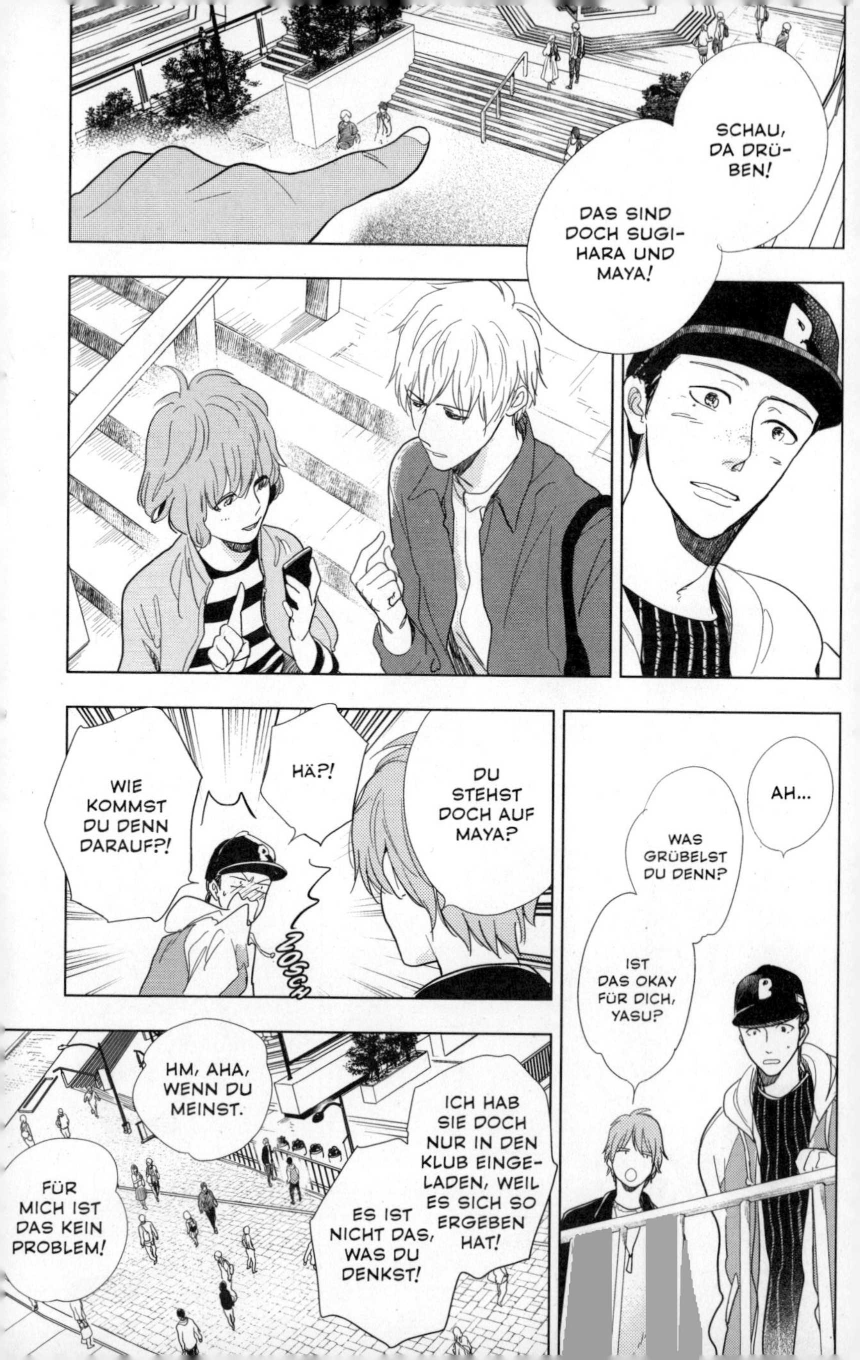
SCHAU, DA DRÜBEN!
DAS SIND DOCH SUGIHARA UND MAYA!
DU STEHST DOCH AUF MAYA?
HÄ?!
WIE KOMMST DU DENN DARAUF?!
ZOSCH
AH...
WAS GRÜBELST DU DENN?
IST DAS OKAY FÜR DICH, YASU?
ICH HAB SIE DOCH NUR IN DEN KLUB EINGELADEN, WEIL ES SICH SO ERGEBEN HAT!
ES IST NICHT DAS, WAS DU DENKST!
HM, AHA, WENN DU MEINST.
FÜR MICH IST DAS KEIN PROBLEM!

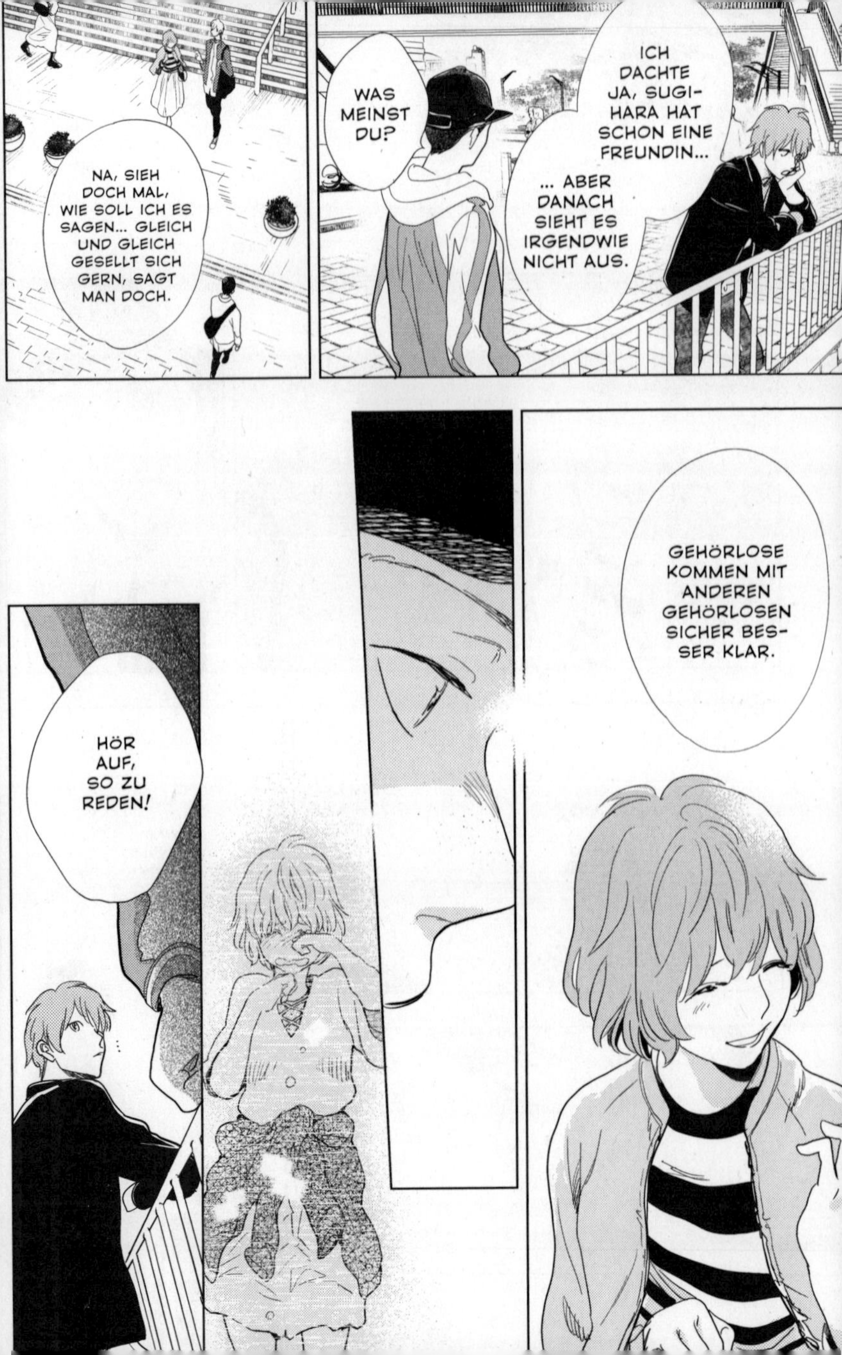
ICH DACHTE JA, SUGI-HARA HAT SCHON EINE FREUNDIN...
... ABER DANACH SIEHT ES IRGENDWIE NICHT AUS.
WAS MEINST DU?
NA, SIEH DOCH MAL, WIE SOLL ICH ES SAGEN... GLEICH UND GLEICH GESELLT SICH GERN, SAGT MAN DOCH.
GEHÖRLOSE KOMMEN MIT ANDEREN GEHÖRLOSEN SICHER BES-SER KLAR.
HÖR AUF, SO ZU REDEN!

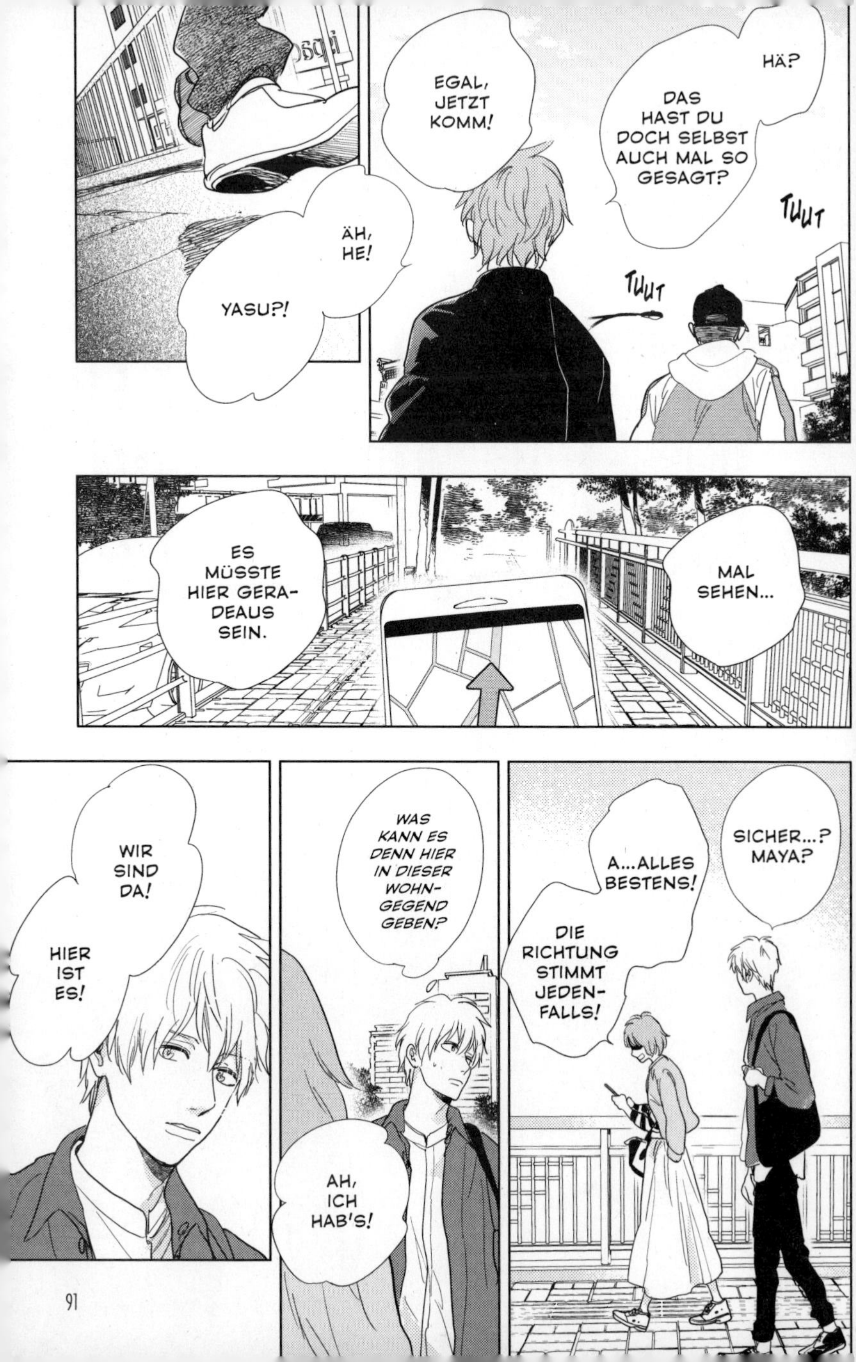
HÄ?
DAS HAST DU DOCH SELBST AUCH MAL SO GESAGT?
EGAL, JETZT KOMM!
TUUT
TUUT
ÄH, HE!
YASU?!
MAL SEHEN...
ES MÜSSTE HIER GERADEAUS SEIN.
SICHER...? MAYA?
A...ALLES BESTENS!
DIE RICHTUNG STIMMT JEDENFALLS!
WAS KANN ES DENN HIER IN DIESER WOHNGEGEND GEBEN?
AH, ICH HAB'S!
WIR SIND DA!
HIER IST ES!

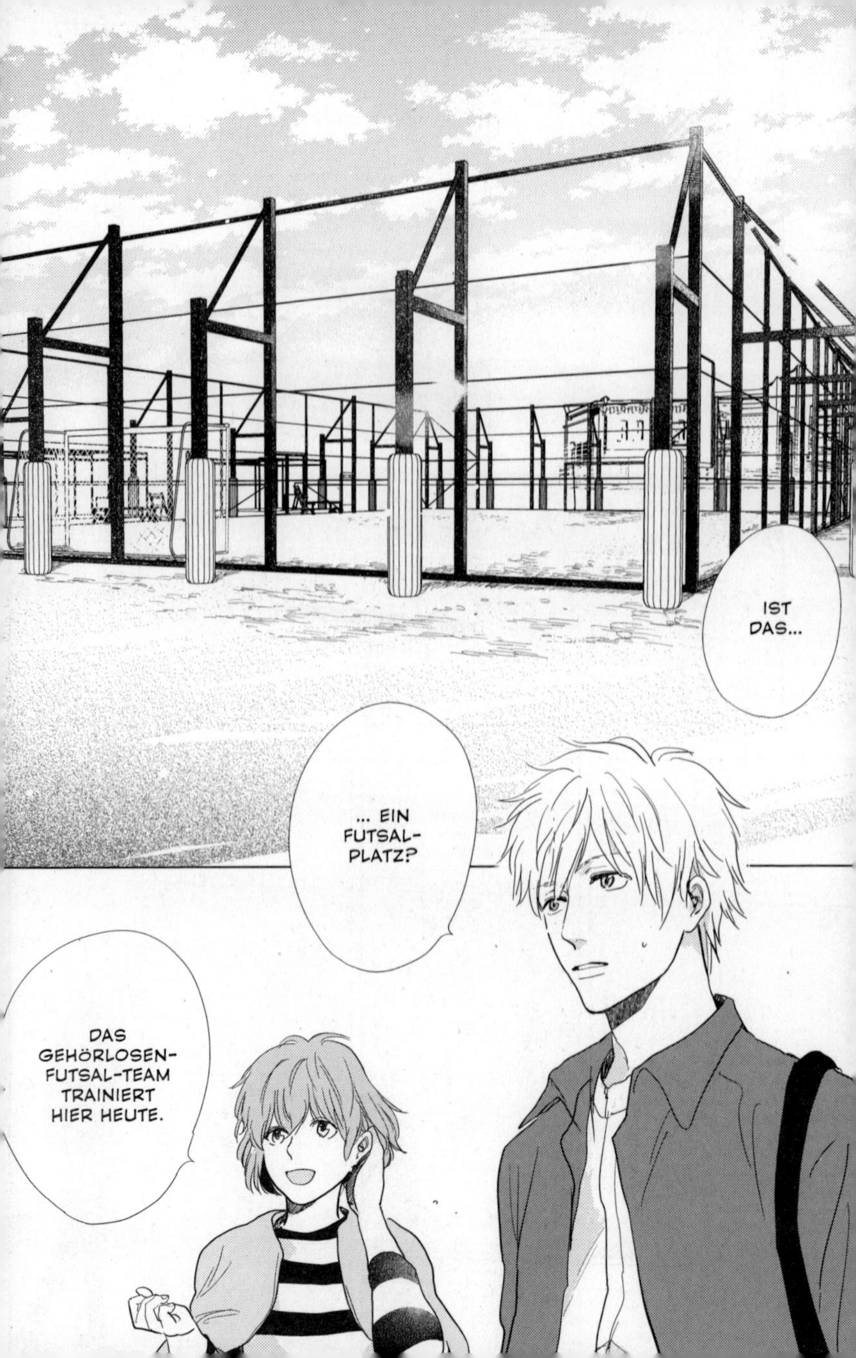
IST DAS...
... EIN FUTSAL-PLATZ?
DAS GEHÖRLOSEN-FUTSAL-TEAM TRAINIERT HIER HEUTE.

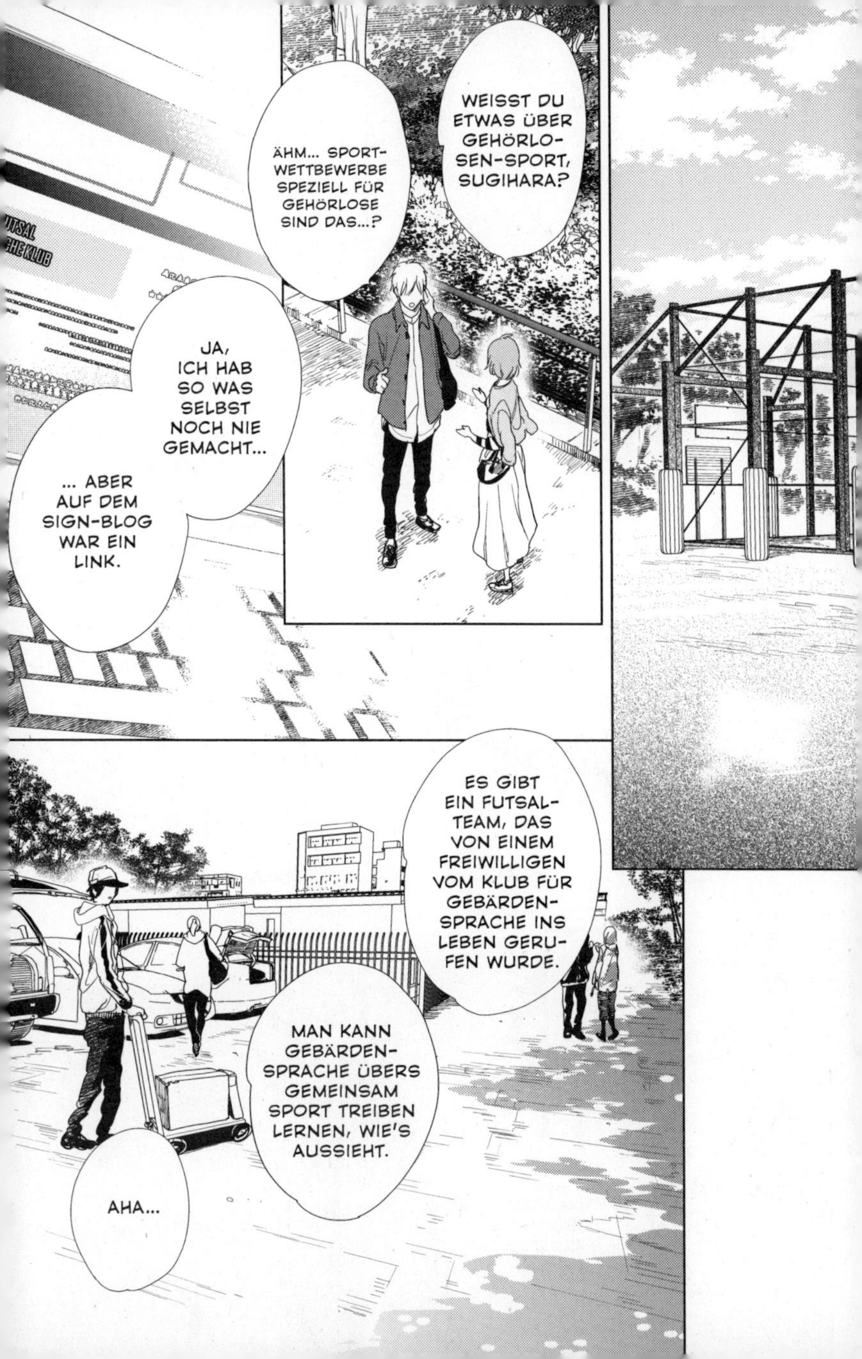
WEISST DU ETWAS ÜBER GEHÖRLO-SEN-SPORT, SUGIHARA?
ÄHM... SPORT-WETTBEWERBE SPEZIELL FÜR GEHÖRLOSE SIND DAS...?
JA, ICH HAB SO WAS SELBST NOCH NIE GEMACHT...
... ABER AUF DEM SIGN-BLOG WAR EIN LINK.
ES GIBT EIN FUTSAL-TEAM, DAS VON EINEM FREIWILLIGEN VOM KLUB FÜR GEBÄRDEN-SPRACHE INS LEBEN GERU-FEN WURDE.
MAN KANN GEBÄRDEN-SPRACHE ÜBERS GEMEINSAM SPORT TREIBEN LERNEN, WIE'S AUSSIEHT.
AHA...

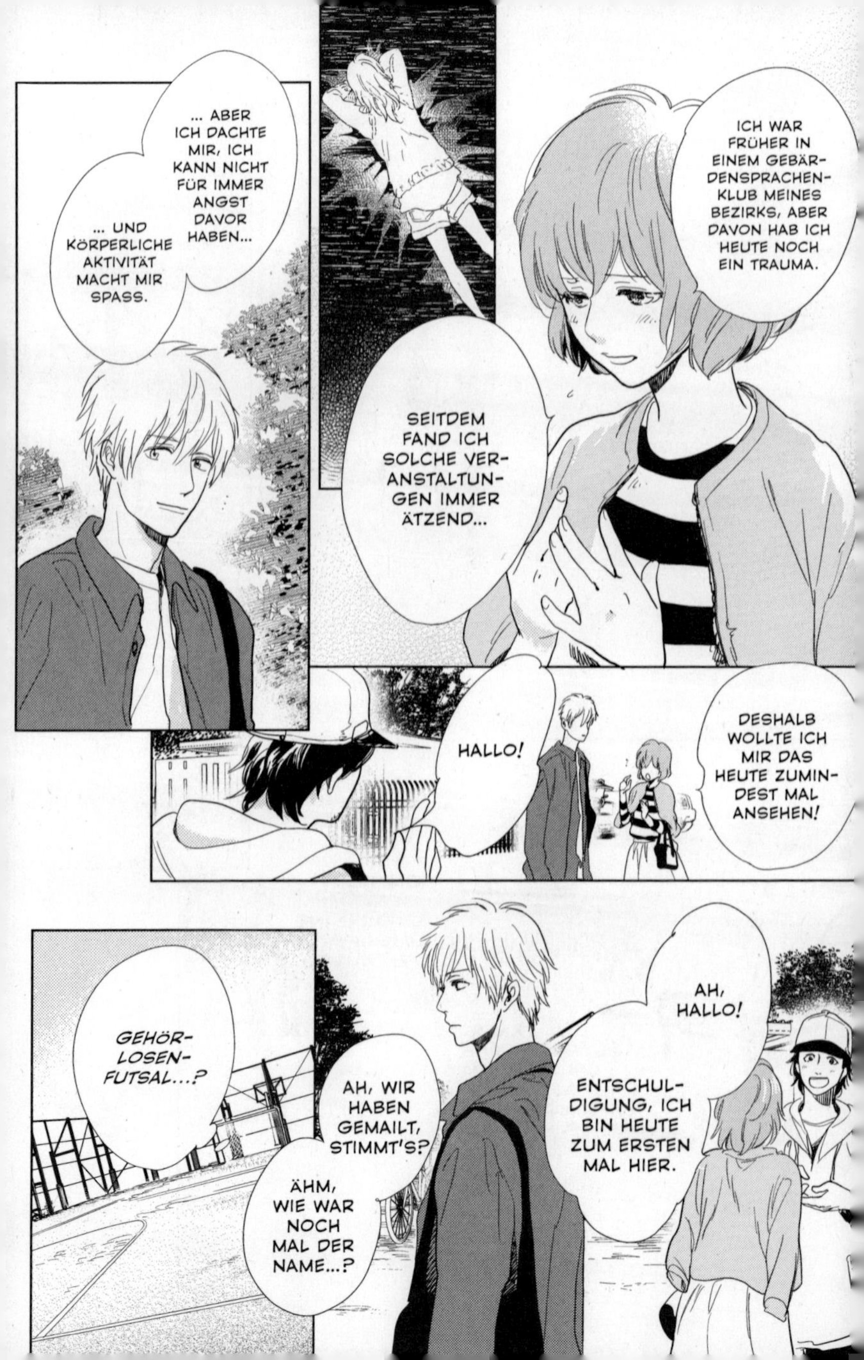
ICH WAR FRÜHER IN EINEM GEBÄRDENSPRACHENKLUB MEINES BEZIRKS, ABER DAVON HAB ICH HEUTE NOCH EIN TRAUMA.
SEITDEM FAND ICH SOLCHE VERANSTALTUNGEN IMMER ÄTZEND...
... ABER ICH DACHTE MIR, ICH KANN NICHT FÜR IMMER ANGST DAVOR HABEN...
... UND KÖRPERLICHE AKTIVITÄT MACHT MIR SPASS.
DESHALB WOLLTE ICH MIR DAS HEUTE ZUMINDEST MAL ANSEHEN!
HALLO!
AH, HALLO!
ENTSCHULDIGUNG, ICH BIN HEUTE ZUM ERSTEN MAL HIER.
AH, WIR HABEN GEMAILT, STIMMT'S?
ÄHM, WIE WAR NOCH MAL DER NAME...?
GEHÖRLOSEN-FUTSAL...?

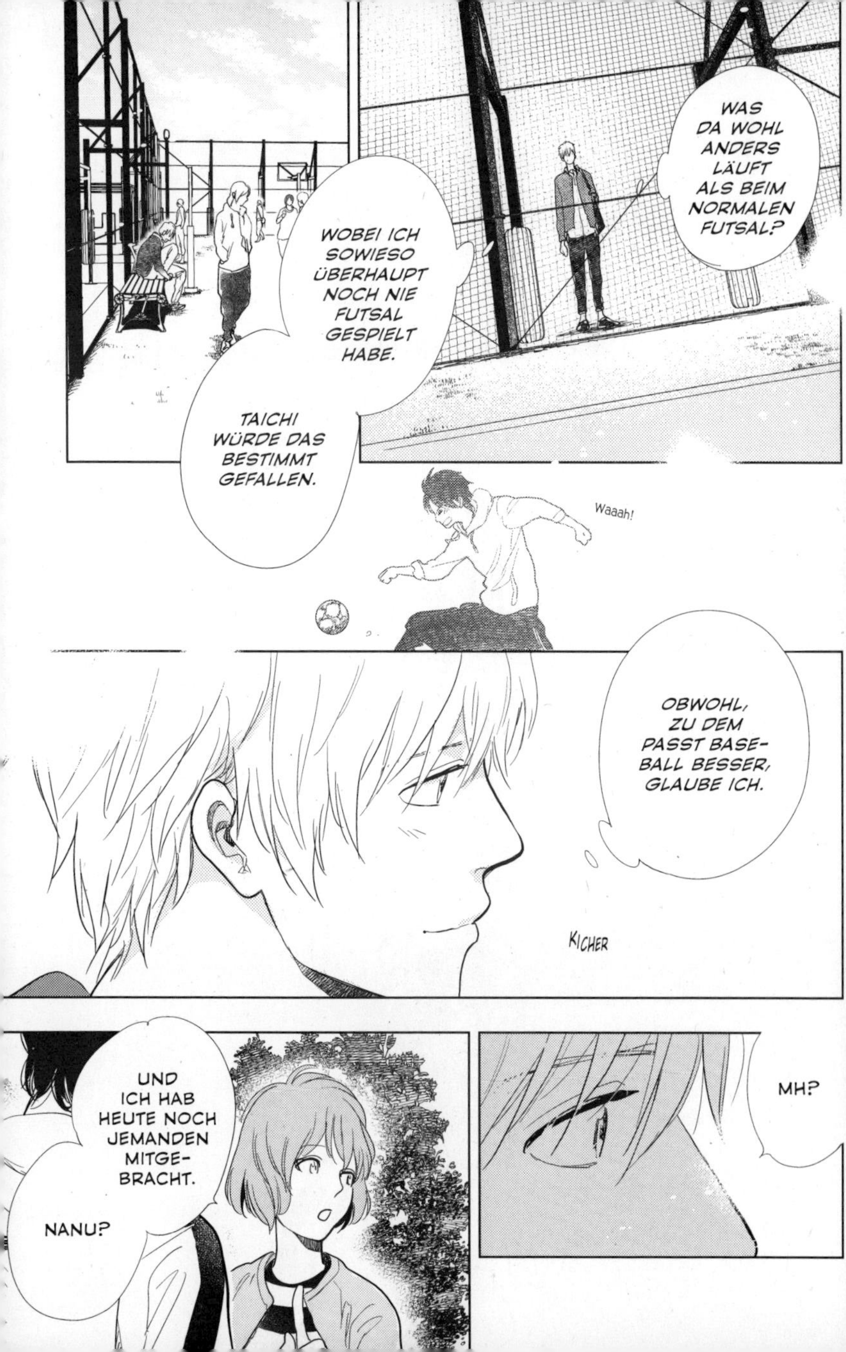

WAS DA WOHL ANDERS LÄUFT ALS BEIM NORMALEN FUTSAL?
WOBEI ICH SOWIESO ÜBERHAUPT NOCH NIE FUTSAL GESPIELT HABE.
TAICHI WÜRDE DAS BESTIMMT GEFALLEN.
Waaah!
OBWOHL, ZU DEM PASST BASE-BALL BESSER, GLAUBE ICH.
KICHER
MH?
UND ICH HAB HEUTE NOCH JEMANDEN MITGE-BRACHT.
NANU?

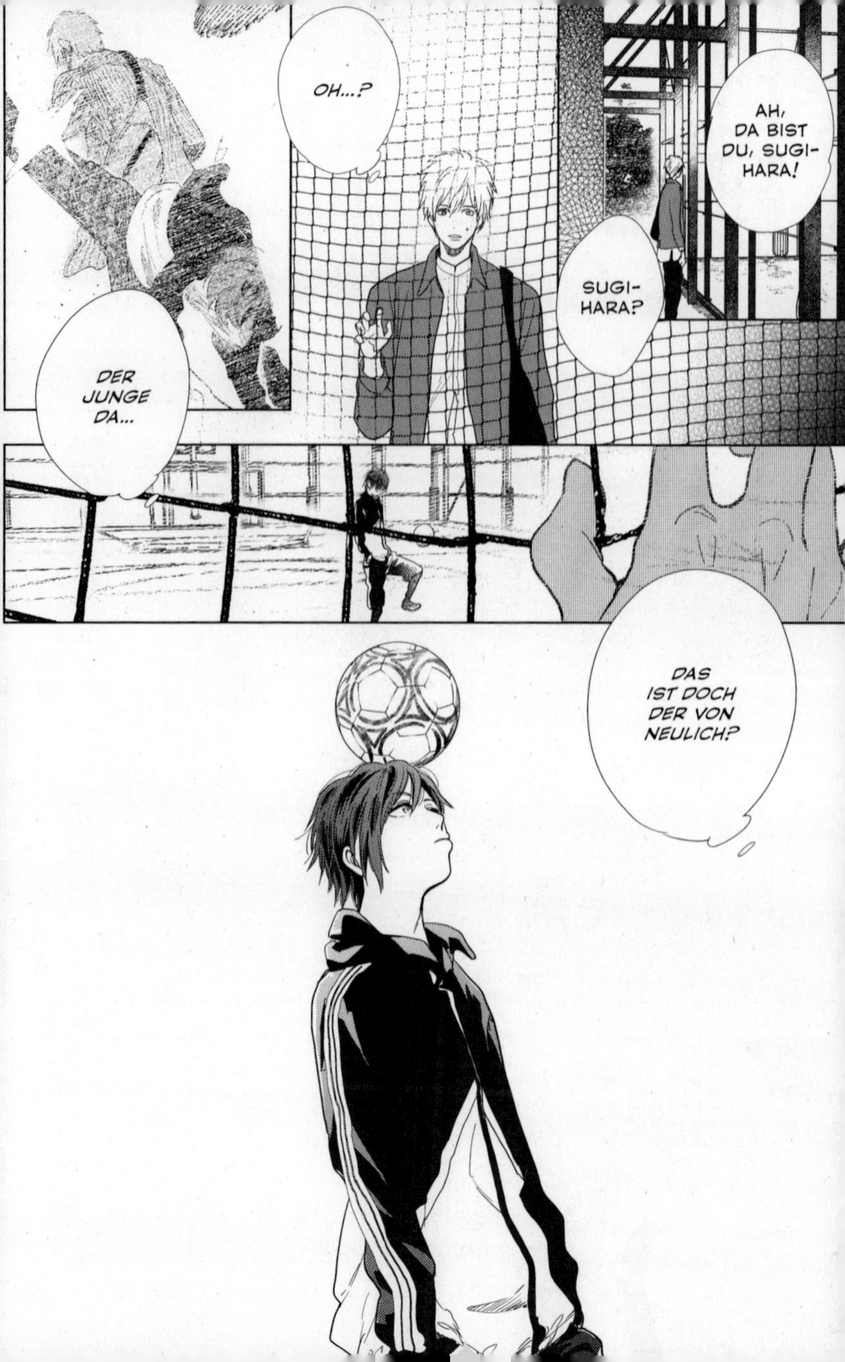

AH, DA BIST DU, SUGIHARA!
SUGIHARA?
OH...?
DER JUNGE DA...
DAS IST DOCH DER VON NEULICH?

i hear
the
sunspot
limit

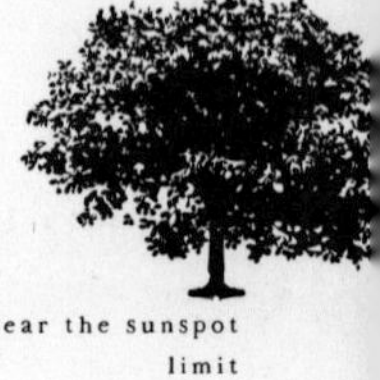

i hear the sunspot
limit

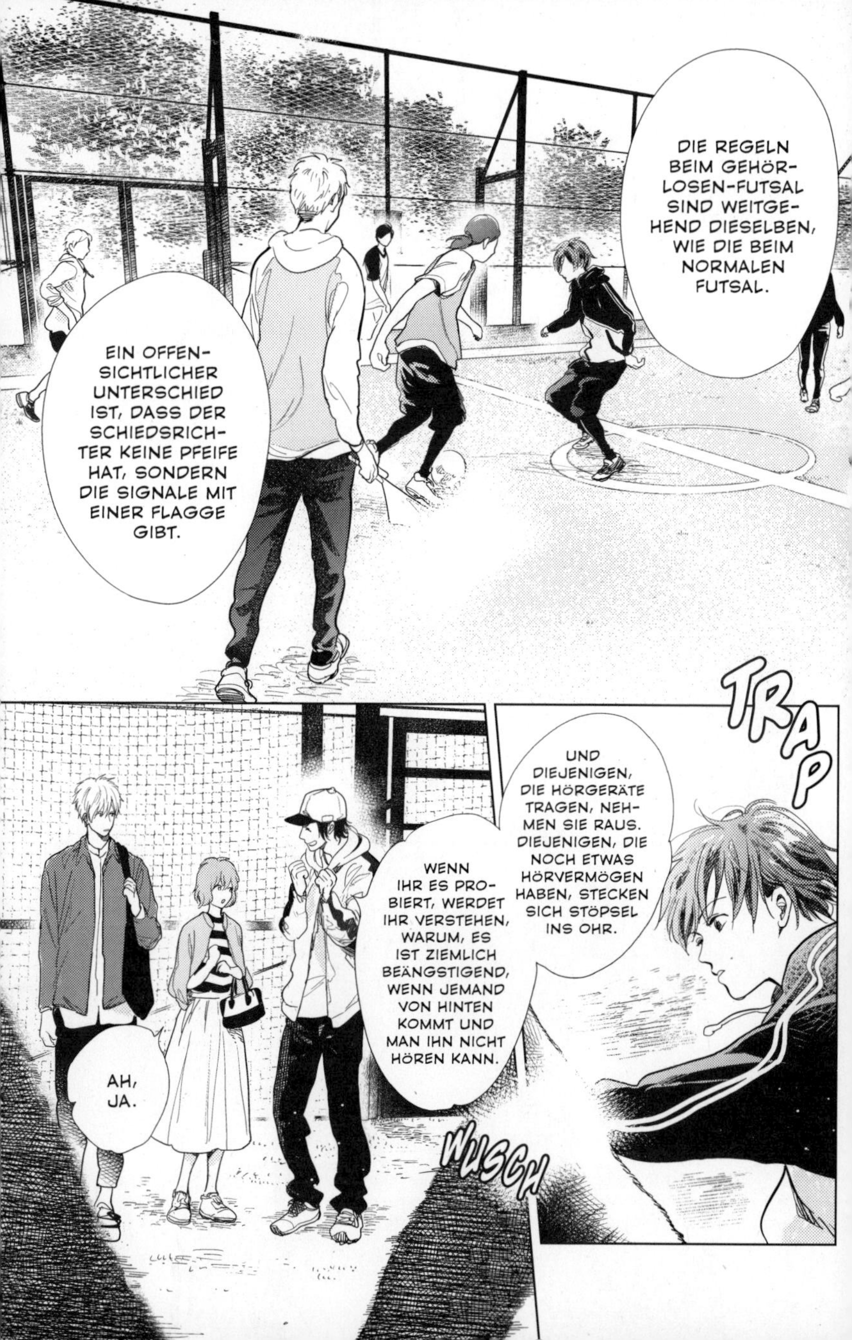
DIE REGELN BEIM GEHÖR-LOSEN-FUTSAL SIND WEITGE-HEND DIESELBEN, WIE DIE BEIM NORMALEN FUTSAL.
EIN OFFEN-SICHTLICHER UNTERSCHIED IST, DASS DER SCHIEDSRICH-TER KEINE PFEIFE HAT, SONDERN DIE SIGNALE MIT EINER FLAGGE GIBT.
TRAP
UND DIEJENIGEN, DIE HÖRGERÄTE TRAGEN, NEH-MEN SIE RAUS. DIEJENIGEN, DIE NOCH ETWAS HÖRVERMÖGEN HABEN, STECKEN SICH STÖPSEL INS OHR.
WENN IHR ES PRO-BIERT, WERDET IHR VERSTEHEN, WARUM, ES IST ZIEMLICH BEÄNGSTIGEND, WENN JEMAND VON HINTEN KOMMT UND MAN IHN NICHT HÖREN KANN.
AH, JA.
WUSCH

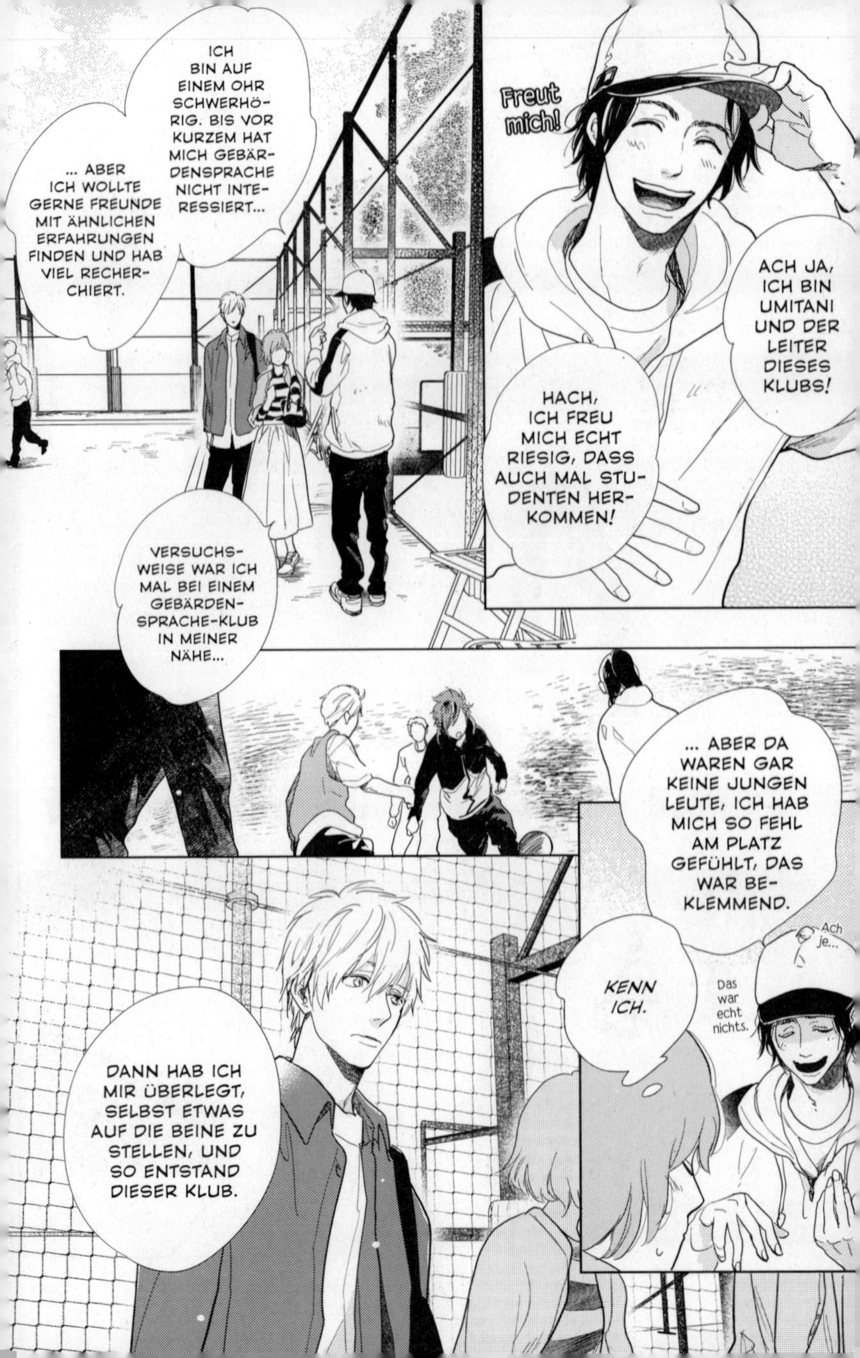

Freut mich!
ACH JA, ICH BIN UMITANI UND DER LEITER DIESES KLUBS!
HACH, ICH FREU MICH ECHT RIESIG, DASS AUCH MAL STUDENTEN HERKOMMEN!
ICH BIN AUF EINEM OHR SCHWERHÖRIG. BIS VOR KURZEM HAT MICH GEBÄRDENSPRACHE NICHT INTERESSIERT...
... ABER ICH WOLLTE GERNE FREUNDE MIT ÄHNLICHEN ERFAHRUNGEN FINDEN UND HAB VIEL RECHERCHIERT.
VERSUCHSWEISE WAR ICH MAL BEI EINEM GEBÄRDENSPRACHE-KLUB IN MEINER NÄHE...
... ABER DA WAREN GAR KEINE JUNGEN LEUTE, ICH HAB MICH SO FEHL AM PLATZ GEFÜHLT, DAS WAR BEKLEMMEND.
Ach je...
Das war echt nichts.
KENN ICH.
DANN HAB ICH MIR ÜBERLEGT, SELBST ETWAS AUF DIE BEINE ZU STELLEN, UND SO ENTSTAND DIESER KLUB.

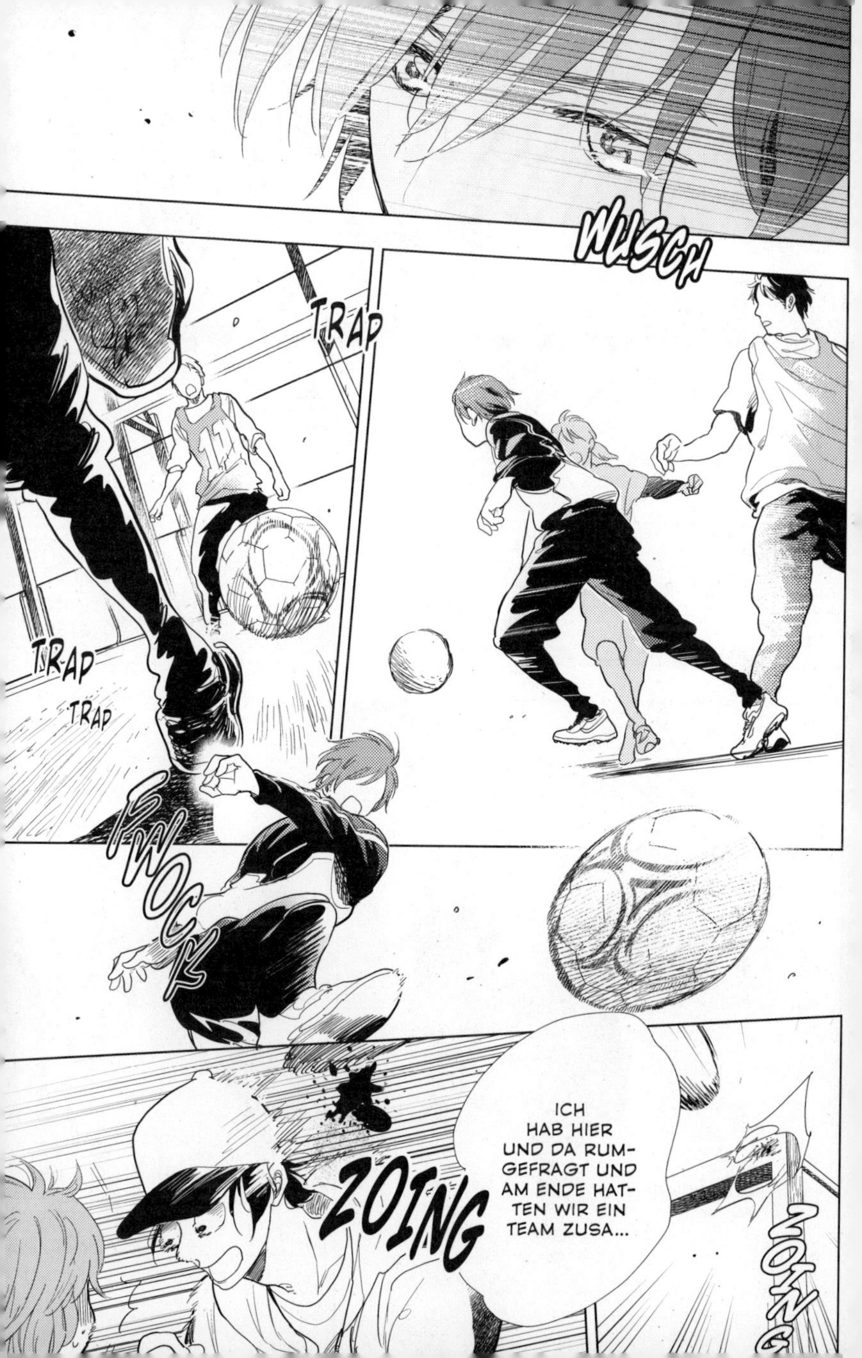

WUSCH
TRAP
TRAP
TRAP
ZWOCK
ICH HAB HIER UND DA RUM-GEFRAGT UND AM ENDE HAT-TEN WIR EIN TEAM ZUSA...
ZOING
ZOING

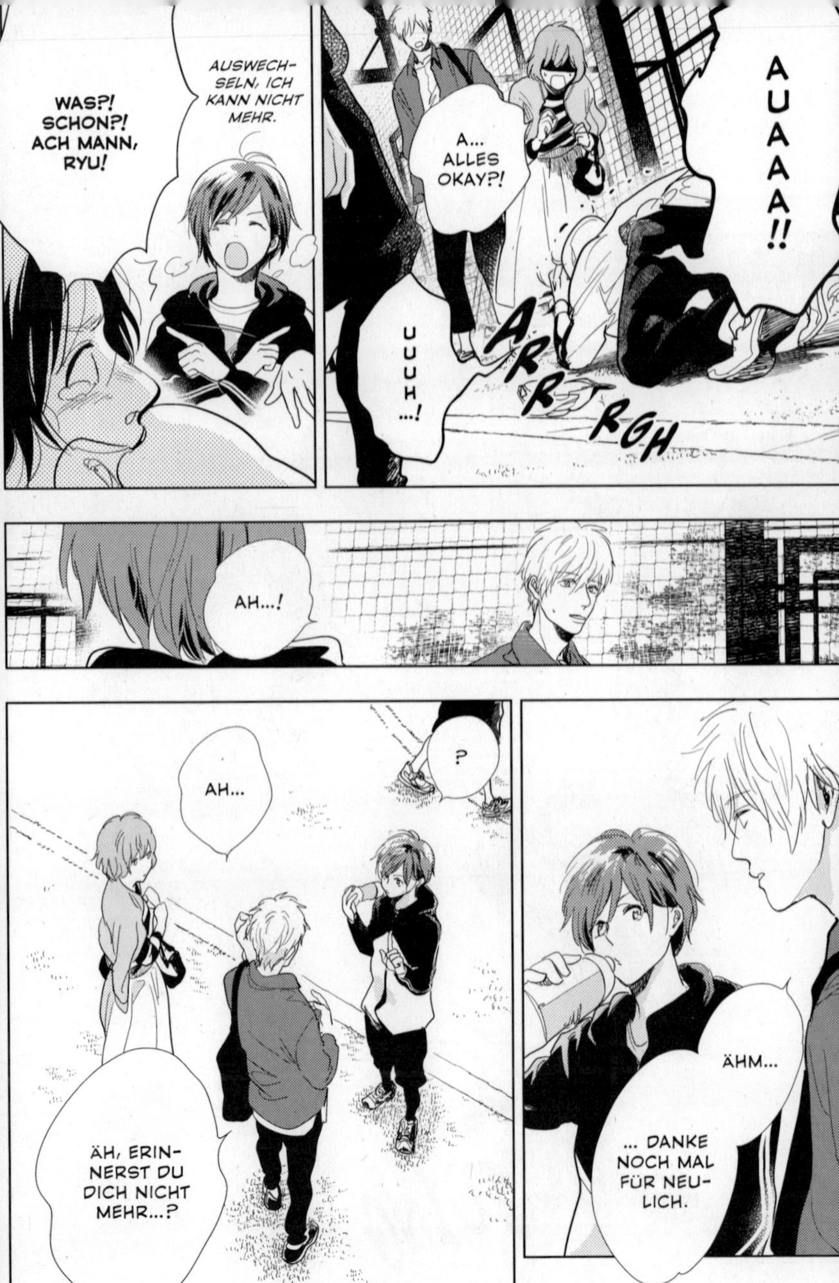
AUAAAA!!
ARRRGH
A... ALLES OKAY?!
UUUH...!
AUSWECH-SELN, ICH KANN NICHT MEHR.
WAS?! SCHON?! ACH MANN, RYU!
AH...!
ÄHM...
... DANKE NOCH MAL FÜR NEU-LICH.
?
AH...
ÄH, ERIN-NERST DU DICH NICHT MEHR...?

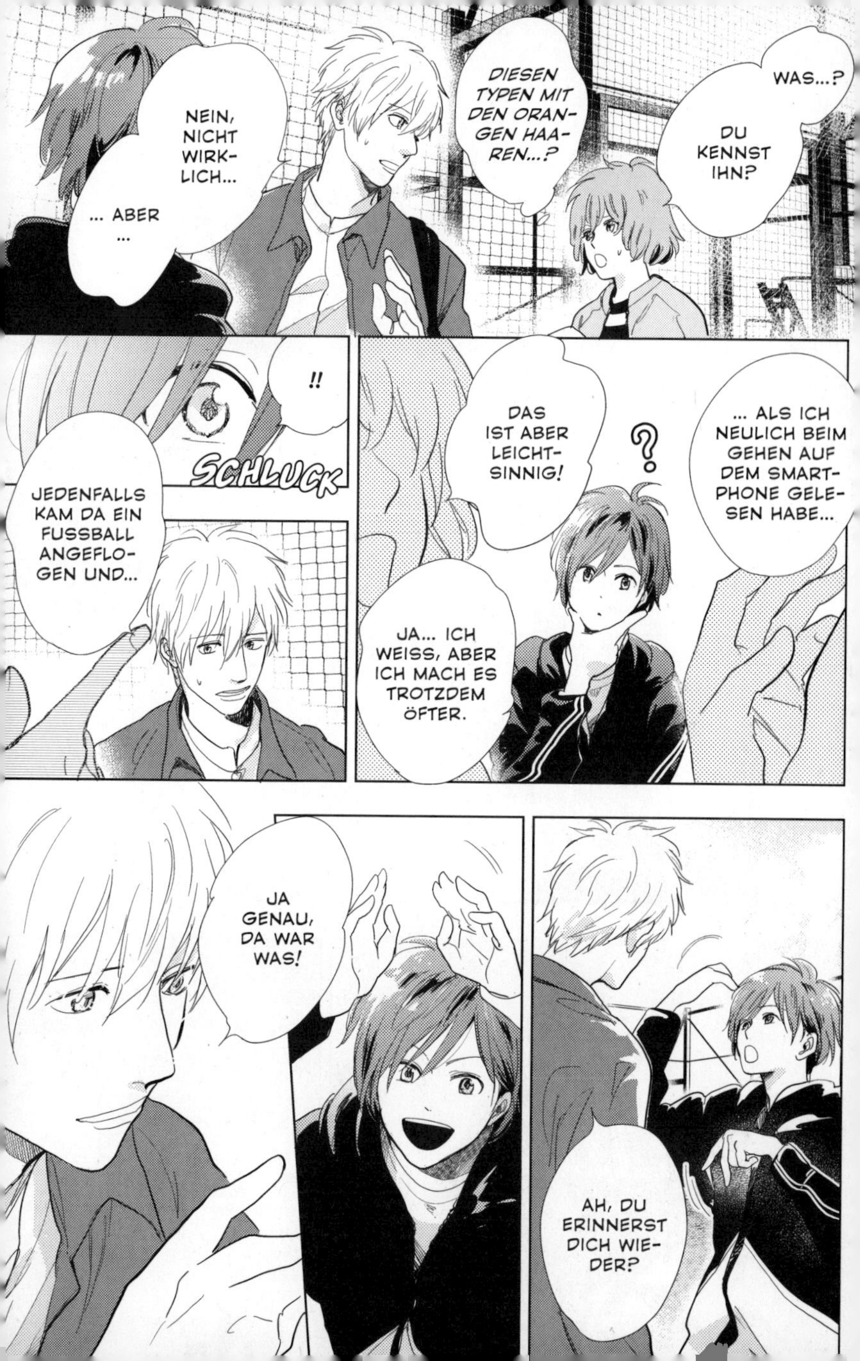
WAS...?
DU KENNST IHN?
DIESEN TYPEN MIT DEN ORANGEN HAAREN...?
NEIN, NICHT WIRKLICH...
... ABER ...
... ALS ICH NEULICH BEIM GEHEN AUF DEM SMARTPHONE GELESEN HABE...
?
DAS IST ABER LEICHTSINNIG!
JA... ICH WEISS, ABER ICH MACH ES TROTZDEM ÖFTER.
!!
SCHLUCK
JEDENFALLS KAM DA EIN FUSSBALL ANGEFLOGEN UND...
AH, DU ERINNERST DICH WIEDER?
JA GENAU, DA WAR WAS!

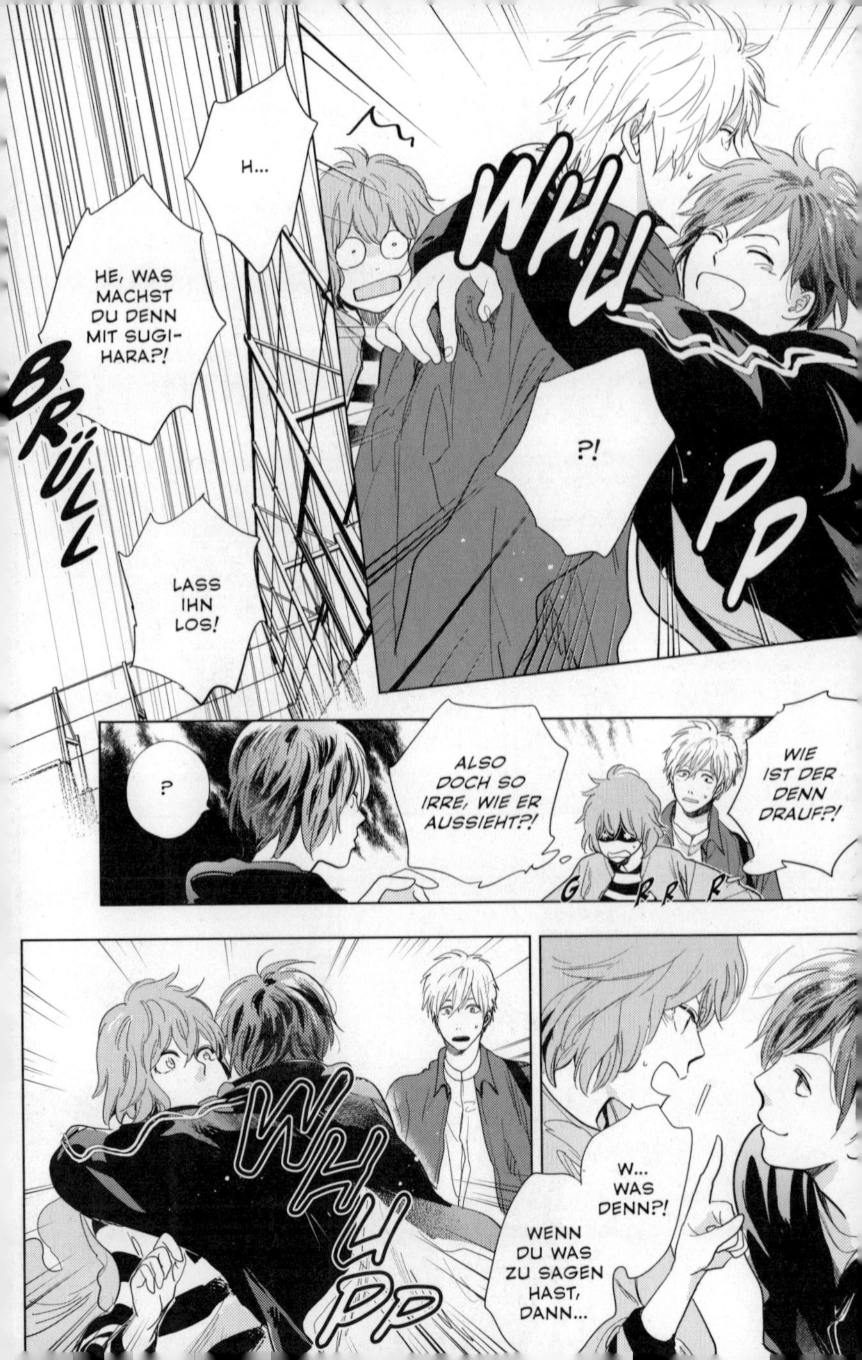
WHUPP
H...
HE, WAS MACHST DU DENN MIT SUGI-HARA?!
BRÜLL
?!
LASS IHN LOS!
WIE IST DER DENN DRAUF?!
ALSO DOCH SO IRRE, WIE ER AUSSIEHT?!
?
G R R R
W... WAS DENN?!
WENN DU WAS ZU SAGEN HAST, DANN...
WHUPP

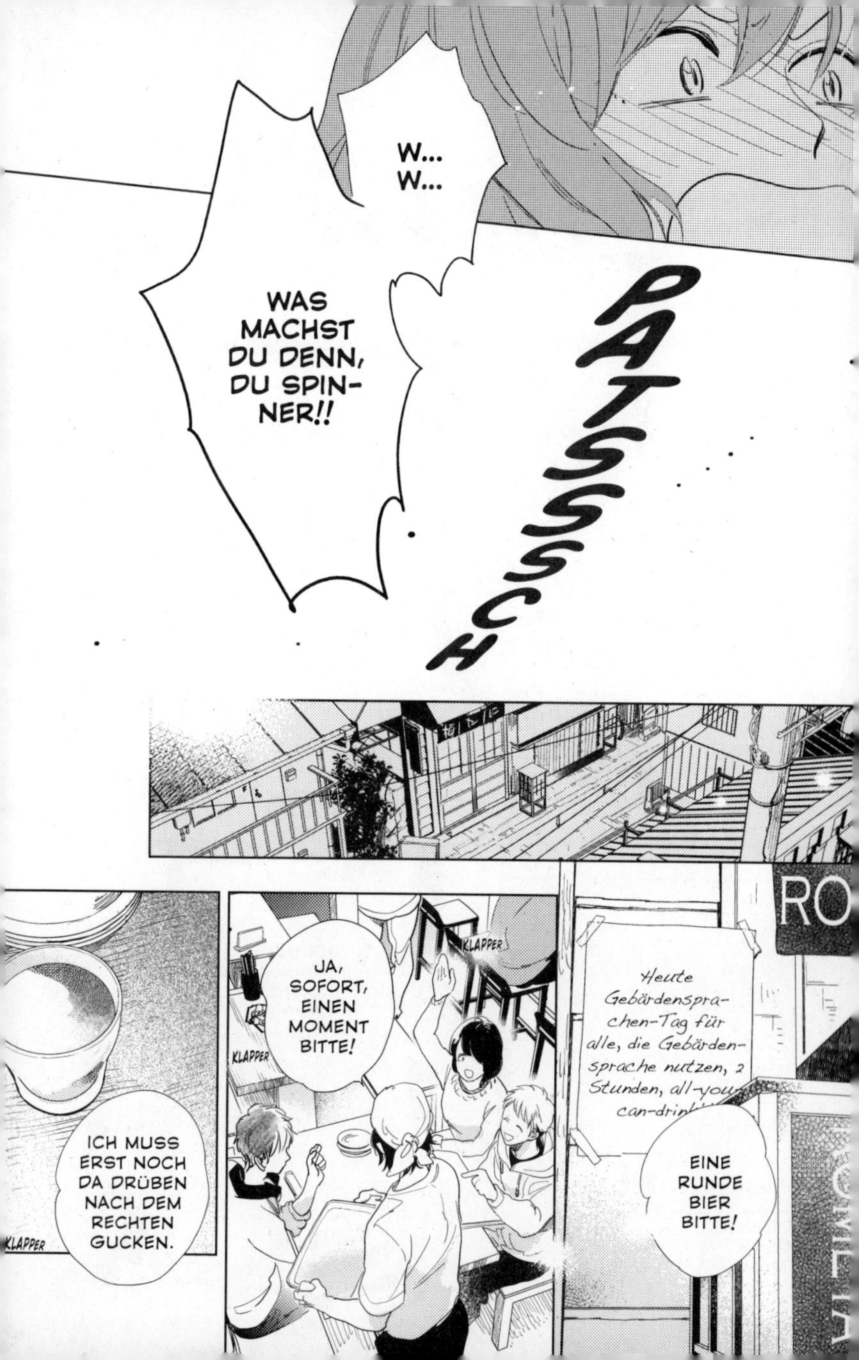
W...
W...
WAS MACHST DU DENN, DU SPINNER!!
PATSSSSCH
RO
Heute Gebärdensprachen-Tag für alle, die Gebärdensprache nutzen, 2 Stunden, all-you-can-drink
EINE RUNDE BIER BITTE!
KLAPPER
JA, SOFORT, EINEN MOMENT BITTE!
KLAPPER
ICH MUSS ERST NOCH DA DRÜBEN NACH DEM RECHTEN GUCKEN.
KLAPPER

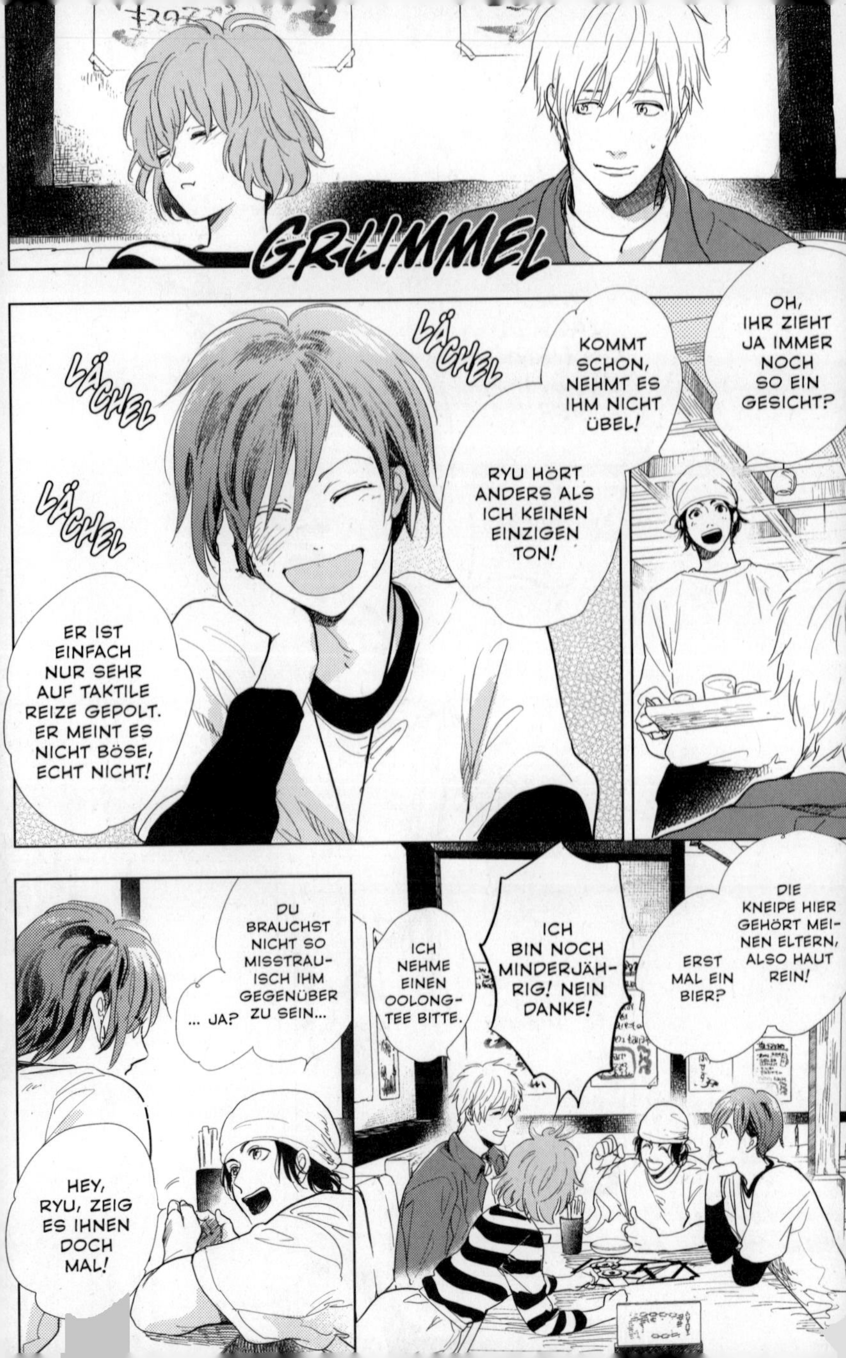
GRUMMEL
OH, IHR ZIEHT JA IMMER NOCH SO EIN GESICHT?
KOMMT SCHON, NEHMT ES IHM NICHT ÜBEL!
RYU HÖRT ANDERS ALS ICH KEINEN EINZIGEN TON!
LÄCHEL
LÄCHEL
LÄCHEL
ER IST EINFACH NUR SEHR AUF TAKTILE REIZE GEPOLT. ER MEINT ES NICHT BÖSE, ECHT NICHT!
DIE KNEIPE HIER GEHÖRT MEINEN ELTERN, ALSO HAUT REIN!
ERST MAL EIN BIER?
ICH BIN NOCH MINDERJÄHRIG! NEIN DANKE!
ICH NEHME EINEN OOLONGTEE BITTE.
DU BRAUCHST NICHT SO MISSTRAUISCH IHM GEGENÜBER ZU SEIN...
... JA?
HEY, RYU, ZEIG ES IHNEN DOCH MAL!

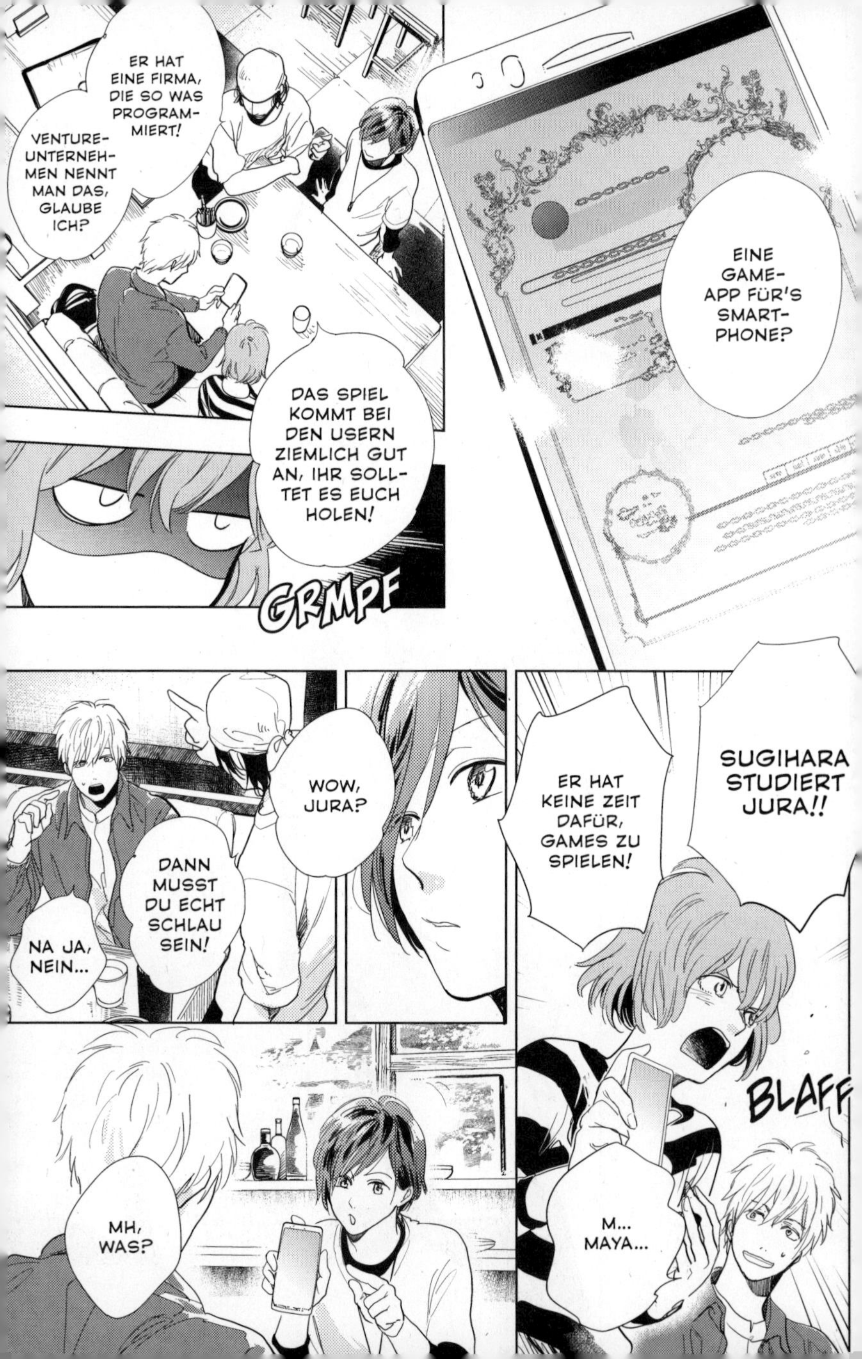

EINE GAME-APP FÜR'S SMARTPHONE?
ER HAT EINE FIRMA, DIE SO WAS PROGRAMMIERT!
VENTURE-UNTERNEHMEN NENNT MAN DAS, GLAUBE ICH?
DAS SPIEL KOMMT BEI DEN USERN ZIEMLICH GUT AN, IHR SOLLTET ES EUCH HOLEN!
GRMPF
SUGIHARA STUDIERT JURA!!
ER HAT KEINE ZEIT DAFÜR, GAMES ZU SPIELEN!
WOW, JURA?
DANN MUSST DU ECHT SCHLAU SEIN!
NA JA, NEIN...
BLAFF
M... MAYA...
MH, WAS?

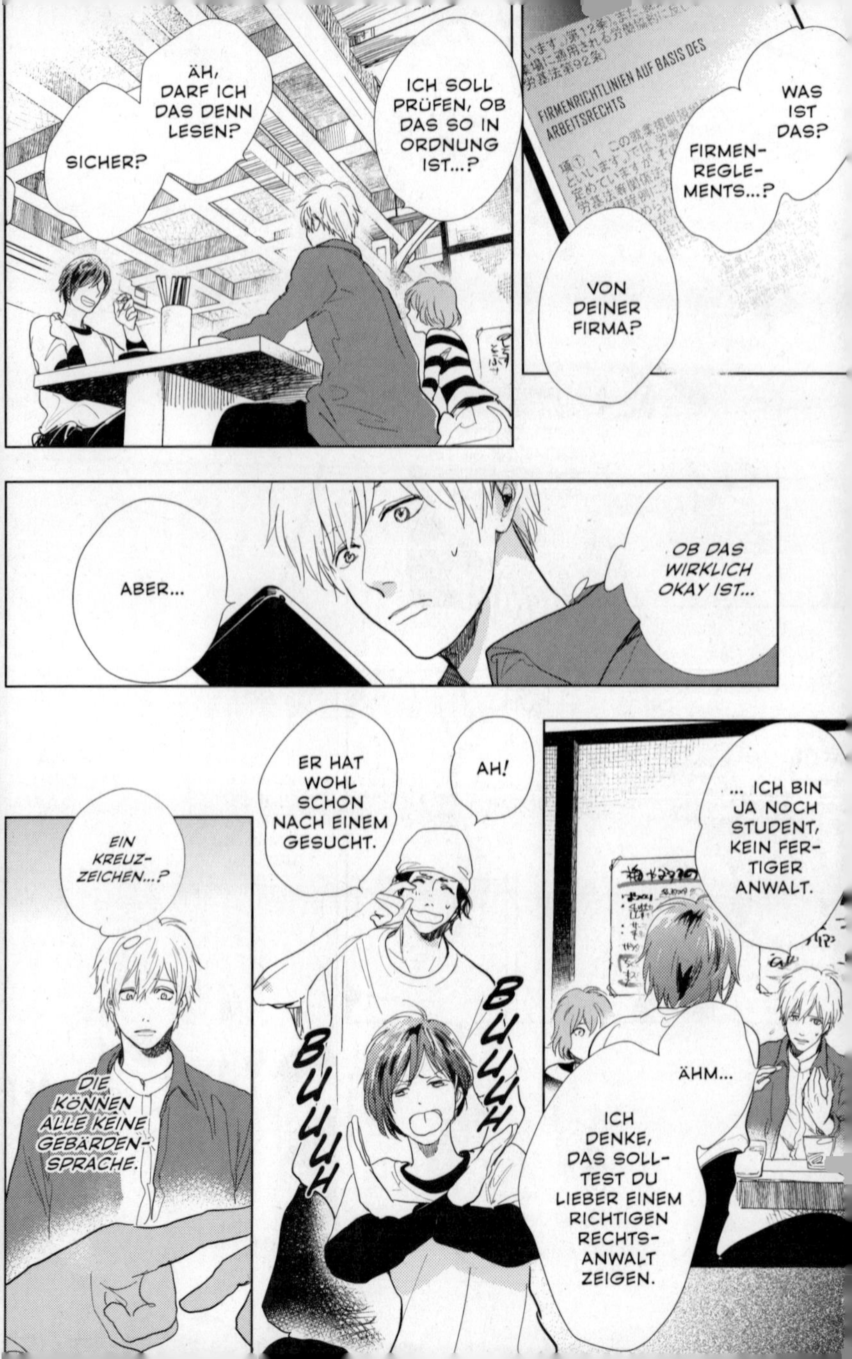
FIRMENRICHTLINIEN AUF BASIS DES ARBEITSRECHTS
WAS IST DAS?
FIRMEN-REGLEMENTS...?
VON DEINER FIRMA?
ICH SOLL PRÜFEN, OB DAS SO IN ORDNUNG IST...?
ÄH, DARF ICH DAS DENN LESEN?
SICHER?
OB DAS WIRKLICH OKAY IST...
ABER...
... ICH BIN JA NOCH STUDENT, KEIN FERTIGER ANWALT.
ÄHM...
ICH DENKE, DAS SOLLTEST DU LIEBER EINEM RICHTIGEN RECHTSANWALT ZEIGEN.
AH!
ER HAT WOHL SCHON NACH EINEM GESUCHT.
BUUUH
BUUUH
EIN KREUZZEICHEN...?
DIE KÖNNEN ALLE KEINE GEBÄRDENSPRACHE.

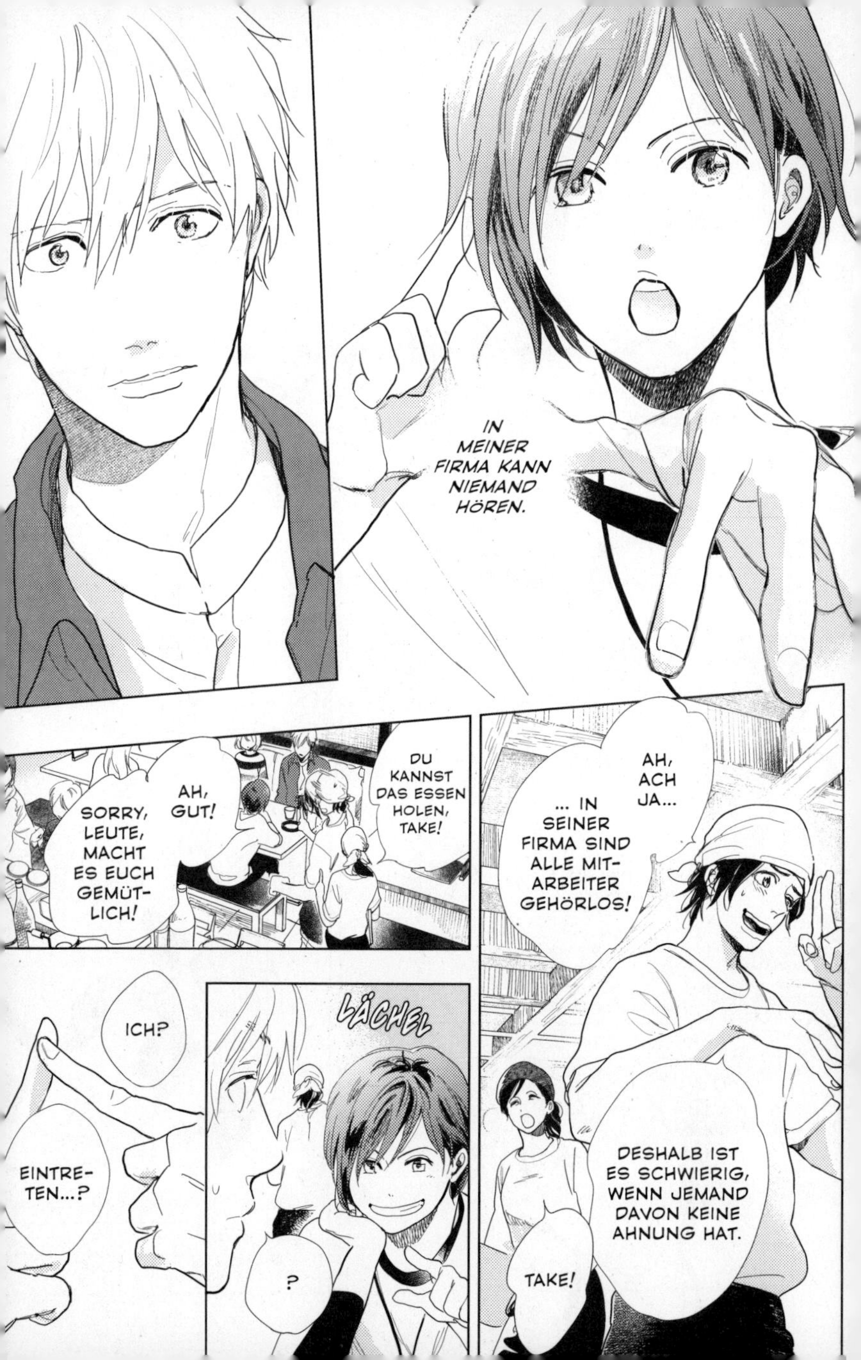
IN MEINER FIRMA KANN NIEMAND HÖREN.
AH, ACH JA...
... IN SEINER FIRMA SIND ALLE MIT-ARBEITER GEHÖRLOS!
DU KANNST DAS ESSEN HOLEN, TAKE!
AH, GUT!
SORRY, LEUTE, MACHT ES EUCH GEMÜTLICH!
DESHALB IST ES SCHWIERIG, WENN JEMAND DAVON KEINE AHNUNG HAT.
TAKE!
LÄCHEL
?
ICH?
EINTRE-TEN...?

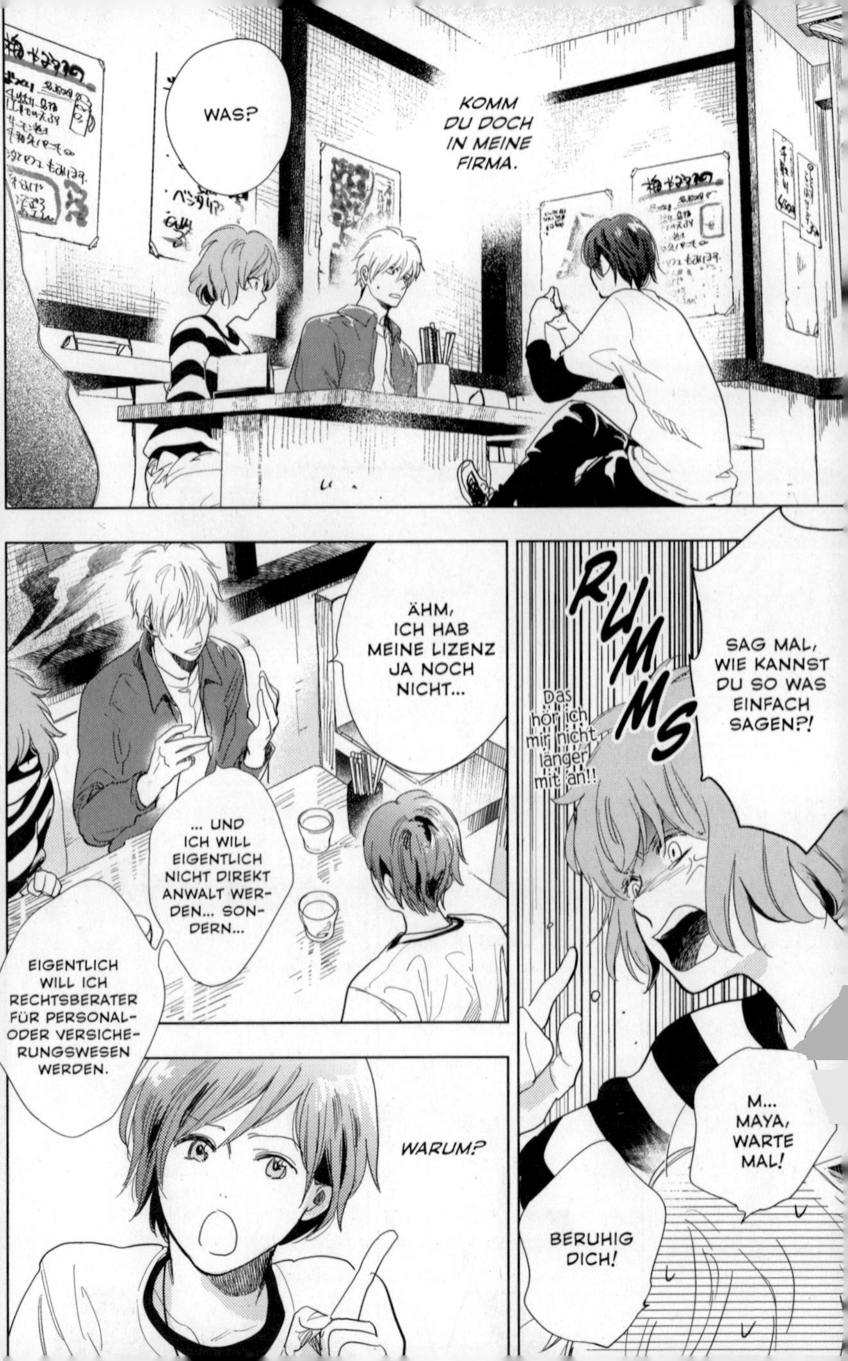
KOMM DU DOCH IN MEINE FIRMA.
WAS?
SAG MAL, WIE KANNST DU SO WAS EINFACH SAGEN?!
RUMMS
Das hör ich mir nicht länger mit an!!
M... MAYA, WARTE MAL!
BERUHIG DICH!
ÄHM, ICH HAB MEINE LIZENZ JA NOCH NICHT...
... UND ICH WILL EIGENTLICH NICHT DIREKT ANWALT WERDEN... SONDERN...
EIGENTLICH WILL ICH RECHTSBERATER FÜR PERSONAL- ODER VERSICHERUNGSWESEN WERDEN.
WARUM?

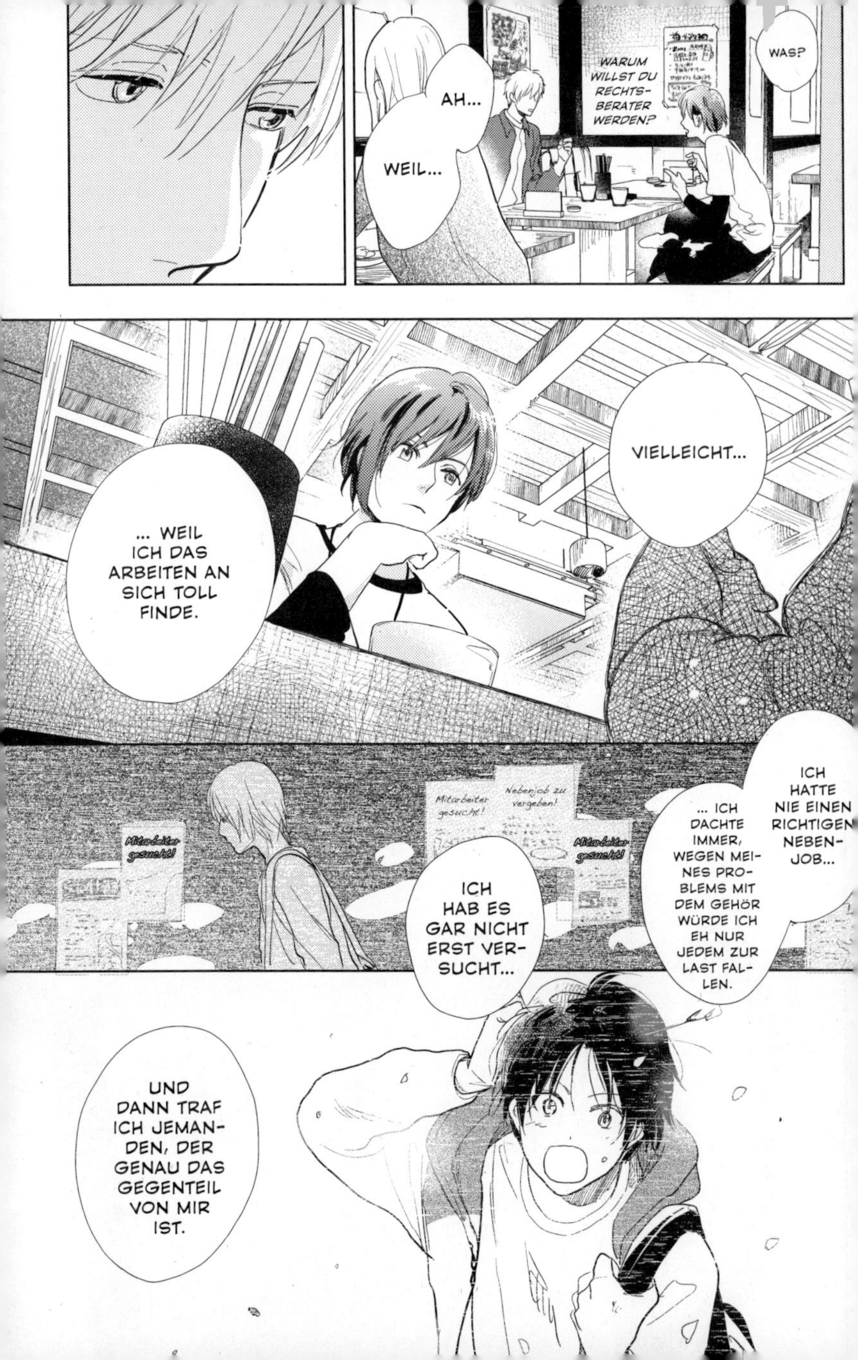

WAS?
WARUM WILLST DU RECHTSBERATER WERDEN?
AH...
WEIL...
VIELLEICHT...
... WEIL ICH DAS ARBEITEN AN SICH TOLL FINDE.
ICH HATTE NIE EINEN RICHTIGEN NEBENJOB...
... ICH DACHTE IMMER, WEGEN MEINES PROBLEMS MIT DEM GEHÖR WÜRDE ICH EH NUR JEDEM ZUR LAST FALLEN.
Mitarbeiter gesucht!
Nebenjob zu vergeben!
Mitarbeiter gesucht!
Mitarbeiter gesucht!
ICH HAB ES GAR NICHT ERST VERSUCHT...
UND DANN TRAF ICH JEMANDEN, DER GENAU DAS GEGENTEIL VON MIR IST.

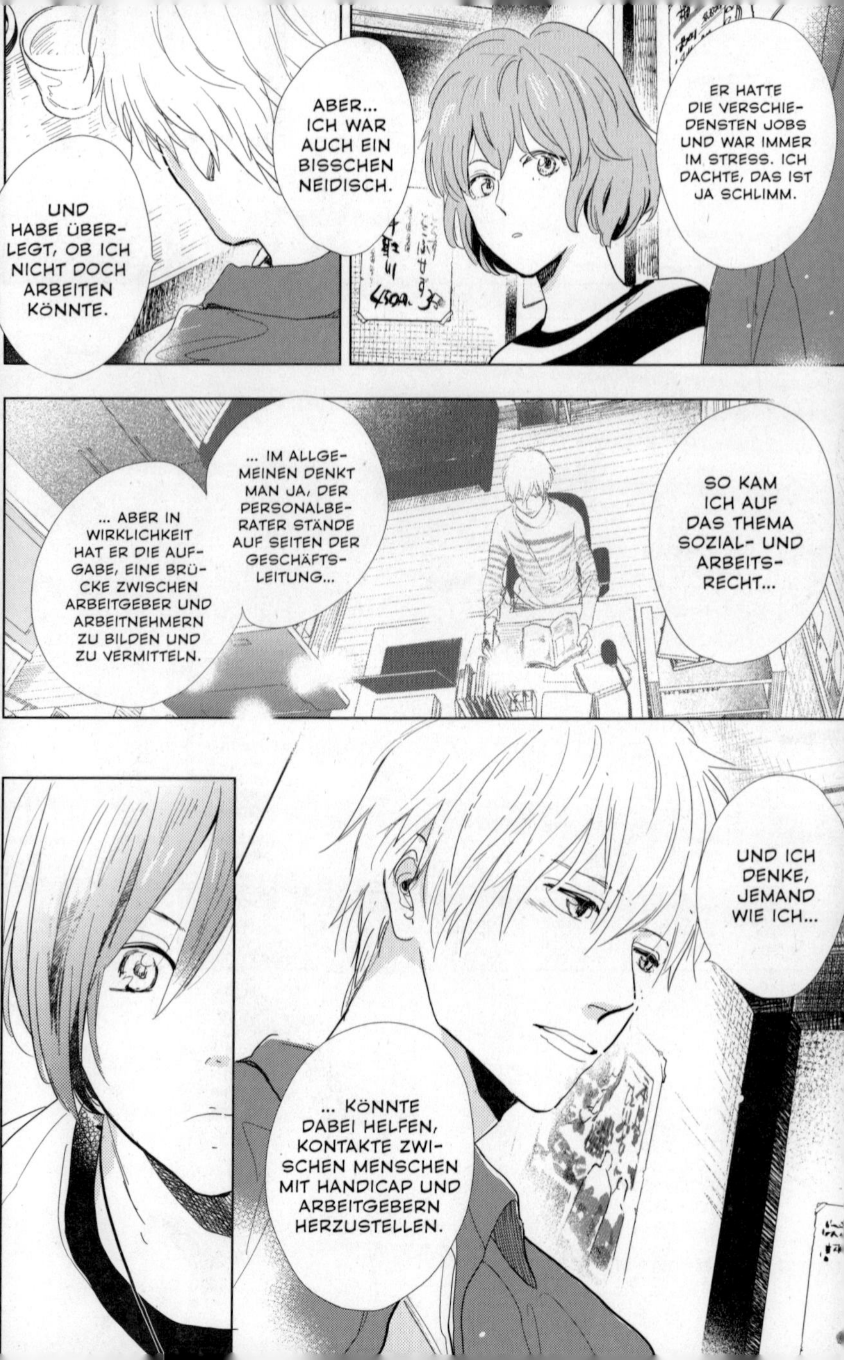

ER HATTE DIE VERSCHIE-DENSTEN JOBS UND WAR IMMER IM STRESS. ICH DACHTE, DAS IST JA SCHLIMM.
ABER... ICH WAR AUCH EIN BISSCHEN NEIDISCH.
UND HABE ÜBER-LEGT, OB ICH NICHT DOCH ARBEITEN KÖNNTE.
SO KAM ICH AUF DAS THEMA SOZIAL- UND ARBEITS-RECHT...
... IM ALLGE-MEINEN DENKT MAN JA, DER PERSONALBE-RATER STÄNDE AUF SEITEN DER GESCHÄFTS-LEITUNG...
... ABER IN WIRKLICHKEIT HAT ER DIE AUF-GABE, EINE BRÜ-CKE ZWISCHEN ARBEITGEBER UND ARBEITNEHMERN ZU BILDEN UND ZU VERMITTELN.
UND ICH DENKE, JEMAND WIE ICH...
... KÖNNTE DABEI HELFEN, KONTAKTE ZWI-SCHEN MENSCHEN MIT HANDICAP UND ARBEITGEBERN HERZUSTELLEN.

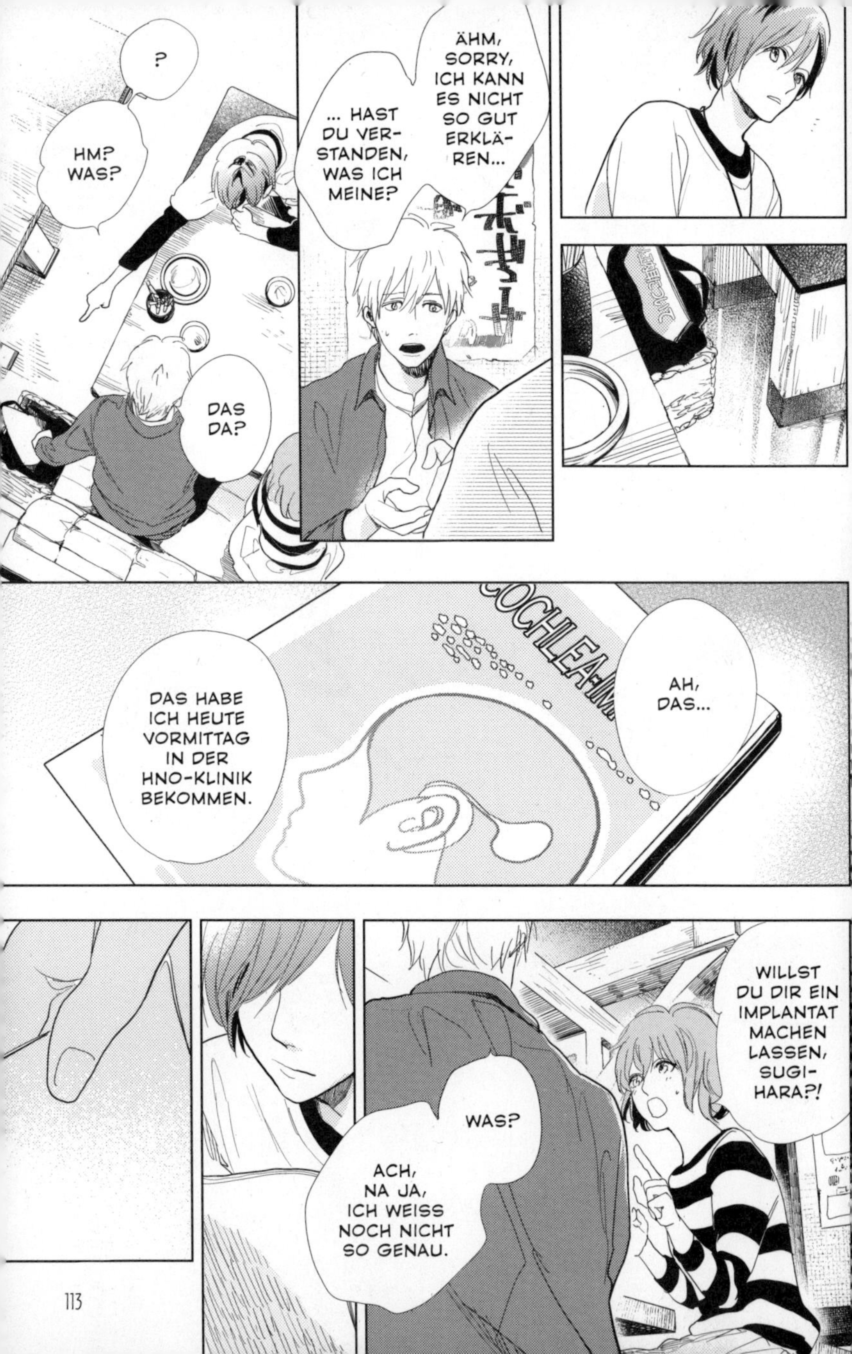
ÄHM, SORRY, ICH KANN ES NICHT SO GUT ERKLÄREN...
... HAST DU VERSTANDEN, WAS ICH MEINE?
?
HM? WAS?
DAS DA?
AH, DAS...
COCHLEA-IM
DAS HABE ICH HEUTE VORMITTAG IN DER HNO-KLINIK BEKOMMEN.
WILLST DU DIR EIN IMPLANTAT MACHEN LASSEN, SUGIHARA?!
WAS?
ACH, NA JA, ICH WEISS NOCH NICHT SO GENAU.

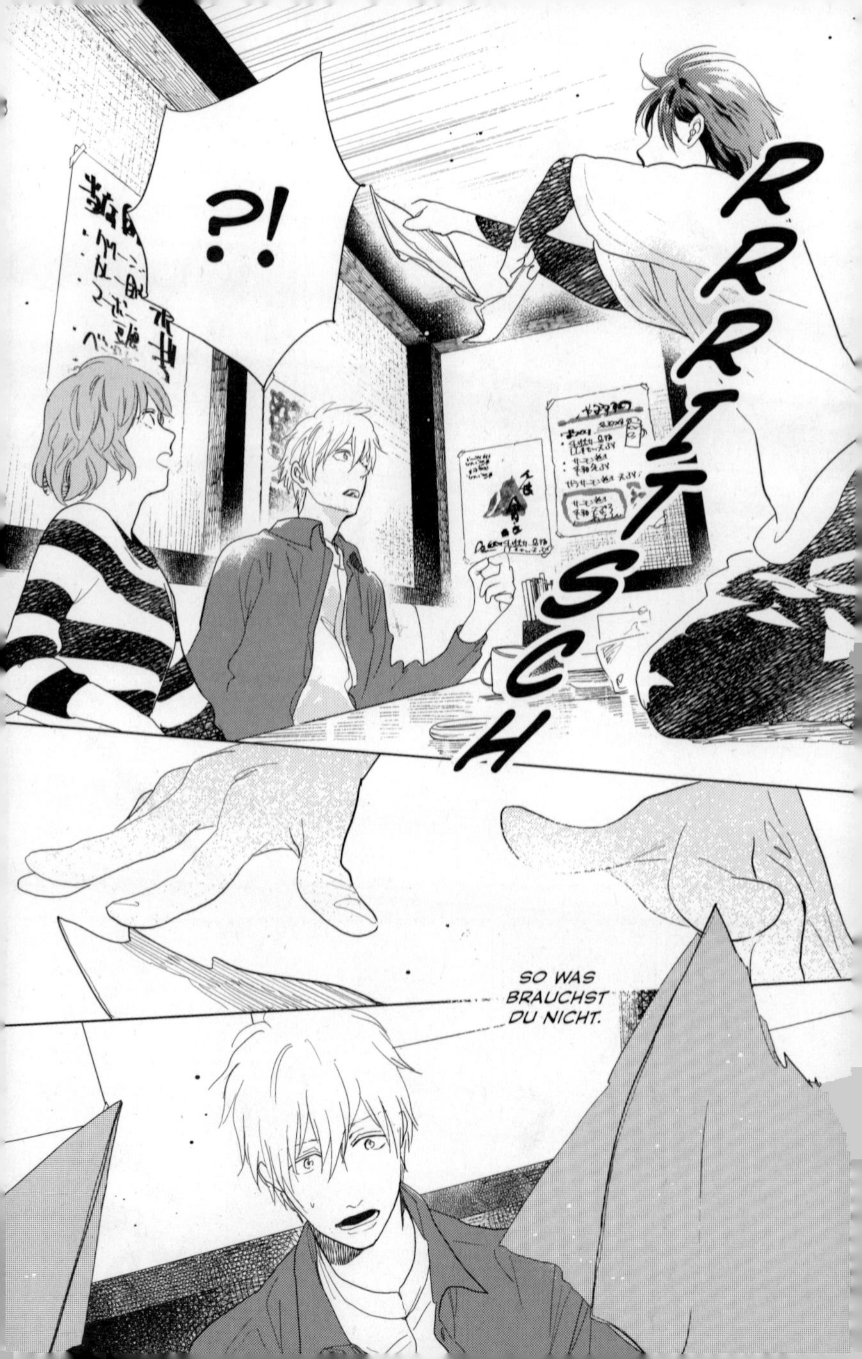

?!
RRRRITSCH
SO WAS BRAUCHST DU NICHT.

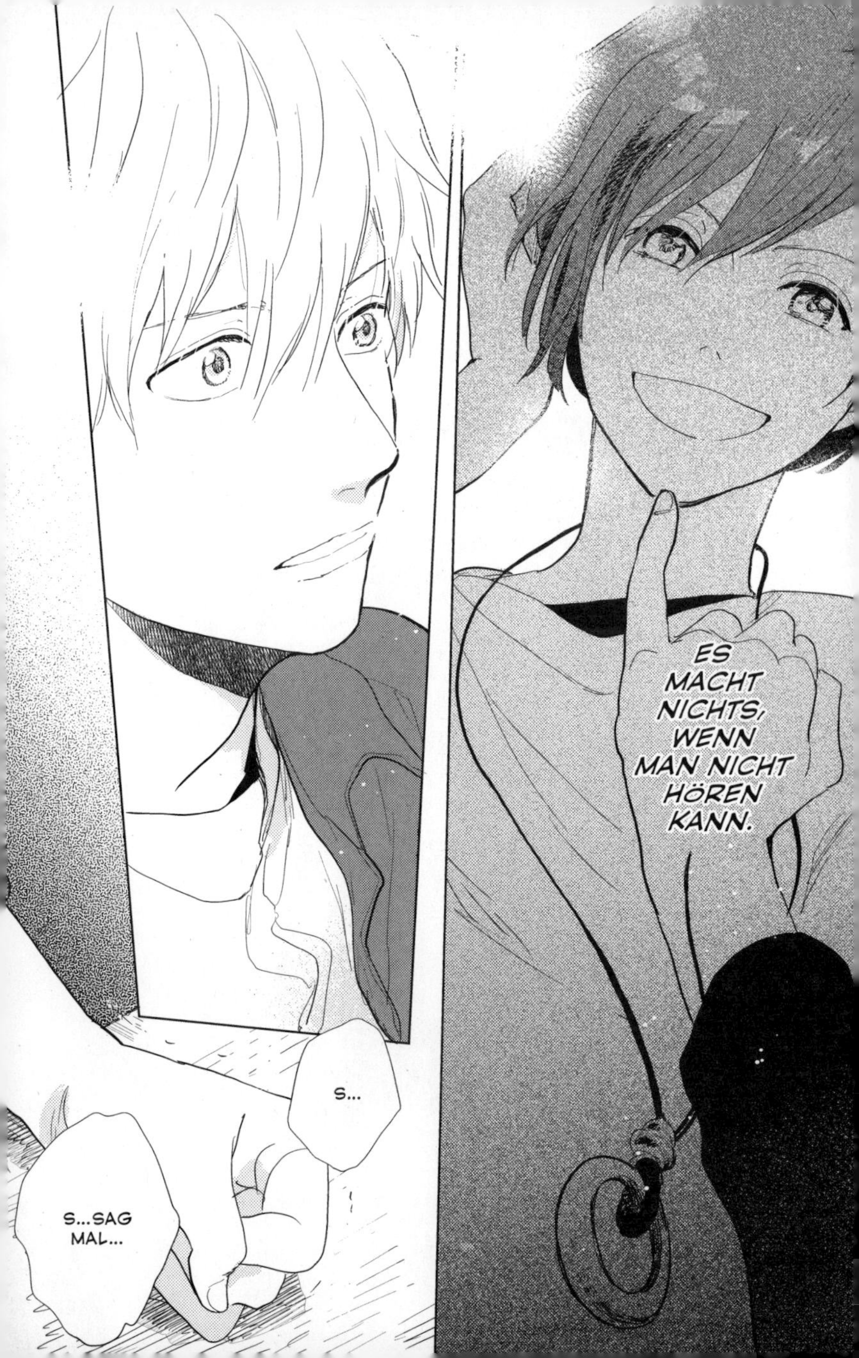
ES MACHT NICHTS, WENN MAN NICHT HÖREN KANN.
S...
S...SAG MAL...

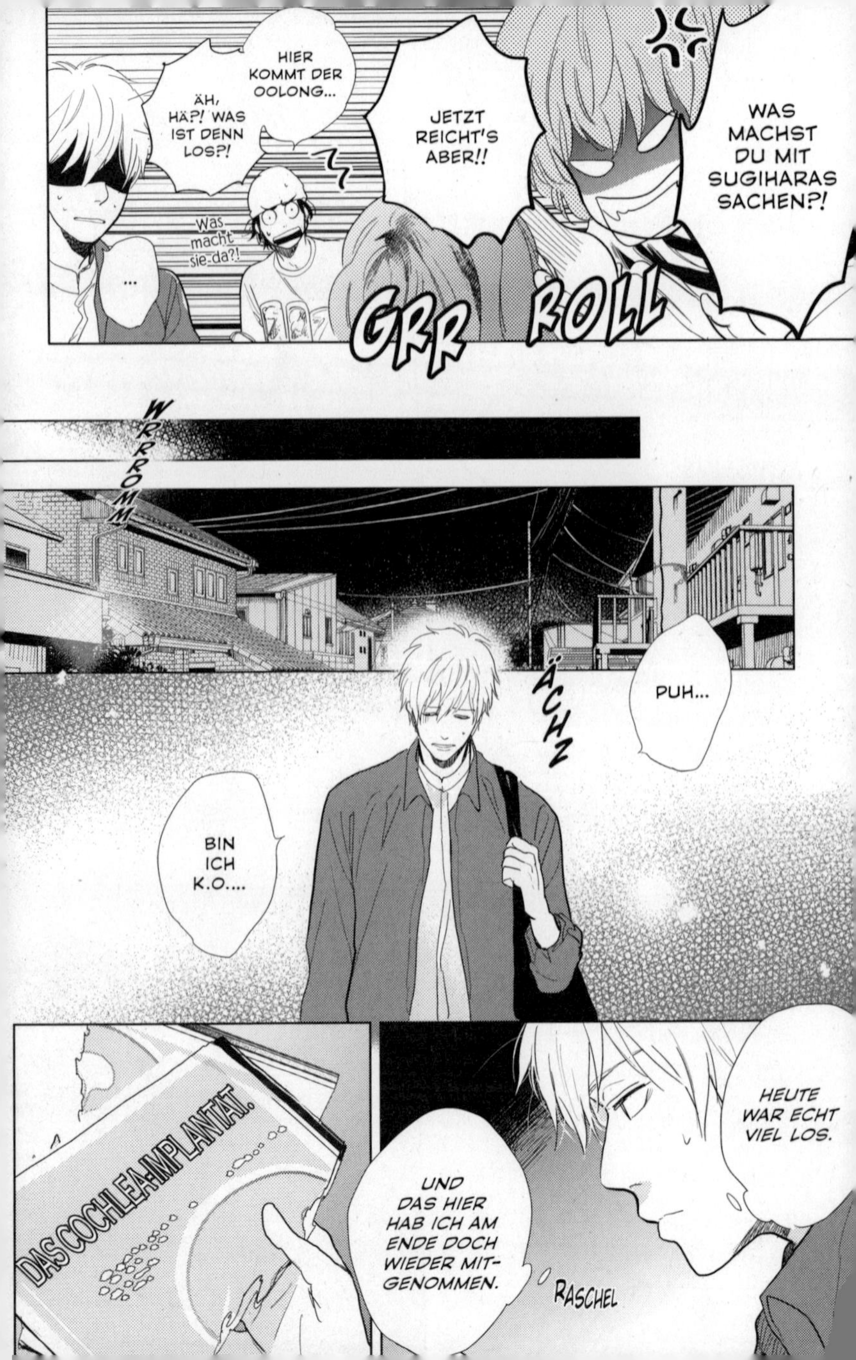

WAS MACHST DU MIT SUGIHARAS SACHEN?!
JETZT REICHT'S ABER!!
HIER KOMMT DER OOLONG...
ÄH, HÄ?! WAS IST DENN LOS?!
Was macht sie da?!
...
ROLL
GRR
WRRROMM
PUH...
ÄCHZ
BIN ICH K.O....
HEUTE WAR ECHT VIEL LOS.
RASCHEL
UND DAS HIER HAB ICH AM ENDE DOCH WIEDER MITGENOMMEN.
DAS COCHLEA-IMPLANTAT.

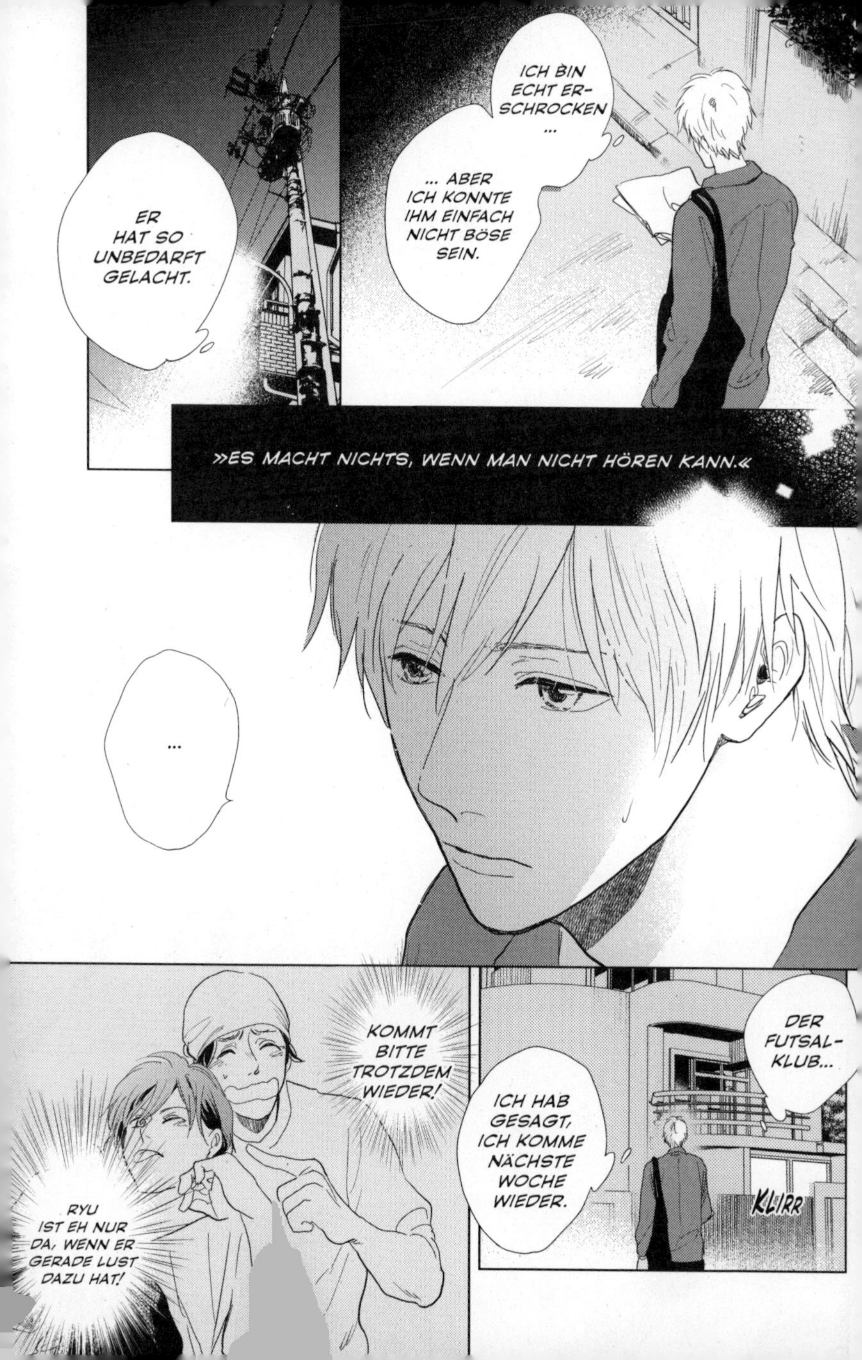
ICH BIN ECHT ERSCHROCKEN ...
... ABER ICH KONNTE IHM EINFACH NICHT BÖSE SEIN.
ER HAT SO UNBEDARFT GELACHT.
»ES MACHT NICHTS, WENN MAN NICHT HÖREN KANN.«
...
DER FUTSAL-KLUB...
ICH HAB GESAGT, ICH KOMME NÄCHSTE WOCHE WIEDER.
KLIRR
KOMMT BITTE TROTZDEM WIEDER!
RYU IST EH NUR DA, WENN ER GERADE LUST DAZU HAT!

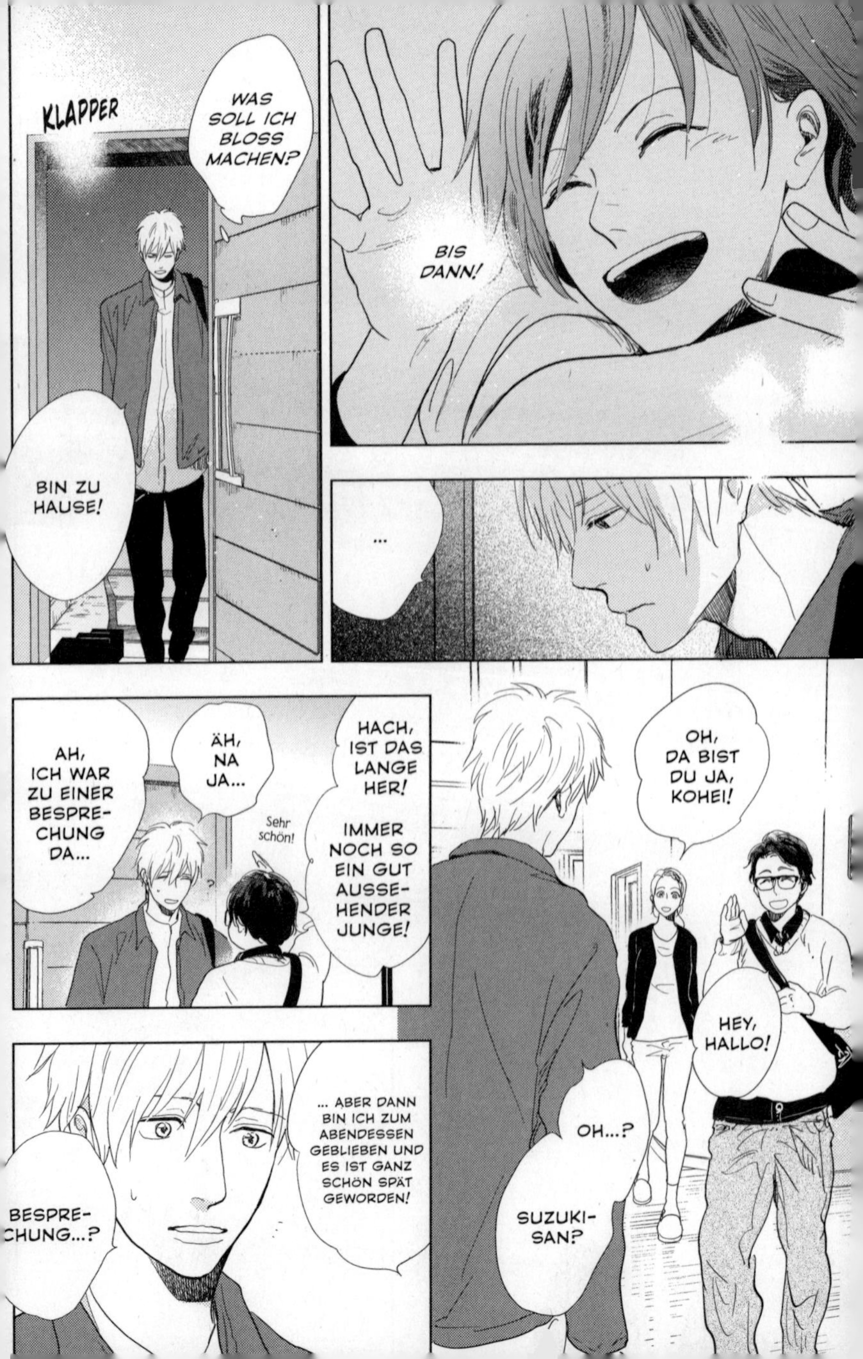

BIS DANN!
...
KLAPPER
WAS SOLL ICH BLOSS MACHEN?
BIN ZU HAUSE!
OH, DA BIST DU JA, KOHEI!
HEY, HALLO!
OH...?
SUZUKI-SAN?
HACH, IST DAS LANGE HER!
IMMER NOCH SO EIN GUT AUSSE-HENDER JUNGE!
Sehr schön!
ÄH, NA JA...
AH, ICH WAR ZU EINER BESPRE-CHUNG DA...
... ABER DANN BIN ICH ZUM ABENDESSEN GEBLIEBEN UND ES IST GANZ SCHÖN SPÄT GEWORDEN!
BESPRE-CHUNG...?

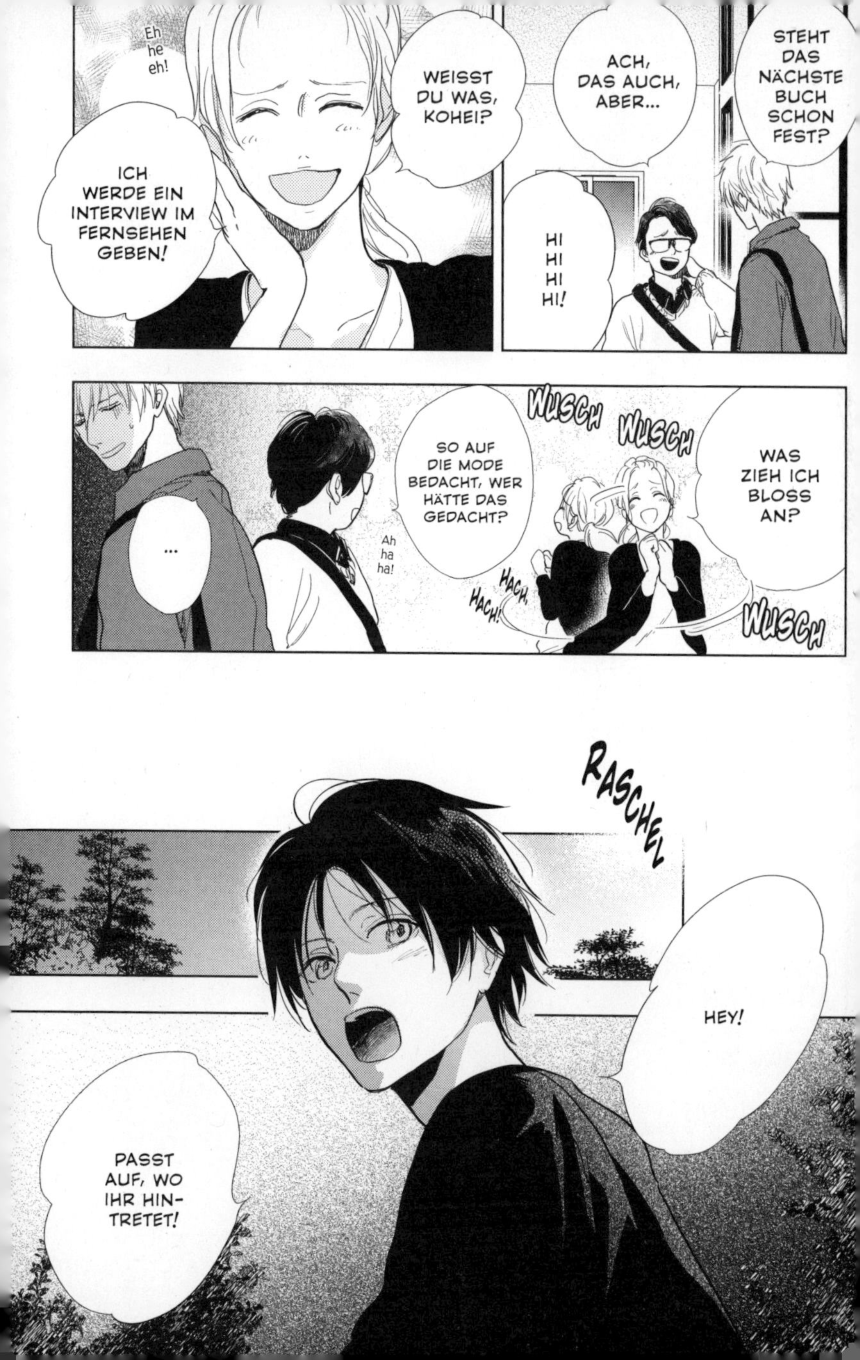
STEHT DAS NÄCHSTE BUCH SCHON FEST?
ACH, DAS AUCH, ABER...
HI HI HI HI!
WEISST DU WAS, KOHEI?
Eh he eh!
ICH WERDE EIN INTERVIEW IM FERNSEHEN GEBEN!
WAS ZIEH ICH BLOSS AN?
WUSCH
WUSCH
WUSCH
HACH, HACH!
SO AUF DIE MODE BEDACHT, WER HÄTTE DAS GEDACHT?
Ah ha ha!
...
RASCHEL
HEY!
PASST AUF, WO IHR HIN-
TRETET!

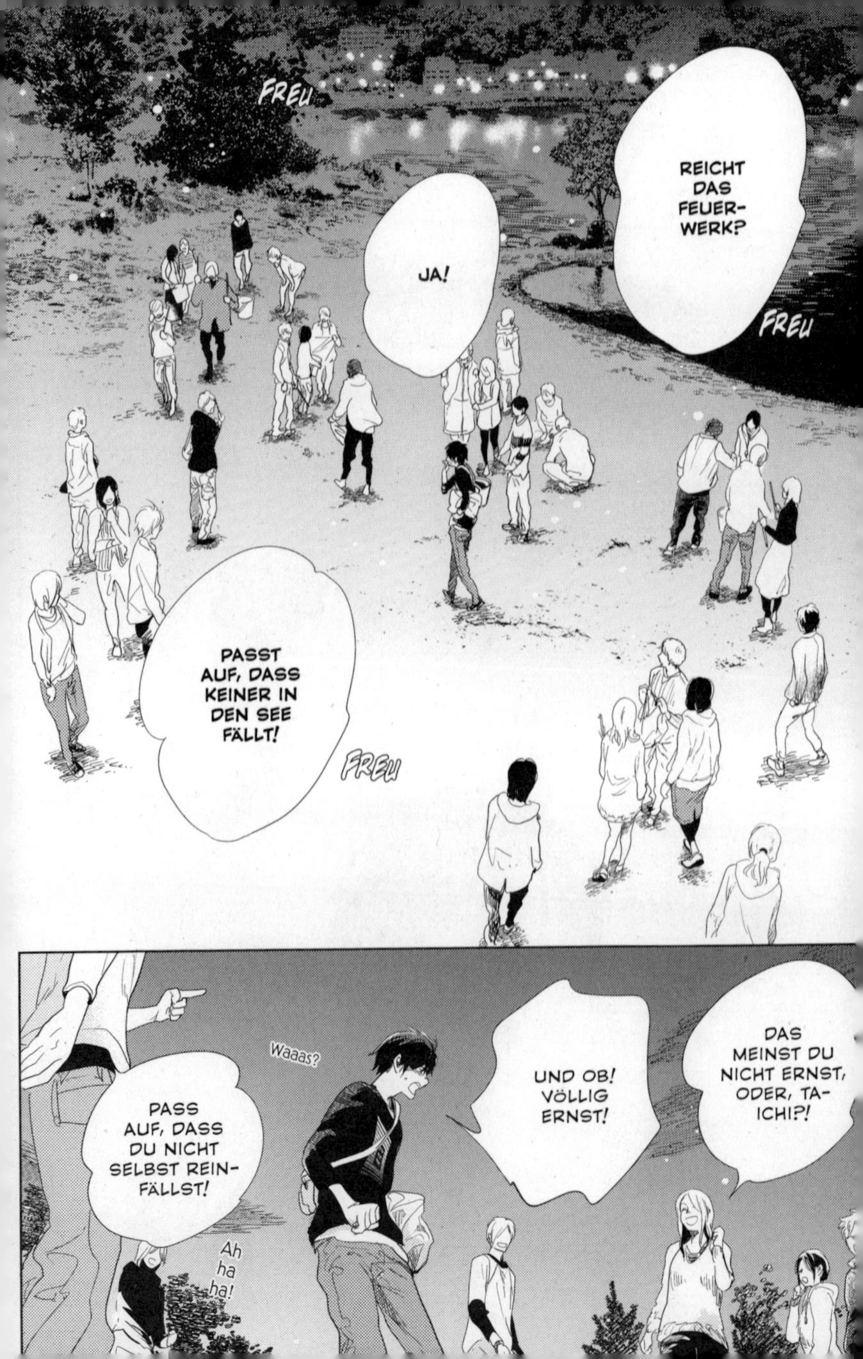
FREU
REICHT DAS FEUER-WERK?
JA!
FREU
PASST AUF, DASS KEINER IN DEN SEE FÄLLT!
FREU
DAS MEINST DU NICHT ERNST, ODER, TA-ICHI?!
UND OB! VÖLLIG ERNST!
Waaas?
PASS AUF, DASS DU NICHT SELBST REIN-FÄLLST!
Ah ha ha!

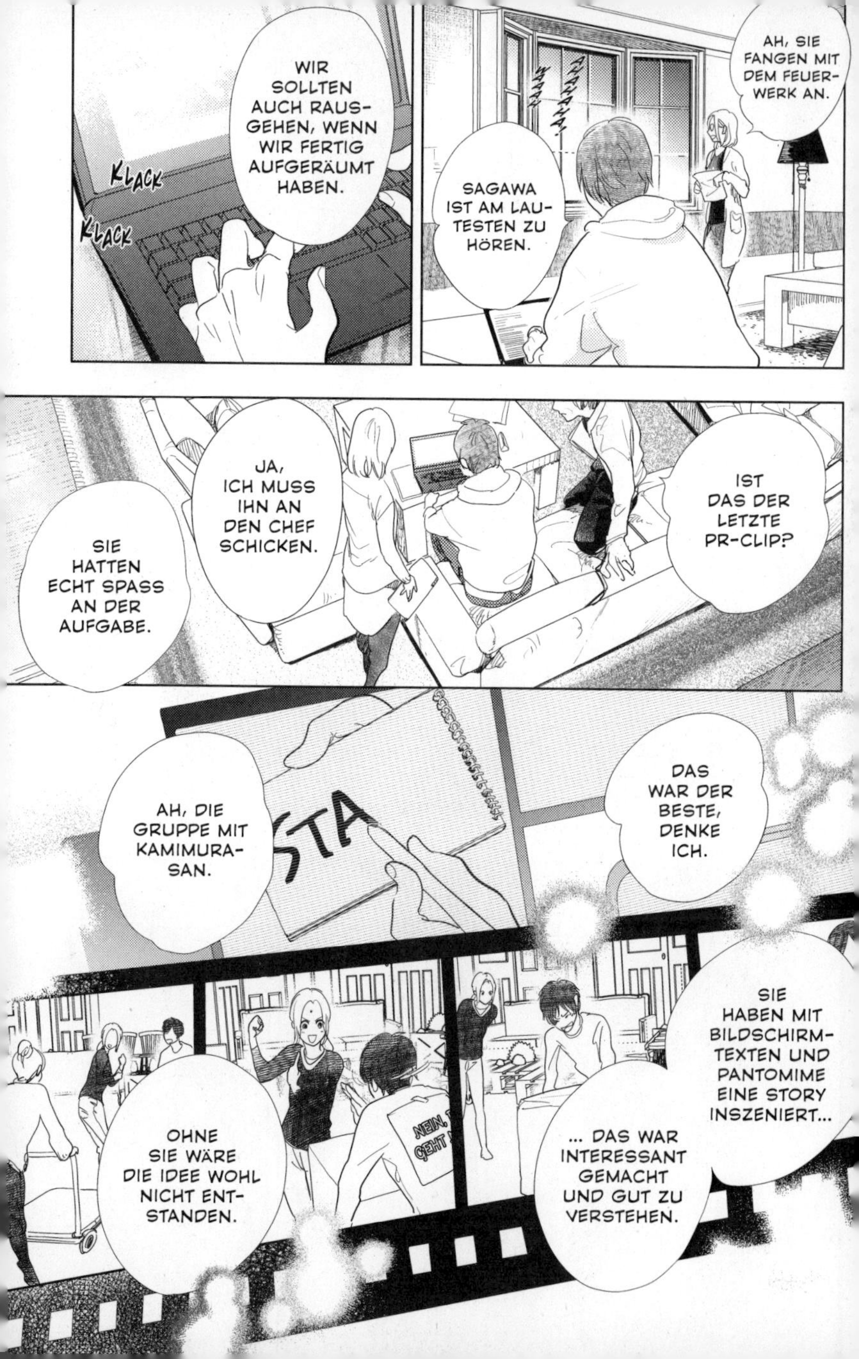
AH, SIE FANGEN MIT DEM FEUERWERK AN.
SAGAWA IST AM LAUTESTEN ZU HÖREN.
WIR SOLLTEN AUCH RAUSGEHEN, WENN WIR FERTIG AUFGERÄUMT HABEN.
KLACK
KLACK
IST DAS DER LETZTE PR-CLIP?
JA, ICH MUSS IHN AN DEN CHEF SCHICKEN.
SIE HATTEN ECHT SPASS AN DER AUFGABE.
DAS WAR DER BESTE, DENKE ICH.
AH, DIE GRUPPE MIT KAMIMURA-SAN.
STA
SIE HABEN MIT BILDSCHIRMTEXTEN UND PANTOMIME EINE STORY INSZENIERT...
... DAS WAR INTERESSANT GEMACHT UND GUT ZU VERSTEHEN.
OHNE SIE WÄRE DIE IDEE WOHL NICHT ENTSTANDEN.

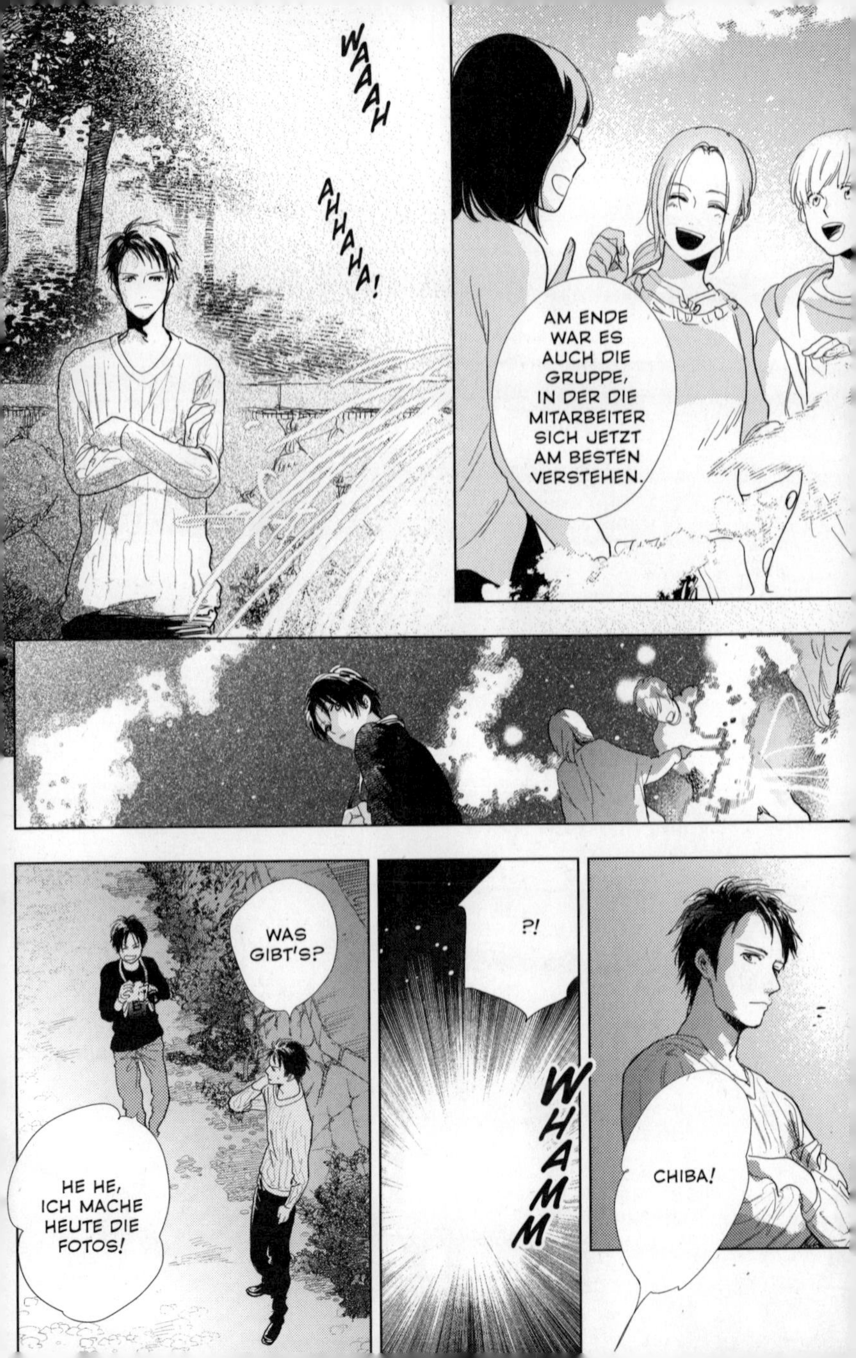
AM ENDE WAR ES AUCH DIE GRUPPE, IN DER DIE MITARBEITER SICH JETZT AM BESTEN VERSTEHEN.
WAAAAH
AHHAHAHA!
CHIBA!
?!
WHAMM
WAS GIBT'S?
HE HE, ICH MACHE HEUTE DIE FOTOS!

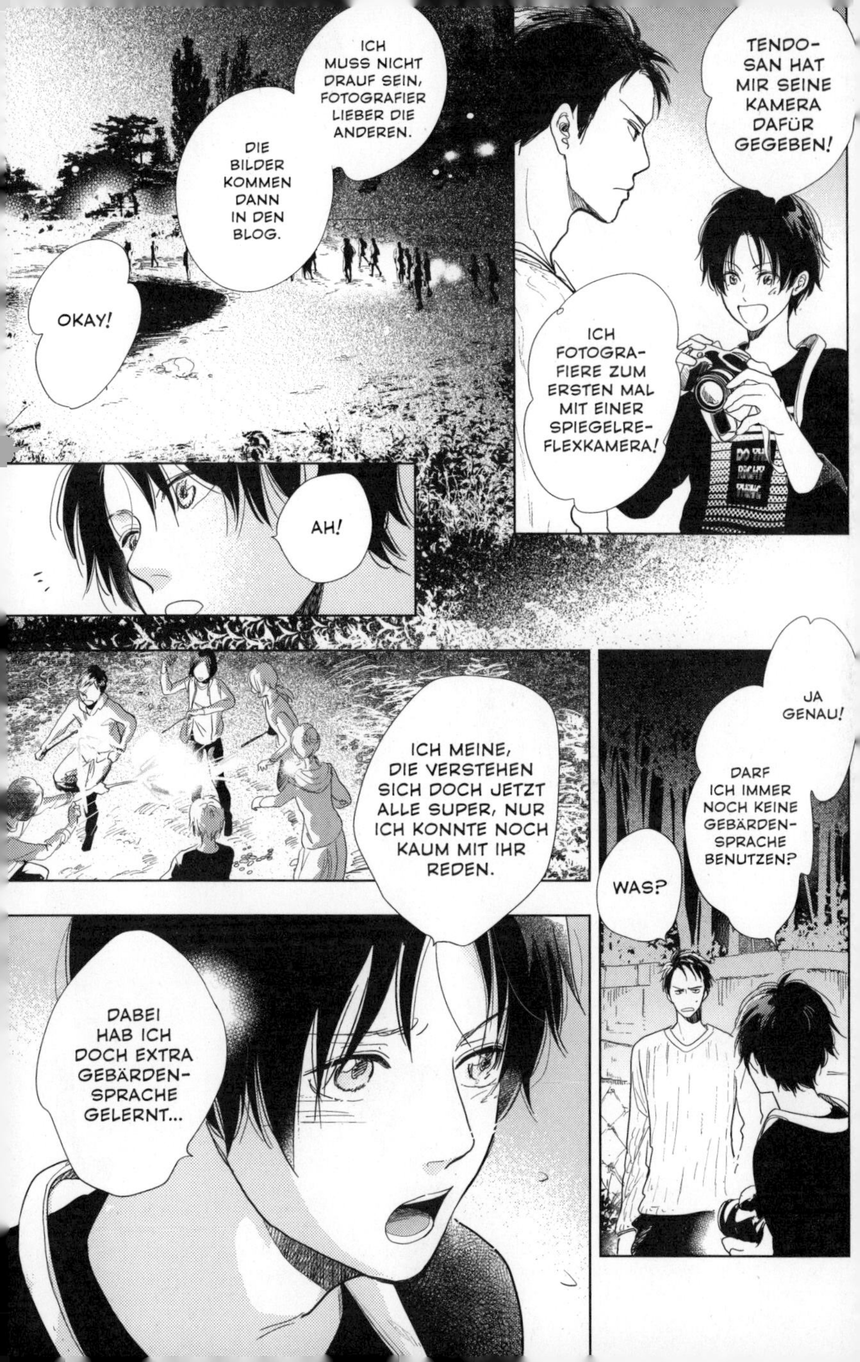
TENDO-SAN HAT MIR SEINE KAMERA DAFÜR GEGEBEN!
ICH FOTOGRAFIERE ZUM ERSTEN MAL MIT EINER SPIEGELREFLEXKAMERA!
ICH MUSS NICHT DRAUF SEIN, FOTOGRAFIER LIEBER DIE ANDEREN.
DIE BILDER KOMMEN DANN IN DEN BLOG.
OKAY!
AH!
JA GENAU!
DARF ICH IMMER NOCH KEINE GEBÄRDENSPRACHE BENUTZEN?
WAS?
ICH MEINE, DIE VERSTEHEN SICH DOCH JETZT ALLE SUPER, NUR ICH KONNTE NOCH KAUM MIT IHR REDEN.
DABEI HAB ICH DOCH EXTRA GEBÄRDENSPRACHE GELERNT...

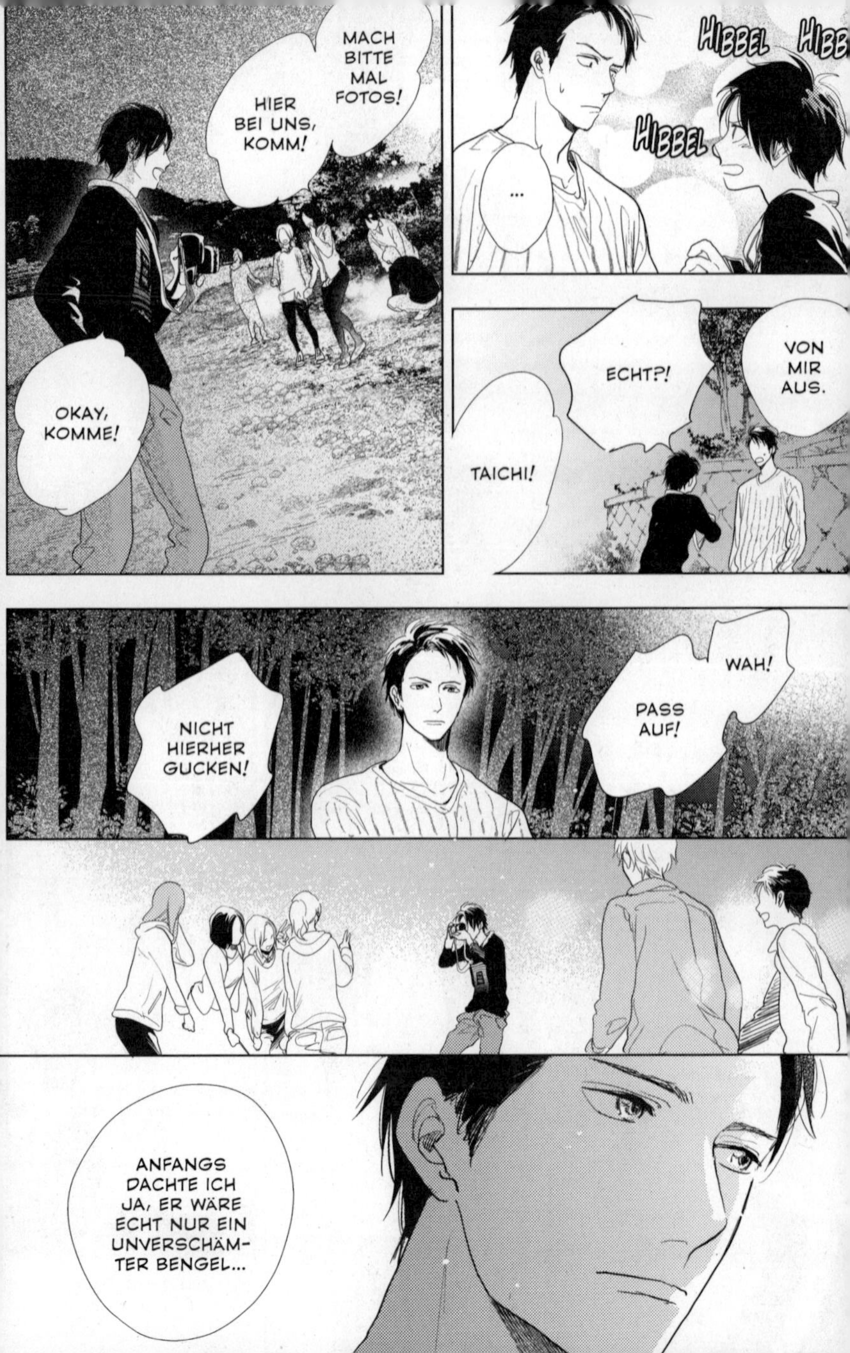
HIBBEL
HIBBEL
...
VON MIR AUS.
ECHT?!
TAICHI!
MACH BITTE MAL FOTOS!
HIER BEI UNS, KOMM!
OKAY, KOMME!
WAH!
PASS AUF!
NICHT HIERHER GUCKEN!
ANFANGS DACHTE ICH JA, ER WÄRE ECHT NUR EIN UNVERSCHÄMTER BENGEL...

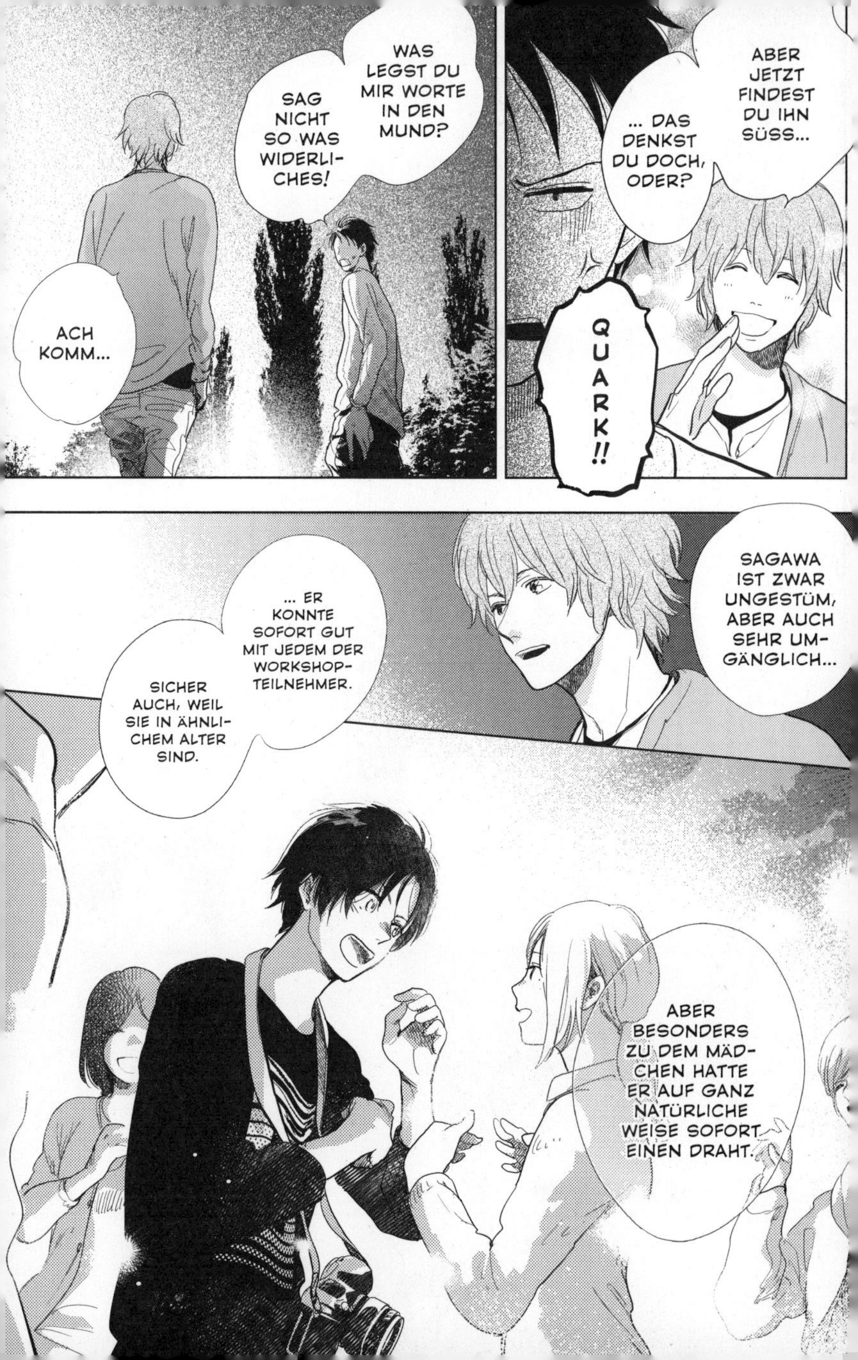
ABER JETZT FINDEST DU IHN SÜSS...
... DAS DENKST DU DOCH, ODER?
QUARK!!
WAS LEGST DU MIR WORTE IN DEN MUND?
SAG NICHT SO WAS WIDERLICHES!
ACH KOMM...
SAGAWA IST ZWAR UNGESTÜM, ABER AUCH SEHR UMGÄNGLICH...
... ER KONNTE SOFORT GUT MIT JEDEM DER WORKSHOP-TEILNEHMER.
SICHER AUCH, WEIL SIE IN ÄHNLICHEM ALTER SIND.
ABER BESONDERS ZU DEM MÄDCHEN HATTE ER AUF GANZ NATÜRLICHE WEISE SOFORT EINEN DRAHT.

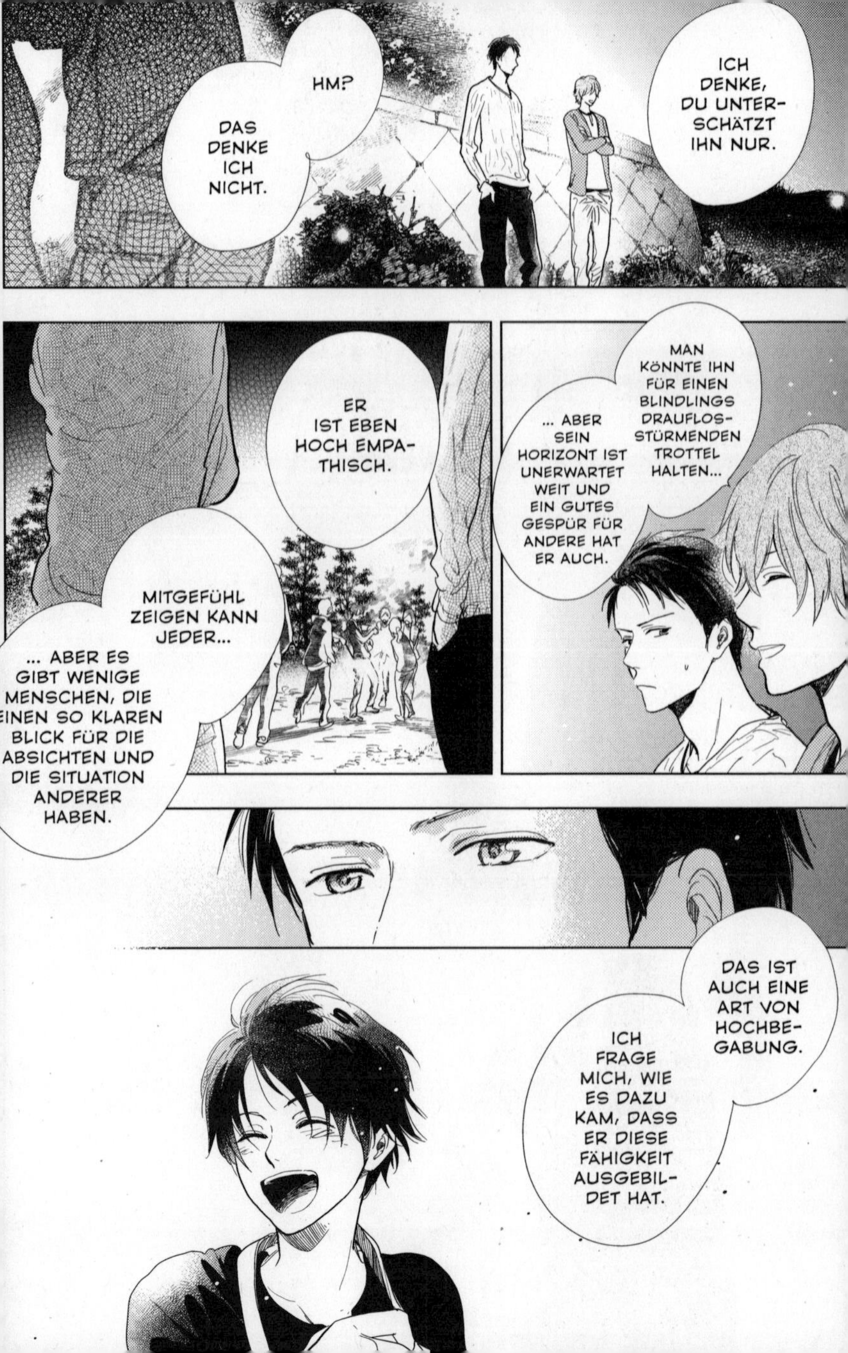
ICH DENKE, DU UNTERSCHÄTZT IHN NUR.
HM?
DAS DENKE ICH NICHT.
MAN KÖNNTE IHN FÜR EINEN BLINDLINGS DRAUFLOSSTÜRMENDEN TROTTEL HALTEN...
... ABER SEIN HORIZONT IST UNERWARTET WEIT UND EIN GUTES GESPÜR FÜR ANDERE HAT ER AUCH.
ER IST EBEN HOCH EMPATHISCH.
MITGEFÜHL ZEIGEN KANN JEDER...
... ABER ES GIBT WENIGE MENSCHEN, DIE EINEN SO KLAREN BLICK FÜR DIE ABSICHTEN UND DIE SITUATION ANDERER HABEN.
DAS IST AUCH EINE ART VON HOCHBEGABUNG.
ICH FRAGE MICH, WIE ES DAZU KAM, DASS ER DIESE FÄHIGKEIT AUSGEBILDET HAT.

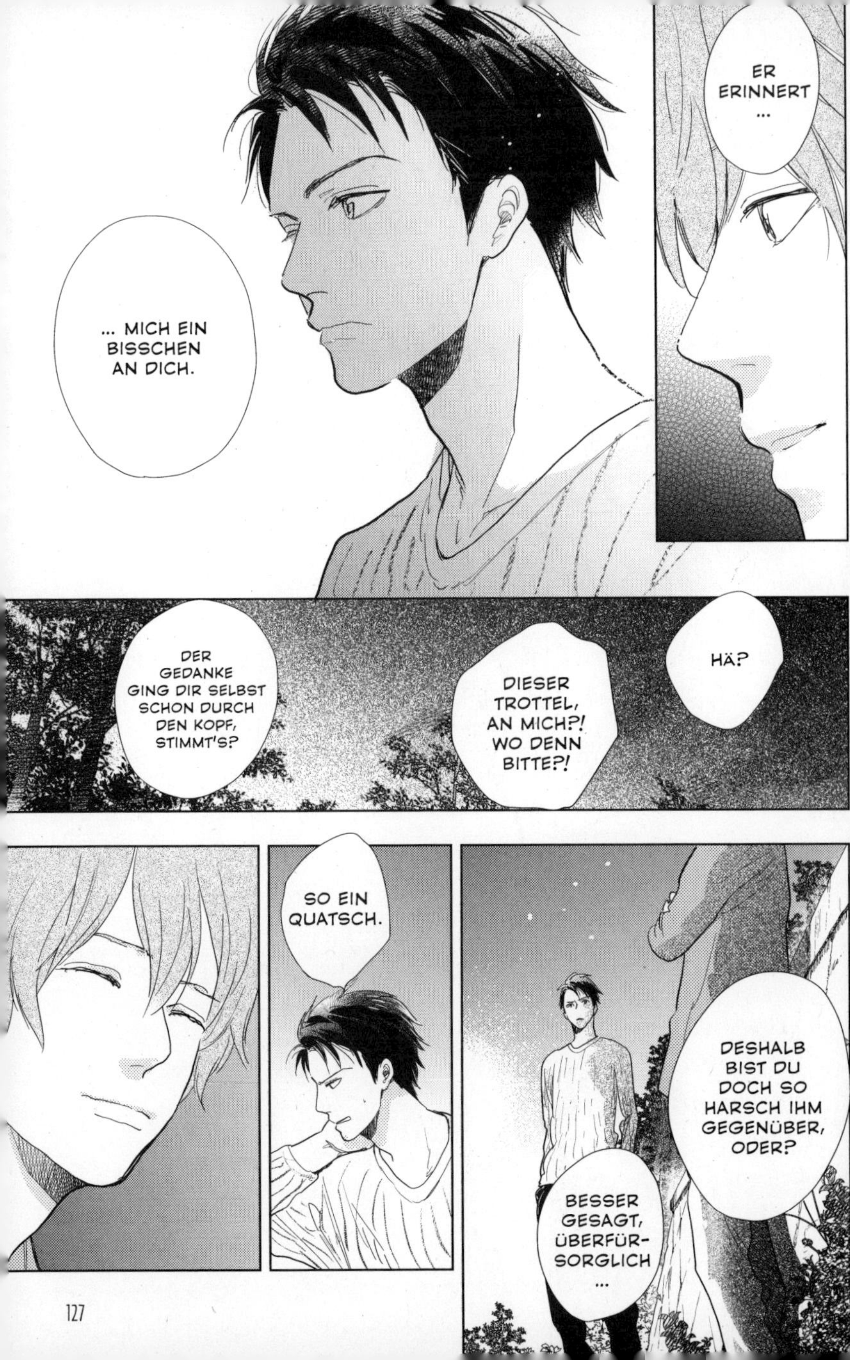
ER ERINNERT ...
... MICH EIN BISSCHEN AN DICH.
HÄ?
DIESER TROTTEL, AN MICH?! WO DENN BITTE?!
DER GEDANKE GING DIR SELBST SCHON DURCH DEN KOPF, STIMMT'S?
DESHALB BIST DU DOCH SO HARSCH IHM GEGENÜBER, ODER?
BESSER GESAGT, ÜBERFÜRSORGLICH ...
SO EIN QUATSCH.

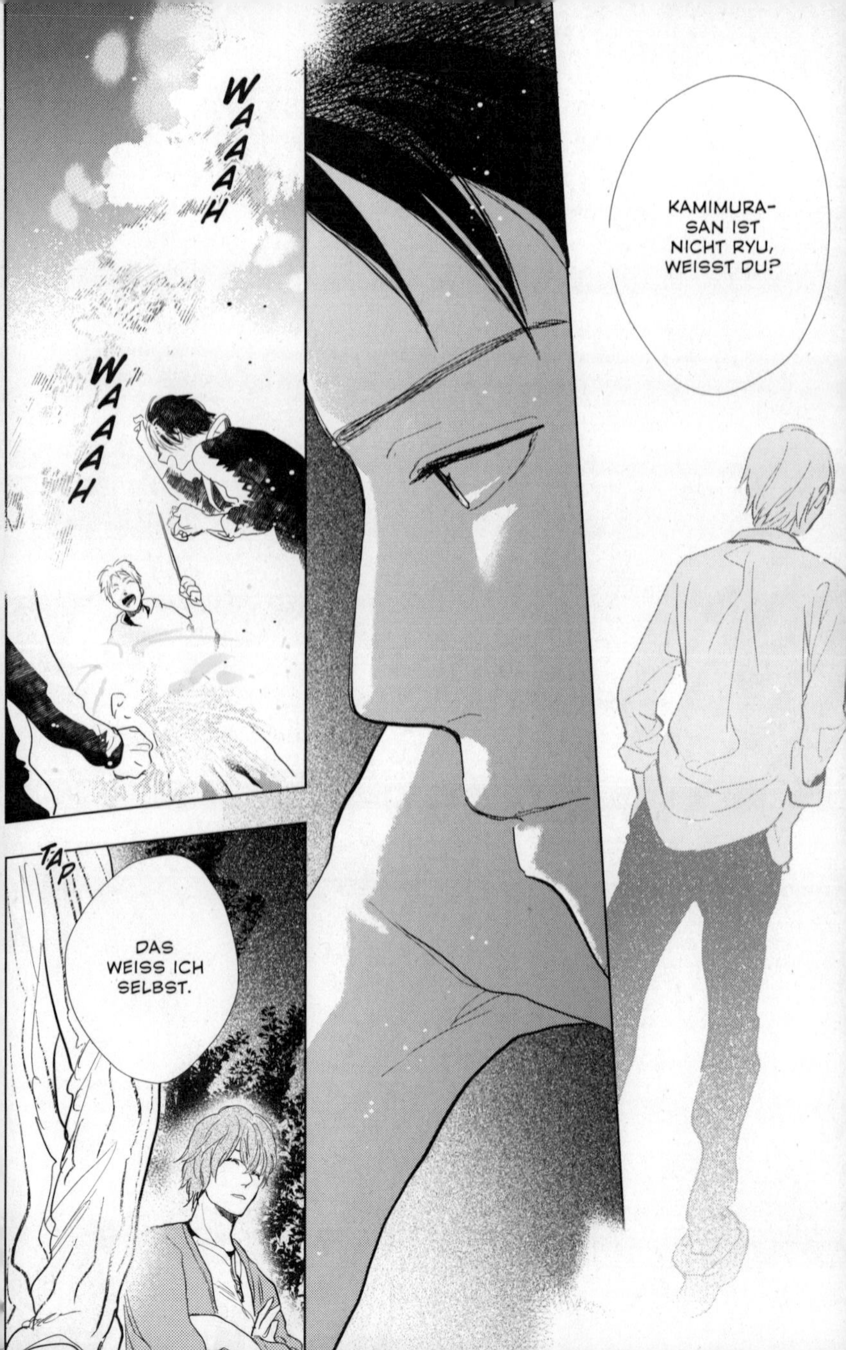
KAMIMURA-SAN IST NICHT RYU, WEISST DU?
WAAAAH
WAAAAH
TAP
DAS WEISS ICH SELBST.

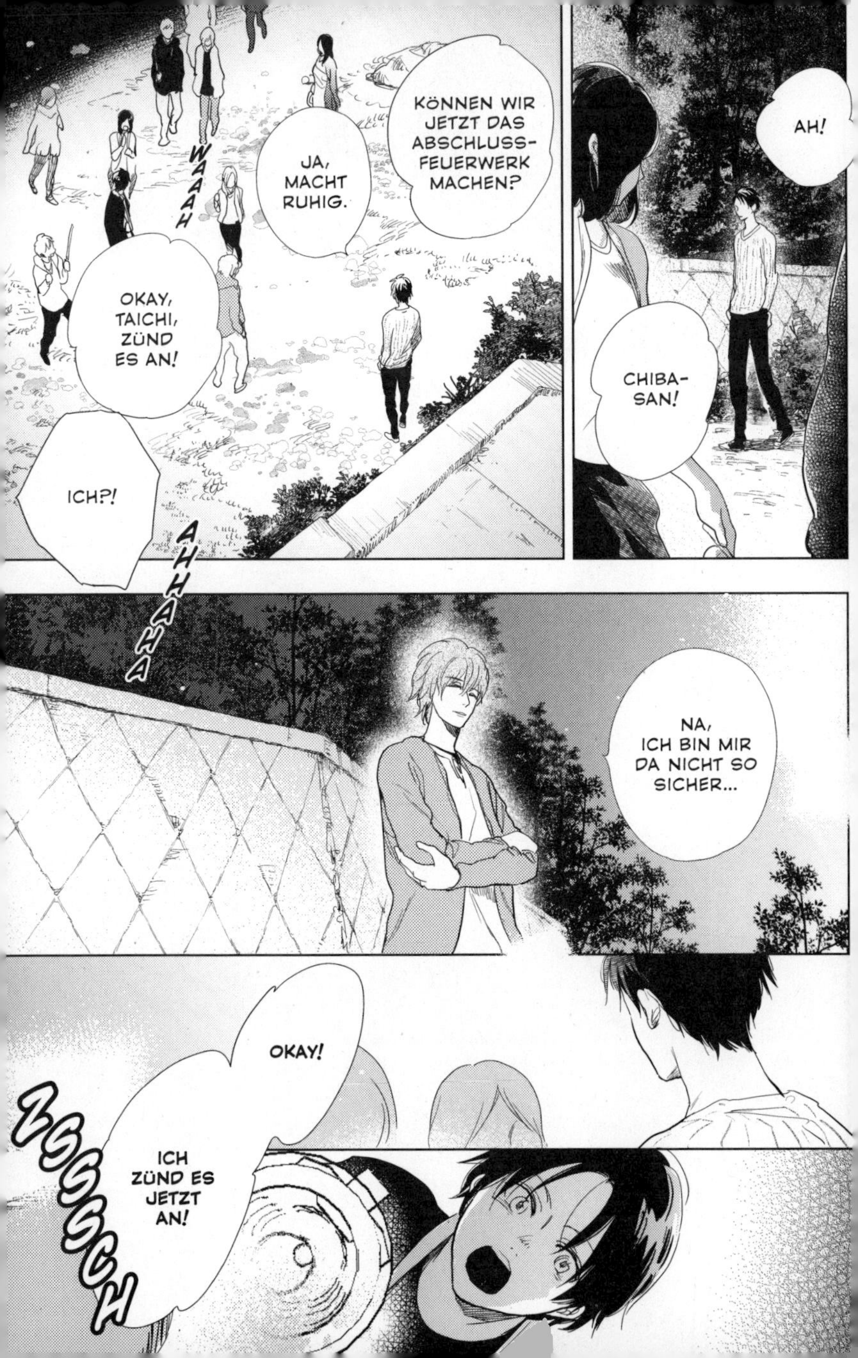
AH!
CHIBA-SAN!
KÖNNEN WIR JETZT DAS ABSCHLUSS-FEUERWERK MACHEN?
JA, MACHT RUHIG.
WAAAAH
OKAY, TAICHI, ZÜND ES AN!
ICH?!
AHHAHAHA
NA, ICH BIN MIR DA NICHT SO SICHER...
OKAY!
ICH ZÜND ES JETZT AN!
ZSSSCH

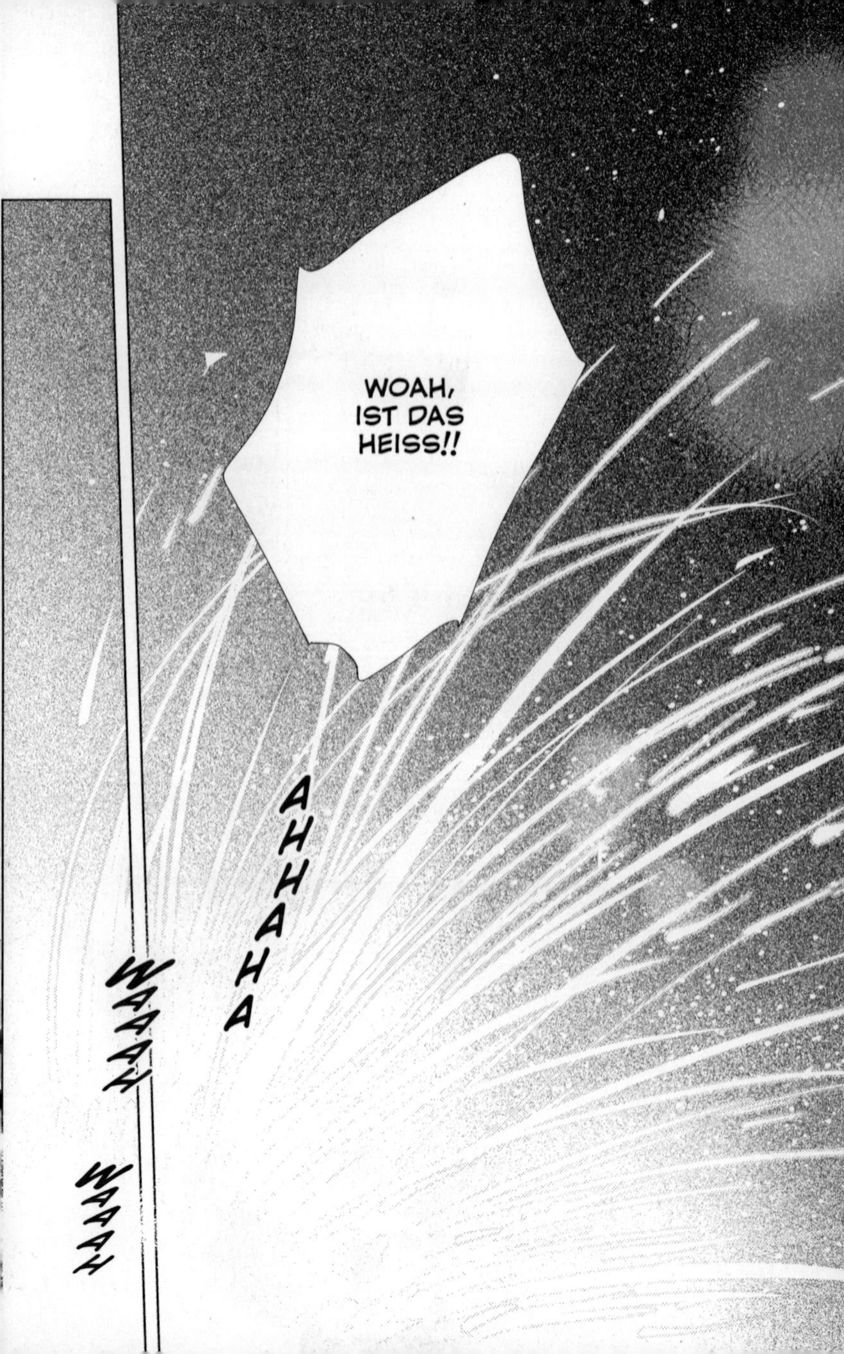
WOAH, IST DAS HEISS!!
AHHAHAHA
WAAAAH
WAAAAH

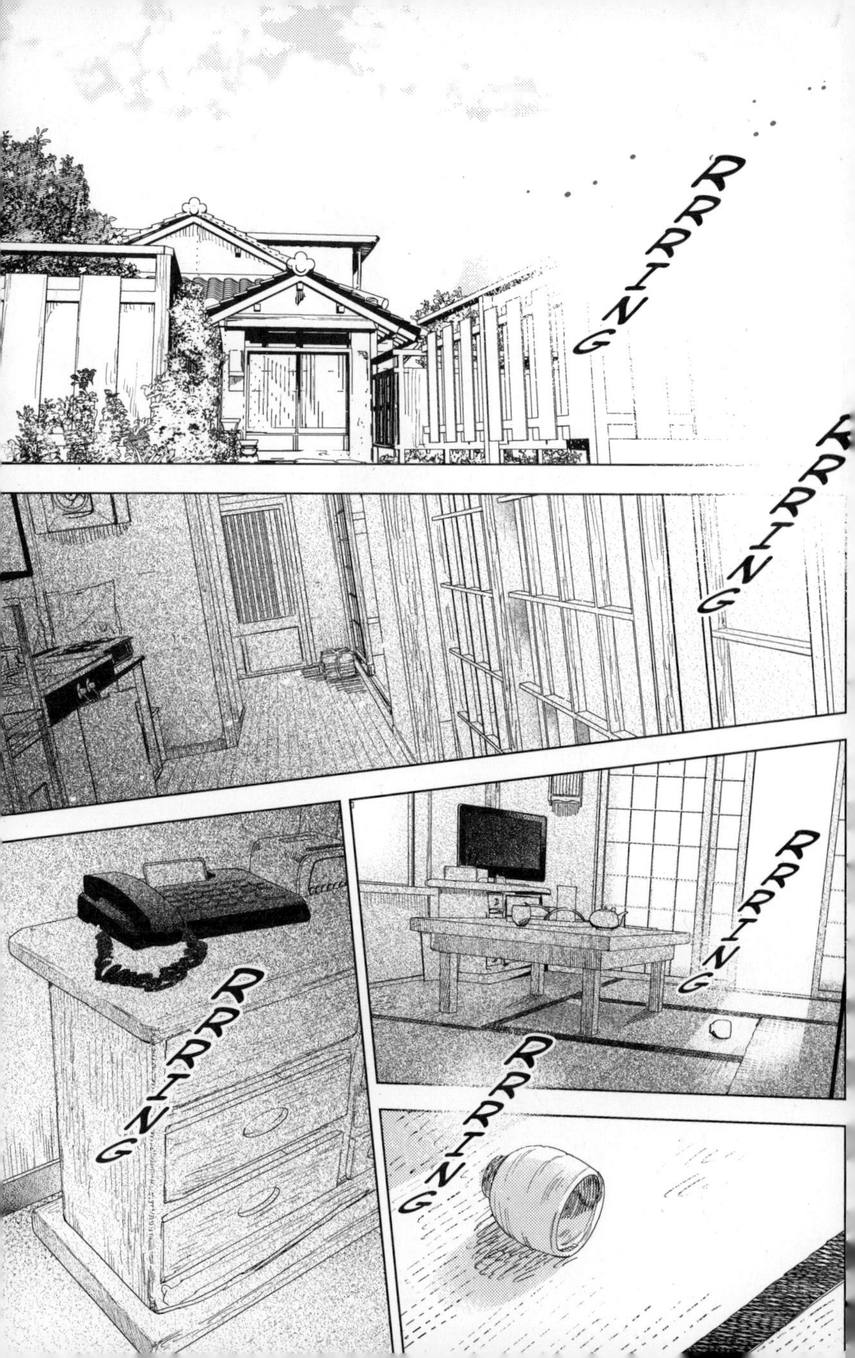
RRRING
RRRING
RRRING
RRRING
RRRING

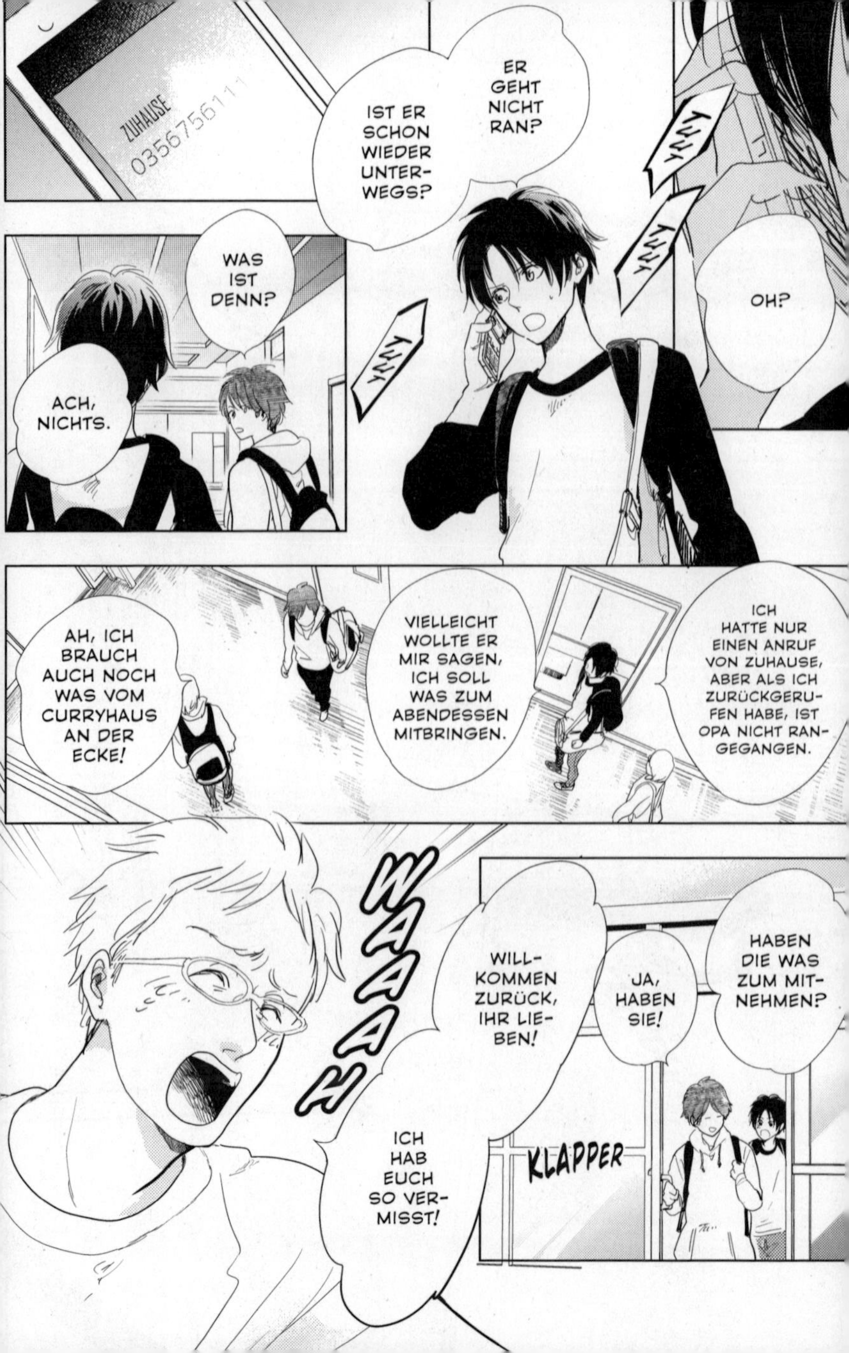
YRRY
YRRY
OH?
ER GEHT NICHT RAN?
IST ER SCHON WIEDER UNTER-WEGS?
YRRY
ZUHAUSE
0356756111
WAS IST DENN?
ACH, NICHTS.
ICH HATTE NUR EINEN ANRUF VON ZUHAUSE, ABER ALS ICH ZURÜCKGERU-FEN HABE, IST OPA NICHT RAN-GEGANGEN.
VIELLEICHT WOLLTE ER MIR SAGEN, ICH SOLL WAS ZUM ABENDESSEN MITBRINGEN.
AH, ICH BRAUCH AUCH NOCH WAS VOM CURRYHAUS AN DER ECKE!
HABEN DIE WAS ZUM MIT-NEHMEN?
JA, HABEN SIE!
KLAPPER
WILL-KOMMEN ZURÜCK, IHR LIE-BEN!
WAAAAH
ICH HAB EUCH SO VER-MISST!

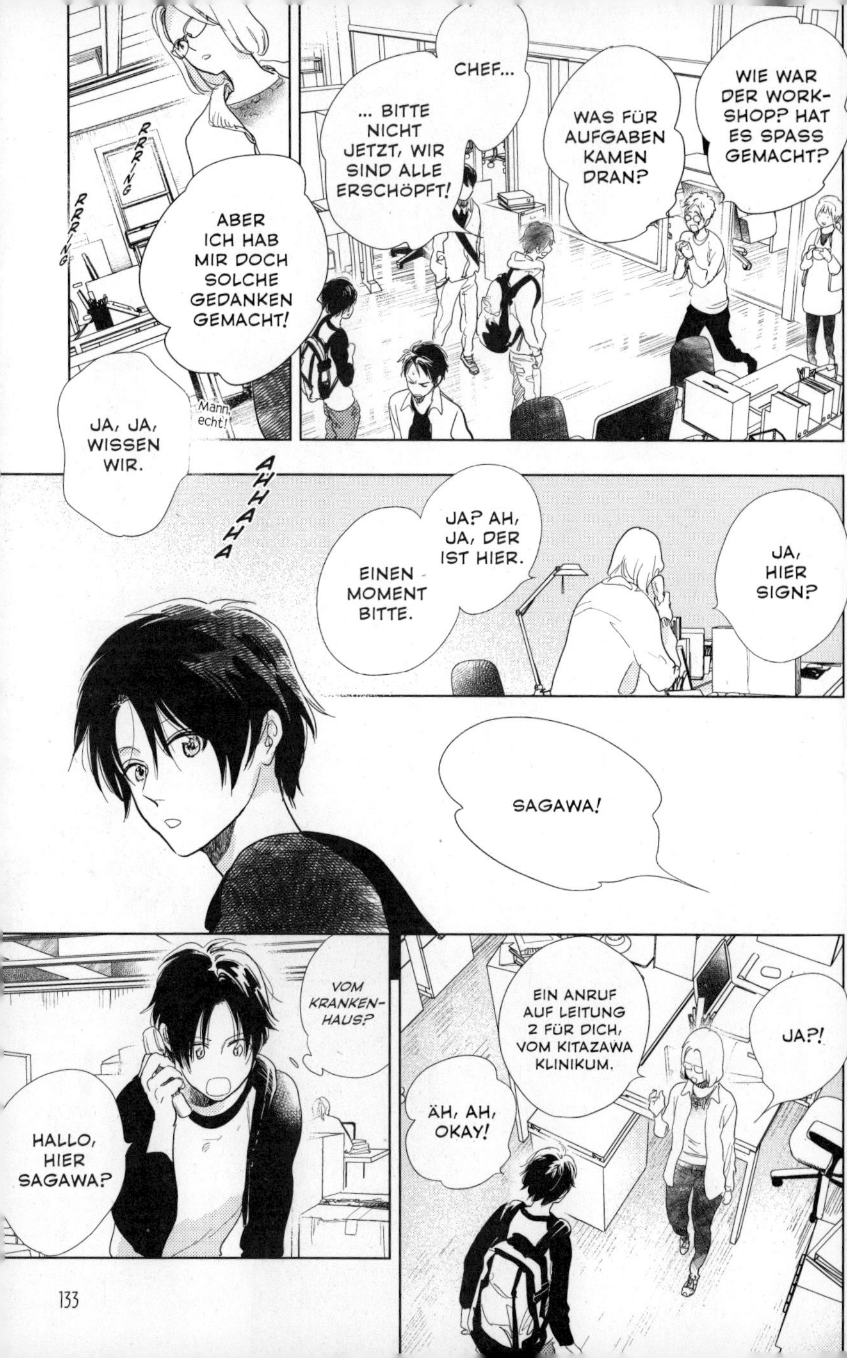

WIE WAR DER WORKSHOP? HAT ES SPASS GEMACHT?
WAS FÜR AUFGABEN KAMEN DRAN?
CHEF...
... BITTE NICHT JETZT, WIR SIND ALLE ERSCHÖPFT!
RRRING
RRRING
ABER ICH HAB MIR DOCH SOLCHE GEDANKEN GEMACHT!
Mann, echt!
JA, JA, WISSEN WIR.
AHHAHAHA
JA, HIER SIGN?
JA? AH, JA, DER IST HIER.
EINEN MOMENT BITTE.
SAGAWA!
JA?!
EIN ANRUF AUF LEITUNG 2 FÜR DICH, VOM KITAZAWA KLINIKUM.
ÄH, AH, OKAY!
VOM KRANKENHAUS?
HALLO, HIER SAGAWA?

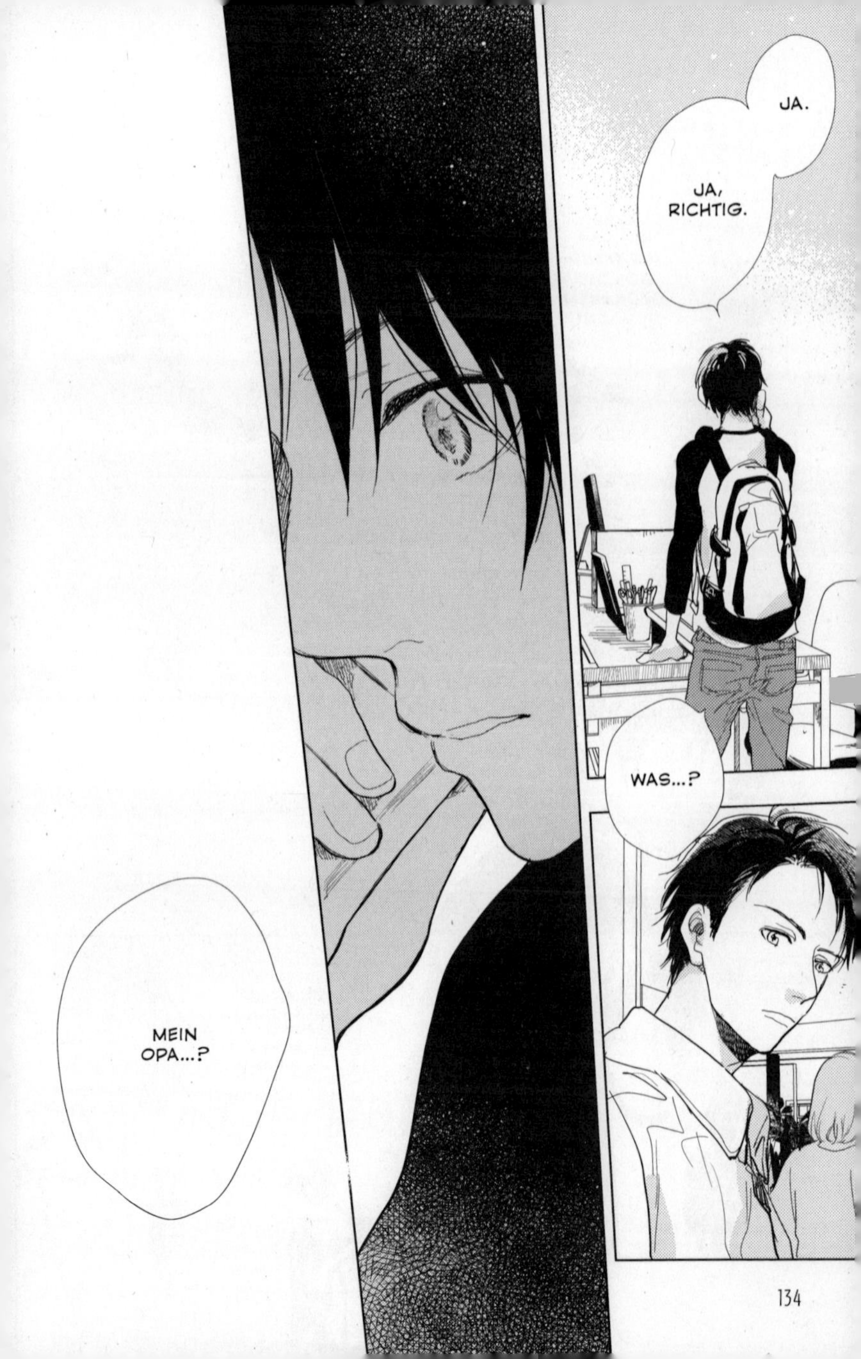
JA.
JA, RICHTIG.
WAS...?
MEIN OPA...?

i hear
the
sunspot
limit

i hear the sunspot
limit

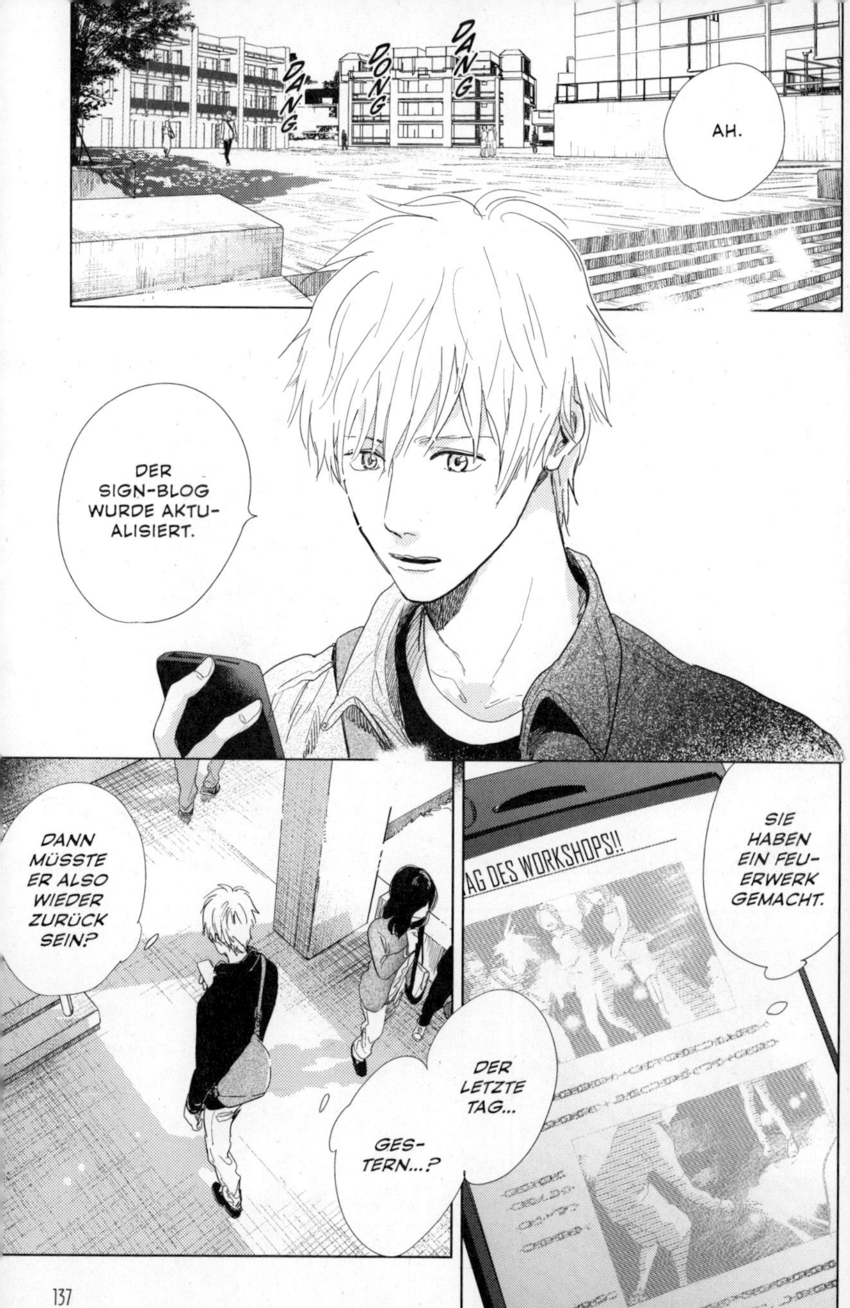
DANG
DONG
DANG
AH.
DER SIGN-BLOG WURDE AKTU-ALISIERT.
SIE HABEN EIN FEU-ERWERK GEMACHT.
DER LETZTE TAG...
GES-TERN...?
DANN MÜSSTE ER ALSO WIEDER ZURÜCK SEIN?

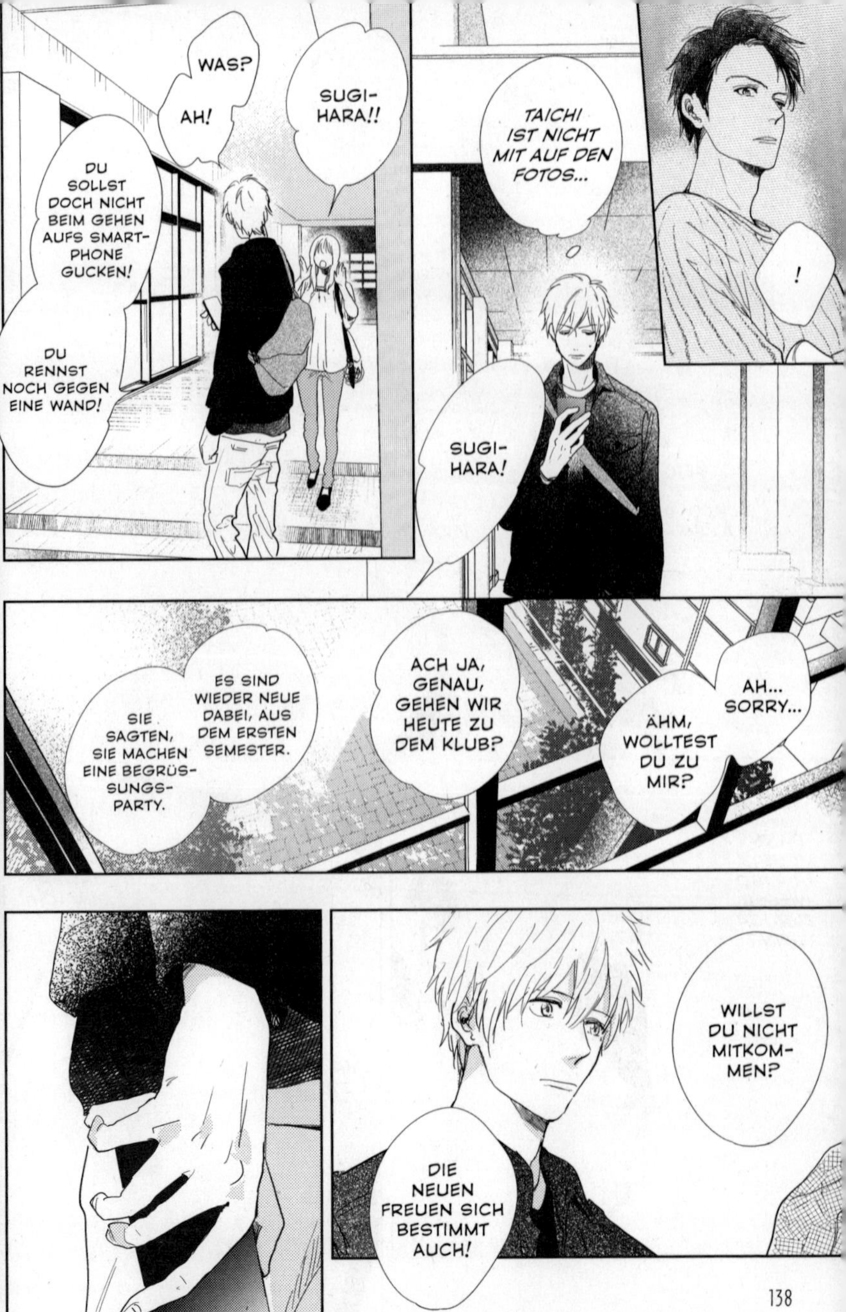
!
TAICHI IST NICHT MIT AUF DEN FOTOS...
SUGI-HARA!
SUGI-HARA!!
WAS?
AH!
DU SOLLST DOCH NICHT BEIM GEHEN AUFS SMART-PHONE GUCKEN!
DU RENNST NOCH GEGEN EINE WAND!
AH... SORRY...
ÄHM, WOLLTEST DU ZU MIR?
ACH JA, GENAU, GEHEN WIR HEUTE ZU DEM KLUB?
ES SIND WIEDER NEUE DABEI, AUS DEM ERSTEN SEMESTER.
SIE SAGTEN, SIE MACHEN EINE BEGRÜS-SUNGS-PARTY.
WILLST DU NICHT MITKOM-MEN?
DIE NEUEN FREUEN SICH BESTIMMT AUCH!

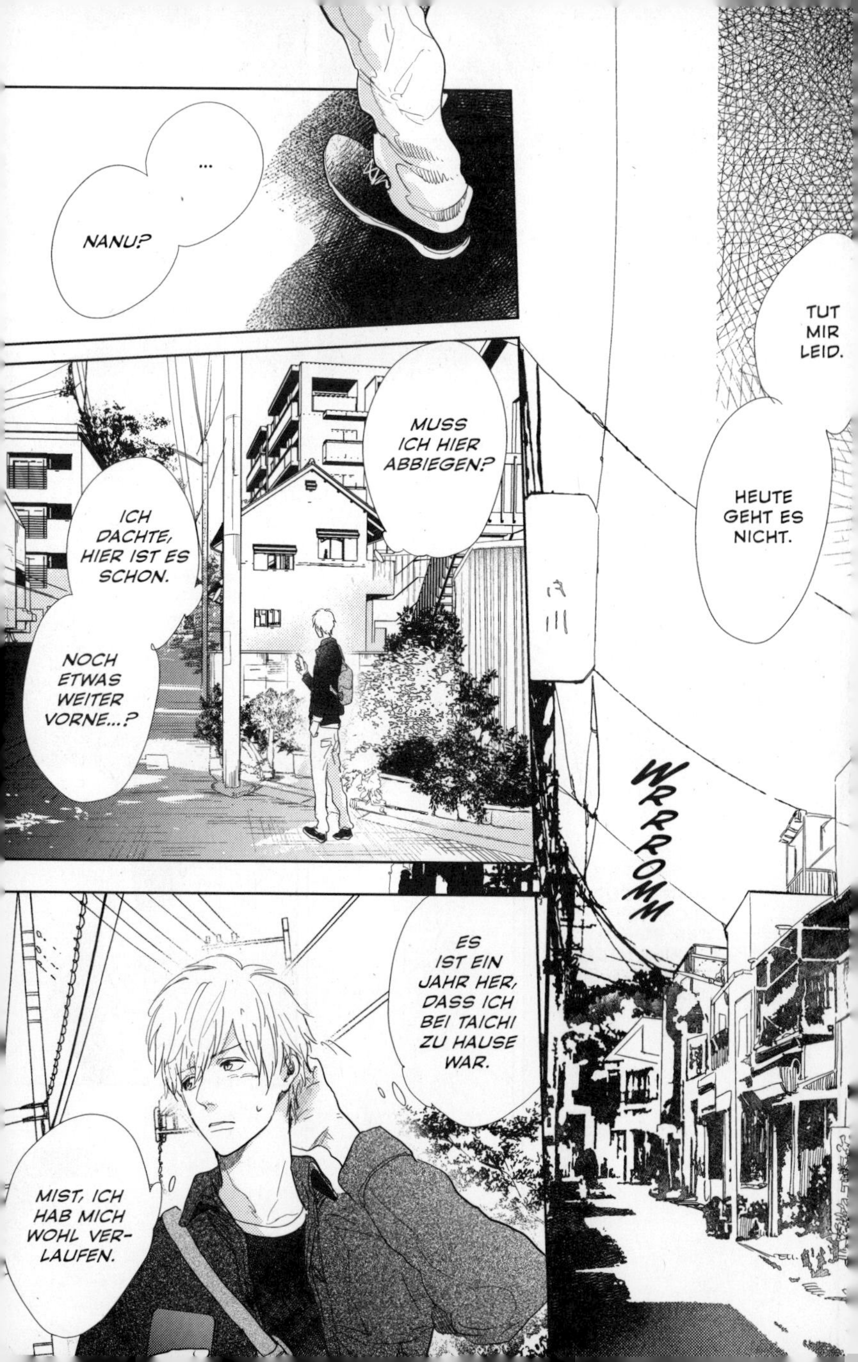
TUT MIR LEID.
HEUTE GEHT ES NICHT.
WRRROMM
...
NANU?
MUSS ICH HIER ABBIEGEN?
ICH DACHTE, HIER IST ES SCHON.
NOCH ETWAS WEITER VORNE...?
ES IST EIN JAHR HER, DASS ICH BEI TAICHI ZU HAUSE WAR.
MIST, ICH HAB MICH WOHL VER-LAUFEN.

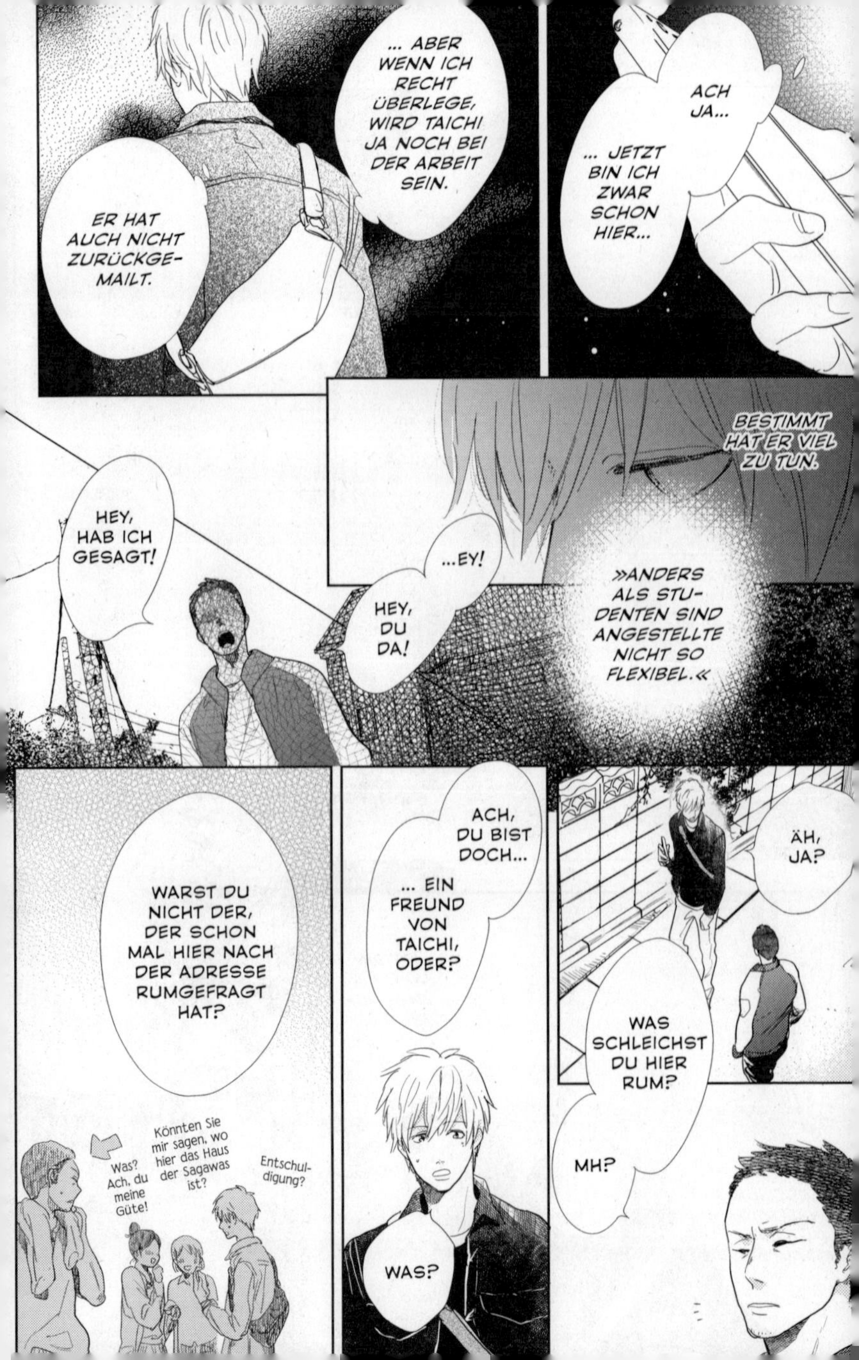
ACH JA...
... JETZT BIN ICH ZWAR SCHON HIER...
... ABER WENN ICH RECHT ÜBERLEGE, WIRD TAICHI JA NOCH BEI DER ARBEIT SEIN.
ER HAT AUCH NICHT ZURÜCKGE-MAILT.
BESTIMMT HAT ER VIEL ZU TUN.
»ANDERS ALS STU-DENTEN SIND ANGESTELLTE NICHT SO FLEXIBEL.«
...EY!
HEY, DU DA!
HEY, HAB ICH GESAGT!
ÄH, JA?
WAS SCHLEICHST DU HIER RUM?
MH?
ACH, DU BIST DOCH...
... EIN FREUND VON TAICHI, ODER?
WAS?
WARST DU NICHT DER, DER SCHON MAL HIER NACH DER ADRESSE RUMGEFRAGT HAT?
Entschul-digung?
Könnten Sie mir sagen, wo hier das Haus der Sagawas ist?
Was? Ach, du meine Güte!

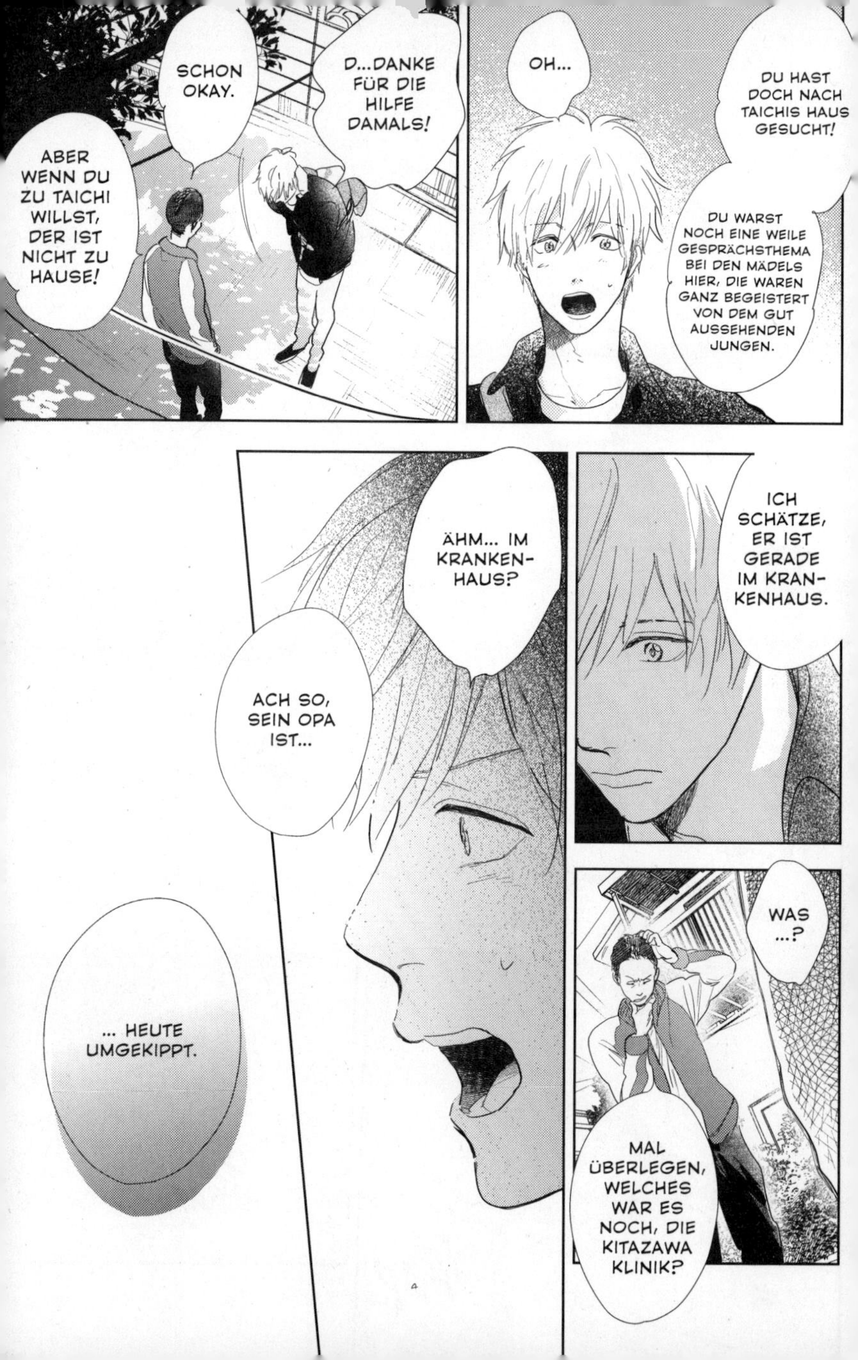
DU HAST DOCH NACH TAICHIS HAUS GESUCHT!
DU WARST NOCH EINE WEILE GESPRÄCHSTHEMA BEI DEN MÄDELS HIER, DIE WAREN GANZ BEGEISTERT VON DEM GUT AUSSEHENDEN JUNGEN.
OH...
D...DANKE FÜR DIE HILFE DAMALS!
SCHON OKAY.
ABER WENN DU ZU TAICHI WILLST, DER IST NICHT ZU HAUSE!
ICH SCHÄTZE, ER IST GERADE IM KRAN-KENHAUS.
ÄHM... IM KRANKEN-HAUS?
ACH SO, SEIN OPA IST...
WAS ...?
MAL ÜBERLEGEN, WELCHES WAR ES NOCH, DIE KITAZAWA KLINIK?
... HEUTE UMGEKIPPT.

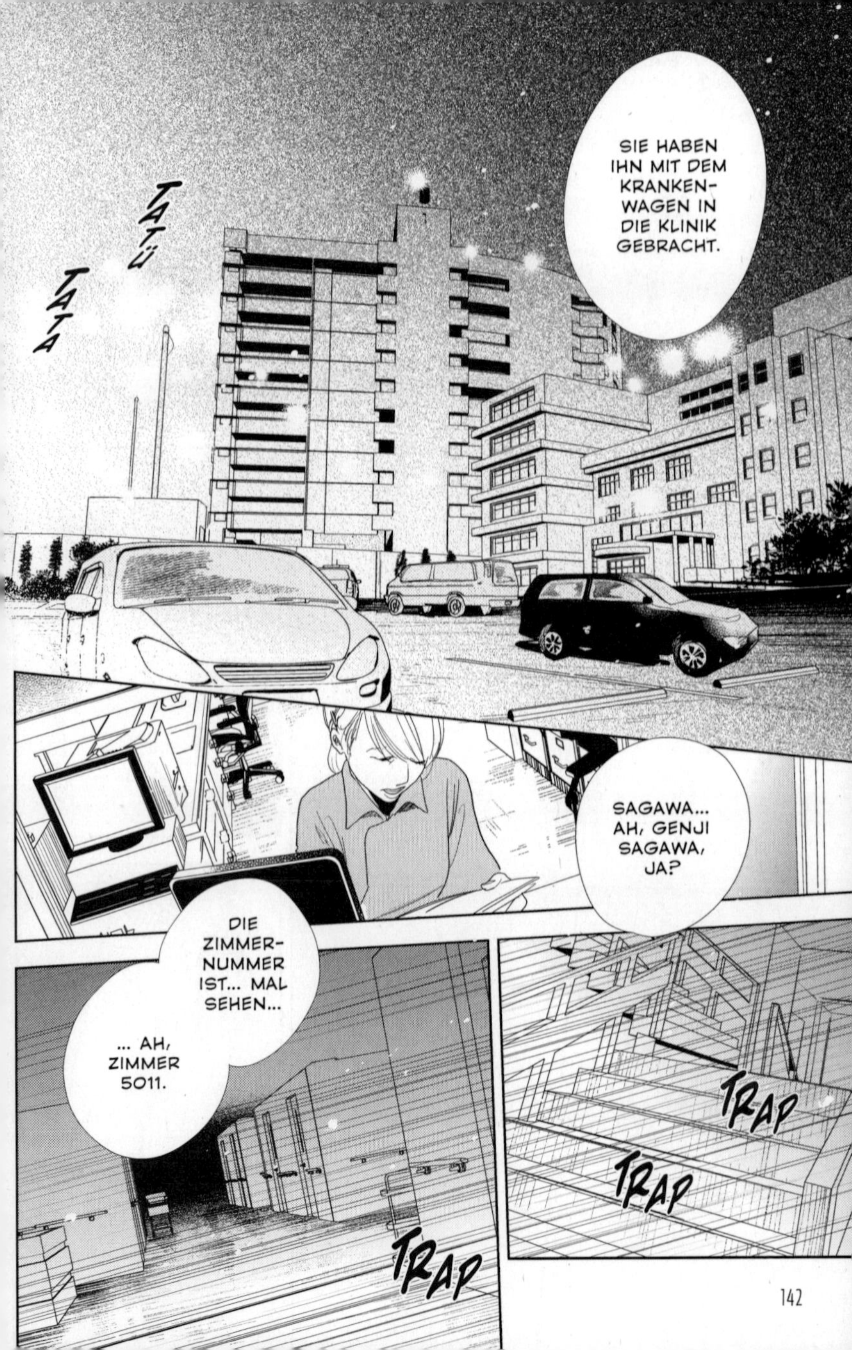
SIE HABEN IHN MIT DEM KRANKEN-WAGEN IN DIE KLINIK GEBRACHT.
TATÜ
TATA
SAGAWA... AH, GENJI SAGAWA, JA?
DIE ZIMMER-NUMMER IST... MAL SEHEN...
... AH, ZIMMER 5011.
TRAP
TRAP
TRAP

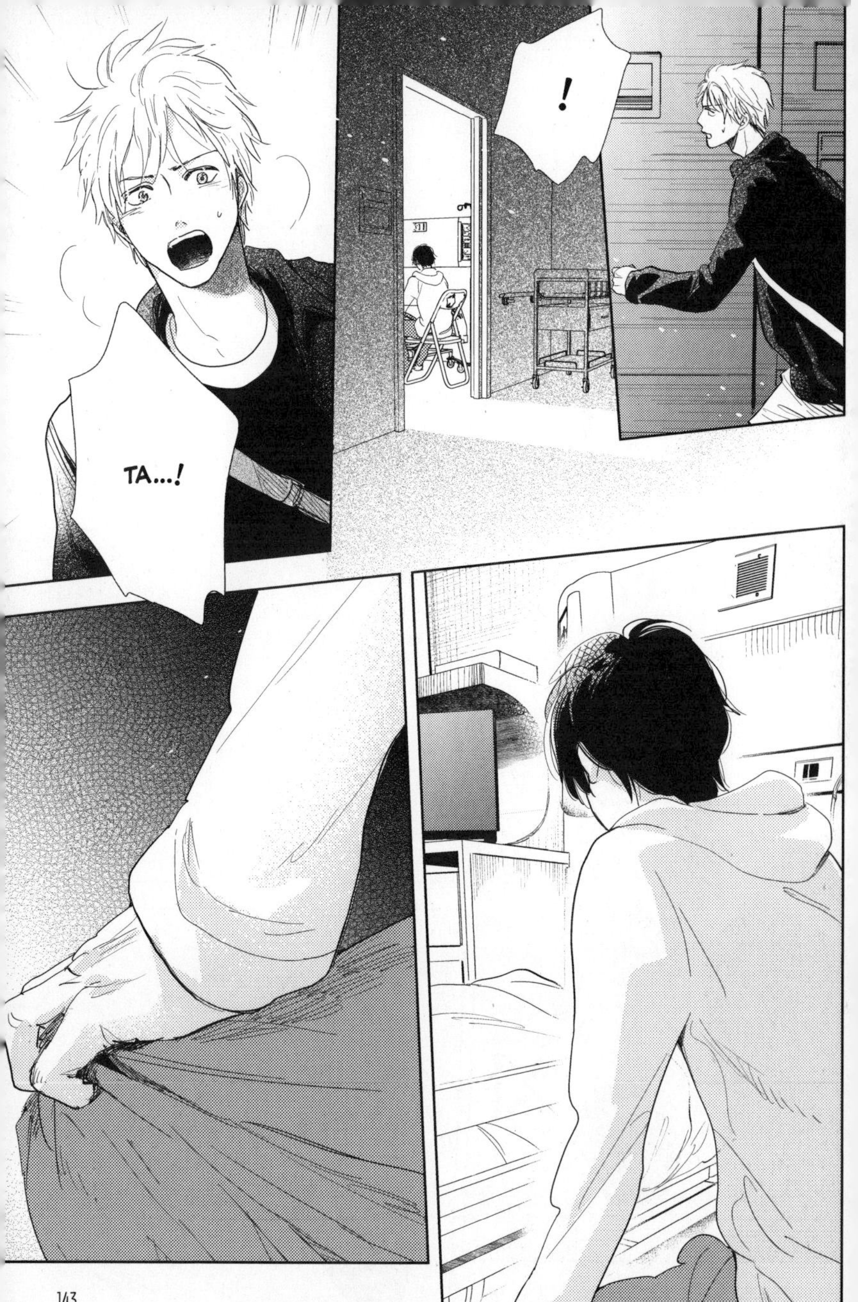
!
TA...!

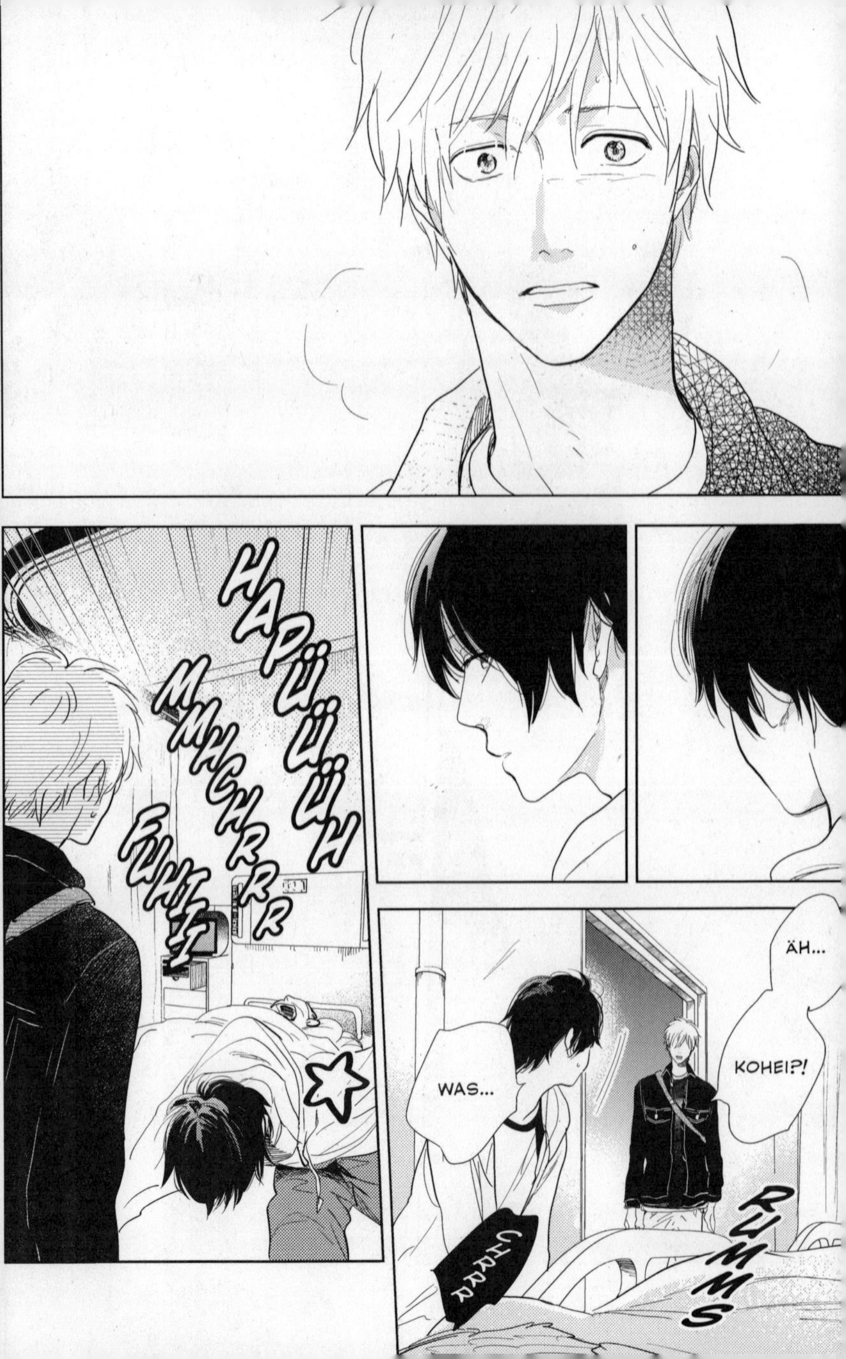
HAPÜÜÜH
MMCHRRRR
FUHH!!
ÄH...
KOHEI?!
WAS...
RUMMS
CHRRR

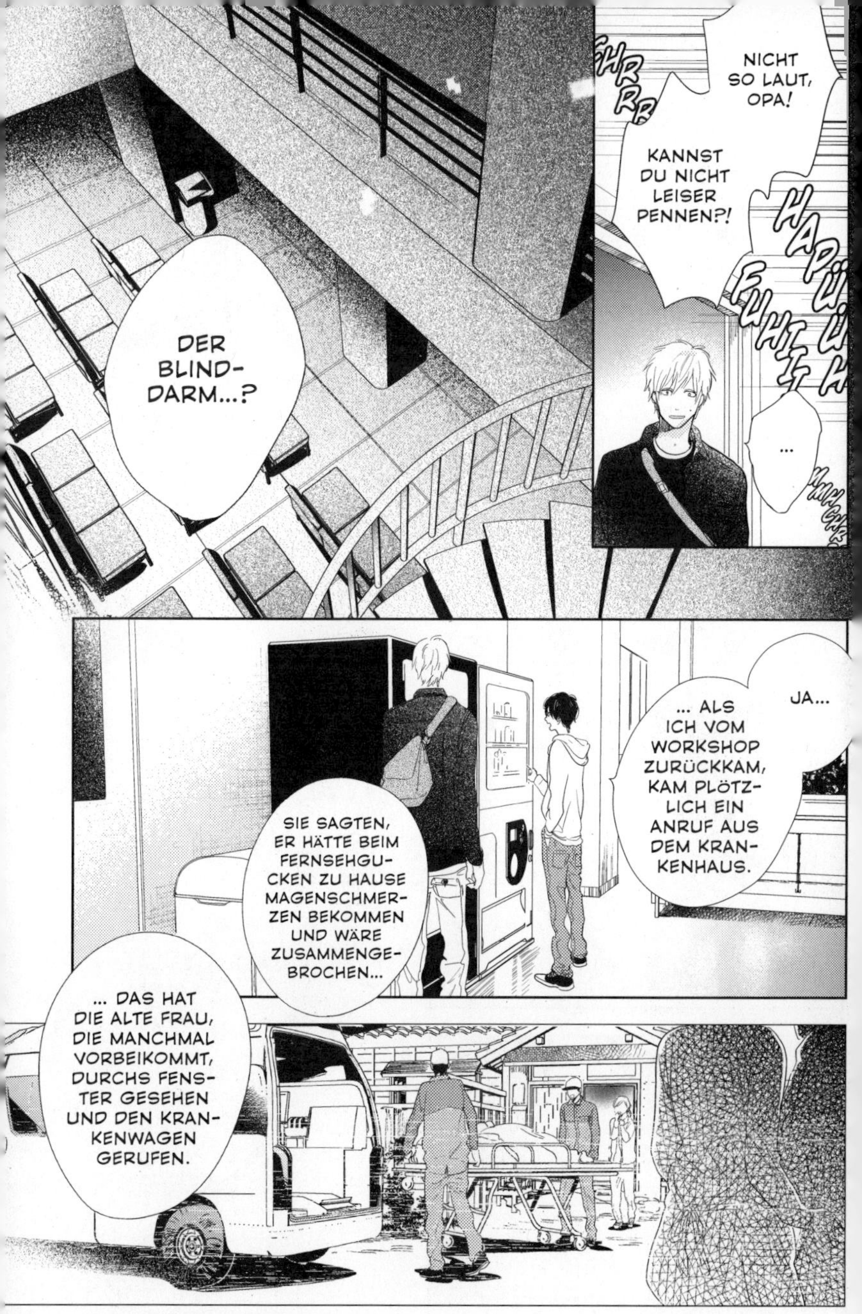
NICHT SO LAUT, OPA!
KANNST DU NICHT LEISER PENNEN?!
...
DER BLIND-DARM...?
JA...
... ALS ICH VOM WORKSHOP ZURÜCKKAM, KAM PLÖTZ-LICH EIN ANRUF AUS DEM KRAN-KENHAUS.
SIE SAGTEN, ER HÄTTE BEIM FERNSEHGU-CKEN ZU HAUSE MAGENSCHMER-ZEN BEKOMMEN UND WÄRE ZUSAMMENGE-BROCHEN...
... DAS HAT DIE ALTE FRAU, DIE MANCHMAL VORBEIKOMMT, DURCHS FENS-TER GESEHEN UND DEN KRAN-KENWAGEN GERUFEN.

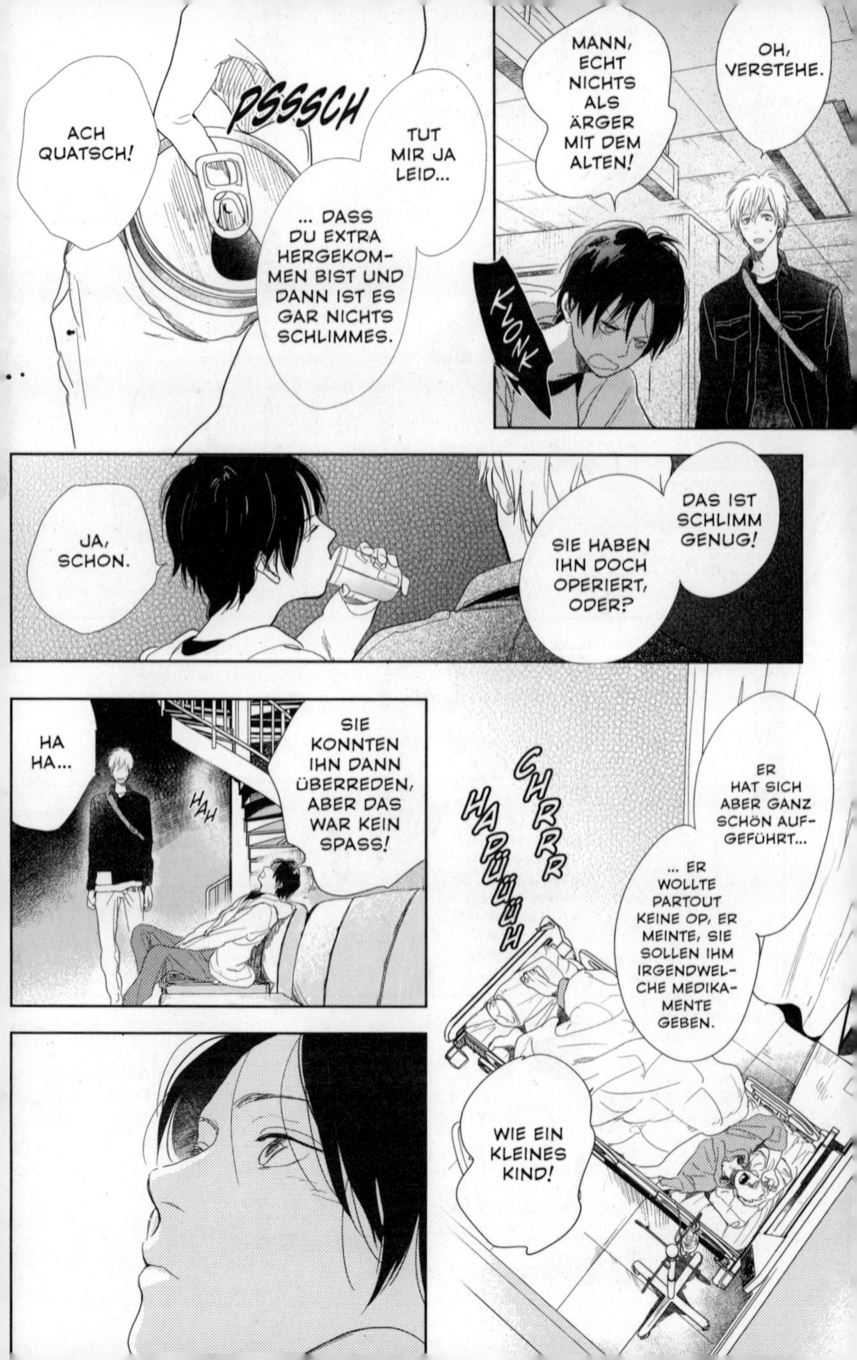
OH, VERSTEHE.
MANN, ECHT NICHTS ALS ÄRGER MIT DEM ALTEN!
KLONK
TUT MIR JA LEID...
... DASS DU EXTRA HERGEKOMMEN BIST UND DANN IST ES GAR NICHTS SCHLIMMES.
PSSSCH
ACH QUATSCH!
DAS IST SCHLIMM GENUG!
SIE HABEN IHN DOCH OPERIERT, ODER?
JA, SCHON.
ER HAT SICH ABER GANZ SCHÖN AUFGEFÜHRT...
... ER WOLLTE PARTOUT KEINE OP, ER MEINTE, SIE SOLLEN IHM IRGENDWELCHE MEDIKAMENTE GEBEN.
CHRRR
HADÜÜH
SIE KONNTEN IHN DANN ÜBERREDEN, ABER DAS WAR KEIN SPASS!
HAH
HA HA...
WIE EIN KLEINES KIND!

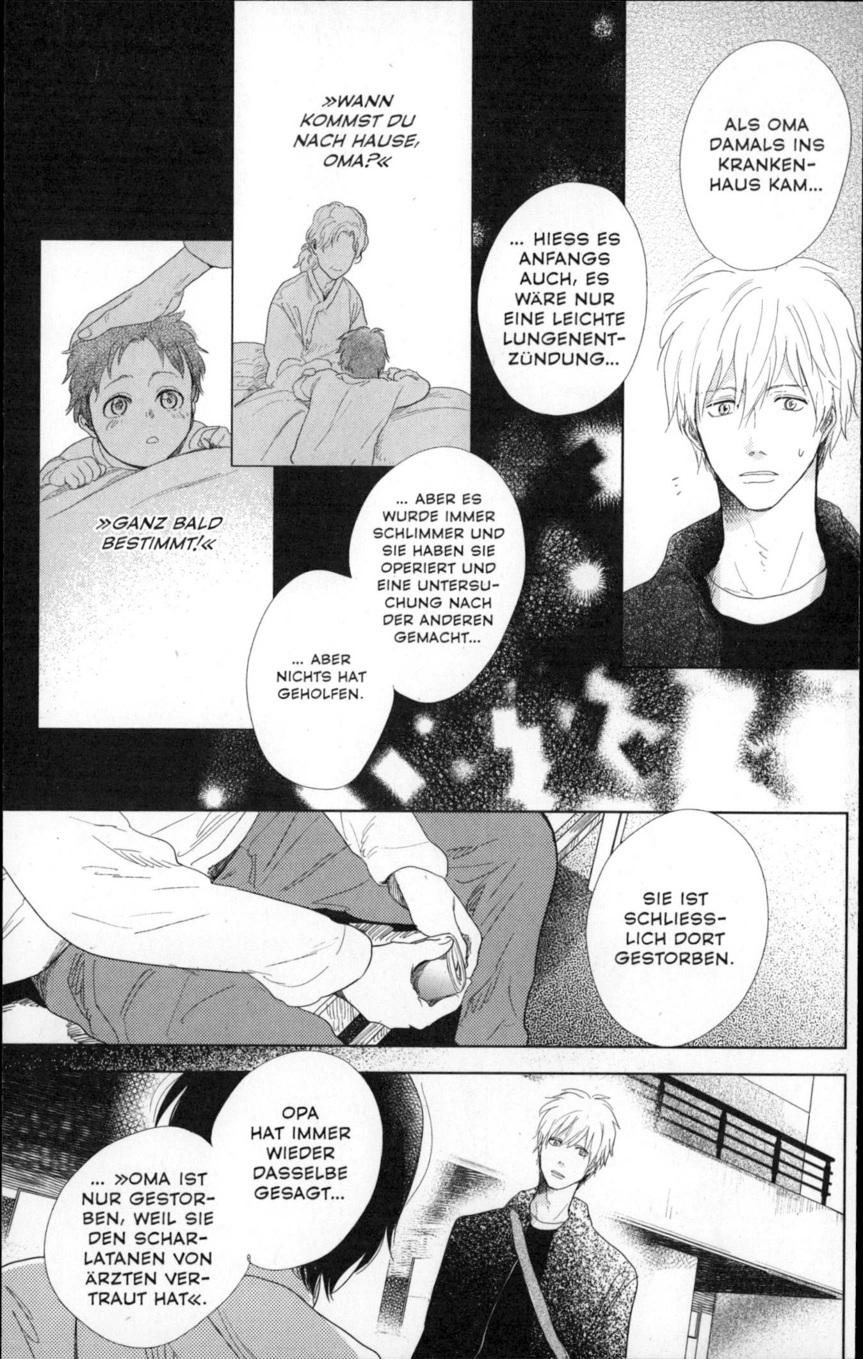

ALS OMA DAMALS INS KRANKEN-HAUS KAM...
»WANN KOMMST DU NACH HAUSE, OMA?«
... HIESS ES ANFANGS AUCH, ES WÄRE NUR EINE LEICHTE LUNGENENT-ZÜNDUNG...
»GANZ BALD BESTIMMT!«
... ABER ES WURDE IMMER SCHLIMMER UND SIE HABEN SIE OPERIERT UND EINE UNTERSU-CHUNG NACH DER ANDEREN GEMACHT...
... ABER NICHTS HAT GEHOLFEN.
SIE IST SCHLIESS-LICH DORT GESTORBEN.
OPA HAT IMMER WIEDER DASSELBE GESAGT...
... »OMA IST NUR GESTOR-BEN, WEIL SIE DEN SCHAR-LATANEN VON ÄRZTEN VER-TRAUT HAT«.

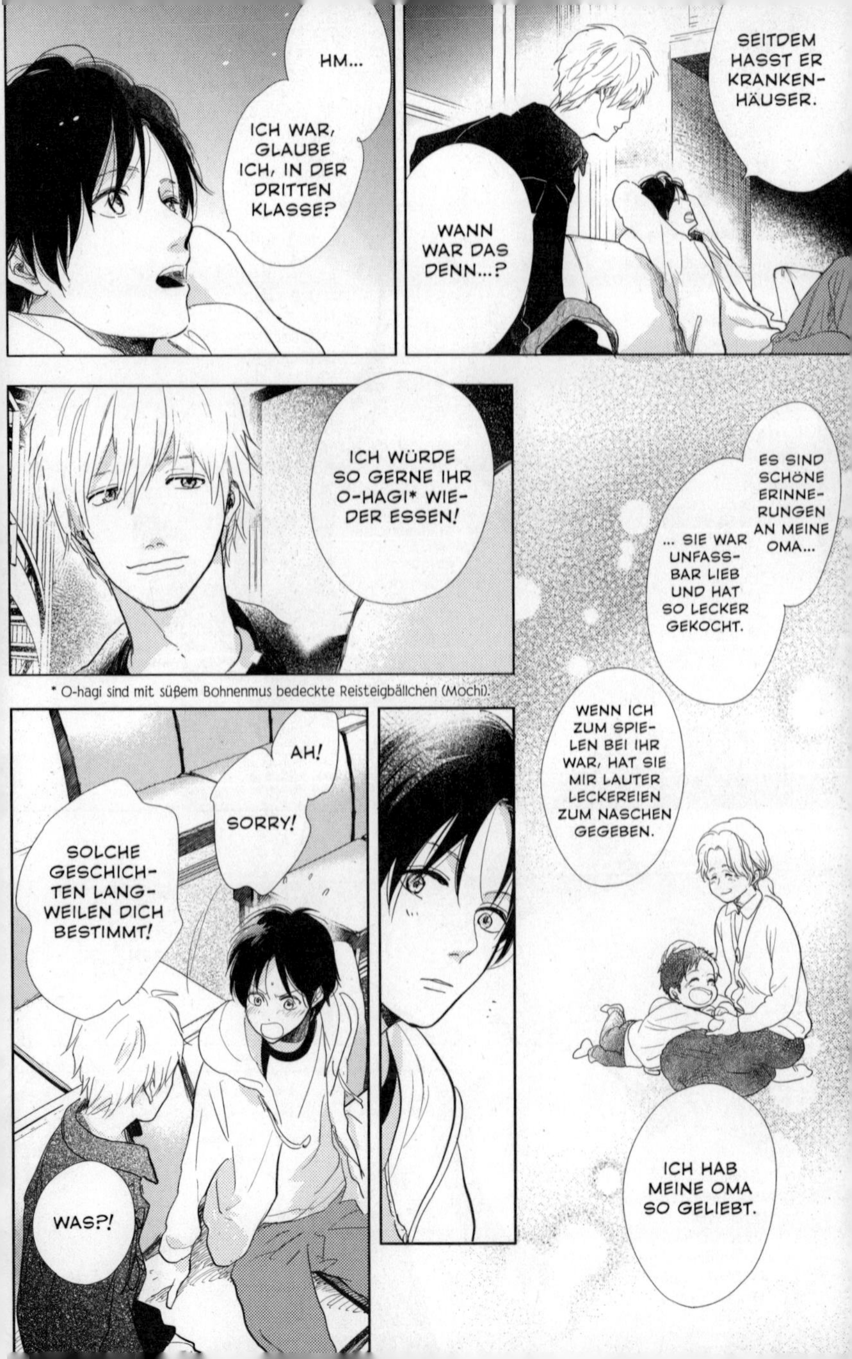

* O-hagi sind mit süßem Bohnenmus bedeckte Reisteigbällchen (Mochi).

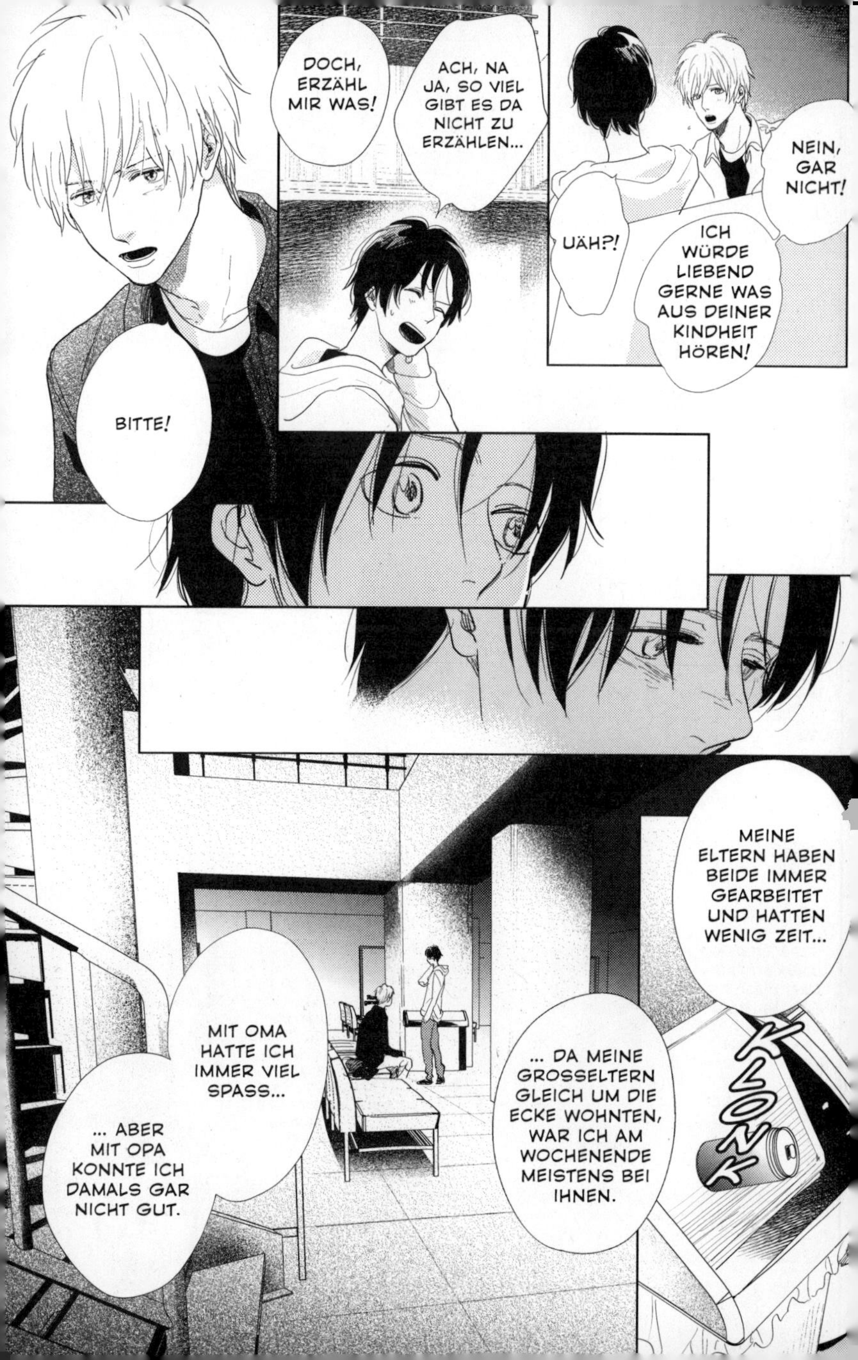
NEIN, GAR NICHT!
UÄH?!
ICH WÜRDE LIEBEND GERNE WAS AUS DEINER KINDHEIT HÖREN!
ACH, NA JA, SO VIEL GIBT ES DA NICHT ZU ERZÄHLEN...
DOCH, ERZÄHL MIR WAS!
BITTE!
MEINE ELTERN HABEN BEIDE IMMER GEARBEITET UND HATTEN WENIG ZEIT...
KLONK
... DA MEINE GROSSELTERN GLEICH UM DIE ECKE WOHNTEN, WAR ICH AM WOCHENENDE MEISTENS BEI IHNEN.
MIT OMA HATTE ICH IMMER VIEL SPASS...
... ABER MIT OPA KONNTE ICH DAMALS GAR NICHT GUT.

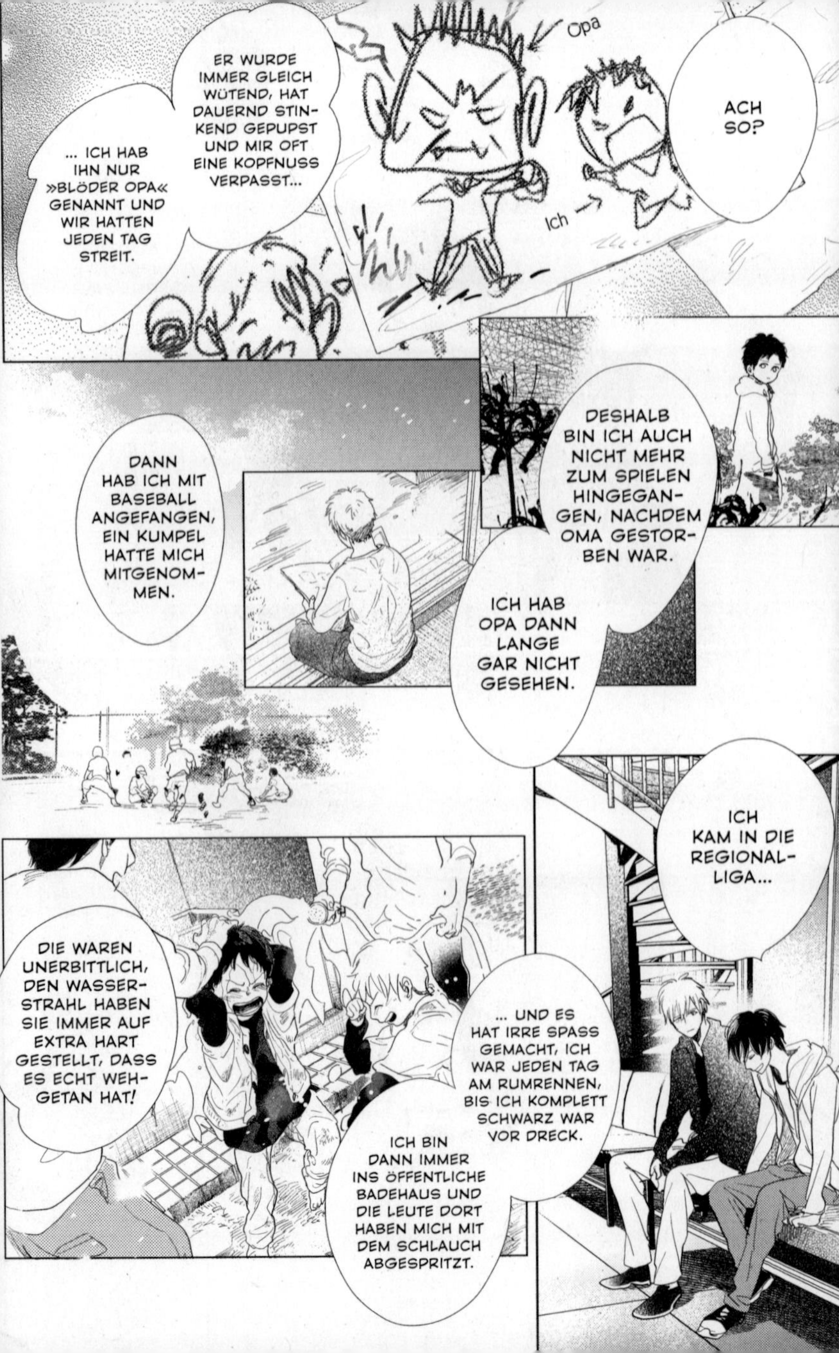
ACH SO?
Opa
Ich
ER WURDE IMMER GLEICH WÜTEND, HAT DAUERND STINKEND GEPUPST UND MIR OFT EINE KOPFNUSS VERPASST...
... ICH HAB IHN NUR »BLÖDER OPA« GENANNT UND WIR HATTEN JEDEN TAG STREIT.
DESHALB BIN ICH AUCH NICHT MEHR ZUM SPIELEN HINGEGANGEN, NACHDEM OMA GESTORBEN WAR.
ICH HAB OPA DANN LANGE GAR NICHT GESEHEN.
DANN HAB ICH MIT BASEBALL ANGEFANGEN, EIN KUMPEL HATTE MICH MITGENOMMEN.
ICH KAM IN DIE REGIONALLIGA...
... UND ES HAT IRRE SPASS GEMACHT, ICH WAR JEDEN TAG AM RUMRENNEN, BIS ICH KOMPLETT SCHWARZ WAR VOR DRECK.
ICH BIN DANN IMMER INS ÖFFENTLICHE BADEHAUS UND DIE LEUTE DORT HABEN MICH MIT DEM SCHLAUCH ABGESPRITZT.
DIE WAREN UNERBITTLICH, DEN WASSERSTRAHL HABEN SIE IMMER AUF EXTRA HART GESTELLT, DASS ES ECHT WEHGETAN HAT!

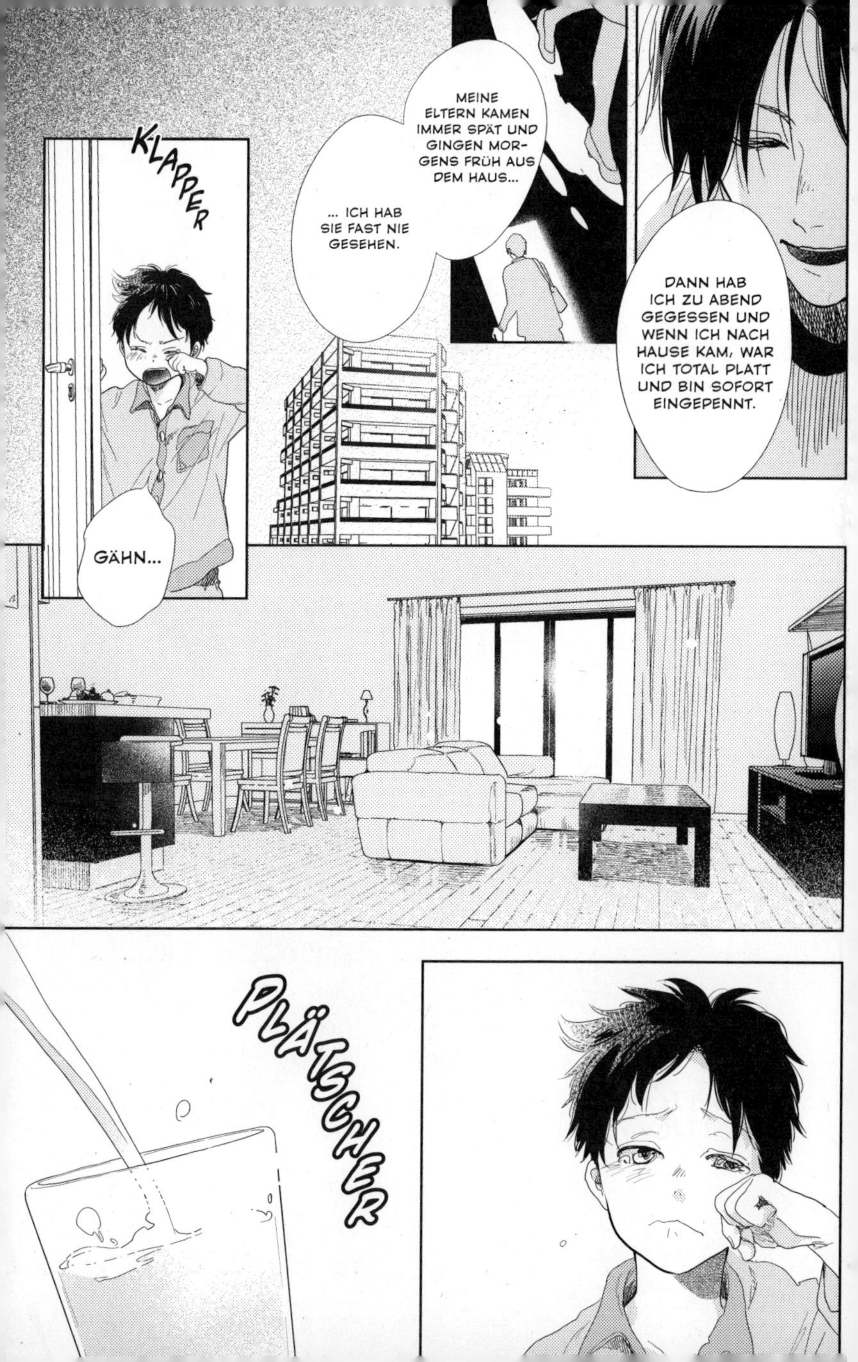
DANN HAB ICH ZU ABEND GEGESSEN UND WENN ICH NACH HAUSE KAM, WAR ICH TOTAL PLATT UND BIN SOFORT EINGEPENNT.
MEINE ELTERN KAMEN IMMER SPÄT UND GINGEN MOR-GENS FRÜH AUS DEM HAUS...
... ICH HAB SIE FAST NIE GESEHEN.
KLAPPER
GÄHN...
PLÄTSCHER

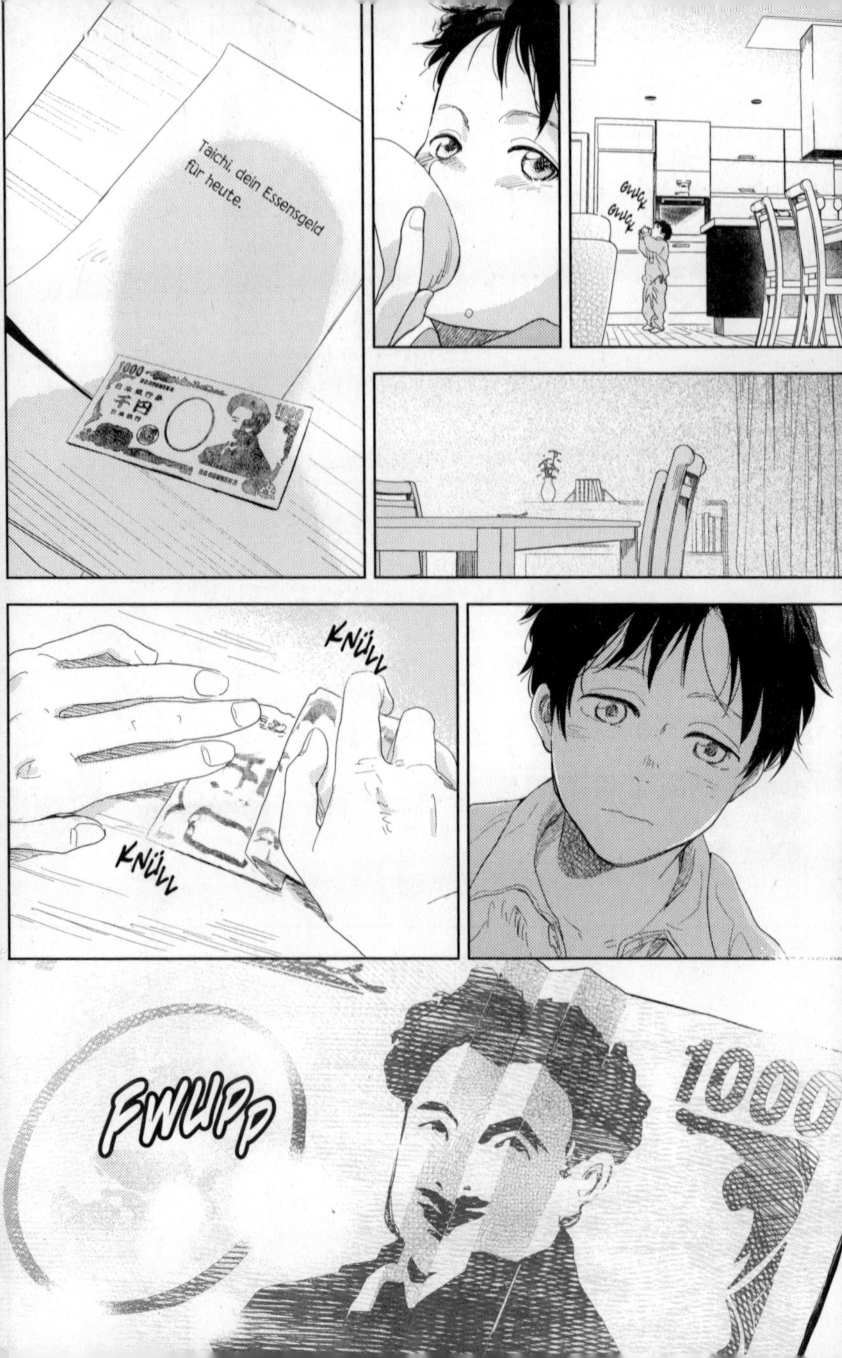
GLUCK
GLUCK
…
Taichi, dein Essensgeld für heute.
KNÜLL
KNÜLL
FWUPP
1000

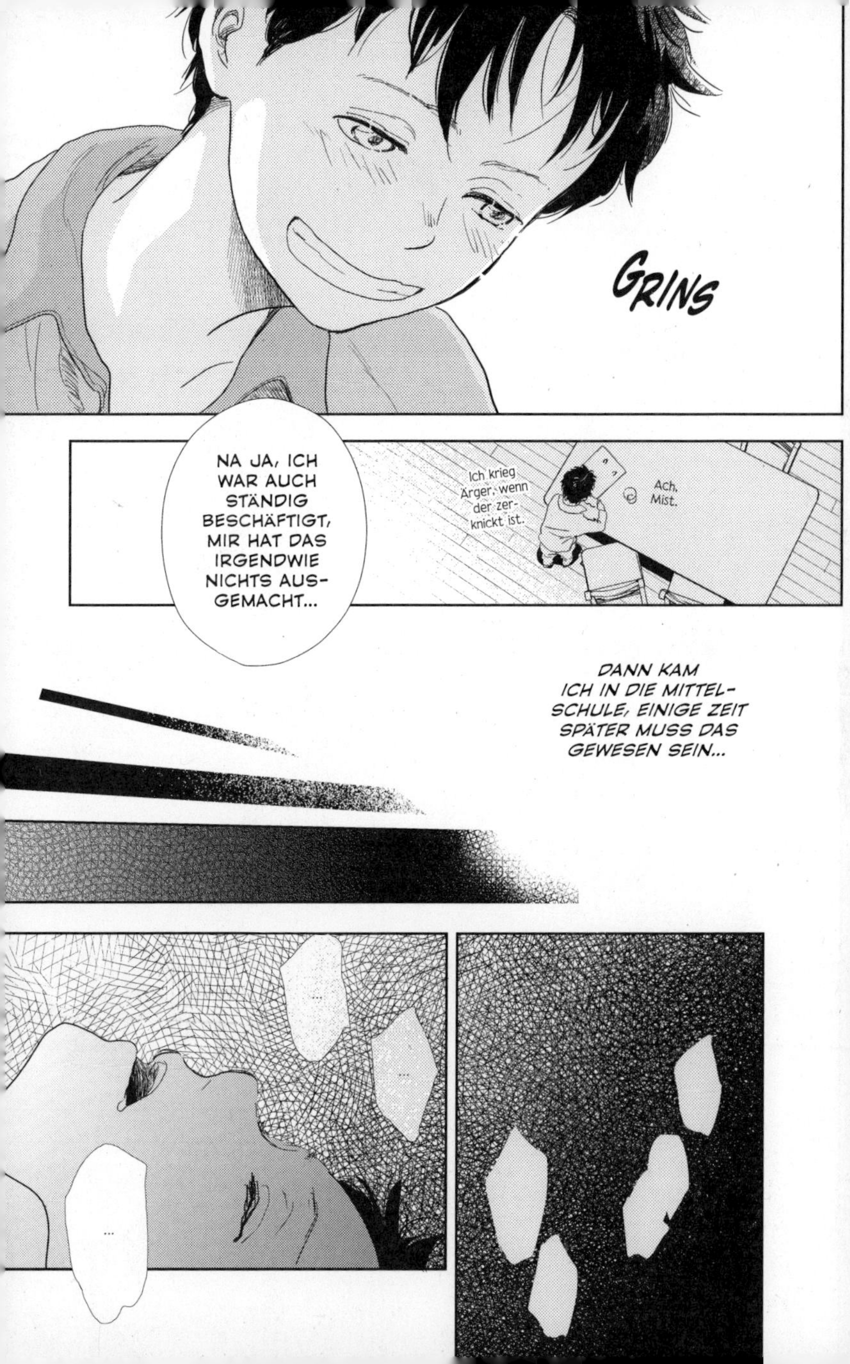
GRINS
NA JA, ICH WAR AUCH STÄNDIG BESCHÄFTIGT, MIR HAT DAS IRGENDWIE NICHTS AUS-GEMACHT...
Ach. Mist.
Ich krieg Ärger, wenn der zer-knickt ist.
DANN KAM ICH IN DIE MITTEL-SCHULE, EINIGE ZEIT SPÄTER MUSS DAS GEWESEN SEIN...
...
...
...

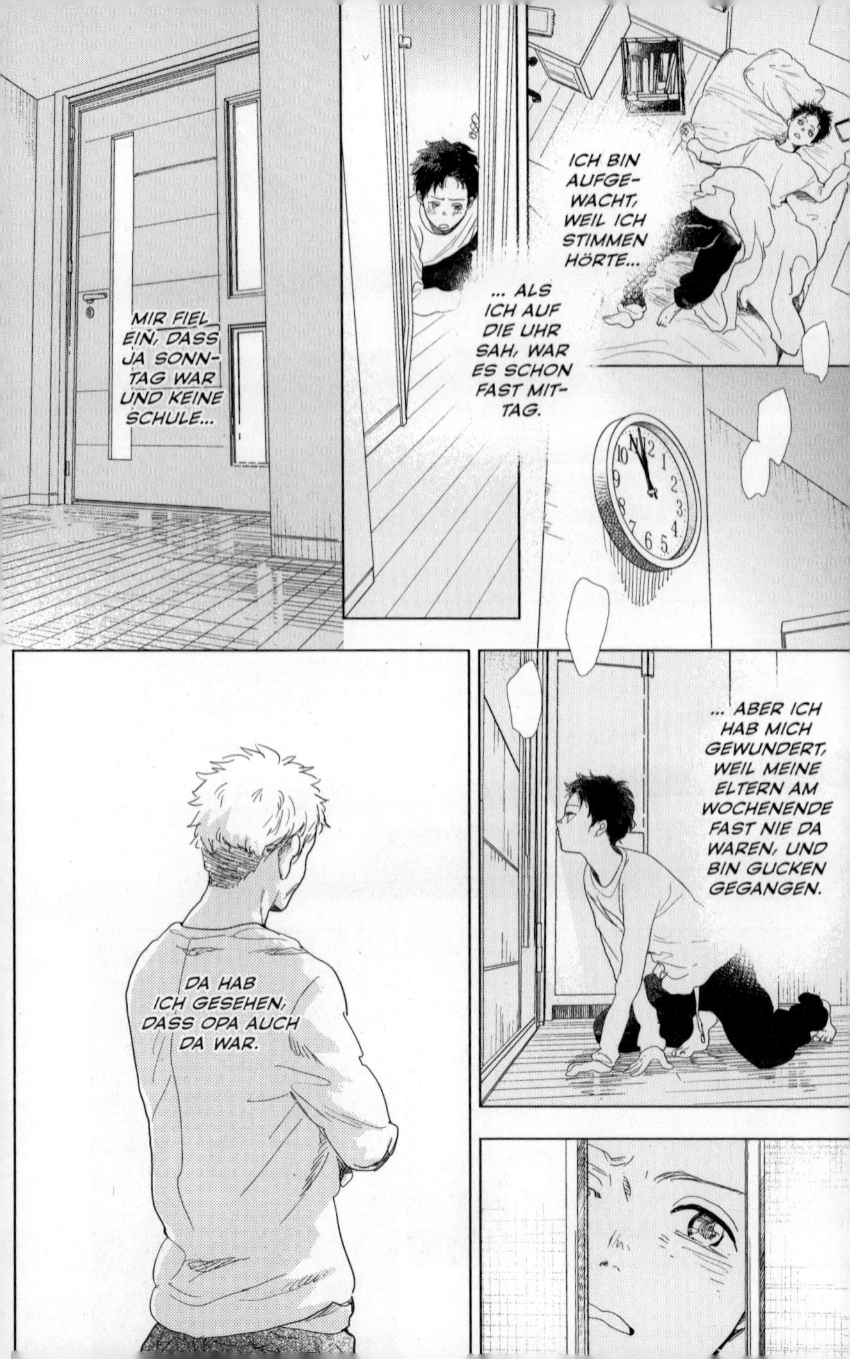
ICH BIN AUFGE- WACHT, WEIL ICH STIMMEN HÖRTE...
... ALS ICH AUF DIE UHR SAH, WAR ES SCHON FAST MIT- TAG.
MIR FIEL EIN, DASS JA SONN- TAG WAR UND KEINE SCHULE...
... ABER ICH HAB MICH GEWUNDERT, WEIL MEINE ELTERN AM WOCHENENDE FAST NIE DA WAREN, UND BIN GUCKEN GEGANGEN.
DA HAB ICH GESEHEN, DASS OPA AUCH DA WAR.

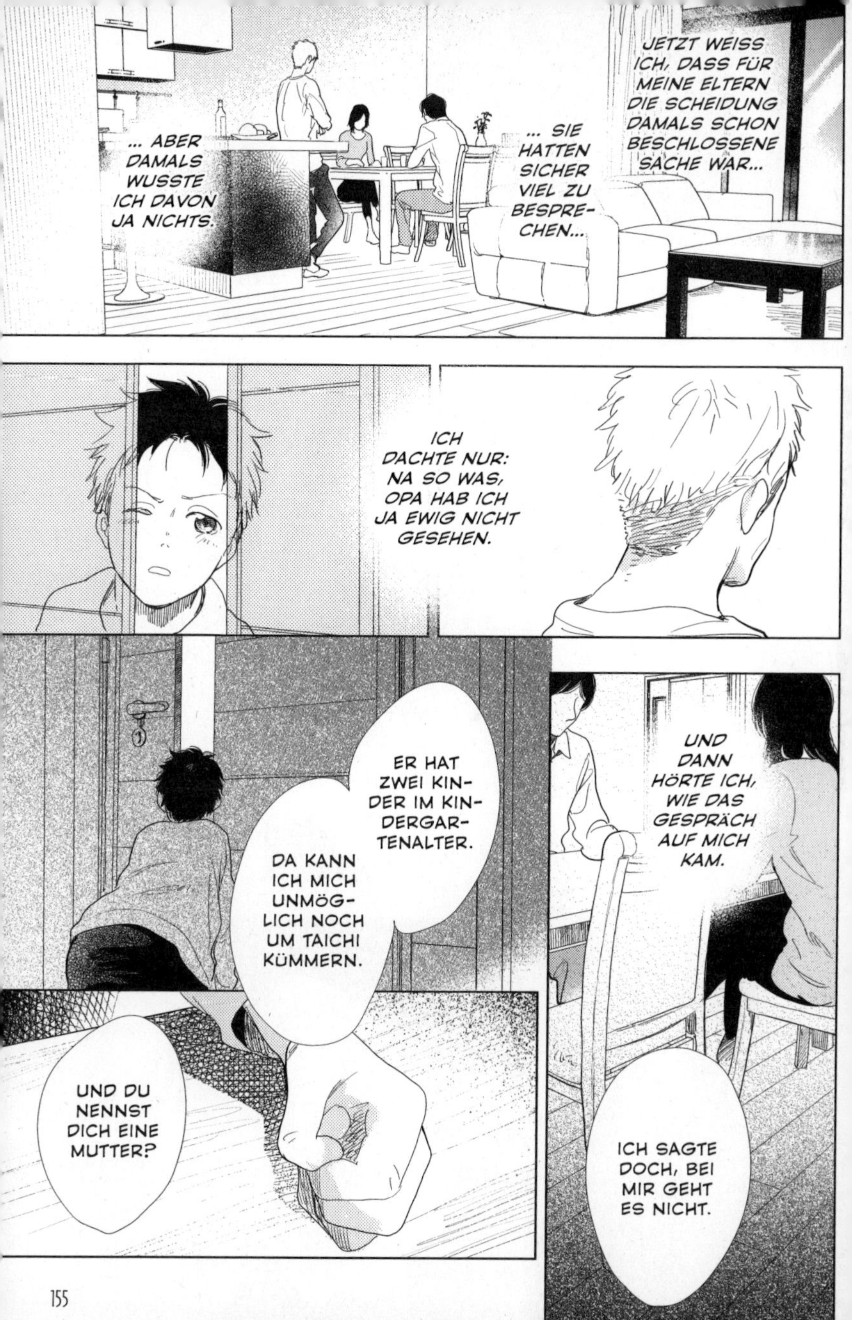
JETZT WEISS ICH, DASS FÜR MEINE ELTERN DIE SCHEIDUNG DAMALS SCHON BESCHLOSSENE SACHE WAR...
... SIE HATTEN SICHER VIEL ZU BESPRE-CHEN...
... ABER DAMALS WUSSTE ICH DAVON JA NICHTS.
ICH DACHTE NUR: NA SO WAS, OPA HAB ICH JA EWIG NICHT GESEHEN.
UND DANN HÖRTE ICH, WIE DAS GESPRÄCH AUF MICH KAM.
ICH SAGTE DOCH, BEI MIR GEHT ES NICHT.
ER HAT ZWEI KIN-DER IM KIN-DERGAR-TENALTER.
DA KANN ICH MICH UNMÖG-LICH NOCH UM TAICHI KÜMMERN.
UND DU NENNST DICH EINE MUTTER?

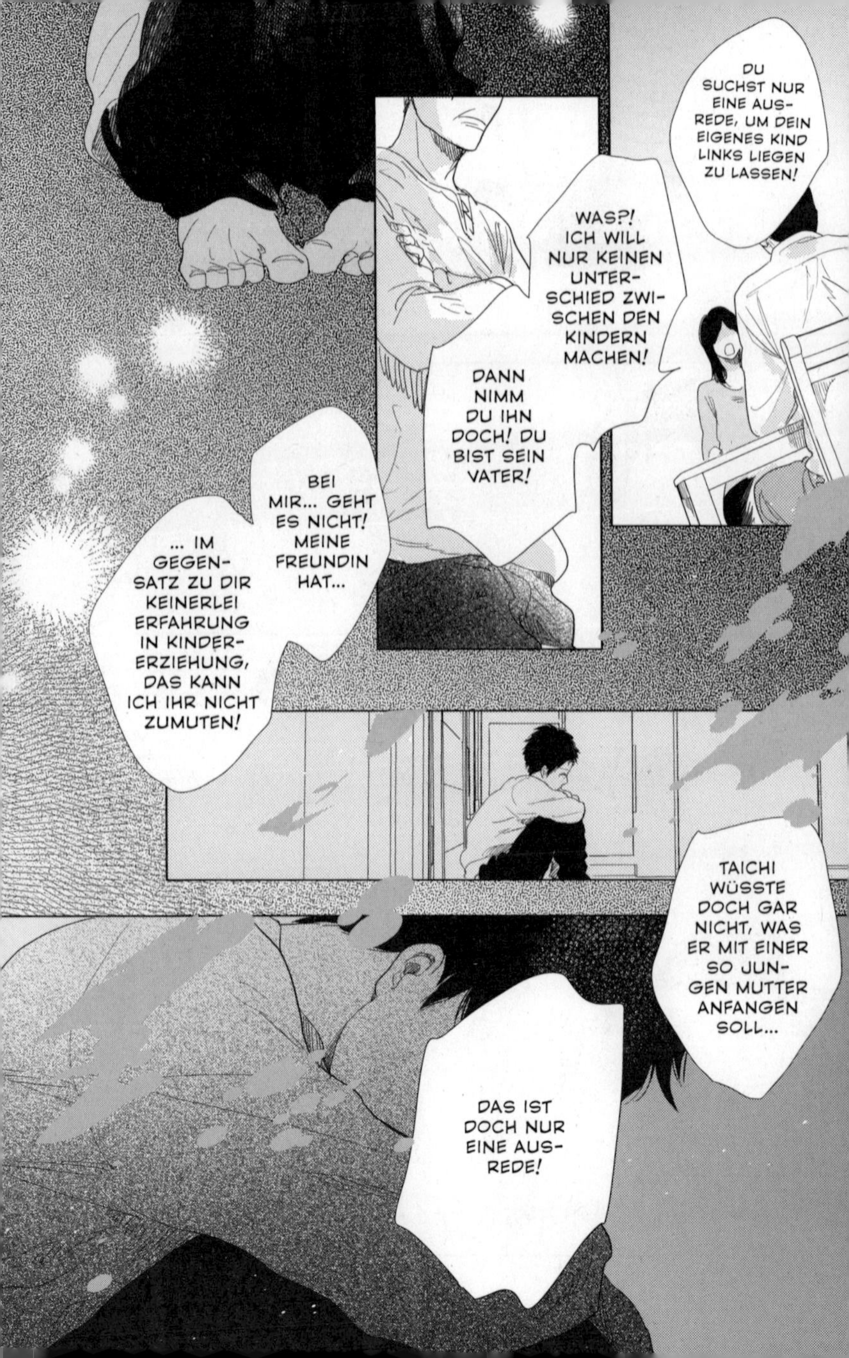
DU SUCHST NUR EINE AUSREDE, UM DEIN EIGENES KIND LINKS LIEGEN ZU LASSEN!
WAS?! ICH WILL NUR KEINEN UNTERSCHIED ZWISCHEN DEN KINDERN MACHEN!
DANN NIMM DU IHN DOCH! DU BIST SEIN VATER!
BEI MIR... GEHT ES NICHT! MEINE FREUNDIN HAT...
... IM GEGENSATZ ZU DIR KEINERLEI ERFAHRUNG IN KINDERERZIEHUNG, DAS KANN ICH IHR NICHT ZUMUTEN!
TAICHI WÜSSTE DOCH GAR NICHT, WAS ER MIT EINER SO JUNGEN MUTTER ANFANGEN SOLL...
DAS IST DOCH NUR EINE AUSREDE!

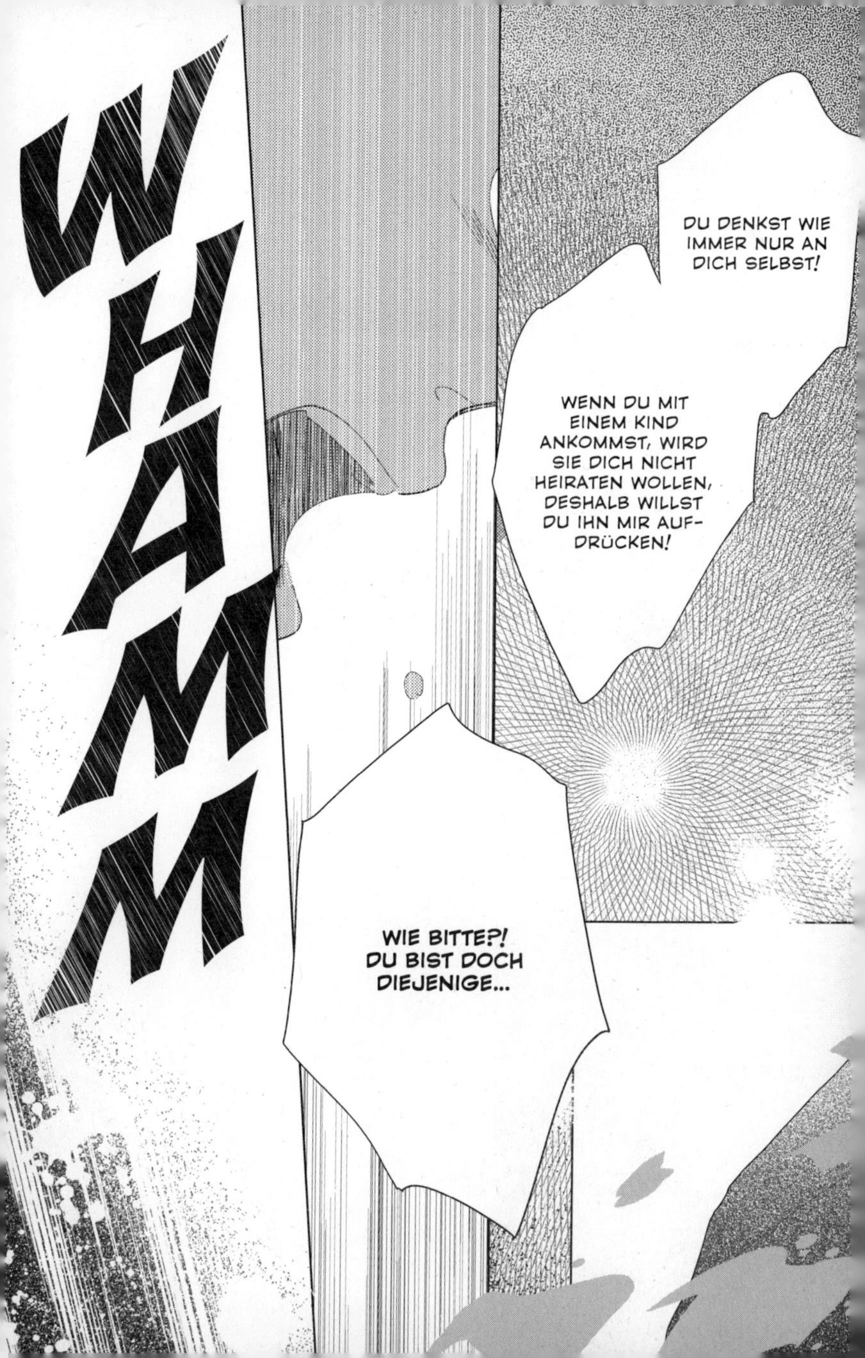
DU DENKST WIE IMMER NUR AN DICH SELBST!
WENN DU MIT EINEM KIND ANKOMMST, WIRD SIE DICH NICHT HEIRATEN WOLLEN, DESHALB WILLST DU IHN MIR AUF-DRÜCKEN!
WIE BITTE?! DU BIST DOCH DIEJENIGE...
WHAMM

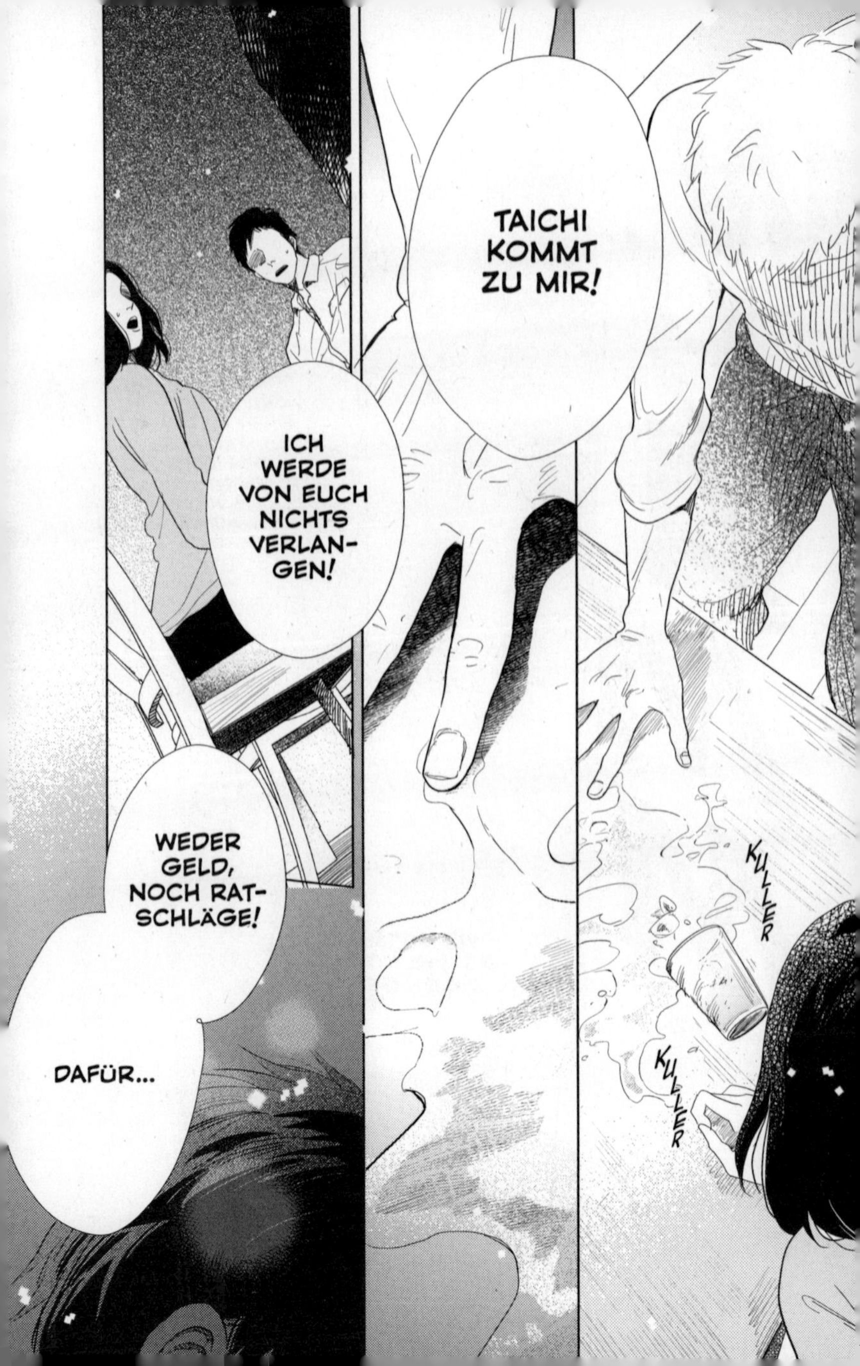
TAICHI KOMMT ZU MIR!
KULLER
KULLER
ICH WERDE VON EUCH NICHTS VERLAN-GEN!
WEDER GELD, NOCH RAT-SCHLÄGE!
DAFÜR...

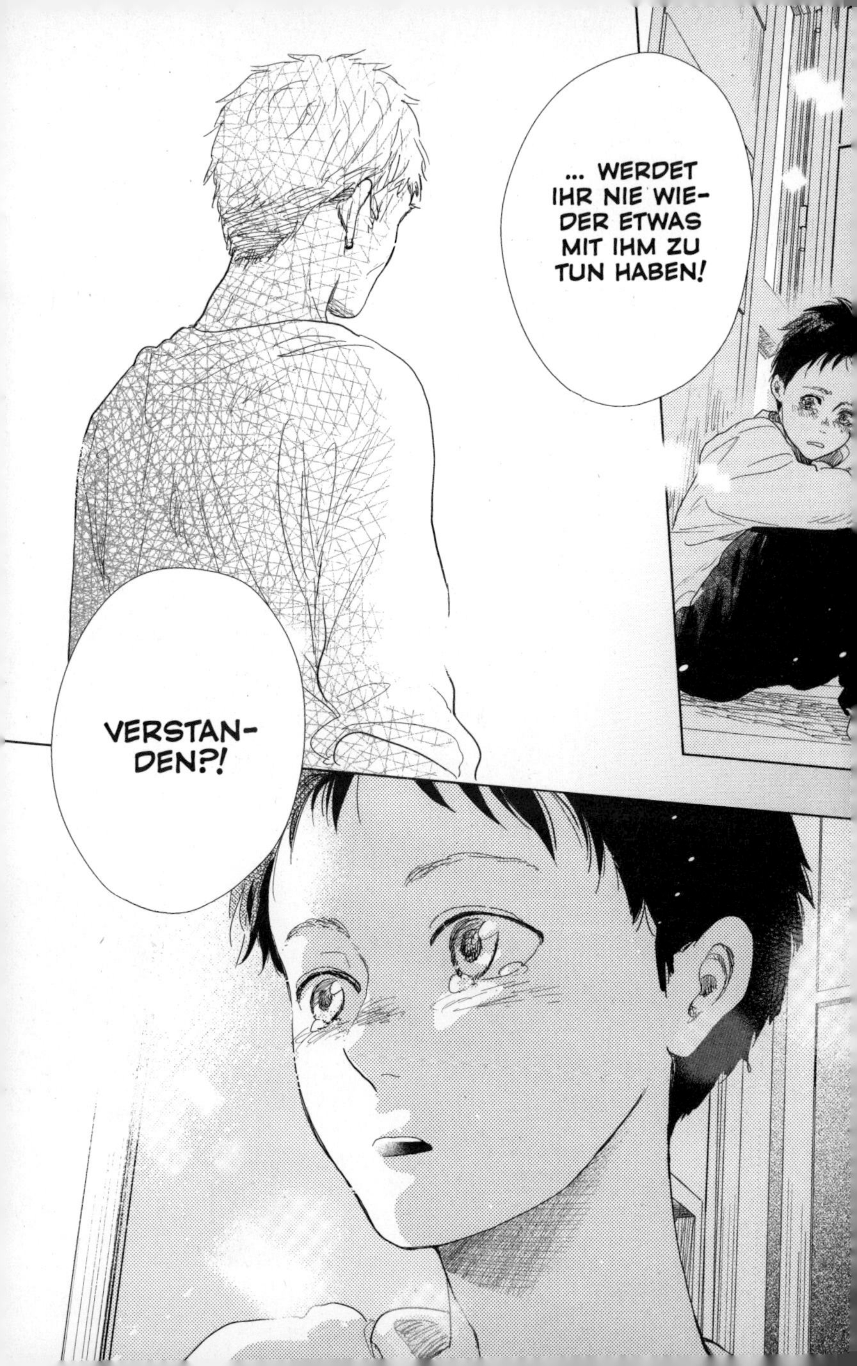
... WERDET IHR NIE WIEDER ETWAS MIT IHM ZU TUN HABEN!
VERSTANDEN?!

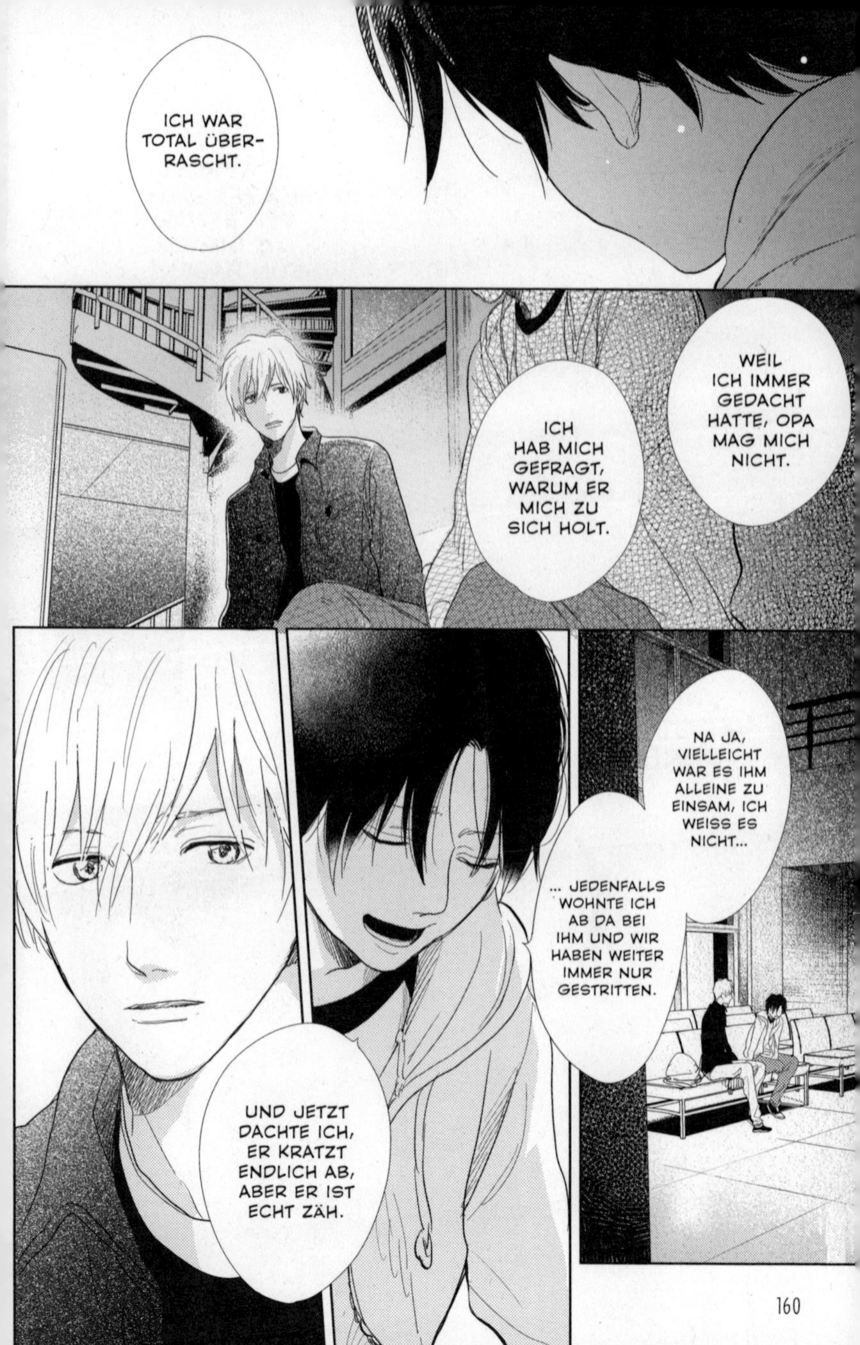
ICH WAR TOTAL ÜBER-RASCHT.
WEIL ICH IMMER GEDACHT HATTE, OPA MAG MICH NICHT.
ICH HAB MICH GEFRAGT, WARUM ER MICH ZU SICH HOLT.
NA JA, VIELLEICHT WAR ES IHM ALLEINE ZU EINSAM, ICH WEISS ES NICHT...
... JEDENFALLS WOHNTE ICH AB DA BEI IHM UND WIR HABEN WEITER IMMER NUR GESTRITTEN.
UND JETZT DACHTE ICH, ER KRATZT ENDLICH AB, ABER ER IST ECHT ZÄH.

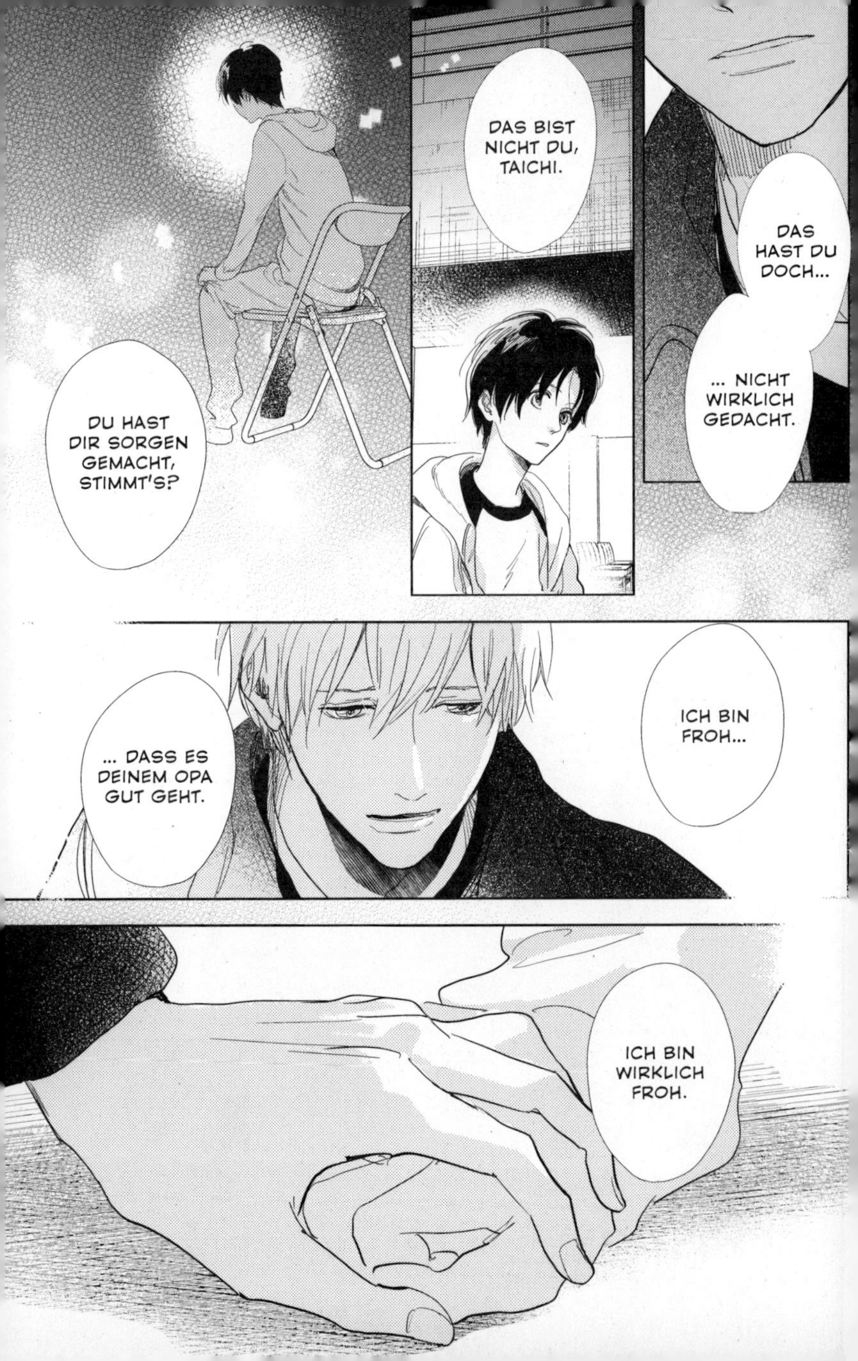
DAS HAST DU DOCH...
... NICHT WIRKLICH GEDACHT.
DAS BIST NICHT DU, TAICHI.
DU HAST DIR SORGEN GEMACHT, STIMMT'S?
ICH BIN FROH...
... DASS ES DEINEM OPA GUT GEHT.
ICH BIN WIRKLICH FROH.

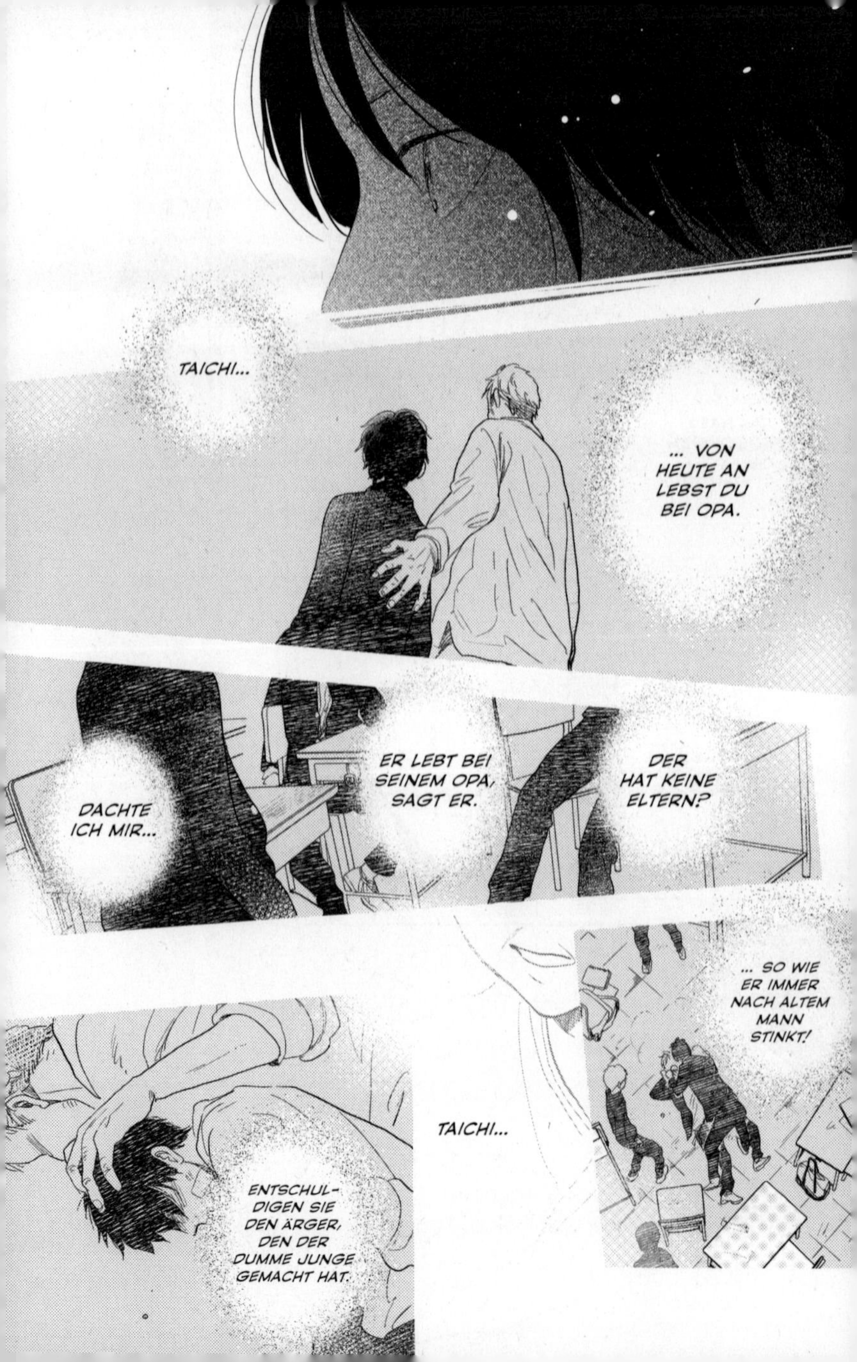
TAICHI...
... VON HEUTE AN LEBST DU BEI OPA.
DER HAT KEINE ELTERN?
ER LEBT BEI SEINEM OPA, SAGT ER.
DACHTE ICH MIR...
... SO WIE ER IMMER NACH ALTEM MANN STINKT!
TAICHI...
ENTSCHUL-DIGEN SIE DEN ÄRGER, DEN DER DUMME JUNGE GEMACHT HAT.

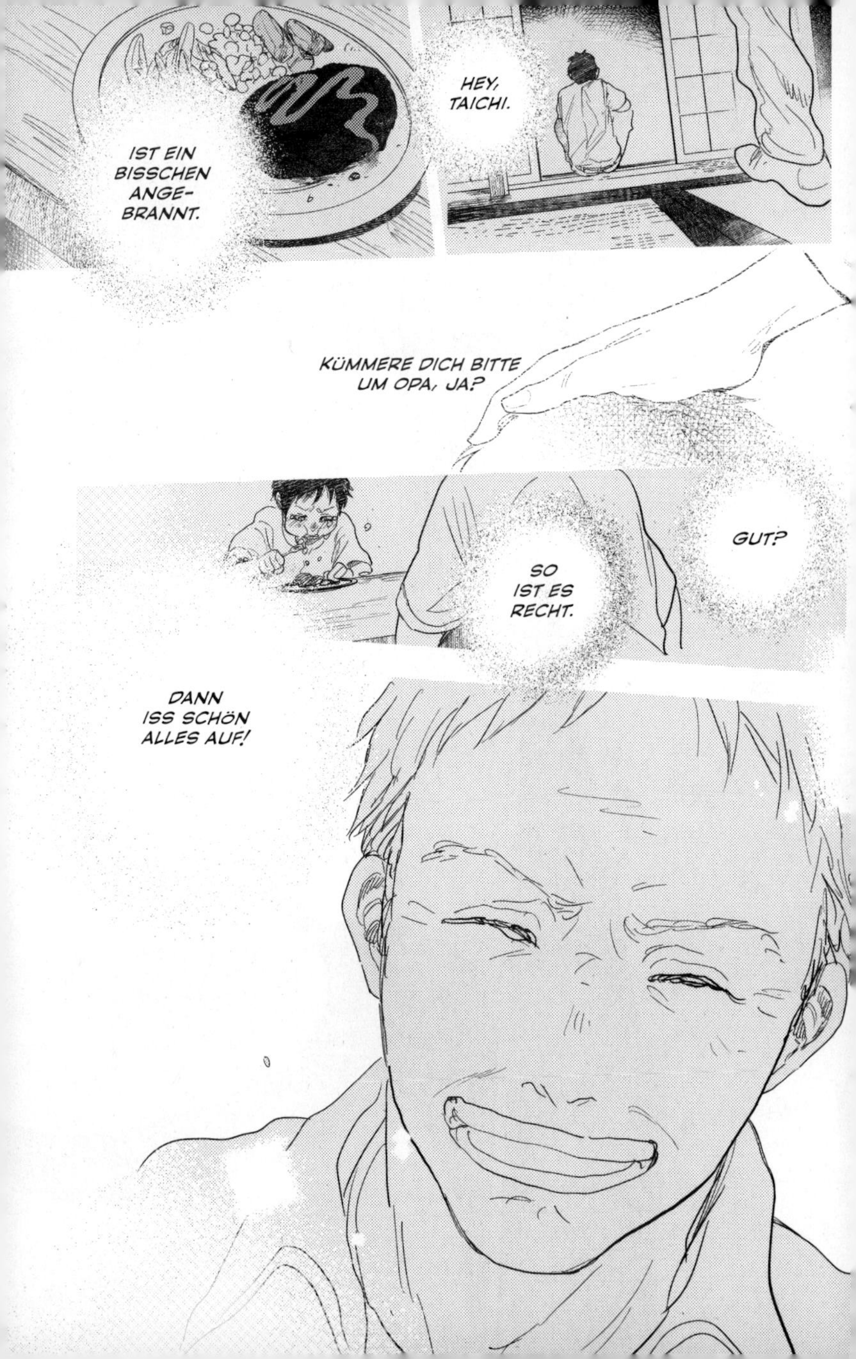
HEY, TAICHI.
IST EIN BISSCHEN ANGE-BRANNT.
KÜMMERE DICH BITTE UM OPA, JA?
GUT?
SO IST ES RECHT.
DANN ISS SCHÖN ALLES AUF!

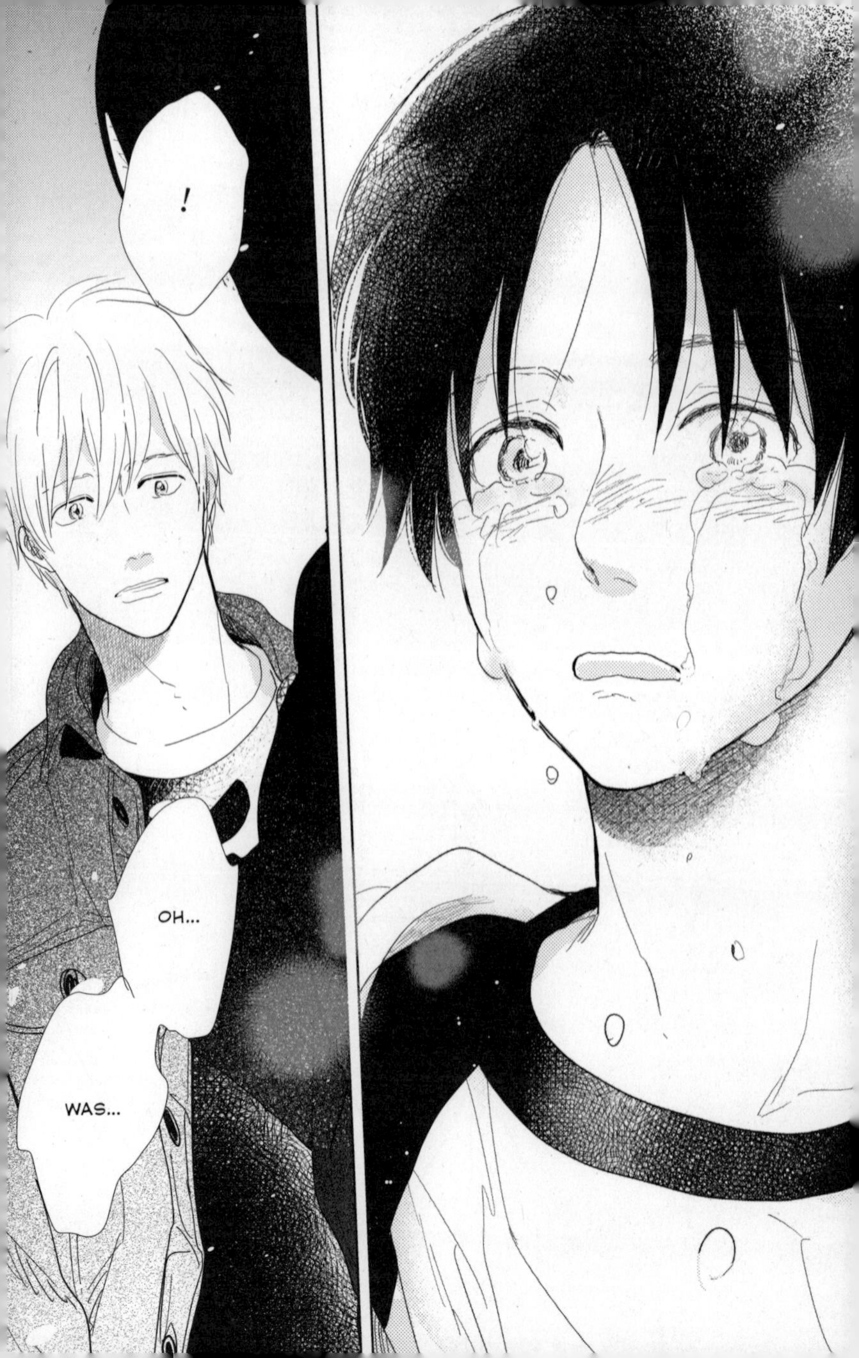
!
OH...
WAS...

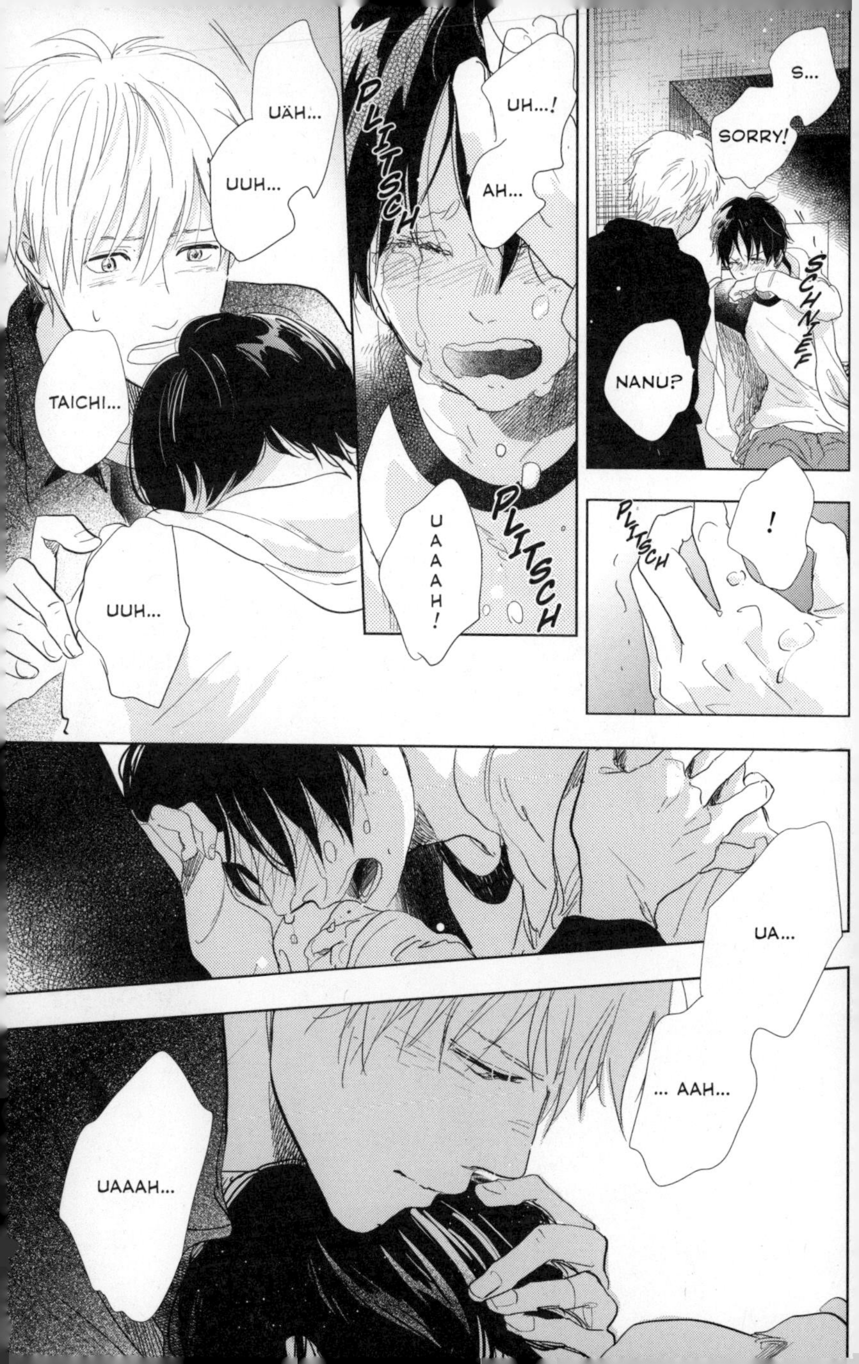
S...
SORRY!
NANU?
SCHNIEF
UH...!
AH...
PLITSCH
UAAAAH!
PLITSCH
UÄH...
UUH...
TAICHI...
UUH...
PLITSCH
!
UA...
... AAH...
UAAAH...

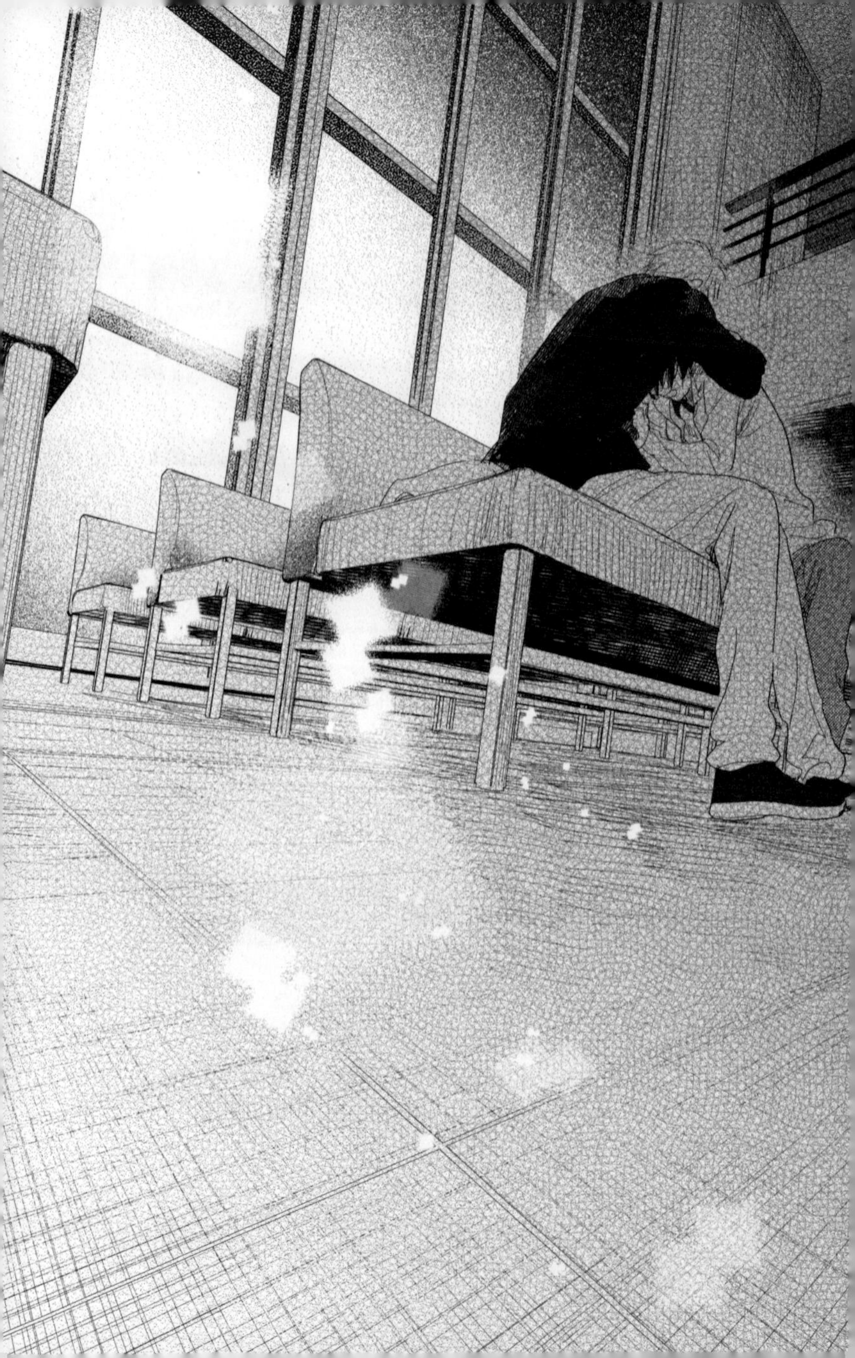

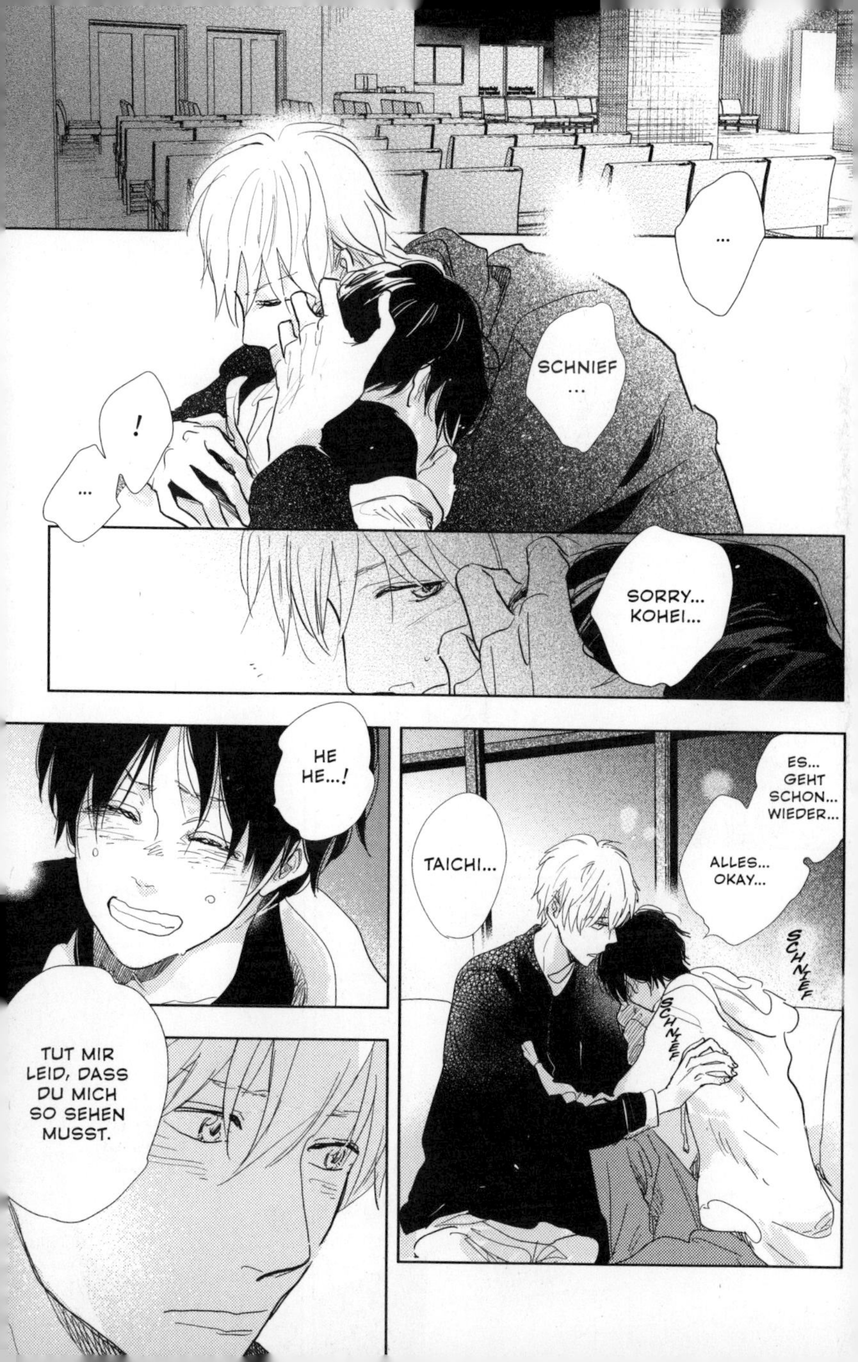
...
SCHNIEF ...
!
...
SORRY... KOHEI...
HE HE...!
TUT MIR LEID, DASS DU MICH SO SEHEN MUSST.
ES... GEHT SCHON... WIEDER...
ALLES... OKAY...
SCHNIEF
SCHNIEF
TAICHI...

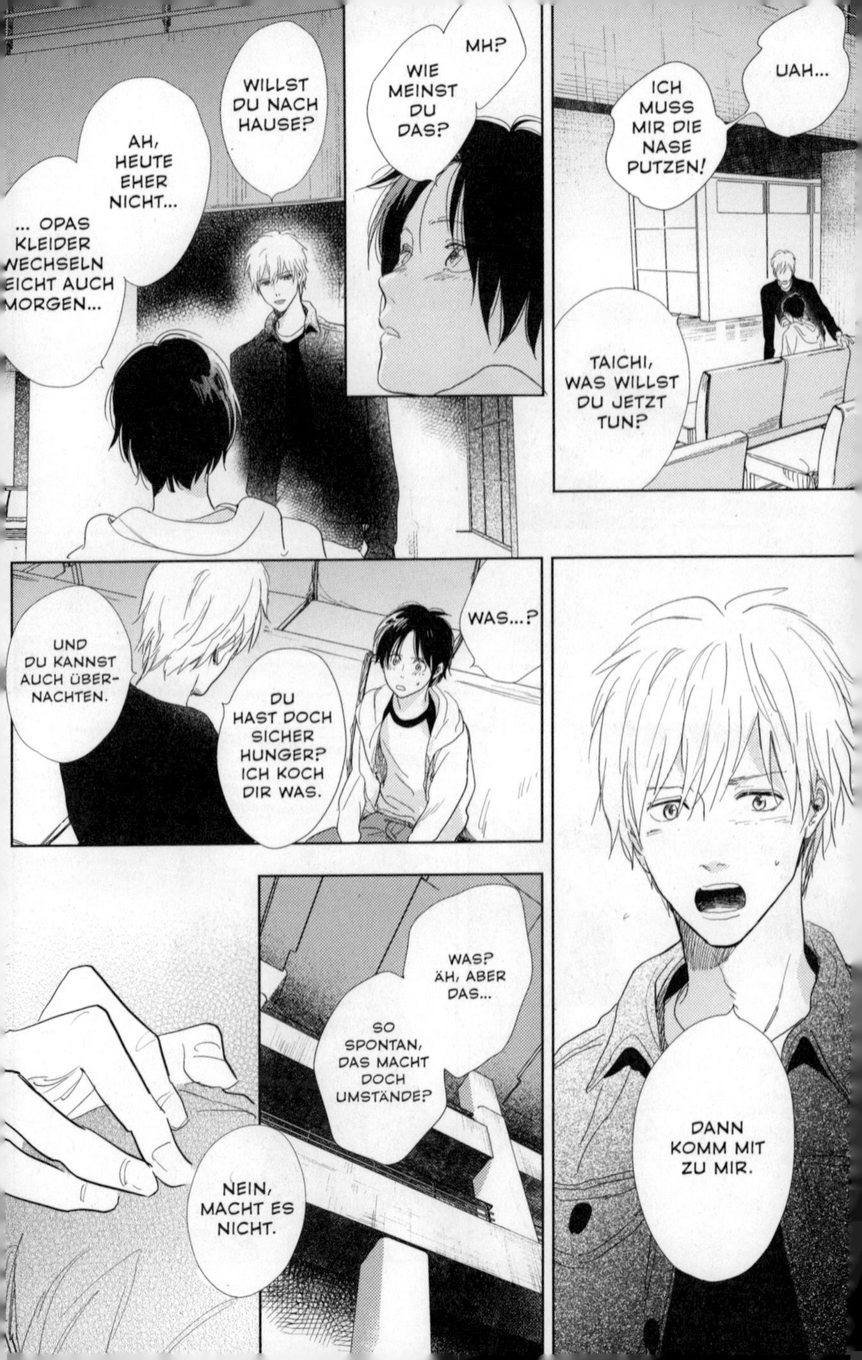
UAH...
ICH MUSS MIR DIE NASE PUTZEN!
TAICHI, WAS WILLST DU JETZT TUN?
MH?
WIE MEINST DU DAS?
WILLST DU NACH HAUSE?
AH, HEUTE EHER NICHT...
... OPAS KLEIDER WECHSELN EICHT AUCH MORGEN...
DANN KOMM MIT ZU MIR.
WAS...?
DU HAST DOCH SICHER HUNGER? ICH KOCH DIR WAS.
UND DU KANNST AUCH ÜBER-NACHTEN.
WAS? ÄH, ABER DAS...
SO SPONTAN, DAS MACHT DOCH UMSTÄNDE?
NEIN, MACHT ES NICHT.

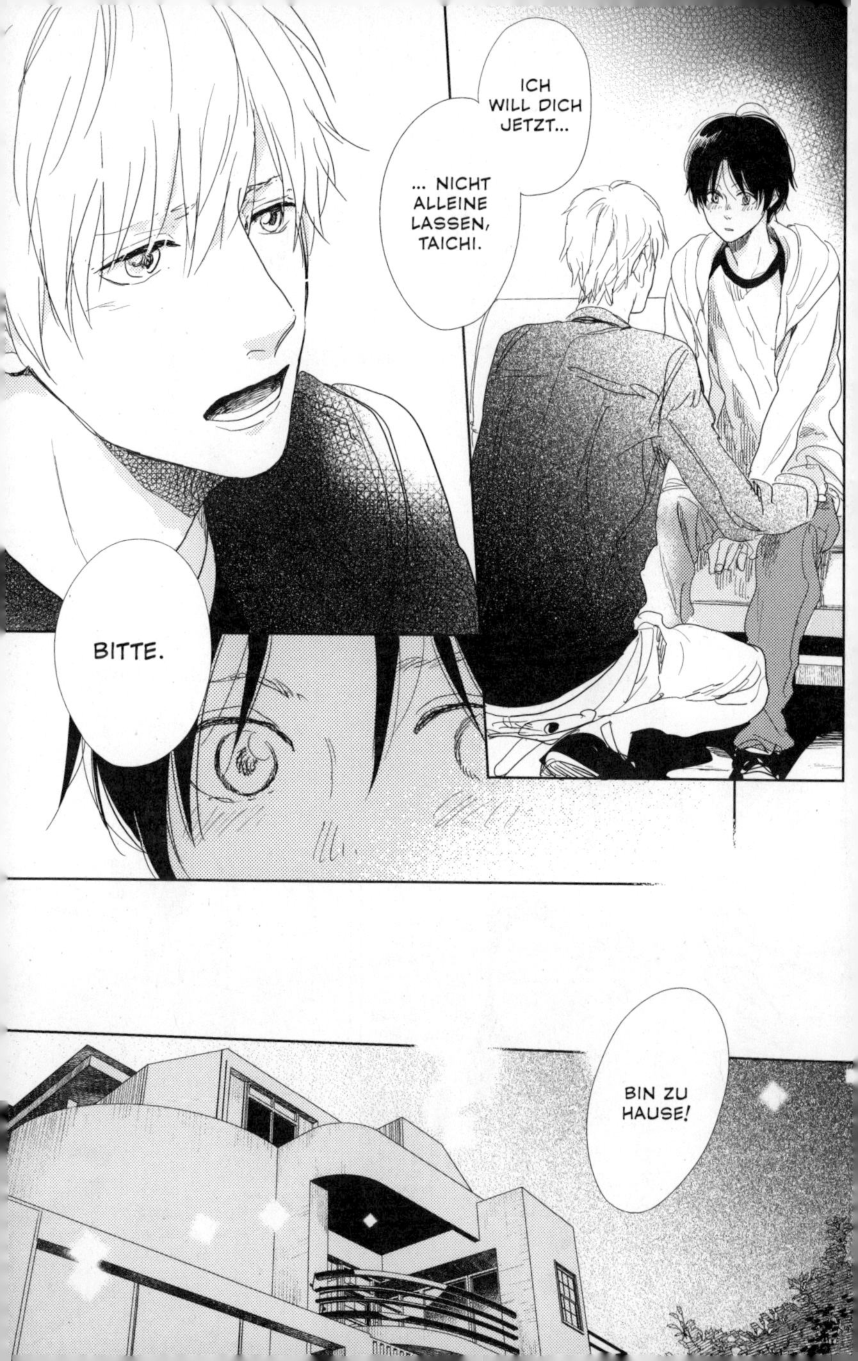

ICH WILL DICH JETZT...
... NICHT ALLEINE LASSEN, TAICHI.
BITTE.
BIN ZU HAUSE!

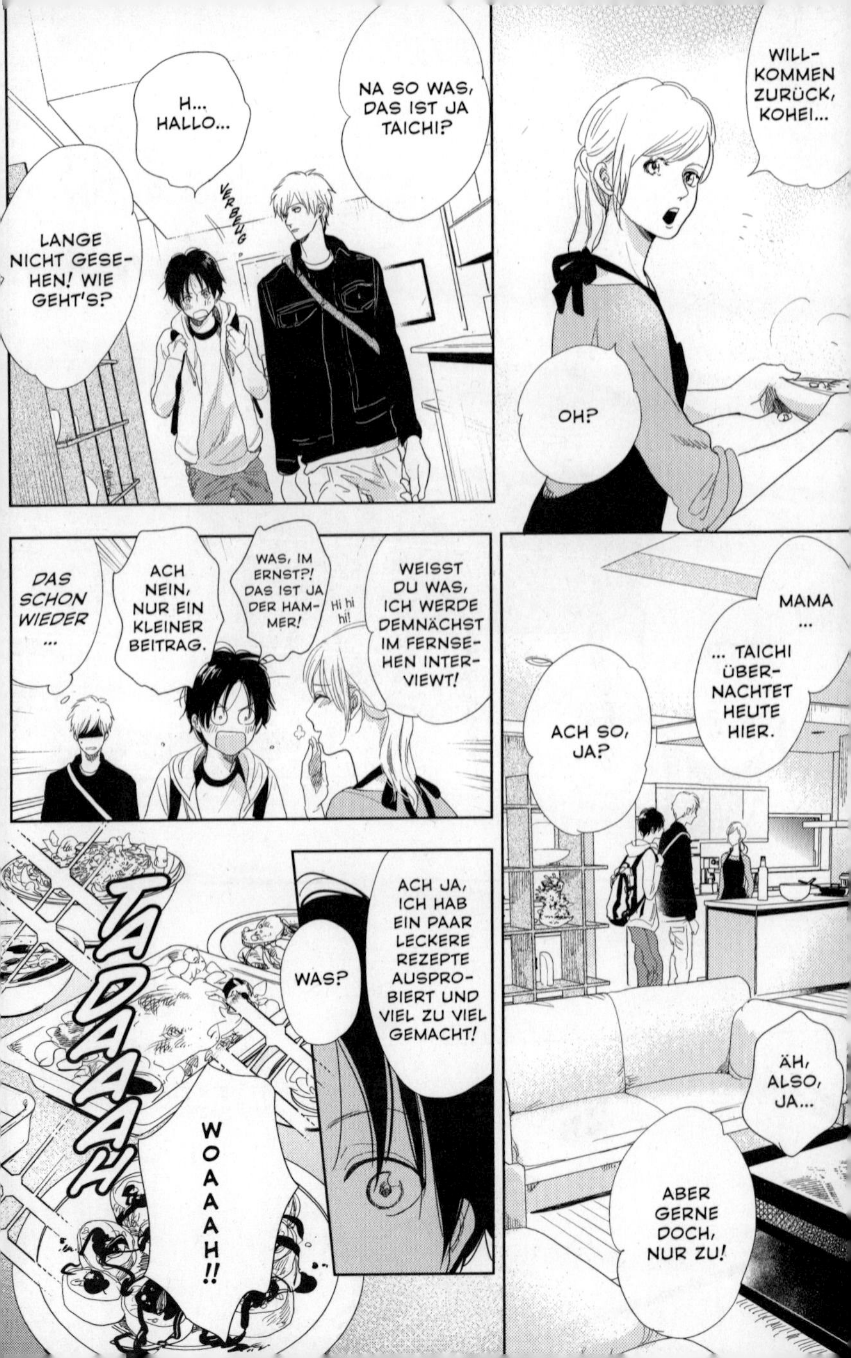
WILLKOMMEN ZURÜCK, KOHEI...
OH?
NA SO WAS, DAS IST JA TAICHI?
H... HALLO...
VERBEUG
LANGE NICHT GESEHEN! WIE GEHT'S?
MAMA ...
... TAICHI ÜBERNACHTET HEUTE HIER.
ACH SO, JA?
ÄH, ALSO, JA...
ABER GERNE DOCH, NUR ZU!
WEISST DU WAS, ICH WERDE DEMNÄCHST IM FERNSEHEN INTERVIEWT!
Hi hi hi!
WAS, IM ERNST?! DAS IST JA DER HAMMER!
ACH NEIN, NUR EIN KLEINER BEITRAG.
DAS SCHON WIEDER ...
ACH JA, ICH HAB EIN PAAR LECKERE REZEPTE AUSPROBIERT UND VIEL ZU VIEL GEMACHT!
WAS?
TADAAAAH
WOAAAAAH!!

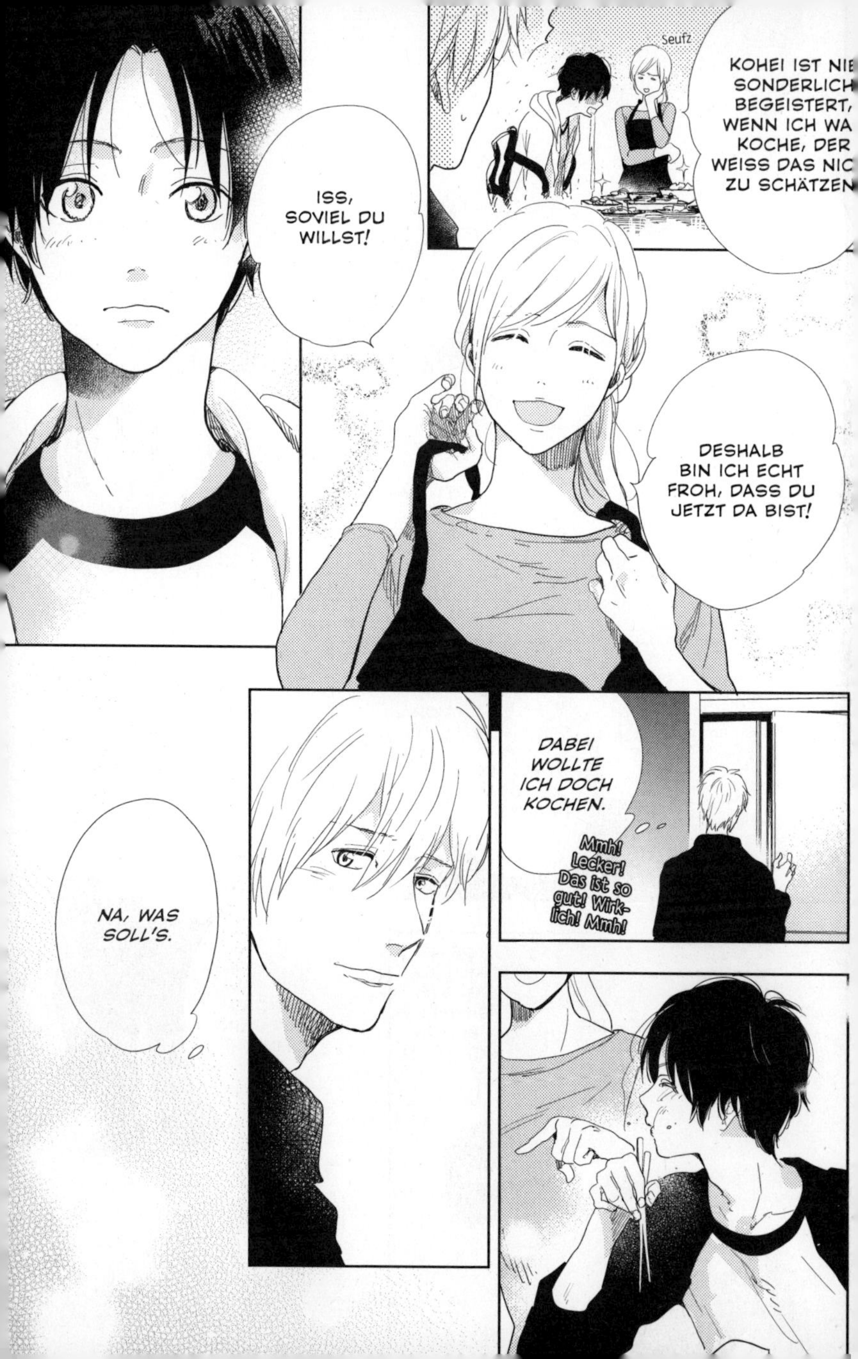
Seufz
KOHEI IST NIE SONDERLICH BEGEISTERT, WENN ICH WA KOCHE, DER WEISS DAS NIC ZU SCHÄTZEN
ISS, SOVIEL DU WILLST!
DESHALB BIN ICH ECHT FROH, DASS DU JETZT DA BIST!
DABEI WOLLTE ICH DOCH KOCHEN.
Mmh! Lecker! Das ist so gut! Wirklich! Mmh!
NA, WAS SOLL'S.

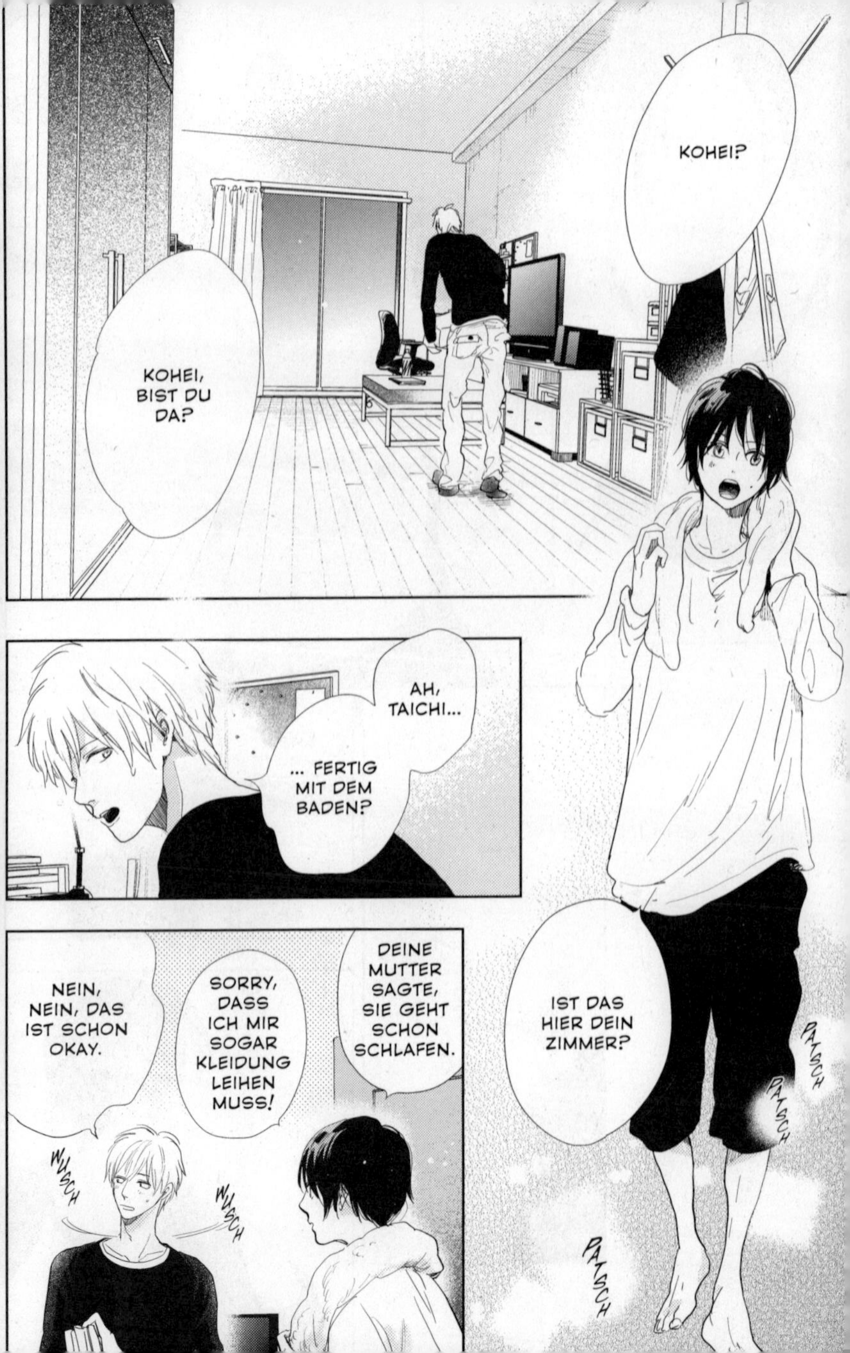

KOHEI, BIST DU DA?
KOHEI?
IST DAS HIER DEIN ZIMMER?
PATSCH
PATSCH
PATSCH
AH, TAICHI...
... FERTIG MIT DEM BADEN?
DEINE MUTTER SAGTE, SIE GEHT SCHON SCHLAFEN.
SORRY, DASS ICH MIR SOGAR KLEIDUNG LEIHEN MUSS!
NEIN, NEIN, DAS IST SCHON OKAY.
WUSCH
WUSCH

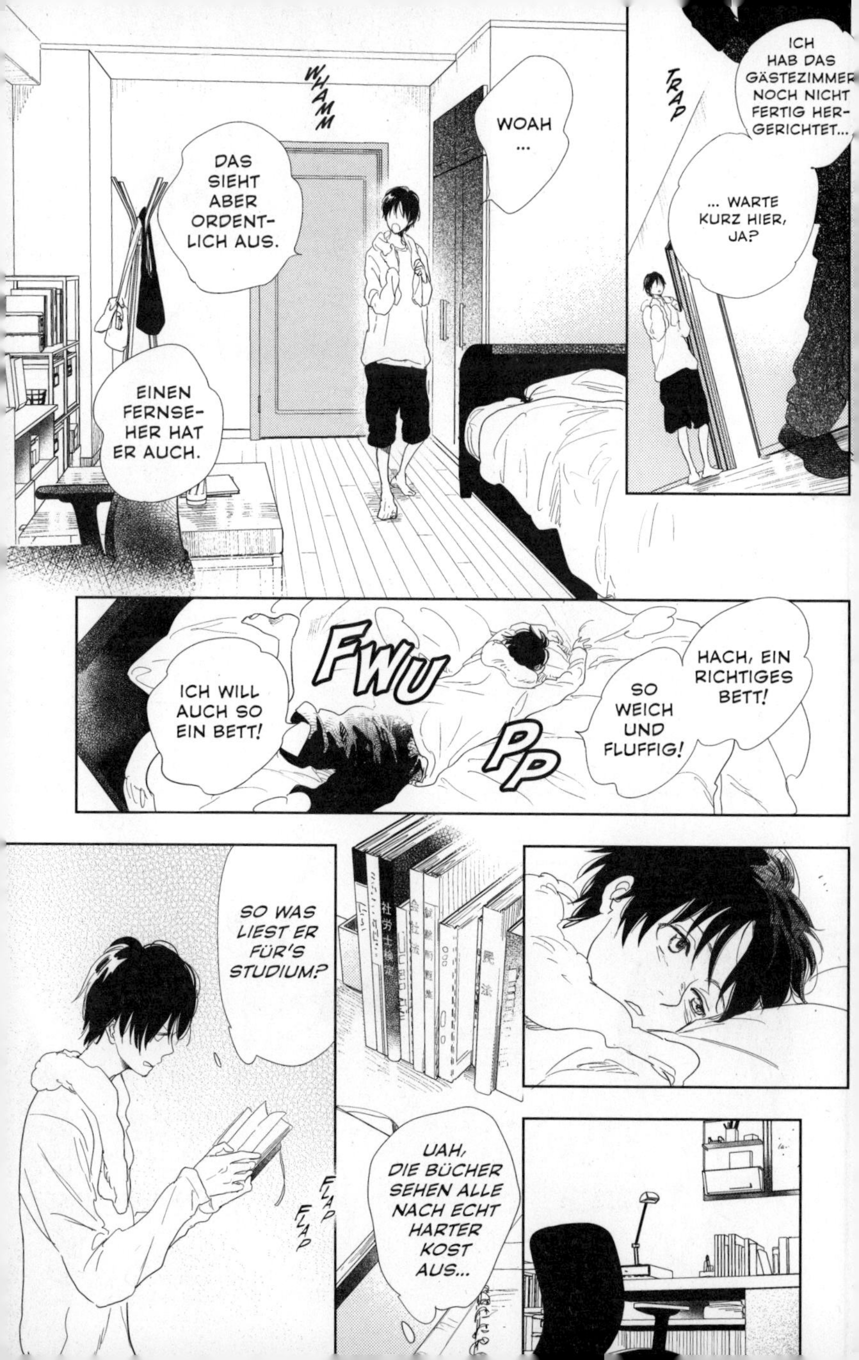
ICH HAB DAS GÄSTEZIMMER NOCH NICHT FERTIG HER-GERICHTET...
TRAP
... WARTE KURZ HIER, JA?
WHAMM
WOAH ...
DAS SIEHT ABER ORDENT-LICH AUS.
EINEN FERNSE-HER HAT ER AUCH.
HACH, EIN RICHTIGES BETT!
SO WEICH UND FLUFFIG!
FWU
PP
ICH WILL AUCH SO EIN BETT!
SO WAS LIEST ER FÜR'S STUDIUM?
UAH, DIE BÜCHER SEHEN ALLE NACH ECHT HARTER KOST AUS...
FLAP
FLAP

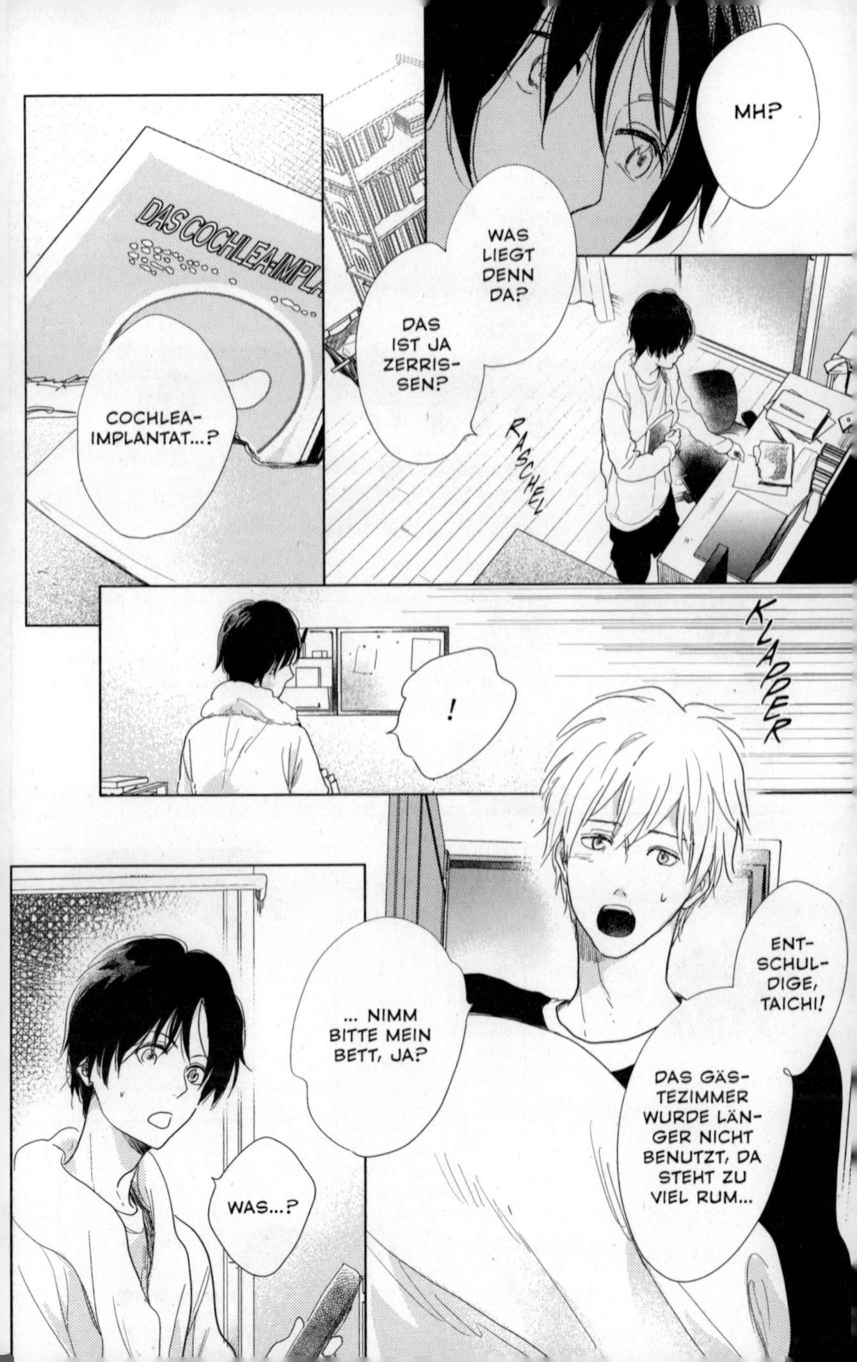
MH?
WAS LIEGT DENN DA?
DAS IST JA ZERRISSEN?
RASCHEL
DAS COCHLEA-IMPLA
COCHLEA-IMPLANTAT...?
KLAPPER
!
ENTSCHULDIGE, TAICHI!
DAS GÄSTEZIMMER WURDE LÄNGER NICHT BENUTZT, DA STEHT ZU VIEL RUM...
... NIMM BITTE MEIN BETT, JA?
WAS...?

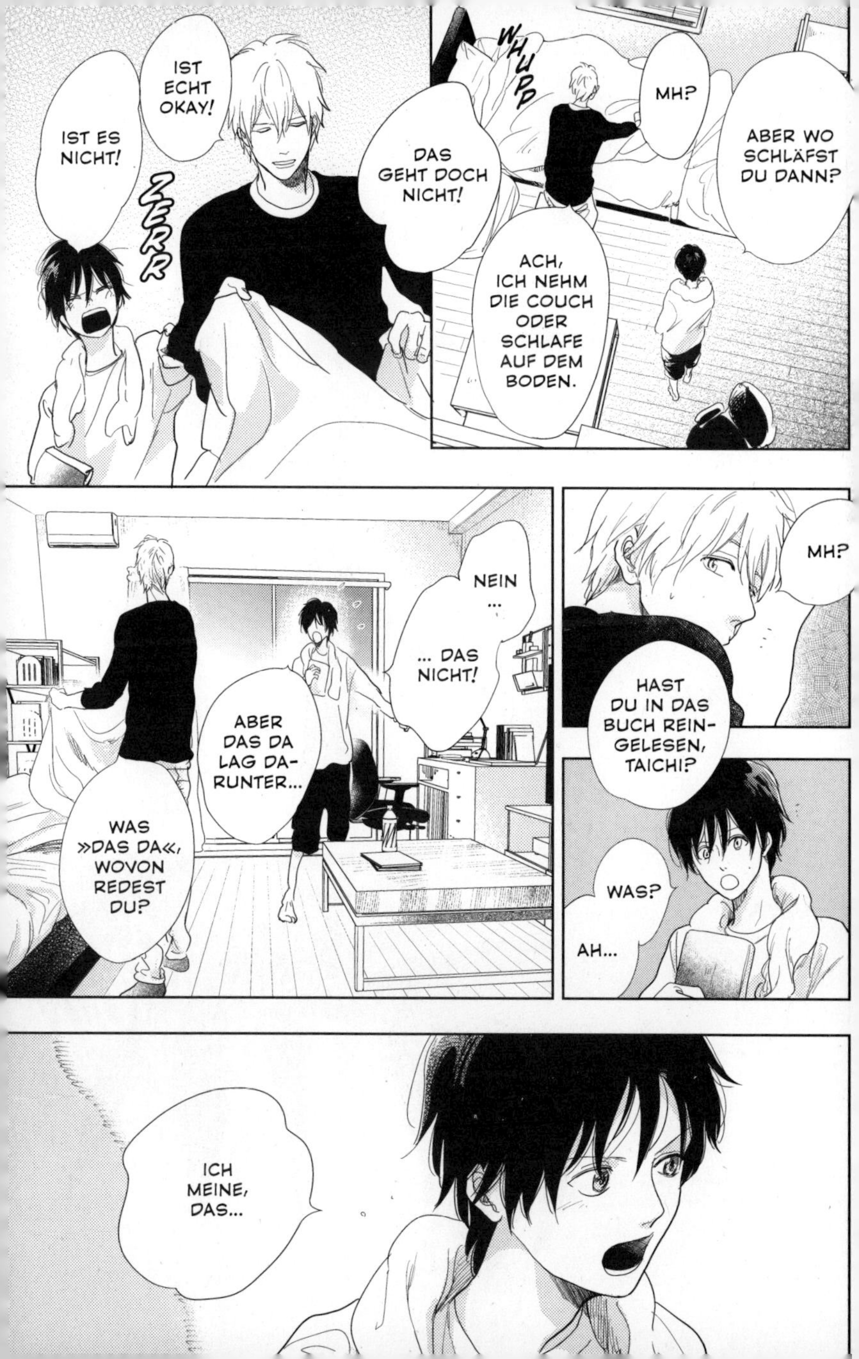
MH?
ABER WO SCHLÄFST DU DANN?
WHUPP
ACH, ICH NEHM DIE COUCH ODER SCHLAFE AUF DEM BODEN.
DAS GEHT DOCH NICHT!
IST ECHT OKAY!
IST ES NICHT!
ZERR
MH?
HAST DU IN DAS BUCH REIN-GELESEN, TAICHI?
WAS?
AH...
NEIN ...
... DAS NICHT!
ABER DAS DA LAG DA-RUNTER...
WAS »DAS DA«, WOVON REDEST DU?
ICH MEINE, DAS...

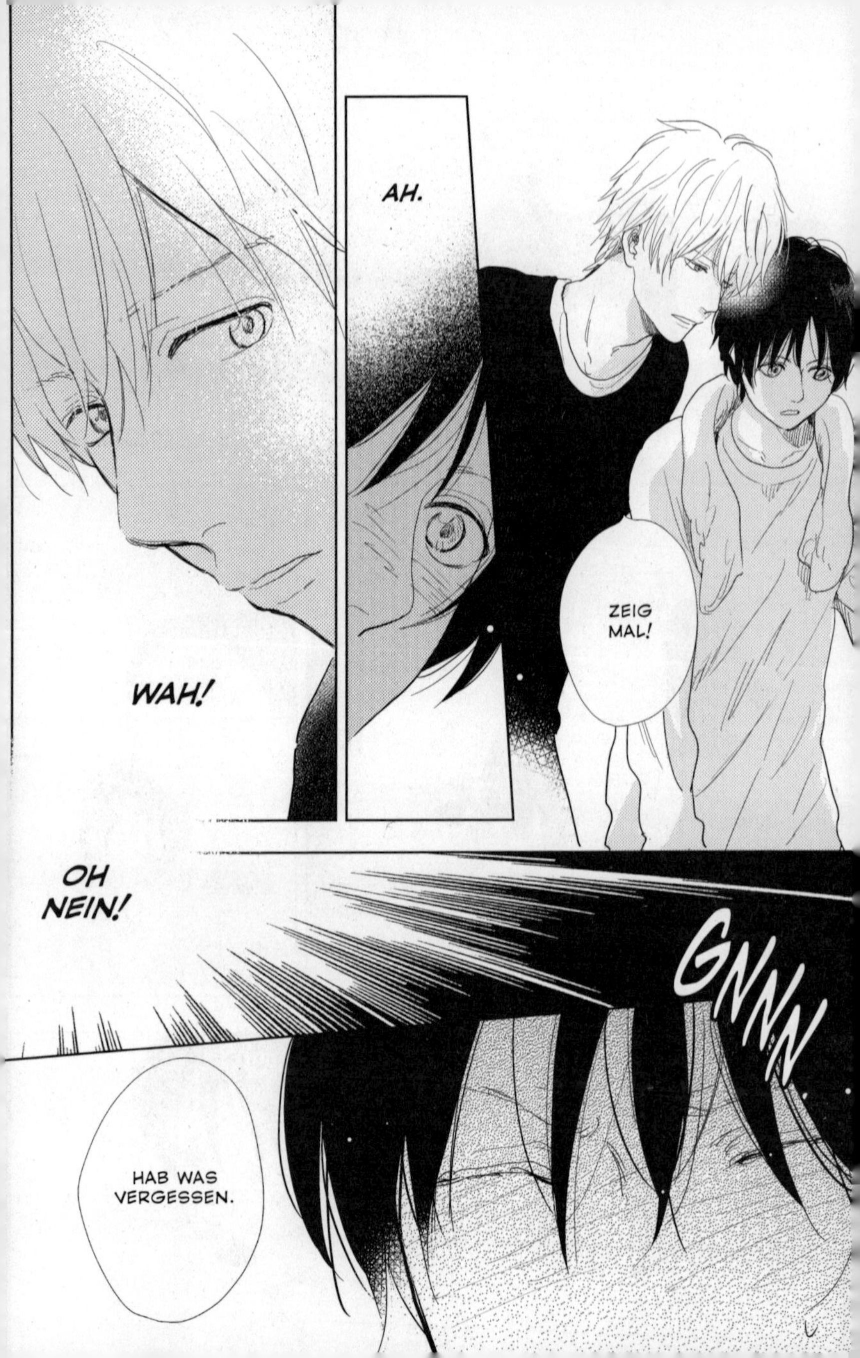
ZEIG MAL!
AH.
WAH!
GNNN
OH NEIN!
HAB WAS VERGESSEN.

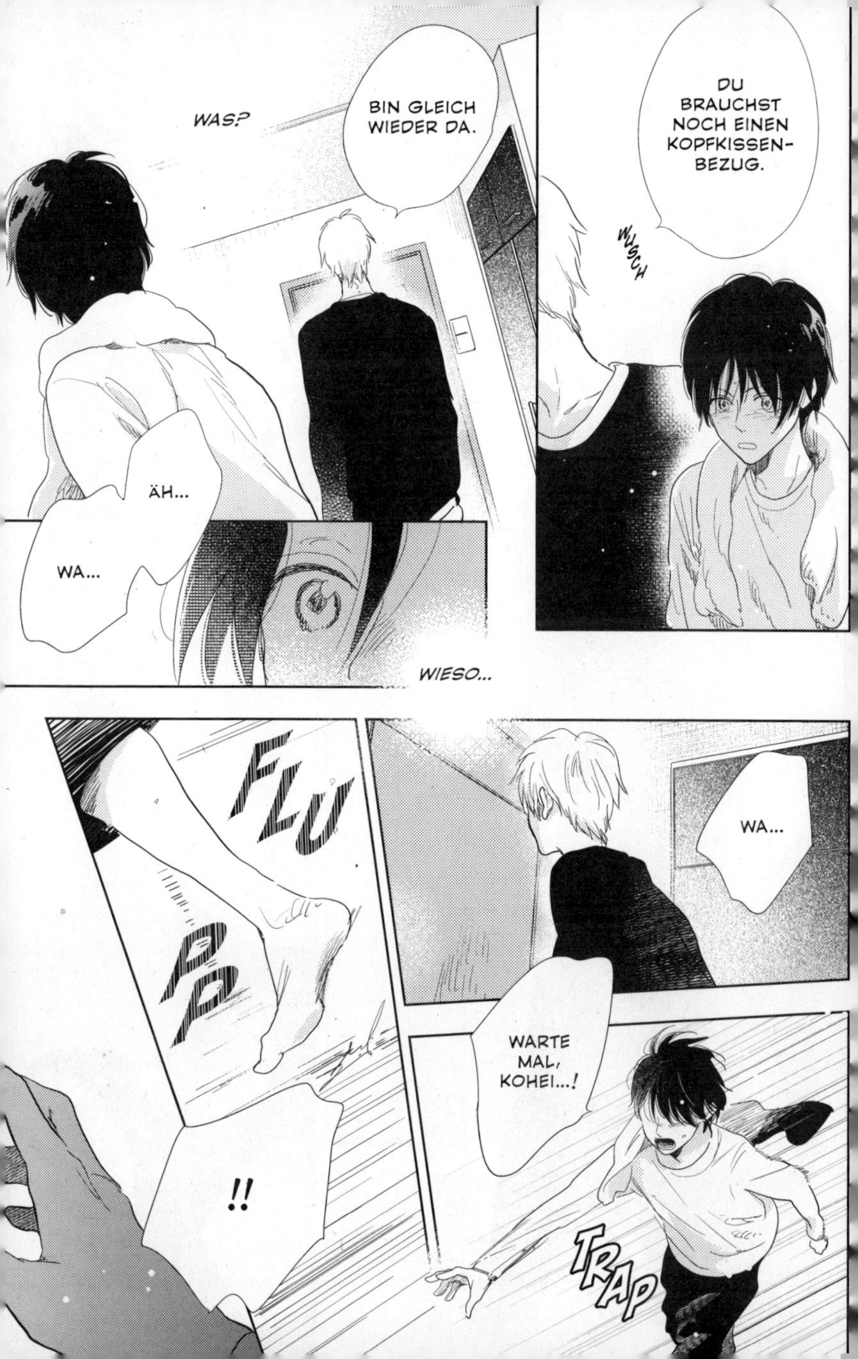
DU BRAUCHST NOCH EINEN KOPFKISSEN-BEZUG.
WUSCH
BIN GLEICH WIEDER DA.
WAS?
ÄH...
WA...
WIESO...
WA...
FLUPP
!!
WARTE MAL, KOHEI...!
TRAP

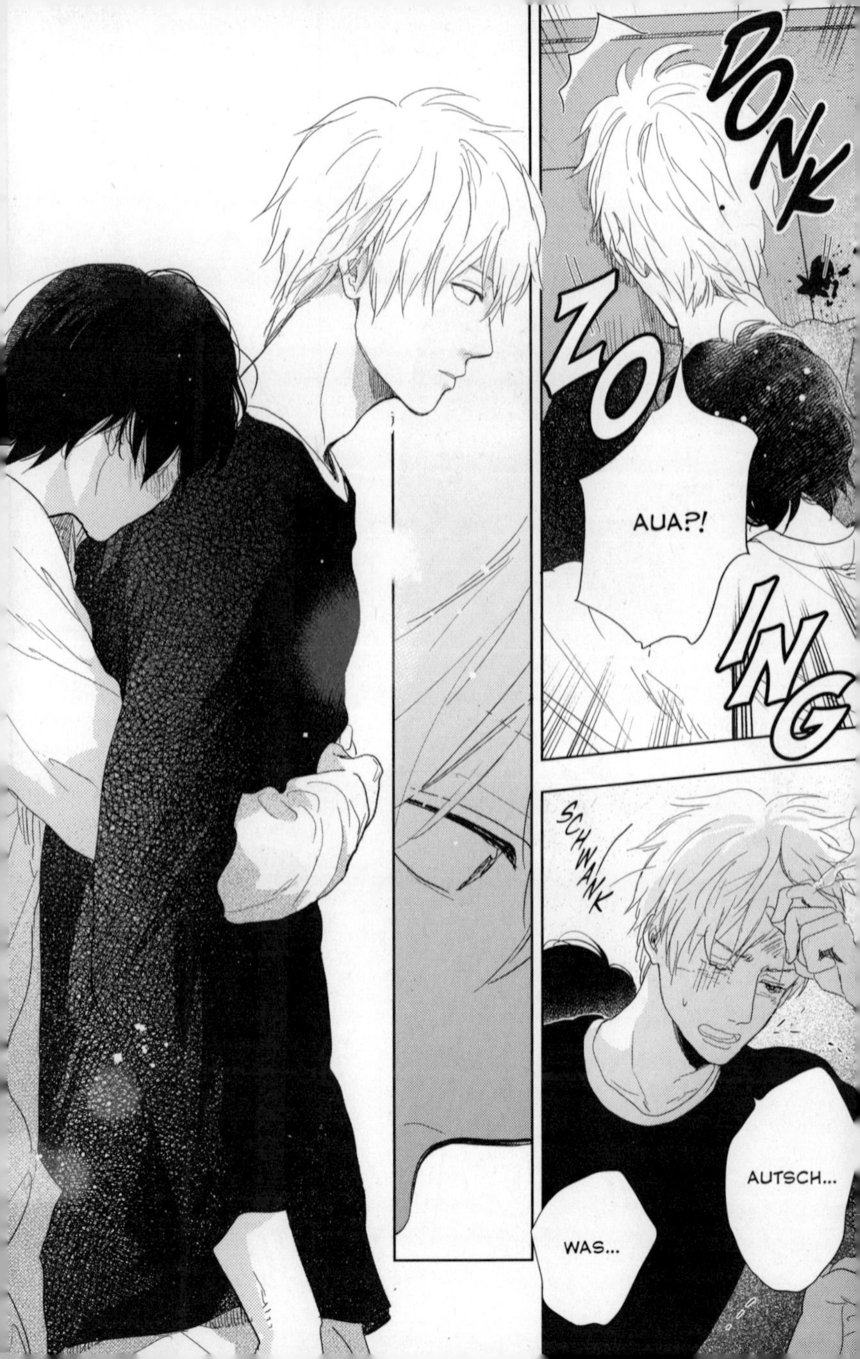
DONK
ZOING
AUA?!
SCHWANK
AUTSCH...
WAS...

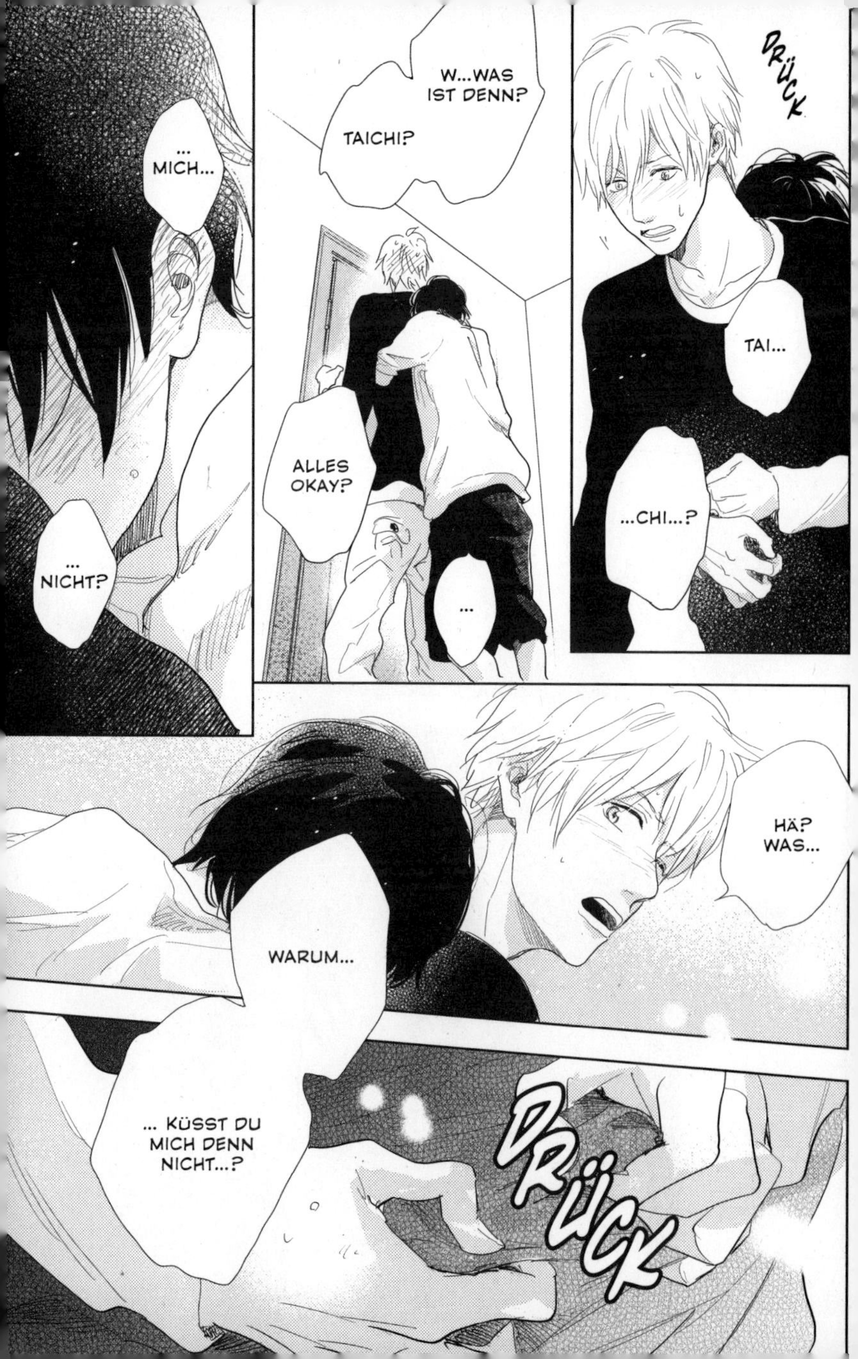
DRÜCK
TAI...
...CHI...?
W...WAS IST DENN?
TAICHI?
ALLES OKAY?
...
... MICH...
... NICHT?
HÄ? WAS...
WARUM...
DRÜCK
... KÜSST DU MICH DENN NICHT...?

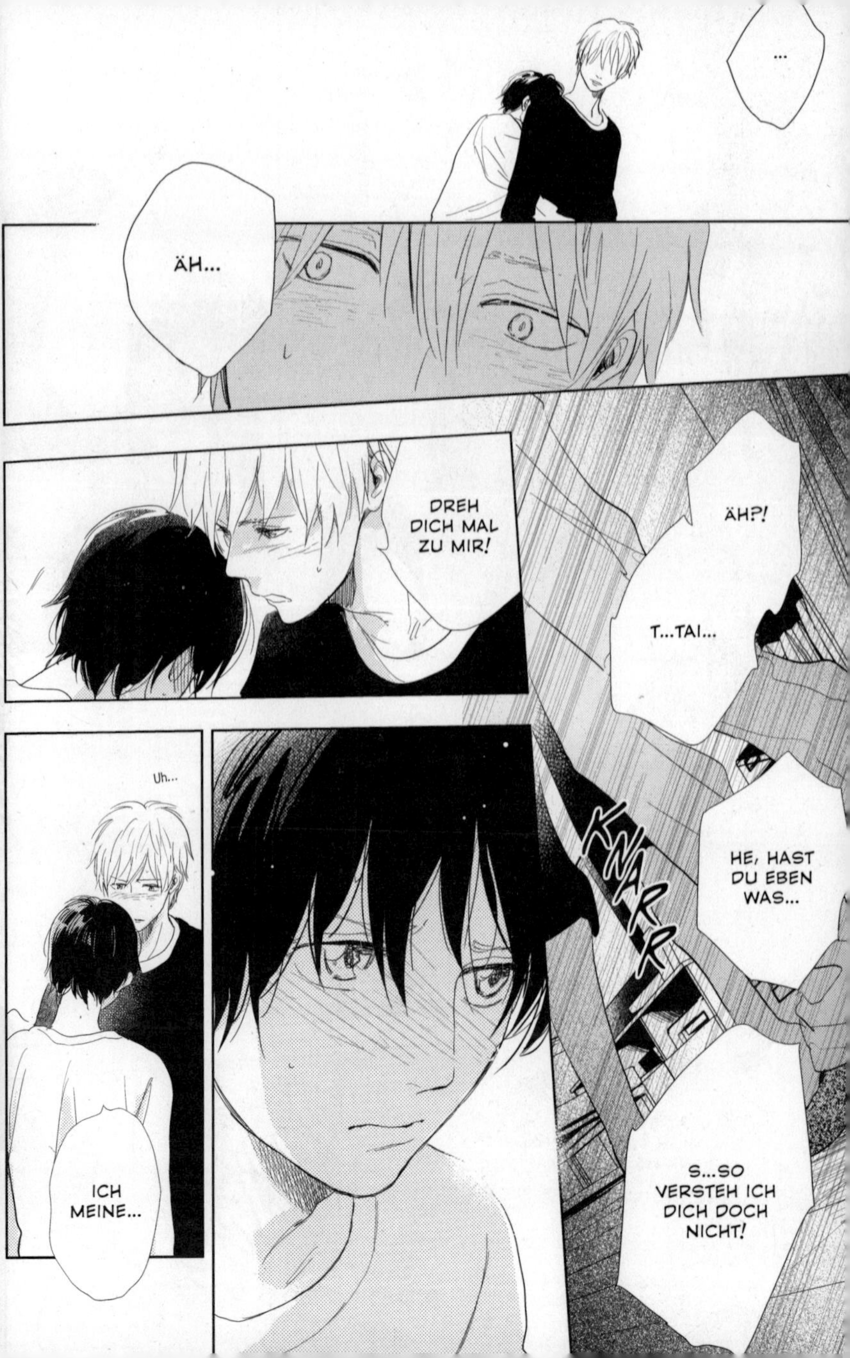
...
ÄH...
ÄH?!
T...TAI...
DREH DICH MAL ZU MIR!
HE, HAST DU EBEN WAS...
KNARR
S...SO VERSTEH ICH DICH DOCH NICHT!
Uh...
ICH MEINE...

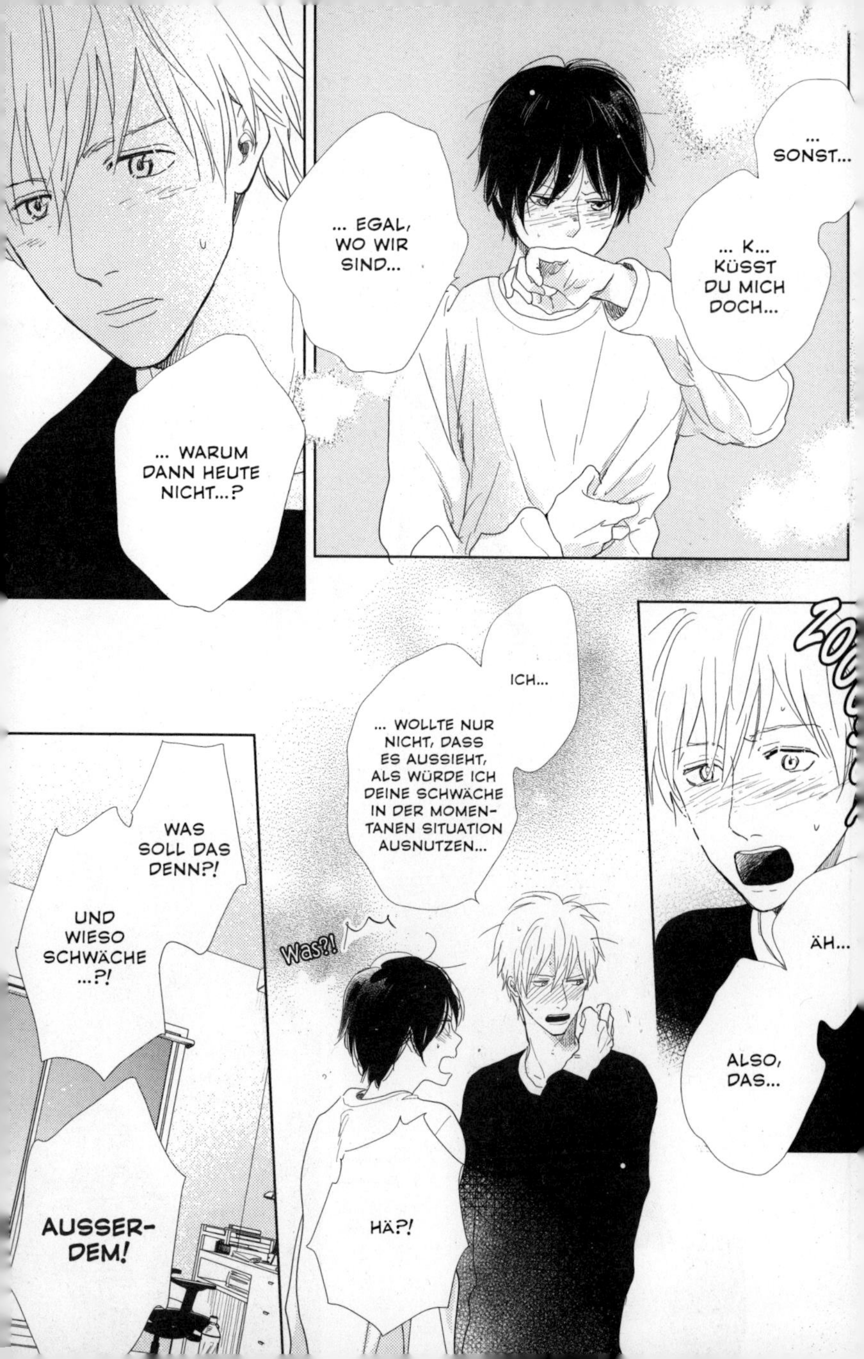
... SONST...
... K... KÜSST DU MICH DOCH...
... EGAL, WO WIR SIND...
... WARUM DANN HEUTE NICHT...?
ÄH...
ALSO, DAS...
ICH...
... WOLLTE NUR NICHT, DASS ES AUSSIEHT, ALS WÜRDE ICH DEINE SCHWÄCHE IN DER MOMENTANEN SITUATION AUSNUTZEN...
Was?!
HÄ?!
WAS SOLL DAS DENN?!
UND WIESO SCHWÄCHE ...?!
AUSSER-DEM!

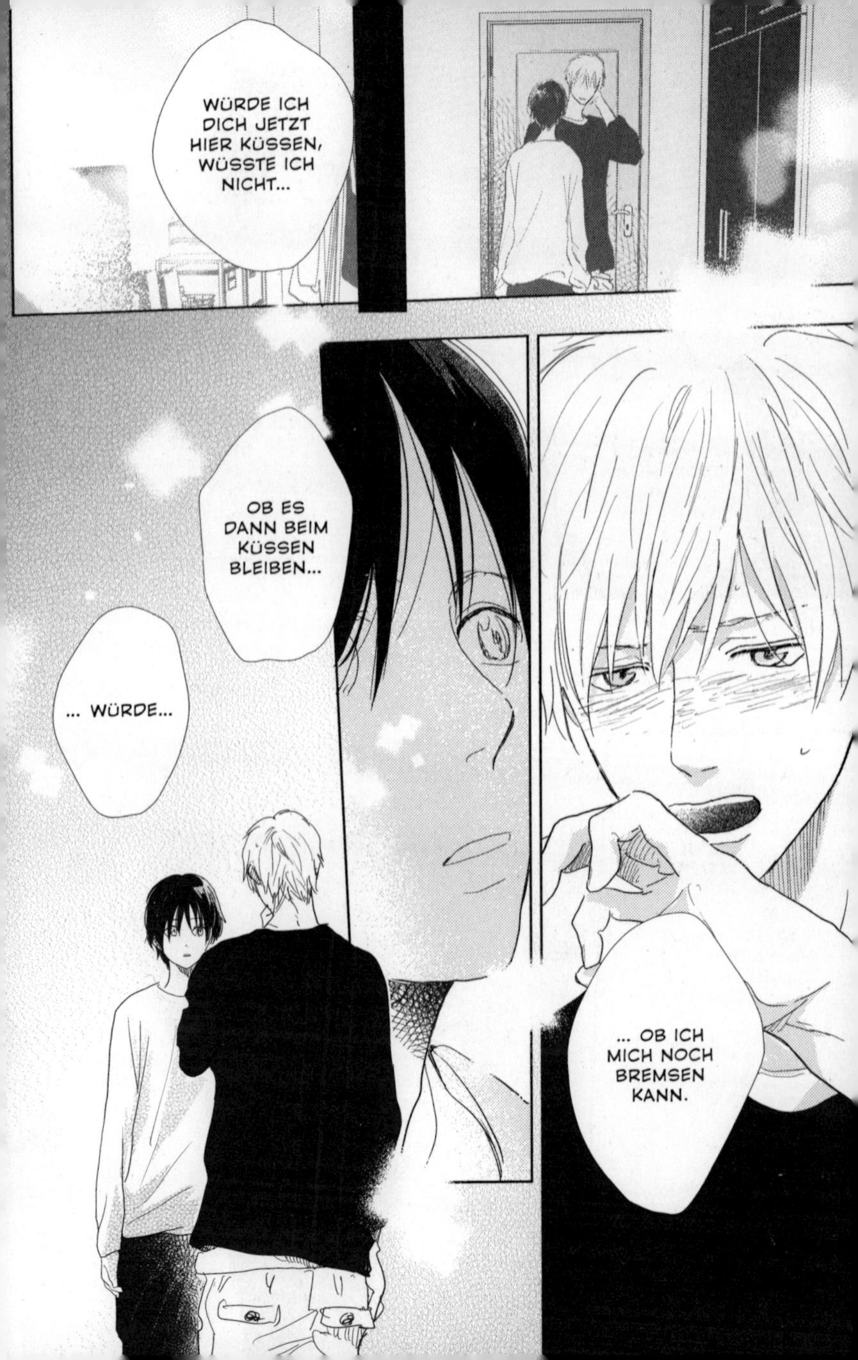
WÜRDE ICH DICH JETZT HIER KÜSSEN, WÜSSTE ICH NICHT...
OB ES DANN BEIM KÜSSEN BLEIBEN...
... WÜRDE...
... OB ICH MICH NOCH BREMSEN KANN.

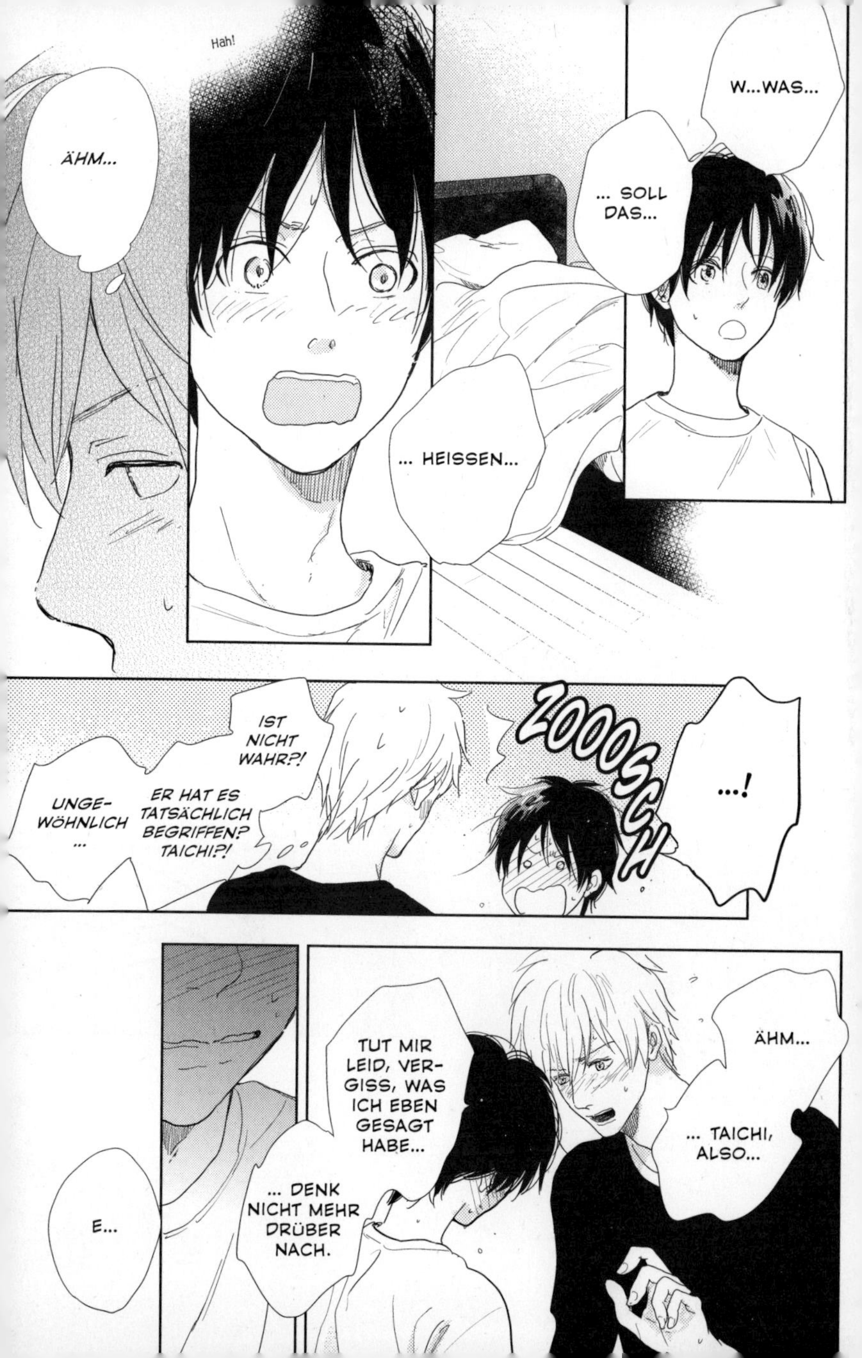
W...WAS...
... SOLL DAS...
... HEISSEN...
Hah!
ÄHM...
...!
ZOOOSCH
IST NICHT WAHR?!
ER HAT ES TATSÄCHLICH BEGRIFFEN? TAICHI?!
UNGE-WÖHNLICH ...
ÄHM...
... TAICHI, ALSO...
TUT MIR LEID, VER-GISS, WAS ICH EBEN GESAGT HABE...
... DENK NICHT MEHR DRÜBER NACH.
E...

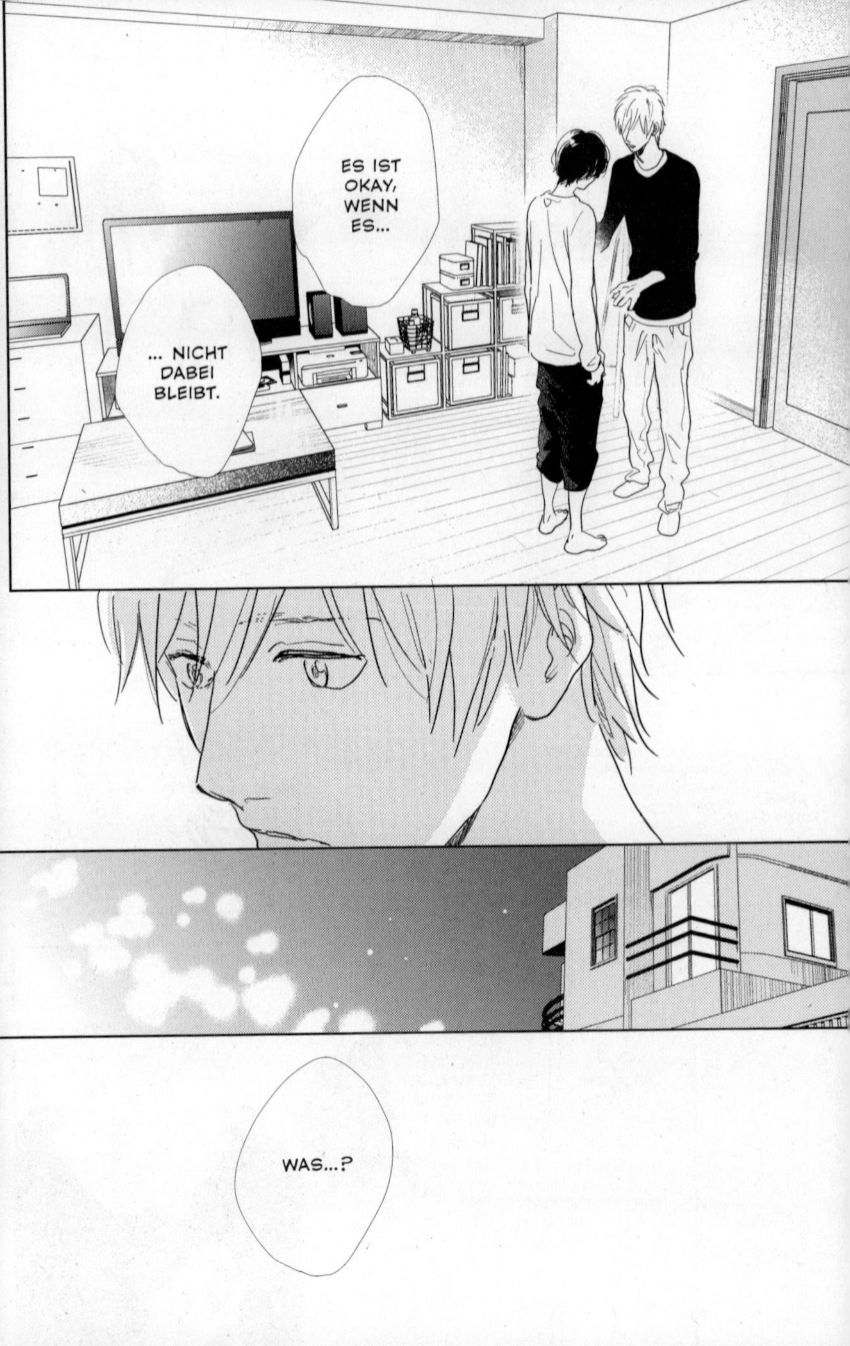
ES IST OKAY, WENN ES...
... NICHT DABEI BLEIBT.
WAS...?

i hear
the
sunspot
limit

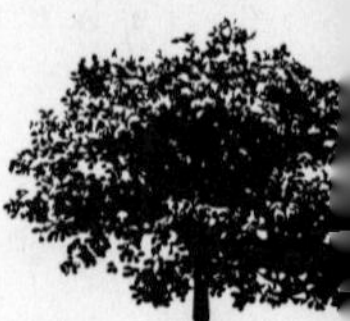

i hear the sunspot
limit

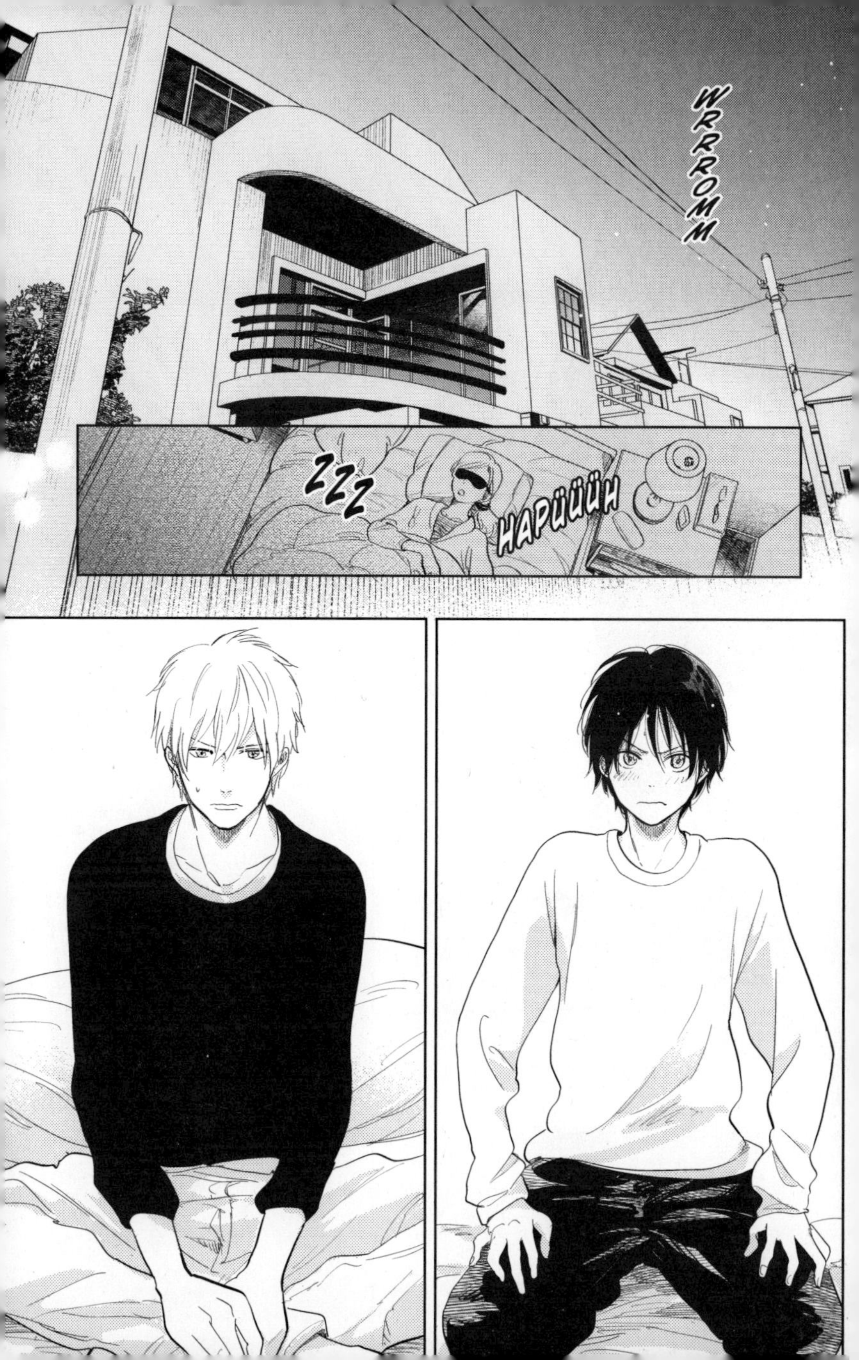
WRRROMM
ZZZ
HAPÜÜÜH

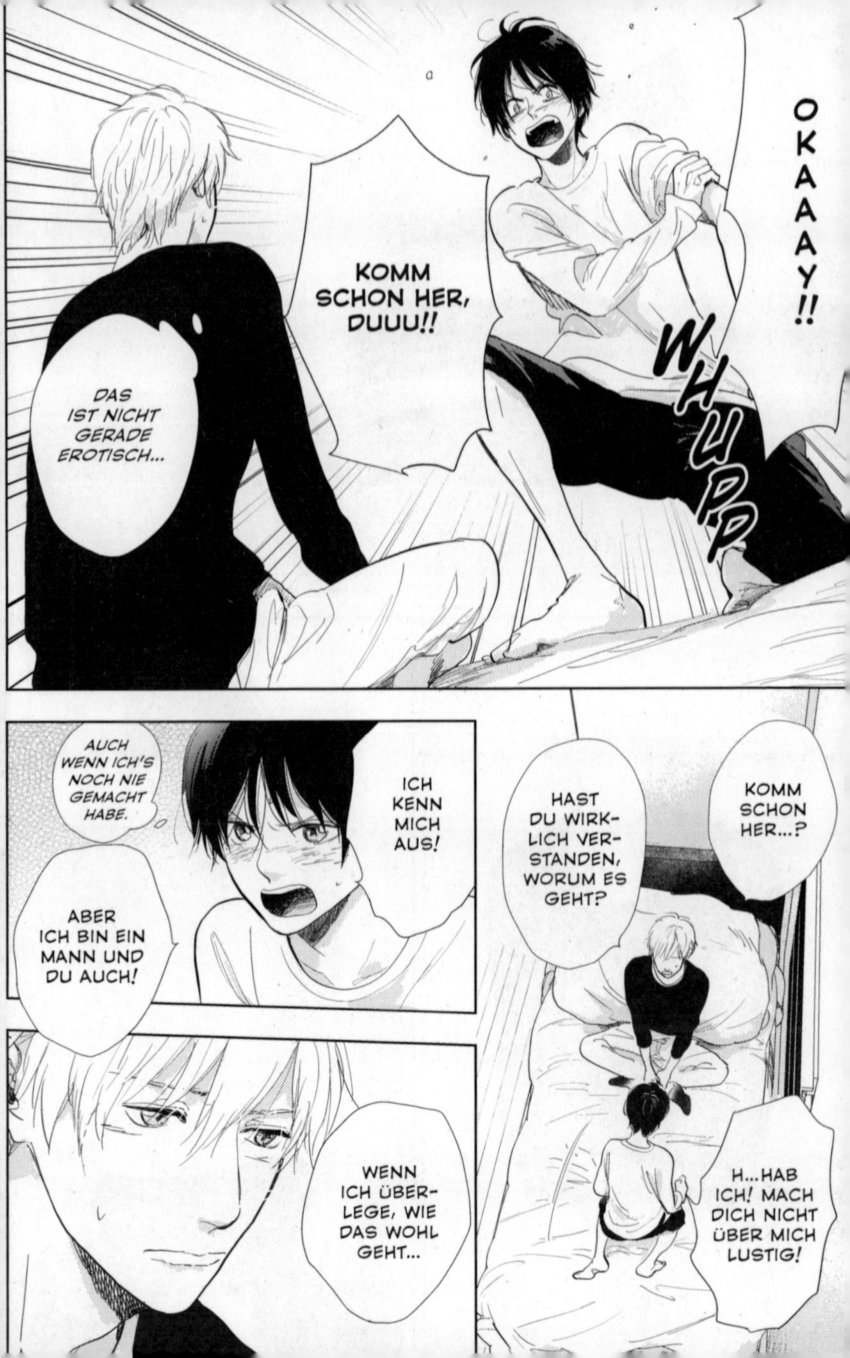
OKAAAY!!
KOMM SCHON HER, DUUU!!
WHUPP
DAS IST NICHT GERADE EROTISCH...
KOMM SCHON HER...?
HAST DU WIRKLICH VERSTANDEN, WORUM ES GEHT?
H...HAB ICH! MACH DICH NICHT ÜBER MICH LUSTIG!
ICH KENN MICH AUS!
AUCH WENN ICH'S NOCH NIE GEMACHT HABE.
ABER ICH BIN EIN MANN UND DU AUCH!
WENN ICH ÜBERLEGE, WIE DAS WOHL GEHT...

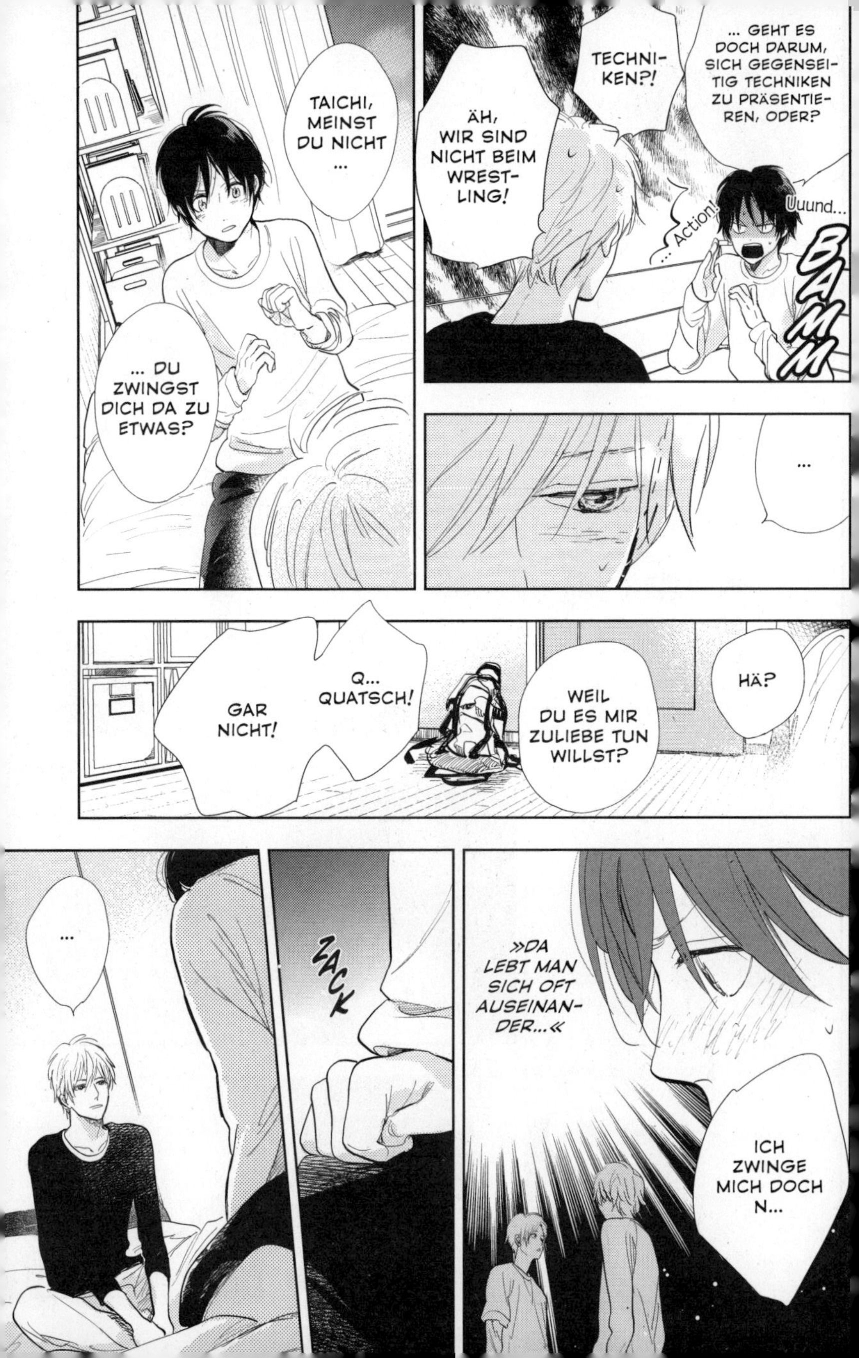

... GEHT ES DOCH DARUM, SICH GEGENSEITIG TECHNIKEN ZU PRÄSENTIEREN, ODER?
Uuund...
... Action!
BAMM
TECHNIKEN?!
ÄH, WIR SIND NICHT BEIM WRESTLING!
...
TAICHI, MEINST DU NICHT ...
... DU ZWINGST DICH DA ZU ETWAS?
HÄ?
WEIL DU ES MIR ZULIEBE TUN WILLST?
Q... QUATSCH!
GAR NICHT!
ICH ZWINGE MICH DOCH N...
»DA LEBT MAN SICH OFT AUSEINANDER...«
ZACK
...

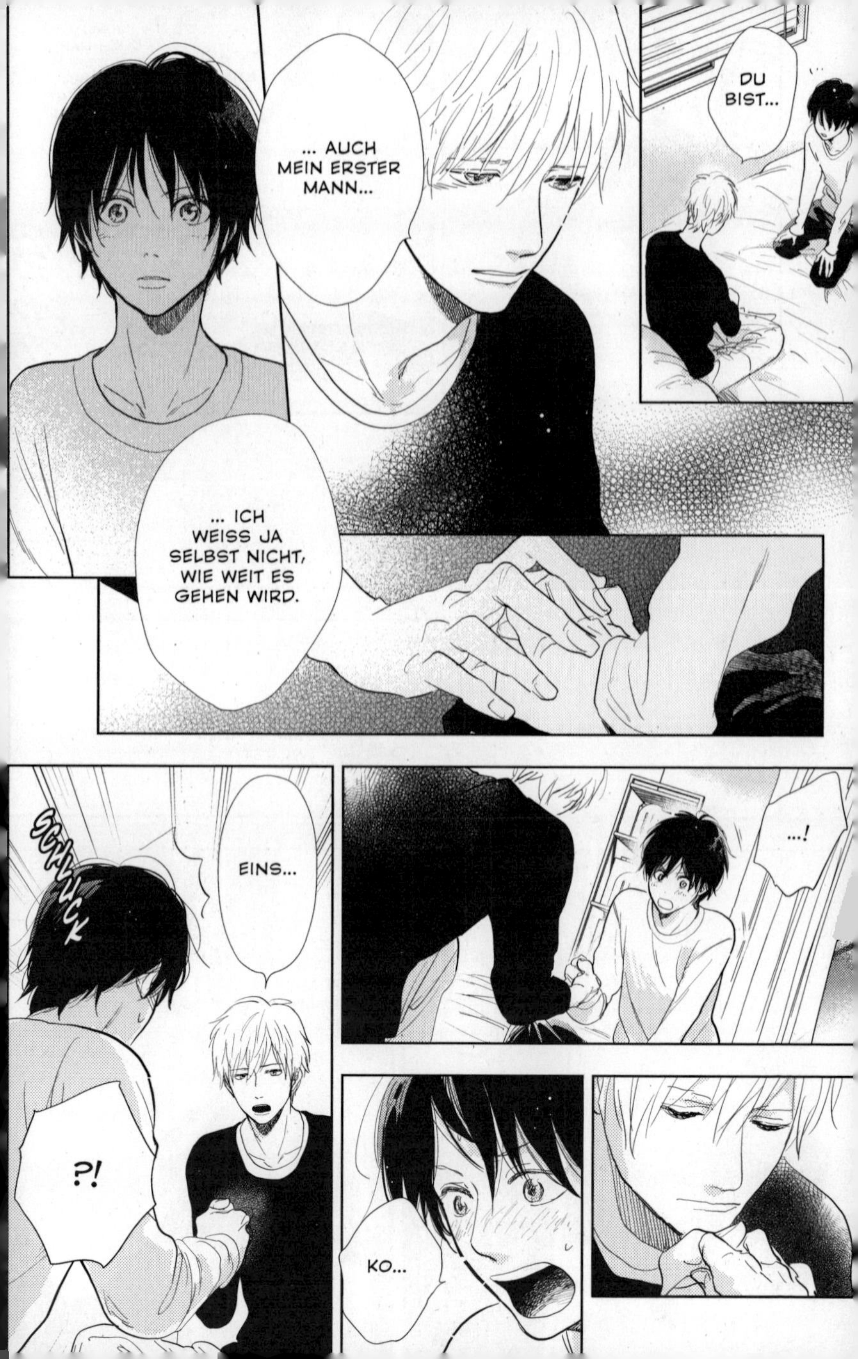
DU BIST...
... AUCH MEIN ERSTER MANN...
... ICH WEISS JA SELBST NICHT, WIE WEIT ES GEHEN WIRD.
...!
EINS...
SCHLUCK
?!
KO...

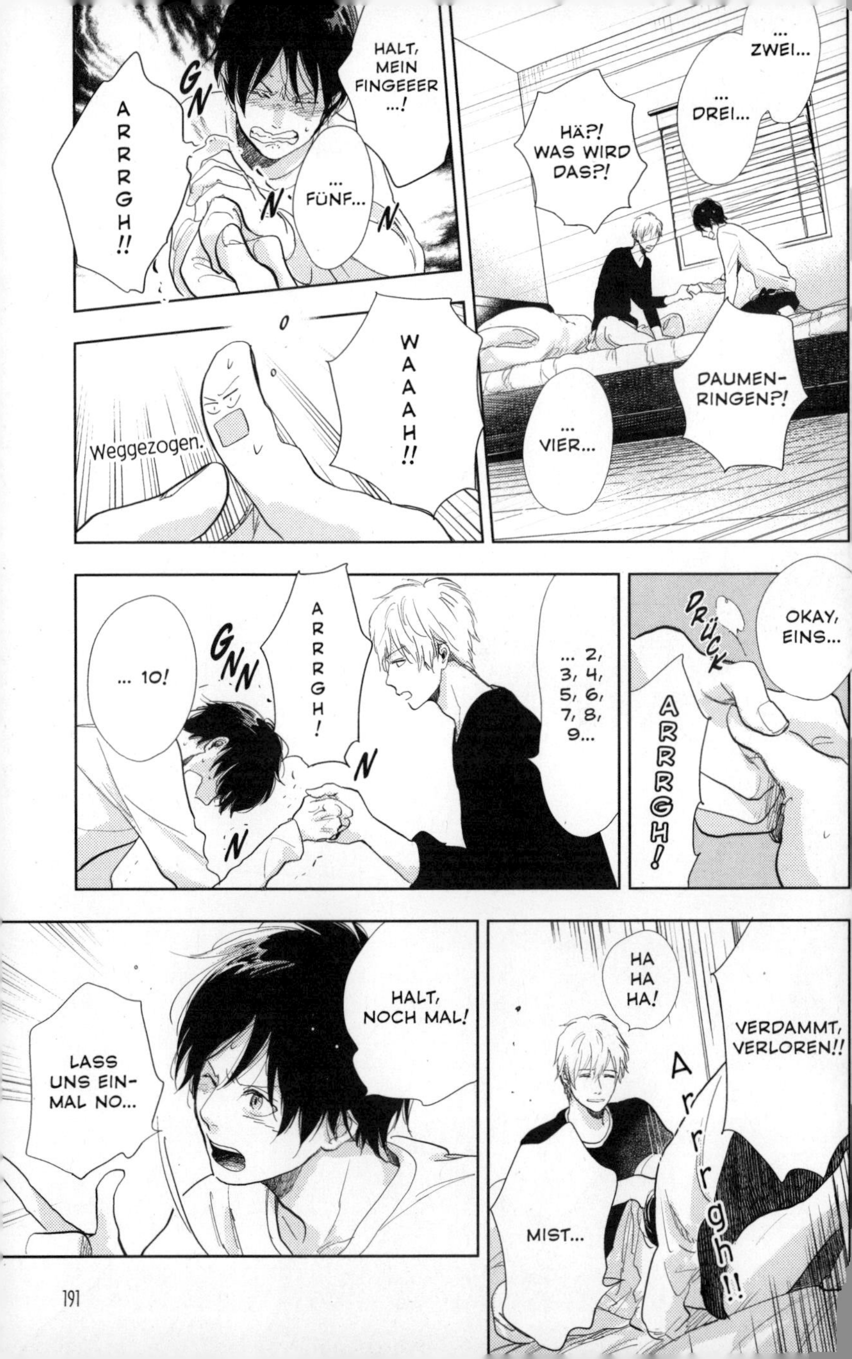

... ZWEI...
... DREI...
HÄ?! WAS WIRD DAS?!
DAUMEN-RINGEN?!
... VIER...
HALT, MEIN FINGEEER ...!
GN
N
N
... FÜNF...
ARRRGH!!
WAAAAH!!
Weggezogen.
OKAY, EINS...
DRÜCK
ARRRGH!
... 2, 3, 4, 5, 6, 7, 8, 9...
ARRRGH!
GNN
N
N
... 10!
VERDAMMT, VERLOREN!!
HA HA HA!
MIST...
Arrrgh!!
HALT, NOCH MAL!
LASS UNS EIN-MAL NO...

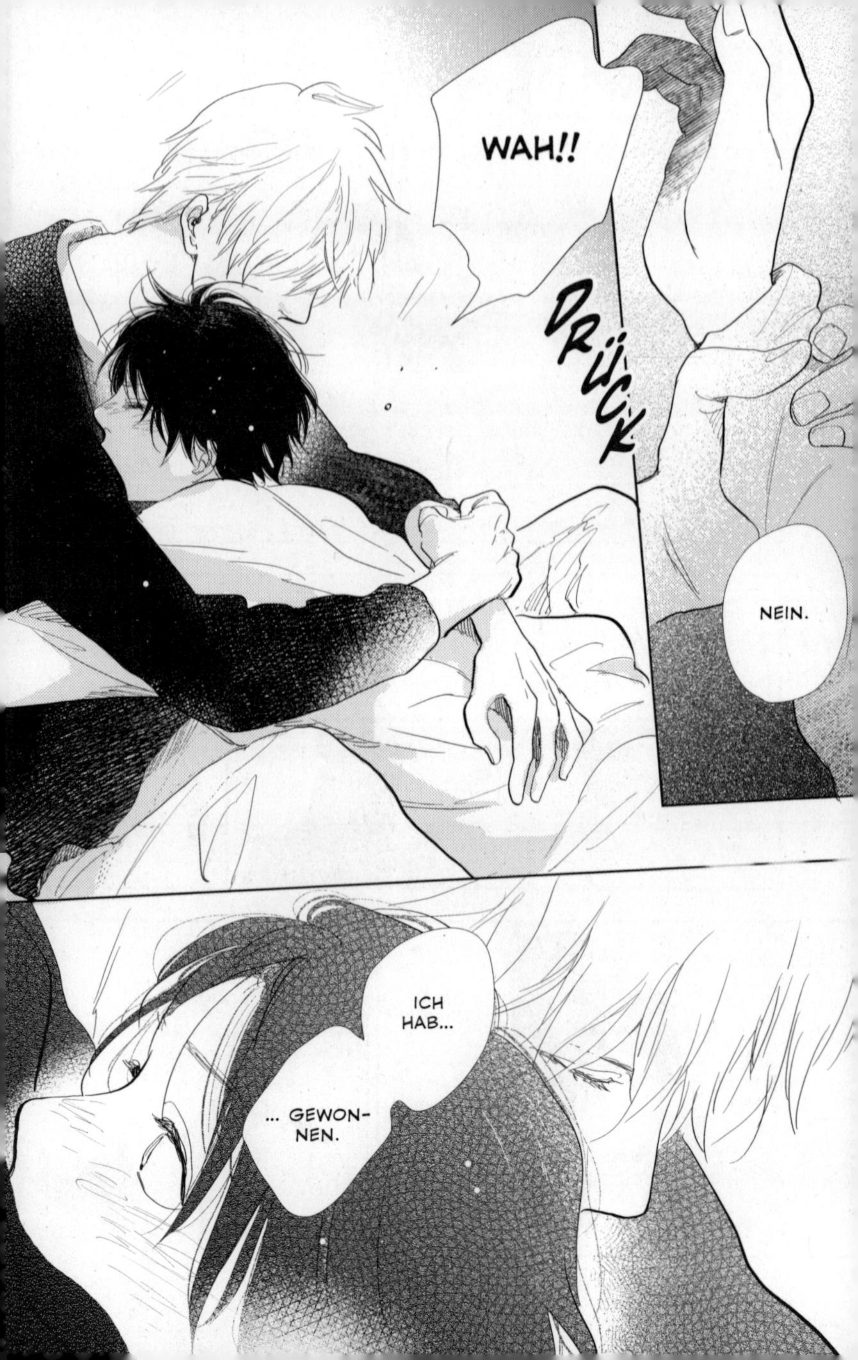
WAH!!
DRÜCK
NEIN.
ICH HAB...
... GEWON-
NEN.

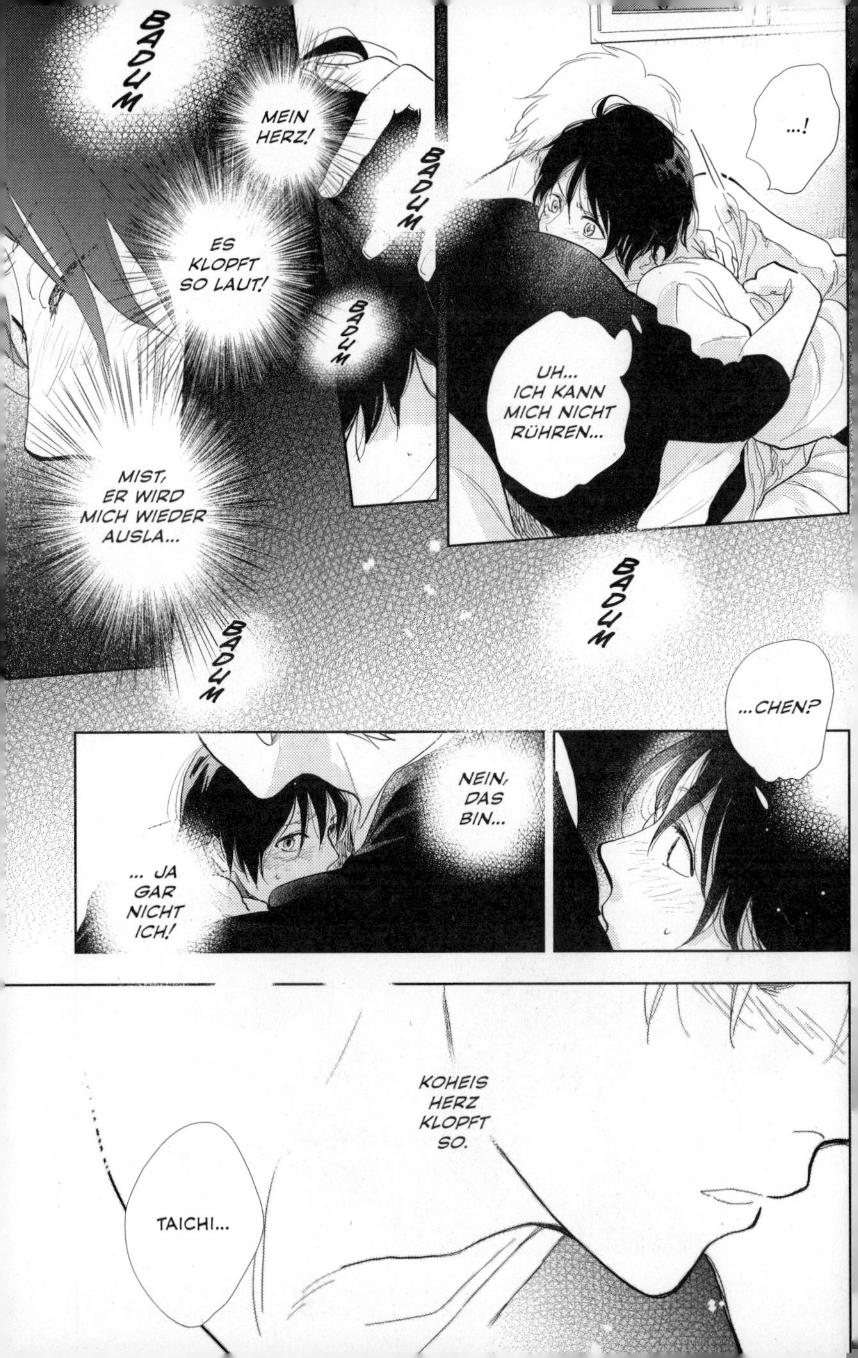
...!
UH... ICH KANN MICH NICHT RÜHREN...
BADUM
MEIN HERZ!
BADUM
BADUM
ES KLOPFT SO LAUT!
BADUM
MIST, ER WIRD MICH WIEDER AUSLA...
BADUM
BADUM
...CHEN?
NEIN, DAS BIN...
... JA GAR NICHT ICH!
KOHEIS HERZ KLOPFT SO.
TAICHI...

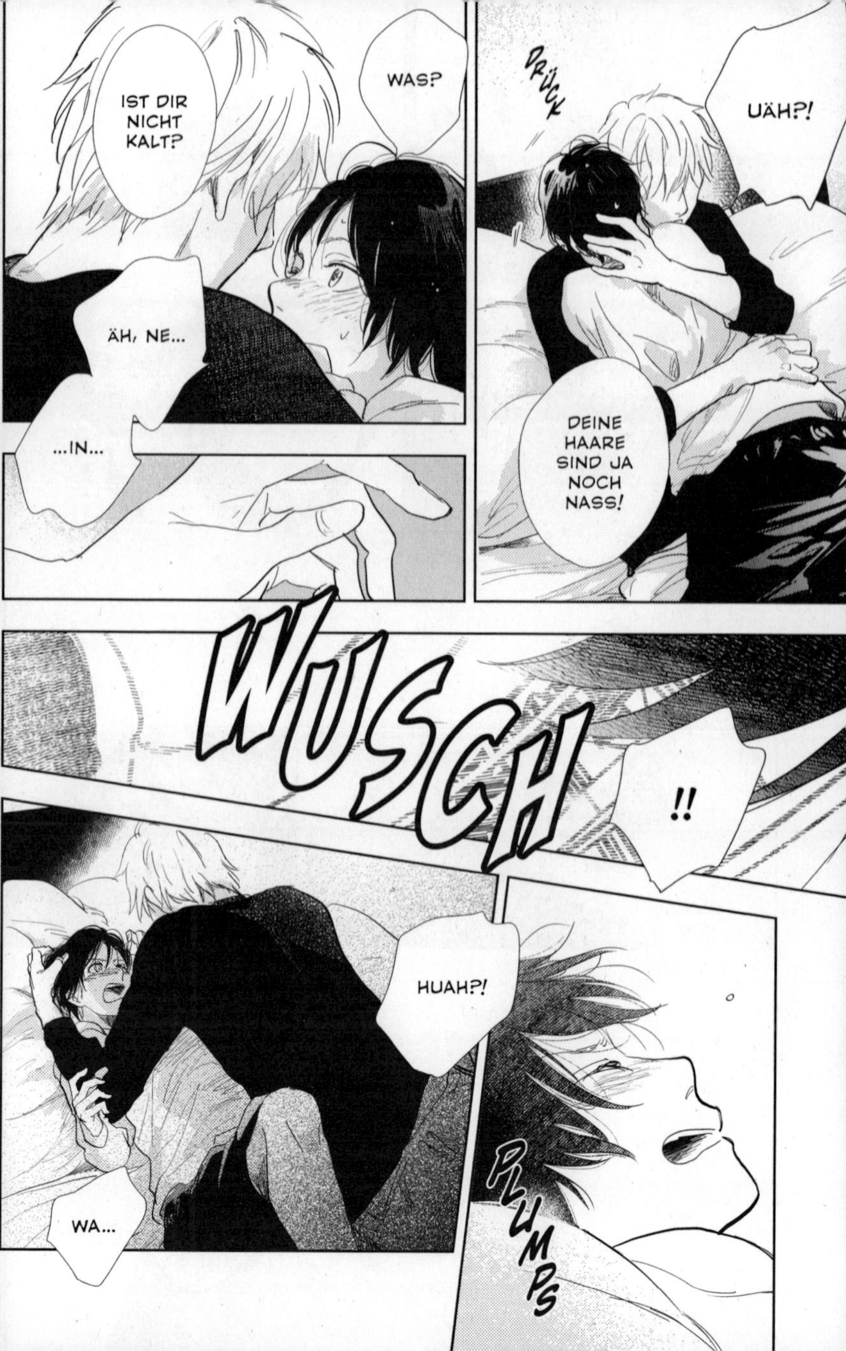
DRÜCK
UÄH?!
DEINE HAARE SIND JA NOCH NASS!
WAS?
IST DIR NICHT KALT?
ÄH, NE...
...IN...
WUSCH
!!
PLUMPS
HUAH?!
WA...

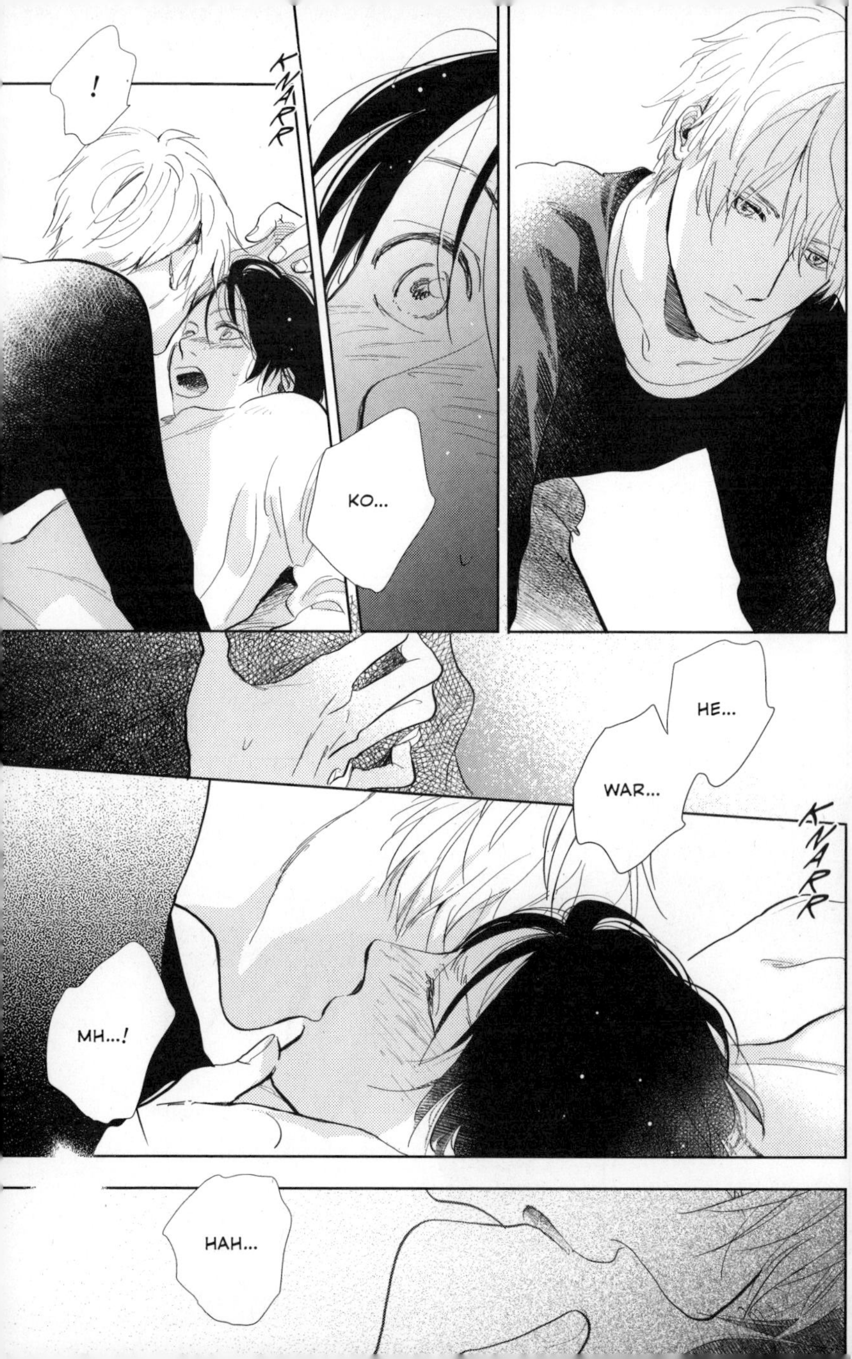
!
KNARR
KO...
HE...
WAR...
KNARR
MH...!
HAH...

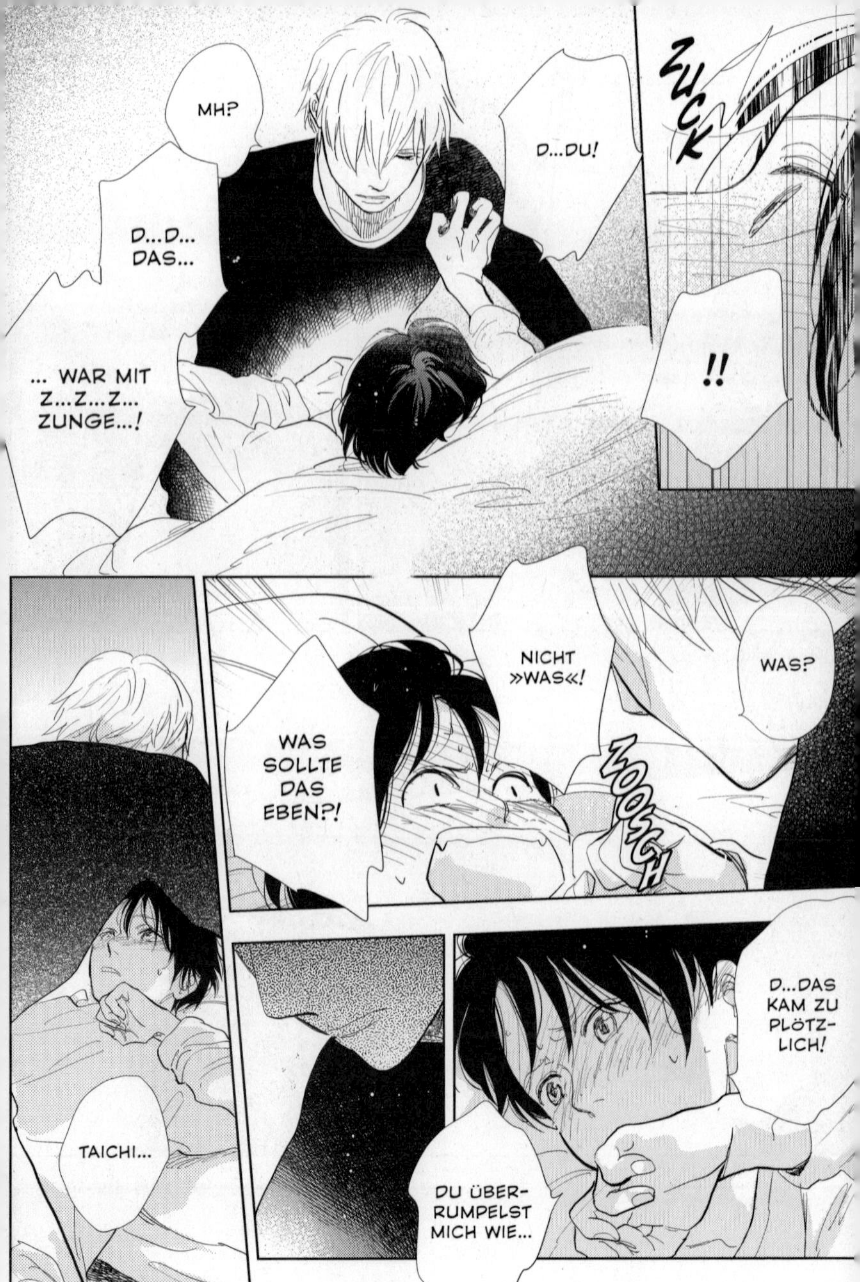
ZUCK
!!
D...DU!
MH?
D...D...
DAS...
... WAR MIT
Z...Z...Z...
ZUNGE...!
WAS?
NICHT
»WAS«!
WAS
SOLLTE
DAS
EBEN?!
ZOOMCH
D...DAS
KAM ZU
PLÖTZ-
LICH!
DU ÜBER-
RUMPELST
MICH WIE...
TAICHI...

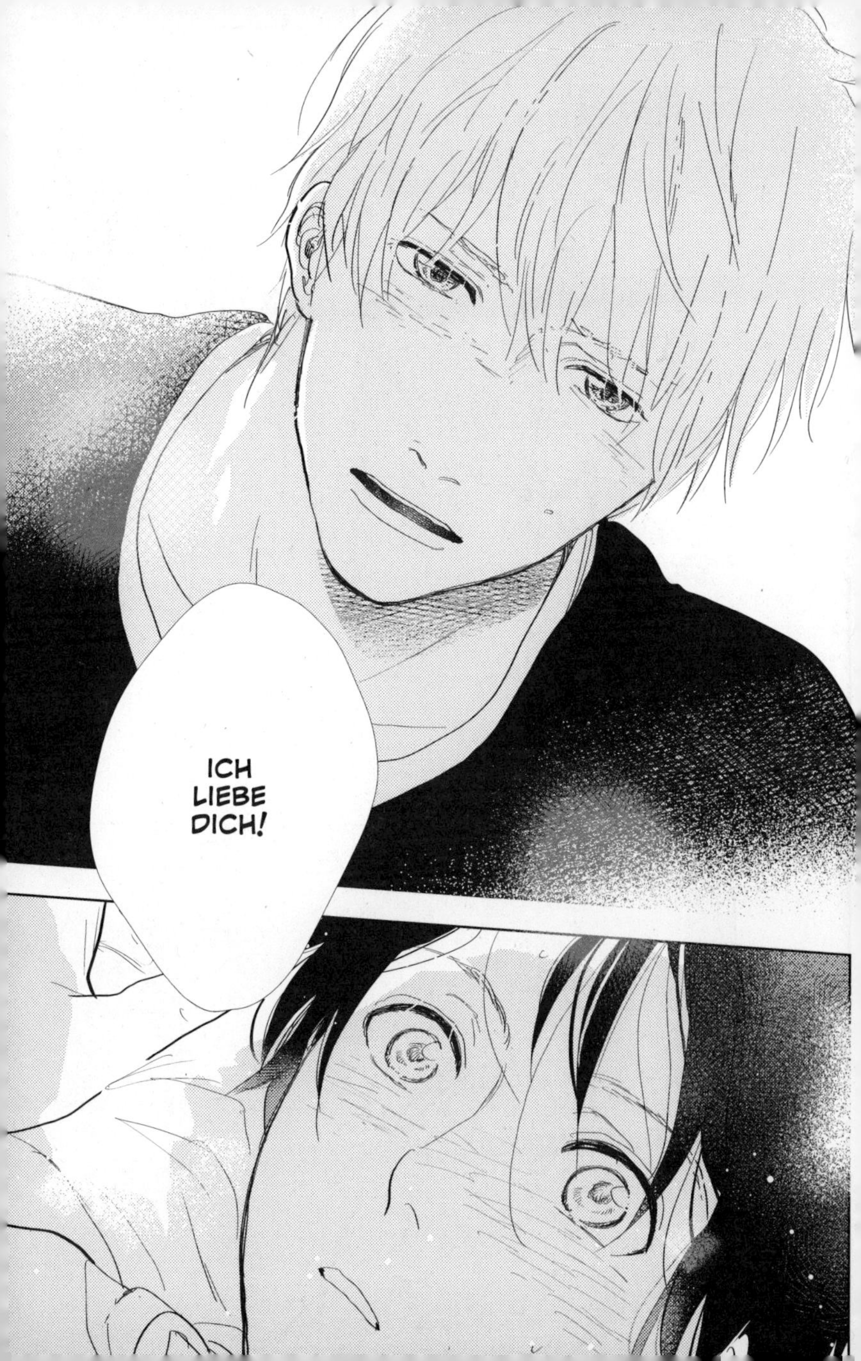
ICH LIEBE DICH!

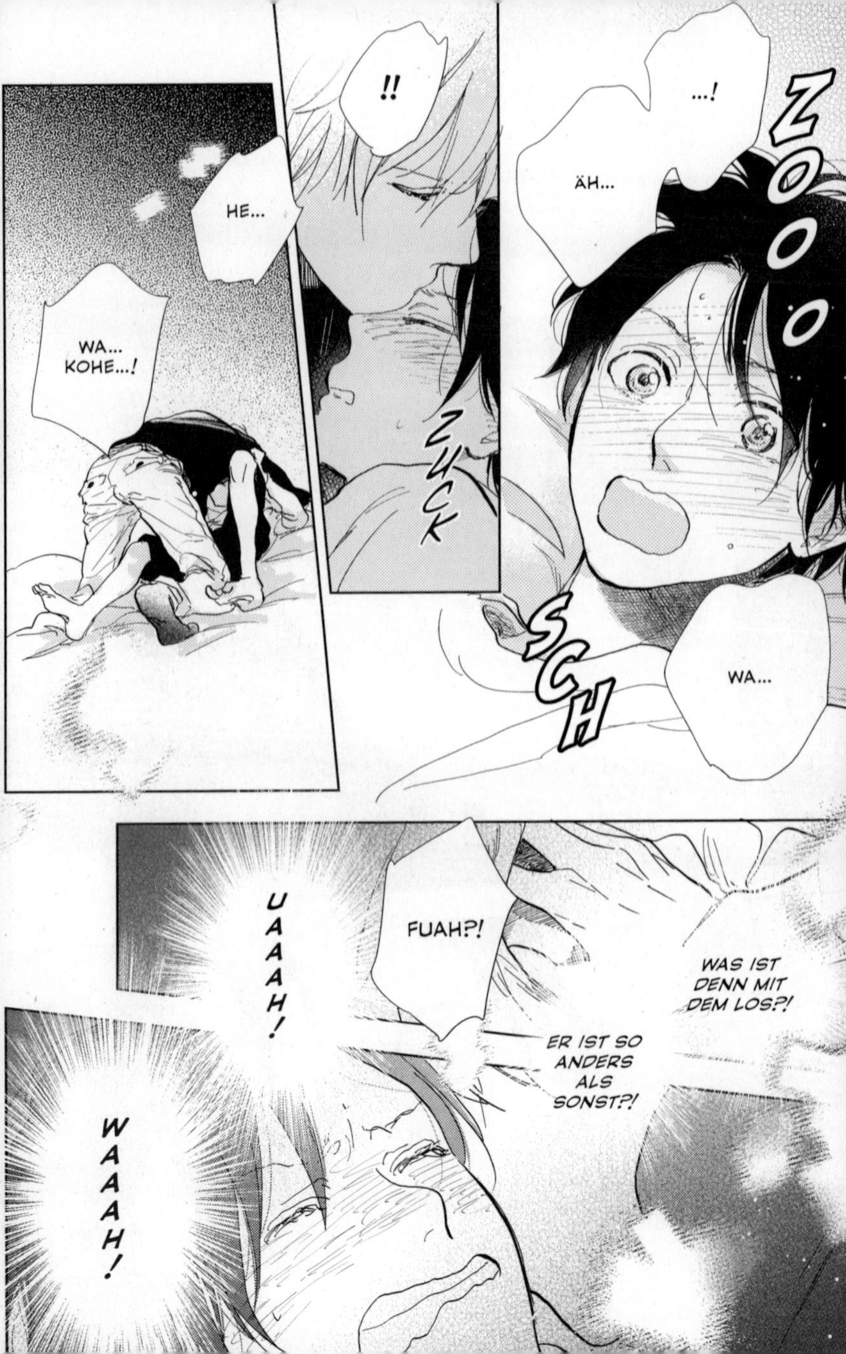
...!
ÄH...
ZOOO
WA...
SCH
!!
ZUCK
HE...
WA... KOHE...!
WAS IST DENN MIT DEM LOS?!
FUAH?!
ER IST SO ANDERS ALS SONST?!
UAAAAH!
WAAAAH!

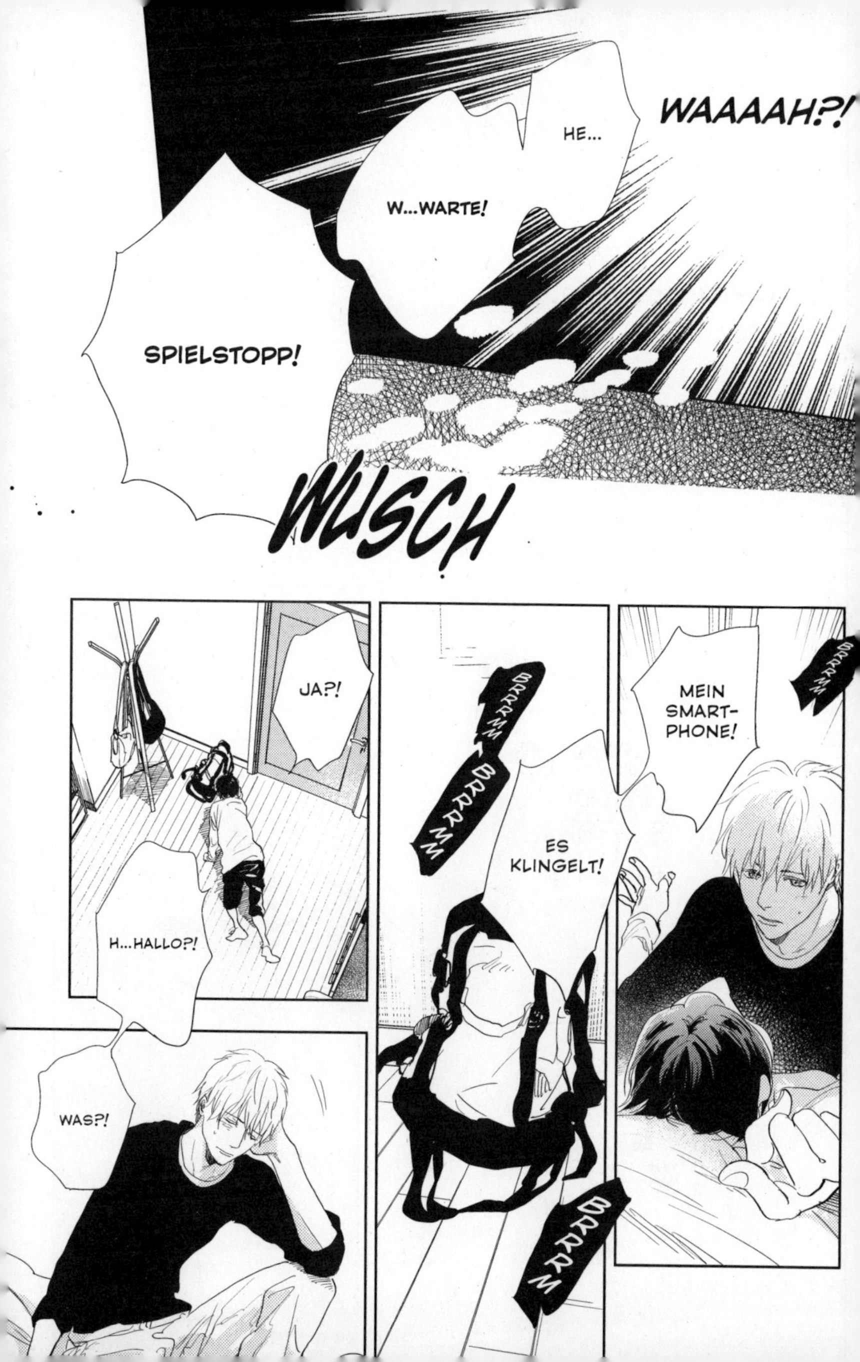

WAAAAH?!
HE...
W...WARTE!
SPIELSTOPP!
WUSCH
BRRRM
MEIN SMART-PHONE!
BRRRM
BRRRM
ES KLINGELT!
BRRRM
JA?!
H...HALLO?!
WAS?!

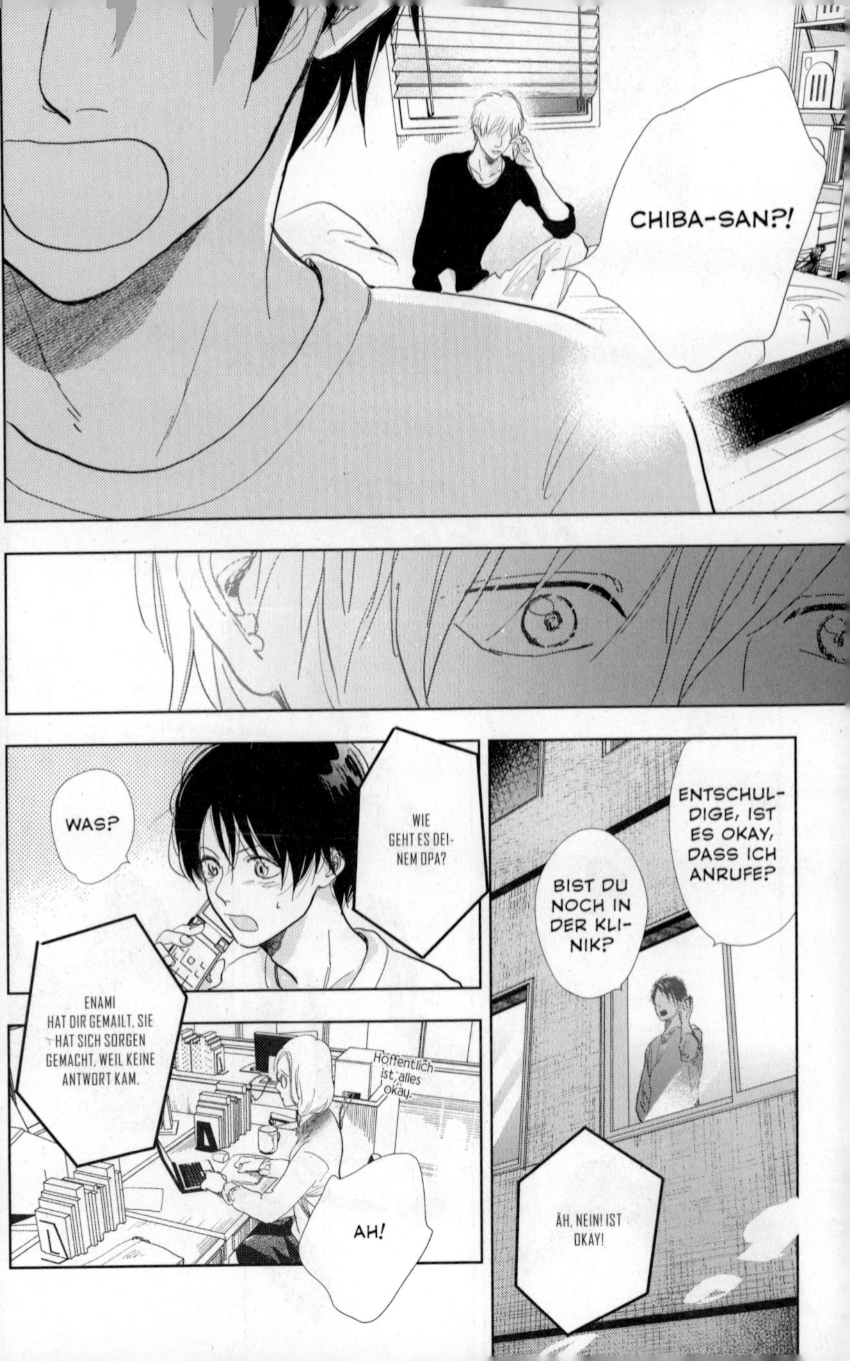
CHIBA-SAN?!
ENTSCHULDIGE, IST ES OKAY, DASS ICH ANRUFE?
BIST DU NOCH IN DER KLINIK?
WIE GEHT ES DEINEM OPA?
WAS?
ENAMI HAT DIR GEMAILT, SIE HAT SICH SORGEN GEMACHT, WEIL KEINE ANTWORT KAM.
Hoffentlich ist alles okay.
AH!
ÄH, NEIN! IST OKAY!

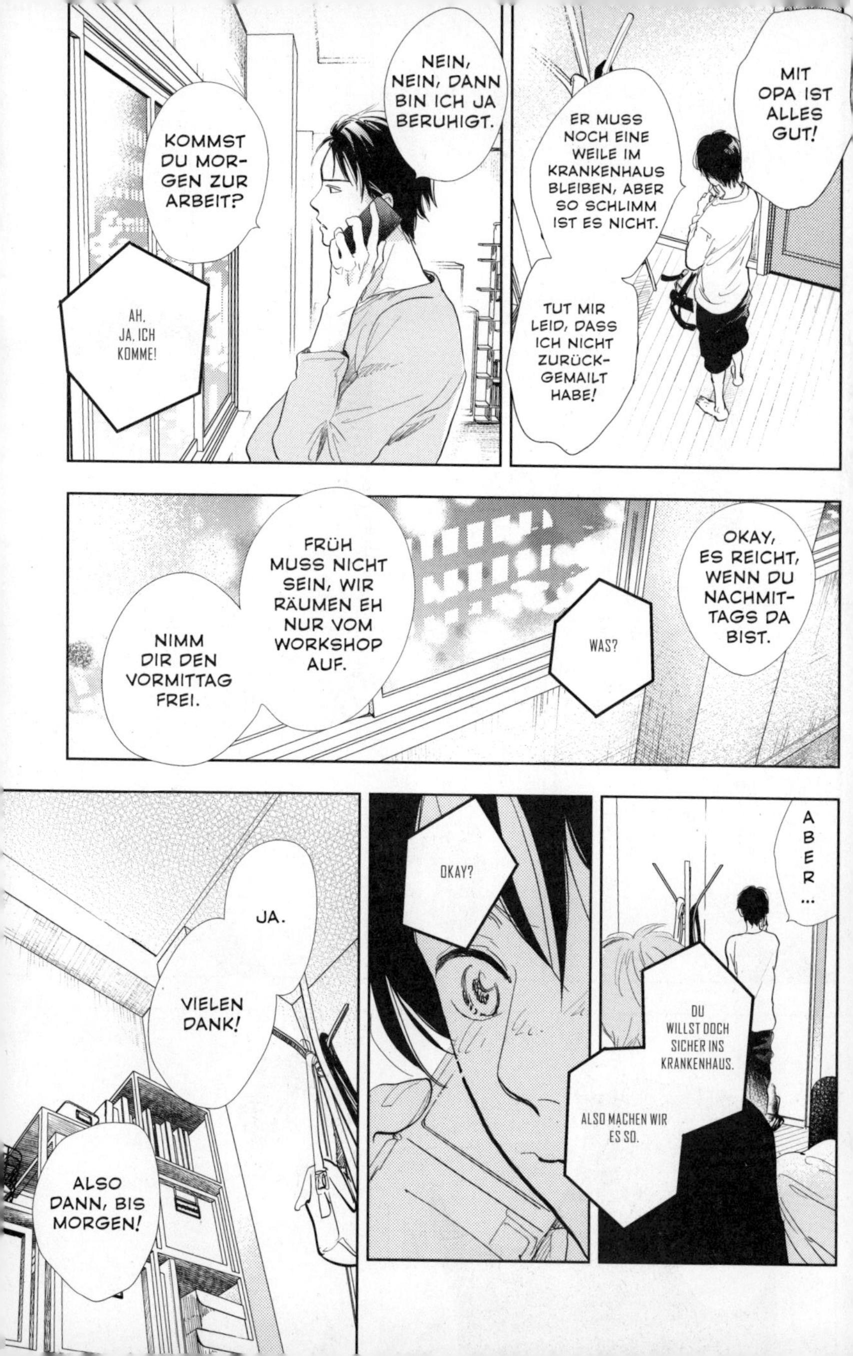
MIT OPA IST ALLES GUT!
ER MUSS NOCH EINE WEILE IM KRANKENHAUS BLEIBEN, ABER SO SCHLIMM IST ES NICHT.
TUT MIR LEID, DASS ICH NICHT ZURÜCKGEMAILT HABE!
NEIN, NEIN, DANN BIN ICH JA BERUHIGT.
KOMMST DU MORGEN ZUR ARBEIT?
AH, JA, ICH KOMME!
OKAY, ES REICHT, WENN DU NACHMITTAGS DA BIST.
WAS?
FRÜH MUSS NICHT SEIN, WIR RÄUMEN EH NUR VOM WORKSHOP AUF.
NIMM DIR DEN VORMITTAG FREI.
ABER ...
DU WILLST DOCH SICHER INS KRANKENHAUS.
ALSO MACHEN WIR ES SO.
OKAY?
JA.
VIELEN DANK!
ALSO DANN, BIS MORGEN!

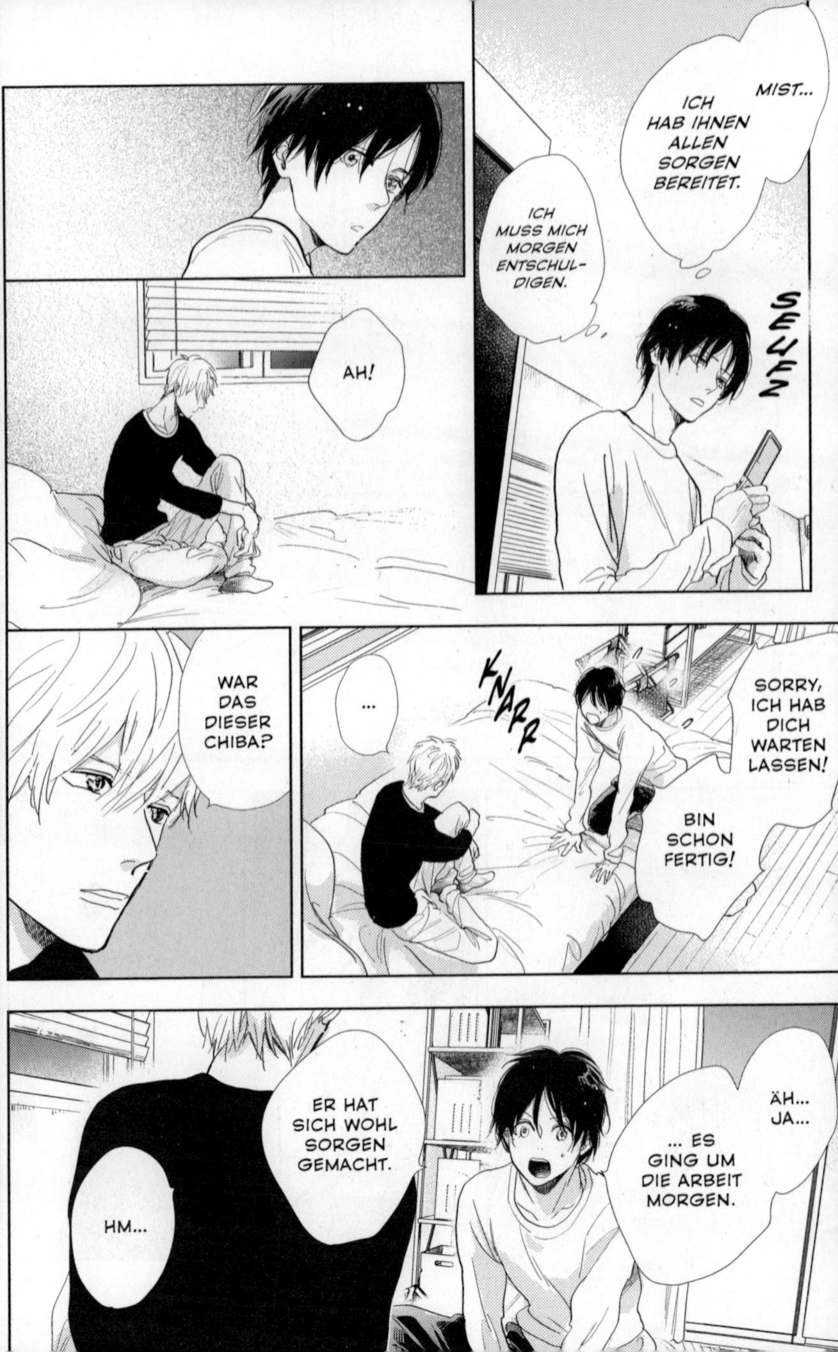
MIST...
ICH HAB IHNEN ALLEN SORGEN BEREITET.
ICH MUSS MICH MORGEN ENTSCHUL-DIGEN.
SEUFZ
AH!
SORRY, ICH HAB DICH WARTEN LASSEN!
BIN SCHON FERTIG!
KNARR
...
WAR DAS DIESER CHIBA?
ÄH... JA...
... ES GING UM DIE ARBEIT MORGEN.
ER HAT SICH WOHL SORGEN GEMACHT.
HM...

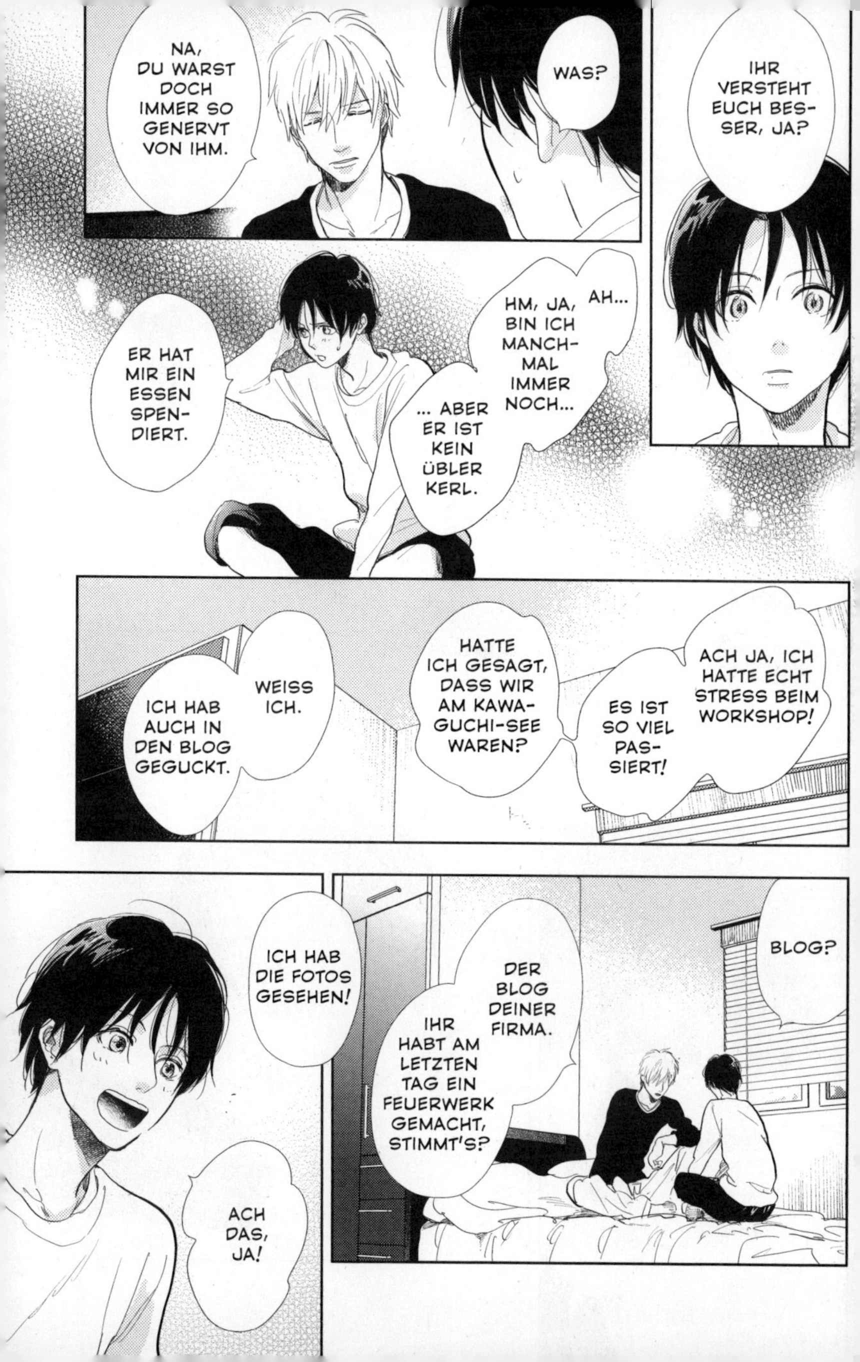
IHR VERSTEHT EUCH BESSER, JA?
WAS?
NA, DU WARST DOCH IMMER SO GENERVT VON IHM.
AH...
HM, JA, BIN ICH MANCHMAL IMMER NOCH...
... ABER ER IST KEIN ÜBLER KERL.
ER HAT MIR EIN ESSEN SPENDIERT.
ACH JA, ICH HATTE ECHT STRESS BEIM WORKSHOP!
ES IST SO VIEL PASSIERT!
HATTE ICH GESAGT, DASS WIR AM KAWAGUCHI-SEE WAREN?
WEISS ICH.
ICH HAB AUCH IN DEN BLOG GEGUCKT.
BLOG?
DER BLOG DEINER FIRMA.
IHR HABT AM LETZTEN TAG EIN FEUERWERK GEMACHT, STIMMT'S?
ICH HAB DIE FOTOS GESEHEN!
ACH DAS, JA!

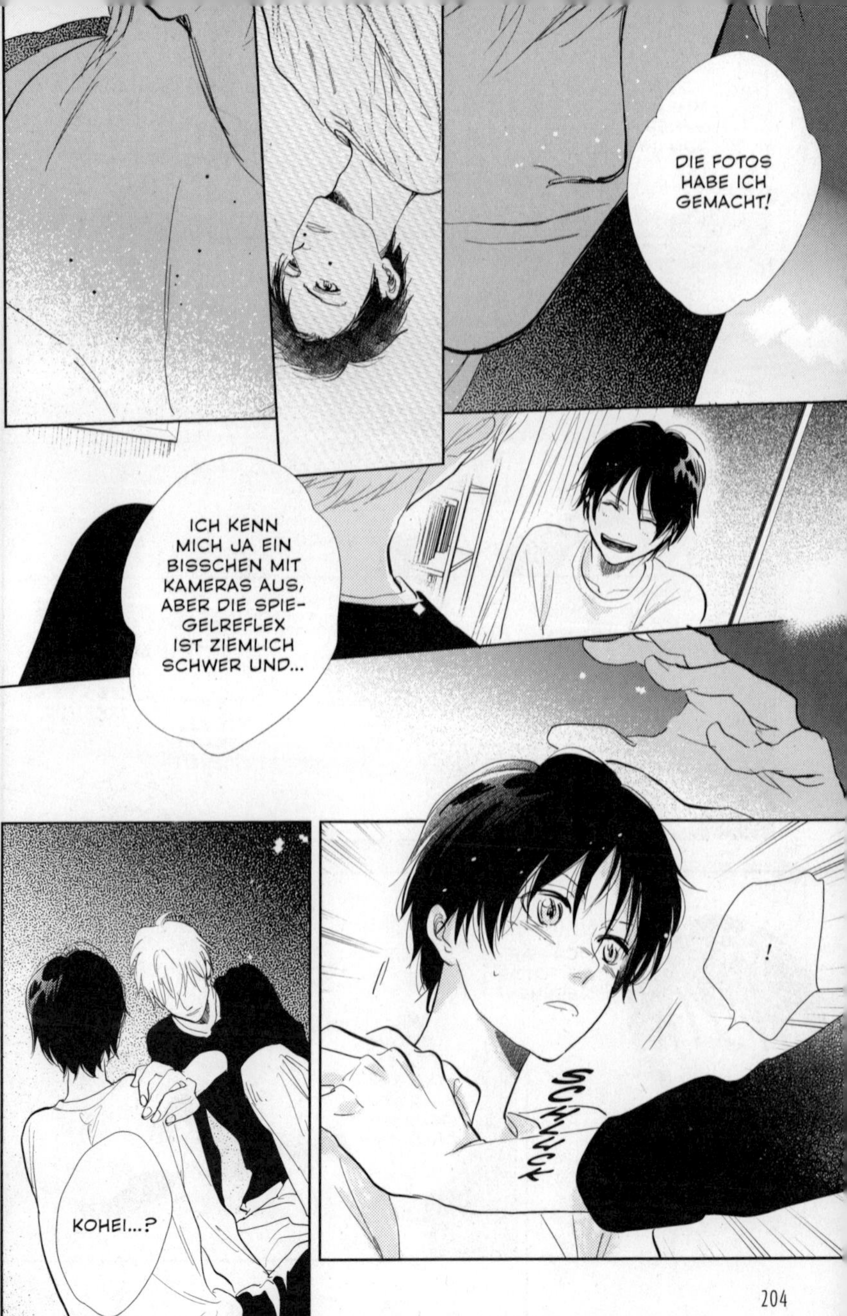
DIE FOTOS HABE ICH GEMACHT!
ICH KENN MICH JA EIN BISSCHEN MIT KAMERAS AUS, ABER DIE SPIEGELREFLEX IST ZIEMLICH SCHWER UND...
!
SCHWUCK
KOHEI...?

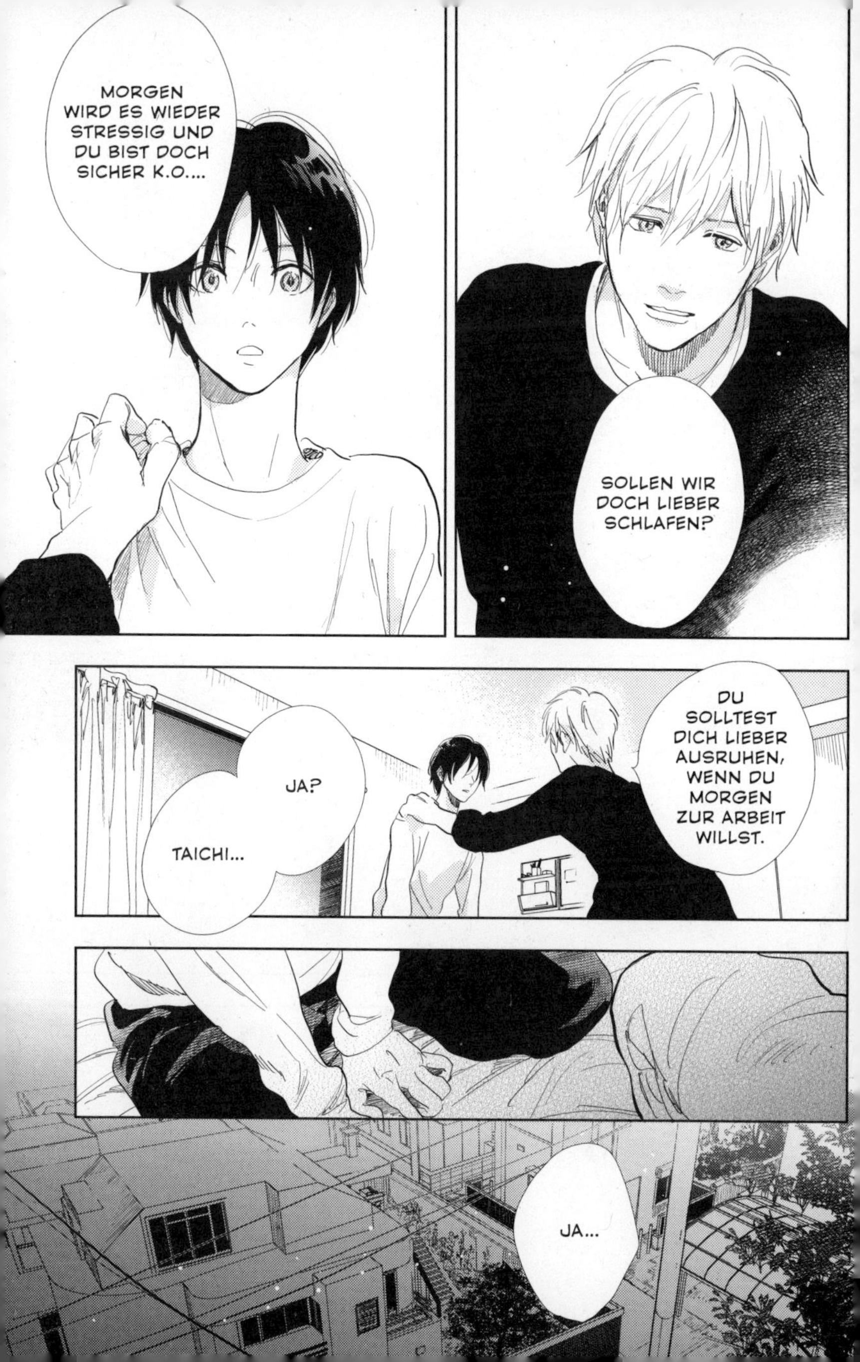
SOLLEN WIR DOCH LIEBER SCHLAFEN?
MORGEN WIRD ES WIEDER STRESSIG UND DU BIST DOCH SICHER K.O....
DU SOLLTEST DICH LIEBER AUSRUHEN, WENN DU MORGEN ZUR ARBEIT WILLST.
TAICHI...
JA?
JA...

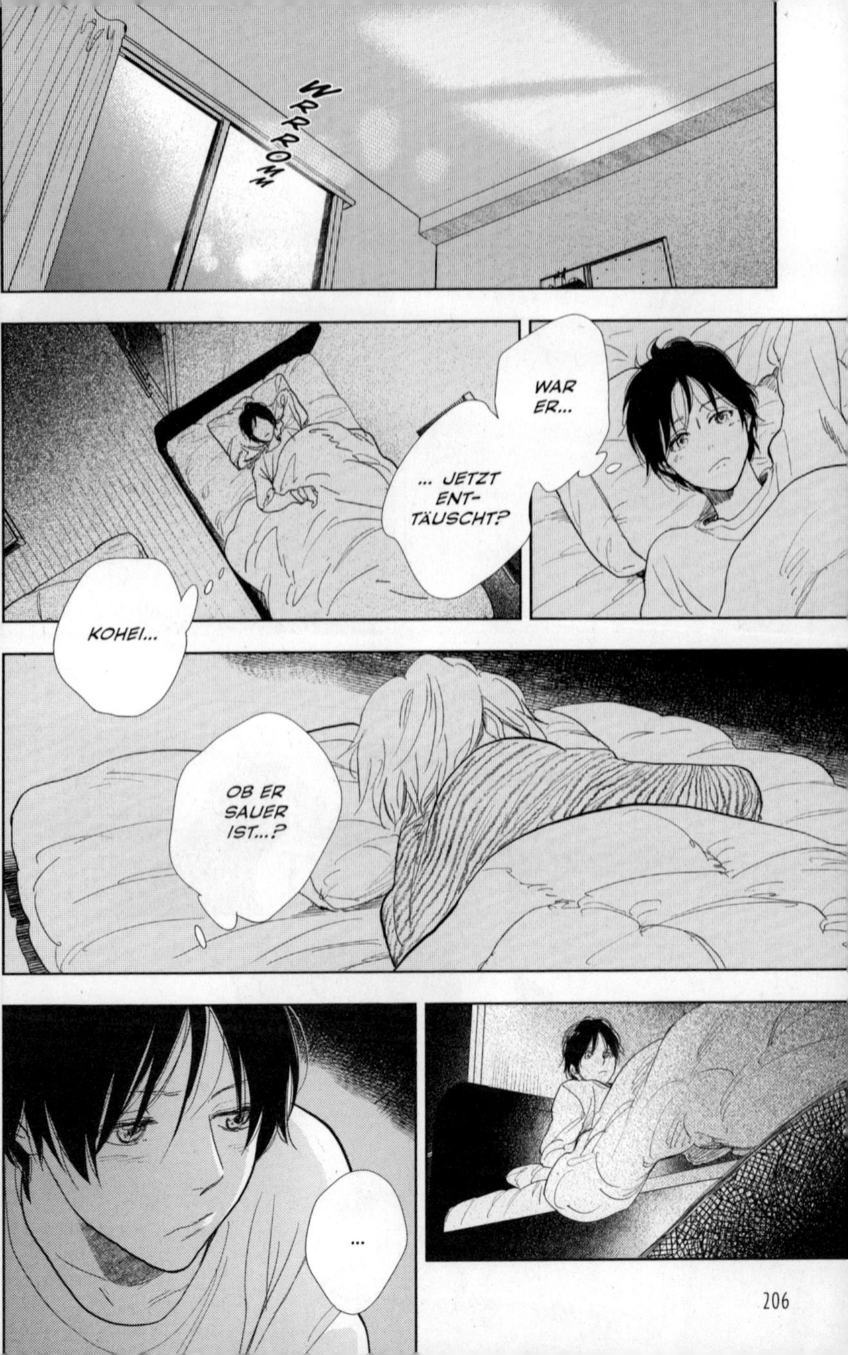
WRRROMM
WAR ER...
... JETZT ENT-TÄUSCHT?
KOHEI...
OB ER SAUER IST...?
...

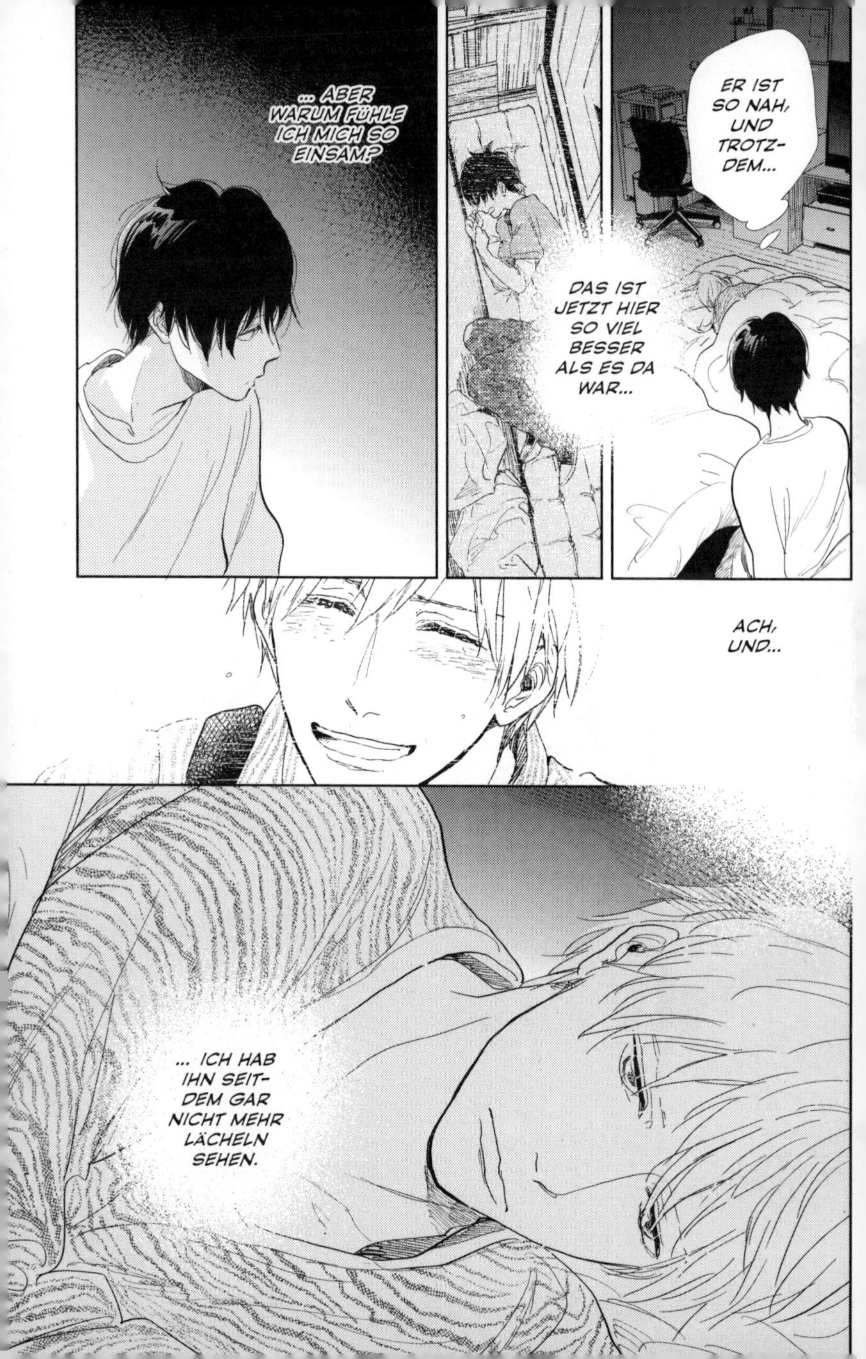
ER IST SO NAH, UND TROTZ-DEM...
DAS IST JETZT HIER SO VIEL BESSER ALS ES DA WAR...
... ABER WARUM FÜHLE ICH MICH SO EINSAM?
ACH, UND...
... ICH HAB IHN SEIT-DEM GAR NICHT MEHR LÄCHELN SEHEN.

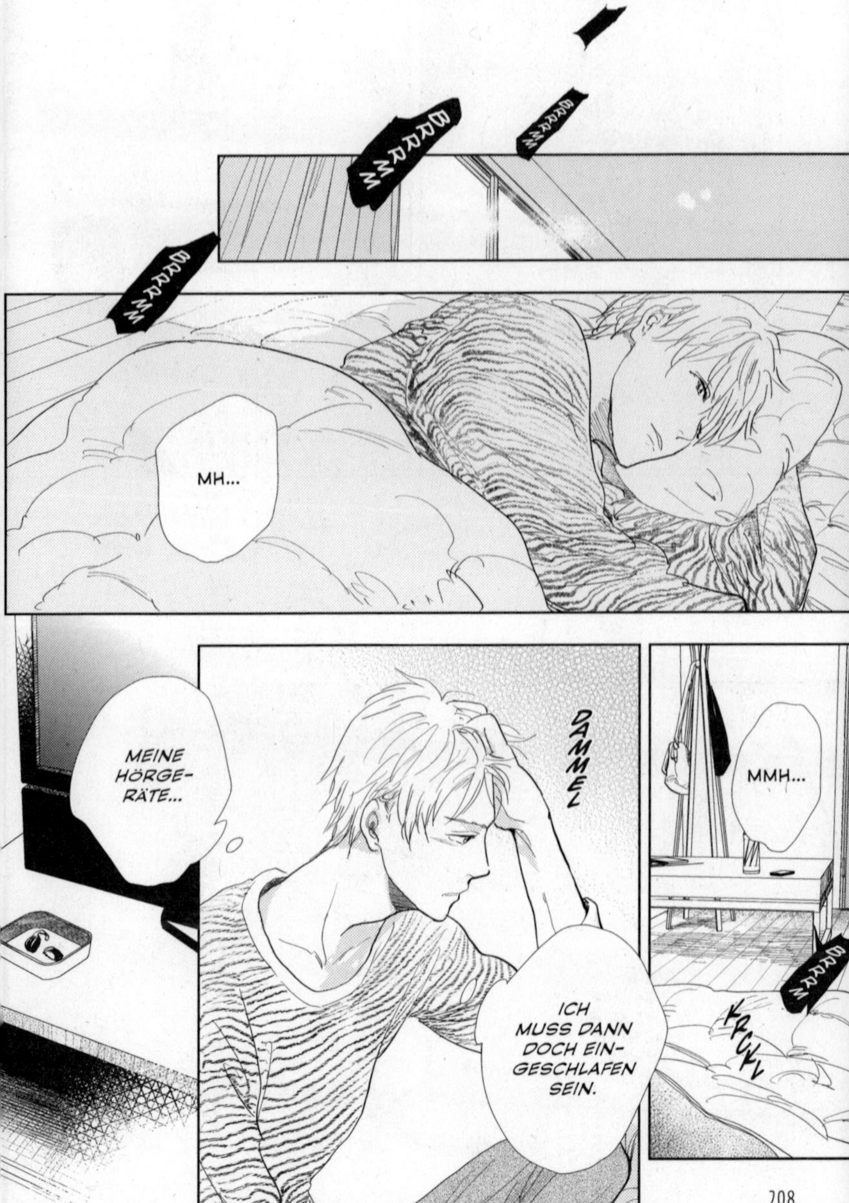
BRRRM
BRRRM
BRRRM
MH...
MMH...
DAMMEL
MEINE HÖRGERÄTE...
ICH MUSS DANN DOCH EINGESCHLAFEN SEIN.
BRRRM
KRUNV

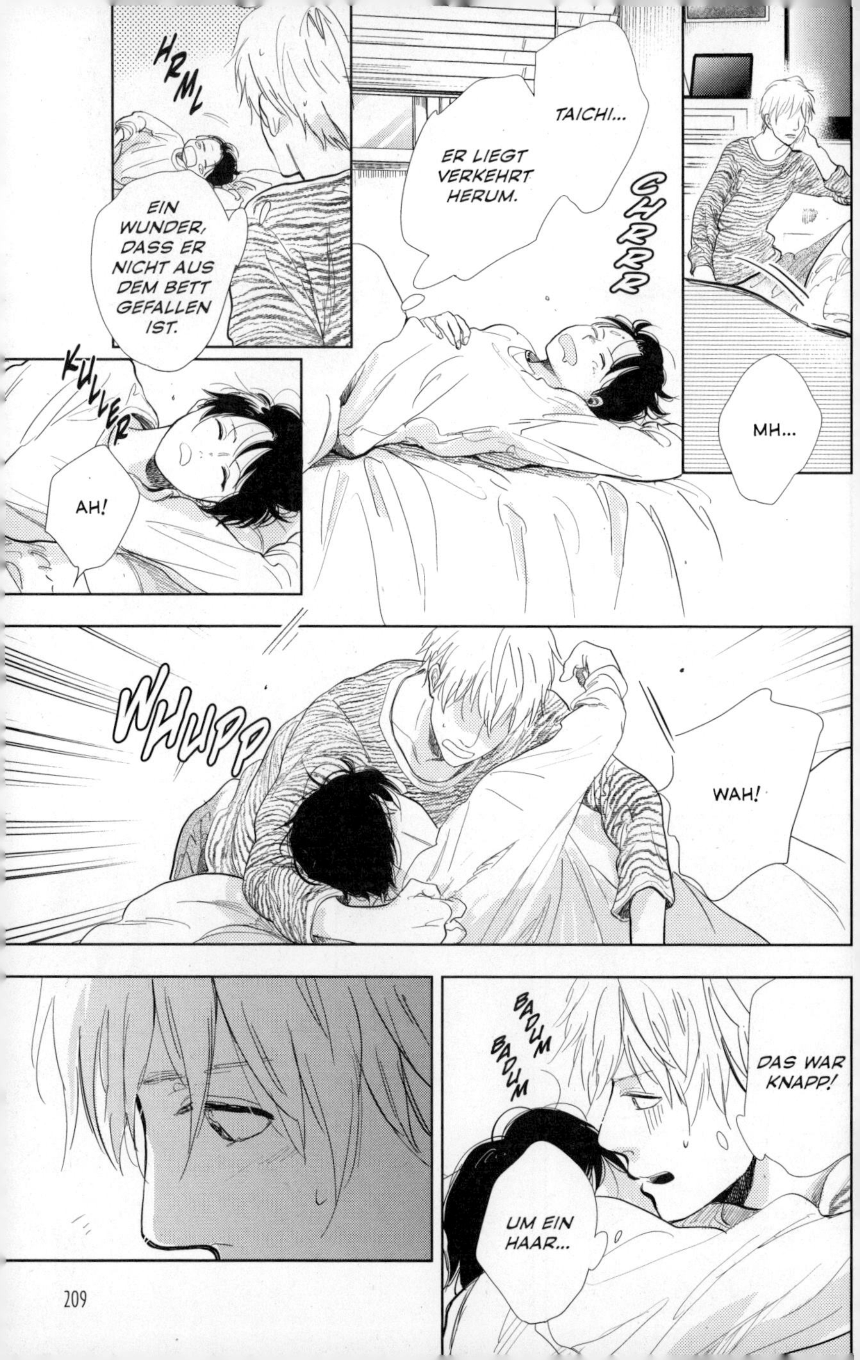
TAICHI...
ER LIEGT VERKEHRT HERUM.
CHRRR
HRML
EIN WUNDER, DASS ER NICHT AUS DEM BETT GEFALLEN IST.
MH...
KULLER
AH!
WAH!
WHUPP
DAS WAR KNAPP!
BADUM BADUM
UM EIN HAAR...

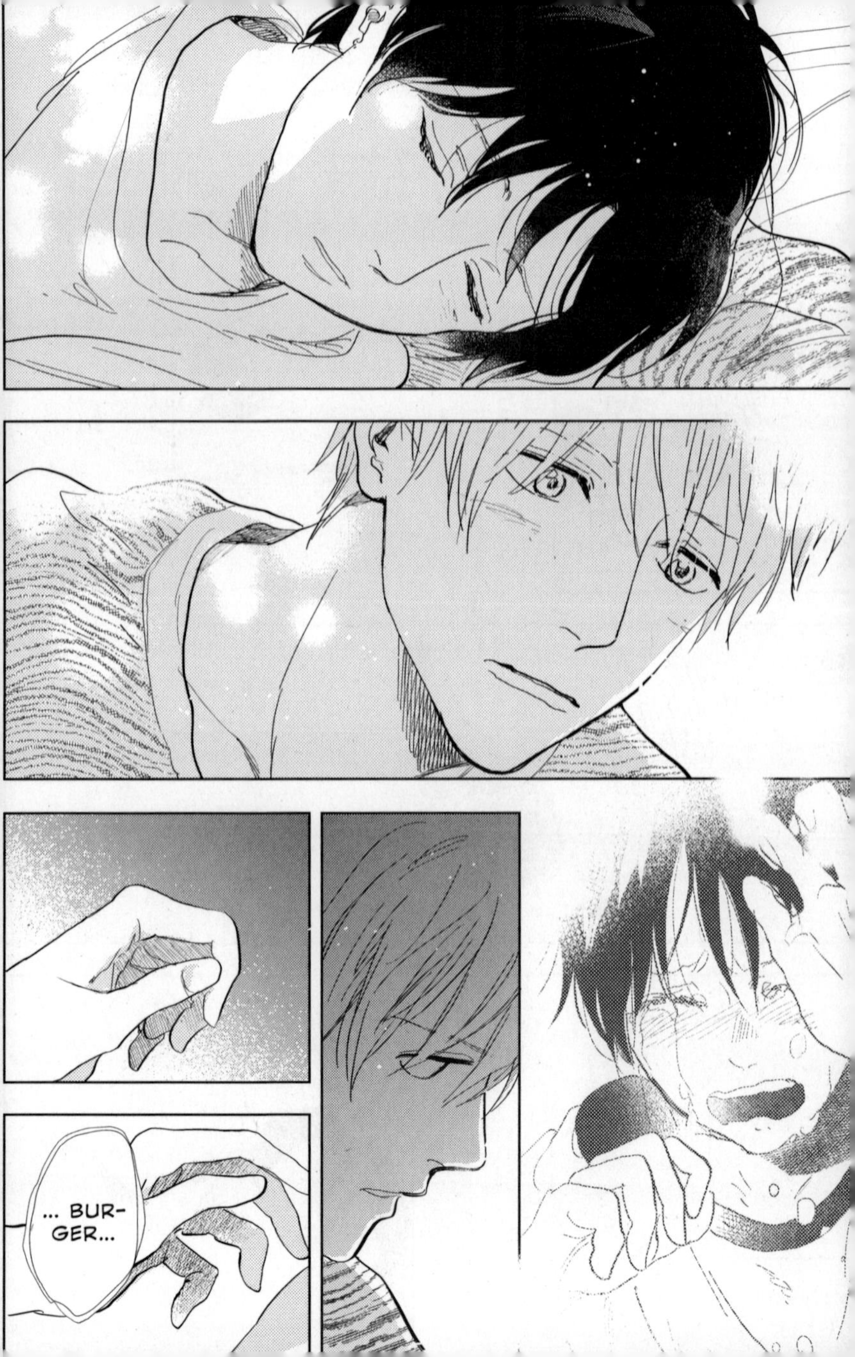
... BURGER...

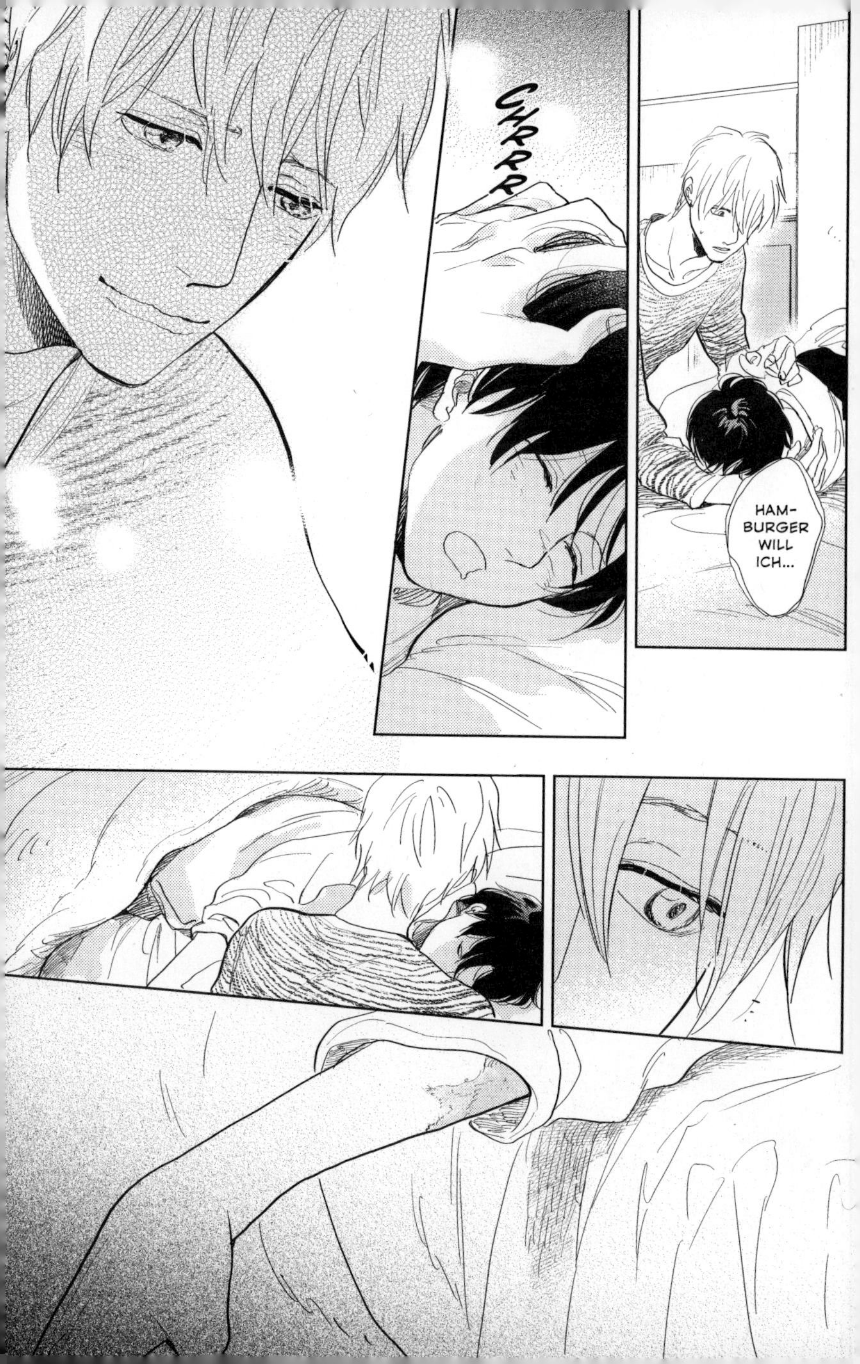
CHRRR
HAM-
BURGER
WILL
ICH...

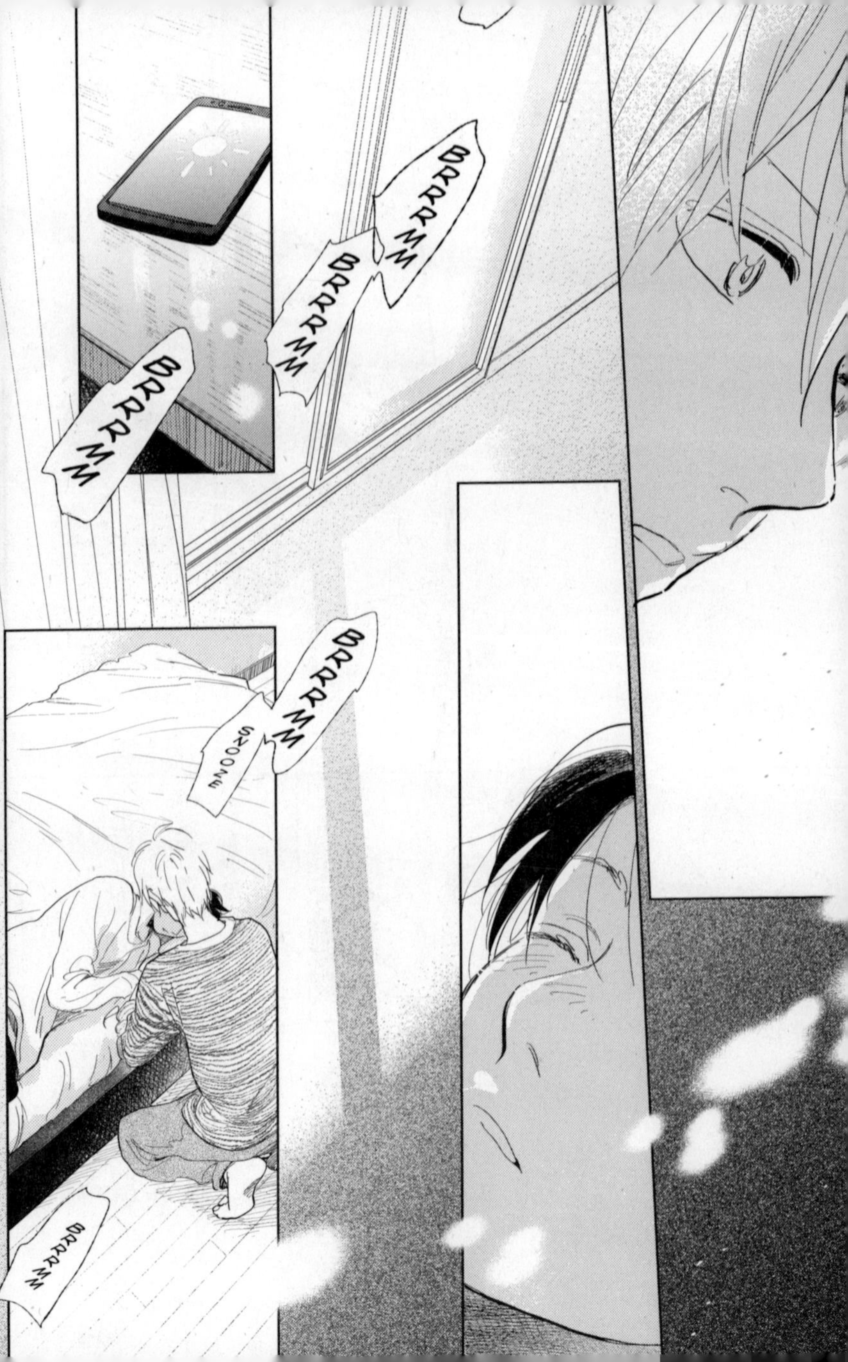
BRRRMM
BRRRMM
BRRRMM
BRRRMM
SNOOZE
BRRRM

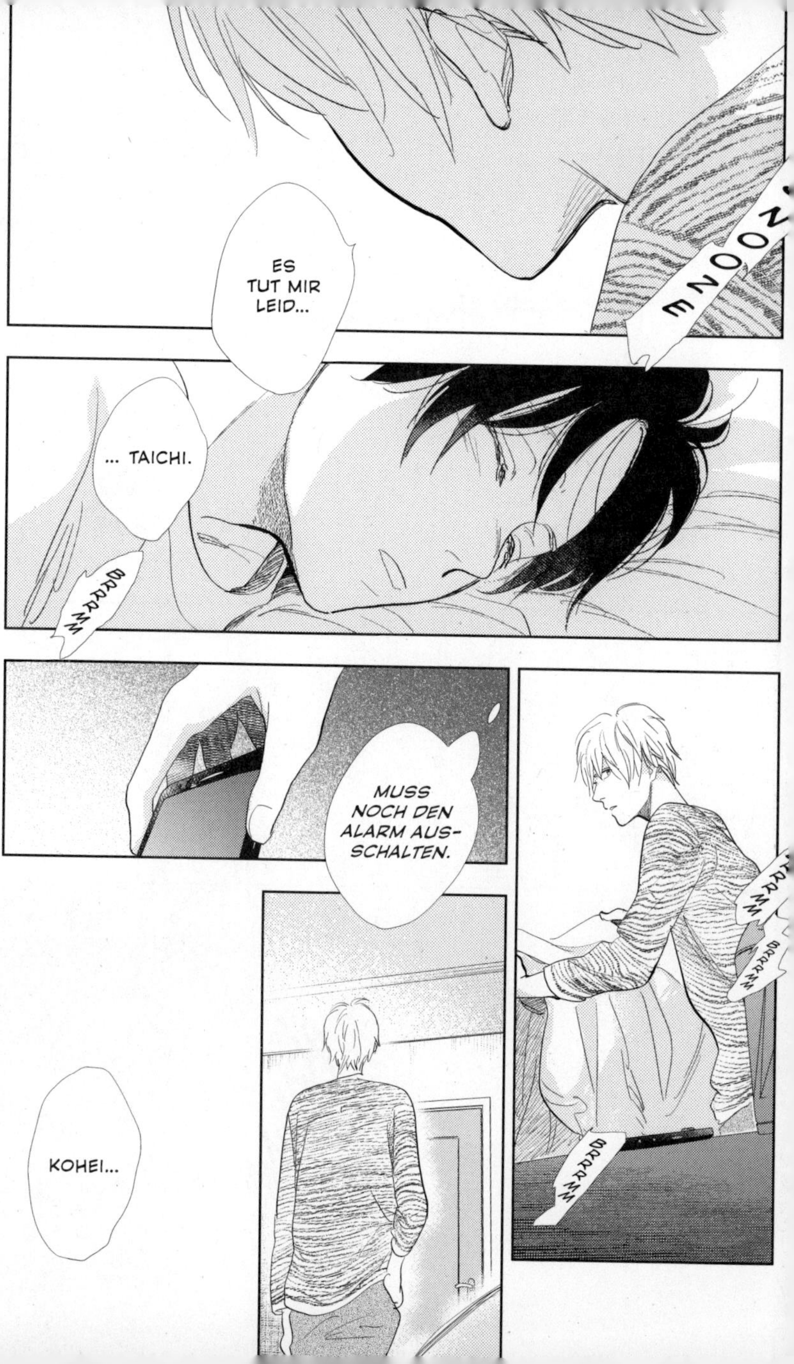
ES TUT MIR LEID...
... TAICHI.
BRRRM
MUSS NOCH DEN ALARM AUS-SCHALTEN.
BRRRM
BRRRM
BRRRM
KOHEI...

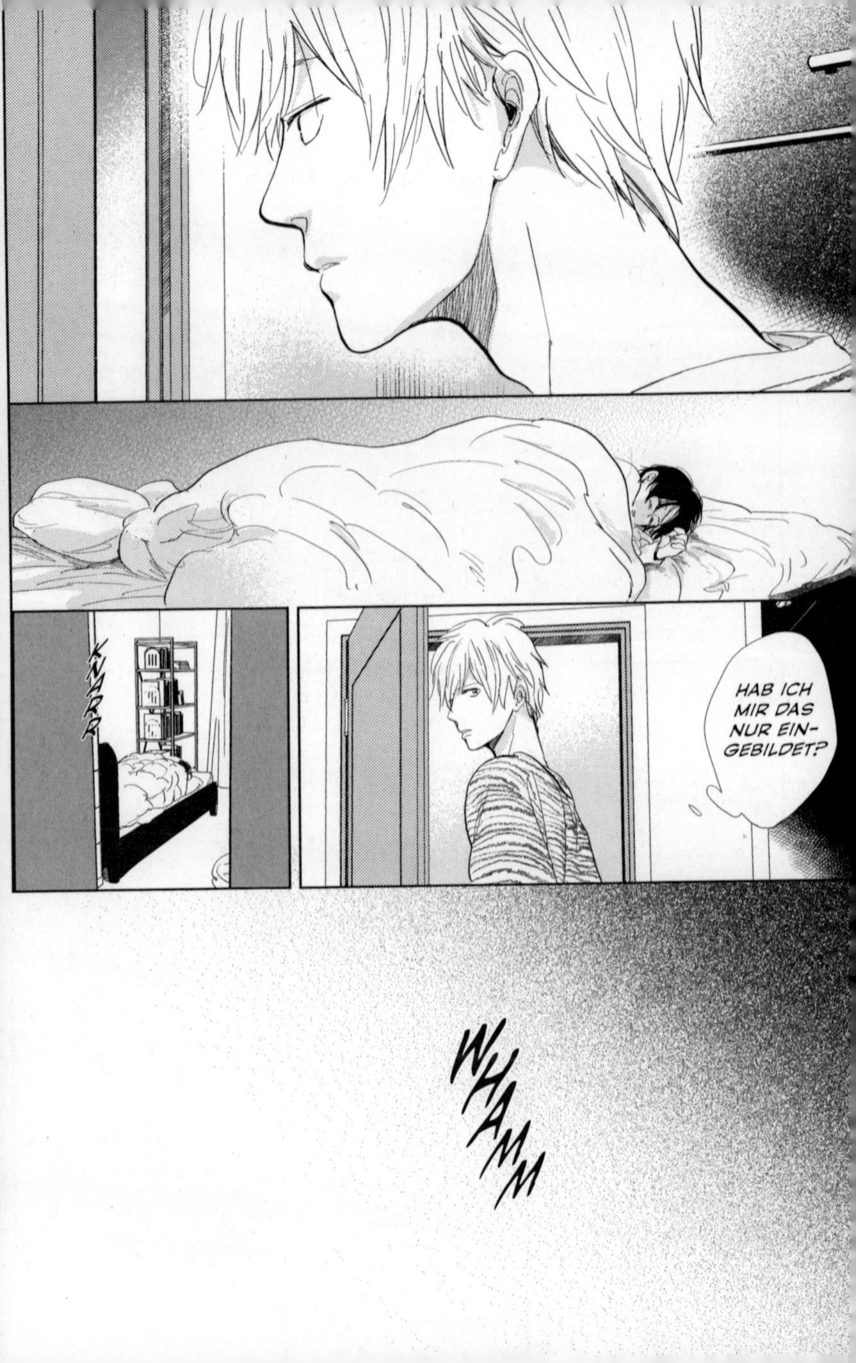
HAB ICH MIR DAS NUR EIN-GEBILDET?
KNARR
WHAMM

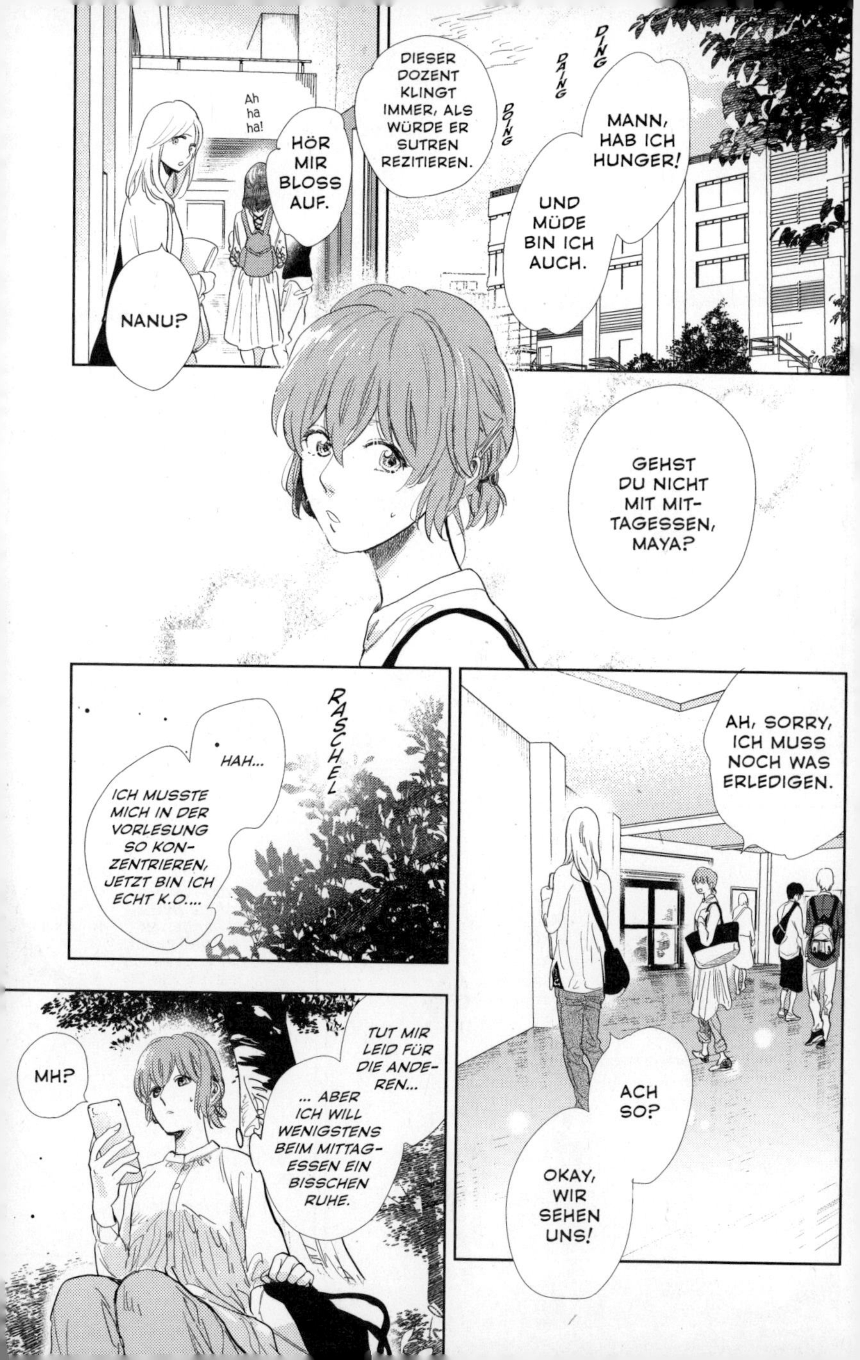
DING
DAING
DOING
MANN, HAB ICH HUNGER!
UND MÜDE BIN ICH AUCH.
DIESER DOZENT KLINGT IMMER, ALS WÜRDE ER SUTREN REZITIEREN.
HÖR MIR BLOSS AUF.
Ah ha ha!
NANU?
GEHST DU NICHT MIT MITTAGESSEN, MAYA?
AH, SORRY, ICH MUSS NOCH WAS ERLEDIGEN.
ACH SO?
OKAY, WIR SEHEN UNS!
RASCHEL
HAH...
ICH MUSSTE MICH IN DER VORLESUNG SO KONZENTRIEREN, JETZT BIN ICH ECHT K.O....
TUT MIR LEID FÜR DIE ANDEREN...
... ABER ICH WILL WENIGSTENS BEIM MITTAGESSEN EIN BISSCHEN RUHE.
MH?

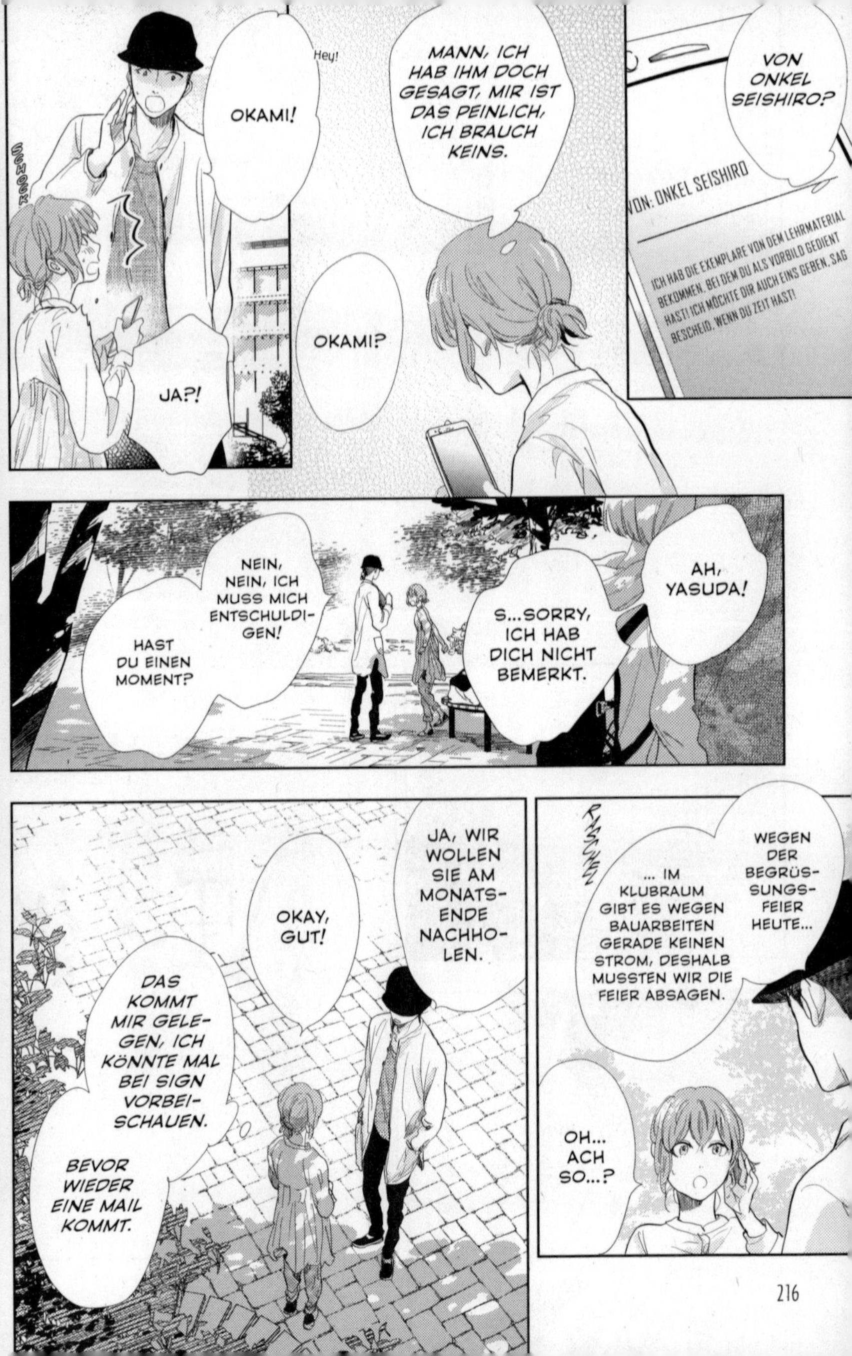
VON ONKEL SEISHIRO?
VON: ONKEL SEISHIRO
ICH HAB DIE EXEMPLARE VON DEM LEHRMATERIAL BEKOMMEN, BEI DEM DU ALS VORBILD GEDIENT HAST! ICH MÖCHTE DIR AUCH EINS GEBEN, SAG BESCHEID, WENN DU ZEIT HAST!
MANN, ICH HAB IHM DOCH GESAGT, MIR IST DAS PEINLICH, ICH BRAUCH KEINS.
OKAMI?
Hey!
OKAMI!
SCHOCK
JA?!
AH, YASUDA!
S...SORRY, ICH HAB DICH NICHT BEMERKT.
NEIN, NEIN, ICH MUSS MICH ENTSCHULDI-GEN!
HAST DU EINEN MOMENT?
WEGEN DER BEGRÜS-SUNGS-FEIER HEUTE...
... IM KLUBRAUM GIBT ES WEGEN BAUARBEITEN GERADE KEINEN STROM, DESHALB MUSSTEN WIR DIE FEIER ABSAGEN.
OH... ACH SO...?
JA, WIR WOLLEN SIE AM MONATS-ENDE NACHHO-LEN.
OKAY, GUT!
DAS KOMMT MIR GELE-GEN, ICH KÖNNTE MAL BEI SIGN VORBEI-SCHAUEN.
BEVOR WIEDER EINE MAIL KOMMT.

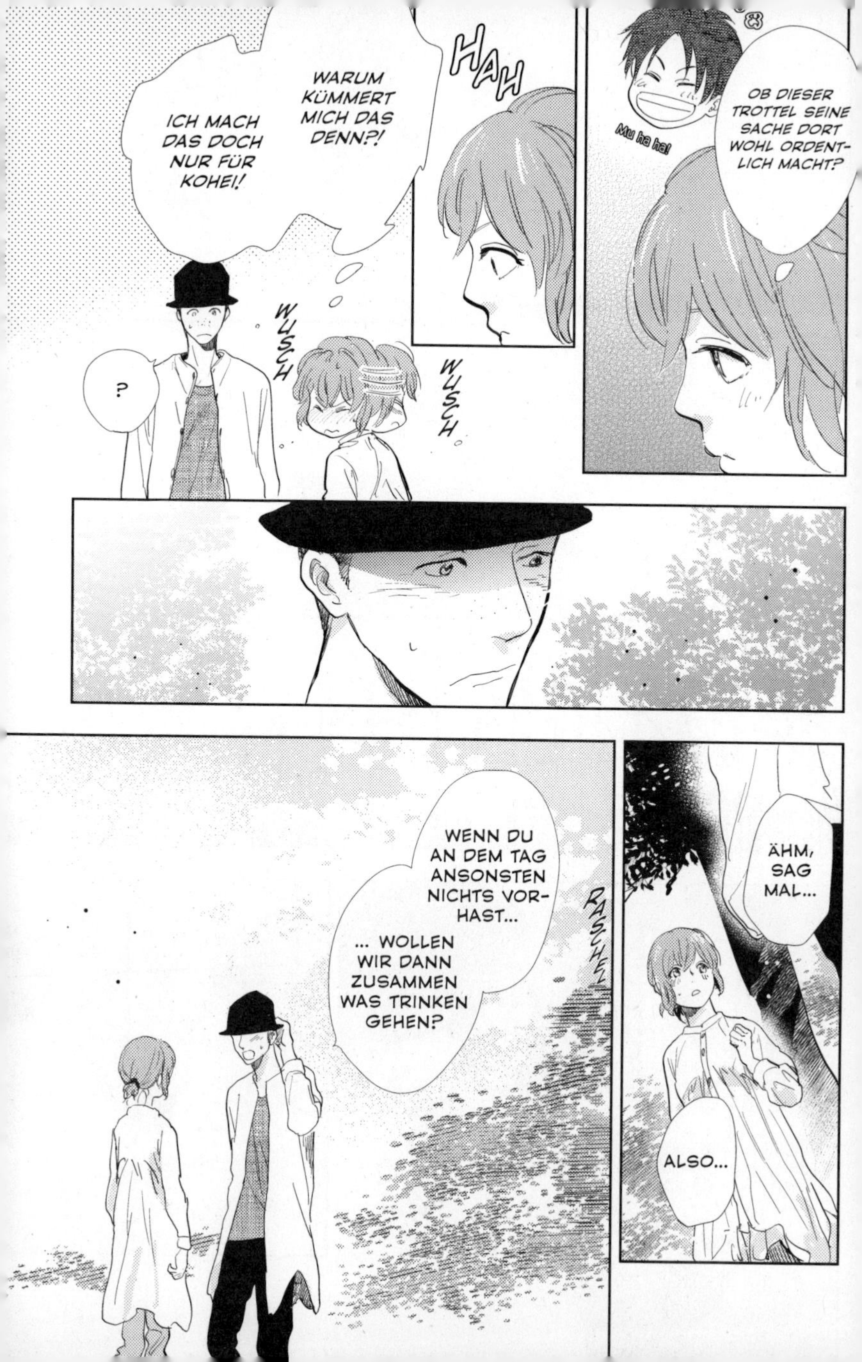
Mu ha ha!
OB DIESER TROTTEL SEINE SACHE DORT WOHL ORDENTLICH MACHT?
HAH
WARUM KÜMMERT MICH DAS DENN?!
ICH MACH DAS DOCH NUR FÜR KOHEI!
WUSCH
WUSCH
?
ÄHM, SAG MAL...
ALSO...
RASCHEL
WENN DU AN DEM TAG ANSONSTEN NICHTS VORHAST...
... WOLLEN WIR DANN ZUSAMMEN WAS TRINKEN GEHEN?

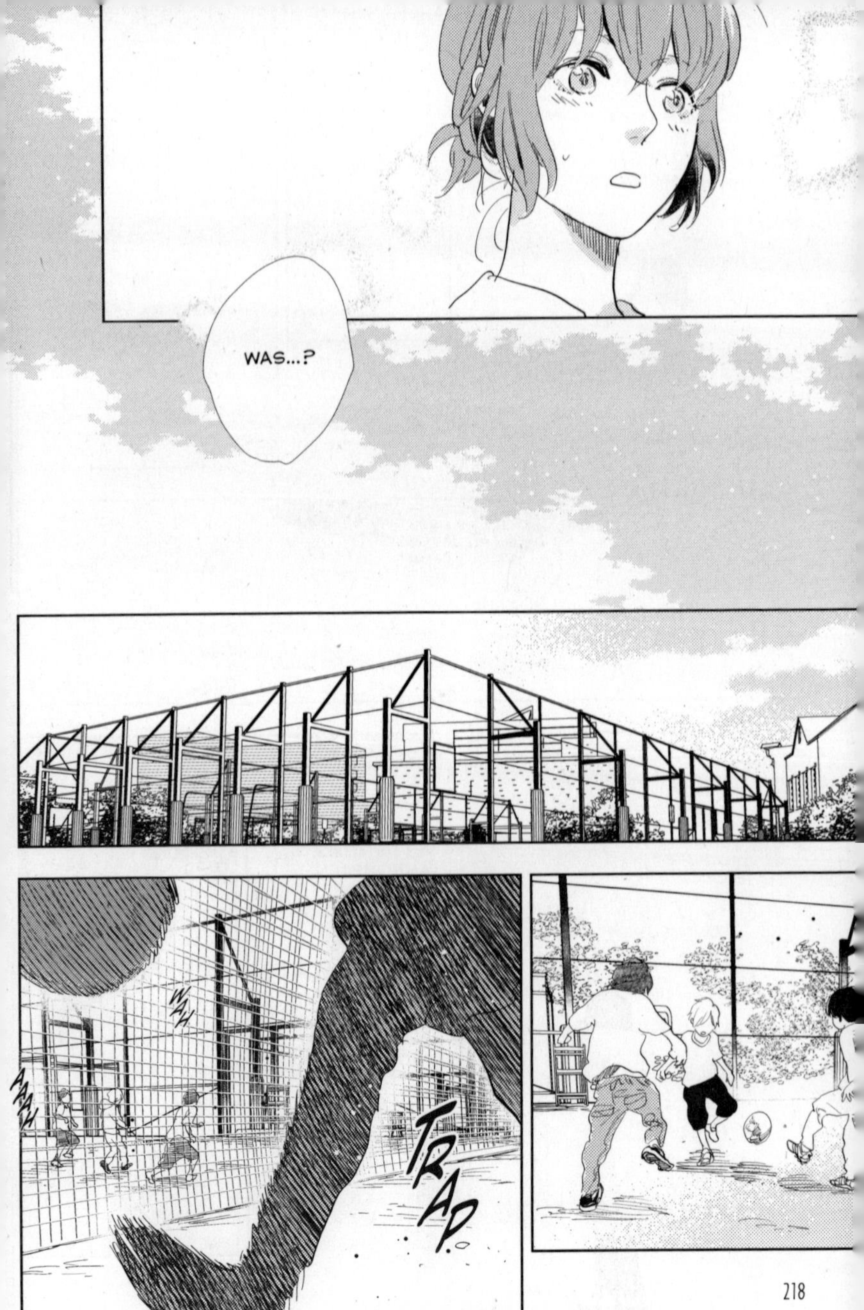
WAS...?
WAH
AAAH
TRAP

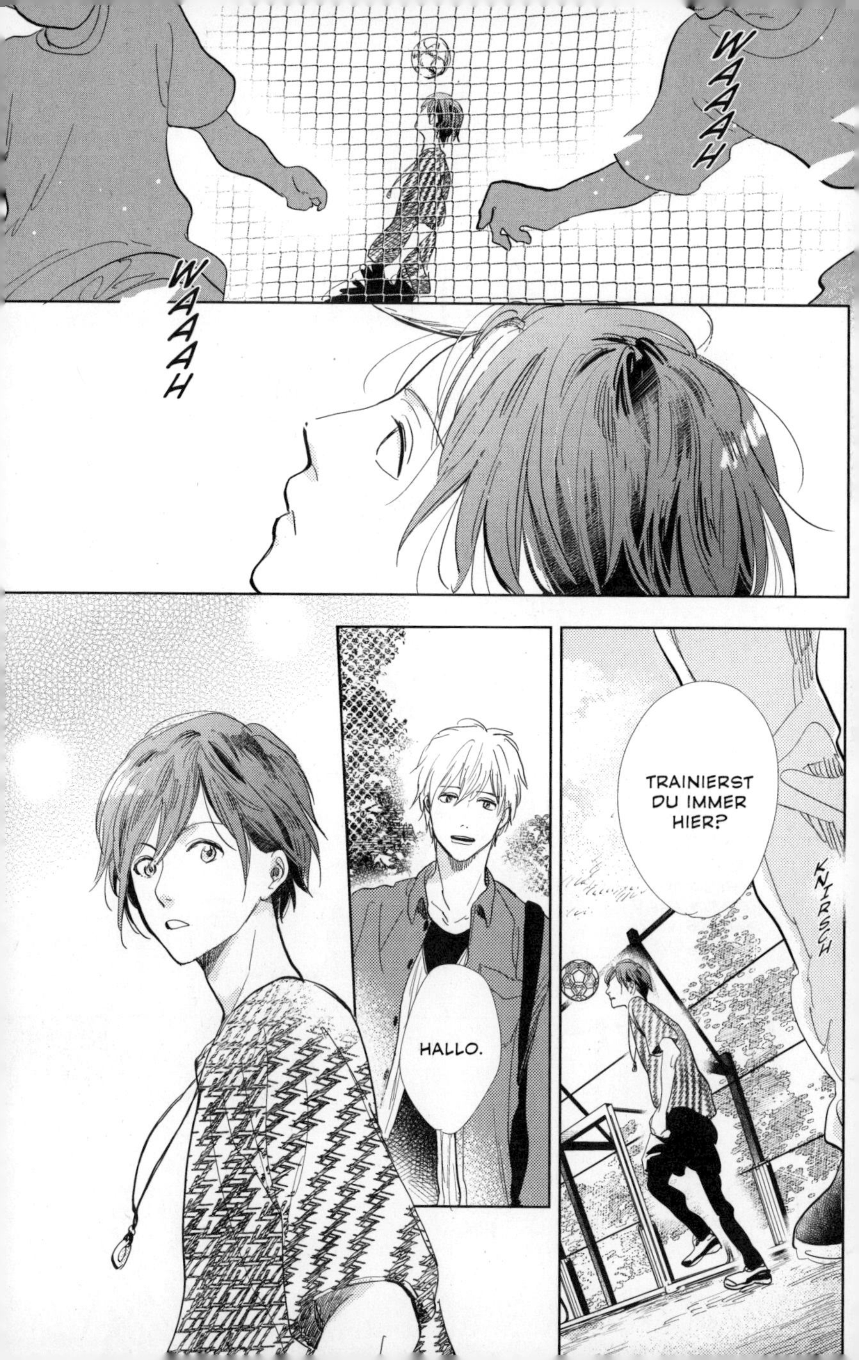
WAAAAH
WAAAAH
TRAINIERST DU IMMER HIER?
KNIRSCH
HALLO.

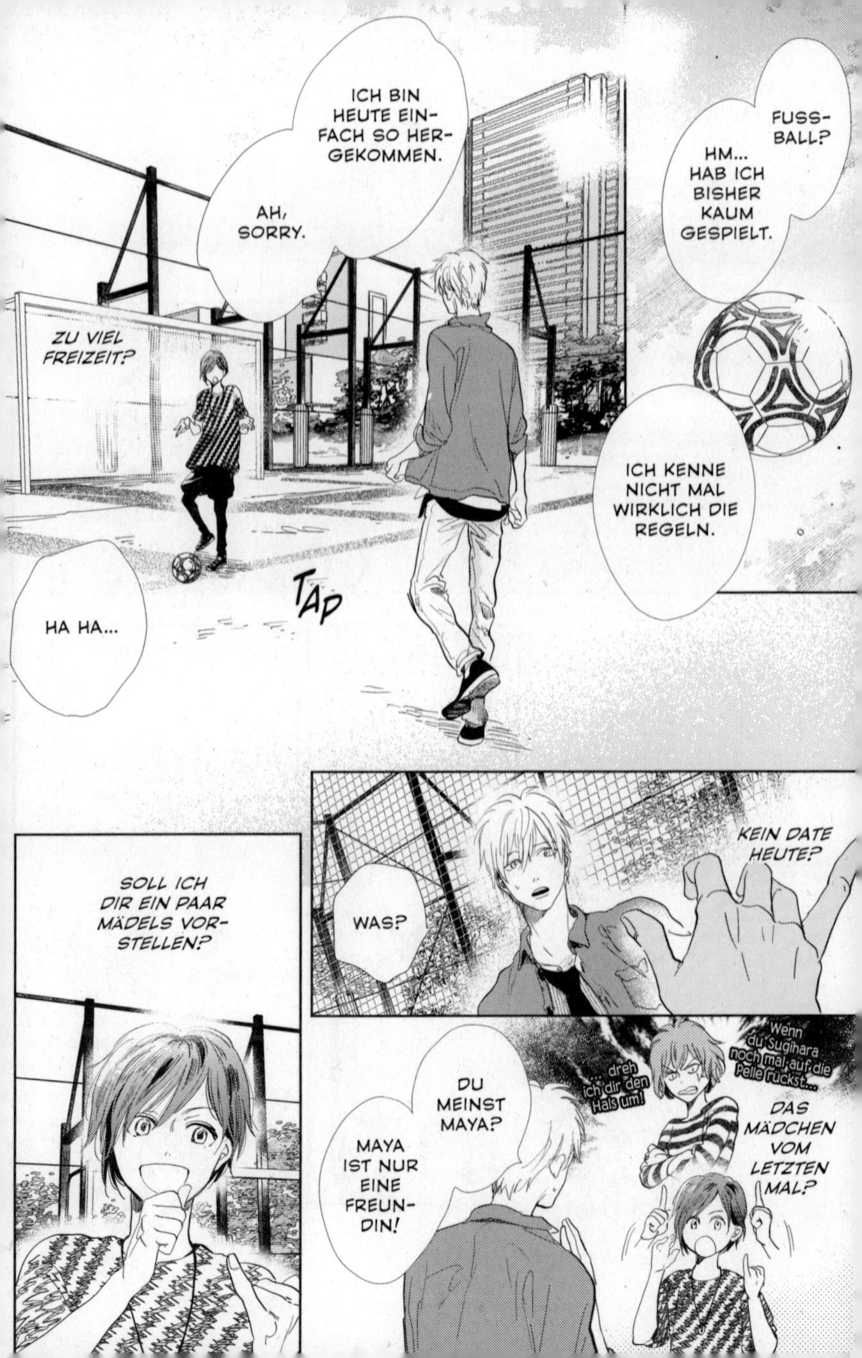
FUSS-BALL?
HM... HAB ICH BISHER KAUM GESPIELT.
ICH KENNE NICHT MAL WIRKLICH DIE REGELN.
ICH BIN HEUTE EIN-FACH SO HER-GEKOMMEN.
AH, SORRY.
ZU VIEL FREIZEIT?
HA HA...
TAP
KEIN DATE HEUTE?
WAS?
SOLL ICH DIR EIN PAAR MÄDELS VOR-STELLEN?
DAS MÄDCHEN VOM LETZTEN MAL?
Wenn du Sugihara noch mal auf die Pelle rückst...
... dreh ich dir den Hals um!
DU MEINST MAYA?
MAYA IST NUR EINE FREUN-DIN!

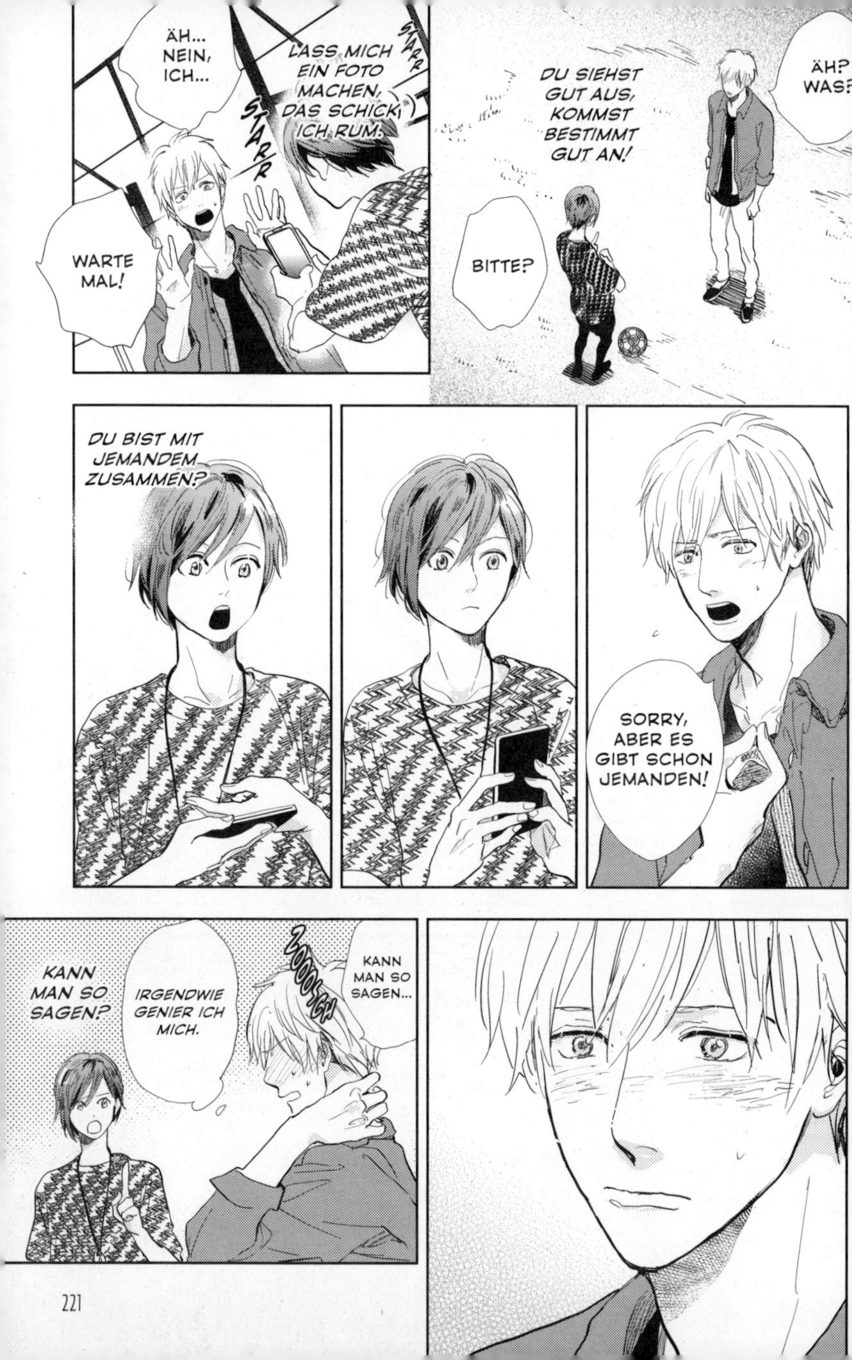
ÄH? WAS?
DU SIEHST GUT AUS, KOMMST BESTIMMT GUT AN!
BITTE?
LASS MICH EIN FOTO MACHEN, DAS SCHICK ICH RUM.
STARR
STARR
ÄH... NEIN, ICH...
WARTE MAL!
SORRY, ABER ES GIBT SCHON JEMANDEN!
DU BIST MIT JEMANDEM ZUSAMMEN?
KANN MAN SO SAGEN...
ZOOOSCH
IRGENDWIE GENIER ICH MICH.
KANN MAN SO SAGEN?

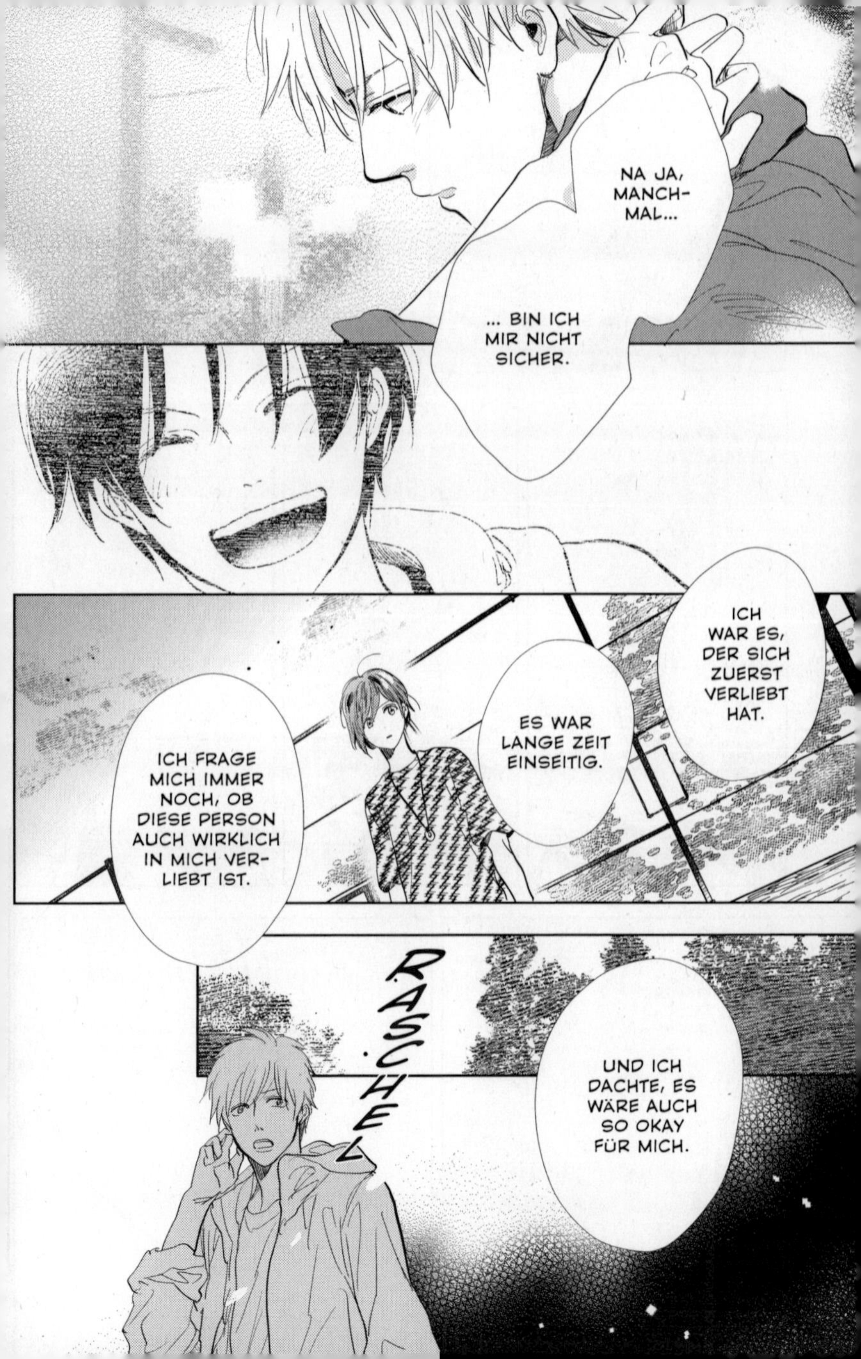
NA JA, MANCH-MAL...
... BIN ICH MIR NICHT SICHER.
ICH WAR ES, DER SICH ZUERST VERLIEBT HAT.
ES WAR LANGE ZEIT EINSEITIG.
ICH FRAGE MICH IMMER NOCH, OB DIESE PERSON AUCH WIRKLICH IN MICH VER-LIEBT IST.
RASCHEL
UND ICH DACHTE, ES WÄRE AUCH SO OKAY FÜR MICH.

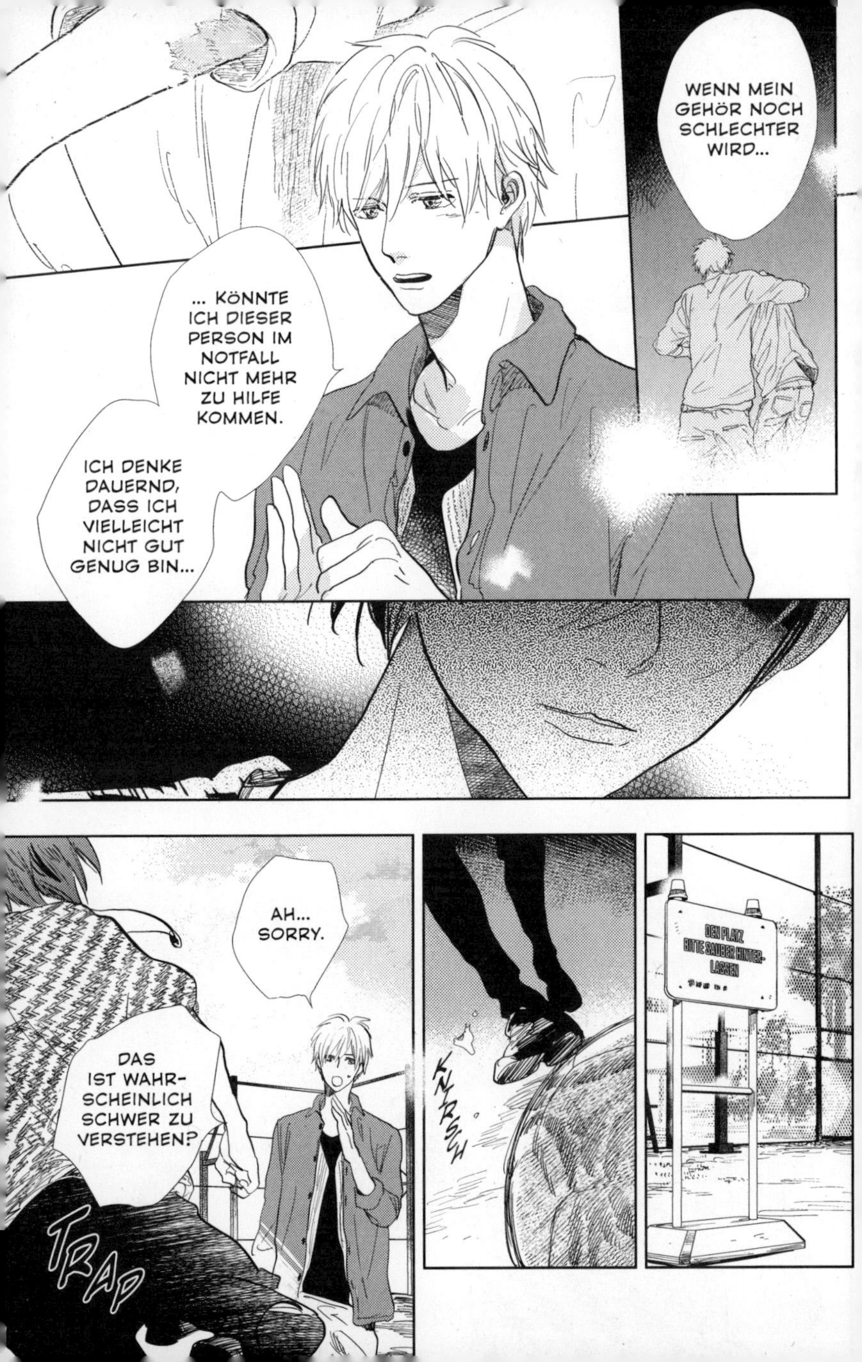
WENN MEIN GEHÖR NOCH SCHLECHTER WIRD...
... KÖNNTE ICH DIESER PERSON IM NOTFALL NICHT MEHR ZU HILFE KOMMEN.
ICH DENKE DAUERND, DASS ICH VIELLEICHT NICHT GUT GENUG BIN...
DEN PLATZ BITTE SAUBER HINTER-LASSEN
KNIRSCH
AH... SORRY.
DAS IST WAHR-SCHEINLICH SCHWER ZU VERSTEHEN?
TRAP

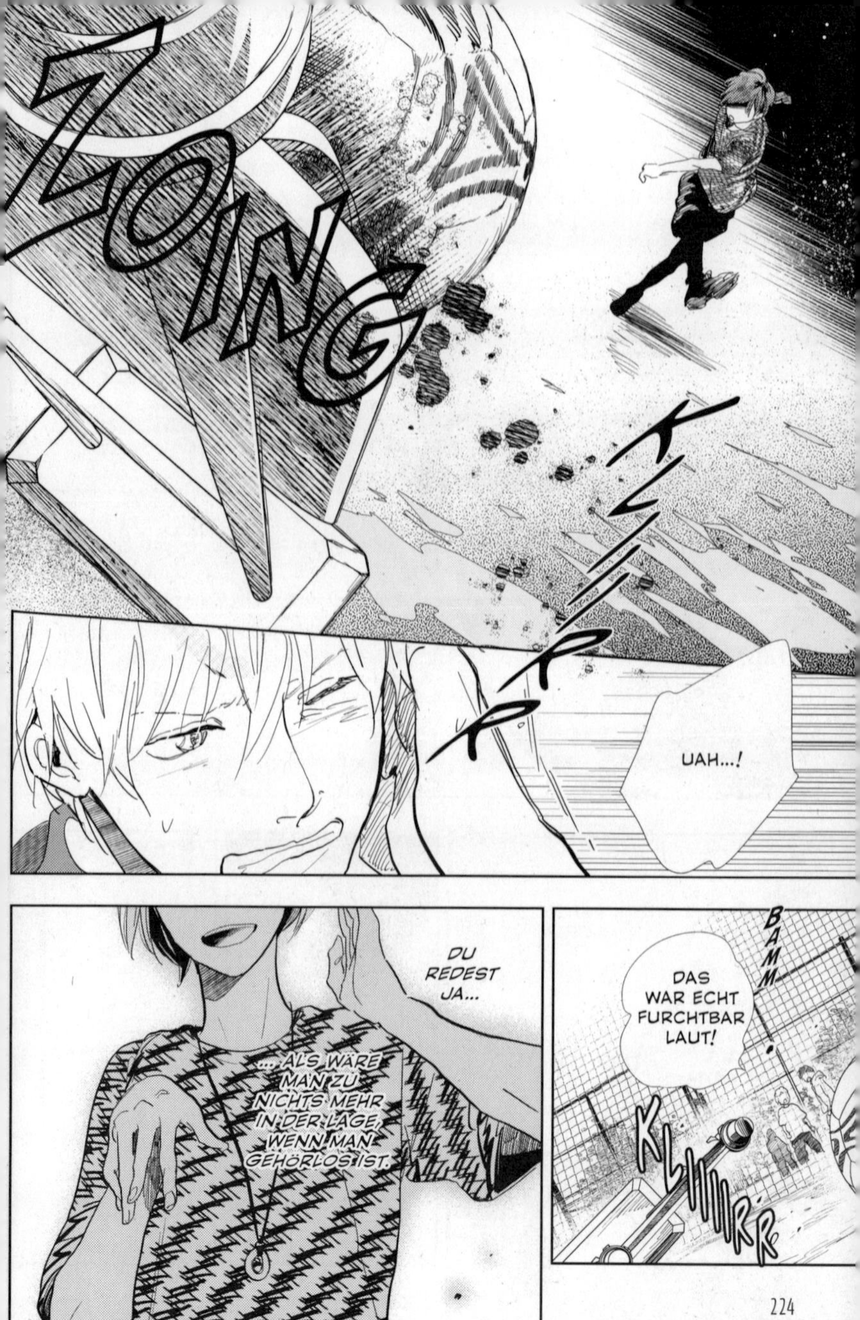
ZOING
KLIIIRR
UAH...!
BAMM
DAS WAR ECHT FURCHTBAR LAUT!
KLIIIRR
DU REDEST JA...
... ALS WÄRE MAN ZU NICHTS MEHR IN DER LAGE, WENN MAN GEHÖRLOS IST.

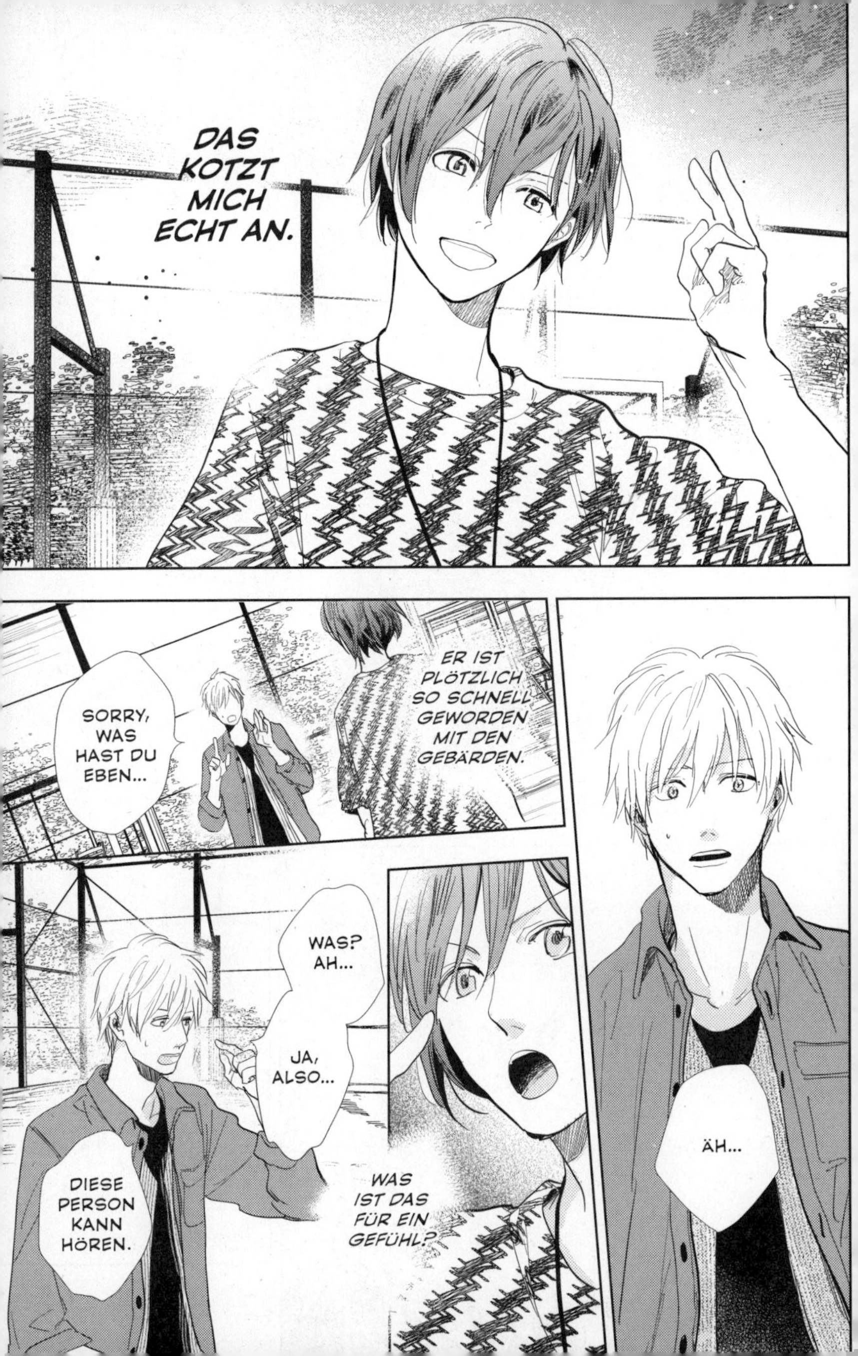

DAS KOTZT MICH ECHT AN.
ÄH...
ER IST PLÖTZLICH SO SCHNELL GEWORDEN MIT DEN GEBÄRDEN.
SORRY, WAS HAST DU EBEN...
WAS IST DAS FÜR EIN GEFÜHL?
WAS? AH...
JA, ALSO...
DIESE PERSON KANN HÖREN.

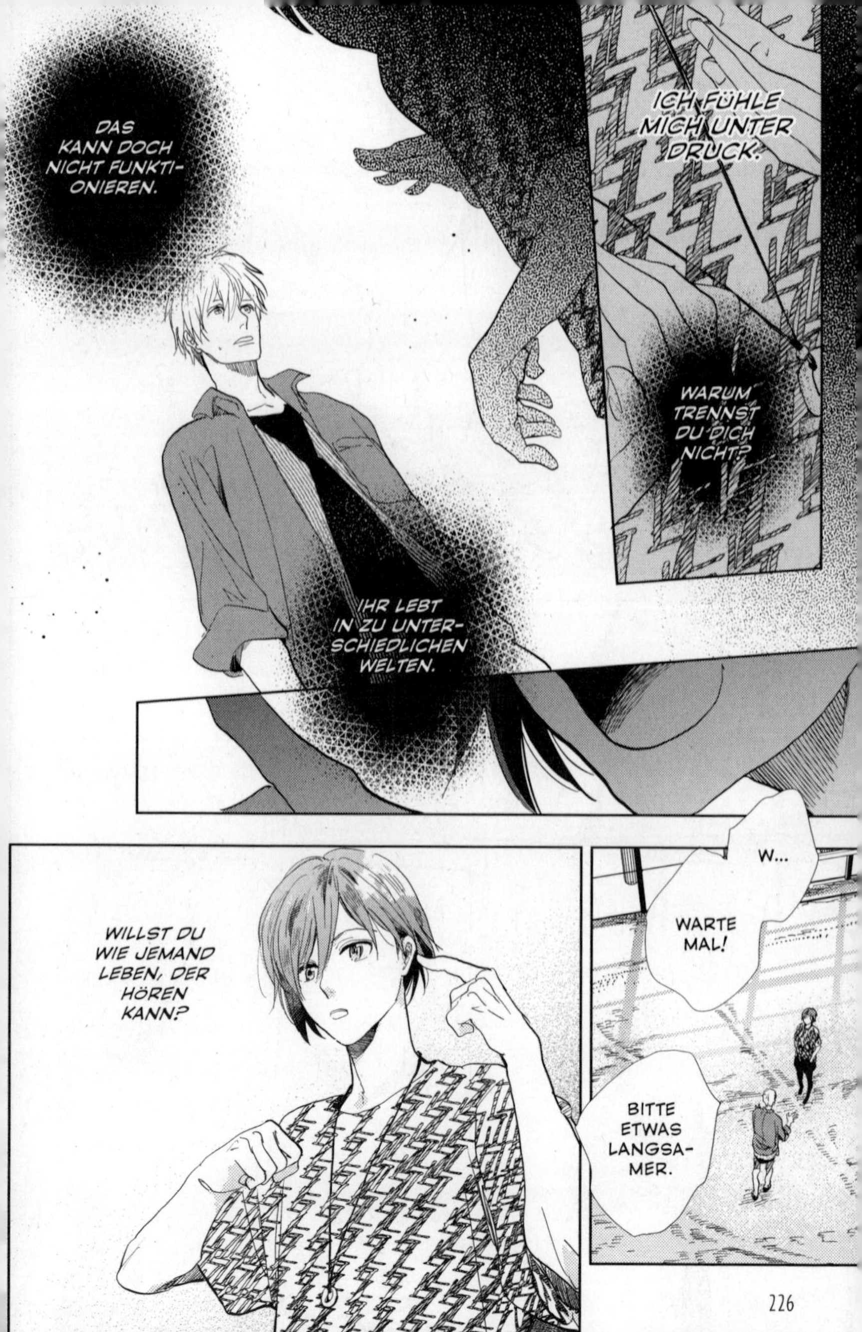
ICH FÜHLE MICH UNTER DRUCK.
WARUM TRENNST DU DICH NICHT?
DAS KANN DOCH NICHT FUNKTI-ONIEREN.
IHR LEBT IN ZU UNTER-SCHIEDLICHEN WELTEN.
W...
WARTE MAL!
BITTE ETWAS LANGSA-MER.
WILLST DU WIE JEMAND LEBEN, DER HÖREN KANN?

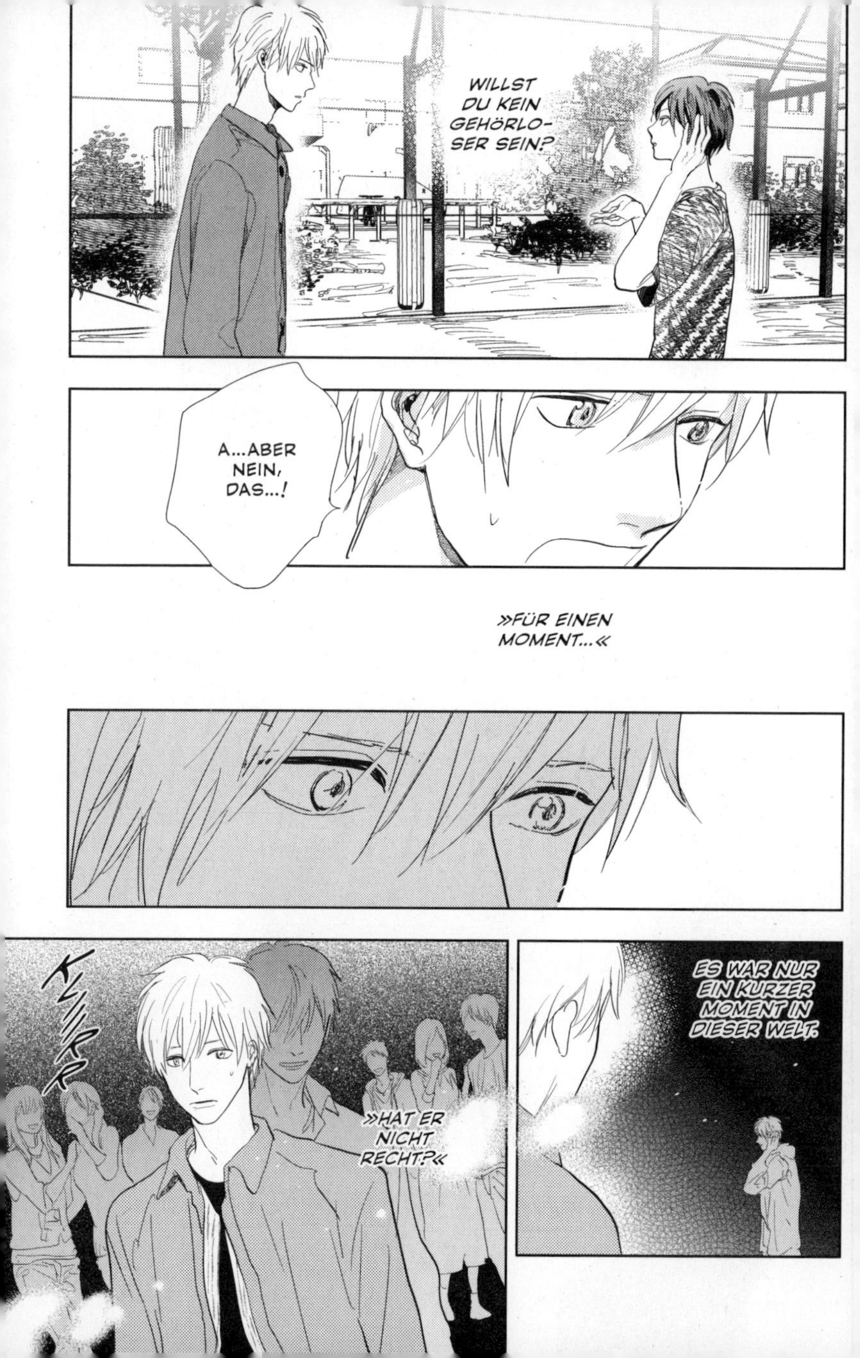
WILLST DU KEIN GEHÖRLO-SER SEIN?
A...ABER NEIN, DAS...!
»FÜR EINEN MOMENT...«
ES WAR NUR EIN KURZER MOMENT IN DIESER WELT.
»HAT ER NICHT RECHT?«
KLIIRR

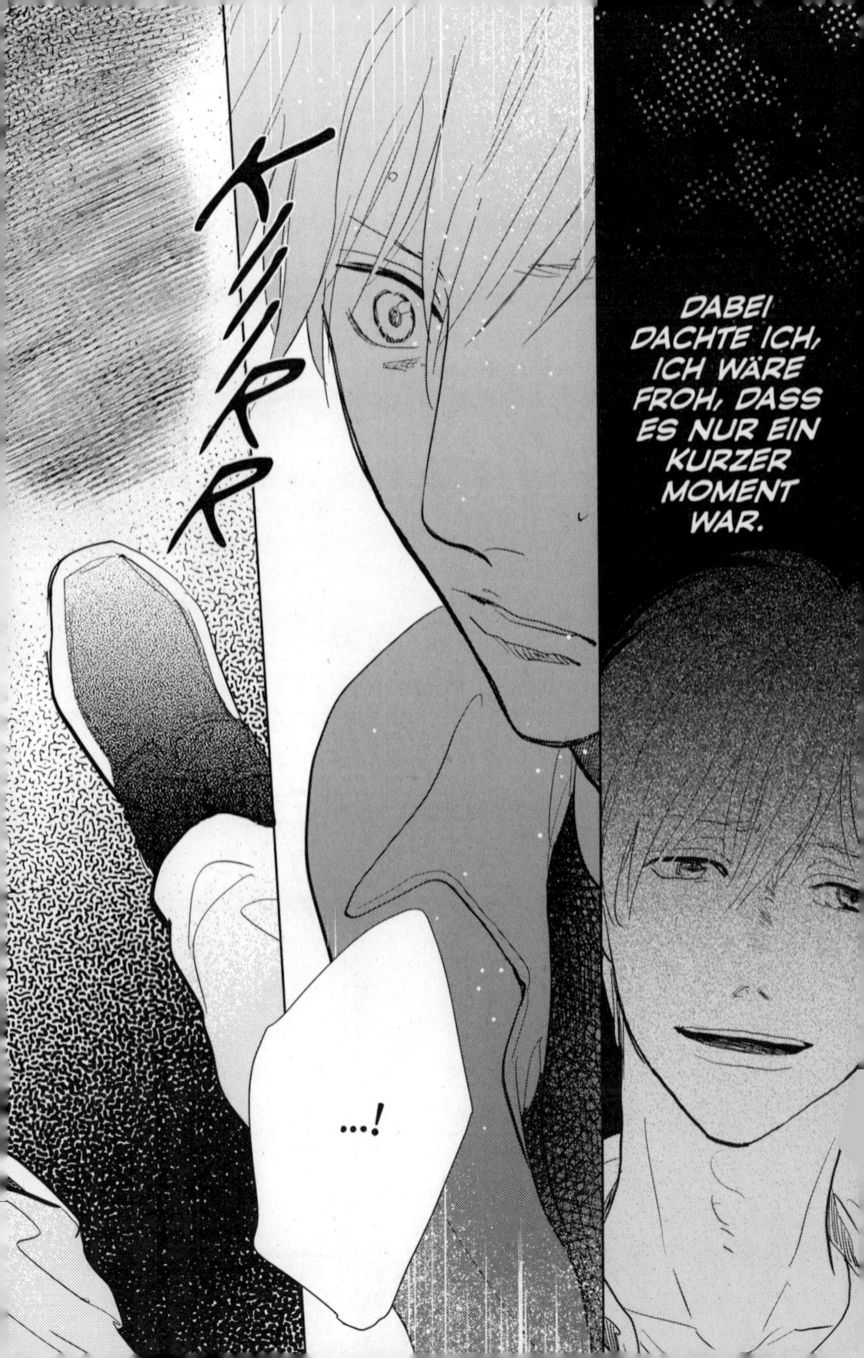
DABEI DACHTE ICH, ICH WÄRE FROH, DASS ES NUR EIN KURZER MOMENT WAR.
KIIIRR
...!

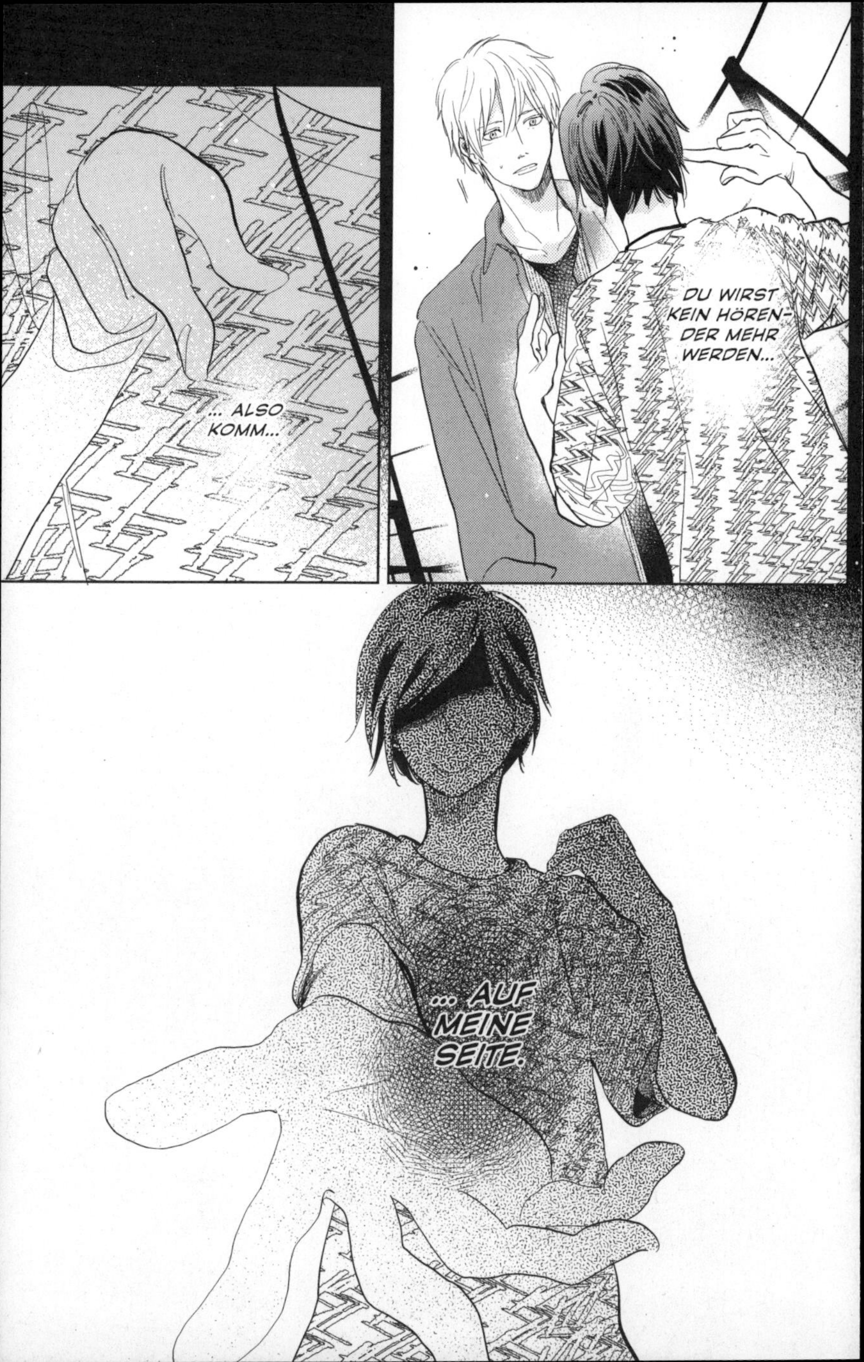
DU WIRST KEIN HÖRENDER MEHR WERDEN...
... ALSO KOMM...
... AUF MEINE SEITE.

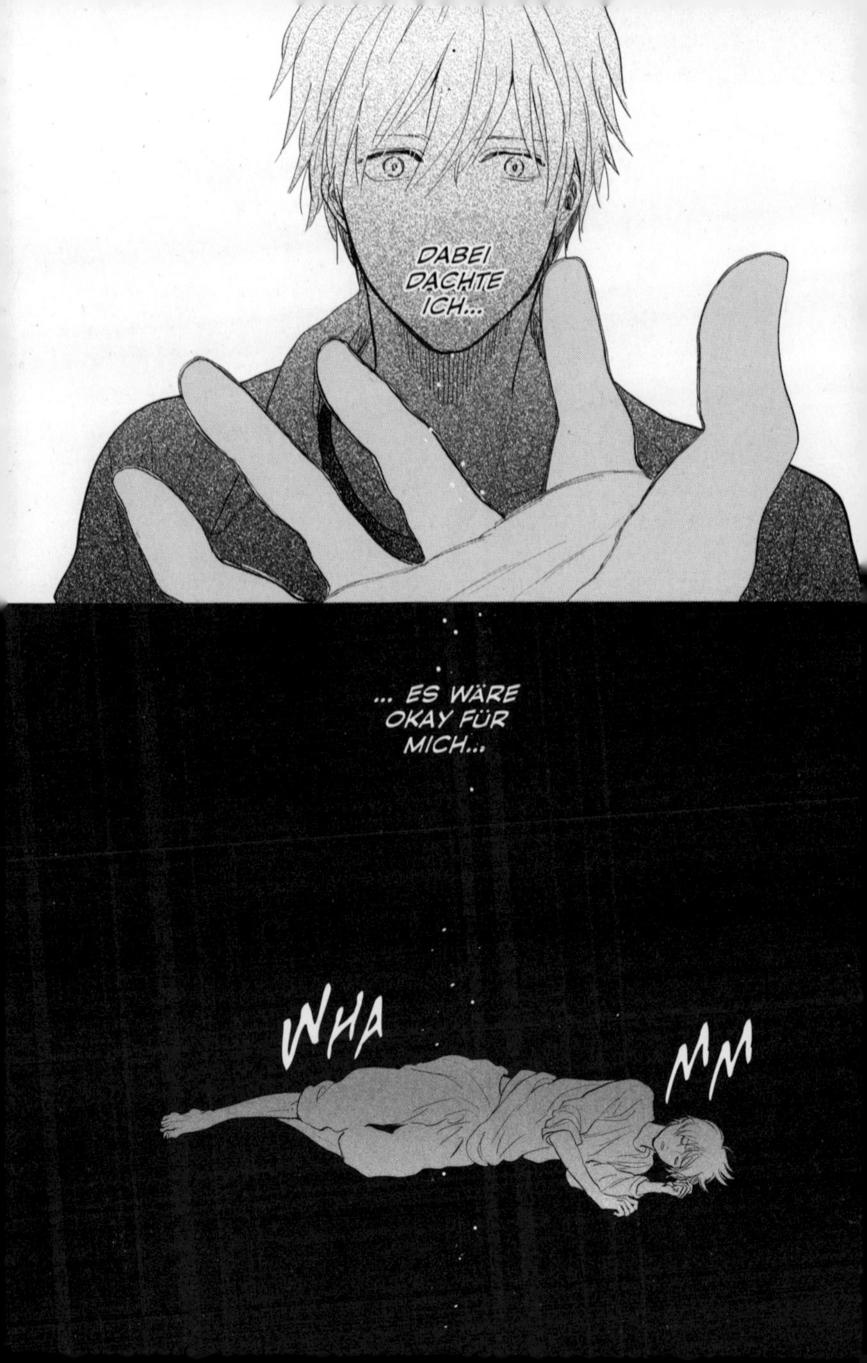
DABEI DACHTE ICH...
... ES WÄRE OKAY FÜR MICH...
WHA
MM

i hear
the
sunspot
limit

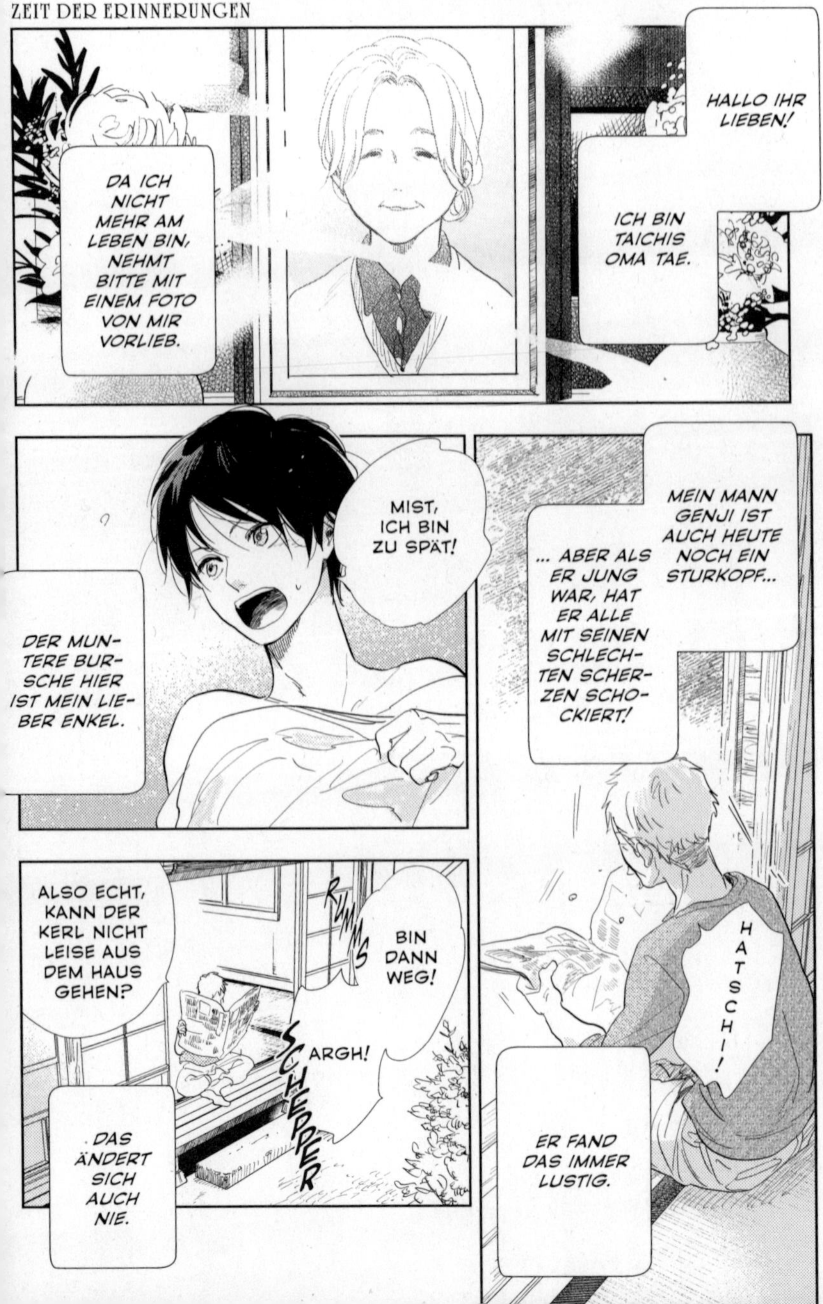
HALLO IHR LIEBEN!
ICH BIN TAICHIS OMA TAE.
DA ICH NICHT MEHR AM LEBEN BIN, NEHMT BITTE MIT EINEM FOTO VON MIR VORLIEB.
MEIN MANN GENJI IST AUCH HEUTE NOCH EIN STURKOPF...
... ABER ALS ER JUNG WAR, HAT ER ALLE MIT SEINEN SCHLECHTEN SCHERZEN SCHOCKIERT!
HATSCHI!
ER FAND DAS IMMER LUSTIG.
MIST, ICH BIN ZU SPÄT!
DER MUNTERE BURSCHE HIER IST MEIN LIEBER ENKEL.
BIN DANN WEG!
RUMMS
SCHEPPER
ARGH!
ALSO ECHT, KANN DER KERL NICHT LEISE AUS DEM HAUS GEHEN?
DAS ÄNDERT SICH AUCH NIE.

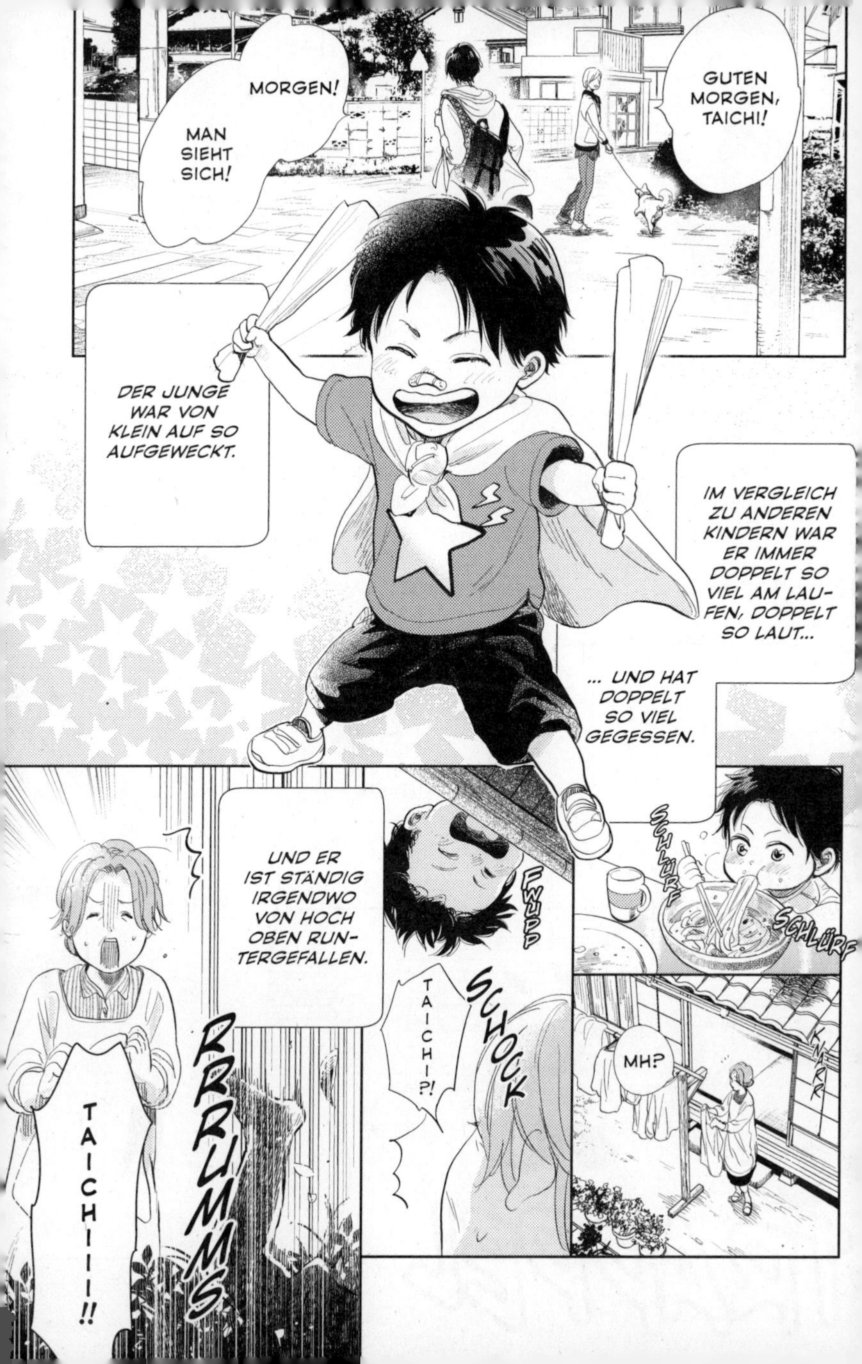
GUTEN MORGEN, TAICHI!
MORGEN!
MAN SIEHT SICH!
DER JUNGE WAR VON KLEIN AUF SO AUFGEWECKT.
IM VERGLEICH ZU ANDEREN KINDERN WAR ER IMMER DOPPELT SO VIEL AM LAUFEN, DOPPELT SO LAUT...
... UND HAT DOPPELT SO VIEL GEGESSEN.
SCHLÜRF
SCHLÜRF
UND ER IST STÄNDIG IRGENDWO VON HOCH OBEN RUNTERGEFALLEN.
FWUPP
KNARR
MH?
SCHOCK
TAICHI?!
RRRUMMS
TAICHIIII!!

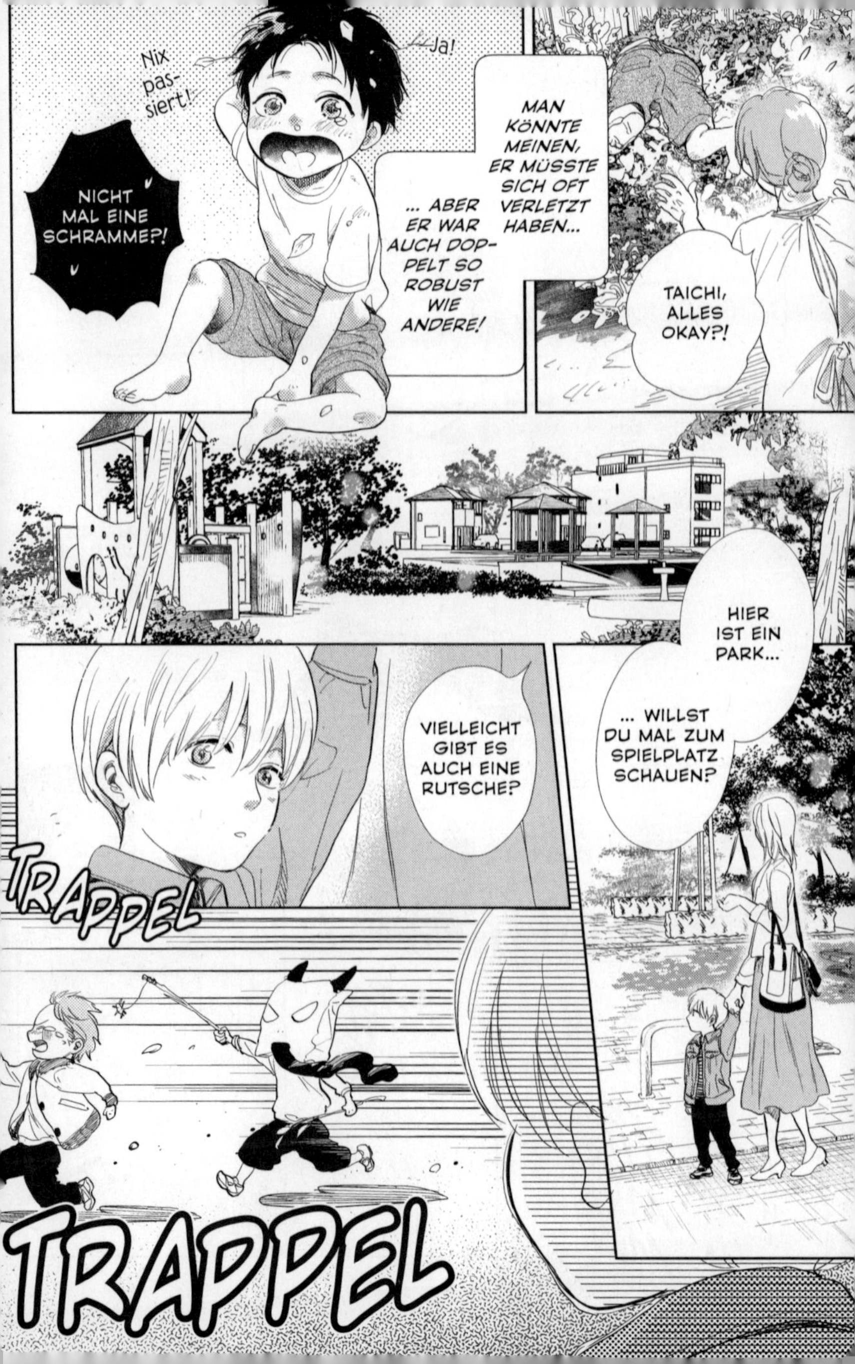
TAICHI, ALLES OKAY?!
MAN KÖNNTE MEINEN, ER MÜSSTE SICH OFT VERLETZT HABEN...
... ABER ER WAR AUCH DOP-PELT SO ROBUST WIE ANDERE!
Ja!
Nix pas-siert!
NICHT MAL EINE SCHRAMME?!
HIER IST EIN PARK...
... WILLST DU MAL ZUM SPIELPLATZ SCHAUEN?
VIELLEICHT GIBT ES AUCH EINE RUTSCHE?
TRAPPEL
TRAPPEL

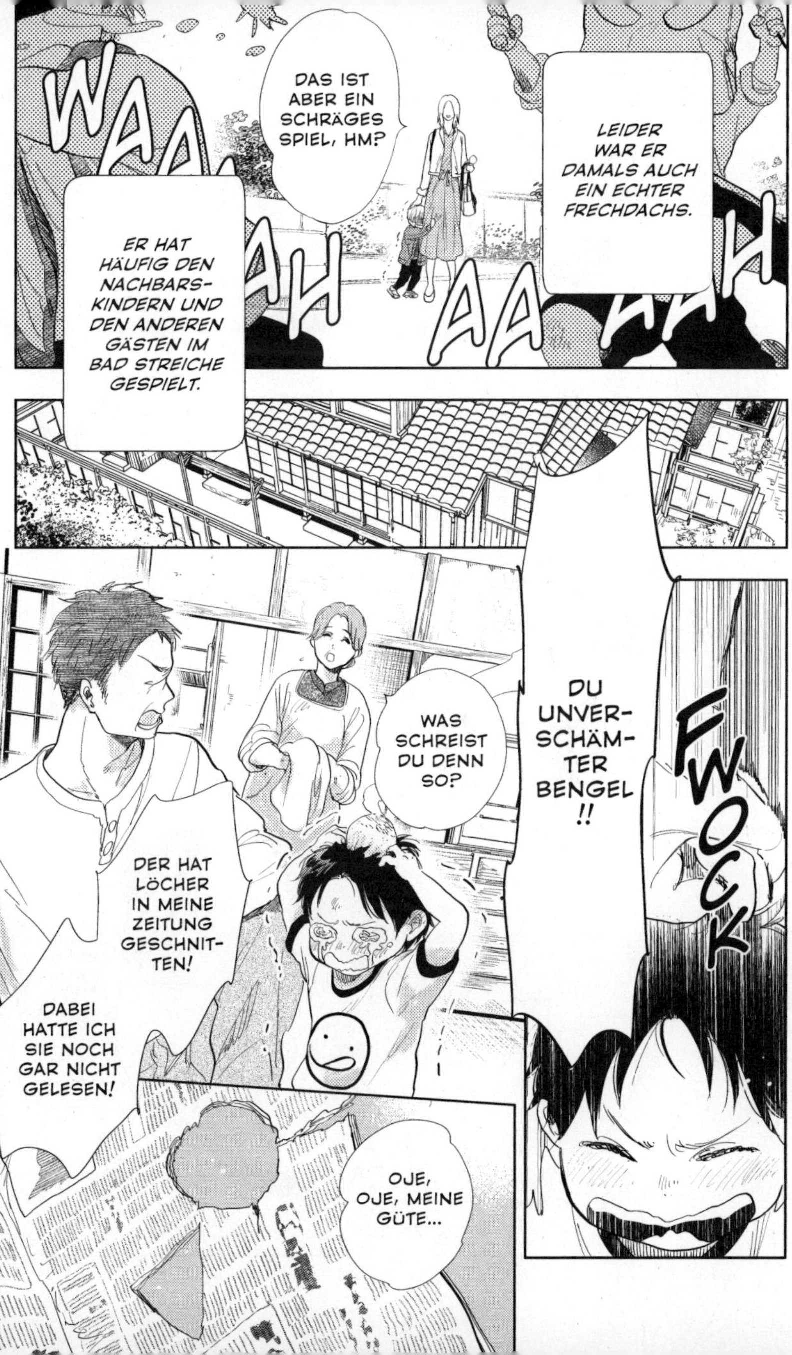

LEIDER WAR ER DAMALS AUCH EIN ECHTER FRECHDACHS.
DAS IST ABER EIN SCHRÄGES SPIEL, HM?
ER HAT HÄUFIG DEN NACHBARS-KINDERN UND DEN ANDEREN GÄSTEN IM BAD STREICHE GESPIELT.
FWOCK
DU UNVER-SCHÄM-TER BENGEL!!
WAS SCHREIST DU DENN SO?
DER HAT LÖCHER IN MEINE ZEITUNG GESCHNIT-TEN!
DABEI HATTE ICH SIE NOCH GAR NICHT GELESEN!
OJE, OJE, MEINE GÜTE...

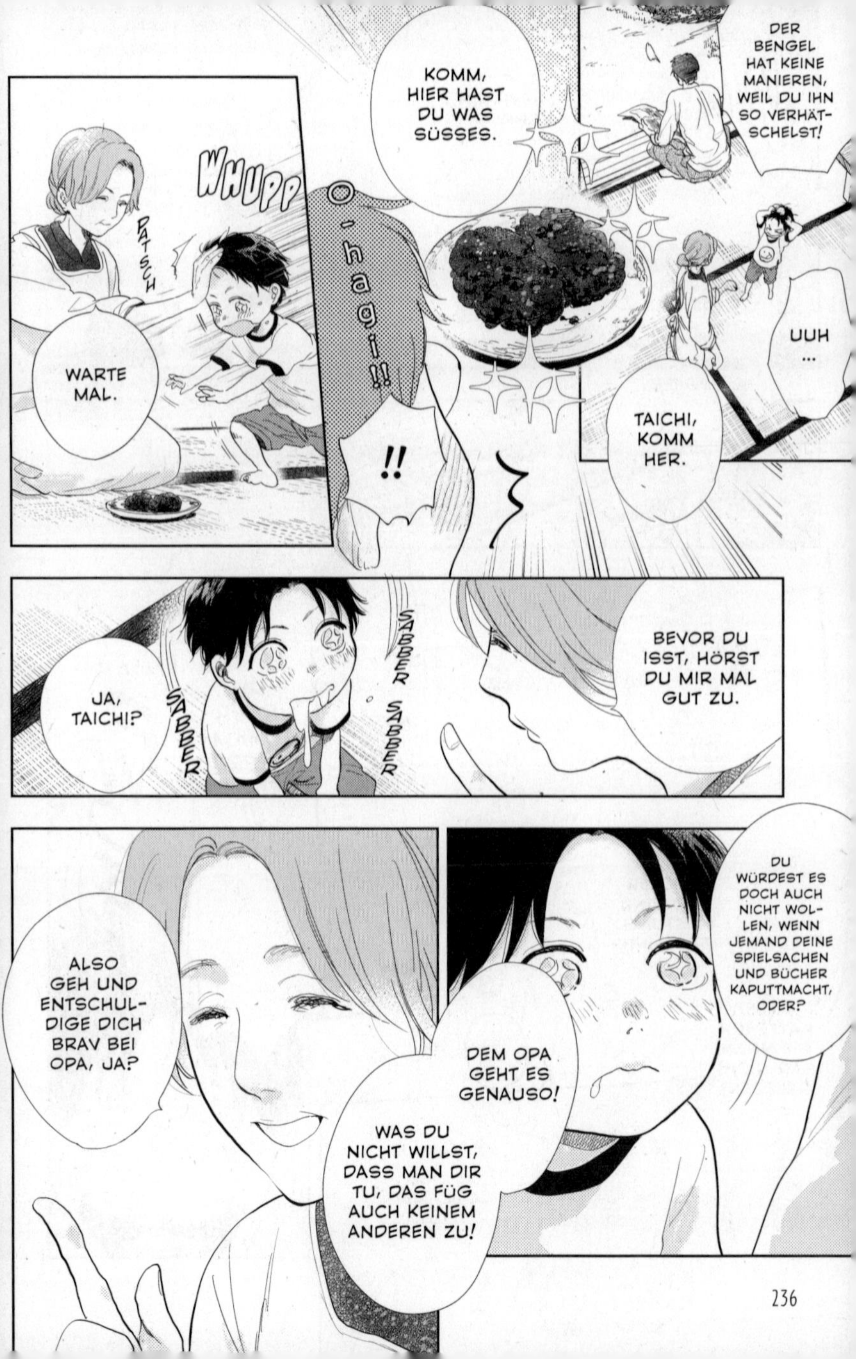
DER BENGEL HAT KEINE MANIEREN, WEIL DU IHN SO VERHÄTSCHELST!
UUH ...
TAICHI, KOMM HER.
KOMM, HIER HAST DU WAS SÜSSES.
O-hagi!!
!!
WHUPP
PATSCH
WARTE MAL.
BEVOR DU ISST, HÖRST DU MIR MAL GUT ZU.
SABBER SABBER
SABBER
JA, TAICHI?
DU WÜRDEST ES DOCH AUCH NICHT WOL-LEN, WENN JEMAND DEINE SPIELSACHEN UND BÜCHER KAPUTTMACHT, ODER?
DEM OPA GEHT ES GENAUSO!
WAS DU NICHT WILLST, DASS MAN DIR TU, DAS FÜG AUCH KEINEM ANDEREN ZU!
ALSO GEH UND ENTSCHUL-DIGE DICH BRAV BEI OPA, JA?

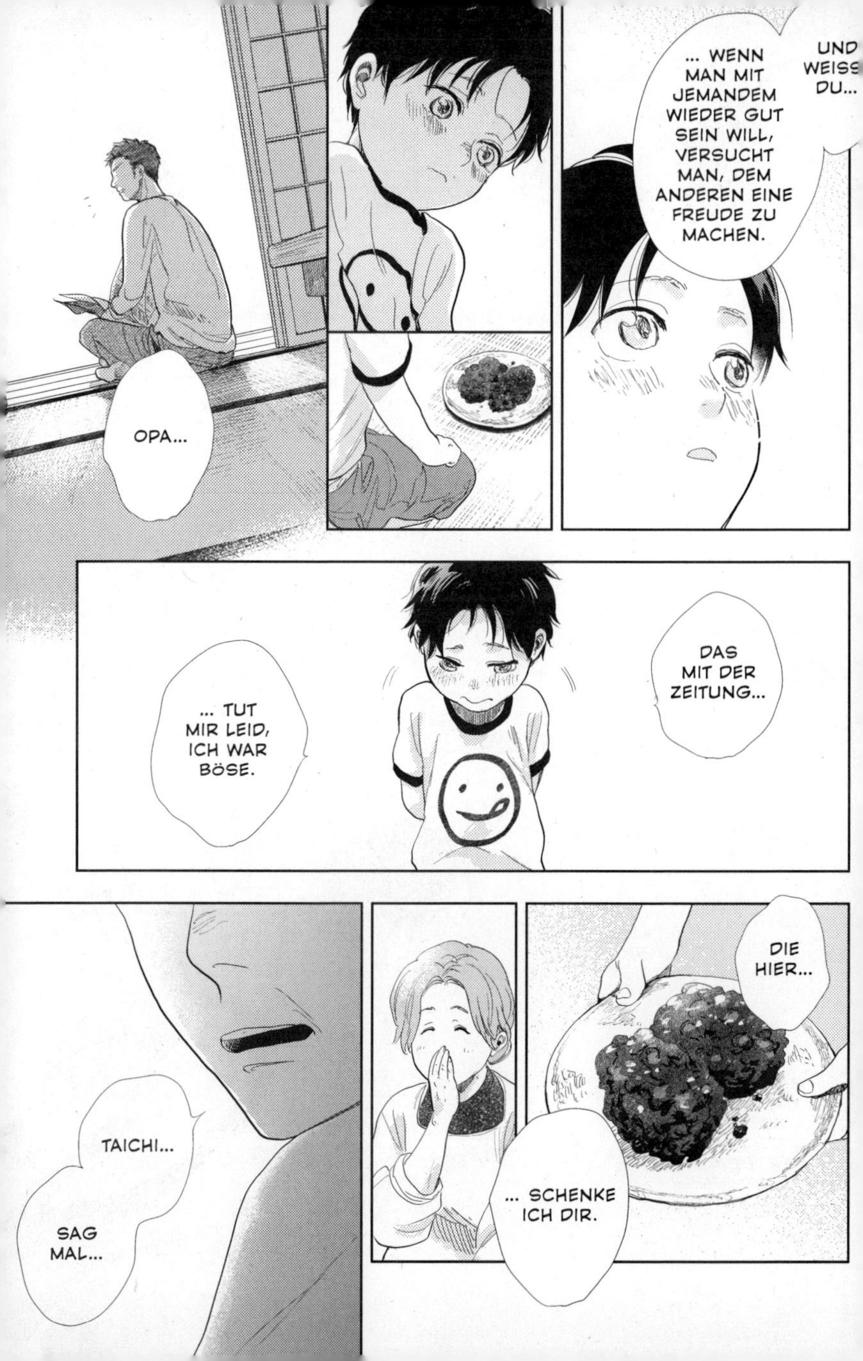
UND WEISS DU...
... WENN MAN MIT JEMANDEM WIEDER GUT SEIN WILL, VERSUCHT MAN, DEM ANDEREN EINE FREUDE ZU MACHEN.
OPA...
DAS MIT DER ZEITUNG...
... TUT MIR LEID, ICH WAR BÖSE.
DIE HIER...
... SCHENKE ICH DIR.
TAICHI...
SAG MAL...

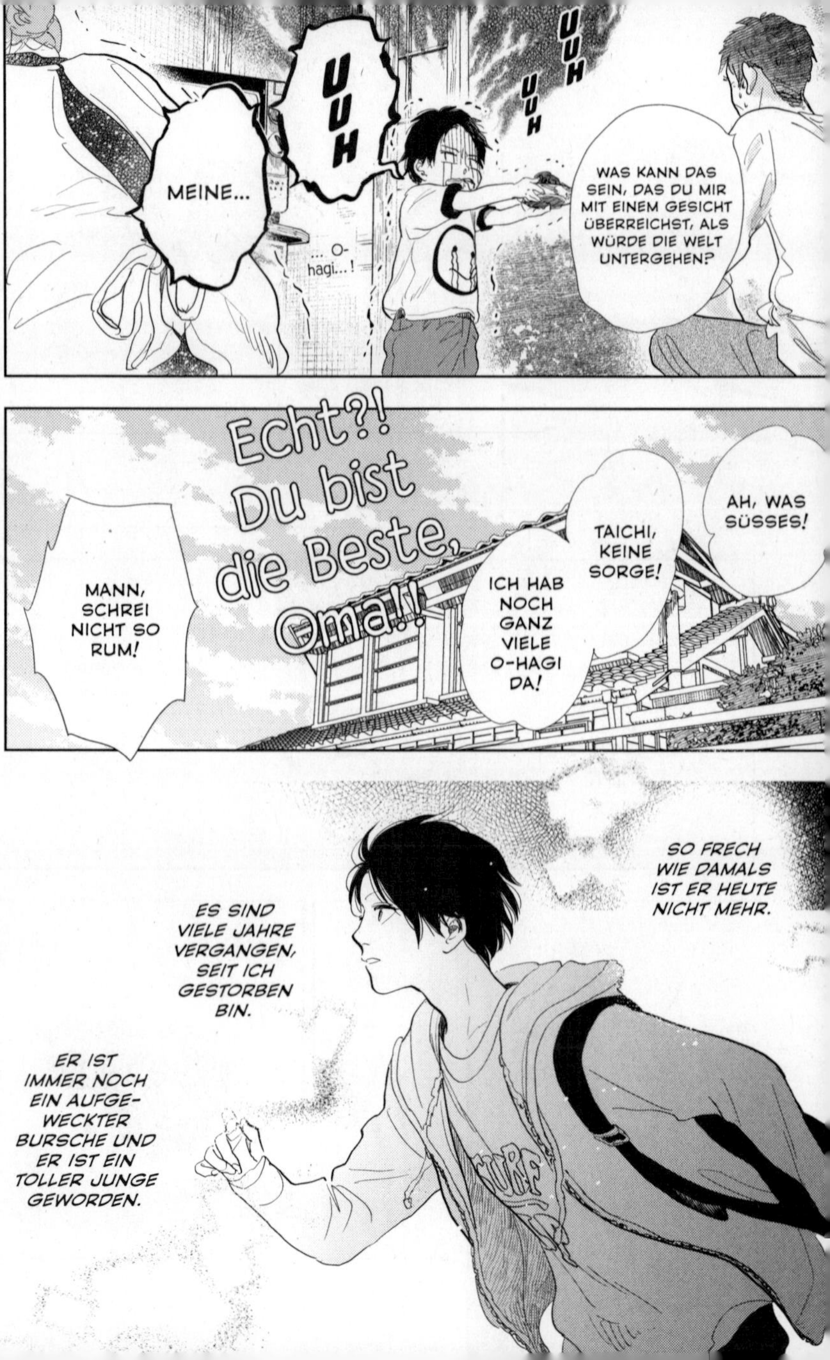
UUH
UUH
WAS KANN DAS SEIN, DAS DU MIR MIT EINEM GESICHT ÜBERREICHST, ALS WÜRDE DIE WELT UNTERGEHEN?
UUH
... O-hagi...!
MEINE...
AH, WAS SÜSSES!
TAICHI, KEINE SORGE!
ICH HAB NOCH GANZ VIELE O-HAGI DA!
Echt?! Du bist die Beste, Oma!!
MANN, SCHREI NICHT SO RUM!
SO FRECH WIE DAMALS IST ER HEUTE NICHT MEHR.
ES SIND VIELE JAHRE VERGANGEN, SEIT ICH GESTORBEN BIN.
ER IST IMMER NOCH EIN AUFGE-WECKTER BURSCHE UND ER IST EIN TOLLER JUNGE GEWORDEN.

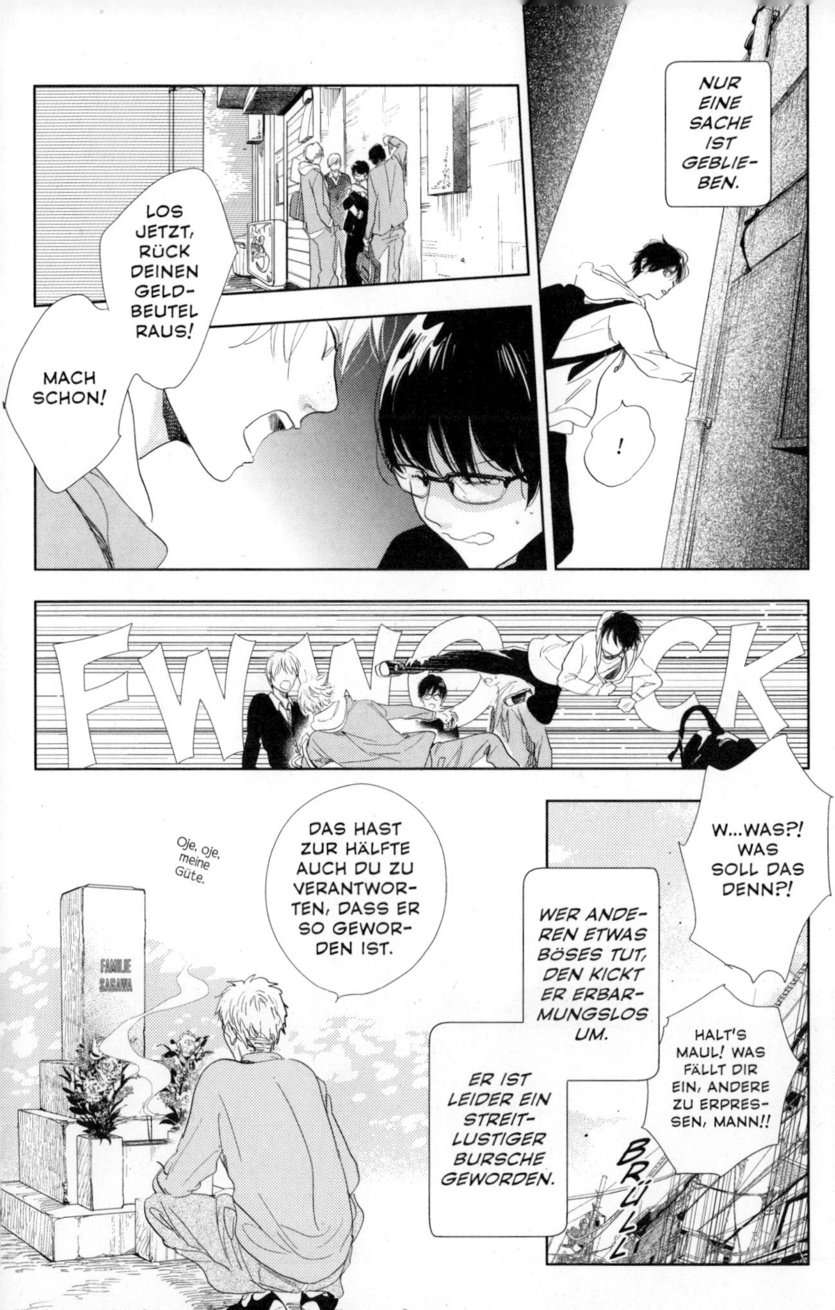
NUR EINE SACHE IST GEBLIE-BEN.
!
LOS JETZT, RÜCK DEINEN GELD-BEUTEL RAUS!
MACH SCHON!
FWOCK
W...WAS?! WAS SOLL DAS DENN?!
HALT'S MAUL! WAS FÄLLT DIR EIN, ANDERE ZU ERPRES-SEN, MANN!!
BRÜLL
WER ANDE-REN ETWAS BÖSES TUT, DEN KICKT ER ERBAR-MUNGSLOS UM.
ER IST LEIDER EIN STREIT-LUSTIGER BURSCHE GEWORDEN.
DAS HAST ZUR HÄLFTE AUCH DU ZU VERANTWOR-TEN, DASS ER SO GEWOR-DEN IST.
Oje, oje, meine Güte.
FAMILIE SAGAWA

NACHWORT

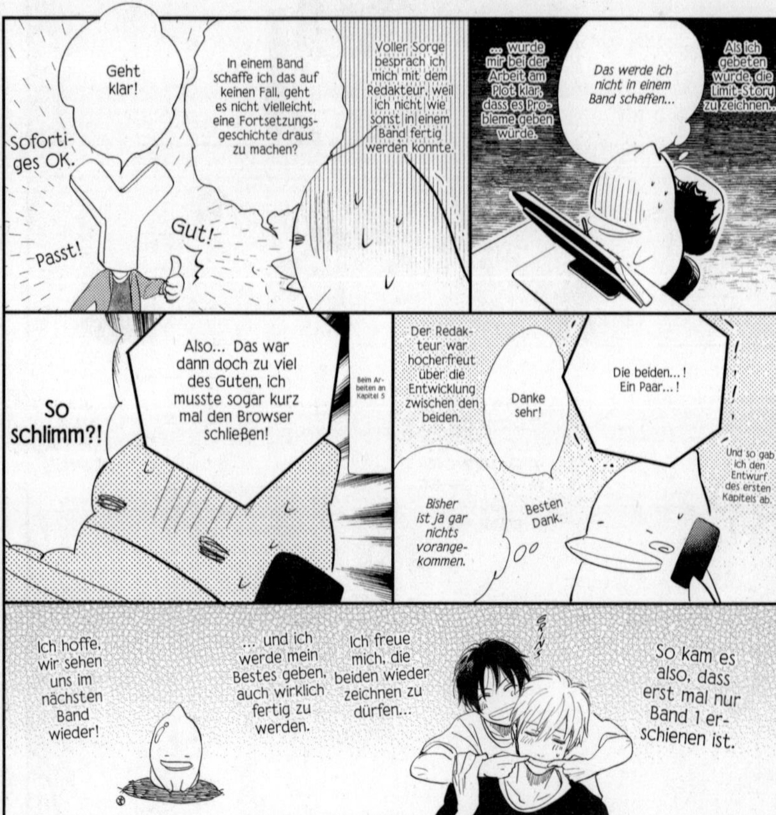

Als ich gebeten wurde, die Limit-Story zu zeichnen...
Das werde ich nicht in einem Band schaffen...
... wurde mir bei der Arbeit am Plot klar, dass es Probleme geben würde.
Voller Sorge besprach ich mich mit dem Redakteur, weil ich nicht wie sonst in einem Band fertig werden konnte.
In einem Band schaffe ich das auf keinen Fall, geht es nicht vielleicht, eine Fortsetzungsgeschichte draus zu machen?
Geht klar!
Sofortiges OK.
Gut!
Passt!
Der Redakteur war hocherfreut über die Entwicklung zwischen den beiden.
Die beiden...! Ein Paar...!
Danke sehr!
Und so gab ich den Entwurf des ersten Kapitels ab.
Besten Dank.
Bisher ist ja gar nichts vorangekommen.
Beim Arbeiten an Kapitel 5
Also... Das war dann doch zu viel des Guten, ich musste sogar kurz mal den Browser schließen!
So schlimm?!
So kam es also, dass erst mal nur Band 1 erschienen ist.
GRINS
Ich freue mich, die beiden wieder zeichnen zu dürfen...
... und ich werde mein Bestes geben, auch wirklich fertig zu werden.
Ich hoffe, wir sehen uns im nächsten Band wieder!

i hear
the
sunspot
limit

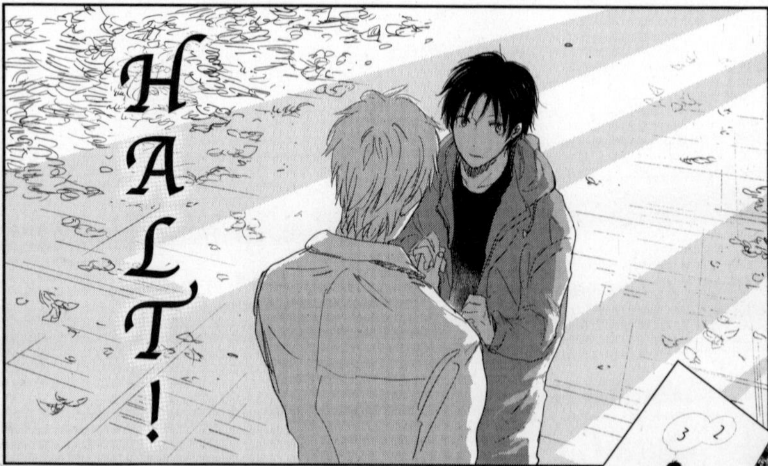

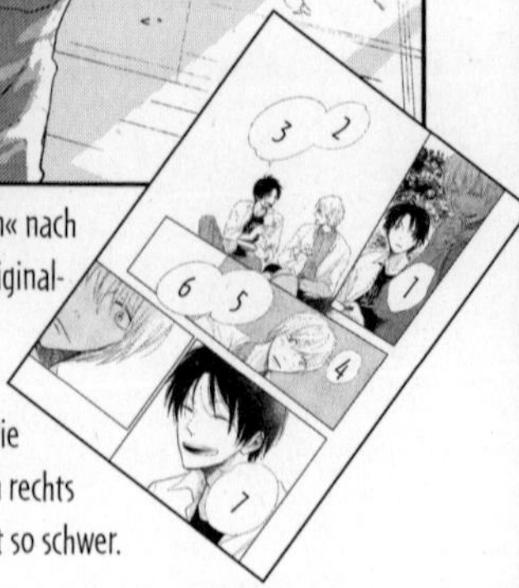

»i hear the sunspot« ist eine japanische Serie, und in Japan wird von »hinten« nach »vorn« und von rechts nach links gelesen. Weil wir bei Carlsen Manga so originalgetreu wie möglich übernehmen, erscheint auch »i hear the sunspot« auf Deutsch in der ursprünglichen Leserichtung. Man muss diesen Manga also »hinten« aufschlagen und Seite für Seite nach »vorn« weiterblättern. Auch die Bilder auf jeder Seite und die Sprechblasen innerhalb der Bilder werden von rechts oben nach links unten gelesen, so wie in der Grafik gezeigt. Das ist gar nicht so schwer.

Viel Spaß mit »i hear the sunspot«!

Carlsen Manga! News – jeden Monat neu per E-Mail!
www.carlsenmanga.de
www.carlsen.de

CARLSEN MANGA
© 2021 Carlsen Verlag GmbH, Völckersstraße 14-20, 22765 Hamburg
Aus dem Japanischen von Dorothea Überall
HIDAMARI GA KIKOERU -LIMIT- 1 by Yuki Fumino
Copyright © Yuki Fumino 2017
All rights reserved.
Original Japanese edition published by FRANCE SHOIN
This German edition ist published by arrangement with FRANCE SHOIN Inc., Tokyo in care of Tuttle-Mori Agency, Inc., Tokyo.
Redaktion: Britta Hellwig
Herstellung: Tobias Hametner
Alle deutschen Rechte vorbehalten
ISBN: 978-3-551-71489-3